新思維・新體驗・新視野

SC
PUBLICATION

新喜悅・新智慧・新生活

幸福.TXT

幸福.TXT

作　　者：小咪
出 版 者：生智文化事業有限公司
發 行 人：宋宏智
企劃主編：萬麗慧
行銷企劃：汪君瑜
文字編輯：萬麗慧
版面設計：林慧真
封面設計：曹馥蘭
印　　務：許鈞棋
專案行銷：張曜鐘、林欣穎、吳惠娟
登 記 證：局版北市業字第 677 號
地　　址：台北市新生南路三段 88 號 5 樓之 6
電　　話：(02) 2366-0309　　傳真：(02) 2366-0310
讀者服務信箱：service@ycrc.com.tw
網　址：http://www.ycrc.com.tw
郵撥帳號：19735365　　戶名：葉忠賢
印刷：鼎易印刷事業股份有限公司
法律顧問：北辰著作權事務所　蕭雄淋律師
初版一刷：2005 年 2 月　　新台幣：280 元
ISBN：**957-818-706-8**

國家圖書館出版品預行編目資料

幸福.TXT／小咪著, --初版, --臺北市；生智, 2005[民 94]
面；　公分, --（臺灣作家系列）

ISBN 957-818-706-8（平裝）

857.7　　93024708

總　經　銷：揚智文化事業股份有限公司
地　　　址：台北市新生南路三段 88 號 5 樓之 6
電　　　話：(02)2366-0309
傳　　　真：(02)2366-0310

※本書如有缺頁、破損、裝訂錯誤，請寄回更換

推薦序　渾身上下充滿故事的奇女子

話說我與小咪的認識，可妙的呢！

還記得五年多前的一天早上，一位妙齡女子，全身上下打扮得時髦亮麗出現在我辦公室門口，大概是來找我同事的吧（這輩子沒見過這個人啊！）。然後，我就毫不客氣地用我那六百度大近視打量著她，從下到上，從上到下…看了兩遍…哇--大美人耶！於是，內心故做鎮定狀，低下頭繼續講我的業務電話，假裝沒看見她。沒想到，幾分鐘後，她為了要填一份表格而站在我面前說：「小姐，對不起打擾一下！可以跟妳借支筆嗎？」

我仍然不動如山的繼續低頭講電話，酷吧！可是我的左手卻悄悄從筆筒抽出一支原子筆遞給她…啊！真該好好謝謝我的左手！至此，仍然不認識她。真正的認識，乃始於我與她服務的公司漸漸有密切的業務往來，於是我們倆就此公事、私事、家常事，無一不談，無一不聊，越談越投機，越聊越順口，就此結下「友誼樑子」。

她，一個渾身上下都充滿故事的奇女子，總讓人不自覺地想去瞭解與疼惜她。我常想，是否美麗的女人總是與故事劃上等號？或是自古紅顏的薄命呢？讓我們有待時間來證明。

身為她的好友之一，她毫不隱瞞地和我分享許多大大小小的故事，都是百分之兩百發生在她自己身上的真人真事喔！我深覺光用聽的實在是不過癮，因為那些故事實在太精彩了．於是決心鼓動我三吋不爛之舌，一再催促她將之寫成文字。拖拖拉拉歷經快五年的光陰，總算把她的故事催生成功，費盡不少心血集結成書呈現給大家。在此，我也可以光榮身退，不枉我們好姊妹一場。

Theresa. 黃

萬寶華人力資源公司 資深顧問

2001年12月

推薦序　溫煦如陽光般的朋友

第一次遇見她，是在三年前與老公新婚的蜜月旅行中，她與她先生是同團的成員，他倆可是來八度蜜月的！我很少聽聞夫妻結婚八年了還會一起出遊渡蜜月，而他倆的恩愛，看在我們這對新婚夫妻的眼裡，真的很羨慕。有次小咪的鞋帶鬆掉了，她老公立即蹲下來幫她繫鞋帶，完全不介意別人的眼光；又聽說某日上班後天氣變涼了，她老公中午利用午休時間，衝回家拿外套送到她公司，這些看來不起眼的小事，卻可以看出倆人的恩愛，這對一個結婚八年的女人來說是很奢求的。當時的我在想，若我八年後還能跟老公如此恩愛，應該也算是婚姻經營成功一半了吧！

看著小咪的「成長史」覺得真的很有意思，就像看一齣連續劇般。首先，年屆不惑還能記得從小到大的事就已經很不簡單，再加上她豐富的生活及妙筆生花的文筆，讓這本小說更加精彩可期！以前的社會只崇尚男性偉人傳記，女人角色出現都只是偉大男人背後那位堅忍不拔的推手，現今社會顛覆了以往，開始嚐試著重閱讀女性作品，使女人也有抒發、揮灑情義的空間，可見社會趨勢也是一大助力呢！在此鼓勵大家多花些時間，試著回憶自己過往生活的點滴，不但可能像她這樣一寫成名，說不定還有意想不到的收穫呢！

喔!小咪的羅曼史可真不少，讓同樣是女性的我真是羨慕到極點，不過在羨慕的背後卻也疼惜這樣可愛的女人在感情路上的波折，可能是自己的職業病吧，看到她的婚姻經驗真是讓人於心不忍，從對婚姻的憧憬與懵懂、忍耐丈夫的嫉妒與無理、遍體鱗傷到決定放棄並放逐自己，相信現在的她一定很慶幸自己當時的決定，願意看清這一切、願意跌倒再自己站起來、願意勇敢面對未來的人，才有機會獲得更棒、更美好的人生！

相信不只對我一個人，對其他的朋友而言，小咪都是個溫煦如陽光般的朋友，對人永遠有發自真誠的關懷愛心，給人溫暖愉悦的感受，而且特愛照顧朋友，「朋友就像人生的另一扇窗」亦師亦友，就像她寫的「珊珊」一樣，看不到人性的陰暗面，只見到溫煦的陽光！不要只是羨慕她，只要願意，每個人都可以發光發熱！

余亭樺（現代婦女基金會　社工督導／社工師）

推薦序　生命中的摯友

小咪—是我高中時的學姊。

即使是在清一色西瓜皮的天主教校園裡，你也很難不去注意有這麼一位「特別」的女生。

她，永遠走起路來頭髮會隨之飛揚，比大夥都要略短些的藍裙，趁著清秀漂亮的臉龐，加上自信又慧黠的眼神，怎麼看都是標準的「風雲人物」！幸運的，她後來還成了我的乾姊！

正因為這麼個緣分，在出了校門的歲月中，雖然我們一直身處不同的階段，要不就是在不同的時空，但每隔一段時間，我總是會接到她親切、窩心的問候，三十年來不曾間斷。

聽說小咪姊即將出版她精采的四十年回顧，我有幸先一步拜讀，眼前馬上跳出她外向、精靈、堅強的模樣。天生麗質難自棄的她，原來有這麼多的戀愛史，雖然其中的坎坷令人心疼，但也讓人看到了一個不服輸的小女子，始終樂觀堅強，終於否極泰來的覓得了真愛。不論如何，小咪姊過了四十年多彩又豐富的歲月，經由她的敘述，您必定會訝異這些有悲有喜的日子，由她道來是多麼的不可思議又令人著迷啊！

汪家瑾（綜藝節目主持人徐乃麟之妻）

推薦序 我是季後冠軍

老婆寫書，要我加幾個字，以我疏陋的文才，本來是萬萬不敢在此耗佔讀者的時間，但憶及十二年前初識她時的情形，想小子何德何能，竟能贏得美人青睞，現在也就生出這捨我其誰，當仁不讓的氣概了。

十二年前，小咪出現在我的生活圈子裡，掀起了層層的漣漪，我自幼失怙，家中除兄姊外並無長輩，所以偌大的眷村房子常是同學朋友下班放學後的聚會場所。在我二十八歲這年，先是我的一位總角之交少俊自美返台識得了小咪，展開追求，很快的，美麗可人的小咪在我的這個圈子裡贏得了每一個人的喜愛--只除了我自己，原因無他，我一直沒機會見到她本人，每每我在深夜返家時，客廳裏總還擠了一堆人，一見到我就扼腕頓足地說，小咪剛走，我又錯過了看美人的機會。

小咪在這個圈子短時間累積起來的巨大能量，讓我好奇不已，漂亮的女孩比比皆是，究竟是什麼樣的人，讓大家都如此著迷？

然後少俊回美國，事情變得越來越有趣，每個人都開始說，其實小咪和我才是一對，眾人如此抬愛，我當然是酷酷的微笑以對，但其實內心早就狠癢難熬，只是苦無機會見面，又放不下身段開口向別人要小咪的電話號碼，這樣過了好久，終於，那被眾神祝福的、神奇的、魅惑的一夜來臨了，週五夜，沒有約會，百般無聊賴困坐家中的我正在洗澡，聽到客廳裡朋友可定打電話給小咪，邀約未果，我浴罷出來，擦著半濕的頭髮，驀地神志清明，拿起電話按下重撥鍵…

這段電話內容，請各位逕自到書中去尋找。

半小時後，我見到了她，我與可定坐前座，在民生東路五段口，小咪鑽進了我的車子後座，一路上我藉著偶爾閃進車內的街燈偷瞄後視鏡，所看到的美麗臉龐讓我恨不得能立刻把車子停下來，轉過身狠狠地瞧個過癮。好不容易我們車子停在敦化北路的一家酒館門口，我在車上的好奇，在過去半年當中的期盼，在我二十八年歲月裡的追尋，到了這時通通一股腦兒的衝上胸口，再也按捺不住，我快步追上正拾級而上的小咪，說：請轉過來，讓我好好看看你。

好吧！我必須承認，我是放肆了些。但是，有這樣放肆的我，就有這樣自信大方的她，小咪站定，回過頭來，一抹淺笑我尚未看清楚，一股亂風就把她的長髮吹覆在臉上，轟-----

我只希望我當時嘴巴沒有張著，那叫我目眩神搖的一笑，我鐵是當場傻愣住了，原本是想先來個下馬威，先讓她臉紅心跳，我就可以掌控全局，沒料到這下自己先出乖露醜，一著錯，全盤皆輸，唉～那時我就知道，我這輩子是大勢底定了。

愛妻呀，嘿嘿--妳恐怕當時也不知道，妳的下半輩子，就送在那一笑裡吧！

一夕長談，我們冷落了可定，但烘暖了彼此的心房。我漸漸覺得，無論她外表如何，只要我倆遇上了，只要我們能像這樣子交心聊天，我就會愛上她，我就會追求她，讓她成為我終身的伴侶。

一年後，我們結婚了。至今十一年，我每天都快樂。

前幾年小咪開始寫這本書，支持、鼓勵我是談不上，我想我僅是做到了不加干擾…見她同時要應付每天朝九晚五的工作，又得顧及家中生活的瑣事，我實是不忍，但因為題材單純如編年史，所以我就像看連載小說般的，每天期待著新的發展。

隨著書中主角珊珊荳蔻初放，我開始對其中一些章節頗感難以消化，直到有一次，我有個朋友問我，小咪在忙的書是寫些什麼，我回答說：「她從小到大的事」，停了會兒，我又補了句「羅曼史可真不少」然後我朋友問：「那難道不會困擾你嗎？」沉默了一秒，我硬著頭皮答：「不會」我朋友想了一會兒，然後說：「當然不會，因為你是季後賽冠軍。」

我是！

我想必也有些不錯的地方，要不，我就真是個非常非常幸運的傢伙。

2004年4月13日

自序 彩繪人生四十年

如果此生可以活到八十才告別，那麼四十歲生日時送給自己最好的禮物，就是對前半生的”追尋”，彷彿只有真正的瞭解過去，才能在此時此地站定，回頭對過去瀟灑一笑，揮揮手，然後鼓起勇氣向未來走下去。

記憶是很奇妙的東西，有些會留存下來，有些則被遺忘，如果給人足夠的空間，能在不同的階段記起不同的往事，在思緒間來去自如。我發現在這一生當中，對於情感的記憶比理性要來得多而且綿密，有些回憶很美，有些又慘不忍睹，要將之轉換成文字，會是一件大工程。

世上有兩種人：製造故事的人，和看故事的人。

回想快樂的事，不費吹灰之力；回想痛苦的經歷，則需要「勇氣」。事實上，不論承受的是肉體的疼痛，還是心靈的創傷，都是極大的痛苦，希望在記憶還沒有完全從這個世界上消失前，我能即時捕捉住那些在腦中稍縱即失的片段，聽說「書寫」可以用來克服疾病與痛楚，可以讓人吐露靈魂深處的苦澀與哀愁，是醫治創傷的最佳方式，而且對自己回憶的探索，常常是閱讀中最美麗誘人的風景，因此我決定來試試。

從小就喜歡信手塗鴉，文字也好，圖畫也好，總以為這樣訓練自己，長大以後會比較有氣質，當個不食人間煙火的作家，結果已是「一朵花」的年紀也不過就投了幾次稿給報社，寫過一陣子的美容瘦身專欄！沒啥了不得的成就。

早在十幾年前，就曾動過「寫書」的念頭，卻苦思找不到適合的題材，試著起個頭，來篇轟轟烈烈的愛情故事，又覺得怎麼也比不上瓊瑤女士的小說來得精彩而做罷。近年來，越來越多朋友遊說、鼓勵我，應該把我的成長經歷真真實實地寫下來，不用再去費心找題材，我的前半生就是一部精彩、刺激的電影。幾經思考，有些膽怯，又有些興奮，那心情就好像現在時尚的女孩，被朋友鼓吹去拍了一套寫真集，姑且不論她面貌是否美麗，身材是否姣好，至少她的青春不留白，於是我鼓足了勇氣提起筆……．

每個人的一生都有許多不同的經歷，有苦有樂，有悲有喜，在這個講究包裝的社會裡，我們常禁不住羨慕別人光鮮華麗的外表，而對自己的欠缺耿耿於懷，其實就我多年來的觀察，發現沒有一個人的生命是完整無缺的，每個人都少了一樣東西。有人夫妻恩愛、月入數十萬，卻有嚴重的不孕症；有人才貌雙全、能幹多金，情字路上卻坎坷難行；有人家財萬貫，卻有敗家子孫；有人看似好命，卻一輩子腦袋空空，也有人平平凡凡，庸庸碌碌卻是幸福快樂地過了一輩子，有人資質聰穎，從不須苦讀，照樣樣樣得第一；有人天天**K**書，大學重考三年仍舊落榜！你可曾想過，同樣是人，為什麼有這麼大的差別？這實在不公平，但天下事又豈能盡如人意？

生命並不單純，它充滿著各種困難和挫折，而這只是整個故事的一部分，是爬到高峰前所必須經過的有益訓練。我們必須用正面的態度去關切我們的問題，但不是憂慮，關心的意思是要去了解問題所在，然後很鎮定地採取各種步驟去加以解決，而憂慮卻是發了瘋似的在原地打轉兒，有位知名文人曾說過：「決定你命運的是生活，左右你生活的是思想。」不錯！如果我們想一些悲傷的事，我們就會悲傷；如果我們想到可怕的狀況，我們就會害怕；如果我們整日沉浸在自憐自艾裏，大家都會有意躲開你；如果我們想的都是快樂的念頭，我們就會覺得快樂，因為你並不是你所想像中的那樣，而你卻在過著你所想的生活。

常聽人家說：這就是我的命，認了！也常聽人家說：我偏不信邪，不甘願受命運擺佈。你是哪種人呢？

眾所皆知的拿破崙，他擁有一般人所追求的一切--榮耀、財富與權力……可是他在死前曾對好友說：「我這一生從來沒有過過一天快樂的日子……」，而海倫?凱勒--又聾、又啞、又瞎--她卻說：「我發現生命是這樣的美好！」

一個人，如果不曾失去什麼，就無法體會獲得的喜悅；不曾生病，就不會懂得健康的重要，沒有嚐過挨餓的滋味，很難去體會一口饅頭或清粥的甘美，一個看起來樣樣都有，卻是樣樣都沒有的人，是多麼的可悲！

也正因為生命帶給我的是這麼的艱辛不易，所以我也分外的惜福，隨著歲月的增長，我越來越明白生命中的每一天對我來說都是一份喜悅，一個值得好好去過的日子，更感謝老天，讓我曾經匱乏，我才會知足；讓我經過地獄谷，我才瞭解生命的可貴。人生總有些痛苦是要受的，有些代價是要付的，有些過錯是要犯的--但，只犯一次，絕不犯第二次，從前的錯誤也就是將來的智慧。

所謂的幸福，不在於你得到多少，擁有多少，而在於你體會了多少，又感受了多少。我很幸福，因為我擁有豐富的回憶。

名作家王鼎鈞先生曾說過：「人生在世，中年以前不要怕，中年以後不要悔。」這是經驗的提煉，智慧的濃縮，光是這「不要怕」和「不要悔」六個字，可能需要一部長篇小說才能說個清楚。但我相信對那些有慧根的人，這幾個字也就夠了，留點餘味讓人咀嚼，不是更好？

書寫，是與內心對話的一種形式，透過書寫，可以釐清很多疑問和心結，重新認識自己，達到治療內心創傷的作用，也是對自己的過去留下一份紀念。寫完之後，我有種如釋重負的感覺，好像從書寫過程中，獲得了新生一般，感覺從未如此輕鬆，這該是我最大的收穫吧！

這並不是一本日記，更不算是「名人自傳」，只是一個出生於普通人家的平凡女子，在大約15000個日子（從出生到現在約四十年）中所真實經歷的點滴，包括親情、成長、戀愛、工作、婚姻、生離死別等，其中有歡笑，有淚水。希望我可以用自己的親身經歷，伸出援手，去幫助那些曾經像我一樣徬徨在消極人生和自殺念頭當中的人，它可以是一種模範，或是一種警惕，做為其他有類似遭遇女性的參考，進而產生共鳴。

在我生命中所出現的人物，當然不只故事中這些，我只選擇性的記載，要描述身邊的人其實是很困難的，特別是要彰顯他的個性、特質，而你並不想讓對方知道他就是你所說的人時。

不論是男人、女人；好蛋、壞胚，為了顧全他們的隱私及名聲，我採用了杜撰的名字，因為頌揚無功，毀謗有罪。同時也為了增加故事的完整性，我改編了一些時間及地點。我想某些被我提及的人，如果有一天，他們發現被人家列為書中的角色，可能高興，可能不悅，就見人見智了，基本上我只是在敘述一個故事，絕對無意要傷害任何人的意思，盼讀者們諒解。

其實，每個女人的故事都是很珍貴的，尤其是絕大多數的女人都選擇隱忍、淚水往肚子裡吞時，那些感情豐沛、血淚交織的心路歷程，豈能忽視？隨著女性叢書的廣泛流行，當每個女人都勇於出書，毫不畏懼地向大眾展示內心傷口，男人們就得小心，謹言慎行了，免得淪為我下一部故事的男主角，就後悔莫及囉！

1988年12月10日初　稿

2002年3月25日修　正

目次

幸福.TXT

幸福.TXT

1

一九六六年，五歲　吳興街

咪咪輕手輕腳地爬下床，看看鐘，長針指著十二，短針指著六，仔細穿好由自己精心挑選的紅T恤配綠短裙，圍上「復興幼稚園」的蘋果綠小圍兜，慢慢地從二樓走下來。

大門外，地上已整齊的放著兩瓶帶點兒水珠的「味全果汁牛奶」，旁邊歪歪斜斜躺著一份爸爸每天早晨要帶到廁所去看很久的東西。咪咪小心翼翼地將牛奶和報紙放在飯桌上，拿著掃把、畚箕來到前院，一邊哼著「妹妹揹著洋娃娃，走到花園來看花……」，一邊開始掃著滿地落葉，其中還傳來清晨的露水味和陣陣的白蘭花兒香……，咪咪好喜歡這種「眾人皆睡，唯我獨醒」的感覺。

地掃乾淨了，再搬一張高板凳當桌子，一張矮板凳當椅子，就坐在院子開始練習寫字，約莫半小時的光景，她很得意地拿起寫滿自己名字的格子紙及一把大梳子，去把爸媽搖醒……「媽咪、爹地，起床囉！看咪咪今天寫的字漂不漂？」「嗯，咪咪眞棒！字寫的越來越漂亮了！今天到學校去，黃老師一定又要送妳一個『乖寶寶』貼紙囉！」媽媽邊說邊已起身，將咪咪拉到化妝台前替她整理那一頭又黑又濃的長髮，鏡中則是一個笑得眼睛瞇成兩條可愛弧線的小胖妹。

胖，並不是天生的，其實咪咪生下來就遺傳了父親的支氣管炎和輕微氣喘，三天兩頭感冒、咳嗽，不停地吃藥、打退燒針，完全沒胃口喝牛奶，非常的不好帶，而當時外國進口的預防針價格昂貴，費用相當於父親一個月的薪水，就更別提奶粉錢和醫藥費了。於是有親戚建議咪咪的父親去買一種彩色粉末狀的多種維他命一胖維他，每天一茶匙加入奶瓶中給嬰兒喝，可增強抵抗力，使胃口大開，父親姑且信之地買了一瓶給咪咪試試，酸酸甜甜的味道，咪咪一喝就愛，ㄋㄟㄋㄟ越喝越多，漸漸變得非加不可！胖維他成了生活必需品，抵抗力變好，感冒機率也明顯下降了，但咪咪卻像吹氣球一般，一天比一天圓了起來！

她當然知道這是一樣好吃的東西，曾經有一天，全家出動尋找失蹤的咪咪，沒人理解三歲的她能上哪兒去？結果媽媽在飯桌旁的地上撿起胖維他的瓶蓋兒，想了三秒鐘，掀起了桌布，赫然看見小胖妹躲在飯桌底下，正一匙一匙地吃的津津有味，媽媽急忙搶下空瓶子：「天哪！再這樣吃下去怎麼得了啊？」

*　*　*

咪咪的母親一美玉，系出名門，家有十個兄弟姊妹，排行老三，年輕時大姊、二姊和她，可是上海出了名的大美女，每天在門外排隊，等著獻殷勤的富家少爺不計其數，美玉卻沒一個放在眼裡。

美玉二十三歲那年，舉家遷來台灣定居，之後就在一家照相館擔任會計工作，認識了在隔壁電子公司上班，高高瘦瘦、沉默寡言的窮小子一張偉傑。

人的一生之中，充滿著一連串的機緣、偶然及巧合，以下的故事，皆源起於此。

偉傑每日總會騎著一輛黑色老舊，會發出吱吱聲的腳踏車來接送美玉上、下班，美玉倒是樂在其中，但是對於習慣轎車、司機出入的母親來說，可就分外地看不順眼了，每回遇到偉傑總是冷言冷語，甚至不理不睬，儘管嚴格禁止女兒和窮小子來往，卻絲毫無法動搖兩顆火熱、緊密的心。

爲了避免夜長夢多，兩人交往沒多久，就在那年的New Year's Eve公證結婚了。沒有白紗，沒有喜宴，更沒有親朋好友們的祝福，只有丈母娘送上火辣辣的耳光一個，偉傑發誓要力爭上游、出人頭地，給美玉過最好的生活來雪恥，費盡千辛萬苦，偉傑做到了！美玉的母親如果地下有知，應該慶幸女兒這麼固執的脾氣和萬中選一的好眼光，目前倆人正在甜蜜的計劃如何歡度結婚五十週年慶呢！

偉傑是獨子，出生於一九三〇年，從小在重慶唸書，他的母親守寡多年，獨自經營由父親遺留下來的西點麵包店，含辛茹苦地將兒子帶大，偉傑的個性敦厚，勤儉耐勞，對於嚴厲的母親更是百依百順，不敢有半點違抗。

由於當時的時局已非常不好，他剛從「重慶大學」電機系畢業，母親就賣了麵包店，湊足旅費逼他到台灣去發展。偉傑當時只單純的想，或許台灣眞有不錯的賺錢機會，雖然那裡人生地不熟，也許一、兩年後等一切穩定了，就可以回來接媽媽去同住。但人算永遠不如天算，偉傑哪會想到這一別竟是永別？就在他赴台的第一個月，大陸就淪陷了，他想盡一切辦法也回不去了。後來輾轉由香港親戚帶來一些母親的消息，得知她被共產黨抓去勞改，房子被充公，剩餘一點點積蓄也被沒收，每天要準備廠房裡將近三百人的伙食！如此積勞成疾，五年後就因病過逝了，消息傳來後，好長好長一段時間都不見偉傑吭一聲，那也是咪咪此生中第一次見到父親落淚……。

咪咪有個大她七歲的哥哥一立民，聰明、調皮是個性，健壯、眼睛大是特徵，打從民民懂事起就整日纏著美玉：「媽咪，我要一個妹妹陪我玩。」

「爲什麼要妹妹，不要弟弟？」

「隔壁江伯伯家的弟弟好討厭，一天到晚搶我的玩具，而且他流鼻涕都不擦，好髒，我不喜歡弟弟！妹妹比較漂亮，我喜歡妹妹！」好像分析的頗有道理。

「可是媽媽沒辦法說生就生啊！更沒辦法決定要弟弟還是妹妹啊！」美玉並不想敷衍了事。

「我不管！我不管！我就是要嘛！」民民就這樣不放棄地鬧了幾年，也許是老天爺被他的誠心打動，在他八歲那年，送了一個明眸皓齒的小胖妹給他，全家的歡喜，可想而知。

某日中午，美玉在辦公室突然想起忘了繳房租，決定臨時跑回家去拿錢，正巧撞見當時才一歲的咪咪從娃娃車內站起來，不知道是渴了還是餓了，邊哭邊踮起腳尖用手去勾旁邊桌上正在冒煙、未蓋上蓋子的熱水瓶，被美玉衝進來即時扶住，僅差一秒鐘就要闖下大禍。美玉這一驚非同小可，立刻殺到隔壁吳太太家，找到當時正聊天聊的口沫橫飛，負責照顧咪咪的褓姆，當場請她滾蛋！從此開始做全職的家庭主婦，以偉傑當時一份微薄的薪水養一家四口，美玉的犧牲可謂不小。

*　*　*

在沒有搬到吳興街之前，咪咪一家四口住在東門町，某棟公寓的三樓，每天中午十二點整，美玉會站在後陽台上看著隔了一個操場之遙的托兒所放學，絲毫不費眼力就可以看見一隻不斷揮動的小手，邊笑邊跑的越來越靠近，明知小寶貝聽不到，美玉仍會揮著手喊：

「媽咪看到妳了，慢慢走，小心摔跤！」，「寶貝乖，別跑啊！」

不管美玉怎麼喊，咪咪總是滿臉通紅、氣喘噓噓的衝進家門，一頭栽進媽媽懷裡：「媽咪有沒有想咪咪？咪咪好想媽咪喔！」

「唉！這麼會撒嬌，想不疼妳都難。」美玉露出深深的酒窩，無奈卻窩心地搖著頭。

俗語說：三歲看大，真是不錯！三歲的咪咪已不甘願天天過著一成不變的日子，有事沒事就會出點狀況，弄得全家雞飛狗跳，也不知道她究竟是故意的還是無心的？

一天中午十二點，美玉如常地站在後陽台上看著托兒所放學。（咦—奇怪！一大堆小朋友都出來了，怎麼沒看到小寶？）（可能是被老師留下來講話，再等等吧！）（不對勁！學校已經沒人了！小寶會上哪兒去？都快一點鐘了……）

美玉立刻跑到學校，遇上正要離開的范老師：「范老師，妳有沒有看到張珊珊？她到現在還沒回家！」

「怎麼會？她應該和其他小朋友一起走的啊！而且她那個急驚風，永遠都是跑第一的，我一說放學，她就不見啦！會不會在路上出了什麼事？」

美玉明白在這兒問不出個所以然，就立即沿著咪咪回家的路折返，希望能在路上發現些蛛絲馬跡，美玉滿心期盼咪咪只是在跟她玩躲貓貓，或許現在回去她已經坐在樓梯口等了，但一直回到家中，美玉什麼也沒發現！開始全身無力、四肢癱軟的倒在沙發上啜泣……

（小寶，妳到底上哪兒去了？妳知不知道媽咪有多著急啊？）（我該怎麼辦？要怎麼告訴偉傑？該不該去報警？老天爺！請妳保佑咪咪快點平安回來，我以後一定自己去接送她，絕不再讓她迷路……）

下午三點多，民民也放學回來了，這時的美玉已說動左鄰右舍的太太們，一大群人在附近的巷弄尋找咪咪的芳蹤，民民也不知道該怎麼辦，只是一味地跟在聲嘶力竭的媽媽身後，好像這樣能夠有所幫助。

直到快四點鐘，所有人都累了，放棄了，勸美玉再回家等等看，美玉雖然不死心，但也不能勉強人家，只得再三道謝，各自回家，才剛進家門沒幾分鐘。

「媽咪，我回來囉！妳看我給妳帶什麼東西回來？」

她尚未察覺事態嚴重，一如往常的滿面笑意。

「妹，妳跑到哪兒去了？妳知不知道媽媽到處去找妳找不到都哭了？妳該糟了！」民民一把拉住咪咪警告她，咪咪這才發現從來不會生氣的媽咪，竟然鐵青著臉，一言不發的瞪著自己……。

「媽咪，不要生氣啊！我告訴妳，今天早上……」咪咪仍用慣用的技倆去搖晃著媽媽的手臂。

「不用跟我解釋……任何理由我都不聽！妳放學不回家就是不應該，還給我玩到這麼晚才回來！看我今天不好好修理妳……」

美玉邊說邊去找了把偉傑製圖用的大鐵尺，將咪咪一把揪過來按在床邊，脫下小褲褲就打！

咪咪從來沒有不乖讓爸媽生氣過，當然不知道被打是什麼滋味，儘管小屁屁上肉很多，一陣陣火辣和錐心的刺痛，仍使得咪咪哇哇大叫：「媽咪，不要！不要啊！好痛……哇～～」

咪咪開始痛哭失聲……。

「妳說，下次還敢不敢亂跑，不回家？」美玉憋了一下午的焦慮、慌亂，這會兒全一股腦兒的化爲力氣。

咪咪哀號的上氣不接下氣，只顧著哭，還來不及回答，美玉又是幾鐵條抽下來……

眼睜睜看著細皮嫩肉的小妹挨打，民民雖然不忍心，也只是站在一旁不敢吭氣，就在此時，偉傑下班回來，看到這幅景象，完全不能相信自己的眼睛！愣了片刻，才被咪咪的慘叫聲驚醒……。

「美玉！妳快住手！再這樣打下去會出人命的，快告訴我是怎麼回事？」偉傑抓住她的手，將鐵尺搶下，扶著仍氣的發抖的美玉到沙發上坐下來，趕緊抱起寶貝女兒，檢查傷勢，一條條鮮紅色的浮腫，看的偉傑心疼不已。

「咪咪乖，不哭，告訴爹地是怎麼回事，爲什麼惹媽咪生氣？」

咪咪抽抽搭搭的說：「嗯……小琳……都是小琳害的……嗯…

…她爸爸昨天……從……從………日本回來……嗯……有一盒蘋果……你和媽咪都愛吃……小琳叫我去她家拿……嗯……放學好餓……趙媽媽給咪咪吃麵麵……咪咪拿了兩個蘋果……回來媽咪就……就……嗯………哇……」咪咪越說越傷心，又嚎啕大哭了起來。

偉傑聽完，立刻心裡酸酸地將可憐的寶貝緊緊擁在懷裡。

「唉！都怪我錢賺太少，買不起蘋果……」

「不哭、不哭，小心肝！爹地媽咪謝謝妳送蘋果給我們，但是妳應該先回家告訴媽咪一聲再去，否則媽咪找不到妳，以爲妳被壞人抓走了，媽咪好害怕啊！結果妳只是去趙小琳家玩，媽咪當然會生氣啊！快去跟媽咪說對不起，下次不敢了。」

「嗯……不要！……媽咪不喜歡咪咪了！……嗯……咪咪沒有不乖……好痛啊！咪咪也不喜歡媽咪了……」倔強的小妮子也不是肯輕易妥協的。

「亂講！妳快去跟媽咪道歉，叫她不要再生氣，媽咪還是會像以前一樣喜歡妳的。快！」

「……嗯……」仍是一肚子不甘願，她怯生生，邊流著鼻涕，紅著眼框又受盡委屈地嘟著小嘴，一小步一小步慢吞吞的挨近美玉身邊：「媽咪……對……對……」

美玉早已一字不漏的聽了個仔細，一把抱住了早熟的叫人心疼的寶貝，一時之間，擔心、害怕、焦急、氣憤、疲憊……所有錯綜複雜的感覺，都化爲感動的淚水而決堤。

三十幾年來，這是咪咪第一次，也是唯一的一次被媽媽修理，至今仍是爸媽茶餘飯後的話題，而每當咪咪看到孫越的公益廣告：「夜深了，打個電話回家吧！」總是略帶委屈的回答：「唉!現在的小孩子眞是幸福，家家有電話，還每個人有大哥大！哪像我小時候……」

咪咪是一個非常細心、乖巧、孝順、聰慧的女孩兒，雖然家庭環境不是很富裕，但父母親堅持要讓她受最好的教育，於是費盡心力地將她送進當時首屈一指，升學率第一的貴族學校，爲了培養她的興趣，也一週兩次地送她去學彈鋼琴、畫畫和跳芭蕾舞，咪咪也自動自發地認眞唸書、做功課，學每一樣「功夫」，從不讓父母操心，樣樣成績拿滿分，每學期都是前三名，更是老師們心目中的心肝寶貝、開心果。

每個星期日，咪咪總是準六點起床，也絕不讓民民多睡一分鐘懶覺。

「哥哥，哥哥！快起來啦！快點帶我去倒馬桶啦—」

「妹，乖！不要吵我，讓我再睡一下，下午再帶妳去投籃，OK？」

原來因爲咪咪又矮又胖，籃球對她來說又大又重，籃框好像長在天上，以致投籃姿勢很古怪。民民的一幫死黨、球友們就取笑她的投籃動作好像在「倒馬桶」，但好勝心強的咪咪並不以爲意，反而越投興趣越高。

其實這時候的她已經喜歡上享受眾星拱月、萬綠叢中一點紅的特殊待遇，這些大哥哥們還不到懂得憐香惜玉的年紀，卻剛巧大家都沒有妹妹，加上咪咪愛笑、可愛的個性，每個男生多少都會讓著她、照顧她，特別是大伙打完球一塊兒去「台北醫學院」對面吃早點，每個大哥哥都會多少分一些東西給她吃，或是替她將滾燙的豆漿吹涼，咪咪也從不拒絕大家的好意，送到嘴邊的蛋餅、包子、燒餅、油條好像都特別的香，不吃光光怎麼對得起人家呢！

在咪咪心目中，民民除了是最佳玩伴之外，還是本天文地理無所不知的活字典。有時候，民民會蹲在後院的地上，手中拿著放大鏡，聚精匯神的要用太陽光燒死一隻小螞蟻，咪咪雖然覺得很殘忍，卻不得不佩服哥哥不用火柴，也能把地上的樹葉燒出個焦黑的洞！他也能不費吹灰之力地捉一瓶子的螢火蟲給她玩！他更擅長在滿天星斗的夜晚，認出北斗星、小熊星、獵戶星……，看著妹妹驚奇、崇拜的表情，做哥哥的得意自是不在話下。

咪咪和一般女孩兒有很大的不同，她不愛玩洋娃娃、不愛哭鬧，總是靜靜地跟在哥哥身後，仔細研究民民的一舉一動，好像身爲男生比較有意思！她也非常會有樣學樣，舉凡刀槍、彈弓、翻牆、爬樹，沒一樣難得倒她，望遠鏡、顯微鏡、汽車、飛機模型，更是一教就會，廢寢忘食，兄妹倆一天到晚秤不離鉈，動不動就從屋內打到屋外，再從院子打進臥室，可別誤會他們在打架，他們可是全神貫注的在比賽打彈珠呢！

一直非常寶貝妹妹的民民，有一天竟然差點失手殺了自己的親蜜玩伴。

玩具槍，哪個男生沒有？眞槍，可就稀奇了吧！民民每天和爸爸吵著要買槍，不是玩具槍，而是要那種可以打稻田裡田鼠、野兔的獵槍，這可是個困難度很高的要求啊！

極寵愛獨子的偉傑，不知道透過什麼管道，一天下班回家時，他肩上就扛了把又重又長，用布包著的氣槍！立民的興奮就不必形容了。

從此，每到假日，立民就和一群朋友到田裡或是堤防上去射擊，卻堅決不帶咪咪前往，說是危險。

「我不管！我不管嘛！你現在都不陪我玩，也不跟我打彈珠，整天就是去玩槍，我不跟你好了啦！」那小嘴絕對可以掛三個油瓶。

「妹，乖嘛！不是我不帶妳去，妳又拿不動，而且這雖然用的不是眞的子彈，可是鎳彈也是有殺傷力的，我必須很小心，妳在旁邊，我無法分神去照顧妳啊！」

「可是…人家想看你射擊嘛！你一定很厲害，對不對？打給我看嘛！」咪咪用盡撒嬌的本事。

「好啦！好啦！我去後院打給妳看，妳先去找幾個空的火柴盒來當靶」，「耶—哥哥萬歲！我馬上去拿………」

沒一會兒，就看立民聚精會神的在睜一眼閉一眼地瞄準，咪咪坐在他身後的小矮凳上蠢蠢欲動……

「碰—」一個火柴盒應聲飛了出去。

「哇！哥哥好棒！好棒！打到了耶！再一個，再一個！我還要看—」，有這樣熱情、捧場的觀眾，誰不想好好現一下啊？立民裝好子彈，又再瞄準下一個目標。

可能是瞄的時間稍微久了點，咪咪實在等的不耐煩，想要去把火柴盒移動一下位置，竟無聲無息的突然向前跑去……

「碰—」子彈飛了出去！沒有打中火柴盒，只見咪咪背對著立民，像木頭人般的釘在原地，一動也不動！

「妹！妳有沒有怎麼樣？爲什麼要跑過來？我不是叫妳坐著不准動嗎？在瞄準的時候妳怎麼可以跑到我前面？妳不怕我打到妳嗎？'笨蛋！」嚇一大跳的立民把槍丟在地上，立即衝上前去拉住咪咪，對著她大吼。

咪咪不說話，只是瞪著一雙大眼睛，愣愣的看著立民，幾秒鐘後………

「哇—我…我…頭痛……」終於哭了起來。

「頭？哪裡？我看！」，撥開濃濃的頭髮，赫然看見一條血路！

「媽咪啊！趕快帶小妹去看醫生，她受傷了！」

還好，只是擦破一點皮……頭皮，那顆子彈如果再低個一釐米……。對不起，接下去三十幾年的故事，也沒什麼好說的了！那如西瓜子般大小的子彈，可以進入腦袋，卻是絕對沒力穿出腦袋，停留在裡面，就不一定是開刀能挖得出來的了！

各位可以先喘口氣，歇一會兒啦！人家說大難不死，必有後福，對不對？但看樣子，這還不算是「大難」，因爲「後福」一直沒來呀！

*　　*　　*

夏天到了！酷愛游泳的立民，少不了又是狐群狗黨的去游泳池玩水，仍舊沒有咪咪的份。

「我不管！我不管！我也要去嘛！」……（老套）。

熬不過她的苦苦哀求，一個週日，偉傑和美玉決定帶著兄妹倆一起去巷口的一家「小西湖游泳池」消暑。

「Happy！Happy！眞Happy！」，咪咪紮了個啾啾頭，穿上生平第一件大紅色的游泳衣，套上一個畫有小烏龜圖案的救生圈，趴在池邊踢水。立民起先一直陪在旁邊，看爸媽一直在岸上觀望，都不準備下水，於是………

「妹，我從這邊游過去，再游回來給妳看，妳手扶著邊上，不可以放開，知道嗎？」，「好！」

蛙式、蝶式、自由式……立民正在努力展現自己的功夫，頭也沒回……

身高不到一百公分的小胖妹，待在一米八深的大人池裡，腳自然是搆不著地的，好在有個游泳圈，可是，說時遲那時快，忽然水裡有個大個兒用身體頂了咪咪一下，將她上半身給頂出水面，她兩手一鬆，再落下就整個身子從游泳圈中竄了下去………

咕嚕…咕嚕…「啊！好多白色的泡泡！好…漂…亮！」咕嚕…咕嚕…吸…用力…吸…「沒有……空氣…啊……救……救……」

立民快速又敏捷的游到對岸，才換口氣想要游回來，回過頭望向妹妹的方向，滿池的人頭鑽動，遍尋不著，看看爸媽身邊也是不見蹤影！再回過頭，看見那個小烏龜救生圈，空空盪盪地隨波飄浮，旁邊有個小啾啾………

「糟糕！」立民盡全速的游了回來……

「嗯—頭…頭好痛啊！這…是哪兒？」

「醒了！醒了！寶貝，妳終於醒了！有沒有哪裡不舒服？要不要喝水？」美玉握著咪咪的手焦急的問。

「我…好想吐……喔」……嘩啦……

「哎呀！眞是要命！一直發高燒，又吐成這個樣子，我看還是送醫院去吧！」偉傑認爲咪咪病得一定不輕。

可憐的小姑娘，自從喝飽泳池的洗澡水，窒息昏迷過去後到現在已經將近一個小時，立民一直爲沒有看好妹妹而自責不已，坐在角落不敢出聲，其實咪咪這條小命也是他眼尖，反應快才及時救起的，否則……所以也沒人忍心責備他。

送去附近的診所，醫生替咪咪打了退燒針，拿了些消炎藥，就叫他們回家休息了。

「小朋友目前的氣管和胃裡都淤積了不少髒水，讓她吐吐乾淨，沒關係的，給她吃些清淡的食物，休養兩天應該就沒事了。」聽醫生說得好像很輕鬆，咪咪卻是發燒、咳嗽、又吐、又拉，折騰了整整一個星期才漸漸好轉，小命又去了半條！

經過這次的「滅頂之災」，咪咪得了嚴重的「恐水症」，打死再也不敢下水了。

* * *

中、老年的讀者們或許還記得，三十幾年前的吳興街，有一條又寬又長的臭水溝，平時除了會聞到些怪味，似乎並未帶給大家任何的不便，而只要來個颱風加上豪雨，保證滾滾江水向東流！流到整條街變成整條河，流到每戶人家的院子，流進每家人的客廳，這時候最高興的莫過於小孩子了，除了可以放一、二天颱風假，還可以不照常規的做許多事，例如：咪咪的父親總是會拿片及膝的厚木板堵在房門口，兩邊砌上水泥，防止臭水淹進屋內，民民則會幫爸爸將電視機、唱機、沙發、冰箱等怕泡水的家電用品用磚塊墊高，咪咪則雞婆又興奮的像隻小蜜蜂，跟在媽媽身後不停地嗡嗡嗡—

一。

「媽咪！要記得準備乖乖、番茄、三明治，還有蛋糕喔！」，「媽咪！還有蘋果汁、酸梅、牛奶糖、棒棒糖！」，「媽咪！我還要……」

「好啦！我的千金大小姐，妳以爲我們會搬到二樓住一個月啊！只要夠我們四個人吃的東西，能夠渡過今晚就好了，眞是叫我拿妳要吃的！妳還怕媽咪會餓著妳啊？我倒是該準備些蠟燭和火柴，還有收音機，今晚一定會停電……」

「哇！好棒！好棒！又可以坐在地上野餐，又可以叫哥哥講鬼故事啦！」她又歡呼又拍手的。

「媽啊！有沒有看到我的撲克牌？」民民早已計劃好晚上要做什麼了。

入夜以後，戶外是風雨交加，木製的窗框被強勁的風勢吹得嘎嘎作響，燭火也閃動的厲害，不過絲毫不影響這一家人開心地輪流說故事，玩拉黃包車、猜烏龜、吃東西，咪咪滿足地坐在爸爸的大腿上，好希望時間就此停止，天永遠不要亮……。

2

一九六九年，八歲　醫院

快樂的時間總是過得不知覺。轉眼間，咪咪已是小學二年級的學生了，小胖妹也略爲清瘦了些，不知是長高了還是愛美了，她開始不再亂吃糖，但走到哪兒仍舊搖著兩條過腰的麻花辮，上頭綁著兩個大紅蝴蝶結，深怕別人記不住她。

一天傍晚，咪咪如常的坐校車放學回家，屋內一片漆黑…。

「媽咪！我回來囉！妳今天怎麼沒在門口等我？我想要吃杏仁豆腐！」

「媽咪！媽咪！」咪咪邊叫邊跑進廚房、浴室；衝上二樓的臥室尋了一圈…，「咦……家裡怎麼沒人？媽咪不會在這個時候出去的啊！」

「啊！冰箱門上的小企鵝下面有紙條！」

「咪咪，我帶媽媽去看醫生，妳乖乖做功課，肚子餓就先吃桌上的麵包，我們很快就回來。爹地留。」

「唉—可憐的媽咪，她最怕看醫生了，每天說頭痛，希望醫生不要在她頭上打針才好，沒有杏仁豆腐，我就只好先來吃麵包吧！」

咪咪以爲只要等個一、二個鐘頭，一切事情又會恢復常軌，全家會在六點準時開飯，她絕不會想到，這只是一個夢魘的開始……。

是夜，美玉並沒有回家，偉傑直到十一點多才趕回去，隨便收拾幾件衣物及盥洗用品，看民民和咪咪都睡的香甜，也不忍心叫醒他們，又匆匆出門去。

第二天早晨，兄妹兩如常的各自吃好早點上學去，但是都心情沉重的知道大事不妙，爸媽從來不曾一夜都不回家，一定是媽媽病得嚴重，重到要住院了！

對小孩子來說，一天之中除了上學以外，最重要的事莫過於吃飯和睡覺。而一個家庭頓失家庭主婦，不用很久，才幾天的光陰，所有事情就都不對勁了！衣服沒人洗，飯菜沒人煮，屋子沒人收拾，也沒人能替他們準備第二天中午的便當了……，冰箱裡的牛奶、麵包也早就被消化殆盡，誰有空再去補充？

已經上初三的立民，由於課業日趨繁重，經常放了學還要留下來補課，或是去上補習班，沒人知道他的晚餐是怎麼打發的！咪咪每天下午四點多放學回家，就自己去找大同寶寶，挖出一塊錢銅板，去巷口買個波蘿麵包充饑。自從咪咪開始上小學，爸爸就每個星期發給她一塊錢作零用錢，她都只存不提地餵給了大同寶寶，這會兒她已深切的體會平時儲蓄的重要。

好過歹過，日子總是要過，就這樣原本非常和樂，天天共餐的一家四口，一個星期沒有見到彼此，也從此沒有再從這家的窗戶裡傳出一丁點兒的笑鬧聲了。

這天晚上，咪咪正邊啃著麵包邊做功課—（好想……好想媽咪呀！妳為什麼都不回家？咪咪每天都好餓啊！大同寶寶也越來越餓…妳再不回來…我們要怎麼辦啊？）想著想著就潸然淚下。

這時候，偉傑精疲力盡的走了進來……「爹地！你……怎麼變樣子了？你的鬍子好長啊！媽咪呢？怎麼沒跟你一起回來？你說話呀！媽咪怎麼了？」咪咪著急地扯著爸爸的衣袖追問。

「小寶乖！爹地好累，已經好多天沒有睡覺了！媽咪一直發高燒，要住在醫院裡，不能回來……，前幾天，我們住在一個又髒又小的醫院，是爹地朋友介紹的，說那裡有個很好的腎臟科醫生，他給媽咪打很多針，吃很多藥，媽咪還是高燒不退，又頭痛的不得了，爹地沒辦法，昨天只好把她轉到『台灣療養院』去，那裡又乾淨又漂亮，最重要的是他們有很多外國醫生，可能有辦法醫好媽咪的病，可是…唉—醫藥費會貴的嚇死人！不管花多少錢，我們都要想辦法讓媽咪好起來，對不對？」

「嗯—媽咪好可憐喔！我……可不可以去看她？我好想她啊！」

「醫院裡都是細菌，我怕妳會被傳染，再過幾天看看，只要醫生說可以，我就帶妳去，好不好？」

偉傑又餓又渴，走過去打開冰箱才發現這只是飯廳裡的裝飾品，裡面空無一物！這才想起來，「咪咪！妳每天肚子餓都在吃什麼東西呀？」

「喔，我每天早上一個波蘿麵包，中午一個波蘿麵包，晚上再一個波蘿麵包。」

「這怎麼成呢？！妳這樣吃不飽又沒營養的啊！我……得來想個辦法才行……」

第二天傍晚，偉傑利用回家梳洗的時候，順便替咪咪打包了些換洗的衣物，牽著穿著制服、背著書包的咪咪來到一條巷子以外的柯伯伯家，咪咪當時以爲只是來暫住兩天，雖然心裡面老大不願意，但如果這樣能讓爹地放心，她也就逆來順受吧！最重要的是有人可以煮飯給她吃，不用再去心疼地挖大同寶寶了。

柯伯伯是偉傑公司的同事兼好友，同時也是從小看著咪咪長大的，託給他照顧眞是再放心不過了。但是咪咪並不瞭解大人們的世界都是怎麼一回事，對於他們在做什麼，想什麼，爲什麼人前一套人後一套，有著太多的問號？！

偉傑告訴老柯：「我已經向公司要求留職停薪了，我太太目前尚未脫離危險期，等她情況穩定，請到特別看護，我就會回去上班，至於我的小女兒，她很乖巧，不會頑皮的。但是每天放她一個人在家，我實在不放心，就麻煩你和大嫂替我照顧她，也許十天半個月，我也不曉得會多久，只要情況好轉我就會來接她的，一切多拜託了！」

「嘿！快十年的老同事了，還需要說那麼多？不會有事的，你放心！自己好好照顧自己，別累垮了啊！」

柯家的成員，除了有爸爸、媽媽以外，還有兩個上專科的大哥哥（柯老大和柯老二），和一個唸初中的大姊姊，外加兩隻看到生人就齜牙咧嘴的大狼狗。

這是咪咪生平第一次離開家，寄居在別人家裡，她自然懂得要處處識相，不能惹人嫌。

剛走進客廳的咪咪，已經被震耳欲聾的狗吠聲嚇得腿軟，怯生生地坐在沙發上，兩隻手不停的搓揉著身上的百褶裙，柯伯伯並沒有將她介紹給屋子裡的任何人，好像她只是個不重要的擺設，隨手擱置就忘了她的存在。

這一擱……就是幾個小時過去了！咪咪連動都不敢動，她深怕稍微一動，那兩隻大狗又要亂叫，萬一吵醒了任何一個在午睡的人，可怎麼得了？

這時候的咪咪已經非常非常想回家了，卻尷尬的完全不知所措……

「如果我現在偷偷溜走，他們會不會去罵爹地啊？不對！是我一定會被爹地罵，可是他們家爲什麼都沒人理我呢？要這樣坐到晚上嗎？我好想去上廁所喔！可是廁所在哪裡？我可以自己去嗎？」

就在咪咪心慌意亂的時候，柯老大和柯老二放學回來了，一進家門，就不客氣的嚷嚷：

「唉唷！我的媽呀！是哪裡來的醜小鴨、野丫頭啊？嗯，快說！妳在我們家客廳裡做什麼？是來偷東西的嗎？書包拿過來給我檢查！」

老二說著就一把抓起了咪咪的書包，咪咪爲了保護自己的財產，死命抱住書包不放手，老大見狀立刻過來幫忙，一巴掌就把咪咪打到地上！書包裡的紙、筆、作業簿、鉛筆盒……散落了一地……

「哎呀！我說呢！客廳裡怎麼吵吵鬧鬧？原來是你們兩個回來啦！肚子都餓了吧！就快開飯啦！」柯媽媽見到眼前這幅景象，竟然是不聞不問就走進廚房去了！

咪咪撫著火辣辣的臉頰，咬緊牙關從地上站起來，拍拍衣裙，從老二手中搶下書包，自顧自的將撒落一地的東西撿起來放回去。

「嘿！看不出來這個小啞巴還挺有個性的，竟然不哭不鬧也不說話……這樣還有什麼好玩的呢？老大，你看我們還有什麼辦法來整她？」

「先等等，待會兒問問老頭她是什麼來歷再動手不遲，先吃飯吧！」

咪咪心裡又氣又恨又委屈，這還是搬來的頭一天哪！往後的日子要怎麼過？

（哼！沒教養！等會兒看我不告訴柯伯伯才怪！哇—好香！快要吃飯囉！）

咪咪仍舊乖乖地坐在沙發上等，聽見柯伯伯和柯姊姊從樓上下來，很快地，他們一家五口就入席開動了，咪咪一直耳朵尖尖的等待某人叫喚她，卻聽見柯姊姊說：「媽啊，怎麼不叫那個小妹妹也來吃飯？」

「哼！我剛下樓就看到她跟老大、老二打架！第一天到人家家做客，就這麼沒規矩，罰她不准吃飯……」

咪咪的一顆心，咚！的一聲跌落谷底……

（天哪！這是什麼樣的媽媽？叫我怎麼樣都可以，就是別叫我不吃飯，我真的餓的受不了！我求求妳……）想歸想，那兩片倔強的小嘴唇，始終緊緊的抿住，代表無言的抗議。

「這是老張的女兒，他老婆住院，沒人照顧，所以，大概會在我們家住幾個禮拜吧！」柯伯伯說。

「喔……搞了半天是個沒人要的野孩子啊！那我們還要出錢養她嗎？」老二問，「萬一那個老婆病死了，我們就得養一輩子囉一？」老大揶揄一句。

「當然不，憑你爸的收入，養我們幾個都有問題了，哪來的閒錢養別人啊？」柯媽媽故意提高了嗓門。

（既然有困難，又爲什麼要答應爹地讓我來，還猛說沒問題？那我以後怎麼辦？）咪咪擔心、害怕、不解的想著……，淚水又不聽話的湧進眼眶裡。

晚上快九點，柯媽媽終於願意過來和咪咪講話了：「喂—跟我來！」

「這是浴室，每天晚上九點是妳的洗澡時間，等全家人都洗完，就輪到妳了，不過通常最後一個洗的都已經沒什麼熱水了，別說我沒提醒妳啊！妳有三分鐘的洗澡時間，不可以玩水，也不可以打肥皂，如果被我發現妳不守規定，我就拿皮鞭抽妳，讓妳知道不聽我話的後果……，過來！這是柴房，我們家沒有多餘的房間和床給妳睡，所以妳就睡在這兒，快去洗澡睡覺，以後沒事別來煩我！」

這是今生第一個無法成眠的夜。永遠記得，記得永遠……

咪咪怕壓皺制服，換上了睡衣，梳理好一頭長髮，一身整齊乾淨的躺在陰冷朝濕又充滿霉味的稻草堆上，沒有貓咪枕頭，沒有小熊被被……，滿心的悲悽已完全取代了饑餓的感覺，此刻陪伴她的只有一顆泛黃的二十燭光燈泡，和幾隻餓了一世紀久的大蚊子……

（媽咪…妳在哪裡？爲什麼不要咪咪了？我不喜歡住在這裡，他們也不喜歡我，可是，我什麼時候才能回家？媽咪……）

呀……一聲，柴房的門被輕輕推開，只見柯姊姊躡手躡腳的閃了進來……

「這是我剛才吃晚飯省下來的饅頭和半碗青豆…給妳……別讓

他們知道是我…否則我們兩個都遭殃！快吃！我走了。」

「……柯姊姊……謝謝妳！」

看著手裡的饅頭和豆子，咪咪終於忍不住的痛哭失聲，繼而想起不能給人發現，立刻將饅頭塞進嘴裡，一口接一口，和著淚水吞……。

雖然，她只是個八歲的小女孩，卻有了龐大的寂寞與哀傷。

這才只是一個開始，接下去的日子過的大同小異，不一樣的戲碼就在於老大和老二每天下課回來以後的「遊戲時間」。

「小鬼！把我的制服燙好，燙的不挺，明天就揍妳！」

「喂！把我的皮鞋上鞋油擦亮，待會兒來檢查，不夠亮就掐死妳！」

「野孩子！快去巷口給我買包煙，買錯牌子或是找錯錢，看我不放狗咬妳才怪！」

咪咪總是在最短的時間內完成任務，但別指望會得到誇讚，那兩個流氓仍舊找得到碴使咪咪身上青一塊紫一塊，或是揪著她的辮子去撞牆！她從不哀求，從不討饒，她能告訴誰？只是練就出了一雙恨意銳利到可以殺人的眼神，也激發了她「巨蟹座」的報復天性，這使得老二漸漸有點兒不太敢來招惹她。

咪咪實在是怕死了這兩個兇神惡煞！在她善良純眞的心裡，怎麼樣也想不明白天底下爲什麼會有那麼壞的人？除了想盡辦法要讓她的皮肉受痛，還要攪盡腦汁殘害她的幼小心靈。不明白，也不想明白，但是她的本能告訴她什麼時候可以將就，什麼時候絕不妥協，既然無力反抗，她就必須學會保護自己，於是盡量拖延放學回到柯家的時間，以避免和他們起正面衝突，反正他們也不會等她開飯，而那兩個惡霸通常吃過飯就會被柯伯伯趕到樓上去唸書，極少下來。

那麼四點到六點這兩個小時，咪咪能去哪？

她沒有一天不期盼可以看到爹地的身影，來接她回去或是去看媽咪，但是日子一天一天過去，好像連自己家人也忘了她的存在。

大多數時間，她會一個人蹲在池塘邊看魚、看小蝌蚪；有時候會坐在大石頭上，倚著大腿寫功課；但是她最喜歡坐在田埂中間，感受一望無際的遼闊，聽蟲鳴、鳥叫、青蛙聲…至少這些都是她的朋友，或是看著天上雲朵的變換，讓想像奔馳……；雨天，她只好躲在麵包店的屋簷下，放肆的瀏覽櫥窗裡一盤盤黃澄油亮的好東西，努力的嚥下口水，誰叫大同寶寶沒跟她一起搬家！

這個年紀的孩子，有幾個能體會獨處的自在和快樂？

週末和國定假日，應該是所有學子最期待的，卻成了咪咪的夢魘，因爲無處去也沒處躲，她當然害怕一個人坐在柴房裡餵蚊子，所以當柯媽媽叫她去廚房幫忙時，她也很樂意。

聰慧的咪咪，只要看柯媽媽做一遍，她馬上有模有樣地學起來，沒有一百分也有八十分，漸漸的，洗米煮飯、洗碗拖地、洗燙衣服、倒垃圾……幾乎所有家事她全包了！甚至連用縫紉機釘鈕釦、補破洞都完美的挑不出毛病！

柯媽媽漸有悅色的對柯伯伯說：「眞沒有想到啊！我們家多了個免費的小女佣！不但不用付薪水，還不用餵她吃東西，看她還是長得挺好的，我現在可是輕鬆多了，每天有時間看看雜誌或是上上美容院，眞是不錯！」

咪咪眞能不吃東西嗎？她除了每晚等著柯姊姊的資助之外，由於進出廚房的時間比以前多，她只要看到能吃的東西就立刻往嘴裡放，一秒鐘也不猶豫，眼明手快，從未被抓到！雖然她很明顯的比以前瘦了許多，但也還勉強可以度日。

一天晚上，咪咪如常地做完家事，洗好澡換好睡衣，靜靜的躺在那兒等柯姊姊……

「她今天好像有點晚了，是功課沒做完嗎？還是被誰發現了？」

呀……門開了，「啊！柯……」

「嘿嘿嘿！小鬼，沒想到是我們吧！咱們哥倆已經好幾天沒來找妳玩啦！有沒有想我們啊？難得明天不上課，今天可以玩個通宵，妳說怎麼樣啊？」老二邊說邊伸手去揪咪咪的臉頰。

咪咪狠狠地一把將他的手打開：「要玩你自己去玩，本姑娘沒興趣奉陪，出去……」

「老大，你有沒有發現這小鬼越來越兇了啊？她剛來我們家的時候還挺溫柔的，現在好像變了啊！」

「我看她是不知道天高地厚，這裡誰是老大，竟敢在我們家叫我們『出去』？哼！今天不讓妳乖乖聽話，我就不叫柯老大！老二，把她的手給我綁起來……」

「是！老大！」

咪咪站起來就要往外跑，哪來得及？立刻被老二攔腰一把抱住！掙扎了半天，仍舊被按在地上，雙手反綁在背後。

他們要做什麼，成年人應該都知道，咪咪的想法則是：（糟糕！他們不是要打我，就是要用火柴燒我頭髮……還是今天又有新招？我手邊該準備一把刀子才對…明天去廚房找……）

老二跨坐在咪咪身上說：「老大，我看……還是你先來吧！我去替你把風，快點啊！」說完就站起來，走了出去……

老大不說分明的就突然掀起咪咪的睡衣，用力的扯下她的小褲褲……

「救命啊！救命……」

老大一手摀住咪咪的嘴，一手慌亂的解著自己的褲帶……

這時候，不知道是咪咪叫救命的聲音有人聽見，還是柯姊姊正要送東西過去發現有人？總之，她帶著柯伯伯、柯媽媽一塊兒衝進柴房……

「老大！你給我住手！」柯伯伯大叫，並上前一把拉起他就是響亮的一耳光！

柯姊姊馬上過去替咪咪鬆綁，把內褲穿好，然後握住她的手一直拍說：「不怕不怕，沒事了，我會保護妳的。」

「你在外面給我捅的紕漏還不夠多，連在家裡也不安分？她還只是個小孩子，你去惹她幹嘛？睡不著覺自行解決，不會嗎？連老二都被你帶壞了！實在太不像話！還不快給我滾上樓去？」

「老三，妳陪她一下，沒事的話也早點去睡了，別待在柴房裡太久，一股霉味……」柯媽媽交待一聲就盡速離開了。

「對不起我今天來晚了！爸爸把我叫去訓話，來一我帶妳到廚房去找點東西吃，好不好？」

咪咪乖順的點點頭。

來到廚房，柯姊姊將晚餐的剩飯、剩菜和湯都熱了一下，通通端上桌……

「來，快吃吧！我知道妳一定很餓了…」

看著咪咪狼吞虎嚥的樣子，她心裡起了深深的愧疚感：（她實在是個很可憐的小女孩，沒有家，沒有爸媽，還每天要做那麼多事情，媽媽爲什麼就不肯對她好一點呢？）

「柯姊姊…謝謝妳！我吃飽了！」咪咪搶著把碗盤收拾乾淨，洗好，然後拉著她的手問：「我可不可以…有一把刀？」

「妳要做什麼？」

「我只是擔心大哥、二哥還會來找我麻煩，至少我有東西可以嚇唬他們哪！」

「這個不太好吧！……太危險了呀！」

「那如果還有下次……」

「……好吧！好吧！我先找把小水果刀，媽媽平時不用的，她應該不會發現，妳得答應我千萬要藏好喔！」

「我知道，謝謝妳。」

這會兒，吃飽喝足又有把折疊小刀藏在稻草堆下，咪咪可以安安穩穩的睡個好覺了，無奈她不停的被老大、老二欺侮她的惡夢驚醒…迷迷糊糊坐起來，看到地上還有一根剛才綁手的麻繩，拿起來把玩了一陣子，不曉得是什麼力量驅使她將繩子繞在自己的頸子上，開始左手拉一端，右手拉一端……死命的拉，已經緊到不能呼吸了……頭也發昏……噁心想吐……咳嗽……實在受不了啦！只好鬆手……

咳了好一陣，咪咪又沒來由的哭了起來……

（我是不是已經不是好女孩了？爹地媽咪都不要我了，現在又給男生欺負……我該怎麼辦？我還是早點死掉算了……嗯—）

＊　　＊　　＊

話說美玉的狀況，她自從遷入「台灣療養院」以後，仍然是沒日沒夜的高燒不斷，昏迷不醒。那時候的醫學還沒有發達到可以照超音波或是腦斷層，除了驗血、驗尿、X光報告，啥也化驗不出來！許多當時首屈一指的腦科、內科、心臟科的權威大夫一起會診也束手無策，這是史無前歷的新病！由於持續四十度以上的高燒不得超過四十八小時，否則腦細胞將會嚴重受損，所以要救她就必須分秒必爭，越快越好。

大夫們決定要將美玉送到美國去治療，也許還有一線生機，院長瞭解偉傑的經濟狀況有問題，於是願意負擔全程花費，但是條件是不論成敗，所有結果、報告都將做爲醫學研究之用。

偉傑不能同去，也不願意將心愛的美玉送交給一堆陌生人去做實驗，考慮再三，決定放棄這項權利。

既然要留下，也有留下來的辦法，那就是開刀—腦部手術！

「先生，請你盡快在『手術同意書』上簽字，我們才能做準備，安排手術室。」

偉傑拿著這張同意書跑去找院長……

「院長，請問這個手術的成功率有多少？我不曉得開刀是不是必要的？」

「我們也認爲開刀並不是最好的方法，但是眼前情況危急，這也是沒有辦法中的辦法，老實說…這個成功率嘛…可能不到五%；還有五%是死亡，至於剩下的九〇%應該就是會變成植物人…腦死，你確實要好好考慮清楚，但是…不能考慮太久…你知道尊夫人……」

可憐的偉傑，拿起筆，放下，再拿起筆，再放下……這眞是天人交戰哪！如果換做是你（妳），躺在那兒全身插滿管子的是你的愛侶，他（她）什麼事也不能做，只能將一條命託付給你，等著你簽字（不簽）救他（她）或是簽字（不簽）毀了他（她），你會考慮多久？一天？一星期？還是一個月？

偉傑握著美玉的手，心情非常沉重的望著她緊閉的雙眼：「玉，妳聽得見嗎？告訴我，我該怎麼辦？……如果，妳願意開刀……給我個信號，他們會想辦法救妳的，玉一願意嗎？」

偉傑只是一遍又一遍的問著，等著，問著，等著……美玉，始終沒有任何反應。

直至半夜，偉傑呈現幾乎有點半瘋狂的狀態跑去找院長……

「院長！院長！我太太決定了，她不要開刀！所以，我也不用簽什麼同意書了！你看看接下來該怎麼辦？」

「張先生，請你冷靜地考慮清楚，不開刀是連那可能復原的5%也沒有喔！你眞的不要開？」

「不要！不要！我太太不答應……」

「尊夫人有醒來過？」

「沒有。但是我知道…我知道…她不要……她不說，可是我知道她不要……」

「好吧！我相信你，我看你也非常累了，你已經好多天都沒有回家休息了吧！快回去好好睡個覺，別把自己也累壞了，尊夫人那裡，我會加派護士去照顧她的，你放心回去吧！」

院長輕拍著偉傑已經駝了的背，看他三分不像人，七分不像鬼似的頹廢，也只好這樣安慰著他，同時派護士將美玉整個人用透明隔離罩罩住，送進冰庫去降溫。

從這一天起，美玉每天都會被推出來幾小時，再推進去冰個幾小時，護士小姐們唯一能做的就是定時的爲她量體溫，換點滴，換尿袋，按摩按摩手腳，如此而已。

看著這個原本就很消瘦的先生，無時無刻不守在太太旁邊，不吃不喝，只是一直握著老婆的手，說著沒人能懂的悄悄話，這群篤信上帝的護士們，沒有一個不被他的深情所感動，也沒有一個不偷偷拭淚…。大家都會替美玉禱告，祈禱她別丟下這麼好的先生，獨自去了第五度空間！甚至都自動加班留下來照顧她，這群好心的小姐們也時常會買便當或是三明治、水果等的東西給偉傑，勸他多少吃一點。

醫生們也沒有放棄希望的每天來向偉傑遊說：「再考慮一下，最好還是要開刀啊！」，「這樣拖下去不是辦法啊！」，「只能等奇蹟啦！」

他始終堅定的看著美玉，就像他倆的情比石堅一般，「她會好起來的，再等等…」

轉眼，兩個月過去了！

一天上午，院長和偉傑在閒聊中提到：「你沒有孩子？」

「有的，大兒子今年準備考高中了，小女兒才唸小學二年級，現在住在我朋友家。」

「那麼你怎麼從來不讓他們來看媽媽呢？」

「我擔心這個病毒會傳染！我女兒的身體很不好，最主要是…我不希望讓他們看到媽媽現在這個樣子，我怕他們會受不了……」

「張先生，尊夫人的病毒我們雖然化驗不出來是什麼，但是可以確定的是她腦子裡面有某部分正在發炎，這是不會傳染的，還有母子連心的天性不容忽視，你應該讓孩子時常來和母親說說話，她的聽覺神經如果沒有受傷，會聽得見親人的聲音，那對免疫系統是有所幫助的。難道你的孩子都不擔心他們的母親發生了什麼事嗎？讓他們來吧！現在…我們任何方法都得試試，對吧！」

當天傍晚，偉傑就去把立民和咪咪都接來醫院……

「天哪！怎麼會變成這個樣子啊？」立民話一出口就後悔也來不及了。

偉傑狠狠地瞪了他一眼！

咪咪則是閃著一雙大眼睛，望著朝思慕想的媽咪，再看看天天等不來的爹地…（怎麼全變了樣兒呢？都不認得了！連哥哥都又瘦又高了！好怪啊！）

原本以爲可以高高興興的一家人團聚，盼了這麼久，沒想到現在卻都是各懷心事的默默無語！

咪咪掀起隔離罩，伸手輕輕的去摸媽媽皮包骨的手指，見她沒反應；又去摸摸她冰冷的腳指，仍舊一動也不動！咪咪嚇壞地說：「她是不是死掉啦？」

「這叫做『植物人』，和死掉沒兩樣……」立民好心的解釋給妹妹聽。

沒想到偉傑突然暴跳如雷的對著兄妹倆咆哮：「你們通通給我出去！出去……」

咪咪被這狂吼聲嚇得楞楞地杵在原地，這是她記憶中第一次看到爹地生氣，也是她記憶中第二次看到爹地痛哭流涕！立民拉著她，迅速帶上房門「滾」了出去。

兄妹兩人像門神一般，不知所措的立在房門口懺悔：「八成是說錯話了！否則爹地不會生這麼大的氣呀？以後還是盡量少開口爲妙。」

這一站又不知道站了多久，引起所有來往護士們的注意，「你們…是張先生的小孩？來看媽媽的？爲什麼不進去呢？」

「我們被爸爸趕出來的，因爲我們說了不該說的話，惹爸爸傷心了…」咪咪向每個護士小姐解釋著。

終於，護士長畢竟年長經驗豐富，瞭解是怎麼一回事，決定行俠仗義，敲敲門就進去了。

幾分鐘以後，病房門再度打開，護士長朝他們倆招招手：「記得！這裡是醫院，不是在家，凡事多做少說，小心病從口入！吃東西前一定要先洗手。來仔細看，這是點滴瓶，當它只剩最後一小格的時候，馬上通知護士，這是心電儀，當這個綠點忽高或忽低，有任何變化時，馬上通知護士，還有每天要替病患做全身按摩，以免肌肉萎縮……」

護士長仔細地交代完照顧病人的方法，就拍拍偉傑的肩膀離開了，她並不因爲眼前兩個只是孩子而不予理會，相反的，她託付重擔給他們，要他們學習照顧人，並藉著對事情的參與感進而建立信心，明白自己的重要，這一課，對咪咪的未來有著極大的影響力。

從此，咪咪要求爸爸去向柯媽媽請假，好讓她每天放學都來醫院照顧媽咪，醫院也有包伙食，雖然都是些淡而無味的稀飯、肉鬆、醬菜類，但是咪咪卻視爲山珍海味，總是將整個鐵盤子舔的一乾二淨！

有幾次，偉傑也注意到咪咪身上的一些青紫、擦傷：「這是怎麼回事？」

咪咪看著憔悴的父親，總覺得他應該是比自己還可憐，又怎麼能再讓他爲自己操心呢？於是她總輕描淡寫的回答：「啊！那是上體育課的時候不小心摔的。」「打躲避球的時候被砸的。」「滑一跤撞到桌角」……。

偉傑除了說句：「下次小心一點啊！」也從不深究，因爲他知道咪咪是從來不說謊的，而咪咪幼小的心靈能夠承載多少的秘密？她既然當時選擇不說，以後也就不再有必要說，這段「冤獄酷刑」就成了她心中永遠的痛。

從來沒在醫院「混」過的咪咪，覺得這眞是一個又大又神秘的地方，有好多好多的房間，有的只住一個人，有的卻住六個人！更有的房間裡竟然住著二十幾個小嬰兒！雖然只能隔著玻璃窗看，咪咪卻覺得有意思極了！

（小孩就是小孩，所有時間都在睡覺！難得醒來就是大哭大叫的！還好媽咪沒有給我生小弟弟或小妹妹，否則一定會被他吵死！但是他們爲什麼一生下來就要住院呢？）

在醫院的時間，也就是「開發新大陸」的時間。每天，咪咪都會沿著走廊巡邏一圈，每間開著的房門口，都會瞧見這個甜美的小臉蛋睜著一雙好奇的眼睛在那兒探頭探腦，不到一星期，她就已經膽大到樓上樓下都逛遍了，最後甚至連教堂、恢復室、停屍間也被她摸了進去！全醫院唯一進不去的地方就只有手術室…，當然她也不想進去。

人一旦熟悉一個環境以後，自然就會膽大妄爲了，乖巧的咪咪也不例外。

儘管護士小姐再三叮嚀：「不可以跑到護理站裡面來喔！」咪咪聽歸聽，跑照跑！今天送橘子，明天送蘋果，只要有人來探望媽咪一定會留下一些水果，不用人教，她就自動地康他人之慨，留幾個給爸爸、幾個給自己，剩下的全拿去分給這些好心的阿姨們，順便逮到分秒的機會教育……

「洪阿姨，妳今天看起來特別漂亮喔！可不可以教我怎麼看溫度計啊？」

「林阿姨，妳對我最好了，我最喜歡妳了！可不可以教我怎麼量血壓？」

「………怎麼量脈搏？如何換點滴？怎樣找病歷？這個英文字是什麼意思？……」

不知是有心的還是無意的，咪咪對這些方面的常識擁有超強的記憶力，所有事情都是一教就會，從不出錯，護士小姐們也非常放心的多了個「超級小助理」，她總是熱心的爲大家東奔西跑的拿東西、送東西，以節省大家的寶貴時間，全醫院上下的醫生、護士甚至清潔工，沒有人不喜歡她的。

但是小咪咪也絕非萬能，不闖禍就不算是孩子了。

一天晚上，剛吃過晚餐，咪咪照例替媽媽做完全身擦澡按摩的工作，她又在走廊上巡邏……

（咦？那是什麼？冰淇淋？）護理站的窗檯上放置了三個看似「小美冰淇淋」的白色小紙杯，面上蓋有一張紙，杯口被橡皮筋箍紮著。

（是誰啊？冰淇淋買來了不吃，還放在這邊？萬一爬螞蟻怎麼辦呀？多不衛生！）

於是她理直氣壯的拿起一杯，將紙掀開……

（哎呀！我的媽呀！怎麼那麼臭？咖啡色的，看起來好像是便便嘛！眞是沒水準…這倒底是誰的惡作劇啊？過分！我得去跟洪阿姨說……）

她也打開了另外兩杯…，不意外，仍然是一樣的內容！這位好心的「雞婆小姐」二話不說的把這三杯，可能是人家花了很長時間才製造出來的「東西」，迅速的送到廁所去丟掉了！

第二天下午，幾位阿姨一見到她就問：「咪咪！有沒有看到這邊擺著三個白色的紙杯？」

「有啊！不知道是誰放的！眞不衛生！裡面都裝便便…被我拿去廁所丟掉了。」

原本以為會得到一頓誇講的，沒想到幾個阿姨都張著O型嘴，一句話也說不出來！大家妳看我，我看妳，沒人接得了下聯，最後還是較資深的Miss洪說：

「只好叫這三位病人再來一次……不然能怎麼辦？」，「咪咪，以後不管妳看到什麼東西都不可以拿去丟掉，我們有用的，懂嗎？」

咪咪自知闖了禍，也好幾天不敢去護理站攪和，免得自討罵挨！

除了護士小姐們，咪咪也交了些病人朋友。

每天巡視病房時，總會瞧見一個和咪咪一樣梳著兩根長辮子的漂亮大姊姊，她的皮膚好白好白…好像外國洋娃娃！她似乎病得不嚴重，都不必吊點滴，手裡永遠拿著一本厚厚的小說，她常常會招招手叫咪咪進去，坐在床邊聽她說故事，聲音輕輕柔柔的…，她非常會說故事！不是〈白雪公主〉，不是〈仙履奇緣〉，是一些很特別，從來沒聽過的故事！可能…她自己就是故事中的主角吧！咪咪這樣猜測著卻又不好意思多問，因為每天相處的時間極為短暫而寶貴，儘量廢話少說。

另外有個臉永遠紅咚咚的「蘋果阿姨」，她非常愛笑！隨便咪咪回答什麼話，她都會笑得好高興，時常弄得咪咪也跟著她傻笑半天！為什麼叫她「蘋果阿姨」呢？因為她家在北部是開蘋果園的，每天咪咪來看她，都會得到兩顆又紅又大的蘋果，咪咪總是如獲至寶的把玩許久，捨不得吃！

有故事聽，有蘋果拿，又有爸媽陪在身旁，和許多人的噓寒問暖，對於這樣的日子，咪咪很快就適應並且感到滿意。雖然每晚仍是要回到柯家睡覺，但是咪咪很快就說服爸爸讓她自己照顧自己，因為她已經會自己煮飯、洗衣，能夠回去睡自己的床是一件多麼幸福的事啊！於是經過了四個多月，咪咪終於開開心心的搬回家去住了。夜闌人靜時，她偶爾會想起那把藏在稻草堆下的小刀…，希望永遠不要被人發現，也不忘詛咒他們全家人惡有惡報…柯姊姊除外，生活上雖然有著如此多的變化，但是咪咪在學校的成績始終是保持在前三名，從不讓大人操心，這也是整個家歷經四分五裂之後唯一讓偉傑深感欣慰的。然而美玉的病情還是毫無起色，病房內依舊死氣沉沉…。喔！對了！在爹地面前，是不可以提到「那個字」的。反正，偉傑總是整日不太吃喝，不太說話，垂頭喪氣，人在心不在地混沌度日，咪咪看在眼裡，疼在心裡，卻是無能為力，對於自己不那麼難過反而覺得內疚。

一成不變的日子誰都會過，接受意外的能力則因人而異，這種能力越好的人，通常是從很小的時候就得面對生老病死……。

咪咪放暑假了，待在醫院當「助理」的時間也長了。

一個如常的午後，咪咪蹦蹦跳跳的跑去找漂亮大姊姊聽故事……

（咦……？怎麼床上沒人？在廁所嗎？我等等她好了。）（怎麼這麼久還不回來呀？我去問林阿姨有沒有看到她。）

「林阿姨！妳知不知道2016房裡有個長辮子的漂亮姊姊？她上哪去啦？不見了耶！」

「2016？妳等等，我查查看，會不會回去了……嗯—」

「不會的，如果出院，她昨天不會不告訴我一聲就走的，不會的。」

「咪咪，別急！我在找她的病歷……奇怪！怎麼找不到？嘿！Miss王，有沒有看到2016的病歷？怎麼不見了？」

「2016！昨晚蒙主恩召了，現在還在停屍間，家屬要明天才來領回，病歷已經送交檔案室處理了。」Miss王語調平平的說。

「什麼意思？林阿姨！什麼叫蒙主恩召？」咪咪直覺事態嚴重，拼命搖著Miss林的手。

「咪咪乖，別吵！蒙主恩召就是……就是她已經離開我們，到上帝那兒去報到，不會再回來了。」

「我不信！我不信！她不會不跟我說拜拜就走啦！昨天的故事還沒講完呢！我要怎麼樣可以找到她？」

「妳……唉－我要怎麼說妳才明白呢？上帝在天上，所以我們稱祂爲天父，祂是掌管天堂的，也就是說，妳的大姊姊已經到天堂去了，妳要怎麼找她呢？等妳長大以後就會懂了。」

「天堂？妳的意思是她……死了？」

「對，醫院裡是很忌諱這個字的，所以我們都說『蒙主恩召』，懂了吧！」

「我懂，可是怎麼會呢？她一直都好好的沒什麼病，爲什麼會突然……那個了？」眼淚又不能克制的漏了出來。

「其實，她在這兒已經住了很久，她看起來還好，實際上卻病得厲害，她得的是血癌，就是全身的血都壞掉了，我們能做的也有限，她爲了讓自己好看，總是戴著兩根長辮子的假頭髮，自己的頭髮都掉光了，我們雖然曉得，誰也不願意去拆穿她，她是個很堅強的女孩……應該會很痛苦，但她都不哭不鬧…昨夜，或許她是眞的撐不下去了……」

咪咪聽到這裡，突然往2016房衝了過去！瞪著雪白的床單，腦海中立即顯現出她斜躺著，一手拿書，一手打招呼的樣子……終於忍不住「哇－」痛哭失聲！

在她幼小的心靈裡，雖然並不眞切的明白「死別」是什麼，但是她知道當她天天掛念一個人，而那個人卻去了一個聽不見、看不到也摸不著的地方，永遠也不會回來了，那種感覺就是傷心、難過和被遺棄，付出去的感情再也收不回，付出越多，傷心越多。

暑假作業……「我最難忘的一個人」，咪咪洋洋灑灑、文情並茂的寫了三大張稿紙：

「她是一個非常漂亮又勇敢的大姊姊，我甚至不知道她的名字，但我會永遠記得她，懷念我們共處的每一分鐘……」

過沒幾天，又是第二個打擊！蘋果阿姨不見了！

「王阿姨……請問妳，2029的阿姨是不是也…被上帝召走了？」

「胡說！那個阿姨的身體已經康復得差不多，今天早上就被家人接回去了。」

「可是……她又沒有來跟我說一聲就走了……」咪咪顯然再一次的感到被遺忘。

「小鬼！妳又不是院長，每個出院的人都得來跟妳報告嗎？走就走了！我們不分晝夜的照顧她們那麼久，也從來沒看到哪個病人回來說聲謝謝的，誰會記得妳啊？這兒本來就是成天人來人往的…唉！這就叫做『現實』。等妳以後大了就會明白囉！哎呀！我跟妳說這些做什麼啊？我得去忙了…」

從此以後沒有大蘋果可拿倒事小，但是在咪咪心上留下的創傷則是：「她們平時都跟我有說有笑，又一直說很喜歡我，以後還要帶我去她們家玩，爲什麼說走就走？難道她們對我的好都是假的嗎？我還以爲這都是我的朋友……」

這天下午，偉傑由於四處奔走的籌措醫藥費，累的趴在床邊打盹，咪咪則心情沉重的邊做功課邊偷偷掉淚，這時候，美玉的大姊輕輕的推開房門朝咪咪招了招手……

「怎麼樣？妳媽有醒來過嗎？」，咪咪搖頭。

「醫生有沒有說這樣還會持續多久？」，還是搖頭。

「唉……眞是苦了你們了！妳乖，到外面去玩，我要跟妳爸談一下事情。」

咪咪一個人走到花園裡樹蔭下去坐著，憑她的小腦袋，怎樣也想不出大姨媽要和爹地談什麼。不過她知道，一定是很重要的事，對她有影響的事，每次把她支開就一定有問題！

大姨媽……美心，是個苦命的女人，屬於紅顏薄命型的，嫁給三任老公，均是得了不治之症，沒得到什麼遺產，倒是爲他們還了不少生前欠下的醫藥費，第三任丈夫下葬後沒多久，就聽說她開始吃齋唸佛，不問俗事了。

約莫一個小時左右，咪咪實在坐的無聊，決定回病房看看大姨媽走了沒，正巧碰到偉傑拿著她的作業簿走了出來……

「咪咪，我們今天早點回家吧！」

「啊？不管媽咪啦？！」

「大姨媽在裡面陪她，我們不要吵她，明天再來看媽咪，走吧！」

不懂！不懂！儘管滿腦子的問號，看爸爸的臉色，還是閉嘴的好。

第二天，偉傑堅持一個人去醫院，叫已經換好衣服急於出門的女兒乖乖看家，晚上回來後咪咪仍是悶葫蘆一個，但咪咪現在已經練就了察言觀色的本事，迅速地替爸爸放好洗澡水，就去準備晚飯，一個問題也不敢問。

第三天早上，偉傑就只說了一句：「應該差不多了。」就叫咪咪一塊兒出門。

在病房門口又等了片刻，才見到美心筋疲力竭，搖搖晃晃的走出來：「偉傑，我盡力了，你們再等等…多給她些時間，我實在不行了！得先回去休息。」

看著大姨媽舉步艱難的消失在走廊盡頭，咪咪猜想：「大姨媽是學護理的嗎？她從前天下午來到現在才回家，那麼累的樣子一定是沒吃也沒睡，她對媽咪做了什麼連醫生也不會做的事？好奇怪啊！爹地一定曉得她在做什麼，不管她施了什麼『法術』，總之是救媽咪的應該不會錯，希望有效啊！」

接下來所發生的事，讓咪咪三輩子也忘不了！

傍晚，天尚未全暗，偉傑出去買便當，咪咪趴在美玉的手邊睡覺，迷迷糊糊中聽到有個氣如游絲的聲音在說話，咪咪起先以爲在做夢，幾秒鐘後，她非常確定這個聲音是從身邊傳過來的，於是立刻坐直身子，向四周張望。

（咦？房裡沒人啊！）

「叫天花板上那三個人快下來呀！坐那危險！下來啊！」

（啊！媽咪的嘴唇在動！是她？）咪咪以爲自己眼花了。

「下來呀！叫天花板上那三個人快下來呀！」

「洪阿姨！林阿姨！快！快來人哪！」咪咪飛也似的奔去護理站大喊大叫！

「快！快來！我媽咪在講話！」

不到三分鐘，十幾位醫生、護士包括院長都一層層圍在美玉床旁，量血壓的量血壓，把脈的把脈，心電圖也發出了奇怪的信號聲，大家亂成一團！偉傑也在這時候趕了回來，看到病房裡這副陣仗，差點昏了過去，以爲美玉不行了……

「眞是奇蹟啊！她的心跳、血壓、體溫都完全正常！太不可思議了！你們剛剛有對她做了什麼嗎？」院長不敢相信的說。

這時候，整個世界都靜了下來，大家目不轉睛地看著美玉幽幽的睜開眼睛……

「你們……是誰？看我做什麼？我…想要……坐起來…」眾人七手八腳的扶她坐了起來。

美玉趕緊用手摸摸自己的頭髮說：「好亂！你們通通出去！」

偉傑像瘋了一般地衝上前去握住美玉的手說：「玉！妳總算醒了！妳…等得我好苦啊！」美玉嚇一跳，趕緊將手抽回說：「你…是誰？我不認識！等我幹嘛！」

才從谷底爬上雲端的偉傑，這會兒又被狠狠地一腳踹下了地獄！

「我……是妳先生偉傑啊！」

美玉只是定定的看著眼前這個好像很熟悉又完全不認得的人，不說一句話。

「咪咪！過來！」偉傑要再次證明：「玉，這個人妳認識嗎？」

咪咪立刻伸出手去握住媽媽的手．美玉只是皺著眉頭說：「好可愛！她……是誰？」

偉傑和咪咪對看一眼，再也說不出半句話來。

「爲什麼這裡的人我通通不認識？你們快出去啊！不要叫我想！我頭痛！」

「張先生，我完全不明白尊夫人爲什麼會突然醒過來，也許是上帝聽見了我們的禱告所賜予的奇蹟！她腦部受損的成度目前無法得知，只確定她非常虛弱，請你先不要太心急的去逼她想事情，高燒那麼久，遺忘是必然的，我們再觀察幾天看看，好嗎？不要放棄希望……」

院長說罷就揮揮手，示意所有工作人員退出病房，別再打擾他們。

美玉能夠「失而復得」，實在應該是件可喜可賀的天大好消息，但是不知道爲什麼，竟然沒有一個人覺得高興？人眞的是如此貪得無厭嗎？不只要一個植物人醒過來，還得醒過來之後和沒病前一樣完好，有點兒變樣就不能接受了？尤其不能接受的是你的至親叫你滾遠一點，因爲她已經將你，整個你，過去到現在，從心中連根拔起，你對她來說只是一個「陌生人」，這樣殘酷的事實，有誰能夠承受呢？

上帝！你爲什麼要開這麼大的玩笑啊？

偉傑仍然不死心，當晚就回家去把立民叫了來，看看美玉能否記起什麼，承如院長所說，不要放棄希望，什麼方法都得試試。

「媽—妳記得我嗎？我是立民。」他拉著媽媽的手，輕聲的問。

「………立民？是誰？你爲什麼來看我？我想回家，不要睡在這裡……」

「媽，我是妳兒子，今年十五歲了，前幾天才剛放榜，告訴妳個好消息，我考上『建中』，那是第一志願喔！妳有沒有很高興？」

美玉只是一個勁兒地搖頭：「頭痛！頭痛！我頭好痛……」偉傑忙把她的雙手抓住以免她傷了自己。

咪咪站在床尾，看著眼前這幅景象，實在有千軍萬馬在胸中奔騰，最好能跑到空曠的原野讓她狂喊一下……，她忍不住衝進走廊上的廁所，躲進其中一間，拿手帕摀住嘴好好哭了一場！

「怎麼辦？我有了個新媽咪！可是我原來的媽咪呢？我比較喜歡原來的，這個脾氣好壞又不理我…我該怎麼樣才能告訴上帝祂送錯了呢？」

親情、恩情、愛情…這些血濃於水的感情，這會兒正面臨著極嚴厲的考驗。

美玉的健康狀況一天好過一天，但是她卻和初生的嬰兒一般……腦筋一片空白，所有日常生活中的每一個小細節，包括她自己的前半生，都得從頭教起，刷牙、梳頭、扣鈕釦、看時鐘、寫名字、認人……，心情好時，她是個非常配合的好學生；心情不好時，任憑你教再多遍，她就是學不會，還要叫你走遠一點，因爲她又突然忘了你是誰！你會逼一個不會走路的嬰兒去跑步嗎？誰都不忍心，所以偉傑和咪咪每天從早到晚的，不厭其煩的，一遍又一遍的教她事情，同時也提醒她自己是誰。

天底下只有眞正的愛才能包容這一切，美玉很快的就開始感受到眼前這兩個人是眞的在關心她、照顧她，她也越來越少說：「你是誰？我忘了！」對於心力憔悴的父女倆來說，這個改變已經是最大的安慰了。

「媽咪！我有個問題一直想問妳，不知道妳還記不記得？」

「什麼問題？」

「妳剛醒來的時候一直說『叫天花板上的三個人下來，很危險』是什麼意思啊？」

「我也不曉得啊！我就看見有三個穿著古裝的人，容貌很慈祥的對我笑，可是他們三個坐在天花板上多危險呀！所以我叫他們趕快下來，可是…後來好像…一下就不見了！我也不懂耶！。」

「我想那大概是妳快要醒來之前所做的夢吧！」

咪咪雖然得到了答案，但是心裡仍舊覺得事有蹊蹺，於是一直將這事放在心上，直到一個星期後遇到大姨媽才得到完整的結果。

原來信佛信的極爲虔誠的美心，花了兩天一夜的時間陪伴著美玉，她不停的祈求釋迦牟尼佛、觀世音佛和阿彌陀佛三尊來救美玉，她願意以吃長齋來還願。如此說來，這三位大師眞是法力無邊！十幾個醫生都束手無策的病人，祂們只花了兩天時間就醫好並且救醒了！這也印證了美玉說見到了三個奇裝異服的人在天花板上看著她，而祂們走後，美玉也就莫名其妙的醒了，人世間實在有太多不可思議的事了，信不信由你囉！

住院近半年，院長終於批准美玉可以回家了。

臨行前，院長特地將偉傑拉到一邊，小小聲的說：

「經過這麼久的研究，我們判斷尊夫人得的是『急性腦膜炎』，這通常是小孩子才會得的病，一旦由大人感染自然是病情完全無法控制，我們也不知道該用什麼特效藥去醫治，尊夫人雖然目前看來和正常人沒有兩樣，但是要千萬注意，她的病並沒有康復！不要讓她生氣、勞累或是受刺激，那會使她病情惡化的，請小心照顧，記得每個月都要定期回來復診啊！」

咪咪偷聽到這段話，立刻在心裡發誓：（我一定會好好照顧媽咪，我一定要做個全世界最乖的乖寶寶，再也不要和你們分開了。）

由於經濟窘迫，偉傑必須立即恢復工作，也沒有多餘的能力請特別看護，聰明能幹的咪咪就將所有大小事情全包辦了，好讓爸爸無後顧之憂。

每三小時一次，一天八次的餵美玉吃藥、量體溫及血壓，畫記錄表，一天注射一次營養劑，同時服侍她的吃喝拉撒、按摩外加洗衣燒飯，日復一日，從不間斷，三星期後第一次回醫院復診，所有醫生、護士都非常驚訝美玉的進步，對於咪咪所畫的記錄表更是讚不絕口！她畢竟只是個八歲的孩子，能記得如此多繁雜的事務，並且從不犯錯，幾乎盡善盡美，又有幾個成年人能比的上她？

就這樣，當別人家的孩子在看電視或是在巷子裡跳橡皮筋、跳房子、田野間追逐的時候，咪咪在過著另一種非常忙碌而不一樣的暑假。

*　*　*

上三年級囉！學校規定要重新分班，這是有點緊張又很令人興奮的事，通常代表著又會認識很多新同學。

沒錯！一個有著短短捲髮，大大眼睛的纖瘦女孩被分派和咪咪坐在一塊兒。

「嘿！我是劉娟娟。妳叫什麼名字？」

「我叫張珊珊，妳可以叫我咪咪。因爲我很愛笑，一笑眼睛就瞇成一條縫，像這樣⋯」

咪咪笑起來的傻樣子逗得娟娟也笑的東倒西歪。兩個小女生很快就變成了連體嬰，所到之處永遠手牽手地捨不得分開。

這時候的感情都是掏肝挖心的眞誠付出，不求回報也沒有任何企圖的，多麼令大人羨慕啊！不論咪咪吃到任何好吃的東西，她一定會留一份下來要帶給娟娟；好玩的、好看的、好用的都不忘記分享，娟娟也懂得禮尚往來的回饋。

「咪咪，這是我媽今早特別做的桑椹果汁，好好喝喔！倒一杯給妳⋯」

「咪咪，這是我爸爸昨天從日本帶回來的『香水橡皮擦』，眞的很香喔！切一半給妳……」

兩個寂寞的獨生女，成天妳給我，我給妳，不能給的就用分的，儼然一副「親親好姊妹」的樣子，任誰也不忍心去拆散她們，可是你知道嗎？上帝就有這種本事！而且祂「做錯事」是不用對任何人說「抱歉」的……

四年級下學期時，功課已經越來越重了，咪咪一直是全勤的好學生，既使是傷風感冒、流鼻水也從不請病假，娟娟當然也有這個默契，但是她似乎沒有咪咪那麼幸運。

「咪咪！下節體育課，妳能不能幫我向溫老師請假？我不知道怎麼了！頭好痛啊！」

「妳…要不要我送妳去保健室躺一下？」她非常擔心。

「沒關係！我就在教室休息，可能在桌上趴一下就好了。」

「好！那妳快趴下，我幫妳去請假，別擔心。」

剛開始只是體育課，漸漸變得早上升旗、傍晚降旗和課間操都無法參加，娟娟不停的一直喊頭痛，持續了三天！咪咪心裡有不祥的預感：（娟娟該不會是得了和媽咪一樣的怪病吧！但是她又沒有發高燒…我得想辦法告訴劉媽媽才行啊！）

下午課上到一半時，娟娟突然沒有預警的吐了一桌子！咪咪本能的馬上跳了起來，四周的同學都幫忙捐衛生紙來給她擦拭，有了照顧媽媽的經驗，咪咪在擦拭衣服、課桌的同時也留意了娟娟的嘔吐物，很怪！不是她吃的中飯，而全是清水外加一顆一顆米粒般大小的「綠色小丸子」！

「娟娟！這是什麼啊？妳有在偷吃什麼藥嗎？！」

當晚放學，咪咪就拜託校車司機在娟娟家門口等一下，她扶著娟娟進家門……

「劉媽媽！劉媽媽！我們回來囉！娟娟，妳快在沙發上躺一下…」

「咪咪！咦？小娟怎麼啦？」

「劉媽媽，娟娟一定不肯讓妳曉得，她每天從早到晚的頭痛，課都沒辦法上了，下午還吐了一次，妳要不要趕快帶她去看醫生？這樣已經有兩三天了都沒有好轉…」

「哎呀！妳這個孩子就是拗脾氣，打死不肯看醫生，這下好了吧！咪咪啊！我看明天妳幫她請個病假，我先帶她去檢查一下再說，好不好？」

「沒問題，劉媽媽，校車還在外面等，那我先回去了，娟娟，拜拜！一定要去看病喔……」

「咪咪，謝謝妳啊！」

從第二天開始，咪咪知道娟娟也是樣樣功課都不希望延誤或是出差錯的，於是開始自動每天放學麻煩校車司機經過娟娟家暫停，她好送當天的筆記和功課給娟娟，期盼她能在幾天之內好起來，一切進度可以立即跟上。

一直活潑開朗又愛笑的咪咪，自從娟娟生病以後，也像變了個人似的整日不吭聲，好吃的東西帶來也不曉得爲什麼…獨自把它吃掉卻是如此的食不知味、難以下嚥！每天一早進教室，第一眼就是望向娟娟的位子，希望可以看到她嬌小的身影又如常出現，卻一天又一天的希望落空。

「劉媽媽，我已經好多天沒有看到娟娟了，她到底怎麼啦？都沒有好一點嗎？」這天她終於忍不住的問。

「唉—我那天就有帶她去看醫生，還照了X光片…，醫生也沒說什麼，就要她立刻住院，小娟現在什麼東西也吃不下，動不動就吐，還……」

「啊？是不是吐很多綠色的小球球？」

「妳怎麼知道？」

「她在學校就吐過！我是覺得很奇怪！那是什麼東西呀？妳應該叫醫生給她化驗一下，娟娟會不會背著妳在偷吃什麼藥嗎？」

「不可能，拜託她吃她都不吃，怎麼會自己去偷吃？不會的。」

「那醫生有沒有說她得住多久？我能不能去醫院看她？我眞的好想她啊！」

「咪咪，對不起！醫生沒說，我想妳也暫時不要去看她，等小娟回家來妳自然就會見到她了，謝謝妳每天替她送功課來，妳趕快回去吧！別讓司機等太久，不好意思的……」

「好！劉媽媽那明天見，告訴娟娟我很想她，祝她早日康復……」

轉眼，一個多月過去了！娟娟的病情毫無起色，每次從劉媽媽那兒得到的訊息永遠都是同樣的幾句話，令咪咪覺得眞相一定更複雜，爲什麼沒有人願意告訴她實話呢？

（娟娟，妳到底怎麼了？爲什麼妳媽不讓我們見面？妳在生我的氣嗎？）小女生都很會胡思亂想的。

又是一個多月過去，一天放學，咪咪照例送功課到娟娟家去，遇上了早歸的劉爸爸。

「咦—劉爸爸！你好，我替娟娟送功課來……」

「嗯—放在茶几上，妳快回家去吧！」

「我…我想知道娟娟怎麼樣了？」

「她啊—唉……」劉爸爸搖搖頭，歎口氣就不說話了！

「她怎麼樣？很嚴重嗎？」咪咪雖然心急如焚，卻在劉爸爸臉上看到似曾相識的愁容，這會兒，他竟看起來有點兒像爹地呢！

「咪咪，我想以後妳就不要再送功課來了，反正小娟也沒辦法跟上進度，我準備明天去幫她辦休學，這樣一直請假也不是辦法，她的病…短時期內是不會有起色的…除非有奇蹟了。」

聽到這裡，咪咪的一顆心也開始發涼：（又得等奇蹟？我猜得沒錯，娟娟得了和媽咪一樣的病，那得多久以後才能再見到她？萬一她都不醒了…我不是就……）

想著想著，咪咪漸漸眼眶發熱，匆匆丟下一句：「再見！」就低著頭跑了出去。

第二天快放學的時候，班導張老師把咪咪叫到「教師休息室」談話……

「珊珊，我知道妳和劉娟娟的感情非常好，妳還每天替她抄筆記、送功課，持續了這麼久實在是難能可貴，老師今天有和劉娟娟的父親談過話，她從現在起開始正式休學了，最快也要過了明年暑假才會再入學，我們現在也不曉得……」

「老師，請問妳知不知道娟娟到底得了什麼病？我問劉爸爸、劉媽媽，他們都不肯跟我說實話，又不准我去醫院看她，我每天都吃不下也睡不著！我好怕她永遠都不會好了……」

「珊珊，我知道妳很懂事，也很勇敢，我想告訴妳實話應該沒關係，但是…妳要堅強一點，不要讓心情影響了妳的課業。」

「我懂，快告訴我……」

「娟娟得的…是『腦瘤』，她其實在剛住院的第一個星期就開刀了…，我想這可能也是為什麼他們不讓妳去探視的原因……，娟娟頭髮剃光，整個頭用紗布包住，怕妳看到受不了吧！結果…手術並不成功，唉—腦子切開，什麼也沒找到！只好再縫合，娟娟她……卻從此沒有醒過！」

「她……一定是得了和我媽媽一樣的病，那時候醫生就有說開刀的成功率極低，所以我爸爸一直不答應開刀，這個醫生怎麼還沒搞清楚就亂開了呢？那劉爸爸有沒有說她吐的綠色球球是什麼？」

「劉先生沒說，不過他有提到娟娟之前一直會吐，一點一點綠綠的，好像是膽汁！」

「啊？那…現在怎麼辦？她…也成了……植物人？」

「唉……這都是命！醫生一看到有腦瘤的X光片，就馬上下令開刀……後來才發現片子拿錯一張…可是已經來不及，娟娟不會醒了……」張老師也開始啜泣起來。

「老師…妳不要哭，我曉得我們很努力、很努力的禱告，可能有用，我們不可以放棄希望，娟娟一定會好起來的，我…我去求我大姨媽救她…」

「喔？妳大姨媽是醫生？」

「不是，但是她會唸經，我媽媽就是她唸了兩天的經才救醒的，老師……」

「珊珊，放學了，妳快去搭校車，這件事情先暫時不要讓其他同學知道，好不好？」

「嗯—我不會說的，謝謝老師！再見！」

咪咪雖然在老師面前強做鎮定，轉身走出辦公室，立刻衝進廁所去大哭一場……

（娟娟，妳好可憐啊！是不是很痛？我都不能去陪妳，妳要快點醒過來啊！沒有妳的日子，我度日如年啊！好想妳好想妳！妳一定要努力好起來呀！）

一學期過去，沒有人再提及「劉娟娟」這個名字，好像所有人都把她遺忘了，唯獨咪咪，她在每天上床前養成了禱告和寫日記的習慣，她要把所有的思念和想講的話，通通寫下來，等娟娟醒過來的時候好拿給她看。

這天，咪咪永遠也不會忘記的日子—娟娟的生日（四月二日）。

第一節上課鐘響後許久，全班同學都在蠢蠢欲動的等老師來上課，卻是左等右等不來。於是班長跑到休息室去看發生了什麼事，只見所有老師都聚在那兒講話，八成在開臨時會議，就跑回來安撫同學別吵，半個多小時過去，才見張老師紅著眼睛走進來……。

她先快速地瞄了咪咪一眼，好像當頭棒喝一般，咪咪直挺挺的僵住：（有事發生了！）

「各位同學，對不起耽誤了上課時間，剛剛才得到一個消息…我應該要通知大家，就是劉娟娟同學，已經於今天凌晨…在醫院過逝，爲了表示同學們對她的懷念與追思…我們現在全體一起來默哀三分鐘……」

許多女同學都窸窸窣窣地哭了起來，很反常的，咪咪只是拿手摀住自己的嘴，愣愣的望向身邊的座位：（娟娟，如果妳躺在那很苦，希望妳在天堂能永遠快樂，如果妳遇見一個漂亮的長辮子姊姊，記得告訴她我非常想念她，她一定會說很多好聽的故事給妳聽，妳絕對不會寂寞的，今天是妳的生日，我買了一條粉紅色的絲巾，本來要送給妳包頭用的，妳一定會喜歡，我會把它和日記及所有的小紙條一起送去妳家交給妳媽媽，娟娟，再見了！妳要永遠記得我喔！最愛妳的咪咪……）

又一次，朋友說走就走，一聲再見也沒有！眞是情何以堪哪！

全校老師及同學合力發起了募款活動，好爲劉家解決長期住院所累積下來的可觀醫藥費及喪葬開銷，算是大家爲這位早逝的同學所盡的最後一份心意。

隨著年歲漸長，這段遭遇也許不會再有任何人會想起，但是在咪咪的心中，又留下一道深深的刻痕，永遠無法抹去。

這件事是發生在距今二十幾年前，可能許多讀者會認爲不可思議，怎麼會有那麼糊塗的醫生？怎麼會有那麼相信醫生的家長？他們爲什麼不去尋求第二、第三種診斷？他們爲什麼不去告那位犯下錯誤的醫生，讓他停止繼續行醫？可知娟娟是他失手的第幾位無辜病人？有太多的爲什麼，使活著的人心碎，追究又有何用？逝者已矣。

升上五年級，咪咪已經越來越有大女孩的味道，兩條過腰的長辮子也剪成齊肩的俐落短髮，瞇瞇眼也越來越炯炯有神，就算不仔細看，也難逃她那張豐滿甜美的瓜子臉蛋兒。

但是日益繁重的課業卻壓的人喘不過氣來，什麼雞兔同籠、植樹問題，每天都弄得雞犬不寧！連很有數學細胞的立民都必須每晚幫忙捉刀，總是搞到深更半夜，妹妹淚眼婆娑方休，第二天就是神志不清，上課猛打瞌睡，就更別提去練什麼鋼琴、芭蕾舞了，哪有時間啊？

咪咪依然面不改色的保持在三名以內……倒數的！

既然程度有點跟不上，早晨又起不了床，可是倔強的咪咪倒是從來不曠課、遲到！雖然每天清晨都有「下床氣」，按下鬧鐘後總會嘟囔著：「我發誓從明天起，再也不去上學啦！就算有十匹馬也拉不動我，我打死不起床啦！」嘟囔歸嘟囔，她仍是乖乖的換好制服上學去，有誰知道這是什麼原因嗎？

是身體裡面在起一種化學變化，有的人變化得比較快，有的人變化得比較慢，總之，連他們自己也搞不清楚是怎麼一回事。

本來，男生們不是整日欺負女生，拿女生尋開心，就是扯辮子、打打殺殺、追趕跑跳碰……樣樣都來，在女生眼中，更是嫌這些沒進化完全的「野生動物」又髒又臭，一無是處，但是不知道怎麼了，漸漸會聽到男生說：「待會兒要去福利社買東西，妳有要什麼我順便替妳買？」或是「今天妳是值日生，妳負責擦黑板，我可以幫妳拖地。」

這，不知道是不是本性？好像不用人教就各個都會，只是表達方式不同，眞是匪夷所思啊！

學校又依照每兩年重新編班一次的規定來重新分班，這回分派坐在咪咪旁邊的是個戴眼鏡，皮膚白兮，身材高瘦的斯文男生一田祈元，和咪咪共享一張「未劃線」的課桌。

剛開始，兩人井水不犯河水的各自爲政，互不侵犯，幾乎不說話，但是基於好奇心的作祟，兩人時時刻刻都用眼角在留意著對方的一舉一動，一段時日下來，心中的警戒也降低了不少，早已接納對方成爲鄰居的事實。

一天下午，這是一堂國文課，國文老師通常極少會走下講檯…，田祈元坐在咪咪的右側，他的上半身向後斜靠在椅子背上，左手垂放在椅子的下方，出其不意地丟了個小紙條在咪咪的課本上……

「注意妳很久了，眞的很喜歡妳，如果妳願意的話，請妳把右手給我。」

咪咪心慌意亂的將紙條看了一遍又一遍，心想：（沒搞錯吧！班上那麼多女生在偷偷喜歡他，結果他竟然喜歡的人是我！他那麼品學兼優，我功課那麼爛…不會吧！可是這紙條明明……）咪咪偷偷朝他瞄了一眼，他的手臂依舊垂在那兒等著呢！（如果被老師發現怎麼辦？如果被別的同學知道會怎麼樣？他是認眞的嗎？他眞大膽！第一次有男生這麼明白的表示，我不應該讓他失望才對，管他的！）咪咪也緩緩將身子向後靠，慢慢的將自己的右手臂垂了下去，立刻就被一隻熱熱的大手緊緊握住！

兩個人一動也不敢動，就這麼僵在那兒老半天，一會兒才感覺他的大拇指在來回輕撫著咪咪細嫩的手背。

咪咪側過頭去看他一眼，他也正巧回過頭來，四目交接的一剎那，有股很強的甜蜜感竄進心裡：（是了！這大概就是戀愛的感覺了吧！）

兩隻手就這樣握著多無趣啊！一向很會「舉一反十」的咪咪，很快就心領神會的愛上了這個遊戲，於是十隻手指捏、戳、點、劃的在那兒糾纏不清，時常弄得咪咪會不自覺的「噗嗤」笑出聲，誰還會留意老師在講檯上說了些什麼呢？

過了幾天，田祈元又丟來一張紙條：「這節下課，福利社後面的小巷子見，我想抱妳。」

咪咪雖然感到心跳加速，但是仍覺得無法拒絕，既興奮又期待的在他的掌心劃了個「OK」。下課鈴響，班長才剛喊完「起立、敬禮，謝謝老師」的口令，就見這小倆口一溜煙似的不見了身影！

「咪咪，我眞的好想抱妳一下，不知道…可不可以？」他竟面紅耳赤！

「傻瓜！剛才在你手心寫什麼，還問？」不愧有大將之風。

只見兩個技術生疏的純情戀人，上也不是，下也不是，左也不是，右也不是，折騰了老半天才將擁抱的姿勢擺妥。

咪咪頭靠在田祈元的胸前說：「我從來不知道這個感覺這麼好！好像好安全！好幸福喔！」

「是啊！我也好喜歡這個感覺！妳…好香！我好喜歡這個味道！」，「嗯……」

兩個人就這麼一動不動的靜靜站著，全校學生的下課吵雜聲，也絲毫不會驚擾這對小情侶。

「我們…在這裡會不會不安全？我的意思是，會不會被別人發現？」

「我也在想這個問題，但是除了這兒，全校還有哪裡沒有人？」

「說的也是。」

在這個管教非常嚴格、升學壓力奇重的私立學校裡，眞是步步爲營，一點兒也不敢大意。於是這段只有天知地知，你知我知的戀情就這樣默默的進行了快兩年，直到驪歌聲起才互道珍重，沒說再見的分手了。因爲大家心裡都清楚，升上初中以後將會是男女分班，不僅分班，還分層、分棟，訓導主任和所有老師都會嚴密監視，嚴防男女生們暗中來往，除非你有隱身術，否則抓到一律小過處分，這實在是沒什麼道理！

其實，在過去的這兩年裡，對咪咪示好的男生可以說是不計其數。每天都有一抽屜的小紙條需要過濾、整理，而自覺定力極佳又叛逆心重的咪咪，雖然心裡已經有了田祈元，卻認爲多交幾個朋友也沒什麼不對，於是她總會看心情的挑出一兩封來回覆。

其中比較特別，「必須」一提的人就是坐在咪咪右前方，比咪咪矮了半個頭，天天被老師打，科科不及格，從來沒人要理他，永遠包辦「倒數第一」的徐小三！會叫「小三」是因爲他在家排行老三，他還有個好笑的外號叫做「小亨利」，因爲他的頭又大又光，看起來聰明，實際上有點阿達，和漫畫裡的小亨利很像。

爲什麼咪咪會選擇這樣的對象交往呢？至今想來，仍是百思不得其解，只能說是「上輩子欠的，命中註定」吧！

小三倒是有不錯的審美眼光，功課爛歸爛，每天必定準時送上各色紙條一張，上面有看起來還算有創意卻是唸不怎麼通的小詩一首，配上鬼劃符的筆跡，竟然能讓我們的小美女一看再看，不時露出會心的微笑！像是⋯⋯

「或者，大概，也許是—
然而，恐怕，不見得—
一切難講⋯⋯
我們的未來。」

「如果妳仍戀著土地，那麼請妳落下一片花瓣，不要管那母株的反對！
芳土它永遠愛妳，在盆內，在幽谷⋯⋯
它永遠等妳，在風中，在雨中⋯⋯」

「喜歡等候，佇立街頭，細細想著，覺得幸福。
有時早到，不願錯過，每個眼神，每個笑靨。

喜歡等候，期盼美妙，降臨我身，這已足夠。」

不知這是他從哪裡抄來的，或許有些改變，但也算他花了點心思和時間，值得嘉許，如果這完全是他自己的創作，那麼，他並不如看起來那麼的遜，至少有點才華，也值得稱讚。

漸漸地看他的小詩像是在看「中國時報」的連載篇一般，只要有一天沒看，就會掛心：（今天不知道寫了些什麼？怎麼樣了？）這大概就是所謂的「攻心術」吧！

儘管田同學對咪咪百依百順，照顧的無微不至，又是近水樓台、佔盡先機，他也絕對不會料到後來的事情會發展成什麼樣子……。

3

一九七四年，十三歲　蛻變的開始

接下去四年的遭遇，非常零亂紛歧。一匹無法脫韁的野馬，要在高壓的管制下成長，倍感艱辛，也從此展開了未來坎坷的感情路。

搬家了！偉傑終於決定將這住了快十年但風水不佳的房子賣掉，舉家遷往熱鬧的東區一頂好商圈(現SOGO百貨公司後面)。

一棟全新的十八層樓大廈，三房兩廳只有二十二坪大，扣去將近五坪的電梯間等公共設施，室內眞是所剩無幾，好在住大樓、搭電梯和四周的新環境……，強烈的新鮮感立刻取代了屋內擁擠的感覺，大家很快就適應下來，巧的是一「我家門前有小河」，一出大門就是一條有點兒異味的大水溝，蜿蜒十八里，也不曉得它倒底通到哪裡去！

搬到這兒來，最開心的就是咪咪，因爲她每天早晨可以多睡半小時，不用緊張兮兮去趕校車，安步當車十分鐘就走到復興中學；還有左盼右盼，終於在家裡裝了第一支電話！多棒啊！以後不用再抓著一把銅板，站在巷口雜貨店排隊問功課了。

升上初一，增加了許多新的課程，如歷史、地理、物理、化學、健康教育等，第一次月考完，咪咪拿回家的成績單竟是「滿江紅」！九個科目全部少於六十分！

很意外，沒挨打、沒挨罵，只是全家召開緊急會議：（這該怎麼辦才好啊？）

「妳是不是上課不專心？一直講話？」偉傑問。

「沒有啊！我才不敢呢！」她知道情況不妙。

「老師沒有說哪部分很重要，考試會考嗎？那就表示是重點，妳得畫起來呀！」民民也不敢相信自己妹妹會那麼笨。

「我有啊！」一臉無辜的樣子。

「那考前妳沒背嗎？」

「背啦！可是考題都跟我背的沒什麼關係，而且我背十樣，忘九樣……」

「哎唷—忘記就算了嘛！我也常常會忘記啊！」媽媽來幫忙打圓場。

「不然我看這樣吧！叫哥哥給妳每天晚上抽兩個小時補習功課，看看妳是不是讀書方法不對。」

「拜託喔！我再過幾個月就要重考大學，自己K書時間都不夠了，哪有空管她啊？」民民極力反對：「不然…我去問問看平宏，他去年考上『台大電機』，看他有沒有空來兼家教。」

就這樣，才初一，咪咪一星期就有三個晚上，飯後排滿了補習。

剛開始，咪咪非常怕平哥哥，因為他總是不苟言笑的。又因是初次和個大男生獨處在臥室裡，咪咪一直擔心自己的表現不好，以至心理壓力極大，老得握條手帕擦手汗。各位也知道，越緊張就一定會越失常。家教經驗豐富的平宏早就發現咪咪的表現不自然，於是開始偶爾說說笑話逗她，緩和一下情緒，漸漸彼此熟悉後，也就比較不再那麼彆扭了。

經過高手指點，不一樣就是不一樣。第二次月考，成績單變成整齊的「一片藍天」，雖然分數都不是很高，至少比前一次進步許多，名次也躍升了二十幾，偉傑已經非常滿意了！

「咪咪，妳這次的表現很好，平哥哥請妳去看電影。」他愛憐的摸摸她的頭，

「哇！好棒！好棒！什麼時候去？」

「就這個禮拜天，怎麼樣？」

「OK！我要打扮得很美麗，和平哥哥去約會囉！」

是日久生情吧！每回補習的時候，咪咪總會不自覺的望著平哥哥深邃的雙眼發呆，聽著他溫柔附磁性的語調，吸得到靠近他時身上發出淡淡的肥皂清香味……不知道是內分泌在作祟，還是磁場在作祟？她老是雙頰泛紅、口乾舌燥，不時的用舌尖舔著自己的嘴唇……

一個如常的晚飯過後，偉傑帶著美玉出門去買東西，立民也還沒有回家，平宏準時來替咪咪上課，上著上著，平宏突然沒來由的托起咪咪的下巴，對準那誘人、微啓的雙唇就吻了下去！

咪咪腦袋裡一片空白，有點兒受驚嚇的睜大眼睛瞪著眼前這個焦距模糊的人……

「小傻瓜！眼睛閉起來，舌頭伸過來。」

「嗯一」老師說什麼，學生做什麼，咪咪是個順從的學生。

好一會兒，平宏才放開了咪咪說：「這…是妳的第一次？」，咪咪不好意思的點點頭，心想：「他是不是嫌我太笨拙了？一天到晚在幻想接吻是什麼感覺，這下可清楚了！就是會天旋地轉，頭昏眼花，四肢無力的感覺？」

「妳會不會…不喜歡我親妳？」他竟然沒有不好意思的樣子。

「當然…不會，可是不能給爹地、媽咪發現，否則…你就糟糕了！」

「我知道，我會小心的，妳…願意做我的小女朋友？」

「嗯！人家已經…偷偷喜歡你好久了，我還以爲你這個書呆子永遠也不會發現呢！」

初中生的咪咪，早已剪去了一頭又黑又亮的傲人秀髮，剩下半頂耳上一公分的「西瓜皮」，除了一雙慧黠的近視眼，實在找不出她美在哪裡！我的意思是，美到足以去吸引異性！眞不明白平宏是眞心喜歡她，還是在尋她開心？

*　*　*

升初一前的暑假，新生訓練的時候，老師要替全班同學排座位，咪咪眼尖的發現一個身材嬌小玲瓏，蘋果臉帶著少許雀斑，笑起來也有一對咪咪眼的女生，以前從來沒見過，想和她交朋友，於是決定彎一隻腳偷偷降低自己的高度，排在她身後，老師也沒有注意，就讓原本應該坐到第五行的咪咪坐到了第二行，正好如願坐在雀斑姑娘的身後！

「嘿！我是張珊珊，妳叫什麼名字？」咪咪用手指去戳她的背。

雀斑姑娘兇巴巴的回過頭來瞪了咪咪一眼，不太想理人的樣子，說：「藍文惠。」

「喂！妳有沒有小名或是外號？」又去戳她。

「沒有!妳不要沒事一直戳我好不好？」杏眼圓瞪，原來她不是咪咪眼！

「咦？那妳乾脆轉過來，我才好跟妳講話啊！」

藍文惠很不甘願地轉過身，仍是一付晚娘面孔：「妳到底要說什麼？」

「我的小名叫小咪，因為我一笑眼睛就會瞇起來，妳不覺得妳跟我有點像嗎？我覺得妳很可愛，想跟妳做好朋友，妳幹嘛這麼兇巴巴的樣子啊？」

「妳說完了嗎？」

「還沒，我決定不了應該叫妳『雀斑姑娘』還是『番茄姑娘』！都很適合妳。不過最適合的應該是……『藍貓』，因為妳有雙貓咪眼！藍貓！藍貓！叫不清楚就變成『懶貓』了，哈哈哈哈……」

「莫名其妙！」藍文惠完全不能領教後面這個拿她亂開玩笑的同學，或許是自己心情不好吧！一點認識新同學的興趣也沒有。

咪咪的個性則是：（哼！不達目的絕不終止，就不信妳不被我的眞誠打動！）於是以後不論上課、下課總會有隻討厭的手指老在騷擾著藍貓的背。

「藍貓，別一個人在那兒埋頭苦幹的，把便當放到我桌上來，我們好邊吃邊聊天啊！」藍貓就像是一隻內向、害羞又被動的驚弓之鳥，經常是咪咪說一句，她做一下。

「哎呀！我的媽呀！妳的便當怎麼這麼小？妳是小雞啊？這點飯哪夠吃？就這麼半顆鹹鴨蛋配白飯，妳也吃的下去！妳媽怎麼不替妳多準備幾樣菜呢？」

「我媽是大少奶奶，怎麼可以下廚？這是佣人幫我裝的。」

「那妳也可以叫她多裝一點呀！這樣吃怎麼夠營養？」

咪咪嘴上不說，心裡卻在嘀咕：（佣人？有錢人家的大小姐？便當菜卻只有半顆鹹蛋，誰相信啊？她，要嘛是在胡扯，要嘛就是有可憐的隱情，我得多花些時間來瞭解她。）

沒有多久，咪咪就發現藍貓生長在一個非常古怪的家庭—

藍家眞不是普通的有錢，藍爸爸是台灣十大首富之一，也是幾大紡織業的大股東，她上有五個姊姊，一個哥哥，她排行老七，照理說，家中的老么應該是最得寵的，她家卻相反，是最得修理的！

咪咪第一次請藍貓到她家吃飯，藍貓瞪著一桌子的五菜一湯發呆，竟是不動筷子！偉傑和美玉一直不停的夾菜給她，她忍不住就趴在桌上啜泣了起來！咪咪一頭霧水，不知道她倒底爲什麼這麼傷心？

好一會兒，她抬起頭來說：「我希望下輩子投胎…能做妳們家的女兒……，我實在好羨慕咪咪喔！我從來沒有和我爸媽同桌吃過飯，我媽動不動就打我……」

小時候住在柴房的景象一閃而過，這可激起了咪咪強烈同情、憐憫、保護、照顧她的心：

「藍貓，別怕！以後只要有我在，沒有任何人可以欺負妳。」

時間能夠沖淡一切，時間也能凝聚兩顆心，自從失去劉娟娟以後，咪咪又再度全心全意的付出，在班上同學的眼中，藍貓是個功課很好，家裡很有錢，又很孤傲的女生，誰都不理睬，卻會成天跟著咪咪同進同出的，雖然有風言風雨傳出：「張珊珊跟藍文惠在一起是看上她家很凱……」，「藍文惠跟張珊珊在一起，可以引起男生注意……」。但這兩個很有個性的女生，絲毫不爲流言所動—

「藍貓，這是我媽咪特別爲妳燒的素春捲，通通帶來給妳吃。」

「咪咪，今天晚上我爸媽不在家，妳可以來我家做功課。」

「小懶貓，下課陪我去福利社收紙條。」（註：那個時代，男女生交往靠互通紙條，多說幾句話就會引起師長、同學四面八方的恐慌，或被莫名冠上『問題少年／少女』的罪名，一夕成爲風雲人物。福利社是全校唯一男女生聚在一起，訓導主任不抓也抓不到的地方，但是仍舊不准交談。傳紙條是唯一的聯絡方式。）

「妳有妳的平哥哥了，還去收那麼多紙條幹嘛呀？怎麼忙的過來？」

「是忙不過來，所以才要帶妳一起去，好分一些給妳啊！」

「咪咪，禮拜天要不要到我家花園打羽毛球？我叫司機把風……」

「藍貓，天冷了，這是我媽買給妳的衛生衣，這是我送妳的圍巾，不收我會生氣喔！」秤和鉈的感情越來越緊密，分享的祕密也越來越多。

一個星期天下午，咪咪輕手輕腳的快速通過藍家深宮豪宅的二樓起居室，準備衝進藍貓的臥室去做功課，一眼瞟見茶几上放著的一盒蛋糕……

「嗯—我瞧瞧！哇！好好吃的樣子…我可不可以來一塊？」

「要吃妳吃，我可不敢碰，萬一被我媽發現我偷吃，又少不了毒打一頓！」

「那我可是不客氣啦！妳媽總不至於也來修理我吧！」

咪咪意猶未盡的吃了一小塊，伸手還想拿第二塊時，想想手就放下了……

「吃好了！我們進去吧！」

兩人正在房裡邊做功課邊說說笑笑時，房門外響起……

「咚！咚！咚！文惠，妳在不在？快給我出來！」

咪咪和她對看一眼，知道大事不妙！這是母老虎的聲音—

「媽，我在做功課，什麼事？」藍貓伸了伸舌頭。

「叫妳出來就出來，囉嗦那麼多！」

「咪咪，妳在這等我，千萬別出去。我很快就回來……」

一分鐘…兩分鐘…三分鐘…咪咪將耳朵豎得尖尖，注意著外面的動靜，突然……

啪—，清脆響亮的一聲耳光，咪咪毫不考慮就衝了出去，竟看到穿著一身白色絲質拖地睡衣的瘋婆子正揪住藍貓的頭髮去撞牆：

「妳說！那塊蛋糕到底上哪去啦？」

咪咪一個箭步衝上前去，也不知道哪兒來的神奇力量，伸出右手一把抱住藍貓，左手順勢推了劊子手一把！是她太嬌弱吧！退—退—退—，一屁股跌坐在地上！

「藍媽媽！請妳做長輩的有點長輩的樣子。不過是吃了妳一小塊蛋糕，大不了明天還妳一盒，需要這樣動不動就打人嗎？這是妳女兒耶！又不是妳養的狗！」

「妳—妳—妳是什麼東西？敢來管我家的閒事！來人呀！快點扶我起來！」她又急又氣，氣的臉都漲紅了。

「我是文惠的好朋友、好姊妹，我有權利保護她的安危。」咪咪看了看矮她一個頭的藍貓，靠在自己懷裡邊流淚邊打哆嗦。

「走！跟我回家。」

「妳…妳給我滾出去！妳要是再敢踏進我們家半步，我就叫警衛、長工、司機…打斷妳的腿—」

「妳去叫啊！誰怕妳？勸妳有空去給醫生看一下，毛病不是一點點…」

咪咪眞的就此沒再踏進藍家半步，也從此沒再見到這個讓藍貓活在暴力陰影下的瘋子。

* * *

暑假又來囉！雖然每天上午要到學校去上「暑期輔導課」，但是炎熱的午後仍然是很自由的。

「藍貓，這個暑假，我教妳玩輪鞋，妳教我騎腳踏車，好不好？」咪咪不停地幻想自己在鐵馬上的英姿。

「好啊！可是…我們能去哪裡練習呢？」不會玩輪鞋剛好是藍貓的遺憾。

「妳覺得『國父紀念館』前面的廣場怎麼樣？聽說那邊的圖書館也很不錯喔！」

「OK！那我們今天吃過中飯就去『勘查地形』。」

兩人搭乘「11路」一走去！

在仁愛路上，走著走著，迎面遇上了四個看來不像是好料的國中男生，嘻皮笑臉的攔住了她們的去路，藍貓立刻本能的躲到咪咪的背後，再探出腦袋瞄他們。

「嘿—大紅色的熱褲！眞騷！我喜歡！」一臉青春痘的男生說。

「你們給我放尊重一點！識相的讓開！」咪咪其實也在害怕，故意虛張聲勢嚷嚷。

「唷—這馬子很兇耶！哥們兒已經很久不知辣味兒，今天可要好好嚐它一嚐……」這個小流氓伸手就去捏咪咪的臉頰，被咪咪一揮手給擋了開，拉著藍貓順勢要硬闖：「光天化日之下，你們也敢在大馬路上造反，我看你們是活得不耐煩了！」

站在邊上的一個矮個子，竟然手一甩亮出把小彈簧刀：

「我看不用跟她們囉嗦，先帶進旁邊這個工地再說，這裡的確是太醒目了。」「走！到工地去！」

咪咪緊張的想：（要打架，自己絕不是他們四個的對手，還得顧著這會兒已經涕淚縱橫的藍貓，但是如果乖乖跟進工地，鐵定沒救，該怎麼辦呢？）

急中生智，就在那把小刀在眼前飛舞時，咪咪突然揮左手去擋，右手就對準這傢伙的胃部送上一拳！

「啊—！」他痛得彎下腰去，咪咪立即拉著藍貓沒命的跑，後面三個寶貝隔了好幾秒鐘以後才回過神，開始沒命的追！

眼看就快要被追上，咪咪又忽然拉住一個路過的小姐：

「大姊姊！大姊姊！救救我們，有流氓要追殺我們……」

話才剛說完，三個傢伙就到！

「你們想幹什麼？欺負弱女子算什麼英雄好漢？我是台大跆拳社社長，想要比劃，我奉陪。來呀！」大姊姊的架勢才剛擺好，三個混混，你看我我看你，開始慢慢往後退……「快閃吧！」

「通通給我滾回家去！下次再讓我碰上，絕不饒你們—」

咪咪和藍貓都大大的吐了口氣：「大姊姊，不好意思麻煩妳！謝謝妳的救命之恩。」

「不客氣！妳們都還好吧？」

「啊呀！咪咪，妳的手在流血！」藍貓尖叫著。

「可能是，剛才我用手擋刀子的時候被削到的吧！沒關係，不嚴重，貼個OK繃就好了！」

「妳們兩個都長的太可愛啦！這一帶未完成的工地很多，不良少年一定經常在這兒出沒，以後不要單獨從這兒經過，太危險了。」

「謝謝！我們知道了！大姊姊，妳眞的會跆拳道啊？」

「哈哈哈！我是台大體育系的，跆拳只有學過幾個月，不過，要修理那幾個小毛頭應該還不成問題吧！」

「那…妳願不願意收兩個可愛的笨徒弟？」咪咪話才剛出口，藍貓就在扯她的手臂。

「哈哈哈！妳眞是可愛！能遇上也算是緣分，就這樣吧！這是我的名字、電話，妳們什麼時候想學就打電話給我，我免費傾囊相授。」

「太好了！…蔡一姊姊，謝謝妳！我改天一定打電話給妳，我是咪咪，她是藍貓。拜拜！」

咪咪邊說邊拉著藍貓走了。

「什麼咪咪貓貓的！眞是一對有趣的小花貓啊！」

經過了這件事，藍貓一直對於走去國父紀念館心有餘悸—

「咪咪，我們可不可以不要去那邊練習了啊？」

「爲什麼？才一次妳就怕啦？倒楣事不會天天遇上的，更何況我們現在都換路走，專挑熱鬧的地方。安啦！」咪咪的個性，此時已略見雛型。

「可是…妳有沒有發現，在我們溜冰的時候，旁邊老有兩個男生，好像在注意我們耶？」

「小姐，我雖然是大近視，這種小Case還逃不出我的眼睛，那是欣賞愛慕的眼神，不是找碴的眼神，所以沒什麼好擔心的。會注意我們，表示他們有眼光。」

「唉—眞不知道爲什麼？我跟妳的個性眞是天壤之別，爲什麼會變成好朋友？」

「嘻嘻！妳可知道『凸』這個字怎麼寫？」，「知道啊！」

「妳可知道『凹』這個字怎麼寫？」，「也知道啊！」

「這不就結了！凸配上凹，就叫做滿，圓滿的滿，我們兩個如果眞的像到都是凸，或者都是凹，鐵定天天打架，妳信不信？」

「哎呀！妳總是有歪理十八條！我說不過妳！可是，我想問妳的是，如果他們…就是那兩個人，來找我們講話的話該怎麼辦？」她又露出一臉慣有的憂鬱表情。

「那還不簡單！台詞總不外是『小姐，我注意妳很久了，想跟妳交個朋友。』，不然就是『妳們兩個人，我們也是兩個人，不如我們四個人一起玩吧！』」咪咪刻意壓低嗓門的學男生講話。

「妳神經啦！」

「說正經的，他們倆一高一矮，一個戴眼鏡、一個沒戴，您小姐是看上了哪個啊？」

「當然是那個戴眼鏡的，他雖然比較矮，可是比較斯文，不像那個高的，一臉花花公子的樣兒…喂！誰說我看上人家了？」

「哈哈！不打自招！既然矮個的被妳訂走了，那麼我就只好撿剩下的啦！我倒覺得那個高個兒挺帥的，身材配我剛剛好！」

「討厭！」

「喂—我頭髮亂不亂？」咪咪突然沒頭沒腦的冒出這一句。

「還好啊！幹嘛？」

「遲鈍！他們兩個正在朝我們走過來啦！別怕！我來應付。」

咪咪頭也不抬，故做鎮定的蹲下去綁鞋帶，感覺頭頂的烈日被兩個高大的陰影給遮蔽。她很自然的站起來，露出略微驚訝的表情看著他們——

「對不起！我們…注意妳們好幾天了，不知道…可不可以…跟妳們認識一下，交個朋友？」高個兒目光毫不保留，直挺挺的盯著咪咪說。

咪咪嘴角露出得意的微笑，和藍貓交換了一個心照不宣的眼神，也絲毫不認輸的回瞪著眼前的帥哥，不說話。

「嗯—我看妳好像在學騎腳踏車，我可以教妳，妳朋友好像在學溜冰，我朋友是高手，剛好可以教她，不如…我們四個人一起玩吧！」

這會兒咪咪實在忍不住，「呵呵呵——」地笑了起來！

「什麼事這麼好笑啊？」高個兒覺得有點糗。

「喔！沒事！只是你的台詞有點耳熟，好像在哪兒聽過啊！」咪咪又瞄了藍貓一眼，這下連害羞的藍貓也忍不住大笑了起來。

「對不起！我叫王庭隆，他叫李建光，妳們呢？」高個兒挺大方的。

「我叫小咪，她叫小貓。」

「這算是什麼名字啊？」

「咦？名字只是一個稱呼，方便叫就好，你管那麼多幹嘛？不高興就別問！」她故做生氣狀。

「好好好！小咪，那我先騎一圈給妳看，妳要注意我的動作喔！」王庭隆的樣子非常認眞。

「OK！」

「啊—小貓…我們來溜冰…」內向、言拙，看來和藍貓挺速配的李建光終於開了尊口，雖然有點兒台灣國語。

「我叫小貓，不是阿小貓！」於是兩對很自然地就分開各玩各的了。

王庭隆先姿勢極爲瀟灑的在停車場繞了一圈，當中還不忘耍了幾個特技動作，然後「嘰—」一聲緊急煞車，停在咪咪面前：「上來！我載妳兜風！」

咪咪二話不說就往前面欄杆上一跳，兩隻手緊抓著龍頭，熱熱的微風吹在臉上，實在並不舒服，但是她卻很喜歡這種好像在飛的感覺，而且她也完全不曉得她調皮的髮絲，一直在隨風恣意的挑逗著騎士的面頰，弄得後座的人心癢難忍又不願停車。

三圈…五圈…咪咪不時經過另一對身旁，瞧見那個姓李的握著藍貓的手，慢慢前進。心想（唷！他們進展神速嘛！貓咪一定緊張死了！我要不要去救她呢？看她笑得那麼高興…還是隨她去吧！她也該嚐嚐戀愛的滋味了。）

於是整個暑假，一週七天，不管刮風下雨，他們四個總在同一時間、同一地點出現，只是不再有人願意騎腳踏車，也不再有人要溜冰，總是兩人一組的在販賣區喝飲料，或是手牽手的在長廊下散步，國父紀念館突然變成一個詩情畫意，怎麼看怎麼美的約會聖地了！

原本就整天嘰嘰喳喳不停的兩姊妹，這下有了更多的討論話題，除了要交換「交友心得」之外，還要互相報告當日的「進展」。

「藍貓，小隆今天送我一個刻有『I LOVE YOU』的鑰匙鍊耶！妳說他是不是認眞的啊？」

「應該是吧！他們兩個雖然都是四十九年次的，可是我覺得小隆比建光要成熟多了。」

「其實私底下，他也是悶悶的，好像老是心事重重的樣子，我猜可能和他想去考軍校有關係吧！他是獨子，他爸爸打死也不准他從軍…」

「建光也是獨子，他爸爸又早逝，媽媽在幫人家洗衣服，他們家庭狀況好像很不好，所以他預備高中畢業就先去當兵，不唸大學了。不過他倒是滿開朗的，我一直想幫他，可是又無從幫起，跟他講話得非常小心，很容易就會傷到他的自尊心，他…非常好強。」

「不錯嘛！已經這麼瞭解他了！小隆如果眞的去唸軍校，我想，我就不會再跟他來往了。」

「爲什麼？他對妳那麼體貼！而且像他那種身材，穿軍服鐵定很帥的啊！」

「哎呀！妳不知道愛上軍人、警察、船員、醫生的女人都會很苦的嗎？妳要他陪的時候，他永遠不會出現，這種男朋友要來幹嘛？」

「嗯—有道理！我從來沒想過耶！」

「還有，凡是姓—豬馬牛羊、飯菜湯的人，本姑娘也絕不嫁。」

「這又是為什麼？」

「妳希望以後被人家稱呼『朱太太』、『馬太太』、『范太太』、『蔡太太』嗎？我可是受不了！」

「哈哈哈！我才受不了妳咧！這樣，妳不是機會少了一大半嗎？這麼多人妳都不嫁！」

「我只有一個，妳要我嫁幾個？當然是寧缺勿濫，除非是讓我愛瘋了的，否則就只好擺在一邊當玩伴啦！我要嫁『我愛的』，不嫁『愛我的』，像那個『蛋頭小三』，成天卡片、禮物不斷，追了我多少年！每天一封信都說他有多愛我，偏偏我就是沒啥感覺，只是欣賞他的癡情，這種人也能嫁嗎？」

「說的也是！可是妳同時跟這麼多人來往，不怕人家說妳花心嗎？」

「小姐，我對每個追我的男生都是真心相待，從來不玩弄人家感情，怎麼能說是花心呢？」

* * *

暑期很快就在忙亂中結束了。立民考上了基隆的「海洋學院」，準備搬到基隆去住宿。剛考上大學的新鮮人，頓時從填壓式教育開放成自由式，立民也開始伸展綑綁已久的四肢，搞社團、開舞會、交女友、打麻將、抽煙、喝酒…齊頭並進。在家的時間相對減少，和妹妹更是一個月難得見一兩次面。

然而，難得的碰面卻帶給咪咪極大的影響力，為什麼呢？

立民陸續買回許多英文歌的唱片—『木匠』、『麵包』、『ABBA』…管他三七二十一，抓了咪咪就開始練吉魯巴、恰恰、慢四步、快四步，好去舞會秀。

咪咪也不辜負期望的全力配合，進步神速，越跳興趣越高！一首又一首的英文歌更是朗朗上口，無心插柳的連帶英文程度也進步不少。

立民常說：「每次在外面跳舞，遇到一大堆笨女生，舞都跳好菜，怎麼樣也帶不起來！還是小妹跳的最棒！默契又好！」咪咪自是得意萬分，眞巴不得有機會也能出去秀一下！

初二一整年，咪咪仍是忙課業時間多過玩樂的時間，平哥哥也越來越忙，補習次數也從一週三次降爲一週一次，咪咪也不敢抱怨，只是每次癡癡的盼他來，再遲遲的不讓他走，兩人都極爲珍惜這獨處的兩小時。

小隆呢？則是每天放學趕到咪咪校門口，陪她從學校走回家，雖然路途只有短短的十分鐘，實在不夠讓兩人道盡一天的相思，卻也是另一種甜蜜！

出色的咪咪，功課成績一直平平，但是她參加英文演講比賽、校際寫生比賽、籃球比賽、壁報比賽、全台灣中學合唱團比賽（註：她曾擔任過指揮，也曾多次擔任高音部主唱）均爲第一名！大功、小功記一堆！公佈欄裡，天天可以看到她的大名！全校沒人不認識她。

可是肥水怎麼能落入外人田呢？每天放學竟然有校外的男生在門口站崗，把校花接走！這是多麼丟臉的事啊？

一天放學，咪咪走出校門沒有看到小隆，本想等他一下，繼而想：（他今天會不會生病了？還是學校有事耽擱？我還是先回去吧！太晚回家又要挨罵了。）

正低著頭邊走邊想時，經過一個小公園，聽到樹叢後面有些吵雜聲，她先是好奇的看一眼，繼續往前走，後來想想不對勁，決定退回來，繞過去看一下—

「啊！五個我們學校的男生在修理一個別校的！別校的？……小隆？」

「你們通通給我住手！讓開！」

「小隆—你…怎麼樣？要不要緊？」她擔心極了。

王庭隆坐在地上，痛苦的用手撫著肚子，輕微流著鼻血…看的咪咪怒火中燒！回過頭，就是一人賞一巴掌！

「你們太過分了！他哪裡招惹你們了？今天不給我說清楚，明天大家訓導處見！」

五個寶貝，有三個是咪咪認得的，她也不顧往日的交情，命令著：「每個人先拿一百塊出來，讓他去看醫生，如果他有任何內傷，我絕對不會饒過你們。快啊！」

大家雖然不甘願，仍是乖乖把錢交到咪咪手上，吭都不吭一聲。

她攙扶起小隆，對大伙說：「向他道歉！他是我好朋友，你們欺負他就是不把我放在眼睛裡，以後也別想我會理你們。快道歉啊！」

「張珊珊，……我們學校的男生那麼多，妳為什麼…還要交別校的男生？」其中一個很不服氣的問。

「哼！我喜歡成熟、懂事、會體貼人的好男生，像你們這種做事不經大腦的小雜碎，憑什麼做我朋友？不先反省自己，只會反省別人？」

大家你看我，我看你，沒話說！「那…對不起！」「對不起！」五個人都和小隆握手道歉，摸摸鼻子離開了。

「小隆，對不起！我沒想到會發生這種事情…唉—這個錢你先拿去看醫生，我不能陪你去，必須盡快回家了，我想…以後你就不要再來接我放學，今天還好被我遇上，下次…我不敢保證這種事還會不會發生……」

「一點小傷，不要緊的，這些錢妳拿去還他們，謝謝妳的好意，我…還是會來等妳的，難道就怕了他們？」

「我知道你不怕，但是我不想再惹出不必要的麻煩，你今年就要畢業了，多花些時間在課業上吧！你如果因爲我而出什麼岔錯或是耽誤功課，我會很內疚的。」

「我來等你…是妳的麻煩？」小隆的口氣不太對勁了。

「你…知道我的意思，爲什麼故意要這麼說？」

「我以爲我們是…妳…是不是另外有男朋友了？剛剛那幾個說…，所以妳不希望我再出現？」

「你……簡直莫名其妙！好心沒好報！……對！我另外有對象了，識相的就自動消失吧！大丈夫，提得起放得下。不是嘛！」咪咪將原本一直勾在小隆臂膀上的手，突然抽出，使勁推了他一把。「再見！」掉頭就走，眞是又氣又傷心：（也交往了一段不算短的日子，竟然這麼不瞭解我！最恨被冤枉，尤其是被自己心愛的人冤枉。小隆今天是吃錯了什麼藥？從來不曉得他醋勁這麼大！是被揍的腦袋發昏了嗎？）

回到家，整個晚上都心神不寧，無法靜下心做功課。腦海中一遍又一遍的回想著和小隆認識至今的種種，越是告訴自己不要去想他，越是無法克制自己的心緒。每回客廳電話鈴響，雖然明知道不可能是找自己的，（註：爸爸規定在上大學之前絕對不准交男朋友，所以也嚴格禁止所有男生打電話或寄信來，明知故犯者仍如過江之鯽。）仍會觸電般的跳起來，跑到房門口豎耳傾聽—（會不會是小隆的妹妹替他打來道歉的？只要他道歉，我就原諒他…）

第二天，藍貓明白昨天發生的事後，儘管安慰了半天，咪咪仍是失魂落魄的過了一天，殷殷期盼放學出去還會看見對街樹下那個熟悉的身影……一晚，兩晚，三晚…她徹底失望了。

「妳不該生他的氣呀！是妳自己叫他以後不要再來的啊！看不到他又要難過…妳眞矛盾！」藍貓一語中的。

「嗯——一段時間不見面也好，舊的不去新的不來！有緣自有相逢期，反正，我也沒有非常喜歡他，分手就分手吧！」

沒有人清楚咪咪說這話是認眞的，還是在安慰自己的。總之，小隆眞的很性格的就此消失了，音訊全無！反而李建光有事沒事會託小隆的妹妹打電話給咪咪，傳消息給藍貓，或是偶爾週日相約在國父紀念館碰面，他們兩個表面上看起來淡淡的，卻好像細水長流，流不完！哪像咪咪談起戀愛都是轟轟烈烈、進展神速，熱情如火，三分鐘就燒完了。來的快也去的快！或許應該說，不同個性的人同樣走在情字這條路上，自是有不同的際遇和體驗吧！

* * *

不出所料，二下的期末考，一敗塗地。

女生普遍不及格的理化，咪咪倒是低空掠過；大家搶分數的地理、歷史，咪咪拿個四十分、五十分！氣得平哥哥吹鬍子瞪眼，一句話也說不出來！

好在學校規定：不論主科或是副科，只要有兩科不及格，准予補考一次，若只有一科考過，准予補考第二次，必須同時及格才算正式通過。

惡補再惡補，平哥哥也曉得事態嚴重，有損顏面，鐵板著臉不再跟咪咪瞎胡鬧，卻讓自尊心極強的咪咪心情更壞：（哼！我才兩科不及格，你就不喜歡我了？那麼兇！一點情分也不顧了？也不親人家了？）滿腦子胡思亂想，哪記得住什麼死背的東西呀！

戰戰兢兢地去補考，不理想，地理六十，歷史五十。

第二次補考，更糟！地理五十九，歷史五十八。

完啦！死當！意思就是留級……初二得重來一遍，也就是說，平宏失業了，不可告人的戀情也終止了，和藍貓也分班了…所有事情都變了，包括咪咪自己的思想、行爲全走樣了！

這是多麼難適應的一種狀態？對一個十四歲的清純少女來說，該怎麼想、怎麼做才是走在正途上？誰會瞭解？誰能體會？

家中，要忍受爸爸、哥哥的謾罵；學校，從一個高高在上的出色校花，變成一個冠上「留級生」帽子的另類，原本的同班同學全升上了三年級，整天排滿模擬考，誰有空去搭理二年級的同學？而新升上來的同班同學，又得從頭認識起，笨的笨、菜的菜，實在提不起興趣從頭交往。自然而然，四個從各班當下來的留級生就經常聚在一塊兒。

完全不變的課程內容，再花一年的時間讀一遍，即使沒有人幫忙補習、抓重點，也是駕輕就熟的了，咪咪開始掉以輕心、自暴自棄：（反正爸媽也嫌，老師同學也嫌，大家都看不起留級生，沒關係！我的青春可不能留白，書可以重唸，日子可不能重過，我得好好爲自己活下去，才不枉費來這世上走一遭啊！）

方向既定，生活可就突然變的多姿多彩了起來。

四個死黨節節下課在一起，東家長西家短的，很快就決定按照生日順序排大小，以姊妹相稱。「同是天涯留級人」吧！

老大—小朱，是個又瘦又黑的男人婆，思想早熟，幽默風趣又鬼點子特多的運動健將；老二—小方，文靜內向，皮膚白兮，內外在都早熟，聲音特殊，愛唱英文歌的瀟灑女孩；老三—小咪，宜動宜靜，個性叛逆，笑容甜美，酷愛跳舞，熱情奔放，人人喜歡接近的開心果；老四—小芬，身高一七九公分籃球隊主將，酷酷跩跩不愛理人，是個性孤僻的富家千金。

每個週六下午，都可以在操場上看到她們打籃球的英姿，加上經常一起練球，刻意接近她們的另五個同班初二生，大家越玩默契越好…老五，老六…排到老九，高矮胖瘦，各有千秋，這下九個人往哪裡一站都成了最注目的焦點。

教室在三樓的女生和教室在二樓的男生，本來就完全不搭軋，但是大家有所不知，男生和女生之間的戰爭，卻好像從亞當夏娃時代就開始了—既要惹對方注意，又討厭對方「眞的」注意……

「哇！看到了！看到了！白的，白的，粉紅的，綠的…啊！還有黑色的…眞騷啊！」，「我看，我看！鏡子借我看！哪個是黑色的？」

這是什麼對話呀？

姊妹們下了課，總會一字排開的站在走廊上，悠閒的靠著扶手，攏攏秀髮，擺擺姿勢，因爲二樓的男生也是整排人擠人的在「仰望天空」哪！

至於他們拿鏡子是在看誰呢？很抱歉！沒什麼好事兒，他們在反射上面的「裙內風光」呢！別擔心，這群姊妹也不是好惹的女生，敢站在那兒就不怕被人窺，全穿了各色安全短褲。

老大：「你們盡量看吧！算你們有眼福！但是嘴巴給我放乾淨點，否則就要你們好看！」

老四：「我們是不是該想點辦法整整他們？越來越過分啦！」

咪咪：「我家有彈弓，可以拿來…」

老大：「喂喂喂！那個打到頭是會出人命的耶！」

老七：「那…我們來丟粉筆頭！弄得他們衣服髒兮兮，怎麼樣？」

老么：「不好不好！撿粉筆頭就已經把我們自己的手搞的髒兮兮啦！」

「嗯—我倒是有個主意！」一向不太開口的小方說話了，「上次我弟生日在家開Party還有很多用剩的汽球，我們可以拿去裝水，然後……」

老大、老三、老四同時說：「好主意！」

老五：「他們會不會去訓導處告我們啊？」

老大：「別怕！就算他們去告，也拿不出證據，只要我們不承認，訓導處會相信誰呢？」

經過表決，這個提議一致通過，第二天實行，把樓下那群色鬼打的落花流水！

「姊妹們！嘲笑他！」小朱喊。

「哈哈哈！」八姊妹附喝。

「姊妹們！嘲笑他！」，「哈哈哈！」聲勢驚人。

「你們沖過冷水澡，該Cool Down下來了吧！」老么得意的對著在罵三字經的男生們大喊。

奇怪的是，被修理的男生們，既沒告狀也沒報復，抱頭鼠竄之後就沒在走廊上出現過，這倒是弄得姊妹們覺得一勞永逸的辦法是不錯，卻變得不好玩了！於是開始轉移目標去整一年級的新生，膽子越練越大，竟跑去整老師！

這位缺乏愛心，非常歧視留級生的國文老師，已經年近四十仍舊小姑獨處。這也就算了，還每天上課打扮的花枝招展，扭捏作態，實在看了令人不舒服。最過分的是，她規定每當上她的課，四個留級生得自動站著聽課。這是什麼道理啊？日積月累，姊妹們實在忍不下這口氣，決定採取些行動—

「噓—下節是『妖姬』的課，我們去把講桌和她坐的椅子上都塗滿漿糊，待會兒就有好戲可看啦！」小朱是專門負責出餿主意的。

上課鈴響，只見一身刺眼的紅，搖搖擺擺的扭進了教室—啪，課本摔在講桌上。

「各位同學—上課囉！該站著的人怎麼還沒站好啊？這麼不自動，還要我提醒？」一臉尖酸刻薄樣。

咪咪和小朱、小方、小芬對看一眼，同時慢吞吞，不甘不願的站了起來。

「大家翻到第三十八頁。今天我們上第七課……哎呀！我的課本怎麼拿不起來啦！要命—是誰弄得一桌子漿糊？髒死了！哎唷！連我手上都是…快快！誰給我點衛生紙啊！今天誰是值日生？快來把桌子擦擦乾淨，免得弄髒我的新衣服。眞是的！」

同學們早已笑的東倒西歪，反而站在那兒的四個人全是酷酷的不動聲色。

講著講著，妖姬終於累了，必須去坐一會兒了，走到椅子旁，她的目光完全盯著課本，壓根兒沒留意幾十雙眼睛正虎視眈眈的瞪著她……

坐了一陣子，什麼事也沒發生，隱約的笑聲也沒了，直到快下課時，她站了起來，慢慢的從老六身邊走過—

「啊呀！不行！來不及—」

「快！快傳過來！」小芬在對老六打手勢。

一張不小的紙條傳到了小芬手上，妖姬正從她旁邊經過（嘿！糟糕！掉了！）

「快！給我！給我！」老八在揮手。

紙條卻朝著咪咪那兒傳去，幹這種事也得有技術，不是什麼人都願意幫忙傳的，如果傳到了班長、副班長等的正人君子，好學生手上，不是被毀屍滅跡就是被告一狀，完全失去了娛樂價値。

「張珊珊，妳把下面這段唸一遍。」，「喔—！」

紙條及時到了咪咪的手邊，字跡朝下的壓著，妖姬湊巧一屁股坐在咪咪桌上！

鈴……！

「各位同學，今天回去把這一篇背起來，明天要默寫。好了，下課！」

「起立！敬禮！」，全班恭送：「謝謝老師！」

「嘻嘻嘻！哈哈哈！我快要受不了啦！」大伙兒立刻妳推我擠的擁到了走廊，看那大紅色的裙子上貼著：（你看！大不大？歡迎有興趣的來捏一把！）

「姊妹們！嘲笑她！」老大領頭喊，「哈哈哈！」八姊妹附和。

「姊妹們！嘲笑她！」，「哈哈哈！」

「我看我們以後就取名爲『嘲笑姊妹幫』吧！大家今天總算是出了一口鳥氣！」老大心情特佳。「萬一，在放學回家的路上有人眞的去捏妖姬的尊臀，怎麼辦？」老六在擔心。

「那不是很好！說不定她會有豔遇，心情一好，明天就不用默寫囉！」老么在做白日夢。

第二天上課，不但難逃默寫的命運，而且還是全體罰站的寫，因爲沒有人願意承認那張字條是誰貼的，誰叫她自己要坐上去，怨不得別人啊！

「嘲笑姊妹幫」在學校裡越來越有名，乖學生見了怕，壞學生爭先恐後要加入。而九個姊妹中，唯獨咪咪術德兼修又頗俱姿色，漸漸成了男生們開舞會必請的貴賓。

學校流行一句話：「大考大玩，小考小玩。」這種管教嚴厲的私立學校，可以排到一天七堂小考外加早晚自習考；每週週考、每月月考；段考、期中考、期末考…烤焦爲止！現在回過頭想想，當學生的時候的確多彩多姿，但是整天被逼得喘不過氣來也確實可憐。如果可以重來一遍，咪咪是絕對不會選擇再當學生的了。

生活既然被接二連三的考試佔滿，壓力紓解的方式就是自己找所剩無幾的時間去玩。於是每週六下午有自己學校男生辦的「午茶Party」；月考或期中考完有各校男生和本校男生辦的大型Party，經常弄得咪咪一下午得趕好幾場，她不僅舞藝精湛、人面廣，還會帶動氣氛使大伙盡興。自然成了不可獲缺的要角。

有一次期末考完……

「今天晚上有個大Party在『校草』家，妳去不去？」小朱問咪咪。

「很想去，可是…我答應去『仁愛』的，時間上可能來不及耶！」

「趕趕看嘛！我答應很多人妳會到，妳不來就不好玩了啦！拜託，那邊到一下，開個舞，意思到就可以過來了，我跟妳保證這邊會比較好玩，而且…我聽說『徐同學』會出現喔—」（註：徐同學是身高一八○的初三留級生，和校草是死黨，咪咪一直在暗戀著他，卻苦無接近的機會。）

「哎呀！妳眞是討厭！好啦！我想辦法趕過去就是了。」

「We may never love like this again……」

唱機正播放著哀怨的情歌。客廳裡近四、五十個男男女女，沿著牆壁各自守著一張椅子，不想起來，深怕被人搶了一般！伸手不見五指的暗度，很安全，也很危險。沒人敢動！

舞會已經開始了近一個小時—

「哈囉！我來啦！」咪咪一進校草家門就對著一屋子黑叫著，「喂，搞什麼？誰是管燈光的？這麼黑怎麼跳舞啊？神精病！去找些蠟燭來…什麼顏色都可以，快呀！浴室燈打開，門虛掩上，露一點光就好。」，「誰是負責放音樂的？一看沒人跳，就要馬上換啊！這麼悲傷的歌，誰有興趣跳啊？笨蛋！給我 Bee Gees 的You should be dancing，或是More than a woman都好。快找！」

歌聲再度響起—

「My baby blues at midnight ， Cause right on to the dark —」咪咪不管三七二十一抓了校草就在舞池中央盡情搖擺起來。

「嘿！小咪，妳眞行！看！大家都下來跳了！眞謝謝妳捧場啊！」主人覺得非常有面子。

咪咪得意的笑笑：「不客氣！是我自己愛玩，最受不了看到氣氛不對的Party，不如別來了。既然參加就要盡興，right？」

望著校草迷人的笑容，咪咪心想：（嗯—眞不愧是校草，又帥又凱還很有禮貌！只可惜本姑娘就是對他沒興趣…徐同學呢？）

視線掃了一圈，失望了：（再等等看，說不定他待會兒會出現…」

四處閃爍的燭火，使空氣中瀰漫一些煙味，搖擺不定的光影卻令人陶醉，當一切都很完美，情緒High到最高點的時候--

咚咚咚—咚咚咚！—「快開門！」有人在踹門，「喂—這不是我們的暗號！小心！先別開門！」校草對著朝門口走去的男生說，音樂聲立刻轉小。「外面是誰啊？」校草問，「快開門！警察！快開門！」

大家一聽到「警察」兩個字簡直是老鼠遇到貓一樣，四處竄逃！所有人都馬上往廚房外的後陽台跑。偏偏校草家不在一樓，在二樓。沒想到不論男生女生都一律往下跳！眞是勇氣可佳啊！

「妳們先走，我來想辦法拖延……」這時候校草已經熄了蠟燭，把客廳大燈全開亮。「咪咪，妳還坐這幹嘛！快跑啊！」小朱拉著她就往後陽台去。

「我們爲什麼要跑？開同學會也犯法嗎？我不信警察能把我們怎樣！」

「我可不想惹麻煩，妳不走我可要先走了！妳自己小心—」小朱說完就鬆手跳到了一樓人家的雨棚上，咪咪眼睜睜的看著她穿破雨棚，跌落在一樓的地面上。

「妳要不要緊啊？」咪咪刻意壓低了嗓門問。

小朱痛苦的表情說明了一切，但是她仍向咪咪揮揮手，一跛一跛的跑走了。

「小咪，快進來！沒事了！剛剛那些人不是警察，是『仁愛』的來惡作劇的。我把他們打發走了已經—」咪咪被校草拉進了客廳。

「奇怪！他們怎麼知道我們這裡有Party？」

「我想可能是慕名而來的吧！我沒有請他們，所以他們只好硬闖了！」

「弄成這樣…我實在很抱歉！」咪咪在爲這半途而廢的Party感到惋惜，「不是妳的錯，至少我們前一半時間都玩得很開心啊！」

「唉—別提了！我來幫你收拾一下，免得你爸媽回來昏倒，我們以後就少個跳舞的場地囉！」

「咪咪，妳眞好！」校草心裡這麼想，只是尷尬的笑笑，始終沒說出口。

第二天上課，出現了一個奇特的現象：初二和初三的學生有將近三十人請病假！病因—腳踝扭傷。

爲什麼那麼多人同時扭傷腳？這對訓導處來說，可是個「世紀大懸案」啊！哈哈哈！

「哈囉！哈囉！藍貓—出來一下！」咪咪總會在吃完便當到午睡之間的空檔時間，跑到三年級的教室外面，和藍貓說些有的沒的。

「嗨！幹嘛？」這段時日來，咪咪可以清楚的感受到藍貓對她的冷淡。

「還在K書啊！最近有模擬考嗎？」看藍貓抱著課本跑出來。

「下禮拜。上次考的不理想，被導師叫去訓了半天，我有答應她這次要考在一百名以內…」（註：模擬考是全年級約三百五十人一起排名次，能考進前一百名表示可以考上前三志願。）

「那—妳有把握嗎？」咪咪依舊非常關心的問。

「我不知道！」藍貓聳聳肩，「我問妳，上次 Party 那麼多人受傷，到底是怎麼一回事？」

「哎呀！這個嘛…說來話長，反正妳也不會有興趣聽的。」

「不是我說妳，那個小朱那麼愛玩，又組織什麼姊妹幫，我看妳都被她帶壞了！妳自己都沒感覺嗎？」藍貓不僅臉色冰冷，連語氣都是零度C。

「我知道我自己在幹嘛，妳就別操心了，我不是那麼容易受人家影響的。」事實上，她還是覺得跟姊妹們在一起才能顯現出眞正的自己。

「我看妳成天到處趕場，再這樣下去…搞不好升三年級都有問題…」

「喂—妳對我有點信心好不好！初二的東西又不難，又是唸第二遍，我閉著眼睛也能去考試，多利用時間去玩又有什麼關係？等我升上三年級苦日子就過不完了，要造反還不趕緊趁現在？」

「反正我現在說什麼妳都聽不進去，以後妳沒事也別來找我了，我要專心唸書，省得大家都說我跟姊妹幫的人有瓜葛…」

「妳……」咪咪非常驚訝藍貓竟會說出這樣的話來，「有我這樣的朋友讓妳丟臉了？」

「我不是這個意思，只是…妳動不動就叫我去參加舞會，我眞的沒興趣，我要唸書，如果沒有考上『北一女』，妳知道我媽會怎麼修理我？所以，妳去玩妳的，該說的話已經說了，我要去睡覺了，妳好自爲之。」說完，藍貓就逕自走進教室去，留下一臉錯愕的咪咪站在走廊上咬牙切齒。

牛脾氣的咪咪，從來不認爲自己會做錯什麼事情，更不會爲了已經做了的事情而後悔或是道歉。藍貓的話雖然沒有錯，卻是非常傷人。（兩年半的情誼，就這麼說斷就斷嗎？她怎麼做得出來？）

是報復？是叛逆？從此，咪咪變本加利的和小朱、小方等姊妹們攪和在一起，再也不曾出現在三年級教室的走廊上…

*　　　*　　　*

「咪，這個星期天有沒有空？去『山仔后』郊遊。」小朱問。

「跟誰？」咪咪正靠在走廊上專心的舔著冰棒，「妳知道我有參加團契，認識了一些『師大附中』高二的，人都很不錯，可是…陽盛陰衰，妳去問問姊妹們還有誰要去，我保證一定好玩！」

「可是我媽規定我不得晚於下午五點回家，妳說的地方在哪裡啊？」

「放心！我們早上七點集合出發，大約下午三、四點就回來了，怎麼樣？」

「OK！我去問問她們。」

星期天一早，還可以感覺到初夏的涼意，六男三女都服裝輕便的在公路局候車站集合，搭車前往山仔后。

「我說…朱老大啊！您不是說可以把姊妹們都帶來的嗎？怎麼只有妳們三個？」耗子挖苦著。

「對不起！讓您老失望了！誰叫你不早約？我的眾姊妹們全都有事，這老三和老七還是我千拜託萬拜託，取消和男朋友約會才來的，如果不是我面子夠大，今天啊……你們就自己玩自己的吧！」小朱的嘴巴是從來不肯吃虧的。

這六個男生全是師大附中的好同學，也是拜把兄弟，爲首的耗子兄是個成天抱著吉他，情歌不離口卻又脾氣非常拗的大情聖，他和小朱是認識多年的街坊鄰居，似有若無的有那麼點感情在他們的眉宇間傳遞著。

公路局的車上，咪咪和老七坐在一起，一路上就吱吱喳喳個沒完，偶爾私語，偶爾竊笑，使得其他幾個兄弟完全沒有插嘴的餘地！雖然如此，機靈的咪咪光是看眼神、憑直覺就已猜出個八九不離十；老二「阿修」和老六「阿慶」都在對她放電！

車子搖搖晃晃、走走停停，花了近兩個小時才到達目的地，剛下車就聽到咪咪在抱怨--

「天哪！坐了那麼久的車才到，結果這『山仔后』就長得這付德行喔？早曉得就在家睡大頭覺了！」

「小咪……這裡只是山仔后的車站。我以前來過，我們現在從這條路走上去，大概中午的時間就可以到一個風景很棒的地方。相信我，妳絕對不會想在家睡覺的…」阿慶的左手搭在咪咪的右肩上，用充滿自信的眼光定定的望著她。

咪咪轉頭瞪了一眼肩上的手，立即也用自己的左手將他的手輕輕挪開—

「那麼…就請您帶路吧！如果到了中午還看不到像樣的地方，對不起，本姑娘可是要先行告退了。」

剛開始，只是一條微微上坡的柏油路，走了約半小時後已變成了石子、泥巴路，繼續下去變成完全找不到路！

「死耗子！這樣的路叫老娘怎麼走啊？」小朱在前頭吆喝著，咪咪也開始後悔跟來了。

「來來來…親愛的，把手給我，小心！踩這邊、跳到這塊石頭上，再踩這兒…對！這不就過來了嗎！」耗子陪盡笑臉的好言好語，深怕會得罪母老虎。

「小咪和七妹怎麼辦？」，小朱一向責任感超重。「放心！兄弟們會照顧她們的，我們繼續往前走，就快要到了。」耗子逮到機會牽住小朱的手，任憑小朱怎麼掙扎也脫離不了。咪咪和老七在後面看見了，相視一笑，裝作沒瞧見。

「小咪，來—我扶妳過去，不要怕！我絕對不會讓妳摔跤的…」阿慶不知道什麼時候又突然從隊伍中竄到了咪咪面前？她雖然有些不甘心被他佔便宜，但是爲了安全著想，仍將手伸了過去，並在心裡安慰自己：「嗯—如果一定要我選，我也確實會選這個。他是六個裡面最帥的，而且好像還滿細心體貼的，雖然他是排行老么，個兒又不高，還可以接受啦！」

至於那個排行老二的阿修，雖然一直默默的盯著咪咪瞧，卻是沒有任何行動也不出聲！他應該改個名字叫阿「羞」吧！

老四「可以」則亦步亦趨的跟著老七，他爲什麼叫「可以」呢？歐陽菲菲有條老歌是這麼唱的：「別讓我獨自的在燈下等待，別讓我寂寞的在街頭徘徊。你不應該，不應該……可以！可以！ I want you love me tonight ---」這是他最愛哼的一條歌，也是他的口頭禪，隨便任何人問他任何問題，他的答覆也永遠是這兩個字：可以！

「欸！還有十分鐘就要十二點了，請問你，風景到底在哪兒啊？」咪咪靠在一棵大樹旁休息，已經累得走不動了，卻又不想在男生面前表現出來。

「馬上就要到了，再過一個小斷崖就到了，眞的！」阿慶有點著急的樣子。「什麼啊？！小斷崖？請問你我們這麼多人，是預備怎麼過啊？」咪咪掏出面紙擦拭著額頭上的汗珠，輕微的喘氣：「我口好渴呀！」

「來一我這有準備一壺茶，妳先喝一點。」

「謝謝！你…平時對每個人都是這麼體貼的嗎？」

他只是笑而不語。

蟲聲、鳥聲、風聲和樹梢的沙沙聲，打破了他們之間的沉默，濃密的樹林中，遠處隱隱傳來：「可以！可以！I want you love me tonight ---」的歌聲。

「他眞有意思！」咪咪笑著將目光眺望歌聲的來源，「你們幾兄弟都挺有特色的嘛！」她在沒話找話講，「是啊！希望妳有興趣做更深入的瞭解…」，她當然聽得懂阿慶在暗示什麼，只是笑而不答。

「休息好了嗎？再走一會兒就到了。他們都跟上來了，我們走吧！」他又再次將手伸向她。

「啊！糟糕！現在怎麼辦？」看著眼前的斷崖，咪咪眞希望現在只是睡懶覺時作的一個夢。「別怕！看我的！」阿慶說完竟然毫不考慮就身手矯健的往一層樓深的小斷崖跳了下去，「你瘋啦！你跳下去了我怎麼辦？待會又要怎麼回來？」咪咪急的跺腳。

「妳放心—我的大小姐！妳是不是A型的啊？老是顧東顧西的，我說我來過，瞭解地形，有所準備，妳就放一百二十個心好嗎？」

咪咪低頭看著自己腳的位置，比阿慶的頭還高，就噘著小嘴猛搖頭……

「乖—現在，請聽我指揮，妳先轉過去背對我，蹲下來，很好！接下去這個動作需要一些勇氣，我相信妳一定可以做到，把妳的臀部盡量往外移，上半身向後倒……」

咪咪無法置信的回過頭去瞪阿慶，看他一臉認眞，不像是在尋她開心的樣子：（唉！眞是上了賊船！既然走到這一步，也不能回頭了，倒就倒吧！希望不會摔個半身不遂的回去。）

「欸！你確定你接得住我？我有四十五公斤耶！」

「來吧！妳就算有五十四公斤我也照接不誤。別想那麼多了，快點—」他已經蹲好馬步了。「好啦！好啦！別催嘛！我數到三，就要倒囉！」，「OK！來—」

「一—二—三…」

阿慶一手攬住咪咪的腰，一手抱住她的雙腿，接了個正著。輕輕將她放立在地上…

咪咪只感覺到一陣暈眩，等到睜開眼睛才發現，自己的雙臂死命的摟著人家的脖子！

「啊！Sorry！」趕緊拍拍自己的衣褲，轉移他的注意力。

「妳，很勇敢。」他完全忘情的盯著她粉嫩的臉龐瞧。「謝謝！你的技術也不錯，常有機會練習？」語氣竟有些酸溜溜。

「喔—當然沒有！我只來過這裡兩次，而且都是跟哥兒們來，大家都是用跳的，誰肯給人家抱啊？妳是我這輩子…抱的第一個…」他竟害羞的低下頭去。

「那你…怎麼會想出這個辦法的？」仍是免不了有點甜絲絲的

感覺流竄過心底。「神來之筆吧！希望妳不要覺得我在吃妳豆腐才好。」

「當然不會！我只是在猜…耗子不曉得是怎麼把小朱弄下來的，他應該沒有你那麼聰明吧！搞不好…小朱又是用跳的，說不定腳又受傷了。」

「爲什麼這麼說？」

「哎呀！小朱情急之下很愛跳樓，這是有典故的。」她自顧自的笑了起來。

「什麼啊？」

「咪咪—等等我呀！我下不去哪！」老七在求救。

「我們回去幫幫他們—你也好給可以點意見—」阿慶原本以爲咪咪要他去抱老七下來，正想拒絕，後來聽說要給可以意見，他顯得非常樂意。

於是兩人七嘴八舌地在斷崖下方指導了半天，七妹就是不肯向後倒，最後是老五走上前不客氣的推了她一把！偏偏下面的可以又還沒準備好，四、五十公斤突然從天而降…結果是七妹摔在可以和阿慶的身上！阿慶因爲搶救不及，腳底一滑，當了墊底的！

「我的媽呀！妳有沒有怎麼樣？」咪咪著急的扶起七妹，趕忙檢查她的手腳是否受傷。「好…好可怕呀！我要回家了啦！我不玩了…我要回家…」七妹受了驚嚇，眼淚已奪眶而出。

「哇！妳還眞重啊！害我的手都扭到了！」可以不知道是認眞的還是開玩笑的，發現咪咪和老七都在瞪他，就立刻住嘴了。

「喂—上面的！你還不快下來道歉？你把我們這位小姐都弄哭了！人家還沒準備好，要你瞎幫什麼忙？」咪咪有點生氣對著上面的老五吼。

「你們讓開！我要下來了！」，碰！又是個運動健將，姿勢一級漂亮！

「道什麼歉？她在那兒擋路，又慢吞吞的，我們兄弟還要不要下來啊？好心好意助她一臂之力…」

「結果害得可以和我摔一大跤！」阿慶也有點火。

「好了！好了！大家快趕路吧！耗子和小朱都跑不見人影了，我們還在這兒蘑菇…」，可以邊甩著手邊自顧自的往前走了。

又走了不到三分鐘路程，大家都聽見有潺潺的流水聲—

「是瀑布嗎？」咪咪問阿慶，他笑著搖頭。

又前進了一分鐘…

「哇！這裡眞的好美喔—」七妹已完全忘了來時的艱苦，忘情的讚嘆。

咪咪的雙腳像是生了根似的，杵在那兒動也不動，眼前的景象眞是和月曆上的照片一模一樣！潺潺水聲是來自一條清澈的小溪，溪流的左邊是一片稀疏、翠綠的竹林，右邊可以眺望台北市的風貌，溪流的正前方是一處雙峰交疊的山谷，現在雖然是正午時分，卻絲毫不感覺燥熱，輕風彿面竟是一股透心涼；深呼吸，全是新鮮的青草味，對於整日埋首書本的學生，這眞是人間仙境了。

咪咪專心的，貪婪的享受眼前的一切，多麼希望自己的眼睛也能和照相機一樣，完全沒察覺旁邊也有兩雙眼睛在恣意妄爲的享受眼前的美好—

大伙都累了，安靜的棲息在各自的角落，好一會兒……

「人都到齊了，吃飯去吧！」耗子早就等得不耐煩了。

「什麼？這裡有地方可以吃飯？辛辛苦苦才走到，待不到十分鐘就走了？我還沒看夠呢！」咪咪不捨得馬上離開。

「我們先去吃飯，吃飽了再回來玩，山上就只有一家小餐廳，專吃山珍野味，離這兒不遠。」

聽完阿慶的解釋，咪咪立刻感到饑腸轆轆：「那還不快走？我早就餓死啦！」

飯後，大家都興沖沖地回到小溪旁，有人脫了球鞋將腳丫泡在涼水裡，有人在樹蔭下的大石頭上打盹，吃飽了總是懶洋洋的。於是耗子打開了自備的收錄音機，頓時滿山滿谷的音樂迴盪……

「怎麼樣？大伙來跳舞吧！」耗子嘴裡說「大伙」，眼睛卻看著小朱……

「好啊！好啊！可是這個音樂……是跳什麼舞的？」連咪咪這種舞林高手都聽不出個所以然，各位就可知是多冷門的音樂了。

阿慶的反應極快，一聽咪咪願意跳舞，立刻從地上彈了起來，對咪咪伸出手：「來—我帶妳跳，保證妳馬上學會。」

於是只見耗子擁著小朱，阿慶牽起咪咪，可以對七妹一鞠躬，三對就在溪邊隨風起舞了。沒一會兒，老三和老五也技癢難熬的加入了陣容，雖然兩個大男生跳土風舞看起來很奇怪，不過閒著也是閒著，反正沒有人介意，唯獨阿修一個人站在遠處的林蔭下抽煙，當個酷酷的觀眾。咪咪迎著風，開心的旋轉著，說著，笑著，覺得自己站在世界的屋脊上，好像隨時會飛起來一般，越來越投入，越跳越陶醉，眞希望時間可以就此停止。

「阿慶！你是我所遇過，舞技最好的男生！眞的很棒！」咪咪心情極佳。「謝謝誇講！妳也不差！配我剛好！」，咪咪好笑的送上了一對衛生眼，她喜歡優秀又有自信的男孩。

可以說是「一舞定情」，也可以說早就似有若無的有些電流在他們之間流竄著，一個多小時的舞跳下來，各個汗流浹背、口乾舌燥。

「喂—我們是不是該打道回府了？現在快三點，等回到台北搞不好天都黑囉！」小朱在提醒大伙，並對咪咪眨了個眼。

「是啊！是啊！該回去了！回程的路說不定比來的時候更難走呢！」咪咪附和著。「放心！回程有捷徑，會比來的時候花更短的時間，也好走許多…」阿慶故意一直拉著咪咪的手不放。

「那爲什麼不來的時候就走捷徑呢？害我們浪費那麼多時間！」咪咪覺得有點被騙的感覺。「捷徑沒有斷崖，那麼妳…還會讓我抱嗎？」

「你……！」

「而且說實話，這裡的風景其實普通而已，如果妳不是經過千辛萬苦到達，妳不會仔細去體會這兒的美。妳那麼聰明，應該懂我的意思。」

這下咪咪沒話說了。心裡對阿慶佩服的五體投地。一隻細皮嫩肉的小手就任由他握著，直到台北車站才分手。

從此，只要小朱和耗子有碰面，總會帶來阿慶蒼勁有力的千言情書一封，看得咪咪時而竊笑，時而臉紅，再笨的人也看得出，這姑娘又戀愛了！第一次被成熟懂事又熱情如火的高中生追求，感覺眞是非筆墨所能形容。

耗子是台北這六兄弟的老大，他們也經常和住在基隆的另外六兄弟玩在一塊兒。一段時日下來，他們也結盟起來，於是「台北老大」就成了老七。阿慶仍是老么，排行十二。

幾次的團體聚會下來，沒有一個兄弟不喜歡咪咪的，於是「基隆老大」和「台北老大」一致決定正式封咪咪爲「十三妹」。說巧還眞巧，13這個數字和咪咪還眞有緣！她不僅初中四年的座號是13號，高中三年的學號是6713；家裡的門牌也是13，想記不住也難！

「好棒喔！我一下子多了十二個乾哥哥！各個身強體壯，各有才藝！又每個人都那麼寶貝我…我眞是全天底下最 Lucky 的女孩啦！」

眾姊妹們雖然嘴上不說，但心裡多少有些嫉妒：（十二兄弟和九姊妹都認識，爲什麼唯獨只收咪咪做乾妹妹？我們又有哪裡不好嗎？）

漸漸地，兄弟們只要有活動一定會通知咪咪參加，反正有阿慶無微不至的照顧，咪咪也不一定需要姊妹們的陪伴，就漸行漸遠了。

這天適逢週日，也是「師大附中」的校慶，咪咪一早就打扮妥當，早餐也來不及吃就殺到校門口和乾哥哥們集合。

「哇—小咪今天好性感啊！緊身牛仔褲配洞洞襯衫！我得去把眼鏡戴上來好好研究一下…」一聽就知道這是基隆老四，外號叫「四百」說的話，他是個左右眼各八百度的深度大近視，也是團體裡的甘草人物，咪咪已經不曉得有多少次被他逗得笑到眼淚直流。

八百乘以二應該等於一千六啊！為什麼叫他四百呢？唉！沒辦法！不知道他是眞的沒有數學細胞，還是故意裝笨？每當有人問他那麼厚的鏡片是幾度時，他總會一本正經的回答：「醫生說我是八百，如果超過一千就要去矯正，還好我有兩隻眼睛，所以才四百度而已啦！」

第一次聽完這似是而非的答案，咪咪就笑的蹲下去，半天站不起來：「我…實在受不了你！等你下次生日，我要送你個計算機當禮物…」

等大伙全到齊，就眾星拱月的進學校去參觀，由於天空微微飄著細雨，所以來遊園的人並不太多。

二年級的走廊上傳出震耳欲聾的熱門音樂聲，大伙逛到阿慶的教室外，不巧遇見了教官，台北六兄弟立即趨前敬禮：「教官好！」

「嗯—好！好！大家今天不必拘禮，隨便逛，隨便玩啊！」教官眉開眼笑的招呼著，「是！」。

「咦—這位標緻小姐是誰的女朋友啊？怎麼也不給教官介紹一下？」教官不客氣的盯著咪咪上下打量。

（哼！老色鬼！都幾歲了還看到女生就兩眼噴火！絕對不是什麼好東西！）咪咪心想，本能的退了一步，用手去拉阿慶的衣袖。

「報告教官！她是我們的乾妹妹。」耗子搶著回答。「喔？這倒稀奇！你們這麼大一群人全是她的乾哥哥？嗯—我倒要來認識認識這位奇女子。」說罷即伸出手要和咪咪握手，咪咪迅速的看看耗子、阿修和阿慶，都在向他使眼色，意味……（有事我們擔，握吧！）於是她也大方的伸出手—

「教官好！我姓張，教官可以叫我小咪，我是復興中學初二的學生，請指教。」

「很好！很好！氣質不凡，大方、有教養，難怪大家搶著當妳乾哥哥。請問妳對『比較老的』乾哥哥有沒有興趣啊？哈哈哈—」任誰都聽得出他在開玩笑。

「教官您太謙虛了！您看起來…一點也不老，我相信人的年齡和智慧是成正比的。」

猛然聽來這是句恭維話，仔細想想又好像有挖苦的味道。不過咪咪料他也聽不懂其中的意思，捧捧他也許能讓乾哥們以後在學校的日子好混些，何樂不爲？

「哈哈哈！小咪小姐的聰明伶俐，我見識到了！很好！我們到裡面去，坐下來聊…」

這時候，走廊上已經因爲萬綠叢中一點紅的倩影，而造成人山人海的擁擠，他們被看熱鬧的同學團團圍住，盛況空前！

就在咪咪舉步移駕的同時，她眼尖的瞟見一個站在遠處，瀟瘦高挺的帥哥正在默默的注視她，女孩子對於這樣的眼神，總是可以在第一眼就洞悉對方的企圖，更何況咪咪的第六感異於常人。

她在教室裡喝著飲料，和教官又戰了數回合，覺得浪費時間……

「哈囉！來了大半天，什麼都沒玩到，你們這些主人是怎麼當的啊？」咪咪站起來伸個懶腰，嬌嗔的說。

「對不起！對不起！我們帶妳去樓下找吃的，順便去大禮堂看雕塑展，好不好？」阿慶深怕咪咪不高興，立刻過來陪笑臉。

「那就快走吧！我還沒吃早飯哪！教官大哥，很高興認識你！後會有期囉！」咪咪做了個揖，教官馬上站起來回禮：「女俠慢走不送！咱們擇日再聚。」

「噓—你們幾個笨冬瓜！當真以為我跟你們教官『情投意合』啊！我只是在替你們做公關，你們也不來解救我，就放我在那邊跟他唇槍舌劍的，多累人啊！一點也不好玩！我要回家了。」

「拜託！拜託！我的姑奶奶！別生氣！謝謝妳的『公關』，誰看不出來教官喜歡妳的緊！以後他絕對不會再沒事找我們兄弟幾個的麻煩。這會兒請妳去吃香的、喝辣的，包君滿意，妳難得出來一趟，大伙都還沒跟妳聊夠，怎麼捨得說走就走呢？」耗子忙著安撫。

就在兄弟們簇擁著咪咪往走廊盡頭移動時，咪咪又看見了那個帥哥正靠在扶手欄杆旁望著她，咪咪故意慢慢地從他面前經過，和他目光交會了兩秒鐘，迅速的瞟向制服胸襟上繡的名字—江興華。「嗨！」，「嗨！」高手過招！

「咪！妳認識那個傢伙？」阿慶壓低嗓門，緊張的問，「不認識！」

「那妳幹嘛跟他打招呼？」

「我以為他認識我！不然他幹嘛一直盯著我看？你不認得他嗎？」她在裝蒜。「誰敢不認得？他是我們學校出了名的惡棍，勢力很大，沒有人敢得罪他。」

「喔—！」這個答案倒是出乎意料。

「還好他今年就要畢業了，等我們升上高三就沒有人能再欺壓我們了。」

儘管阿慶這些話有些警告意味，咪咪卻完全不放在心上，她只自顧自的回想著那雙深邃的眼睛和英俊的外貌。

兩星期後的一天放學，小朱神情怪異的問咪咪：「校門口對面站了個師大附中的，會不會是來找妳的？」

「眞的？我去看看。」

「啊！是他！來找我的嗎？不會吧！」咪咪探出身子從二樓走廊俯視三秒鐘，立即將頭縮了回來。「不認得！應該不是找我們的吧！」雖然如此回覆小朱，但是她心裡開始有點緊張又有點期待。

欲擒故縱是咪咪慣用的技倆。一出校門，頭也不回地向右轉，朝忠孝東路前進，腳步忽快忽慢，目光留意著所有路旁汽車玻璃窗的反射：（我是不是走太快啦？他到底有沒有跟上來？）女孩驕傲的自尊，不容許她回過頭去看，卻是自信滿滿的想：（他來找我做什麼？待會兒要怎麼說？）

不知不覺來到了十字路口。紅燈……

一陣淡淡的鬍子水味飄浮在空氣中，「嗨！」

咪咪猛然望左故做驚訝地一「嗨！」，高挺的身軀替她遮蔽了仍有些許刺眼的夕陽。「今天比較早放學，特地過來看看妳。」，「謝謝！」

綠燈了……

「可以送妳回家嗎？」，「你已經在送了！」

兩人同時過了馬路，始終保持一個人的間距，同步前進著一

「這個星期天中午，能不能請妳出來喝喝東西，聊聊天？」，她沉思幾秒鐘…「OK！」

「不過有個條件要請妳配合……」

（我都還沒開條件，你先開條件！好！算你行！）她只是瞪著他：「你說一」

「別讓妳那些乾哥哥們曉得，妳知道我跟他們之間有些過節…我不想引起任何不必要的誤會。」

「那你可以去找別的女孩子，爲什麼要來找我？」

「因爲妳就是我要的。」

如此斬釘截鐵又露骨的答覆，咪咪長那麼大還是第一次聽到，說不懾服是騙人的，再加上出自如此好條件的帥哥口中，她已經開始盤算星期天要穿什麼了！

鵝黃色的緊身T恤配上淡藍色的牛仔短群，咪咪滿意的在鏡子前轉了一圈：「啊！他有習慣擦得香噴噴的，我也不能輸他呀！我也得擦點香水才行…」

兩人準時的同時在西門町電影街口出現－－

「妳今天…好漂亮！」，「謝謝！你也很帥！」其實何止是帥，咪咪兩次見到江興華都是穿著全身訂做，熨的筆挺的制服，可見他非常注重打扮。今天是穿著全黑的針織衫配黑色西裝褲，脖子上戴了一條和戒指一套的銀製項鍊。眞有說不出的瀟灑酷勁！

「妳吃過飯了嗎？」，「嗯—剛吃飽。」

「那我們先找個地方坐坐。」，「OK！」，「跟我來—」

咪咪極少有機會到西門町閒晃，所以東南西北也搞不清楚，跟著他左轉右轉，過了兩條小巷就上了一個非常狹窄的樓梯，直達三樓。（天哪！這裡怎麼這麼黑啊！）咪咪心裡這樣想，自然不肯說出口，免得被人家笑，連這麼普通的「純吃茶」都沒來過。一天到晚聽人家說，今天總算是開了眼界！

帶位的服務生手上雖然拿著手電筒，也只是亮一個小點，實在沒什麼幫助，撥開像森林般的植物，咪咪有點害怕的走在最後，緊張的只聽到自己噗通噗通的心跳聲—，她竭盡全力的睜大眼睛想把東西看個清楚，只能隱約的看到一點身影的輪廓：（好奇怪啊！這裡每個卡座的客人爲什麼都躺在椅子上，而不是坐著呢？而且一大堆嗯嗯啊啊的聲音又是怎麼回事？）

走著走著，突然有人拉了她一把，害她跌坐在椅子上！

「妳要上哪兒去啊？」

「是你！嚇我一跳！這裡這麼黑，我怎麼知道你上哪兒去啦？」

「噓—小聲點！妳…是第一次來？」

「嗯！我是大近視，來這麼黑的地方不是跟自己過不去嗎？」

「先生小姐！兩位要點什麼？」服務生也不曉得是打哪兒冒出來，還是一直就站在那！「給我兩杯冰紅茶。」，「好的。」

「喂—我又沒說我要冰紅茶！」咪咪有點不高興。「這家的冰紅茶很不錯，妳先喝喝看，如果不喜歡，待會兒再點別的嘛！」，「好吧！」

她發現自己竟然有半個身子靠在江興華的胸膛，立即正襟危坐，拉拉裙襬，還好這裡夠暗，沒有人看得到對方的糗樣…（喔—我明白了！這是專門讓剛開始交往，不知所措的情侶約會的地方，看不到對方才不會太尷尬…嗯—我眞聰明！）

當她還在自鳴得意的時候，帥哥的手已搭上了她的纖腰，略微施力的將她摟進懷裡，鼻子也順勢的鑽進頸項，深吸了口氣—「嗯—妳…好香！」

「喂！我可不是這麼隨便的女孩子，請你放尊重點！」咪咪推開他並坐開了些，並沒有眞的生氣，只是好像太快了吧！和阿慶認識半年多也不過才牽牽手，他怎麼可以…

「小姐！別裝了！我們都是在外面混的，想要什麼大家心知肚明，妳又何必浪費時間…」不規矩的手又在咪咪的背上游走。

擋開了他的手，站起來坐到對面的椅子上：「什麼叫做『外面混的』？我可從來沒在外面混過，如果你認爲我是那種隨隨便便就可以上手的小太妹，那你可就要徹底失望了，我跟你也沒什麼好談的了。」

「好好好—大小姐！別生氣！小聲點—我跟妳鬧著玩的。妳知道…我實在是太喜歡妳了，所以會有些情不自禁的舉動出現，妳怎麼忍心因爲這樣而遷怒於我呢？…好渴呀！這服務生是怎麼回事？兩杯紅茶也泡不來！妳坐會兒…我去櫃檯看看啊—」

他也去了好幾分鐘…咪咪等的有些無聊，站起來往前後左右瞧，仍舊是只聞異聲，不見人影！（眞是個古怪的地方！如果被爹地媽咪知道我跟男生來這裡，不被他們剝兩層皮才怪！）可是這個年紀的孩子，不論男女，最愛做的事就是「明知山有虎，偏向虎山行」，越危險就越刺激，越刺激才越能肯定自我的價値及在朋友心目中的地位。

「對不起！讓妳久等了！那個服務生笨笨的，把我們的兩杯紅茶送到別桌去了，所以我在櫃檯等他們重弄，避免又送錯，我只好自己端來啦！」他小心謹愼的將杯子放下：「妳喝喝看一味道眞的跟別家的不一樣喔！」

「先放著，待會兒喝。」她用吸管攪動著，「我對你一點都不瞭解，你是不是該先自我介紹一下？」

「我…乏善可陳耶！江興華，師大附中高三，喜歡追求美麗帶點神秘的人或東西。成績中等，朋友很多。這樣…滿意嗎？」

「你有說跟沒說差不多！」

「哎呀！說這些多無聊啊！快喝紅茶，待會兒冰塊都溶了就不好喝了！」

「一直叫我喝，你自己爲什麼不喝？」

「我…喝！」，「慢著一」咪咪一把搶下了他剛端起的杯子，仰頭咕嚕咕嚕喝個一乾二淨。「妳一」他完全沒料到她會這麼做。

咚一，重重放下空杯子，「你一喝我這杯。」她只是在賭。「爲…爲什麼？我不喝…！」他面有難色。

「爲什麼不？怕嗎？」，「那杯是妳的，我爲什麼要喝？」

「很抱歉！我覺得你這杯比較好喝，所以我喝掉了！就委屈你喝我這杯吧！不是應該…都一樣嗎？擺久就不好喝囉！」

本來應該一切事情按照江興華的計劃進行，現在被咪咪這麼一攪和，全亂了！經常玩弄漂亮女孩於股掌之間的「江湖一匹狼」，這回可踢到了鐵板！

氣氛僵在那兒幾秒鐘，他仍舊打死不喝咪咪這杯……

「江興華，不用你介紹，我想…我已經瞭解你了！你…不是我想要的，我會讓你付出代價的。」說完，揚長而去。

（噓一好險！我差點連怎麼死的都不知道！眞是人面獸心！不曉得曾經有多少女孩子栽在他手裡？這個心理變態，我非得想辦法好好修理他不可！竟敢在我的飲料裡下藥！哼！）

「……我還沒想好該怎麼辦，所以，妳先暫時不要讓耗子知道，我怕那幾個『衝動派』會闖禍，OK？」，「那一妳準備怎麼對付那個姓江的？」小朱雙手握拳，已經聽得怒氣衝天了！

「我……要好好想想…」

「有什麼好想的？一狀告到他訓導處，讓他被記過或開除，都好！」

「NO！我從頭到尾都沒有證據，怎麼告？只是憑感覺判斷，誰會信我？如果他死不承認呢？我可不想丟臉丟到他們學校去！」

第二天放學，咪咪仍是如常的漫步回家，站在「愛群」門口等紅燈……

（唉一又是紅燈！他就是在這裡跟我講話的…那側面的輪廓眞是好看…不知道他還會不會來找我？我該……咦一『頂好』那邊發生了什麼事？爲什麼那麼多人啊？好像電影散場…）

「小咪！別過去！」咪咪的肩頭突然被人拍了一下。

「啊！修哥！你怎麼會來？」直覺告訴她事情不尋常，「我特地派了兩個兄弟來護送妳回家……」

「有這個必要嗎？發生了什麼事？快告訴我一」咪咪知道不對勁了，阿修從來不曾來找過她，這會兒又橫眉豎眼，一臉火藥味，竟然還派人護送她！絕對有問題…

「不要問！乖乖回家就對了！哥哥不會害妳。」，「阿強，阿康，拜託送我小妹回家，路上小心，最好不要走她平時走的路，送完趕緊回來。」，「好！放心！」

「你們倒底要幹嘛？我不回家！你給我說清楚，不說是不是…我自己去查—」話還沒說完，咪咪一看綠燈就衝過了馬路，阿修急著要抓她，結果兩手撲空，也立刻追了過去！

「你搞什麼！怎麼讓她露臉？不是叫你送她回去的嗎？」耗子一把抓住咪咪，對著阿修吼。

咪咪用力掙脫了耗子的手：「我—不—回—去—除非有人告訴我這裡到底是怎麼回事，你們學校來這麼多人，在頂好開同學會嗎？阿慶呢？」

「耗子，告訴她吧！反正也瞞不住……」阿修瞭解咪咪的倔脾氣。

「我們…知道了妳被江興華欺負的事，別難過！兄弟們會替你討回公道的，約了他到這裡來談判，我們擔心會起衝突，所以約了五十幾個人，還有人馬沒到，姓江的那邊也到了四十多個，不曉得還有沒有，大家書包裡都有傢伙…談不投機就會火拼。所以我要阿修盡快送妳回家，這件事…我們怕阿慶受不了，沒有讓他知道。」

咪咪環顧四周，被耗子這邊的人手圍的密密實實，根本望不見另一群人的蹤影：「小朱真是大嘴巴！我叫她別告訴你的…誰說我被江興華欺負了？他只是……」

「只是什麼？妳不要說了！我們瞭解妳不是自願的，也只有幾個哥哥知道眞相，我們不會說的。小咪，這樣的場合妳眞的不適合出現，讓哥哥們替妳把他擺平，妳快回去，好不好？」

「耗哥，修哥，我不知道你們聽到的是什麼故事，謝謝你們的好意，我絕對不允許你們爲了我有任何意外發生。要談，我自己跟他談就好，你們才該通通回去…」她極力讓自己看來冷靜。

「什麼話？出了這樣的事，怎麼還能讓妳跟那個畜生單獨碰面？」耗子握拳的手，連青筋都浮現。「不然…我跟他談。你們旁聽！」

耗子和阿修對看了幾眼：「好吧！」

「可以，去把姓江的叫過來，我們在豆漿店裡等他。」（註：當時頂好市場的一樓是『喜萬年豆漿店』，名噪一時。）

又見面了，咪咪和江興華對坐著，誰也不願意先開口，耗子和阿修也對坐著，一個在咪咪左手邊，一個在咪咪右手邊，沒人開腔。

咪咪心情很亂，實在不曉得該幫誰好，也想不出如何讓今天意料之外的戲碼圓滿落幕。肚子咕嚕咕嚕叫著：（不知道晚餐有沒有糖醋排骨？）玩著冰豆漿杯子上滑落的水滴，滿腦子想著：（該怎麼辦呢？）

「咪，妳不說話，就由我來代妳問囉！」阿修終於沉不住氣了。咪咪聳聳肩，不予置評。

「江興華，你承不承認在小咪的飲料裡動手腳？」

「………」他只是瞪著咪咪不回答，（唉—他一定以為是我告的狀。沒憑沒據的…我會不會錯怪他啦？他這樣瞪著我看，一點也不心虛的樣子，難道…他真的沒有……）

「你不回答就是默認了。你說，預備怎麼給小咪一個交代？」耗子氣的聲音都有些發抖—

江興華和咪咪依舊是四目相對，沒人吭氣。

「說話啊！」阿修突然猛力拍了一下桌子，四杯豆漿都跳了一下。

「修哥你幹嘛？有話好好說—你再這樣，我就要請你出去囉！」咪咪迅速環顧四周一圈，抓住阿修的手臂，她知道只有自己能治得了他。

「真是氣死我了！你知不知道小咪是我們眾兄弟的寶貝？大家

都把她當天仙一樣的呵護，沒有人敢對她起邪念，你這個龜孫子竟敢…」

「修哥—夠了！你……錯怪他了！他只是約我去喝東西，其他…什麼事也沒有。你又不是我爸爸，管我跟誰去約會！」，「咪！妳—」

「他…沒有。你所想的齷齪事，他沒有做……」咪咪仍然盯著江興華瞧，卻是越說越小聲。

畢竟她自己也不確定，只是覺得沒有必要再為這件事爭執下去。有或沒有又怎麼樣呢？她眞怕兩幫人若眞的打殺起來，那後果誰能承擔？

「妳說什麼？再說一遍！」阿修和耗子都無法置信。「唉—沒有！沒有！什麼事也沒有！他沒有下藥！我也沒有失身！夠清楚了嗎？」她扯開嗓門大叫，店裡所有客人、服務生都送來異樣的眼光。三個男生當場愣在那兒，你看我，我看你，不知如何是好！

「哎呀！我就說不該讓她露臉，這下可好，有事的變沒事，好像還是我們理虧了咧！」耗子埋怨的對阿修說。

「咪！這種事情是不可以亂開玩笑的，妳為什麼突然替這傢伙掩飾？我們叫來那麼多的人手，妳要我出去怎麼跟大伙交代？一場誤會？」

「我背著阿慶和別的男孩出去約會是我的自由，你如果覺得我不應該，要罵要怪就怪我一個人，和別人無關。我本來也沒要求你們找一堆人來打架，那是很幼稚的行為。人是你們請來的，自然也由你們請回，我不想再浪費大家的時間，這件事…就到此為止。」咪咪抱著書包站了起來，「耗哥，今天就麻煩你買單—」，「修哥，江興華，跟我一塊兒出去—」

門外蠢蠢欲動、人聲吵雜的群眾早就已經等的不耐煩了，看到咪咪挽著兩人的手臂出現，頓時安靜了下來……

「修哥，謝謝你爲我所做的和你的心意，我懂。看在我的面子份上，和他握手言合吧！大家以後還有碰面的機會，我不希望你們之間再有任何芥蒂，嗯？」

兩個男生都在猶豫，咪咪左右手各施了些力，他們才不甘願的握了手。

「至於你—江興華，你有做什麼，沒做什麼，自己心裡有數，希望我沒有冤枉你。」咪咪向阿修和耗子揮揮手就消失在走廊盡頭了。

做完功課躺上床已是深夜一點，輾轉不成眠：（不曉得我走了以後，他們有沒有立刻散會？還是又起了衝突？別上了明天的頭版才好！……唉—今天眞是有驚無險！再多來個幾次，恐怕連我的小命也不保…男生眞是很奇怪的動物！江興華看我的眼神…好像有驚訝，有歉意，還是……他眞的很喜歡我？我不該那麼在意他的感覺的。阿慶！他知道這件事會有什麼反應？小隆，一年多沒消息，不知道他現在過得好不好，怎麼眞的就不來看我了呢？好想你啊！……）

* * *

糊里糊塗混完了第二遍的初二，升上初三，課業又壓得喘不過氣，咪咪自然收斂了許多，不再沒事站在走廊上瞎胡鬧，也沒閒功夫去趕場參加任何舞會；兄弟們也都在忙著大學聯考，所有活動都停止了。放學後也不再爲「外務事件」逗留，總是盡快趕回家吃晚飯，好盡早開始做功課，但是不平凡的事情，依舊接二連三的發生，躲也躲不掉！

阿慶對咪咪的一往情深，眾兄弟姊妹都知道，他不論課業多繁重，仍舊每隔一天一封情書，託耗子交給小朱，剛開始，不論功課做得多晚，咪咪總會禮貌性的回覆一封。漸漸地，失去新鮮感，也越來越沒時間，就算了。

兩人幾乎沒機會見面，再單向傳遞消息，阿慶的心情，越來越壞—

「咪是不是另外有男朋友了？爲什麼這麼久都不回信給我？她不曉得我有多想她嗎？是生病了還是功課太忙？」

這天下課，咪咪正要去上廁所，被小朱一把攔住—

「咪，告訴妳個壞消息……昨天晚上，耗子來找我，說阿慶白天課上一半翻牆出去，從牆頭跳下，剛巧被教官逮個正著，好像被抓到訓導處去記了個大過！」

「他有病啊！課不好好上，翻牆出去幹嘛？」她也訝異自己竟會無動於衷。

「妳怎麼這樣說？人家拼死拼活要跑出來，就是爲了見妳一面呀！妳還說風涼話！」

「都已經高三的人了，做事還這麼衝動！他要忙聯考，我也要忙聯考，就算他來了，我也未必有空見他。被記過，活該！難道還要我跟他道歉？」

咪咪一向瞧不起做事沒計劃，衝動又不經大腦，顧前不顧後的人，聽了小朱的敘述，對阿慶更嫌三分，扭頭就走。

也不曉得小朱是怎麼傳話的？加油添醋？照本宣科？反正最後經由耗子傳進阿慶耳朵裡的話已經變成了：「她說你活該倒楣！跟她無關！她完全不想再見你，叫你死了這條心吧！」

就像是庾澄慶的歌—男人的心也會流淚。別說專心唸書準備聯考了，死心眼的他，苦惱的根本連日子也過不下去，夜夜藉酒澆愁，以致開始經常曠課，而他在兄弟面前，隻字未提。頹廢的過了幾個星期，終於再也熬不下去，一個人醉醺醺來到海邊……

鈴—鈴—

「喂—咪！是我，小朱！妳現在能不能出來一下？」

「什麼事啊？已經晚上九點多了，妳要我出門？」咪咪特意壓低嗓門，怕被爸媽聽見。

「唉—是阿慶啦！他…他現在受了傷住在基隆的醫院，妳能不能去看他？」

「基隆！他跑到基隆去幹嘛？又跟誰打架了？傷的嚴重嗎？」

「詳細情形我也不是很清楚，聽耗子說，他今天下午喝醉酒後，一個人跑到八斗子附近，不曉得是有意還是無意跌落到海裡，被釣魚的人救了起來，但是他頭部撞傷，有腦震盪的現象。兄弟們在輪流照顧他，但是他一直在叫妳的名字……妳最好去看看他。」

「他這個瘋子！唉—我是該去，可是已經這麼晚了，叫我一個人跑到基隆去…我…我連出門的理由都沒有啊！」

「我也不知道，反正我消息帶到了，妳自己看著辦吧！ Bye了！」

又是個輾轉不成眠的夜！

說完全不在乎是假的，（他爲什麼那麼不懂得愛惜自己呢？頻頻出狀況，他以爲這樣我就會比較在乎他嗎？這個大笨蛋！唉—我要怎麼樣才能勸醒他？我們只適合當好朋友，根本完全不愛他呀！）

就這樣掛心歸掛心，上課歸上課，咪咪每天聽著小朱來向她報告阿慶的最新動態。末了，總不忘再加幾句責怪她的話，她只是一耳進一耳出，覺得越來越煩，雖然內心深處對阿慶有一絲歉疚感，然而對他越瞭解，越肯定早點分開對雙方都好。不如就趁這次機會…分手吧！十一個兄弟，諒解、不諒解她的各半，大家都覺得她有點狠心，嘴上都沒說，阿慶後來出院回家，整整休養了一年，才再度參加大學聯考。結果不詳。

又是一天放學回家的路上，經過頂好的走廊……

「嗨—」，「好熟悉的聲音啊！」咪咪回過頭去搜尋聲音的來源，「是你！」

這時，離上次的「豆漿之役」已整整過了六個月，咪咪完全沒想到還會再見到江興華這個人，再次碰面，仍令她怦然心動—

「找我有事？」

「我想…妳可能並不希望看到我，但是有幾句話…想跟妳說…」

「喔？你跟我的哥哥們處的還好吧！」

「他們……我們…相敬如賓，我後來才知道阿慶是妳男朋友。」

「其實，也不算什麼男朋友，我們只是比較聊得來的好朋友。你想要跟我說什麼？」

「上次…很謝謝妳沒有當眾拆穿我…」

「拆穿你什麼？我已經忘了！」（怎麼可能忘？）

「就是……妳忘了？我那樣對妳，妳一點都不記仇，還幫我澄清…」

「你哪樣對我？澄清什麼？你在說什麼我都聽不懂！如果你還願意聽的話，奉勸你幾句—江興華，你有非常出眾的外表，聰明的才智，如果你能好好唸書，將來出社會必定大展鴻圖。我對你有信心。記得，女孩子是用來疼惜的，不是追來玩弄的，我不管你過去是抱著什麼心態，希望你會盡早遇到你的『真愛』，別辜負了人家。懂嗎？」

「…小咪，妳真的是一個很特別的女孩，難怪大家都這麼崇拜妳。我懂了，謝謝妳！妳…多保重，我走了。」

看著他英挺的身影，越來越小，越來越小，咪咪舒了一大口氣：（他倒底是承認了，我這麼做是救了他還是害了他？唉—緣僅於此。祝你金榜題名，改過向善……）她一點也不想報復他了。

大學聯考放榜的第二天，咪咪湊巧自己接到電話……

「喂—請問是小咪嗎？」，「哪位？」

「我是江興華。」

「你怎麼會打電話來？」咪咪非常驚訝，「我很冒昧！只是要告訴妳，我考上中興大學法律系…」，「眞的啊！恭喜你囉！」

「應該要謝謝妳—」，「這跟我什麼關係啊？是你自己努力的成果呀！」

「那天妳說…妳對我有信心…妳不知道那句話對我的影響有多大！這輩子，從來沒有一個女孩子相信過我，肯對我好…妳是第一個！我回去之後就拼命K書，希望考上大學可以來給妳報告好消息，連跟我爸之間的關係都好轉了！……小咪…我…眞的很感激妳…」

「喂—別說了！你再說我都要開始痛哭流涕了！眞的！恭喜你！認識就是有緣，不枉費大家朋友一場，你記住我的話，也祝你大學生涯多采多姿，前途似錦，謝謝你告訴我這個好消息！」

「那—拜拜囉！」，「OK！拜拜！」

放下電話，咪咪眞的有淚水在眼眶裡打轉，是高興？是安慰？是不捨？百味雜陳。

從此，再也沒有這個人的消息了！

* * *

這個暑假也是咪咪考高中聯考的暑假，日子非常不好過！

先是得知公立學校落榜，五專考上「中國市政」，偉傑和立民又堅持不讓她去讀。

「妳一定要考上高中，三年以後才能去考大學呀！沒有大學文憑，以後出社會怎麼混？」（眞不知道這是哪來的迂腐思想？）

只好再被架著去參加私立高中教會學校的聯招，咪咪以最後一名的錄取分數考上了第一志願—聖心女中。

「離家那麼遠，要讓她去住校嗎？」偉傑擔憂著。「哎呀！寧爲雞首，不爲牛後啊！」立民主張，經過家庭會議的討論，大家決定「讓她」去唸第二志願的崇光女中。

就在一切大事塵埃落定，可以開始好好玩樂的時候，又來了個電話……

「喂—請張珊珊小姐聽電話。」，「我就是，哪裡找？」

「張小姐，請問妳認識李建光嗎？」

「糟糕！是他學校在查嗎？我得小心應付！」

「請問你找我什麼事啊？」

「是這樣的—我這裡是『虎尾空軍基地』，李建光在我們這裡服役。前兩天，一架飛機降落時突然爆炸，碎片打到正在跑道上值勤的李建光，頭部傷重不治，我們奉命通知他的家人，但是查不到任何聯絡資料，只在他的記事本上看到妳的電話，所以，可不可以麻煩妳代爲轉達？」

「他……怎麼可能？妳能不能再說一遍？這是多久以前的事？」有幾秒鐘，她以爲這只是個惡作劇。

「確實死亡日期是前天。張小姐，妳應該是他的朋友，請節哀！麻煩轉達他的家人，謝謝妳。」

半晌，咪咪才回過神來，發現聽筒裡發出嗡嗡聲，對方早已收了線。

「天哪！他還這麼年輕！我該怎麼告訴藍貓？小隆知道嗎？誰去告訴李媽媽？我？」咪咪心慌意亂的在屋內走來走去。

深呼吸了三次：「喂—是藍二姊嗎？妳好！我是咪咪，文惠在嗎？」

「她在房裡。妳等等，我去叫她啊—」

「喂—」，「………」

「喂—怎麼不說話？是誰？」，「………貓咪！我…妳…最近好嗎？」

一直在鬧彆扭的小倆口，早就在一年前從一天好幾通電話，縮減成數週一通，最後變成數月不通！這會兒咪咪的突然來電，自是讓藍貓驚喜莫名。

「是妳！我…還不就這樣啦！『中山』沒有『北一』逼得緊，但是也不好過，也沒心情出去蹓達，成天關在房裡K書，怎麼樣，找我有事？」

「妳…電話旁邊有沒有椅子？」，「有啊！幹嘛？」

「聽我的話，先坐下來，有事跟妳說—」

「妳可別嚇我啊！好啦！坐下了，說吧！」

「藍貓，請妳千萬要鎮定，聽我說…不要太…唉—我眞怕妳受不了…」

「到底什麼事？妳倒是快說呀！急死人了！」

「剛才，我接到一通電話，是一位小姐從『虎尾空軍基地』打來的。」

「虎尾？李建光在那當兵不是嗎？」

「妳也知道？」

「他好像才進去沒多久，小隆的妹妹有打電話告訴我，還叫我寫信給他呢！他怎麼啦？」

「他前天在値勤的時候發生意外，頭部被飛機爆炸的碎片打到…傷重不治…他……」

「筐噹—」聽筒落地的重擊聲！

「貓咪—喂—藍貓—妳怎麼啦？喂—喂—」

久久沒有回音！電話並未斷線，咪咪也不知等了多久，才在聽筒中聽見窸窸窣窣的啜泣聲。

「貓咪！妳在聽嗎？冷靜一點，聽我說—我也不敢相信，可是現在不是難過的時候。他家沒有電話，部隊通知不到他的親屬才打電話給我的，我們必須盡快去通知他媽媽…可是該怎麼說呢？」

「我…不能相信……他…那麼好…怎麼可以……」

「貓咪—不要這樣子…冷靜一點…」咪咪聽藍貓哭的那麼傷心，就再也管不住自己的眼淚了，好幾分鐘過去，兩個人都各管各的哭了個夠，畢竟咪咪比較能面對「死亡」這件事，情緒很快就平復：「別難過了！我十五分鐘以後在妳家巷口等妳，想辦法出來一下 OK？ Bye ！」

兩個人在李家門口探頭探腦，不知道李媽媽到底在不在家，但是誰也不願意去按門鈴……

「我說李媽媽一定出去洗衣服了，裡面一點聲音也沒有，還是我們晚上再來…」

「不行呀！妳又不是不知道我要出來一趟有多困難，晚上根本別想—除非妳一個人來…不行！這件事該由我來跟李媽媽說…」

「誰說不都一樣？」

「當然不一樣！李媽媽跟妳又不熟，可是她已經把我當他們家…未來的媳婦了。」

咪咪正想笑，卻發現藍貓表情世界嚴肅，不像是在開玩笑隨便說好玩的，立即忍住：（原來，她和李建光已經私訂終身啦！難怪她會這麼傷心…我八成錯過了許多故事！）

「那—現在該怎麼辦？」，「我們就在這兒等吧！李媽媽應該就快回來了。」

兩個寶貝坐在路邊的大石頭上傻等，從下午兩點等到四點，李媽媽沒等到，倒是把小隆給等來了！

「小咪！藍貓！妳們怎麼會在這？」仍不改那酷酷的笑容，咪咪只是呆呆的望著他，思緒回到了說再見的那個傍晚……

藍貓見狀立即接腔：「喔！我們來找李媽媽聊天，她好像不在，所以在這兒等她，你來幹嘛？」

「我媽做了一大堆饅頭，特地叫我送一些給李媽媽吃，她眞的不在？」

咪咪有點生氣：「他怎麼可以裝作若無其事的樣子？一點也不想我？甚至不問我好不好？」

這是違章建築，圍牆才到小隆的胸部，他把手中一包饅頭交給藍貓，雙手一撐就進了院子！打開大門：「兩位小姐—請進！再晒下去，妳們就要變成牛肉乾啦！」

「可是李媽媽不在，我們這樣進去…不太禮貌…」藍貓想想不妥。「沒關係！我平時都是這樣進出的，李媽媽早就習慣了！」兩手在牛仔褲後磨擦著。

「外頭是誰啊？小隆嗎？」李媽媽聞聲從臥室走了出來，「李媽媽好！」三個人齊聲道，

「哇！稀客！稀客！眞乖！這麼熱的天，你們還特別跑來看我啊！」

「李媽媽，妳今天怎麼沒出去？」藍貓懊惱在門外等了兩個多小時。「唉唷！人老囉！我以爲天天有『運動』，身體應該很好，可是最近越來越不對勁，腰痛的厲害，從地下站起來眼睛也看不見東西，好幾次都差點昏倒，所以這兩天都沒有出去洗衣服，都在床上躺著呢！謝謝你們來看我！我好高興啊！阿光有你們這幾個孝順、懂事的好朋友，眞是他上輩子修來的福氣啊！」

藍貓和咪咪對看一眼，誰都不忍心說出此行的目的。

「小隆啊！來—這裡有一百塊，去買些涼的回來請小姐喝—」

「李媽媽，我身上有錢，這就去買，藍貓，妳陪李媽媽聊一下啊！」

小隆說罷，拉了咪咪就往外衝……

跑出門沒幾步，咪咪用力甩開了他的手：「你幹嘛？」

小隆立刻用雙手環住她的腰：「咪——千個—萬個對不起！還在生我的氣呀？我沒有一天不想妳，想的我心都痛了…」

「那妳爲什麼都不來看我了？」

「是妳自己叫我『識相的自動消失』！我一向是最聽妳話的啊！」

「白癡！」咪咪又試圖推開他，他卻抱得更緊：「告訴我，妳有多想我？」

「我…很想很想！想這個，想那個，想一大堆人，都是你不認識的，怎麼辦？」咪咪存心不讓他好過。

「妳！是故意氣我？」

「如果今天不是被你碰上，天曉得我們這輩子還會不會再碰面！你…要我守寡？我可不像藍貓那麼死心眼！」話一出口，她立即用手摀住了嘴。

「什麼？妳說什麼？我怎麼聽不懂？」

「欸！你倒底要不要去買飲料給我喝？我快中暑啦！」

「不對！妳今天的表情一直不對！口氣不對！心情不對！妳…不是在生我的氣，妳有心事，告訴我，我或許可以幫妳—」

咪咪看著小隆深情專注的雙眸，指尖輕輕滑過他的面頰、鼻子、下巴…，終於忍不住撲倒在他懷裡：「我早就不氣你了！我只要你好好的活著…平平安安的活著…我就很高興了…」

小隆墜入了五里霧中，聽得莫名其妙。輕輕推開咪咪，竟發現從不輕易流淚的女孩，這會兒卻是淚流滿面！

「咪！妳到底怎麼了？發生了什麼事？快告訴我—」

「你什麼都不知道，對不對？」，「知道什麼啊？」

「李建光……他……他…」，「他好端端的在當兵啊！」

「他已經不在了！」，「什麼意思？」

「你以為我和藍貓特地跑來找李媽媽做什麼？報噩耗的，可是我們兩個都說不出口…」

沒想到小隆身子竟然虛弱的往下滑，被咪咪一把架住：「你怎麼了？」，「我……沒什麼！胃痛—」

「也別去買飲料了，我扶你進去坐下來…」

「等等！讓我冷靜一下，事情怎麼會這樣？」

於是咪咪扶他到大石頭上坐下，將接獲電話的內容及和藍貓的對話，原封不動的敘述了一遍。

「啊——」小隆忽然衝到一棵大樹旁，對著樹幹拳打腳踢，嘴裡喊著：「爲什麼？爲什麼？」

「小隆！你不要這樣—你看你！手都擦破皮了！你還沒回答我的問題呢！還是…今天先不告訴李媽媽？」

「我…我不知道！她…一定承受不了的。」

「我看我們還是先進去吧！說不定藍貓已經說了…你的手得擦點藥…」

「你們兩個去哪啦？搞了老半天！喝的呢？李媽媽妳看，我說的沒錯吧！他們兩個一定在某處打情罵俏，把我們兩個忘光光啦！」

李媽媽只是笑而不答。

咪咪一看這氣氛，就知道藍貓什麼也沒提，她終究是開不了口的。

「李媽媽，請問妳們家有沒有雙氧水或是碘酒？小隆剛才摔了一跤！」

「怎麼回事啊？我看這不像摔的，像是被揍的！」藍貓很辛苦的想要使氣氛輕鬆，卻是越弄越僵！咪咪狠狠的送上一對衛生眼。

三個心事重重又言不及義的人，在這裝瘋賣傻了一個多小時，實在裝不下去，只好起身告辭，白忙了一下午！小隆先送藍貓回家，再送咪咪，一路上都沒有交談。

三天以後，接到小隆的電話：「咪，告訴貓咪，請她安心，我昨天已經跟李媽媽說了。」

「她還好嗎？」

「我跟我妹一直陪著她，還算平靜，好像太平靜了，不過妳放心，我會小心照顧她的，妳和貓咪也不要太傷心了，好好照顧自己，知道嗎？」

「嗯！小隆…謝謝你！」

咪咪怎樣也不會想到，這竟然也是最後一次聽到小隆的聲音，這個人又無聲無息從她的生命中消失了！

*　　　*　　　*

七月是考試旺季，是盛夏，也是咪咪過生日的月份，因爲好幾波的考試，只好延後慶祝。眾兄弟們替她在基隆的四百家裡開了個盛大的 Party ，鮮花、禮物、蛋糕、音樂、酒…一樣不少，唯獨少了阿慶！

這輩子第一次感到自己如此重要，被伺候的跟公主一樣！一會兒哭，一會兒笑！四百和可以還準備了即興的歌舞表演及雙簧，把咪咪數度逗得直喊「受不了！」，笑的眼淚直流，下巴都快脫臼！

本來，這只是個生日Party，大家瘋瘋鬧鬧一場就結束，誰知道後來……

是酒精作祟，還是郎有情妹有意？從頭到尾，阿修一直坐在咪咪身旁，啤酒、蛋糕、汽水的服侍，酒酣耳熱之後，阿修的手也上了壽星的香肩…

剛開始，咪咪只單純的想：（修哥喝醉啦？沒關係！大家高興就好，他一直很寶貝我的…）可是節目看到後來，姿勢卻成了阿修摟著咪咪的腰，咪咪頭靠在他的肩上！爲什麼會變成這樣？兄弟們也搞不清楚！反正大家也醉的差不多，就散會了！

耗子堅持要「監督」阿修送咪咪回家，於是三個人一部計程車，從基隆回台北。咪咪神智也不是很清楚，只依稀記得回台北的一路上，好像都在阿修的懷裡，額頭被他粗粗的鬍渣蹭的痛痛的！

這段被大家咒罵的戀情，只偷偷摸摸的靠電話維繫了兩個月，便無疾而終了。

4

一九七七年，十六歲 風光的高中生涯

位於新店十二張路，靠近調查局的「崇光女中」，有著風光明媚、鳥語花香的校園。淡灰色的兩層樓校舍，配上一扇扇墨綠色木造窗框和鮮豔的大紅色教室門，別具特色。

最值得一提的是女孩們的夏季制服—白色襯衫配上天藍色的百褶裙。白腰帶、白襪加白皮鞋，肩上掛著黑的發亮的漆皮書包，昂首闊步走在路上，目光想要不被吸引是不可能的。

學校分爲初中部三個年級和高中部三個年級，每年級有六個班，每班平均都有五十來個學生左右。校長、訓導主任、舍監和許多工作人員都是全身穿白色罩袍的修女，因此對於學生言行舉止的管教也分外嚴格。

學校規定學生一律住校，但是若能將學期總平均分數保持在八十五分以上的人，特准通學。咪咪爲了省住宿費、伙食費，也不想被舍監二十四小時盯梢，入學報到時就申請通學，因爲她是這兒的「雞首」，要各科成績都拿八十五應該不難。

人生中有許多事情的影響均在一念之間，她當初如果乖乖去住校，那麼故事說到此，就要打句點了，偏偏她選擇了通學……

每天早晨五點多起床，吃過早餐，就得去趕搭六點十五第一班的五十二路公車，約七點左右至公館，再轉搭公路局至新店十二張路，必須在七點半以前進校門，否則記遲到。傍晚四點五十放學，學校有公路局專車，直達送到公館，再自行搭車回家。一般正常情形，不塞車，不逗留，不吃東西，也要六點半左右才能抵達家門，做完功課至十二點睡覺是常有的事，眞不曉得那年頭的學生，哪來那麼好的精神和體力？

第一學期，咪咪由於人生地不熟，安分守己的上下學，沒去招惹任何人。可是天生具有特殊光芒的人，又豈是粗衫布裙能掩蓋？

先是學校初中部的小學妹們，經常下課三五成群的來到咪咪的教室窗外，探頭探腦的說：「快看！快看！就是她！好像胡茵夢喔！」，「對耶！她好漂亮！好像電影明星耶！」

咪咪起初覺得莫名其妙，不知道她們在說誰！等到弄清楚了，才認爲無聊到極點。但是一傳十，十傳百的力量是很可怕的……

原本校花當的好好的高三某學姊，卻因爲對此傳聞非常的不滿，而召集了一堆人馬來修理咪咪！眞是「人在室中坐，禍從樓上來」！

先是收到紙條被警告，叫她收斂一點，再是被堵在校門口，被威脅：「再囂張就要妳好看！」咪咪多少有些惶恐，自己人單勢孤，乾哥哥一個也救不了她：（怎麼辦呢？看樣子，我只好去請隔壁仁班那幾個幫忙了！）

從「復興」考進「崇光」的只有咪咪一個，所以她孤立無援。隔壁仁班有六個都是「再興初中」進來的「另類份子」—頭髮特長，裙子特短，制服訂做，一看就是「混得兇」的樣子。她們早就相中咪咪是塊好料，三番兩次的邀她參加烤肉、舞會，都被咪咪婉拒了，因爲她知道這些活動，一旦參加，有一就有二，絕對脫離不了了。

可是情況危急，也顧不了太多，她就去向爲首綽號叫「老頭」的求救—

「張珊珊，這件事妳放心，妳不用出面，我們會去替妳想辦法！妳會來找我們，表示妳也識時務，很好！以後不管什麼事，有我們罩妳。不過…我們有活動，妳也得捧個人場，有時候可能需要妳多帶些上道的女孩子來…怎麼樣啊？」

「好！沒問題！我先謝了！」

咪咪並不知道「老頭」是如何擺平此事的，反正要修理她的人，是眞的沒有再來搔擾過她。直到很後來很後來……咪咪自己也快畢業的時候才發現眞象，已經太晚……原來那個高三校花也是「再興」畢業的，而且還是受了「老頭」之託！

課業上，咪咪輕鬆的維持在前幾名，學藝股長、專車路隊長、合唱團團長、籃球隊隊長…已讓她忙得分身乏術，再加上國文導師寵愛她，要負責收發作業簿，有時還得幫忙改考卷；英文老師欣賞她，派她當「英文小老師」，幫忙出題、代課；男女兩位教官信任她，經常在「上課時間」會聽到擴音器廣播：「一年信班，一年信班，張珊珊訓導處報到。」

幹嘛呢？兩位教官只要碰上問題學生，或是棘手狀況，都會詢問咪咪的意見，而早熟懂事又人緣極佳的咪咪，也總能提供他們寶貴的訊息，對症下藥。

她雖然和人見人恨的「訓導處」走得很近，卻不是一個會隨便告狀、攀權附勢的人。怎麼說呢？

男教官指派她當專車路隊長，其目的就是要讓需要直達公館轉車的同學，安全的上了專車，而不是一出校門就被各校來的「不明機車騎士」給接走—

「珊珊，坐專車的人越來越少，妳得盯緊一點，負責把一出校門就被男朋友接走的同學學號記下來，每天早上拿來交給我，知道嗎？」，「是！教官！」

是歸是，咪咪每天拿給教官的都是白紙一張！

「搞什麼？妳一個都抓不到嗎？我都親眼看見她們在妳面前跑了！妳竟然會沒看到？」

「報告教官，您既然親眼看見她們在我面前跑了，那您也該看見我又是怎麼跑的！等在對面的一排摩托車，也有很多是來接我的啊！如果您一定得抓個人來辦，就先辦我吧！否則我又怎麼去管人呢？那些都是我的好同學，我供出誰都對我不利。要維繫一份友誼很辛苦，要毀掉它，就憑一個學號。教官請三思，能夠通學的都是成績不錯的好學生，您又何必太在意她們放學以後去哪了？我們在校門口抓，你以爲她們不會改約在公館碰面？又有什麼用呢？」

從此以後，幾乎是咪咪怎麼說，教官怎麼配合，因爲要實施「愛的教育」，首要條件就是得先瞭解她們，而咪咪就是「她們」之一。

一天下課，有個姓徐的高三學姊來找咪咪談話……

「我是張珊珊，找我有事？」

「嗨！我有一些好朋友是『中國海專』的，他們這個星期六下午，在永康街租了個場地開舞會，聽說妳舞跳得很正，希望妳能賞光！」

「還有我認識的人會去嗎？」

「嗯—沒有！我們學校只有我們兩個…」

「妳不覺得這樣很怪嗎？而且我又不認識妳…我想…算了吧！」

一次，兩次，三次…這個姓徐的似乎纏上了咪咪，不請到她好像對不起某人似的，咪咪也百思不得其解：（難道她是同性戀不成？）

自己班上，有小鳳、小琳、小海是咪咪的死黨。小鳳是馬來西亞的華僑，皮膚黝黑，胸部豐滿，是個活潑外向又非常 Open 的女孩，有很豐富的性經驗；小海是個標準的怪胎，不愛做功課，上課打瞌睡，平時不多話，開口就是要借錢！小琳呢！身材高挑，是籃球隊的一員大將，有個交往三年的男朋友，感情穩定，從不參加咪咪的任何活動；所以小鳳成了陪咪咪趕場、湊數的最佳人選，可是有一回卻反了！

一個週六下午，咪咪被小鳳連哄帶騙的拉到她家去做功課……

鈴—鈴—「小咪，妳要喝什麼自己倒，我去接個電話，馬上來—」

咪咪在廚房，慢條斯理地倒了杯白開水，邊喝邊緩緩走進小鳳的臥室，隱約聽見：「她現在在我家……嗯！大概一小時以後到……OK！你快去準備……」

小鳳神秘兮兮掛下電話，衝進臥室就打開衣櫃門，開始把衣服、裙子一件一件拉出來往床上丟！

「妳—要出去啊？不做功課了？那我回家囉！」咪咪覺得有點敗興。

「什麼話！妳當然得和我一起去！」

「我一身制服，妳要我去哪？」

「去跳舞啊！有個『中國海專』的舞會缺馬子，我們得在一個鐘頭之內趕到…我答應朋友我們會去兩個，妳走了我去叫誰啊？」

「搞什麼？又是『中國海專』！他們舞會還眞多啊！」

「哦！妳去過？聽說他們學校的男生都長的不錯，各個舞藝高強。」

「我沒領教過，不過我們高三有個姓徐的跟他們很熟，她找過我好多次了，我都沒答應…」

「我穿這件怎麼樣？」

「隨便妳穿哪一件都比我的制服美吧！欸！我眞的不想去耶—」

「小咪—拜託！委屈一下啦！至少捧個場，到一下，不好玩我們就立刻走人，OK？拜託啦—不然…我裙子借妳換……」

「別鬧了—好啦！好啦！我的手臂快被妳扯掉了！妳還不快打扮？」

於是兩個人忙著化妝、吹頭髮、噴香水…折騰了半個多小時才出門。

跳下計程車，有點路癡的咪咪才發現，這裡好像就是永康街！

（中國海專的人還眞奇怪！舞會永遠開在同一個地點？）

怪的是，這間場地沒有門，是在一間空屋子的地下室，更怪的是，下去連個樓梯也沒有，只有地上一個一尺見方的鐵板，掀開鐵板，震耳欲聾的音樂聲就從腳底下竄出……

「還好我換了長褲！否則這種貼壁式的階梯，怎麼爬呀？」小鳳正在慶幸。

「我不下去了！萬一下面已經到了很多男生，不全被看光了！妳自己下去，我要回家了！」

「小咪—別這樣嘛！來都來了！不然…我先下去，確定旁邊沒人妳再下來，好不好？」說罷，小鳳身手矯健的鑽了下去，很快的，咪咪也下去了。

「嗨！小鳳！妳們可來啦！我們等好久啦！」

咪咪沒戴眼鏡，在這種紅紅黃黃的燈光底下，她完全認不出和小鳳打招呼的女生是誰，只覺得，這個聲音有點耳熟！

「哇！人到的還眞多！有沒有四、五十個？我以爲是小型的Party呢！場地眞大啊！」小鳳拉著咪咪找到角落的空位子坐下。

「各位同學，非常感謝大家的光臨！現在我們的舞會就要開始，請今天的主辦人……邱達昌開舞……」

一陣掌聲響起—

「他是中國海專的校草喔！平常人想要見他一面都很難，更別說是跟他跳舞了…聽說他的舞技一流，從沒有女生值得他請跳第二首的…」小鳳還在咪咪耳根邊咕噥，只見邱達昌毫不猶豫，直挺挺地穿越整個場地，對準咪咪走過來，像是上輩子就認識她似的……

「小姐！我有這個榮幸請妳開舞嗎？」

咪咪望著那隻懸在空氣中的手，有點錯愕的看了小鳳一眼，小鳳立即用手肘頂了她一下：「快去呀—」

咪咪的手才剛交到對方手中，就被緊緊的握住！這竟是一條快節奏的吉魯巴……

好在所有的舞裡，這是咪咪根基打得最紮實的一項，所以任憑邱達昌怎麼轉她、甩她，她都可以一拍不差地跟上，同時，群襬飛揚，姿態優美！

（小妮子真是要得！果然名不虛傳！非把上手不可，我得好好謝謝小徐…）邱達昌邊跳邊想。

（好小子！哪有人家用吉魯巴開舞的？萬一我不會呢？分明就是要我好看嘛！）咪咪知道有幾十雙眼睛在看，跳的更加賣力。

總算，一曲熬完，全場熱烈鼓掌，口哨聲四起！咪咪嬌喘吁吁正想回座位，他仍舊握著咪咪的手不放，一把將她拉進自己懷裡：「再陪我跳一首，好嗎？」咪咪的額頭已經開始冒汗，擔心自己的香水味不夠濃…

這是條慢四步，咪咪用力將他推到安全距離：「你…這表示是對我的恭維嗎？」

「我並沒有說任何恭維的話啊！」

「我聽說…你從不請同一個女孩子跳第二首舞。看樣子，我受到特殊待遇囉！」

他露出得意、詭譎的笑容：「這麼說，妳已經知道我是誰囉！」

（天哪！真是個狂妄自大的傢伙！我絕對不會拜倒在他的牛仔褲之下的！），「我只知道閣下的大名，其他的一概不知。」

「沒關係！以後…妳自然就會知道了。不過，我倒是對妳的事知道不少—」

「哦？說來聽聽！」咪咪已經非常確定這傢伙是衝著她來的了。

「我道妳每天早晨搭52路到公館轉車。妳舞跳得很好。有很多追求者，和小鳳是好朋友，也是崇光的校花，非常難約…」

「哇！你好厲害喔！對我這麼瞭解。不過有一件事你大概不知道，就是我最討厭『自以爲是』的男生…謝謝你的邀請，我不奉陪了。」

說完，咪咪將他的手一甩，走回座位拉著小鳳說：「欸！玩夠了，走吧！」

「什麼啊！我一首都還沒跳耶！怎麼可以走？是不是那個傢伙惹妳生氣啦？別這樣嘛！人家辛辛苦苦特地爲妳開這個 Party ，妳怎麼能那麼不給人家面子啊！」

「妳…妳…我被妳賣了還跑來幫妳數鈔票！我眞是白癡！」沒心機的咪咪終於搞懂是怎麼一回事，氣的咬牙切齒，掉頭就走。

「小咪—」

「這個該死的樓梯！」如果不是樓梯邊圍了一堆男生，咪咪這會兒早就爬上去了！

小鳳追上來賠不是：「小咪，妳聽我說呀！我絕對不是出賣妳，我也是受人之託忠人之事…妳不可以生我的氣啊！如果我事先告訴妳是徐莉託我找妳來，妳還會答應嗎？」

這時候，邱達昌也過來留人：「小姐，如果剛才有言語冒犯的地方，我在這裡向妳道歉，請妳看在這個舞會因爲請不到女主角，開了又取消，開了又取消N次的份上，今天是不是能多玩一下，不要掃了大家的興呢？」

咪咪抬起頭，環視四周，音樂聲也停了，幾十雙眼睛都瞪著她看：（如果我這一走，他們眞的立刻散會，我反而成了罪魁禍首！這個罪我可擔不起！而且好像太不識大體了！）想了幾秒鐘，說：「要我留下來可以，不過，我沒興趣再跟同一個人跳！」

邱達昌也沒想到咪咪會來這一招，愣了幾秒鐘，於是交代下去：「所有男同學輪流請她跳舞，別讓她閒著—」

咪咪這輩子參加過數不清的 Party ，就數這次跳得最過癮，至今難忘！當然，她永遠也不會瞭解當「壁花」的心情。

Party在五點十分結束。大家還三三兩兩的站在馬路邊講話，只見邱達昌朝咪咪走過來，一手很自然搭著她的肩說：「妳五點鐘要趕回家的，已經遲了！走！我送妳—」

「你有命令人的習慣，我有不聽命令的習慣，我自己會走，不用你送！」揮開了他的手臂。

「小咪，車來了！我們一起走—」小鳳把咪咪往計程車裡推，即時化解一場戰爭。

「妳真的那麼討厭那個傢伙啊？我看他挺體貼的嘛！對妳又那麼用心……」

「妳喜歡送給妳！我對這種跩的二五八萬的男生就是反感。不過他的舞是跳得很好，難得棋逢敵手！」

既然認識了，從此校門口又多了個站崗的！咪咪總是狠心的視而不見，磨他的銳氣，但是心裡不是沒有感覺……

* * *

升上高二，還沒有感受到聯考的壓力，一切人事環境又已駕輕就熟，真是自在逍遙！

由於經常參加老頭辦的 Party ，認識了不少「再興高中」的帥哥。這所學校也是以管教嚴厲出名，住校生規定每週六才可以回家一次，於是每到週六中午放學，就會看到一大堆「再興人」在公館晃來晃去。幹嘛？自然是等咪咪囉！

高一的時候，咪咪就在52路公車上認識了「再興人」李德，他是品學兼優的通學生，早晨比咪咪早兩站上車，所以等她上車以後一定有位子坐，傍晚，李德也一定等到咪咪出現了才一起上52路。有時候，他會和咪咪同站下車，再陪她手牽手走一段路回家，有的時候，兩人聊得坐過了站，一點也不懊惱，可以獨處走的更久呢！

沒有人知道咪咪連搭公車也可以這麼甜蜜！每天放學鈴聲響，

就等於是「交際應酬」的開始……

校門口是第一站，可以收些情書、花、小禮物什麼的，到了公館專車下車處，會有「再興」、「徐匯」、「光仁」、「復興商工」、「中國市政」，甚至「政大」和「台大」的在那兒等她！那些人不見得要做什麼，只要能看她一眼或遞個紙條就很快樂了！

等咪咪一路點頭，寒暄到了52路車站，李德多半已經等得焦急異常。到了「復旦橋」前下車，又常有以前復興的追求者在排隊，李德也免不了常會和競爭者打上照面，咪咪總有特殊的本領可以化解一次又一次尷尬的場面。

最後一站就是頂好走廊和她家樓下的小公園…咪咪從來沒有認眞統計過，在這兩小時的路程當中，她得見多少人！反正，很充實！

以上這些「心碎人」都只是不成氣候的小插曲，在此就不詳細敘述了。

然而，日子並不如表面上的平靜，這麼多年來，美玉的健康狀況一直還算穩定，連普通的小感冒都極少犯，她一直是個盡心盡力，溫柔嫻淑的家庭煮婦……

人是健忘的動物。十年前美玉住院時大家所吃的苦，已漸漸沒有了感覺。

一天，咪咪比平時早一點到家，開門進屋又是一片漆黑！不安的感覺立即襲上心頭……

「媽咪！我回來了！妳怎麼不開燈？一個人坐在沙發上發呆？」

「妳…妳…是誰？爲什麼來我們家？出去—」

「啊？妳怎麼啦？發生了什麼事？妳怎麼忘了……」咪咪知道又出狀況了，立刻看鐘：（爹地應該在回來的路上，現在該怎麼辦？送醫院還是等爹地回來？）

忽然，鼻子裡竄進一股東西燒焦的味道！咪咪馬上跑到廚房去關火，頓時發現爐子上煮了一大鍋稀飯，電鍋裡也有一大鍋白飯，還準備了水餃和饅頭！足夠十個人吃的份量！

「媽呀！有客人要來吃晚飯嗎？妳爲什麼煮那麼多東西？」

「煮飯？煮一飯一？我一直坐在這裡想事情…我…什麼也沒煮啊！」美玉突然激動的抓住咪咪的手，哭喊道：「我是誰？我到底是誰？」

咪咪被嚇的一句話也說不出來，一顆心只是一直一直往下沉：「老天爺！求求你，那些事千萬別再重來一遍，我會受不了的。」

「媽咪！乖！別哭！妳摸摸我一來一用手摸摸我，別怕！我是妳的女兒，我叫咪咪，妳是美玉，美一玉一想起來了嗎？」

美玉摸摸咪咪的頭和臉頰，一味搖頭。

「妳今天一天做了什麼事，我們來複習一遍，不要急，慢慢來，妳一會兒就想起來了。」她跪在美玉的腳邊，耐著性子說：「嗯一妳起床以後先梳頭，換衣服，吃過早餐之後就到菜場去買菜，妳買了餃子皮、絞肉和饅頭，對不對？回到家之後，妳先把髒衣服丟進洗衣機洗，然後就開始包水餃，我目前爲止都說得對不對？」

「我也不知道！好像……好像都對！可是…我眞的記不起來了！」

「沒關係！我再多說幾遍，妳多少會想起些什麼的，別急一」

於是咪咪左一遍右一遍地說著。其實她這才發現，自己從來不曾問過媽媽平時都在做些什麼，這會兒連用揣測的都拼湊不出個大概！她開始深深的自責：「成天只曉得忙自己的事，什麼時候關心過她？哥哥長期住在基隆，爹地和我每天早出晚歸，她一個人一整天除了燒飯洗衣，就是坐在這兒發呆！換成是我，不早就瘋了！她實在太寂寞了呀！」

偉傑終於回來了！美玉又驚慌失措的往咪咪身後躲……

「不怕！不怕！是爹地啊！」，「妳坐一下，我馬上回來。」

咪咪立刻拉著爸爸到廚房去共商大計，沒想到偉傑聽完女兒的敘述，竟是一臉世界末日降臨的表情……「怎麼辦？妳媽又病了！現在該怎麼辦？要不要馬上送醫院？」

「別急！我檢查過了，她並沒有發燒，也沒有其他症狀，我想她可能是太悶了，心情不好，應該是暫時性的，我一直在陪她講話，好像有好一點。現在送醫院，不外乎吃藥、打針，她又要吃一大堆苦頭，我們先觀察一晚上，如果到明天還是這樣，我們再送她去醫院，好不好？」

於是咪咪整晚上拉著媽媽的手，一會兒跟她說大姨媽的事，一會兒跟她說小鳳又換男朋友的事，扯東扯西了幾個小時。剛開始，美玉都沒什麼反應，漸漸的也可以對答如流了，咪咪才放心的讓她去睡覺。自己則熬了大半個夜，才把功課做完，躺下沒一個鐘頭，鬧鐘又響了…

從此，只要逮到機會，咪咪都會跟媽媽鉅細靡遺地敘述身邊的每一件小事（和男生有關的事除外），即使是別人家的事，美玉也會聽的津津有味，像看連續劇似的，看來那嚇人的「暫時性遺忘」，應該已經被咪咪治的好了一半吧！

5

一九七九年，十八歲 錐心泣血的初戀

這年，咪咪才十八歲……青春正放又愛尋夢的年齡，而她的愛情卻已註定凋零。

高三上學期的一個週六中午，天空一片灰濛濛，隨時要下雨的陰沉……

咪咪靠在公館騎樓下的一根柱子旁，正和兩個再興的男孩打情罵俏，一個戴眼鏡，西裝筆挺的機車騎士，嘰……的一聲，緊急煞車在她面前—

「喂—你嚇人哪！啊！是……平哥哥！」她立刻衝上前去抱了他一下，「你不是當兵去了嗎？什麼時候回來的？怎麼好久沒去我們家了？」咪咪意外又開心。

「回來快一個多月了。今天回台大看教授，順便繞過來看看…會不會遇上妳…」

「哈哈！你運氣眞好！再晚個五分鐘，我可能就上公車了！」

「嗯—後面那兩個菜鳥，是妳的小男朋友？」他一點也沒有要降低嗓門的意思，還露出一臉的不屑。

咪咪回過頭去，發現四隻比銅鈴還大的眼珠子正在瞪著她，這才發覺平宏的手還摟著她的腰呢！說不出是得意還是幸福：「嗯—嚴格說來…應該不算吧！」

平宏覺得好笑的搖搖頭，從口袋裡掏出了一塊錢銅板：「去打個電話給妳媽，告訴她我帶妳去吃中飯，待會兒會送妳回家。」，「OK！等我一下。」

那兩個杵在柱子邊的可憐蟲，只好眼睜睜的看著咪咪滿臉雀躍地跳上摩托車，揮揮手，各自回家心碎去了！

在咪咪內心深處，儘管追她的人如過江之鯽，有欣賞的，有喜歡的，有敷衍的，就是沒有值得她愛的。因爲早就在多年以前，就已經認定平哥哥在心目中是無人能取代的，也是唯一吻過她的人，她甚至還天眞的告訴過藍貓和小鳳：「平哥哥是我這輩子唯一的眞愛，我以後一定會嫁給他…」，也就由於這份「認定」，逼使咪咪誤入了歧途，不可自拔。

平宏的再次出現，讓咪咪平時的生活及放學後的「應酬」開始變得索然無味。她一心只期待週六的到來，雖然沒有刻意約好，但是他也從不讓咪咪失望。

不論在自助餐店或是台大冰果室，聽他敘述當兵的趣事，大學生活的點滴，甚至拿到一手好牌的興奮…她總是樂不思蜀，忘了回家！

以前，從沒聽他提過，因爲尷尬的「師生關係」，對他，幾乎完全不瞭解。現在，不知道算是好朋友還是男女朋友，反正，咪咪是徹頭徹尾解除心防，對他崇拜不已。漸漸地，兩人也希望可以獨處，一碰面就買兩個便當，回到平宏租的十坪小窩，聽音樂，享受溫馨的甜蜜。

但是好景不常，這樣的相處方式不到兩個月，在一個多雲的週六中午—

平宏比平時出現的時間晚到了半個小時，咪咪正在猶豫還要不要繼續等下去的時候，他出現了……後座載了個長得很像藍心湄的女孩，出現了！

「嗨！我只是試試看，沒想到妳還在啊！」他的口氣一點也沒有因爲遲到而有絲毫歉意。

（廢話！你明知道我會在這兒等，說的這是什麼話？）咪咪已經有點爲他遲到而生氣，再看他帶著別的女孩來更是不爽，結果他還一付本來不準備來的口氣！可是，她忙著看後座的女孩，而忘了開口。

「Jean ，這就是我常跟妳提，非常黏我的乾妹妹—珊珊。」

「珊珊，快叫琴姊！她下個月…就要成爲妳的平嫂了！」

咪咪倒抽了一口氣，完全不敢相信自己的耳朵，一隻手趕緊扶住摩托車的龍頭，用盡全身的力量，深深的看進平宏的眼裡：（你在開玩笑還是我聽錯？你沒有遺憾？沒有不捨？從頭到尾都是我在自作多情？你爲什麼不早說？）

她盡量讓自己表現自然的說：「琴姊—妳好！百聞不如一見！平哥哥他…一天到晚在我面前誇妳，今天總算是見到了！妳比他形容的…還漂亮呢！恭喜你們啊！」

「謝謝！妳過講了！妳平哥哥也常向我提到妳，說妳體貼、乖巧，比他自己妹妹還好一百倍呢！」Jean 的雙臂始終環抱著平宏的腰際。

(原來，你只把我當妹妹看！那你又爲什麼要跟我……那麼……？)

「好了！好了！妳們兩個眞是比噁心的，都認識啦！我們還有事要先走！記得要來吃喜酒啊！」平宏發動摩托車，頭也不回地呼嘯而去。他…好像也急於逃離現場，既然如此，又何必要來呢？

咪咪一隻手撐著站牌的鐵杆，久久不能自己。好想大哭一場，可是，名目呢？失戀？被騙？抬頭望天，這時飄起一陣綿綿細雨，她的心情也是一片陰霾……

爸媽、立民都去吃喜酒了！她只簡單的說了一句：「今天功課特別多。」就逃過一劫，但是打從他們出門，她就躺在床上回想自從認識平宏這些年來的點滴，每個片段裡有他，每個畫面裡有他。

（要怎麼樣才能忘了他？要怎麼樣才能不想他？他是那麼聰明的人，難道他完全不知道我在愛他嗎？）眼淚終於無法控制的流下來…變成啜泣…變成嚎啕大哭…反正家裡沒人！

「平宏！我恨你……」

一直對各路英雄好漢頗爲冷淡的咪咪，不曉得是存著「報復心態」還是「自我折磨」，她開始對每個前來「接近她」的男孩都很好，有說有笑，很熱絡，卻始終找不出一個替代品，可以暫消她的心頭之恨。

集萬千寵愛於一身的咪咪，這回可是第一次嚐到「失戀」、「被背叛」、「被玩弄」的滋味。她完全不知道該如何接受、消化那些附帶而來的感覺。失魂落魄如行屍走肉一般的度過了快兩個月，仍然無法將那殺千刀的從心裡連根拔除！

被自己最信任，最親蜜的人背叛，是一種比死還要痛的感覺。

想過一千遍、一萬遍拿刀捅進他胸口的情景，也想過一千遍、一萬遍他跪地求饒、懺悔的模樣，但是總敵不過想起一千遍、一萬遍在他懷中被他親吻的甜蜜……

就在她一心以爲這輩子再也不會見到他的時候，他又莫名其妙地出現了—

老時間，老地點，咪咪無精打采的倚著站牌的鐵杆，正閉目倒帶腦中的回憶機—

嘰……咪咪嚇一跳，睜開眼睛，（是他！不可能。）又閉上雙眼！

「珊—上車！」（好熟悉的聲音啊！我甚至可以感受他的存在，聞到他的氣息…難道……）咪咪睜大眼，仔細的瞪著面前的機車騎士：「啊！你……」

「上車！」，「……」

「有話跟妳說，乖！快上車！」

咪咪腦中一片空白，儘管在腦海中預習了一千遍，再見到他要說盡狠毒的話，要給他個耳光，絕不給他好臉色，絕不接受他的任何解釋……這會兒，蕩然無存。

她被動地跨上了機車，雙臂像連鎖反應的箍住了他的腰，整個臉貼在他的背上……（隨便你帶我去天涯海角，我都不 care ，只要能這樣抱著你，永遠。）

迷迷糊糊中，又來到這個親手整理、佈置過的小窩，她一眼就注意到門口排列整齊的幾雙女鞋。

平宏拉著她的手在床沿坐下……

「還在生平哥哥的氣？」，她心亂如麻，只是低頭不語。

「頭抬起來，看著我。」平宏托起她的下巴，「聽我說—從小看妳長大，世界上絕對沒有人比我還瞭解妳。我知道妳心裡一定很氣我，氣我沒給妳個清楚的交代，結婚當天沒見到妳，我就心痛得魂不守舍，我曉得妳一個人在家一定又傷心又難過，我好怕妳會做出傻事來，我眞恨不得可以中途離席過去陪妳，妳才是我的心肝寶貝呀！」

他抹去咪咪臉上的淚痕，「乖！不哭！都是我不好，我…唉—根本就不該結這什麼婚！我眞是沒用。聽我說—妳琴姊是個好女人，我是快退伍前兩個月，隊上辦活動的時候認識她的。她是華航的空姐，只要不飛的時間，就會藉機來看我，我們只是…算是滿聊得來的朋友。可是！有一次休假出去，我喝醉酒…她…後來發現懷孕了，哎呀！反正，妳也知道我是獨子，我爸又已經八十好幾，急著抱孫子，所以等我退伍之後，就立刻籌備婚事。Jean的身體本來就不是很好，又經常飛長途，我叫她在家多休息，她又堅持要多飛些好存牛奶錢，結果上個月流產了，我們爲這件事情大吵了一架，她就走了—」

「什麼意思？」她完全沒料想到事情的原委竟這麼複雜。

「她現在排班排的更密集，幾乎十幾天才回來一次，待沒兩天又走了！我們幾乎沒時間說話，這樣的婚姻生活叫我怎麼過下去？

孩子沒了我也很傷心啊！她爲什麼還要用這種方式折磨我？」

看平宏激動的神情，微顫的雙手，咪咪已經完全忘記了自己的傷痛，一心只爲平宏的不快樂而擔憂：「你……愛她嗎？」，「我……」

「不要考慮我的感受，告訴我，你愛不愛她？」

「她！對我很好，我『應該』愛她…可是…好像沒有……」

咪咪搖搖頭：「什麼叫『應該』愛她？我聽不懂你在說什麼！你既然說她是個好女人，對你又好，那麼你就應該好好珍惜，好好付出全心去愛她。我如果不認識她也就算了，今天我認識了她，我就必須講句公道話，這整件事聽起來，從頭到尾她都沒有錯，流產的人是她耶！安慰都來不及了，你爲什麼要跟她吵架？既然結了婚就是一輩子的事，未來的日子還長的很，你們不能再生嗎？她會一直飛，不願意和你碰面，一定是你當初講了什麼狠話，傷了人家的心。你爲什麼不去向她道歉？她如果愛你，自然會原諒你的。」她好像在說自己的心境。

「……我眞不敢相信這些話是出自妳的口中！」

「怎麼樣了？」

「妳才十八歲，聽妳講話好像已經二十八啦！」

「對不起！經過你這件事，我的心境大概有三十八了！」

「所以，妳還是愛我的，對不對？」，「……」

她抵擋不住他溫柔的眼神，粉嫩的雙唇早已撤防。他用手撥弄著她額前的短髮，順勢勾住她的後頸向前拉，四片分離已久火熱的唇，終於又重逢了！

頭三秒鐘，她驚訝、錯愕、不知所措！再三秒鐘，她犯罪、內疚、死命抵抗……沒有用，接下去的幾十個「三秒鐘」，她喜悅、陶醉、面對了自己的感情，失而復得，份外珍貴。

那種甜蜜的感覺，不應該只有一次。

兩個磁鐵般的身軀，向後倒在床上，她盡情的享受被疼愛的滋味。對於男女之間的事，一竅不通的咪咪，純如一張白紙，她壓根兒想不明白，（爲什麼男的喝醉酒，女的就會懷孕？那麼只要和沒喝醉的男生在一起，怎樣都沒關係囉！）她絕不會想到，她完全的迎合，熱烈的表現，會引起男人什麼樣的反應！

「親愛的，我必須承認，妳才是我最最心愛的，相信我—」，「嗯—」

「我要親口聽妳說—」，「說什麼？」

「告訴我妳愛我！」，「我……」

「這裡又沒有別人，妳還會不好意思啊？不然，說小小聲就好—」，「……我愛你！」

「不行！要說『老公，我愛你』……」，「可是！我已經沒有說這句話的權利了。」

「誰說的？在我心裡，妳才應該說這句話。」，「……老公……我愛你…」兩行熱淚順著眼角而下，在腦海中想了一萬遍的話，終於有機會說出口了！

他忙不迭地拭去她的淚水：「妳永遠有特權可以這樣叫我……」，又深深的吻了下去—

一隻手開始摸索她胸前的鈕釦。慢慢地，退去了她的白襯衫，也退去了她的百褶裙。當他的手游移至背後的小鉤鉤時，她忽然推開他：「琴姊……什麼時候會回來？」

「啊？她！明天下午兩點四十的501班機，不過她後天早上又要走了—」

「你還說你不愛她！連她的 Schedule 都會背，我看你還是很在乎她的，又爲什麼要跟我這樣？你不會……良心不安嗎？」咪咪本能的將兩隻手臂交叉環抱在胸前。

「哎呀—我們現在爲什麼要討論她？妳不覺得很煞風景嗎？我

只跟自己心愛的女孩親熱，哪裡不對了？爲什麼會良心不安？」

「可是……你是有太太的人了！我會良心不安啊！」

「小傻瓜！這件事只要妳不說，我不說，就不會有人知道，兩個眞心相愛的人本來就應該排除萬難的在一起，若是輕言放棄，就不算是什麼刻骨銘心的愛情了。」

平宏說罷，又急於恢復上個一動作，和咪咪熱烈的擁吻著，緩緩地，怕嚇到枝頭小鳥般地，慢慢除去了胸罩—

她害羞、緊張的全身僵硬，氣喘吁吁，手心滴汗……

他呼吸急促，額頭冒汗，箭拔弩張，蓄勢待發……

他熟練的手，在她嬌嫩的肌膚上游移，乎左乎右，乎上乎下，手到之處，也不忘附贈一吻。她完全不知道該怎麼做，只是直挺挺的躺著，瞪大眼睛看著他，任由血管裡的血液超快速的流竄，伴隨麻癢難忍的快感……

他再也按耐不住，輕輕地將她可愛的粉紅小內褲往下拉……

「平哥哥—不可以！」

「噓—不要說話！我會很輕很輕！不會弄痛妳的。」

又粗又硬的鬍渣子，蹭的她臉頰又痛又癢，側過臉避開，卻突然驚覺小褲褲越來越下滑，趕忙抓到鬆緊帶邊，往上提！

「沒關係！如果妳還沒準備好，我不會勉強妳的，但是妳這個小魔鬼，妳看看這要怎麼辦？」

他抓著她的手，放在他全身最堅硬的部位—

「啊！你……怎麼了？」立即不好意思的將手抽回。

「怎麼了！問妳啊！」他臉色是眞的有些不悅。

「我……不明白！」咪咪是說眞的，從來沒人教過她。

「唉—算了！妳乖乖在這躺著，別亂動！我一會兒就來……」平宏一個翻身跳下了床，抓了條大毛巾，進浴室去了。

空氣中彌漫著Lionel Richie的聲音：

「Thanks for the times that you're given me. The memories are all in mind. And now that we're come. To the end of our rainbow,

There's something I must say out loud!

You're once, twice, three times a lady, And I love you!

Yes, you're once, twice, three times a lady,

And I love you!

When we are toghther, the moments I cherish,

With every beat of my heart.

To touch you, to hold you, to feel you, to need you.

There're nothing to keep us apart !

You're once, twice, three times a lady, And I love you!!」

咪咪深深被歌詞感動著，又無法控制的流下淚來。

她不想年紀輕輕就被人叫做「第三者」，這一直是最令人深惡痛絕的角色，然而叛逆和慾望如同有毒的藤蔓，在心裡扎了根，以相思爲養分，吸吮數次之後，就不顧一切地向上攀爬成長。

（多麼沉醉於他溫暖、堅實的懷抱中，他總有辦法使我感到歡愉和快樂，沒有人知道我在心中暗許過多少次想嫁給他，而我也天眞的以爲這就是愛，只有我的愛才是眞的。我不可以一我不可以！這樣算什麼？琴姊是好女孩，如果我是她，知道平哥哥這樣……一定會傷心欲絕的，我怎麼可以跟人家搶丈夫呢？我如果夠理智，應該在得知你另有『成年人』的女朋友時，就對你徹底死心，而不是在午夜夢迴時，將你的臉龐、身影、一顰一笑，反覆想了又想，直到眼角有淚，仍是放不下……我如果是感性的，就該面對自己的感情，勇敢爭取所愛，管別人怎麼想，我都不在乎，而不是在愛、不愛，退、不退出的矛盾中掙扎，聽你說起和她相處的種種，實在無法眞心接受，又不能哭鬧反抗，只能默默聆聽，讓字字句句去傷在心版上！）

坐起身子，她立刻動作迅速的穿戴整齊，梳理好頭髮，坐在床沿等平宏出來。當下發誓：（至少，他是愛我的，這就夠了。今天，該是我們最後一次的見面，無緣和他成爲夫妻，至少我們眞心相愛過，該替這段戀情劃下句點了。）

「咦？不是叫妳別動的嗎，怎麼起來了？」他渾身溼漉漉的從浴室走出來，身上只裹了一條大毛巾—

「時間不早，我想回家了。」，「還在生我的氣？」他又一把將她攬進懷裡。

「沒有，我眞的該回家了，我希望……我們以後不要再……」

望著他深邃的眼眸，觸及他結實的胸膛，聞著清新的香皂味，她的唇又被無情的堵住……眞是意亂情迷的無力站穩，哪還記得剛才要說什麼？

「記得—我愛妳！小東西！給我一分鐘穿個衣服，馬上送妳回家。我只要看到妳就覺得好快樂了，眞的！」

咪咪不只一次問小鳳，她到底該怎麼辦，每次都得到不同的答案：

「妳眞是死心眼！人家都有老婆了，妳還在他身上浪費什麼時間？公館路邊隨便撿一個也比他強啊！換人！換人！」，「哎呀！第一次不可能不痛的啦！與其讓菜鳥亂來，還不如找個老手，妳會有完全不同的感受。他既然對妳又溫柔又體貼，妳就別再堅持了啦！開心最要緊啊！」，「妳把他的電話號碼給我，他如果敢再欺負妳，我就打電話去告訴他老婆！」

不問還好，越諮詢越徬徨，一個星期就這麼糊里糊塗過去了。

咪咪內心的正派面和邪惡面，一直呈交戰狀態—（希望他還會準時在站牌那等我，帶我去他那兒！），（紙包不住火，遲早給琴姊知道，女人何苦去傷害女人？）

下了專車，咪咪既期待又怕受傷害的向52路車站前進，腳上好像綁了鉛塊，竟是舉步維艱！這段不過一分鐘的路程，好像走了一世紀那麼久……

（啊！他不在。）她虛脫般地靠在騎樓的柱子旁，閉上雙眼：（他眞的不再見我了嗎？他不方便來？還是他猜到了我的罪惡感？）

「病了嗎？去我那兒，我有辦法醫—」睜開雙眼，那張朝思暮想的俊秀臉龐立即映入眼簾！

「你……」

「想妳想到心痛，非見妳不可。」拉著她就上了摩托車，直奔犯罪地點。

這次，廢話更少，動作更多。

「親愛的，我要妳！我要定了妳！別再叫我緊急煞車，我受不了—」

「可是……不可以！」

「什麼不可以？放心！我有準備，不會讓妳懷孕的。」

「我……我不要，我發過誓要留到新婚之夜，不要爲難我—」

「妳不愛我？」

「當然愛！可是……這是兩回事啊！」

「什麼兩回事？相信我，我會讓妳快樂，讓妳舒服的。乖！聽話—」他不再理會她的退怯，伸手去那一片溫熱潮濕的地帶，試探是否一切就緒……

「嗯—……哦—……」沒想到她突然雙目緊閉，咬住下唇，兩隻手緊緊的掐住他的雙臂，口中發出嬌酣，夾緊雙腿，全身不住的扭動著……

她對於這突如其來的抽搐，完全不明所以，倒是令他看得目瞪口呆！好一會兒，他都不敢亂動。

「對不起！我……不知道怎麼了！」她雙頰泛紅。

「小傻瓜！妳好美！妳不知道嗎？我眞的快瘋了！我倒底該拿

妳怎麼辦才好？」

「你在生我的氣？」

「不是，妳…我……唉一告訴我，剛才的感覺，舒不舒服？」

「剛剛……你怎麼知道？我…覺得好像在抽筋…以前從來沒有過，沒辦法讓它停下來…」

「我知道！我知道！想不想再來一次？剛才是預演，現在要來眞的囉！」

「不要！我怕—」

「別怕，只會比剛才更舒服的，相信我—」

就在他做好了防範措施，邊吻著她，邊用膝蓋分開她夾緊的大腿，正要長驅直入時，她忽然抽抽搭搭的哭了起來：「不要—不要—我怕—」

「噓—不哭，不哭，我不做就是了，我是要讓妳快樂，不是要讓妳難過的呀！妳再哭我可要生氣了啊！」

他細心地替她穿上小褲褲，蓋上被子。自己則又進浴室「處理」了半天，再回到床上擁著她說話。

他眞的爲她瘋狂，應該說他們互相爲對方瘋狂。到了什麼程度？他決定公開一切，就算鬧到離婚也在所不惜，而她則癡狂到可以不計名分，甘心做一個自己一向最瞧不起、最排斥又見不得人的情婦。

同樣的時間、地點，同樣的戲碼，同樣的步驟，同樣的結局，就這樣一而再，再而三的重演。她始終堅守最後防線，他始終抱著一絲希望……不知道到底是誰在折磨誰？

高三下，週六不再是半天課程，總排滿一整天的模擬考。

起初，咪咪還會想盡辦法隨便寫寫，提早交卷，只要能在晚飯前見他個一、兩小時也好。漸漸他也勸咪咪要以聯考爲重，專心準備考試，等考完再聚。一週見一次就成了一月一次。最後一次見面竟然是在聯考的考場！

他能來陪考，咪咪自是欣喜若狂，卻沒想到他竟是摟著琴姊，有說有笑的一塊兒出現！（不是說要和她分手了嗎？……我寧可你不要來—）腦海中一片隆隆的雷聲，加上耳鳴及胃痛，原本被大家看好會金榜提名的姑娘，卻是遭到差十三分考上最後志願的命運。

漫漫長夏，咪咪獨自坐在書桌前飲泣：（畢業了！沒有同學的陪伴，沒有追求者的獻慇勤，沒有 Party ，沒有了愛人……什麼也沒有了！平宏，你爲什麼要這樣對我？）

（爹地罵我，哥哥怪我，沒有人瞭解我！我不是不用功才落榜的，我是因爲看到……唉—算了！重考就重考吧！一年的時間，夠長了，夠長到去忘記一個人。明知道他不可能會屬於我，又何必再癡心妄想？唉—翻開第一頁，重頭開始吧！）

叮咚——（咦？有客人？）咪咪在自己的臥室裡，豎起耳朵仔細傾聽—

「張媽媽您好！好久不見了！」，（啊—難道是他？不會吧！）

咪咪用最快的速度，脫下了睡衣，穿上緊身T恤和超短的熱褲，隨便梳了兩下快要及肩的短髮，立刻開門衝進了客廳—

「哇！小妹！好久不見妳，眞是又標緻又漂亮了啊！」

「邱哥哥！怎麼會是你？你這些年都上哪去啦？」咪咪有上前去擁抱的衝動，又怕失態，忍了下來。腦海裡卻映出她五歲時，剛洗完澡，全身光溜溜地跑到客廳玩，正巧撞上立民和他一塊兒進門：「哎呀！小胖妹！怎麼沒穿衣服就跑出來了？會著涼喔！」咪咪則光著屁股，害羞的跑回浴室去找媽媽！想至此，咪咪沒來由的紅透了雙頰。

邱哥哥，是立民這群死黨中，最寶貝咪咪的。自從他們搬離吳興街以後，幾乎就沒有再來往。人長大了，也有各自的生活圈和不同的發展方向，自是漸行漸遠。

然而咪咪並沒有忘了他，因為他比平宏還要帥上一百倍！身高一七五，既會唱歌，又會跳舞，吉他又彈得出神入化！只是從來不敢做夢他會把自己放在眼睛裡。

「我去報考軍校了，現在已經幹到空軍上尉，休假兩個月回台北，終於和妳哥聯絡上，所以趕緊來看看你們⋯⋯我們⋯⋯有快八、九年沒見了吧！妳長的好高了，眞是亭亭玉立！有男朋友了嗎？」

「啊？你怎麼哪壺不開提哪壺呢？」

咪咪看媽媽一直站在旁邊，滿臉狐疑的看著邱哥哥，馬上解釋：「媽咪啊—這是哥哥的好朋友，以前也住吳興街的，他最喜歡吃妳炸的春捲，想起來沒有？」

「喔—春捲？春捲！冰箱裡還有！我去弄！」美玉好像想起了什麼，迅速轉身進了廚房。

「邱哥哥，對不起！我媽的病一直沒完全康復，她！喪失了大部分記憶，所以⋯⋯」

「沒關係！我記得她就好了！妳哥在台南，今天會不會回來？」

「不知道，應該會吧！他們部隊天天四處賽球，場場得冠軍，他動不動就有假可休，不過他不一定會回台北⋯⋯他不知道你要來嗎？」

「不知道，來—快坐下來，告訴邱哥哥妳的近況—」走過去在他身邊坐下。

「唉——言難盡！剛考完聯考，落榜了！被罵得很慘，爸爸和哥哥都堅持要我明年重考⋯我眞不明白為什麼非考大學不可？沒唸大學就代表沒出息？我想去唸三專，他們也反對。反正，我永遠都得照他們的意思過日子就對了！好煩喔！至於男朋友嘛—剛分手，正在傷心階段，所以，無可奉告，就這樣囉！」

「怎麼聽起來這麼悲慘？我以為妳這個年紀應該無憂無慮才對

啊？」他第一次很專注地看著她。

「唉—」，「別歎氣！如果妳哥也對妳那麼嚴厲，邱哥哥帶妳出去玩，好不好？再怎麼說，妳現在也才剛考完，輕鬆一下是應該的。再衝刺，只要有完整的讀書計劃，考前三個月就夠了，別一天到晚悶在家裡，嗯？」

「好啊！去哪玩？」

「請妳！去看電影，打保齡球？」

「OK！等我！我去換衣服，十分鐘就好—」

人的心，不知道是什麼做的？可以極堅強，可以極脆弱；可以極清明，可以極糊塗……什麼失戀、傷心、落榜，所有的感覺，在短短一星期之內，都被笑鬧、玩樂、被瞭解、被疼愛所掩埋。

兩人正從「國賓戲院」看完早場，手牽手散場出來……

「小妹，我們認識這麼多年了，妳好像從來沒到過我們家啊？」

「對啊！我去過熊哥哥家、李哥哥家、平哥哥家…就是沒機會去你們家。」偏著腦袋露出極調皮的表情。

「那我現在帶妳去—」

「快吃中飯了，會不會不方便？」

「有什麼不方便的？今天剛好我三個姊姊都在家，可以介紹給妳認識，如果妳運氣好，還會吃到我二姊燒的菜哪！」

離開吳興街快八年，這是第一次舊地重遊，建築物都變了樣子，街道也變寬了，街角的雜貨店和麵包店也不見了，倒是「台北醫學院」對面的燒餅油條店還開在那裡！往事，歷歷如昨…

咪咪尾隨邱哥哥進入客廳，只見一個上身打赤膊，下身著四角內褲的男生，正躺在沙發上看報紙……

「欸—我帶朋友回來，還不快進去穿件衣服？」

唰……一聲，報紙放下，坐直身子，四目交接的一剎那，好像有人拿棒球棒轟了咪咪的頭，耳朵裡還有嗡嗡的叫聲！

（邱達昌！他怎麼會在這裡？邱達同……我眞是白癡……他們竟然是兄弟！我怎麼會完全沒想到？他看我的眼神，一副恨不得殺了我的樣子…他…一定以爲我是他哥的女朋友，所以才不甩他…很好！就讓他這麼以爲好了。）

「咪咪！發什麼呆？坐啊！」

「喔一好！他是你弟弟嗎？我怎麼從來……不曉得你有個弟弟！」

「哈哈一妳不曉得的事還多著呢！我這個寶貝弟弟呀，唸中國海專，非常的多才多藝，樣樣出類拔萃，以後一定是國家的棟樑！」

邱達昌像是兩手抓著報紙的雕塑品，絲毫不放鬆地瞪著咪咪，一言不發，不知道他這會兒心裡是打翻了醬油瓶還是醋罈子？

「達昌一見到漂亮小姐怎麼這麼沒禮貌？她叫張珊珊，是立民哥的妹妹。咪咪，他是達昌。」

「嗨！你好。」咪咪決定不去拆穿。

「失陪！」邱達昌突然起身，走進臥室，碰！……關上房門。

「對不起啊！我這個弟弟很有個性的，今天不曉得是哪根筋拐到了，別理他！」

自然，邱達昌沒有加入他們的午餐聚會，他換上T恤牛仔褲，抓起茶几上的一包煙，招呼也沒一聲，就匆匆出門了！

「咪咪來一到我房裡來看邱哥哥在部隊裡的照片。」

「哇！你穿軍服眞的好帥啊！你一定有很多女朋友，對不對？怎麼有空天天陪我出去玩呢？」

「……我是交過不少女朋友，不過就因爲不能常陪她們，所以都很快就分手了！我爸很早就過逝了，這個家一直是靠我大姊在撐著，我也很希望能早點結婚，生孩子，但是我的經濟狀況又不好，所以…唉一跟妳說這些幹嘛？妳不會懂的！」達同摸著咪咪的頭。

「誰說我不懂？你希望可以扛下照顧這個家的責任，因爲你是長子，也好讓大姊去追求自己的幸福，你如果結婚，也好多個人照顧邱媽媽，達昌是家裡的老么，現在又還沒畢業，你的軍職雖說是鐵飯碗，但是吃不飽餓不死，要養活這一大家子還成問題……你瞪我幹嘛？我說的不對嗎？」

「妳眞是太讓我驚訝了！這個小腦袋裡裝的是什麼？我都還完全猜不透妳，妳怎麼可以……可以這麼瞭解？妳向來都是觀察如此細微的嗎？」

「……」咪咪不好意思的低下頭去，一隻手不自覺的在摺弄著相簿的一角…氣氛僵持了幾秒鐘，達同托起了咪咪的下巴，不給她時間考慮就立刻吻了下去—

咪咪早就料到會有事情發生，可沒想到會這麼順利：（邱哥哥，偷偷喜歡了這麼多年的邱哥哥，你也有上勾的一天！可被我等到了！長大眞好……）

大腿上的相簿早已悄悄滑落在地上。咪咪一手環著他的頸，一手輕輕撫著他的頰，細細的品味著，一面貪婪呼吸他古龍水甜甜、醉人的香味，直到他驚訝地推開她，有點兒喘：「妳！怎麼這麼會吻？誰教妳的？」

「我，哼！有個好老師！說來你也認識！不過，我想你還是別知道的好。」又是一個深又久的熱吻，算是賄賂吧！

「他好還是我好？」

「嗯，當然是你好！他…讓我心碎。你…讓我快樂。」

「小鬼！你已經燃起了我的好奇心，快告訴我是誰？就是那個剛分手的男朋友？我怎麼會認識？快告訴我…」

「呵呵呵—別鬧啦！我說！我說！」達同在哈她的癢。

「給你三次機會，猜中有獎。」

「哦？來點提示吧！」，「嗯—他跟你同年，也是哥哥的好朋友，已經有老婆了—」

「難道一是平……」咪咪立即送上自己的雙唇，恣意的吸吮著，她眞的不想再聽到這個另人傷心的名字了，好久好久才放開了他。

「這就是獎勵？不可否認，他把妳教的眞好！你們……」

「如果你眞的心疼我，憐惜我，就不要再逼我去想他。我現在只想問你，你對我是認眞的還是玩玩而已？」

「我表面上看起來也許像是花花公子，但我也有容易受傷的一面，要『玩』，我手邊有一大堆可以陪我玩的人，我不必去招惹妳這種純情派。老實說，那天在妳家，一眼見到妳，我就知道我完蛋了，這樣是不是也解釋了我爲什麼願意天天陪妳的問題？」

「邱哥哥！」，「叫我達同一」

「達同，謝謝你把我從苦難邊緣救了回來！否則我眞不知道還要自怨自哀多久！跟你在一起，我眞的很開心，你知道嗎？我想要得到你的青睞，不知道想了多久！現在你終於注意到我了……」

他把她輕輕放倒在床上，像捧著個瓷娃娃般地小心，親著她的額角，眉梢，眼睛，鼻尖

碰——房門突然被撞開！

「你們……對不起！我拿個東西就走一」達昌衝了進來，走時，不忘丟下一個惡狠狠的眼神。

「對不起！有沒有嚇到妳？我弟弟從來不會這麼冒失的，他今天眞的很奇怪…」

「我想是因爲我吧…」

達同一臉困惑。於是咪咪將如何被騙去永康街參加舞會，又如何拒絕達昌的追求，一五一十的說了一遍。

「哈哈哈！我們兄弟眞是有志一同啊！看樣子，妳恐怕遲早是要做我們邱家的媳婦啦！」

「去你的一」

咪咪每天一早，總是不到七點鐘就急忙出門，說是去「行天宮圖書館」看書。說去得早才能佔到好位子。然後飆計程車到吳興街，直奔達同臥室，一窩就窩到下午五點才不甘不願的回家，完全無視達昌的存在。

達昌也不知道從何時開始都睡在客廳沙發上，只要咪咪出現，他就出門—好像是刻意在迴避什麼。

兩個月的相處，眞是既開心又甜蜜。達同由於大咪咪八歲，又是情場老將，自是把這個溫柔多情的小姑娘照顧的無微不至，咪咪也全心全意的深深愛上了這個超級大帥哥，每天幻想著當新娘子的藍圖……什麼醫生、軍人不嫁的話還言猶在耳呢！早被她拋到西班牙去了。

「小甜甜，再過兩天我就要回部隊去了，我會要求上級再讓我出最後一次任務，然後我就不飛了。」他牽起她的手，送到唇邊親了又親。

「爲什麼？你不是很愛開飛機的嗎？爲什麼要放棄了？」她愛憐的看著他。

「唉，妳不知道，我們每次的任務都多少是有危險性的，我…不想再過這麼刺激的日子了。」

雙方都一陣沉默……

達同伸手打開了書桌的抽屜，翻出一張他穿軍服的黑白半身照，迷人的酒窩，似笑非笑的眼神……

「來，我還有兩個多月就要退役了，我不在的這段時間，妳要乖乖唸書，好好照顧自己，想我的時候，就看看照片，心裡唸我的名字，我會知道的，還有，這是我們『灰狼中隊』的隊章，它代表我過去的輝煌戰績和堅強、勇敢，我要妳永遠保有它…」

「你…爲什麼要說這些？」咪咪忽然有點不祥的預感，他好像在交代…

「本來，每次出任務，都是無牽無掛的，反正媽媽有姊姊們照顧，可是這次…唉—我還沒離開就已經開始想妳了，怎麼辦？我上輩子一定虧欠妳很多…」

「不要再說了—」她趕緊用手輕掩他的嘴，「你別胡思亂想了，專心把你該做的事做好，該服的役服完，趕快回到我身邊，別讓我爲你一天到晚牽腸掛肚、提心吊膽，那樣我會老的很快的！」

「甜甜—我實在愛妳！爲什麼到現在才發現妳的存在？」他又抓住她的手猛親。

「因爲……當我還是小胖妹的時候，就試著脫光衣服勾引你，結果沒有成功，而你也是一臉對我興趣缺缺的樣子，使得我們從此失之交臂囉！」

他先是一愣，繼而，想起什麼似的大笑了起來……

*　　　*　　　*

「喂，咪咪啊！我藍貓—妳最近好嗎？」

「嗯，還不就這樣，心裡很煩，根本沒辦法看書。」

「妳想不想去白沙灣玩？」，「白沙灣！好遠耶！怎麼去啊？」

「坐公路局啊！火車站好像有直達的專車可以到喔！」

「那！就我們兩個？」

「對啊！我跟妳說，那裡有個鄉村俱樂部，裡面有游泳池、健身房、餐廳、套房！應有盡有，我爸是那邊的會員，我進去只要簽個名，用他們的設備都是免費的，只有吃飯自己付，怎麼樣？」

「嗯？好啊！妳準備去住幾天？」

「什麼住幾天？我們傍晚得趕回來，否則不被我媽劈了才怪！」

「好吧！那我們什麼時候去？」

「明天早上八點，我在妳家樓下等妳，OK？如果妳想游泳，記得帶游泳衣和防曬油啊！」，「OK！」

「我一直不敢約妳，想等妳考完了再找妳出來玩，我們快一年沒見了，這一路上妳都不開口，難道妳都沒話跟我說嗎？」

「應該說，我有太多話想說，不知道該從何說起！」

「那妳就隨便說呀！我看得出來妳有心事—」

於是，從再次和平宏相遇到他結婚，她落榜，又遇上達同、達昌！她叨叨絮絮地講了一個鐘頭！

「然後，他就回部隊去了，我好像突然失去了生活重心，每天醒來就想要見他！我自己也沒想到會這麼快愛上他！」

「哎唷！我看妳是談戀愛談瘋了！妳一天沒有男人會死啊？難怪妳這麼久沒消沒息！早把我這個朋友忘了，對不對？快去換衣服！我熱死了！今天是帶妳來散心的，別盡想那些有的沒的，先玩個爽再說，OK？」

藍貓說罷，噗通……一聲就跳到水裡去了！

咪咪獨自坐在游泳池畔，迎著海風，緩緩將視線飄向遠處的海天一線之間：（達同，你好嗎？已經過了十九天沒有你的日子……你想我嗎？我好想你，想的心痛，達同—你聽到我在叫你嗎？）淚水就在閉上眼睛的同時，順勢滑落。

「喂，您好！請問張立民在嗎？」

「他！他在台南當兵，請問誰找他？」

「我是他朋友，妳是—」，「我是他妹妹，你貴姓？」

「沒關係—請妳轉告他一個不幸的消息：我們的一個好朋友邱達同，剛剛證實在出任務的時候飛機失事，很遺憾的是連飛機殘骸、屍體都無法找到……」

「什麼？那……那怎麼能証明他……出事？會不會只是……失蹤了？」咪咪靠在牆邊，極力使自己鎮定。

「事實上，他已經失蹤十天了，軍方今天才正式宣佈他死亡。還有很多細節，我也沒有問的很清楚，總之，就麻煩妳跟妳哥說一聲，請他回來跟我聯絡。我的電話是…」

這個人後面說了些什麼，她完全沒聽見，也不想聽了。只是失魂落魄又強自鎮靜的晃進了自己的天地。

關上房門，呆呆的坐在床邊，腦中一遍又一遍的重覆著那個人的話「飛機失事…飛機失事…出任務…出最後一次任務…屍體…找不到屍體…」一句再見都沒有，就一走了之。照片中的他，英姿煥發。她的手指，一遍又一遍劃過他的臉龐，就像每一次他用手撫過她的髮梢般滿是愛憐，而這個故事，在最幸福的一刻，結束了……他永遠在她內心深處。

好久好久……

眼淚從一滴一滴，變成一串一串，繼而氾濫成災，這一晚，她沒有吃飯，沒有闔眼。

早晨六點多，她就直奔邱家：（他們…應該知道了吧！）

大門仍如常虛掩著，不同的是，裡面不再有人等著見她。客廳靜悄悄，暗暗的。她躡手躡腳來到熟悉的房門口，輕輕敲了兩下……

「請進—」，（啊！是達同的聲音！他沒有…），有一秒鐘，她以為，她真的以為，這只是一個惡劣的玩笑。高興的開門進去……

達昌依舊赤裸著上半身，雙手抱膝，縮捲在床角，目光銳利地瞪著她……

「妳來幹嘛？這裡沒有人歡迎妳。」房裡瀰漫著達同古龍水的味道，她看到書桌上相框裡的軍校畢業照，就再也忍不住，趴在桌上徹底崩潰了！

她哭了好一陣子，幾乎有些呼吸困難突然覺得有人在輕拍著她，抬起頭來，一張面紙遞到眼前。

「謝謝—」，「其實…我等妳兩天了。我想，我們該好好談一談。」他像一頭受傷的豹，又捲回牆角去舐著淌血的傷口。

咪咪迷濛、困惑的望著達昌，拼命讓自己的情緒平穩。

「我哥……相當優秀，不可能會出事的，如果眞出狀況，一定是因爲妳，讓他沒辦法專心…」。

她聽了著實嚇了一跳：（達同是這麼說過…）

「妳爲什麼要纏著我哥不放？追妳的人那麼多，妳爲什麼偏要來惹他？」

「不是！我—沒有！」

「妳難道不知道這是他最後一次出任務，他就要退役回來結婚了嗎？」

「他有說這是最後一次出任務，但是他沒跟我提…準備結婚…」她聽了心裡還是很安慰的。

「他當然不會跟妳提關於那個一年多前就已經訂了婚的未婚妻！」

「……」還好她有一顆身經百戰的心臟。

「怎麼樣？明白了嗎？他和未婚妻的婚期一延再延，就是爲了妳。他這次回來兩個月請的是婚假，結果呢？妳一再攪局，否則我現在已經有嫂子了，還說不定連姪子都有了！現在被妳害的連我哥的命都賠上，妳知道他們這種飛官，出任務非常危險，必須心無旁騖，否則……」

「夠了！」，「否則一點點閃失，小命就沒了……」，「夠了—」她失控的大叫。

再堅強的人，這時刻都會受不了的。她的心，早已是千瘡百孔，無地自容了。

她再度掩面哭泣著，他似乎覺得唯有這樣做，才能略消心頭之恨。一會兒，她覺得再待下去只會自取其辱，就站起來往外走，什麼也不想再多說了。

「等一下！我哥有東西要交給妳—」

她不敢相信的回過頭去：（難道他早就料到自己會出事？）

「就在最下面那個抽屜。自己拿—」他只是抬了抬下巴，連親自拿給她也不屑。

拉開抽屜映入眼簾的是一個白色的紙盒，抽掉紙盒是一個咖啡色鑲了金邊的硬盒子。有些費力的打開盒蓋，一張小紙片飄落在地。

是一對金筆！

親愛的小甜甜：恭喜妳金榜提名！

最愛妳的達同

（原來，這是他準備等我考完以後才要送我的，他對我那麼有信心？）淚水又再一次模糊了視線。她背對著達昌，強忍淚水的移步—

「等等—抽屜裡還有些東西！應該也全部交給妳。」

咪咪回過頭去看著那半開的抽屜，不忍心隨意翻亂了它，卻一眼就注意到一札綁著大紅絲帶的信籤！

解開絲帶，信封、信紙、小卡片散落一桌子。她任意抽了其中一封起來看……

（這是達同的筆跡，沒錯！是……寫給我的？他爲什麼不直接拿給我或寄出呢？這麼多！差不多一天一封？）

在一起的時光總覺得短暫，每次分手，看著妳跳上計程車的身影，我常有莫名的衝動，想喚住妳，想要妳回來，伸手給我，讓我長久的握著。

有時候，想裝做毫不在乎妳，但我眞的做不到，有時也想，我眞不敢相信，妳在的時候，我會變得如此重要，好像我並不是爲自己而活，是爲了要陪伴妳才活。

常常，我的某個念頭才剛在心中亮起，妳已經脫口而出；常常，我心裡有個微弱的小火苗，被妳逐漸逐漸地喚醒；常常，妳不在的時候，我知道我在妳心中，而當我們在一起的時候，妳總會毫不做作的開懷陪伴我。

甜甜，睡了嗎？眞的好想妳！ 同

坐下來，抽出另外一封信箋：

我曾經活過許多孤傲的日子，曾經望斷過許多絕望的黑夜，曾經在歡笑的人群裡感覺澈心澈骨的寂寞，而今認識妳，塡滿了我的一切空白，妳使我想哭。天哪！多少痛苦我經歷了，爲何現在又突然對生活如此渴望？

當妳湊近我，端視我，我也能感覺妳，接觸妳，我願意一生照映妳俯視我的每一秒鐘，當妳日日夜夜以心守候我，妳知道我也會生生世世以心回報妳。

摯愛，此刻我用盡所有的力量呼喚妳，希望一天能比一天多愛妳一點。 同

成串的淚珠，已將信紙浸的得斑駁—

妳對我是重要的，妳是我生平第一個愛上的女孩。

短短的相聚，我擁有了所有的甜蜜與悲悽。有些事，不知道該怎麼對妳說。如果有一天，我必須離開妳，不要恨我，不要恨我，該來的總是要來，不如鼓起勇氣接受事實。有一天，妳也會有屬於自己的一泓池水，而彼此交會的剎那已在心底化爲永恆。

永遠永遠珍愛妳的同

擦乾眼淚，重重甩幾下頭：「這些！我都可以拿走？」

「拿去吧！除了妳，它對誰都沒有意義了……還有……最底下有一本藍色的日記，請妳翻開我摺角的那一頁，然後……告訴我妳的決定…」口氣已溫和了許多。

（想必他已然將哥哥所有的遺物都整理過，他就不應該再對我有那麼深的誤解，甚至還看了他的日記…）

深藍的絨布封面，燙著「懷念」兩個刺眼的金字。翻動時有股沉積在木抽屜已久的氣味—

(弟，如果你會看到這篇文章，表示我將不會再回來，你將成爲家中唯一的男人，不用我說你自然會扛起照顧的責任。很多方面，你都比哥優秀，不要妄自菲薄。

對你只有兩個要求：

一、媽媽已經失去了爸和我，別再讓她失去你。千萬不要步我的後塵。

二、好像有第六感，來日無多，所以一直拖延婚期，不想毀了你梁姊一輩子，卻又得上蒼眷顧，能在人生的盡頭得到眞愛。咪咪是個難得的好女孩，溫柔甜美、善體人意，能被她所愛是我一生的驕傲。

我知道咱們兄弟對美好的事物總是品味雷同，也曾開玩笑說過，她遲早會是我們邱家的媳婦。今天哥讓位了，好好照顧她，同心協力走向未來，我將會感到非常欣慰和充實。

要堅強、勇敢，好好活下去。

永遠愛你的哥

P.S.哈哈！你終於可以獨自佔用這間臥室了！

咪咪來來回回的看了六、七遍，無法相信達同的料事如神：(難道他是自殺的？不可能！我這麼愛他，他怎麼忍心？你好─你以爲做了妥善的安排，把我送給你弟弟！還叫我不要恨你……你…簡直是莫名其妙！)，碰－－闔上日記本。

「怎麼樣？」達昌終於下床來，雙手抱胸的站在她面前。

「我…我想…我們都需要一段時間去平復心情。以後的事，以後再說吧！謝謝你，我該回去了，改天…再來看邱媽媽。」

一腳跨出紅色的大門，情不自禁地回眸看最後一眼，她知道這扇門將不會再爲她而虛掩。手中抱的信札，掉落一張淺綠色的卡片：

雖是殘碎、短暫的情感，卻在生命畫册上成爲永不褪色的色彩。回憶裡，她將會欣然記得，曾有位心愛的朋友，陪她走過一段人生旅途。

假如你喜歡一朵花，她長在星星上，那麼晚上去仰望天空就覺得甜蜜了。美的事物，不一定需要擁有，更重要的是那看不見的。

雖然我還是轉身瀟灑地離妳而去，卻是我最痛苦的選擇—

我把雙眼帶到看不見妳的孤獨區域，卻把深情留給了妳……

（什麼…什麼意思？他是愛我的，但是他從來就不準備要跟我定下來？只是為了「陪我一段」？他早就決定了要離開我？）

又是一整晚不能闔眼，整個腦袋脹痛欲裂。

床頭放著他的信，每封都編上了號碼，註明日期，整齊有序的排列著。如果他還在，讀到這麼多情書自是欣喜若狂，而今是看一封哭一回，心口有無比的痛楚。

今年的冬天，特別冷！

* * *

轉眼間，混混噩噩地過了足不出戶的半年，咪咪變得異常消瘦。

「妹—妳書K的怎麼樣了？有沒有問題？還有五個半月就要聯考啦！」立民部隊也在放年假。

「我也不知道，反正就是一本接一本的背，至於記住了多少，我完全沒個數—」

「那怎麼可以！妳得做好溫書進度啊！不然，剩下幾個月到補習班去唸，有什麼考前大猜題或是考古題之類的，絕對比妳自己亂K一通來的有效。」

「沒興趣！不過就是浪費錢。你不知道補習班都很亂的嗎？」

「管妳有沒有興趣！我去跟爹地說，過兩天就帶妳去報名。」

就這麼半推半就的來到了永遠人山人海的南陽街—又稱補習街。另人眼花撩亂的招牌，和磨肩擦踵的行人已經使咪咪非常反感。

上課的教室在這棟建築物的四樓，每層樓有一間可以容納近百人的大教室，而只有二樓的樓梯口有一間衛生程度很恐怖的廁所。才來第一天，她就已經決定：（既然學費不能退，那麼我就只好想辦法來混。你們都這麼不愛我，非要把我送到這種鬼地方來受罪，我只好自己找樂子了。）

隔沒幾天的一個傍晚，下課回到家，發現信箱裡有自己的信，趕緊從洞口掏了出來……

（咦一這不是小三的筆跡嗎？）

各位還記得咪咪小學六年級時的愛慕者一蛋頭小三吧！他的恆心和毅力可眞不是蓋的。這麼多年了，每年的生日和聖誕節，絕對都會收到他精心製作的賀卡。唸美工的就是不太一樣，七年多來從不間斷！然而自從雙方初中畢業之後，就再也沒有機會見面，大家都長大了。

（現在是二月，既不是我生日又不是 X'mas ，怎麼會寄卡片來？）她有點感到情況的不尋常，急忙抽出卡片一

咪：這是一張早到的生日卡，因爲五月初，我就要到土耳其去唸書了，不知道何日會再相逢。妳是我多年來唯一的紅粉知己，請爲我多保重，並祝妳生日快樂，青春美麗一

小三　敬上

咪咪感到悵然若失，（他怎麼可以就這樣三言兩語就把我打發了？爲什麼？爲什麼我身邊的每個人都會莫名其妙的離開我？土耳其？那是什麼鳥不生蛋的地方！他去那裡幹嘛？我得問問他有沒有取消的可能，就算他眞的非去不可，我也得送他個什麼值得紀念的禮物啊！先約他出來見個面再說吧！）

於是第二天放學，咪咪準時的衝下樓梯，一眼就注意到櫃檯旁坐著一個戴眼鏡的男生正在聚精會神的看報紙……

（不會吧！這實在不像是他啊！可是…又好像是…我去試試…），「喂！請問——你是——」

「啊？小咪？」印象中的矮冬瓜突然站了起來。

「天哪！不會吧！你…你…怎麼這麼高啊？我眞是不敢相信！你變了好多呀！你現在走在路上我一定不敢認你的。」

「喔—是嗎？妳以爲我還是小學生的身材？我現在有一八○囉！妳也變了！比以前還漂亮，頭髮也長了。可是，好像瘦了很多？」

兩個渾然忘我的老同學在那大驚小怪的打招呼，早就引起幾個櫃檯小姐的側目。咪咪瞄了她們一眼，就拉著小三，壓低嗓門說：「欸—這裡人多口雜，咱們換個地方聊—」

逛了一大圈，兩個人終於在「新公園」裡選定一個比較幽靜的樹下，坐了下來，

「你爲什麼要去那麼古怪的地方唸書？不能改嗎？」

「妳知道我家世代都是信回教的，我祖父是回協的理事長，他們每年都會和回教國家辦交換學生的活動，我們派一個去，他們派一個來學習教義，這是非常難得的機會。我爸爲了不讓我去當兵，和祖父商量了很久才決定的，我也無權發言，反正現在天天猛K土文，唸得我一個頭兩個大……」

「那…你要去多久？我的意思是…你還回不回來？」

「說老實話，我也不曉得，我心裡滿害怕的，要去一個人生地不熟的地方，連語言溝通都有問題，生活方式又完全不同……我眞的不知道我能熬多久，說不定待個半年就精神分裂被送回來了呢！」

「你眞是的！應該不會那麼慘吧！那…你還會寫信給我嗎？」

「當然會—妳……我不會忘的，一定會…」

咪咪被他盯的有些尷尬，低下頭去玩自己的手指。

「咪—妳願不願意告訴我，這兩年妳過得好不好？」，「……」

好一陣沉默。她終於緩緩道出了心中那兩段沒人能懂的傷痛，小三遞了條手帕過去，右手輕輕地攬住她的肩，讓她靠在他厚實的肩上哭個夠。

「對…對不起！我…不該跟你說這些的，我們難得見面……我…」

「別這麼說—難怪妳這麼瘦！妳一個人承受太多的苦卻沒有人能爲妳分擔…妳讓我看的好心疼啊！這樣吧！從現在起到我上飛機還有三個月的時間，我要盡一切力量讓妳快樂，看到妳胖起來，我才要走—好朋友是幹什麼的！」

「哦？你準備怎麼做？」咪咪有點啼笑皆非。

「讓我回去好好想一想，總有辦法的吧！」

天色漸暗，咪咪看看錶：「嘿，我該回家了！」

「走！我送妳—明天下課我來接妳，帶妳去吃蛋糕—」

儘管咪咪早已成爲「補習街之花」，每天有收不完的紙條和一大群等在樓梯口只爲見她一面的人，她都視若無睹，只能眼睜睜的看著她被個又高又挺拔的斯文小子接走，無能爲力。

眞是男大十八變！咪咪多麼慶幸自己當初有刻意維繫這份怪怪的情誼，她怎樣也不會預料到當年那個有點弱智的矮冬瓜，長大後竟然是白馬王子型的人，才見他一面就已經被他散發出來的氣息迷的有點頭暈！

（這回可千萬別再沒頭沒腦的愛上人家，否則又是悲劇收場，他遲早要走，別再給自己找麻煩了。）叮嚀歸叮嚀，只要一見到小三，她總是緊緊挽著他，吱吱喳喳說個不停。兩人毫無介蒂、兩小無猜的感情，進展神速。沒多久，新公園裡的樹，幾乎每一株都被刻上了雞心符號，裡面寫著「三 LOVE 咪」

愛，原來可以像蜥蜴的尾巴一樣，會再生的，隨著達同的死而一起埋葬的心，又再度跳動了！

就這樣，她重新感受到他的細心關懷，被全然溫柔的情網圍繞。這時，她才認清這輩子最重要、最知心的人，竟是當初那個覺得他遲鈍、不懂浪漫的人，卻又慶幸能拾回情感，打算和他共度平凡的下半生。

小三除了有藝術天分，還是個酷愛熱門音樂的打鼓高手，和一群家境不錯的同好自組樂團，時常在中山北路的「聯勤俱樂部」娛人自娛。

憑咪咪的舞技，加上和小三的默契，只要有他們出現的晚上，必定人潮洶湧，掌聲雷動，不論台上台下，她都如魚得水。也許，這才真正是她該駐足的舞台，當下發了個誓……

（既使小三離開了，我也絕不能讓他們的樂團解散，還得想辦法把它發揚光大！）

三個月，轉眼就到。咪咪不只一次捫心自問，（倒底愛他嗎？）竟是沒有答案！她喜歡沉浸在被追求的甜蜜裡，卻不能接受別人離她而去。只知道要盡一切力量留住他，求他不要走，他也完全不想走，和祖父交涉再交涉，終於答應延後一個月出發，寥勝於無。

這段期間，徐小三的爸媽已見過咪咪多次，雖然雙方父母是舊識，卻從未想過孩子們會走的這麼近，徐媽媽更是將這個未來的準媳婦當自己女兒般的寵愛，於是安排了一個計劃……

「咪，我就快走了，這個禮拜天中午，我準備在『鼎富樓』請我所有的朋友吃個飯，妳也來好不好？」

「好啊！只要我爸讓我出門—」

「妳就說是跟我吃飯，他們應該不會不准吧！」

想想可能有很多人，咪咪刻意打扮了一下，塗了點口紅，戴了付誇張的大耳環去赴宴。朋友來了兩大桌，包了一間貴賓廳。

菜過三巡，小三忽然站起來拍手對大家宣布—

「各位親愛的鄉親父老、兄弟姊妹們，請聽小弟說幾句話：非常感謝大家今天來參加這個聚會，各位都知道我就快要去西方取經了，這一去也不知道何年何月才能再回來，所以今天利用這個機會將小弟的終身大事也辦一辦。各位有沒有什麼意見啊？」

才將一筷子鱔糊送到嘴邊，咪咪立刻僵在那兒，不敢相信自己的耳朵。

「好—好—來辦！來辦！」一陣吵雜的喧嘩聲。

小三不說分明的拉起了咪咪，就從襯衫口袋裡拿出事先由媽媽替他準備好的一對訂婚金戒子……

「那麼，各位都是我的見證—皇天在上，后土在下，我徐小三願意取張珊珊爲妻，永遠愛她、疼惜她、照顧她。」抓起她的纖纖手指，就套了下去。

咪咪窘迫地不知所措。放眼望去，每個人都興趣盎然，瞪大了眼睛等著下一幕好戲……

（這時候，如果我說不，不是就太不給他面子了嗎？好歹也等私下沒人的時候再來反悔也不遲吧！）念頭一轉，咪咪的臉上也立刻露出笑容，抓起另一枚戒指套在小三的手上。

「禮成！親新娘—親新娘—親新娘—」狐群狗黨開始瞎起鬨！

「哈哈—咪—我眞是太高興了！妳不會知道我盼這一刻盼了多久？」

她只是尷尬的牽動一下嘴角，心裡總覺得就這麼糊里糊塗被訂走，實在越想越不甘心。

一進門，眼尖的偉傑立刻發現女兒手上多了一個金光閃亮的東西！

「妳手上那是什麼？哪裡來的？」暴風雨前的寧靜—

「喔，這是徐媽媽送我的紀念品。沒什麼—」

「什麼叫沒什麼？妳這個明明是訂婚戒指！小三手上也有一個一樣的，對吧！他們也太過分了，這麼大的事情，事前連招呼也不打一個，簡直沒把我們放在眼睛裡！妳到好！翅膀硬了，想飛了！說嫁就嫁，都不用徵求父母同意了嗎？妳才幾歲？」

「事情不是你們想的那樣，當時的狀況實在是…我也不曉得會這樣啊！我只是暫時…」

「把他們家電話給我—」，「……」

「妳聾了嗎？把他們家電話給我—」偉傑難得這樣大吼。

咪咪受盡委屈地衝進臥室將門用力摔上。實在不能理解爸爸爲什麼要爲這種小事生這麼大的氣？她甚至隱約聽到客廳傳來：「退還……沒把我放在眼睛裡…過分…不用再來往……免談…」一件開開心心的喜事，就這麼鬧到兩家人絕交收場。

她雖然完全不知道未來的路該怎麼走下去，也懶得多想，畢竟她還是孝順的乖女兒，既矛盾又不甘心的將戒指退還給徐媽媽，請她代爲保管，（是我的絕對跑不掉，不是嗎？）

一個大雨的午後，咪咪翹課來到了小三家—

「明天幾點的飛機？我想…我就不送你了。」

「沒關係！我們全家人都會去機場，到時候，可能也沒辦法單獨跟妳說什麼話…」

「這也是爲什麼我專程跑來一趟。我…你說過『伊斯坦堡』的冬天很冷，這是我趕夜工偷偷替你織的圍巾，上面還有繡你的英文名字縮寫……你如果想我…」

「咪—I LOVE YOU！妳一定要乖乖等我回來，我唸完四年大學一定馬上回來取妳。世界上沒有任何力量可以阻止我，我會聽妳話好好照顧自己，妳也一樣…」

兩人吻了又吻，哭了又哭，山盟海誓了一大堆，終須一別……

空了！坐上回程的公路局，看著玻璃窗上斜斜的水紋，她的腦子、心裡、身體裡…全被掏空了。

黑板右上角有個黃色粉筆寫的「24」。

（還有倒數24天，就整整一年沒有見到平宏，他…不曉得離婚了沒？）咪咪無精打采的一手支著腦袋，一手轉著原子筆，台前講師透過麥克風的噪音似乎並不能灌進她的耳裡。 忽然，從右後方飛過來一個紙彈！

張珊珊，怎麼好幾天沒見那個高高帥帥的男生來接妳下課？散了？別傷心，這節下課，我帶妳去認識一個人，妳不會後悔的。
劉愛華

她回過頭去瞄了一眼這個從未來往卻堆滿一臉笑意的同學，意興闌珊的搖搖頭，她實在沒興趣和這些「小孩子」玩遊戲。

鈴——下課鐘響了。咪咪站起來準備下二樓去上廁所……

「欸—張珊珊，怎麼樣？快跟我走吧！」劉愛華伸出胖胖的手不太客氣的過來強拉咪咪的臂膀，令她有點反感。

「謝謝妳的好意—我沒興趣—還有，我沒跟男朋友散，他只是出國唸書了。」

「哎唷！那還不是一樣？像妳這樣的大美女，怎麼可以一天身邊沒有像樣的護花使者？妳不知道嗎？沒人疼沒人愛的花朵，是馬上就會枯萎掉的……我啊早就想替妳牽紅線了，就是看看那個傢伙有多大能耐—不過…兩三個月吧！不行的啦！去看一看又不會少妳一塊肉，眞的—妳不見他會後悔的喔！」

咪咪實在被她這個高八度的嗓門吵得受不了，心想如果不稱了她的意，接下去永無寧日—

「好吧！好吧！我實在講不過妳。先說好，我只答應妳去見他，並不表示我願意跟他做朋友喔！」

在崎嶇的小巷中轉了兩次彎，終於來到一家有點髒亂、簡陋的冰果店。咪咪心裡既不緊張，又不興奮，只是來敷衍了事的，所以一臉冷酷的表情—

「噯！來來來，我來給你們介紹，他是我們隔壁補習班的班草—劉家駒。這就是我跟你提的大美女—張珊珊，怎麼樣？沒讓你失望吧！我就說我有辦法讓她出來吧—」

家駒和咪咪都不約而同的瞄向矮胖又三八的劉愛華，不知道該如何接腔！

「喔！對不起！請坐—妳要不要點個東西喝？」這個個子不高，五官端正、皮膚白淨的大男孩，穿著打扮都不像是在補習班混的料，搓著雙手很緊張的問。

「謝謝你，不用了！我…馬上要回去上課了。」咪咪看著錶說。

「沒關係！我可以跟班導說妳有事，請一節課的假。」劉愛華的表情，好像正在看連續劇，演到正精彩處叫她關電視一般的不甘願。

「劉同學—謝謝妳的好意！我前陣子因爲男朋友的事，已經請了很多假。班導再三通融沒一狀告到我家，我已經答應她從現在起，再也不請假了。我的事，以後希望妳不要太熱心！」說完看向男孩：「抱歉！我眞的得回去上課了！」站起來就頭也不回的消失在巷口。

「妳搞什麼？她已經有男朋友了妳不曉得嗎？」劉家駒不悅的說。

「我也是今天才知道。她男朋友出國唸書去啦！不是跟沒有一樣，你還是有機會的呀！你都不曉得你們兩個在一起有多登對啊！」

「我看算了—她是長的很正，可是這麼跩…我看很難……」

「別擔心！我可以當你的眼線，讓你掌握第一手資料和她所有的行蹤，這樣你就可以常常和她不期而遇啦！」

劉愛華的確沒有食言，因爲聰明的咪咪也很快就發現，下樓拿便當時會看到那個班草，呆呆的站在蒸箱旁邊；到便利商店買飲料也會遇見他在找東西；等公車回家也會看到他，後來甚至上課時回過頭去，都會看到他坐在最後一排！眞夠了！

一天下課，咪咪實在忍無可忍的走到劉家駒身邊，用不小的嗓音說：「我來這上課是準備要考大學的，我希望能獨來獨往，不被任何人騷擾。你一天到晚陰魂不散的跟蹤我，不覺得無聊嗎？而且這裡也不是你的教室，請你出去—」

「我…我…沒有跟蹤妳。我只是…剛巧碰上—」一臉無辜樣。

「是啊！還眞巧哩！」

「而且…這是我的教室。我…我轉班了。所以…我不出去。」

「什麼啊？！」咪咪氣的咬牙切齒，立刻找劉愛華問了個清楚—

「沒錯！他認識妳的第二天就轉到我們班上來上課了，這能怪誰？要怪就怪人家對妳一往情深囉！嘻嘻嘻！」

這下連鬼靈精的咪咪也沒輒了！只一心希望考試趕快結束，她就不必再來這無聊透頂的鬼地方了！

七月一號、二號，是日正當中進烤箱的日子。咪咪如常的手絹絞汗、胃抽筋、拉肚子…嚇的偉傑和美玉也不敢再多說一句，只要她不再出狀況，平安把試考完就謝天謝地了。

還來不及喘氣呢！四號又到了全美國放煙火替咪咪慶祝的生日。

一早就不斷有人按門鈴。花店的、蛋糕店的、快遞公司的…客廳很快就變成了小花園！

咪咪無精打采的開門，簽字，關門，臉上完全沒有驚訝及喜悅，這都不是她在等的。直到一束很嫩的粉橘色玫瑰花出現，她才明白，原來最在乎的人是那個驀然回首，站在燈火闌珊處的人。

咪—永遠愛妳！生日快樂！　　三

（好可愛的卡片啊！好漂亮的花！這是我最愛的顏色—）

儘管小三已離台一個月，他仍會適時的顯示關愛，讓人感動一下。

咪咪每每想起他，就提筆寫上幾句，湊滿三五頁就會寄出一封。小三可寂寞得多，平均每隔一天就會寄一封信來，寥解相思苦。這樣的情形大約持續了半年！

她爲了替小三達成開演唱會的心願，開始沒日沒夜的全心投入樂團的活動之中。

先是替這個沒名氣又群龍無首的團體取了個YSA的名字（黃色潛水艇協會）。爲了籌募基金，就請幾位復興美工畢業的伙伴，設計外國搖滾樂歌星的圖案，大家分工合作來絹印T恤，讓全台灣喜好熱門音樂的年青人郵購。

有了些基金之後，大家也嘗試性售票，在聯勤俱樂部辦了 Jam I，II，III，IV 等四場爆滿的演唱會。第五場也是最後的一場，則擴大在「煙酒公賣局」舉行，當天雖然是個風雨交加的颱風天，現場仍出現擠破門，打破玻璃窗等驚險鏡頭。眞是轟動武林、名噪一時，大賺了一票！

但是這群前途無量、志同道合的年青人卻不得不向命運低頭，到了該入伍的年紀，一個也跑不掉，全離開了YSA，令咪咪非常頭痛，無處可尋接班的人，只好滿心不捨的解散了。

然而在這無數次的討論、工作、排練中，阿狗、阿企和毛毛是三個對咪咪百依百順又呵護倍至的人。雖然大家都曉得她是小三哥的未婚妻，照顧她，不犯法吧！

幾個月相處下來，毛毛出線了！這也是爲什麼她寄去土耳其的信，越來越少了。

咪咪終於考上了「淡江大學國貿系」夜間部。

偉傑多年來嚴格規定：「沒有考上大學之前，絕對不准交男朋友。」這下好啦！一旦解禁，家裡的電話就像是「104服務中心」—不是有問必答，而是永遠佔線…

白天，她要忙合唱團的事，晚上得上課，同時還得抽空和毛毛吃飯、看電影、煲幾個小時的電話粥，眞是分身乏術，也從沒聽她喊累！

這個叫毛毛的男生又有什麼特殊的能耐？他個頭比咪咪還略矮一些，卻有著混血兒的五官，濃眉大眼高鼻樑，抽煙、喝酒、飆車、打麻將樣樣行，橫看豎看都知道這絕對是個壞胚子，但是在咪咪面前，他溫柔體貼，乖順的像隻小貓，最重要的是，他極具觀察能力，總能在咪咪一個眼神、一個皺眉之間完成她的意圖，點點滴滴地軟化了她的心牆。

另一方面，劉家駒不知道從哪裡打聽到咪咪的電話號碼……

「張珊珊，還記得我嗎？」

「當然—記得，你怎麼會有我的電話？」

「妳是名人！要打聽，一點也不難。」

「哦？……找我有事？」

「我從小就很內向，不太會說話，希望妳不要介意—」

「不會，你有話就直說。我脾氣是很直的，最討厭人家跟我拐彎抹角。」

「好，我！手上有個非常非常特別的玩具，全台灣只有一個，我想要請妳出來…我們一起玩，好不好？」

「什麼？玩具？幾歲的人了還玩玩具？」

「妳別笑！這眞的是很特別的東西！我跟妳保證妳一定會喜歡…」

「你實在是個很奇怪的人！」咪咪的好奇心有一點在做怪了。

「這麼特別的東西，我…只想要和妳分享…」

「唉—好吧！你說我們在哪裡見面？」

「嗯—下午兩點在補習班旁邊的『交通銀行』門口，好不好？」

「OK！下午見！」

跳下公車，咪咪就看見劉家駒有些點靦腆的對著她招手……

「嗨！好久不見！我還沒問你考上哪裡啊？」

「我…不好意思說！」，「沒考上沒關係，大不了明年再重來一次嘛—」

「我考上了…台大歷史系。」，「什麼啊！你…日間部還是夜間部？」

「日間部。」，「……你…眞人不露相啊！我沒想到你這麼會唸書。」

「這已經是我重考的第二次了，我如果再考不上台大，我爸會殺了我…」

「你的意思是前兩年你都有上榜，只是不是台大？」眞不可思議。

「沒錯！第一年政大，第二年輔大，我爸都不准我去唸。他自己也是台大畢業的，所以他情有獨鍾。」

「哼！我覺得你爸有神經病！拿自己兒子的時間開玩笑，他不知道一個大男人白白耗去兩年時間是多麼大的損失？」，「妳—」，「喔！對不起！我不該批評你爸爸的。反正，你也已經考上了！恭喜你呀！我們班上能夠出了你這麼優秀的同學，眞是感到光榮啊！」說罷在他肩頭拍了拍，好像前嫌盡釋。

「其實，應該謝謝妳，我就知道我如果能考上台大，一定會令妳刮目相看的！」咪咪覺得他把她想得這麼勢利，略爲不悅，決定不接下聯。

「上哪兒去？」他有些尷尬的不知所措，「先在銀行裡坐一下，吹吹冷氣吧！」於是兩個人在銀行的等候沙發椅上坐了下來。

「你倒底要給我玩什麼？」，「我先示範一遍給妳看一看好喔！」

聰明的咪咪的確看一遍就會了，也如男孩所說她一玩就喜歡，玩到愛不釋手，玩到銀行拉下鐵門，兩人被轟了出來，仍是不肯還他！

「這玩意兒到底叫什麼？有沒有名字？我長這麼大眞的從來沒見過！你…哪裡來的？」

「是我爸爸的朋友從國外帶來給我的。不曉得爲什麼，我看到的第一眼就認爲妳會感興趣？」

「嗯—沒錯！是很好玩—」她眞的愛不釋手，「那麼！送給妳！」

「這…一定很貴，不行！你自己留著玩，我不可以拿…」

「沒關係！我要，還可以請人家買，這個就先給妳玩，眞的！收下…」他握著她的手…

「我…」眼看盛情難卻，只好收下，「那麼，就算是先借我玩幾天好了，你隨時想玩，就打電話告訴我，我馬上還你，OK？」

這台超薄、超迷你的掌上型電動玩具，出現在二十年前可是非常非常稀奇的事喔！它從此成了咪咪的寵物，再也沒有離開過她的家，也拉近了她和家駒的距離。

＊　＊　＊

「國際貿易最重要的就是這個部分，要抄筆記的喀緊，這邊要擦掉了啊！」儘管教授在台上口沫橫飛，咪咪筆記抄的一字不漏，仍對教授滿口台語非常不爽：（已經跟他講過幾遍我聽不懂，他爲什麼就是不理我呢？大家繳一樣的學費，就讓我鴨子聽雷！全班就只有我得抄筆記，他在說什麼都還來不及消化就講完了…別說要混四年了，我看連四個月都混不下去囉！）

「嘿嘿！張同鞋，有沒有這個龍幸ㄝ賽哩鄧去？」叼著煙的血盆大口。

「什麼？不用，謝謝。」

夜間部的男生，幾乎都當過兵，白天都有固定工作，不是有機車就有轎車代步，上課時各個是睡龍，下課後各個成了色狼…全班三十一個學生，有二十九個男生，唯二穿裙子的姑娘，其中一位不知何原因才上了一星期課就轉班了。咪咪理所當然的成了眾星拱月的班花！有二十九個人考試想要 Pass ，還得靠她的 Spuper 筆記本呢！

偉傑對這樣的情形當然略知一二，於是不論多晚，都一定親自開車去校門口接咪咪。

學期進入第三個月，一個如常的夜，咪咪婉拒了幾個同學要送她的盛情，剛走出校門……

「哈囉—」她開心的向爸媽的車子招手，逃難般的跳上了車。

「怎麼樣？肚子餓不餓？我們帶妳去吃豆漿燒餅油條，好不好？」美玉難得興致好會跟出門。

「太棒了！我大概一個多鐘頭前，肚子就一直嘰哩咕嚕的出怪聲，兩邊的同學一直在瞄我，亂糗的！」

「今天課上的怎麼樣？教授講的聽得懂嗎？」偉傑只關心這個。

「唉—還不就這樣，他拼命講，我拼命抄，其他人拼命睡，眞是無聊透頂！我早就不想…」

嘰———碰———！！！

天有不測風雲，什麼事都會發生。

誰會料到好端端停在復興南路、仁愛路口等紅燈的一家三口，會被後面時速一百二十衝上來的黑色林肯撞得飛過了仁愛路？還好當時已近十二點，仁愛路上往來的車子不多，否則車子落地滑行一段以後，還不曉得會被多少煞車不及的車從側面撞擊！那就必死無疑了！

「喔，怎麼回事呀？咦？我怎麼會坐在爹地媽咪中間啊？」一陣昏天黑地，剛恢復神智的咪咪，正覺得奇怪，前一秒鐘還坐在後座講話，怎麼下一秒終就跑到前座來了？她拼命搖著爸媽的手：「嘿，你們要不要緊？可以動嗎？快開門下去看看—」

由於太大力的撞擊，整部車的後半截車體已完全被擠壓到前半部去了，前座車門根本無法打開！

一直保持鎮定的咪咪，決定用腳把已經碎裂的擋風玻璃踢掉，自己先爬了出去……

「喂—妳…還好吧！需不需要幫忙？」

「啊？你們是……」

這一男一女對看了一眼，女的開口說：「我們是ＸＸ補校的學生，剛才停在你們的車子旁邊，看到你們被撞…過來看看。妳還好嗎？要不要送醫院？」

咪咪看見他們腳邊有一輛倒在地上的摩托車，想必不是他們闖的禍，「我還好，幫忙一下，扶我爸媽出來好嗎？來—」

「你們在地上坐著，休息一下，暫時別亂動，說不定有骨折或內傷什麼的…我去打電話叫救護車……」男孩緊張的說。

「等一下！弟弟—」，偉傑立刻站了起來：「唉呀！看看我的車！是哪個瘋子給我撞成這樣？修都沒辦法修啦！美玉，妳還好吧！嘖嘖—我的脖子好像不能動了，一動就痛啊—」

「我也是—」美玉的頸子也拉傷了，

「嗚——」咪咪終於不能克制地哭了起來，

「寶貝—妳怎麼樣啦？哪裡痛？」美玉爬過去摟住她。

「我……我…好像全身都痛—連呼吸都痛！我會不會快要死掉啦？」

「老伯—我覺得你們還是去醫院檢查一下比較安全，撞得這麼厲害，一定有受傷的…」

「謝謝你們，現在已經很晚了。我們明天一早一定會去醫院的，是不是可以替我們叫部計程車？」

「老伯，如果我沒看錯的話，撞你們的那部林肯私家車，車牌是ＨＡ－7458。他撞到你們以後還加速右轉就跑掉了！眞是可惡啊！」

「弟弟、妹妹，非常謝謝你們幫忙，還給我們那麼有用的消息，我一定會找到肇事者的。好晚了！你們也快回家吧！謝謝啊！」

「ＯＫ！我們走了。」

偉傑和美玉雖然已步入中年，但是畢竟坐在前座，受的撞擊力較小，扭傷的頸部，休養了一星期就恢復的差不多了。

咪咪可就慘了！Ｘ光、掃瞄照了一堆，還好全身一根骨頭沒裂，腦部沒受傷，脊椎骨也沒斷，否則她的下半輩子就要與輪椅爲伍了，眞是不幸中的大幸。但是所有撞擊力都在她的背上，一片綠的發紫的背，讓她坐也不是，躺也不是，一趴就趴了個把月！眞是招誰惹誰了？唯一慶幸的是，在出車禍前一秒鐘，她正要說「不想再去上課」，眞的應驗了！

「你看這個樣子還有救嗎？黃老闆，拜託拜託替我想想辦法，好歹也得讓它還原，否則叫我怎麼賣呢？」偉傑苦苦哀求直搖頭的車行老闆。

「唉，不是我不幫你，撞成這個樣子……夭壽喔！就算給你鈑成原樣，也沒有人要了啦—」

「喂，頭家！快來幫我看看，這個頭燈換一個要多少錢？」突然跑過來個西裝筆挺，四十來歲的人。

「啊，胡老闆喔，今天怎麼有空過來？保養嗎？」黃老闆一臉笑意的迎上去，

「不是啦！我的兩個前車燈都破了，趕快給我換新的—」

「是怎麼弄成這樣？」

「我也不曉得。前幾天晚上我喝醉酒，開車回家，一回到家就什麼都不曉得了，直到第二天中午醒過來，才發現車燈都壞了，好像前一晚有撞到別的車，其他通通想不起來了…」

偉傑聽到就走過來看看這個人的車子……

哈哈！眞是踏破鐵鞋無覓處，得來全不費功夫！車牌ＨＡ－7458的黑色林肯正停在他面前！

「這位先生貴姓？」偉傑笑咪咪的和對方握手。

「喔—你好！我姓胡，這是我的名片—您是…」

「我姓張，在台視服務，胡先生可還記得是哪一天去應酬喝醉酒的？」

「好像……應該是上星期五晚上吧！」

「您回家通常會經過復興南路，『福華飯店』門口嗎？」

「會會會，那是我的必經之路，張先生怎麼這麼清楚？」

「喔，不好意思，如果說您只破了兩個燈，那麼我得麻煩您過來看看我的車—」

胡先生仍是一臉霧水的對黃老闆聳聳肩，然後跟過去看—

「哇—張先生，您的車怎麼被撞成這樣？太恐怖了！人沒事吧！啊—」

一陣詭異的靜默……

「對不起！實在對不起！您怎麼知道是我—」

「兩個騎機車的夜校生，記下了你的車牌告訴我的，我正準備去監理處查呢—」

「眞的對不起！我就是貪杯，一喝就沒完沒了，遲早闖禍，我知道的，可是我就是戒不掉，朋友一叫，我一定到。這下可好…眞是的！張先生，您有多少損失我的保險公司都會完全賠償的，我們…就私下合解了吧！」

「我太太和我女兒當時都在車上，我和我太太都只是拉傷頸子，但是我女兒可能幾個月下不了床，都因此休學了。你覺得你的保險公司能怎麼賠？你愛喝酒，我管不著，但是你喝完就應該坐計程車回家，如果因爲你的貪杯，使一個今年剛考上大學的女孩，從此終身殘廢，你賠得起嗎？」

「是是！教訓的是。我應該到醫院去探望夫人及千金，寥表歉意…」，「不用了，她們都在家裡休養。」

於是胡先生三番兩次將大包小包的水果、奶粉，成堆的往咪咪家送，弄得偉傑也不好意思了。

想像力豐富的咪咪則經常愛開胡先生玩笑：「欸！我如果眞殘廢了，就只好將就點嫁給你囉！下半輩子給你養，看來也挺不錯的！」

這個忠厚老實又事業有成的胡先生，終於被嚇得不敢再上門。

其實這段養傷時期，咪咪眞正的慰藉是家駒、毛毛殷勤的電話和小三不間斷的來信。在她內心深處，她依然認定小三會是她未來的老公，然而天高皇帝遠，誰約束的了她？家駒和毛毛，只是排遣寂寞的玩伴，套句當時的流行術語—只要我喜歡，有什麼不可以呢？

但是她也因此而得了個教訓—何謂腳踏兩條船……

6

一九八二年，二十一歲　錯雜的黃金歲月

「咪咪，我可以過去看妳嗎？」家駒用著幾乎哀求的聲調。

「嗯—不用了！真的！我已經好的差不多了！你今天沒課嗎？」

「有，待會兒還有一堂……上不上無所謂，我已經好久沒有看到妳了，真的很想妳……」

「你每天都可以聽到我的聲音還不夠嗎？」

「當然不夠！我希望可以天天早上眼睛一睜開就看到妳，聽妳說一整天的話……」

「嗯—嘴真甜！你是不是對每個認識的女孩都這麼說？」

「當然沒有！妳一定要相信我，我對妳是真心的…我…」

「好了！好了！公用電話別講太久！你快回去乖乖上課，別在那胡思亂想的了。」

「喔，那我晚上回家再打給妳—」

「好啦！Bye！」

咪咪心想：（說不喜歡他嘛，他又長得還不錯，對我一片癡心，盛情難卻；說喜歡他嘛，又常覺得他挺煩的，一本正經，沒啥樂趣！唉—懶得想這種傷腦筋的問題…）

沒想到聽筒才放下沒幾秒鐘，馬上又響了起來……

「欸，你還有話要說啊？」

「小姐！妳的電話真是世界難打的，在跟哪家的帥哥談情說愛啊？」

「毛毛？是你！」

「今天覺得怎麼樣？有精神出門了嗎？」

「當然可以！我好得很，就算沒好，我也要出去瘋一下，已經在家躺了兩個月，早就快發霉啦！你想幹嘛？」

「我們下午先去看場電影，然後回我家吃晚飯，今天我們家拜拜，我媽弄了一大堆好菜，還特地準備了妳愛吃的潤餅。然後……妳如果不累的話，晚上帶妳上陽明山看夜景…」

「太棒了！你什麼時候來接我？」

「二十分鐘以後，妳家樓下見。」

吃過豐盛的晚飯還不到八點，毛毛迫不及待要帶咪咪出門，正在向姊姊借汽車鑰匙的時候，來了通找他的電話。

「咪，我們改天再去陽明山，今天晚上先去『長春藤』好不好？」

「爲什麼？」，「妳去了就知道…」只要有得玩，咪咪其實並不介意去哪裡。

「長春藤」是一家在麗水街歷史悠久的咖啡廳。主人是一對長的玲瓏、標緻的章氏姊妹花，由於在ＹＳＡ成軍其間的許多聚會、活動都是包下此間地下室來舉行，大家都早已把這間店當成自己家客廳了。

咪咪才剛一推門進去，就聽到從地下室傳來重重的 Bass 聲及喧嘩聲，她滿臉狐疑的望了毛毛一眼……

「你走前面─樓下好像有好多人……」，「嘿嘿─跟我來！」

原來這是一個早就安排好的 Party ，精心製作人當然是很會用心機的毛毛囉！爲了討佳人歡心，他甚至把在當兵的幾個寶貝也叫了出來，眞是不簡單。咪咪看在眼裡，瞭在心裡，不說話，只是給予毛毛一個算是達謝的甜甜微笑……

「哇！咪咪來了！好久不見！」黑鴉鴉一群熱情的伙伴頓時圍上來擁抱她。

「來來來─大家半年沒聚了，今天全員到齊眞是不容易，再加上我們最敬愛的咪咪小姐又大病初癒，我們今天應該好好慶祝一下，給它來個不醉不歸，怎麼樣？」阿狗帶頭吆喝著。

「好喔！快！叫章妹先拿兩打啤酒下來…有什麼吃的通通拿來…」理了個大光頭的Bass 手吉米也很興奮的叫著。咪咪還覺得有些混亂和不適應時，毛毛已將燈光調暗，放好音樂，伸手過來邀請她跳第一支慢舞。

眞的好久好久沒這麼開心過了，隨便怎樣大叫大跳，在一群志同道合的朋友面前，盡情放肆也是一種幸福。連一直非常注重形象、儀態萬千的咪咪都喝得東倒西歪，不時拉著人傻笑！毛毛雖然也有七八分酒意，知道該是送她回家的時候了。

一路上，咪咪半睡半醒的不說一句話，毛毛也不敢吵她，直到送她到電梯間……

「咪，今天開不開心？」，「嗯—」她靠在牆上，閉著雙眼點頭，只覺得全身熱熱的，頭脹脹的。

「只要妳願意…我會想辦法每天都讓妳這麼開心…」，「嗯—」繼續點頭，其實她並沒有醉，她只是不想清醒……

毛毛終於再也不能抑制的湊上了自己的唇…輕輕柔柔的…良久…良久…

突然，嚓……的一聲！打火機的聲音，倆人都被這突如其來的噪音給嚇了一大跳！咪咪側頭從毛毛的耳邊向前望去，竟不可思議的見到了正在點煙，站在黑暗中的家駒……

「你……什麼時候來的？」咪咪知道給他看到了不該看的，但是又怎樣？他更不該躲在這兒偷窺！

「我…在這兒等妳很久了。」家駒從黑暗中走了出來。

「哦？」

「走，我送妳進去。」，咪咪輕輕推開了毛毛，一股被監視的怒火油然而生。

「對了！我還沒給兩位介紹呢！這是ＸＸ報社的千金大少—劉家駒，這位是我的『好』朋友—易先生。今天如果不是他，我還不曉得會睡在哪條街上呢！哈哈哈！嘿！還眞巧呢！你們兩個人竟然是同年同月同日生，快來握握手，做個好朋友！嘻嘻—」兩個情敵只是你看我我看你，誰也不想對誰示好。

「咪—妳爲什麼要喝酒？妳傷還沒有好…」家駒鐵板著臉，義正嚴詞的問。

「誰說我傷還沒好？早就跟你說沒事了你不信，你管我喝不喝酒！今天玩的好開心，不要你管。你走—以後沒有我的允許你不准來這裡，聽到沒？走啊—」

「對不起！我並不是故意要來惹妳生氣的，我也沒想到會…看到…妳是這麼隨便的女孩…妳最近一直不願意見我…就是因爲他？妳是不是…被他帶壞了？」

「欸，你講話客氣一點，大家追女孩子各憑本事，你連這點基本風度都沒有，難怪咪咪懶得理你…」毛毛也不可避免的加入了戰爭，

「這裡沒有你講話的份，在我眼裡你是趁人之危的小人！」

「你說什麼？有種再說一遍！」毛毛向比他高了足足一個頭的對手狠狠推了一把。

「小人！我說你是小人！也配跟我談風度？」家駒一把揪住毛毛胸前的衣服，正要揮拳……

咪咪也攪不清楚自己該幫誰好，只覺得家駒不該躲在樓梯間偷看她的一舉一動，非常不應該。於是她毫不猶豫的衝上前去拉住家駒揮舞的手臂，他轉過臉來，就挨了火辣辣的一巴掌…

「夠了！你不要太過分了！」，時間靜止在這六坪大的電梯間………

不知道過了多久，咪咪打破了沉默：「你們都回去吧！已經半

夜兩點多了！我頭好痛…」她自顧自低頭摸索鑰匙，搖搖晃晃的消失在黑暗中。

迷迷糊糊睜開眼，「啊！十二點啦！我眞會睡！」她翻了個身，仍不想立刻起床。

鈴——「Hello一」，「咪一是我…妳醒了嗎？」

「………」腦中開始倒帶昨夜電梯間發生的片段……

「喂一喂一咪一妳在聽嗎？」

「什麼事？」她故意裝出冷酷的聲音，以表達對家駒的不滿。

「妳聽我說，我是來向妳道歉的，昨天晚上下課回家就立刻撥電話給妳，結果竟然沒人接！我不相信妳會出去，實在擔心有什麼事，就特地趕去找妳，結果你爸說妳下午就出去了，我想妳也許很快會回家，就坐在樓梯間等妳…我眞的沒有要監視妳的意思……只是，我太意外我所見到的…妳…妳…」，「我怎樣？！」，「妳喝醉了……」

「怎樣？法律有哪一條規定我不准喝酒？你是我什麼人？憑什麼管我？」

「咪！不要生氣！我不是來責備妳的，我的意思是，我一直以爲我是妳的…我…」

「什麼你你我我？我最討厭人家講話吞吞吐吐！講不清楚就不要講了！」

「妳聽我說一我以爲我是妳的男朋友，妳怎麼還可以跟別人……」

「劉先生，請你聽清楚一我們認識的時候我就把話說的很明，我有個青梅竹馬的男朋友到國外唸書去了。過去這幾個月來，謝謝你對我的關懷和友誼，你的心意我很明白，你對我來說，只是眾多追求者的其中之一，並沒什麼特別的地方，至於我跟別人怎麼樣…那是我的自由，不需要向你解釋，更不用徵求你的同意！」

「咪—妳……是不是我哪裡做的不好？」

「你怎麼就是聽不明白！這跟你做的好不好壓根兒沒關係，我不是在找老公，我只是在交朋友，談得來的多談些，談不來的少談些，你爲什麼一定要劃清界線我只可以有你一個朋友呢？」

「我懂了！一定是我表達的不夠好，讓妳覺得我不夠誠意。我會努力，我一定想辦法讓妳心動，總有一天我會讓妳接受我的，在這之前，我都無權也不會去干涉妳投入誰的懷抱的。咪，相信我…」

聽到這裡，咪咪已從床上坐起，不停的抓著枕頭往自己頭上敲：（天哪！怎麼有這麼頑固的木頭？我說的話還不夠清楚嗎？昨晚的情景他還看不懂嗎？）

「家駒，我…唉—我沒精神再聽你說這些，我要掛電話了。」

「好好！妳可能還沒睡醒，我不打擾妳了，那…晚上再聊啊！」

「不用了！」，「 OK ！ Bye 。」

咪咪有些沮喪的想：（這傢伙倒底是怎麼回事？看樣子要甩掉他還不太容易呢！）

略有陽光的午後，咪咪和毛毛手牽手在仁愛路的噴水池旁散步。

「妳爲什麼都不說話？是不是還在爲昨夜的事生氣？」

「有什麼氣好生的？」

「妳…是不是覺得我的表現很差？」

「你在說什麼我聽不懂！」一雙大眼睛在他臉上咕嚕咕嚕的找答案，毛毛低頭玩著咪咪的手指，雙頰微紅的說：「就是我親妳…妳忘了嗎？」

「什麼？！你趁我喝的糊里糊塗就欺負我！」她用力把手抽回，故意一付氣瘋了的模樣。

「咪！不是！不是！我早就想這麼做了！我…寶貝妳都來不及了哪敢欺負妳？昨晚實在是妳…妳熱情奔放，臉頰紅通通的，閉著眼睛的樣子實在太迷人了，別說是我，換成任何一個男孩子都會忍不住想親妳的……」

「哦？你除了親我還做了什麼？」其實她心裡可清楚的呢！

「我還想做很多…說很多…如果不是藉著八分酒意，我怕我一輩子也不敢碰妳…要不是蹦出那個冒失鬼，我還想…」

「你還想怎樣？」咪咪極力忍住笑意，想要套他說出眞心話。

他深呼吸了一口，對著天空喊：「想把妳扒光佔爲己有－」

「欸！你瘋啦！你以爲路上的都是聾子啊！神經病！」罵歸罵，咪咪心裡卻不得不佩服他的誠實和勇氣。

他拉著咪咪的手在水池邊坐下來：「其實，我知道妳是小三哥的人，我不應該對妳有任何念頭的。可是不瞞妳說，我第一眼見到妳的時候就已經愛上妳了，接下去的相處只是讓我一次比一次肯定…我已經陷得好深了，我不敢奢求妳對我怎麼樣，只要妳讓我陪妳，聽妳說話，妳寂寞傷心的時候，這胸膛永遠是妳的…」

咪咪突然伸出手去按住他的唇，鼻頭一陣酸澀，眼淚就這麼奪眶而出了，前一分鐘她還在調皮的捉弄人呢！

他忍不住擁她入懷，讓她盡情哭個夠，不全然因爲他的話太感人，而是由於此時她才深刻的體會天涯咫尺的差別。（平宏、達同，想念你們的時候，你們在哪裡？三，不是不愛你，不是不想你，只是你太遠，我需要關愛的眼神，我需要細心的呵護、溫暖的懷抱，你倒底什麼時候才要回來？我眞的好想你…）

一股腦兒排山倒海的思念情緒，衝得一向理智重於感情的咪咪也失去控制－

她雙臂勾住他的頸項，熱情瘋狂的吻他的臉，他的頸，他的唇，而腦海中閃過的卻是平宏的眼、達同的吻、小三的酒窩…（管它什麼路人，管它什麼塵囂，只有現在，只要現在…這一分鐘是受我支配，是快樂的就夠了，其他的都不重要了…）

氣喘吁吁的兩人終於停止。毛毛畢竟是才智過人的男孩，他靜靜地望著咪咪好一會兒，說：「妳眞的很愛他！我好嫉妒。」，「我……很抱歉…」

「不要說抱歉，我懂—我懂—」儘管他的心裡在淌血…

＊　　　＊　　　＊

叮咚—，「是誰這麼晚了還來按門鈴？」偉傑在臥室叫著。

「我來開！」咪咪從臥室奔了出來：（咦？沒人！啊—花！怎麼放在地上？）

「誰啊？」，「沒事！不知道是哪個無聊份子送花來……」

咪咪翻來翻去沒看到卡片，還被玫瑰花刺劃傷了手指！（女生眞奇怪！爲什麼會喜歡這種紅的發黑又難處理的東西？漂亮不過兩三天，又得眼睜睜看它枯萎凋零，多傷感哪！我就不喜歡，誰送我花就是馬屁拍到馬腿上，自討沒趣！我又豈是這種『見花眼開』的女孩？哼！），她正在心不甘情不願的一支一支將花插進花瓶裡，電話來了—

「哪位呀？」，「………是我，花…喜歡嗎？」

「什麼花？你是指那堆長了刺又把我手指割破的醜東西？」她自己也不明白爲什麼要這樣說去傷害家駒的好意。

「什麼？割破了！要不要緊？我現在馬上『上去』看妳—」

「喂！慢點！你在樓下？」

「是妳自己說沒有妳的允許不准再來，我怕惹妳生氣…所以只好按個電鈴就走，妳現在如果走到窗邊往下看，就會看到小公園旁的電話亭…有人在跟妳揮手……看到沒？」

「天哪！你眞是……欸—已經十二點了，你明天還要不要上課啊？快回家去吧！我要掛電話啦！」

「等等—咪！妳還沒告訴我妳喜不喜歡我送的玫瑰花？這是我這輩子第一次送花給心愛的女孩…」

「對不起！害你破費了！請你以後別再幹這種無聊事，我非常非常不一喜一歡一花，尤其不喜歡深紅色的玫瑰花。」

「眞的？不可能！天底下沒有女孩不愛花的，妳一定有特別喜歡的，快告訴我，我一定想辦法弄來…」

「你是不是有毛病啊？跟你說我不喜歡…」

「妳不說我今天就不回家了！」

「你………唉一好吧！如果你一定要逼我說…我最喜歡……嗯一鵝黃色的玫瑰。」

「啊？玫瑰花有黃的？好！高難度的…我去想辦法找，妳快睡吧！我看妳關了床頭燈就走。晚安！」

咪咪立刻衝到床邊把燈熄了，再躡手躡腳躲在窗簾邊向樓下的小公園張望，只見一個穿T恤短褲的男生坐在小公園的矮牆上，正低頭在寫些什麼…

「哼！黃玫瑰！我眞是太厲害了！台灣根本沒有黃玫瑰，我看你上哪去找？就算你找著，花店的人也會告訴你黃玫瑰代表『分離』，還是別送吧！可憐的家駒，其實人並不壞，我爲什麼總是要這樣修理他咧？」

咪咪眞是做夢也想不到，打從第二天起，門鈴每天準時午夜十二點整響起，一束含苞待放的黃玫瑰插在鐵門上！更教咪咪感動落淚的是，每一束的每一支上的所有刺都被削去，並用粉紅色的絲帶纏繞，再也沒有被刺傷的理由……

一天兩天，一星期兩星期過去，一個月了！咪咪感受到缺氧的窒息。

「咪咪呀！快叫那個寶貝別再送花來啦！我們家又不是開花店的，連浴室都擺滿啦！一屋子的味道，太濃啦！」，如果不是媽媽開口了，咪咪還準備跟家駒繼續鬥下去，看誰有耐力。終於，咪咪主動打了通電話給家駒，約他出來碰面一

「咪—妳好嗎？我想妳想的要發瘋！每天晚上我睡不著就騎車到妳家樓下看著妳的窗戶，有時候才不到十一點妳就熄燈了，害我也不敢再按電鈴，有時候到三四點妳燈都一直亮著，不知道妳是在看書還是在寫信…我還…」

「家駒，我是一個非常注重隱私的人，你的所做所爲，樣樣都在打擾我，你知道嗎？」

「我…我只是靜靜的看著妳，並沒有防礙妳什麼啊？這樣也叫做打擾？妳不想見我沒有關係，我只要能在想妳的時候，在樓下守著妳，我就已經很滿足了，眞的！」

「我今天約你出來，就是想跟你把話說清楚，我們都是成年人了，不管說什麼、做什麼，都該有能力對自己負責，尤其該面對自己的感情。家駒，我們認識也快一年了，我一直把你當成不錯的朋友，你對我的心意，我很明白，但是我不想再浪費你的時間和金錢，我不會愛上你的，現在不會，以後也不會。你有你忙碌的大學生活要過，我們是兩個截然不同的生活圈子，你應該好好唸書，相信你爸對你抱著很高的期望。你這樣每天深更半夜往我家跑，你只是讓我一天比一天更不快樂。以後……你一定會遇上比我好許多倍，眞正值得你愛的女孩。對我死心吧！我們眞的沒有這個緣份。」

咪咪一口氣說到此，看家駒直挺挺的瞪著她，雙手握拳在輕微的顫抖，她有些害怕自己話說重了，又擔心說的不夠坦白他又把意思聽擰了：「你…聽懂了嗎？」

他下意識的點點頭：「我懂，妳還是嫌我窮、沒出息，不像那個傢伙可以每天開車接送妳…好！我會好好唸書，等我靠自己的力量賺到第一個一百萬的時候，我會再來找妳。妳總有一天會明白我才是這個世界上…最愛妳的人。謝謝妳跟我說的這麼清楚，眞是一語驚醒夢中人，我眞的浪費了太多時間…妳好好照顧自己，千萬…別再喝酒了。再見—」

望著他在腳踏車上越來越小的身影，咪咪腦海中又浮現出兩人第一次在小巷冰果店見面時的景象，兩人躲在銀行邊吹冷氣邊打電動的景象，不知不覺心中竟起了一陣酸楚：（如果…如果沒有小三，如果沒有毛毛，我會接受他嗎？他會帶給我快樂嗎？）

休學後的咪咪，不斷覺得自己一無是處，有些自怨自艾。雖然毛毛無所不在的陪伴她，仍是無法讓她肯定對自我的價值。考慮再三，她決定去報名「國泰商訓中心」，各式各樣的科目都引不起她的興趣，最後她參加了「職業秘書班」爲期三個月的專業訓練。

國際貿易、商用英語、英打速記、國際禮儀……這些都是在學校裡不曾接觸過的課程，咪咪像塊乾涸已久的大海棉，掉落在浩瀚的知識汪洋中，全心全意的吸了個爽！全班七十二名學員，她第一名畢業。

通常前三名，在尚未畢業前就已經有各中小企業界人士來挖角，所以競爭非常激烈。主要咪咪也是爲了爭一口氣給爸爸看，誰叫他當初要說：「沒唸大學的人一輩子沒出息，絕對找不到工作…」

現在可好，還有一個星期才畢業，竟然手上已有十家公司等她做抉擇！千挑萬選，考慮再三，最後選了一家聖誕飾品出口貿易公司去當出口部的經理秘書，起薪八千元。開開心心的領了第一個月的薪水，第二個月，公司就因爲營運不善而宣告倒閉！咪咪連怎麼回事都還沒搞清楚就失業了！

（沒關係！自己還是剛出爐的才女，打鐵趁熱……）前面那些公司還沒忘了她，又挑三撿四的進了一家相當有規模的國際企業機構當董事長及總經理的「私人秘書」。這職位可是二人之下，三百人之上的喔！對一個剛出爐的社會新鮮人來說，一則以喜，一則以憂。喜是年紀輕輕就能享受高位、高薪、權力；憂是年紀輕輕如何懂得管理年資、年紀長的員工？

這是一家期貨公司，董事長及總經理都是年過五十的香港人。

由於工作性質是二十四小時的，珊珊常會發現早上進辦公室時，老闆衣衫凌亂地躺在沙發上睡覺，體貼的珊珊總會輕輕的替他們關燈、拉上窗簾，帶上房門，好讓他們不被打擾的多睡幾小時。

一個如常的早晨，珊珊準時九點到辦公室，又發現總經理房間大亮—

（唉—當這種人的老婆眞可憐！老公幾乎天天不回家，賺這麼多錢到底有什麼意義呢？）她感到房裡冷氣滿強的，順手拿起總經理掛在衣架上的西裝上衣，輕輕蓋在他身上，沒想到總經理竟順勢伸手抱住了她！

珊珊一個踉蹌跌趴在總經理身上，感到非常窘迫，正想要推開他起身，總經理竟睁開眼睛，露出邪惡的笑容：「這裡沒有別人，不要緊的。」

「總經理！請你放手—」

「珊珊，妳知道我非常喜歡妳，只要妳乖乖聽話，我保證讓妳吃喝享用不盡，好不好？嗯—來，給我親一個…來嘛！」

「你…你…放手！你再不放手我就要叫啦！」她拼命的推他想要起身，腰際卻像被金鋼杖箍住一般，完全無法施力。

就這樣僵持了好一會兒，桌上的電話響了—

「別理它！我的秘書現在正忙著呢！哈哈哈—」

「總經理！請你放尊重一點，馬上讓我起來，否則…否則……」

「否則怎麼樣？我發現妳連生氣的樣子都好可愛！我眞是愛不釋手啊！」

碰——總經理室的門突然被打開……

總經理嚇一跳，鬆了手，珊珊立刻從他身上跳開：「董—事長！」

「老高啊，你在搞什麼東西？珊珊都可以當你女兒了，這樣的嫩豆腐你也要沾！給員工看到了我可不會替你解圍的啊！」，「珊珊，去忙妳自己的，沒叫妳不要進來，我跟總經理有事要談。」

「是—董事長！」

珊珊頭也不敢抬的往外閃，回到座位上，驚魂甫定：（還好董事長來救命，否則眞給那個老不修的佔盡便宜！可惡透了！虧他平時一付紳士翩翩的樣子…哼—眞是人不可貌相！氣死我了……）

雖然兩個老闆都對她寵愛有加，但是經過這個驚嚇，珊珊已認眞考慮此地不宜久留。然而薑是老的辣，社會上的險惡人心珊珊還沒機會見識，事情就爆發了—

「珊珊啊—替我訂明天早上第一班飛機，頭等的，我和總經理有要緊事得回香港去一趟。」

「是—董事長！那…什麼時候回來呢？」

「先 Open 吧！等我們事情處理好，我會叫香港的秘書訂，OK？」

一夜輾轉難眠，珊珊決定等他們從香港回來就要遞辭呈，但是辭呈要怎麼寫呢？她還在邊盤算邊走進辦公室，就被眼前混亂的情景給嚇傻了—

所有同事都在裝箱打包，像是公司要搬家的樣子，也有人三五成群在交頭接耳，一看到「董事長秘書」駕到就紛紛閉嘴，並用嫌惡的眼光瞄她…

「請問—你們哪一位能告訴我，倒底發生了什麼事情？我們要搬家了嗎？怎麼我都不知道……」

「哼！這小妞還裝的眞像，一付什麼都不知道的樣子。」，「我說她一天到晚跟在高總和吳董身邊，她一定知道情況，今天不問出個所以，絕不能放過她—」，「欸—她還只是個孩子，你們跟她計較什麼哪？」

珊珊眞是越聽越迷糊，心裡也越來越不安，察覺有不尋常的事發生，卻沒有一個人願意告訴她到底怎麼回事。

「張大秘書—請問妳，我們的兩個頭頭上哪去啦？」業務經理跑過來一反平時的笑臉，極不客氣地敲著珊珊的桌子，其他人也放下手邊的事，慢慢圍了過來…

「他們…他們應該是搭今天早上第一班，大概八點多的飛機到香港去啦—」珊珊還不明白事情的嚴重性，仍理直氣壯的說。

「那麼他們什麼時候會回來，妳總曉得吧？」

「我有問，可是董事長說不一定，所以我沒有替他們訂回來的機位…」

「這下好啦！放虎歸山了，他們還會回來嗎？」

「張秘書，請妳可憐可憐我們都是有家小要照顧的人，大家都已經兩個月沒領到薪水了，辛辛苦苦做到現在全憑吳董一句話，現在倒好，他可以什麼都不交代就跑了，我們認爲妳一定知道他們的銀行存款或是其他資產，至少妳是他們的代言人，請妳給大家一個交代，否則我們也不會給妳好過的…」，「我看最好把她綁起來，免得待會兒她也跑不見了！」，「對對對！綁起來—先綁起來再講。」

大家一人一句，說的都是對她不利的話，眞像有十個砲筒在對著她轟一般，叫人耽驚又受怕還外加頭暈！

這時候，珊珊心裡儘管七上八下、莫名其妙，也猜出了個大概，總不外是「捲款潛逃」之類的事，仍然強作鎭定的站起來說：

「各位同事，請聽我說—我才進公司不到兩個月，到目前爲止也沒領過半毛錢薪水。辦公室裡有一大半的人，我都還叫不出名字也不認識，我怎麼可能有心要害大家？不錯！我是兩位老闆的秘書，但是這並不表示他們會讓一個剛進公司，年紀輕又資歷淺的人瞭解他們的財務狀況，他們說要去香港辦事，做秘書的能不讓他們去嗎？他們會告訴我『張秘書，我們走了以後不會再回來』嗎？我跟你們一樣是受害人，你們這樣拷問我對事情有任何幫助嗎？我所知道的都已經告訴你們了，其餘的，你們再怎麼問我也還是不知道…」珊珊吞了一口口水，覺得自己的聲音雖然略爲發抖，但是說的內容好像還有點震撼力，至少，想要對她動粗的人都靜止不動了。大伙一陣沉默。

「我覺得張秘書說的沒錯，她也沒拿到薪水，她如果知道那兩個傢伙去哪，也沒有必要瞞我們，逼問她沒有用的。」，「我看大家還是實際一點，反正這家公司也待不下去了，不如能拆的拆，能搬的搬，拿多少算多少，不足的大家只好自認倒楣吧！」

「是啊！是啊！張秘書，請妳把儲物櫃打開，我們要搬東西…」，「可是……」，「可是什麼？這會兒已經沒有老闆給妳簽申請表一妳開就是啦一看中什麼自己也拿一些吧！下次再找工作，記得眼睛擦亮點…」

望著這位行政部的胖太太，珊珊知道大勢已去，不敢再違抗眾議，乖乖打開所有的儲物櫃。什麼影印紙、檔案夾、文具、書籍、咖啡、餐具立刻被搬了個精光！其他搬桌椅的，拆燈具、名畫、鏡子的，搬事務機器的…頓時忙成一團！

眼看裝潢一流的豪華辦公室，轉眼成爲災難現場，珊珊有股想哭的衝動，一方面責怪自己老闆不在時沒把公司顧好，另一方面感慨自己怎麼老是挑中會倒閉的公司服務。她一個人躲在角落發了好一會兒呆，覺得此處眞的不宜再久留，悻悻然撿起別人掉落在地上的兩盒舒潔面紙回家了。

（至少，不用再傷腦筋如何寫辭呈了！）

找工作老是出師不利的珊珊，意興闌珊的在家賦閒了好一陣子。藍貓也在這時候，舉家移民到洛衫磯，她更少了個聊天對象，這就是所謂的船到橋頭自然直吧！赴美深造兩年，學河海土木建築的立民，在這時候載譽歸國了。那個年代，雖然頂著碩士頭銜還算挺吃香，但自視甚高的立民卻遍尋不著理想的工作，一會兒嫌老闆太摳，一會兒嫌工作沒前途，換到後來竟然被派到「翡翠水庫」去當監工！這會兒又換成做爹的夜不安枕了。那是一個既辛苦又危險的工作，待遇又不佳，於是一個週日的早上……

「立民啊，我跟你媽商量了很久，覺得你每天灰頭土臉的弄到深更半夜才回來…實在是太辛苦了，這樣下去也不是長久之計，不如，我拿一筆錢出來給你經營些你拿手的…看看有什麼生意好做，自己做老闆學的東西才多，總強過替別人賣命，你自己可有什麼打算沒有？」

其實立民早就在打這樣的算盤了，只是礙於自己經驗太薄弱，又擔心父親的經濟能力，以致於遲遲未開口。今天他既然主動提起，眞是機不可失。

「河海工程雖然是我的主修科目，但我眞正的興趣是室內設計，我一直在看理想的地點，想要開一間小小的公司，剛開始也不需要什麼資金，更不用請什麼人，只要有一張辦公桌，一支電話，就可以開張了。」

「你說的倒容易！你負責出去拉生意，誰替你接電話、畫設計圖啊？還有做帳，總得找個信得過的人才行，否則到頭來白辛苦一場。」

「嗯—說的也對，那要找誰來幫忙呢？」

「我看這樣吧—小妹一天到晚閒在家沒事幹，我也不放心她出去找事，就叫她去幫忙怎麼樣？」

「嗄！她除了會交男朋友還會幹嘛啊？不叫我服侍她就不錯囉！什麼都不懂…」

「你怎麼這樣說？你妹這兩年也學了不少東西，至少是個不錯的秘書材料，何況她從小又有畫畫底子……嗯—我越想越覺得她是最佳人選，大不了你薪水照算給她，她自然會盡心盡力幫你的，我們就這麼說定了…」

於是，擇了個黃道吉日，「偉民室內設計公司」就在衡陽路一間不到六坪大的辦公室開張了。懷著十五個吊筒，心情七上八下的握著一支尺、一隻筆靜靜坐在角落的珊珊，也認眞地開始在腦海中勾畫和哥哥胼手胝足讓公司飛黃騰達的一天。

明白自己所學不精，珊珊開始自立自強。其實她一直都是個不愛唸書的小孩，上學、考試都只是在應付大人，但當她眞的有心要學好一件事時，阿爾卑斯山也擋不住她。於是她每晚下班後再去上室內設計專修班的課程，秉著做什麼就要像什麼的信念，兩個月後又是以前三名的優異成績畢業於五十六個人的班級，令人刮目相看。再加上毛毛也在這時候被徵召入伍，少了個玩伴，爲了避免無聊，她就將所有心思都放在工作上。再來就是自己K書學電腦，泡書店翻遍所有中外的室內設計刊物，吸取名家的精華，講開了不過就是天下設計一大抄，只是各有運用巧妙不同罷了。珊珊眞恨不得自己的眼睛就是拍立得，能夠把所有看過的美麗照片印在腦海裡，而當她第一次將腦海裡的圖片，轉換成「甲桂林山莊」的一戶實品屋時，她含著淚光開心的笑了。那成就感，那平面變立體，那辛苦的代價，都震撼得讓人無法形容。這時，她深深的瞭解自己未來該走的方向。

隨著日益有起色的生意量，公司也增加了越來越多各路英雄好漢，有負責工地監工的，有負責採購建材的，當經理的、跑外務的……只要是男的，沒有一個能抵擋珊珊的魅力，各個奉承、巴結、獻殷勤，即便只是站在她面前被數落兩句也爽，更別提敢約她出去了。雖然「老闆」並未甘涉她下班以後的私生活，但是他卻在應徵新人時就警告過，誰都不准對公司裡唯一的女性有任何不軌的企圖，否則就只有捲舖蓋一條路。

一天，來了個叫小呂的新人，聽說是某知名船公司的大副喔！

「他不跑船，來我們公司玩啊？」由於達昌帶給她先入爲主的觀念，認爲跑船的大多是玩世不恭的浪蕩子，珊珊一聽說哥哥錄取了這樣的人，立刻打從心理排斥卻又不便表達意見。畢竟，他是老闆。

頭幾天，大家各忙各的倒也相安無事，直到一星期後的一個傍晚……

「小姐，我注意到妳有午睡的習慣。每次起來手臂都很麻，對不對？這是買給妳的小枕頭，讓妳睡舒服些…至少，不會再看到妳痛苦的表情。」小呂用堆滿眞誠又略帶笑意的表情看著我們的公主。

誰能拒絕這樣貼心的好意？一張深邃眼眸帶著頑皮酒窩的黝黑笑臉？酒窩！

（天哪！我完了！他笑起來眞好看一喔！不！應該是他完了，我看他八成是愛上我了，難道哥哥沒警告過他？還是他根本不受條例的約束？嗯一好有個性…）

接過可愛的貓咪枕頭，珊珊本能地撒下天羅地網：

「你眞是體貼！我好感動…誰當你的女朋友，一定是全世界最幸福的人了。」

「唉一別提了！就因爲我以前的工作，已經不知道弄丢了幾任女友，眞是…所以我才決定在陸地上找份安定的事業，其實我對這行什麼也不懂，非常感激張總肯給我這個機會讓我再重新出發…」

「那也得你自己有心才行，不過我看你滿聰明的樣子，應該很快就會上軌道的。我有些不錯的書，和一些我自己做的筆記，可以借你看，有任何問題都可以提出來討論，如果時間允許，我建議你晚上再去上個課，保證你受益良多。」

「妳眞好！能認識你們兄妹眞是我生命中的貴人。」說罷，伸出大大的手掌，期盼和貴人握一下，珊珊沒有猶豫，因爲她也正想試探這個寬肩結實的大帥哥是如何和人握手的，結果是密密實實地握了個緊……正是珊珊最喜歡的那型。

「晚上可以邀妳一起看場電影嗎？」

「你不怕被炒魷魚嗎？」

「我認爲這是不搭耴的兩回事，妳快不快樂比較重要。」

「你一很會說女孩子愛聽的話，個中翹楚？」

「不敢！時間寶貴，不該浪費，待人眞誠，是你的絕跑不掉一」

「那麼…只有電影，空肚子去？」

「喔！當然不會讓妳餓著，只是妳可能得習慣我這種孤傲的窮小子，是上不起點蠟燭的西餐廳，士林夜市怎麼樣？」

「OK！六點，樓下轉角『酸梅湯』門口見。」緊握著的手這才鬆開。

很快的，倆人一切進展順利的上了二壘。每天同進同出，早晚都膩在一塊兒，小呂六個拜把哥兒們也經常和珊珊玩在一起，並不時吵著要她幫忙介紹女朋友。習慣沉浸於眾星拱月氣氛中的珊珊當然不會盡心力去找六個女性朋友來集體出遊，但是找一兩個湊數是常有的事，幾次的 Disco 就湊成了另外兩對一阿成和小四，小呂和…也算是功德一件！

在當時，最奢侈的享受就是上高級的夜總會。一個人的最低消費也要八佰、一千的，對於月入千把塊或一萬多的人來說，實在只能偶一爲之，若是不幸看上舞技一流又熱衷此道的姑娘，可得好好先秤秤自己的斤兩能撐多久！

希爾頓飯店二樓的 Tiffany 是當時首屈一指的 Disco 夜總會，不僅裝潢華麗，聲光眩目，舞池寬敞，最重要的是ＤＪ的品味和技巧，她不單是要能夠放出支支動聽的快歌、慢歌；新歌、老歌，還要能不露痕跡的過場，順利接上下一首曲子，沒有半點突軏的停頓。因爲舞者的情緒也會隨著音樂而停頓，那是令人非常不爽的事情，說了半天，那兒的當紅ＤＪ就是毛家四姊妹的第四位千金一小四，很巧，她是珊珊小學同班同學，兩人多年不見，一見如故，馬上拾回往日的熱絡，珊珊也將她介紹給兄弟們認識。

小四在小學畢業後就舉家移民美國，修了個藝術學位卻跑回台灣當夜總會的DJ，可見她的叛逆和任性。每晚出入這種場合的多半是有錢人家的公子哥兒，小四雖然長的嬌小玲瓏，但由於聰明獨特的個性，時髦怪異的打扮，出了名的刁鑽古怪，自有一堆賤骨頭拜倒在她的超級熱褲下供她使喚，不明白爲什麼她一個也看不上眼，卻和傳統老實、少根筋的阿成一拍即合，短短數週之內就愛的難分難捨！大伙也從一週光顧一兩次，增加爲一兩天去一次，這該是珊珊這輩子玩的最開心也最瘋狂的一段時日了。不出三個月，阿成和小四就悄悄飛到Las Vegas結婚了！

珊珊心中非常清楚自己是大哥的女人，眾兄弟雖然各個對她表示愛慕之意，也僅止於口頭上，沒人敢越雷池一步。但是珊珊似乎老毛病又犯，不時的捕捉到兄弟中最沉默寡言—黑狗充滿愛意的眼神，究竟是喜歡追求刺激，還是喜歡挑戰高難度，她自己也搞不清楚。總之，她要的就一定要得到，從不失手。

才開開心心的過了八個月，小呂又被船公司高薪請了回去……

「咪，我這一去得兩個多月才回來，妳一定要乖乖的，有什麼需要幫忙的儘管打電話找兄弟們，他們會代替我好好照顧妳的，我只要一有機會靠岸就會給妳打電話的。要想我，我愛妳，保重……」

不知道爲什麼，這回珊珊竟然沒有流淚，沒有不捨，更糟的是沒有期盼！她爲自己早已背叛的心感到內咎，而做事從不後悔的她依舊義無反顧。小呂出國的第二天，她就打電話叫黑狗來公司接她下班，說是心情不好想找個人聊聊。

黑狗也是窮苦人家出身的獨子，由母親一手扶養長大，在汽車公司當業務員，始終認爲在沒有讓母親生活安逸前絕不談感情，再加上顧及兄弟間的義氣，他一直把持的很好卻很辛苦，如今遇上了寧可錯殺一千，也不能放過一個的珊珊，他註定遍體鱗傷。

一個夏日午後，黑狗手持扇子躺在床上扇涼，珊珊坐在床沿看著他說：

「我看得出來，你媽非常喜歡我。」

「天底下恐怕沒有幾個人能躲得過妳的魔力吧！」

「喔？我覺得你好像就對我免疫？」其實她心知肚明，只是想從他口中印證。

「咪─老實說，我非常享受跟妳相處的每一分鐘，但是…妳這麼聰明，應該知道我在承受什麼樣的壓力。小胖、阿成、阿福…他們幾個每天打電話來教訓我，而且，他也快回來了…」

「我絕對沒有要你和兄弟們反目成仇的意思，我比你更不願意看到這種事發生，但是要犧牲我的感情來假裝什麼都沒有發生，那是不可能的！小呂對我很好，我相信他眞的很愛我，但是我對他的感覺已經越來越淡了。等他這次回來，我會跟他好好談談，免得你背上『不義』的罪名。」邊說邊像蛇一樣無聲無息的慢慢爬到他身邊側躺了下來，用一隻手指輕輕地畫過他的眉，他高挺的鼻，他微啓的唇…

「小姐！不要再鬧了！別再考驗我的能耐，我…我可是什麼事都幹得出來的小人，妳跟著我只會吃苦，我不能給妳幸福…我…」說著說著，她就湊上雙唇去堵住他的。

小慧，聰明靈利、濃眉大眼，像極山地姑娘，是個人見人愛的洋娃娃，也是公司樓下錄音工作室的助理，幾次電梯中互相欣賞的眼神，到點頭寒暄，變成沒事就端著兩個便當去珊珊辦公室共進午餐。略小三歲的小慧乖巧懂事，又和珊珊興趣相投，很快就成爲莫逆之交，當然她也順理成章的被阿福追了去。

自古即有名訓：「朋友妻不可戲」，否則別說朋友做不成，可能還會鬧出命案。若說女人是禍水，那麼像珊珊、小慧這樣的女孩，必是禍害千年。

左盼右盼，總算盼到小呂回來，整夜反覆準備的分手稿已箭在弦上，但是手上拿著他千里迢迢送來的名牌香水、皮包、毛衣，耳中聽著他思念、甜蜜的話語，眼中盡是一片模糊，叫人怎麼都開不了口。幾次「小呂，我有事想告訴你…」都被他：「我只要看到妳就好快樂，妳什麼都不必說，我明白的，」給擋了回去，現在想來，他好像一直都明白些什麼，但他爲什麼不說穿呢？苦自己也苦別人，整件事都不在軌道上。

除了上班之外的時間，珊珊都在陪他，匆匆三日，轉眼即過。他又上船了，黑狗又出現了。如此週而復始了幾次，她已忍耐到發瘋邊緣，終於在一次小呂夜訪珊珊家欲留宿時，她表明了心跡：

「小呂，我受夠了你的來來去去！別再買任何東西給我，我不值得你這樣做，我…已經不再愛你了。」

「咪，我知道妳不喜歡我跑船，換成任何一個女孩都一樣，但是我這麼辛苦也是在爲我們的將來打算，妳爸絕不會把他的寶貝女兒嫁給個窮光蛋的，我在拼命賺錢啊！……再給我三年的時間，我一定會給妳個最風光的婚禮。」

「你…這是在求婚嗎？」這是珊珊這輩子第一次聽到有人跟她談未來，驚訝萬分！「NO！這不是重點，我說了，我已經不再愛你，希望你以後不要再來找我，我……我很不快樂，你如果眞的愛我，就還我自由。」她幾近哀求的語調，著實刺傷了他的心。

「怎麼可能？我對妳還不夠好嗎？難道……我聽到的都是眞的？」

「你聽到了什麼？」該來的終歸要來。

「妳和黑狗……」

「不錯！我寂寞、無聊，想要人陪時，他都在我身邊，這種感覺對我很重要，當初也是你自己說我隨時可以找他們的，我跟黑狗最聊得來。你別怪他，何況他…從不會只是買東西給我，他願意花時間聽我說話，他真的對我很好，我並不急著嫁人，所以有錢沒錢，我眞的不 Care ！」

在電梯間有些昏黃的光影下，珊珊第一次覺得小呂竟是看來歷經滄桑、老態畢露：「妳…愛他嗎？」他雙眼佈滿血絲，聲音微顫的問。

「那不重要。」

「他…愛妳嗎？」

「我想是，但是他非常壓抑，從不輕易表態，不過我感覺得出來…」

經過一段長時間的沉默，他終於開口了：「OK ！如果這就是妳要的，我給妳自由，只要妳快樂。不過，這並不表示我放棄了，等妳累了、倦了，我還是會在這裡等妳，妳是我唯一所愛的，……我…走了。」

珊珊本著對凡事「不做則已，做了絕不後悔」的心態，從不覺得有任何心理負擔，反正大家在婚前都有權利去尋找自己的最愛，不合就換本就天經地義，沒有誰對不起誰。但是這會兒望著小呂離去的背影，她第一次覺得虧欠，如果再令他們兄弟反目，她會更加愧疚，然而所有事情都不是她所能控制的。

毛毛仍不間斷的從部隊裡寫信、打電話給珊珊，總不外乎問爲什麼都沒有她的消息，在忙什麼，何時去看他等等，大小姐都自顧不周了，哪有閒功夫理其他呢？對他的態度自是越來越冷淡，給小三的信也由一天一封拖延成一月一封，甚至三月一封…

接下去近半年，都沒有再接到小呂的電話或是隻字片語，而從兄弟們口中得知大哥回來過幾次，他眞的不再和珊珊聯絡，令她悵然若失。

「小咪，爲什麼我們不能再像以前那樣一大群人一起出去吃飯、跳舞，瘋到天亮了啊？大伙都陰陽怪氣的，我好懷念那段日子喔！」這天，小慧出其不意的來找珊珊一塊兒吃中飯。

「是啊！我也很懷念，可是妳知道，有很多事情一旦起了變化，是無法再還原的了。」，「我不懂，小呂那麼愛妳，妳爲什麼要跟他分手？黑狗有什麼好？要是我，我一定選小呂，他又溫柔體貼，又多才多藝，對妳更是一往情深，不像阿福，連人在台北都不太愛理我，更不捨得花錢在我身上……」

「你們不是一直都很好的嗎？」珊珊感覺到一絲怪怪的氣息。

「誰跟他很好啊？我們…妳眞的不知道？我們，二、三個月前就 Bye Bye囉！」

「爲什麼？我怎麼一點也不曉得？！」珊珊甚是驚訝，也有點不爽好朋友連這麼重要的事也不告訴她。

「唉呀！反正他也忙，我也忙，漸漸地就不來找我，我也懶得理他，就這麼回事兒囉！欸！小咪，我介紹我們錄音界裡的『天字第一號』大帥哥給妳認識好不好？」

「妳在說誰啊？我進出妳辦公室那麼多次，也沒看見哪個特別帥的啊！別鬧了！」

「眞的！眞的！反正妳現在閒著也是閒著，心情又不是很好，這個帥哥可是吃喝玩樂樣樣精通，保證妳藥到病除，天天開心。更何況他早就仰慕妳很久，一直吵著要我引見呢！怎麼樣嘛？」

「什麼怎麼樣？沒興趣。」

「別這樣嘛！我保證妳絕對不會失望的…」

「有空再說吧！我不是那麼容易見一個愛一個的。」其實珊珊心裡已有了五成興趣，只是不便擺明。

「我當然知道。只是認識一下，別害我做個食言而肥的人嘛！OK？」機靈的小慧察覺珊珊並不太排斥，吃完飯就拉著她回自己辦公室。

戴著耳機正在替童安格錄音的小林，正聚精會神的在大型控制檯前撥弄著開關，完全不曉得身後站著兩位美女在等待，直到一首歌結束，小慧去拍他的肩膀：

「帥哥！快來見見你的夢中情人吧！」男女主角互相都仔細打量對方，毫不示弱，握了手卻是誰也不肯多說一個字，深怕那樣就洩了自己的底一般。

「怎麼樣？他帥不帥？」小慧又不死心的追進了電梯。

「嗯—瘦瘦高高的，身材還不錯，握手很有誠意；兩眼目光渙散，穿著邋遢，不及格，沒有未來。」

「欸—妳還眞挑耶！人家在錄音室已經工作三天三夜沒闔眼，也沒回家換衣服，當然看起來有點亂七八糟…妳不可以以貌取人啊！」

「奇怪了！我是衝著妳說『天字第一號大帥哥』想見識一下才去看看的，妳又說我以貌取人？」

「討厭！不跟妳說了！」

這整個下午珊珊都無心工作，腦中不停地反覆想著小慧的話，當然與帥哥無關，「要是我，我一定選小呂，他又溫柔體貼，又……我和阿福早就 Bye Bye 囉……」，（她似乎很欣賞他，從什麼時候開始的？我怎麼都沒發現？）

黑狗由於被兄弟們罵到臭頭，另一方面也良心不安，多方面考量後也和珊珊協議不再見面了。這段苦苦澀澀，極不被看好的戀情只維繫了短短四個月，就在一切事情都趨於平靜的時候，珊珊又接到了小呂的電話。

「咪—我回台北了，妳好不好？我想見妳，今天下班有空嗎？請妳吃個飯…」

「………」

「別想太多，我沒別的意思，只想看看妳，聊聊天而已，OK？別忘了我們還是好朋友啊！」

「唉—好吧！」珊珊雖然答應的有些勉強，但她心裡其實是想見他的，只是並不想讓他察覺。

來到倆人以前常出現的「財神酒店」，認識他們的服務生驚訝的說：「哇！你們還在一起啊！怎麼這麼久沒來了？」倆人均報以無奈的微笑，對看一眼。

「還是坐老位子？」珊珊點點頭，小呂也習慣性地摟著她入座，一切都和過去沒兩樣。

「咪—告訴我，妳現在快樂嗎？」

「還不錯啊！」

「我要聽眞話—」

「是眞的啊！想必你也知道，我已經沒有跟黑狗在一起了，還是有很多仰慕者，今天跟這個吃飯，明天跟那個跳舞，很開心啊！」

「妳就是這麼好強。其實，妳的情形……小慧都有告訴我。」，「哦—？」

「她……我……妳知道—爲了要壓抑來找妳的衝動，我剛開始眞的只是爲了打探妳的消息才去找她的。」珊珊不自覺的嘆了口氣，閉上了雙眼，幾秒鐘後再緩緩睜開，靜靜地凝視著他，她早已做好心理準備他接下來要說什麼了。

「幾次以後，有一次晚上，我……我們……唉—我跟她發生了關係。她一直很害怕妳不能原諒她，事情弄成這樣，都是我的錯，我愛的人是妳，辜負的人是她，我眞的該死！」

珊珊任著他把玩著自己擱在桌上的手，面無表情的聽著。心裡打翻了一百瓶調味料，唯一能做的事就是維持原來的姿勢—不動。

「咪—妳怎麼了？妳打我、罵我、發脾氣都好，不要這樣不講話，妳讓我好緊張啊！妳說話呀！」

她是想說點什麼的，卻慢慢將目光瞟向窗外街景，內心不停告訴自己要冷靜、要有風度，千萬別做個俗氣的女人。好一會兒，長嘆一口氣，她終於再度將目光停留在這個曾經眞心對待過的男孩臉龐，輕輕柔柔、面帶微笑的說：「早就知道小慧很喜歡你，我一點也不意外。這件事沒有什麼誰對誰錯，你也不用解釋什麼，我都明白。小慧是個體貼、懂事的好女孩，你們能在一起，我很高興，眞的，她跟你很配…」

「妳一說的是眞的？」小呂用狐疑的眼光看著她。

「你以爲你很了解我？」

「咪一我眞正想說的是…妳眞的不考慮回我身邊？我願意爲妳放棄所有，在陸地上找份安穩的工作。妳想多玩兩年，我也願意等妳，只要妳答應嫁給我，我會給妳幸福的。」

「哼！我看你眞是老糊塗了！如果我猜的沒錯，你應該是小慧第一個男人，你準備給她什麼交代？一聲對不起？」

「我知道一我知道！她也一直吵著要我娶她，所以我才不知所措。咪一我那天實在是喝醉了才會做了糊塗事，否則我不會去動她的，她還對於我不停地叫著妳的名字耿耿於懷，說她會記得一輩子呢！妳該明白我愛的人是妳啊！」

「別再說了！我不想聽這些，我想一屬於我們的好日子已經過去了。總之你放心，我是沙場老將了，有你不一定快樂，沒你是鐵定活得下去，小慧可就完全相反了。你如果要知道我的看法，我建議你趁早對我死心，趕快把她娶回家吧！」

「咪一」他還試圖盡力挽回。珊珊把纖纖玉指輕按在他的唇上：「小呂，夠了！人世間有聚有散，只要曾經眞心相愛，就不該有遺憾。謝謝你曾經愛過我，謝謝你對我的好，我都明白，但是很抱歉，我並不適合你，我不會怪罪小慧的。同樣，我也希望你和黑狗、阿福能前嫌盡釋，不要爲了兩個女人損失了近三十幾年的情誼，我全心祝福你和她能白頭到老。現在，可以吃飯了嗎？我餓得發昏了！」

飯後，珊珊爲了想表現出她眞的什麼也不在乎，於是拖著小呂去 Kiss 。不同以往的是兩個人並沒跳舞，她只是坐在角落一直專注的看著舞池裡的人，身體隨著音樂聲輕微搖擺，打著拍子。他則始終將目光凝視著她的臉，緊擁著她不說一句話，倆人都心知肚明，這也許是今生最後一次獨佔對方的歡愉了。

她還是在乎的，心裡有陣陣地牽痛，往事縷縷浮現，像蜘蛛在心裡結網，幽幽想著那個越來越遠的戀人，曾經也有過愛與歸屬的甜蜜。也關起房門難過了幾天，整理出所有他的信籤、照片、明信片…撕了個粉碎，站起來拍拍身上的灰塵，告訴自己一切都過去了。

被拒絕N次的小林，似乎得到了上帝的密報，這時候又提起最後勇氣打了通邀約的電話，珊珊竟毫不考慮的Say YES！相愛需要時間，分手也需要時間—要哭、要傷感、要復原。她太忙了，負擔不起，所以接受新對象的追求刻不容緩！

說也奇怪，小呂從不來公司接小慧下班，珊珊也從此不去錄音室閒晃，打電話過去也總是小林或別人接電話。總之，小慧好像突然變成隱形人，不再出現了！小林由於工作時間極不正常而養成服用大量鎮定劑、安眠藥的習慣，平時爲了提神也都香煙、檳榔不離手，這兩樣都是珊珊最反感的東西。所以儘管小林只要一有空就約她見面，但她仍是能推就推，窮極無聊透了才會答應和他出去。

過沒兩個月，珊珊眞的收到小呂和小慧的「永結同心」，眼睛是酸的，心底是痛的。她竟選在那晚，主動打電話約小林去夜總會跳舞，雙雙來個「禮到人不到」，眞不知這倒底是在懲罰誰？

毛毛退伍了，第一件事就是來找珊珊。過去這兩年多，大家都有成長，都經歷了酸甜苦辣，一時之間都不曉得該說些什麼好。最後，他終於說出了他的想法：

「咪，我本來打算退伍後去報考軍校，但是我老頭堅決反對，一定要逼我出國唸兩年書，我想知道妳有什麼計畫。妳不是也一直想出國去看看嗎？要不要……」

「請你在作計劃的時候，只要計劃自己就好，不要去計劃別人。我是想出國沒錯，但不是在這種情形下，OK？你打算去哪？美國？」

「說來妳也許會驚訝，我準備去法國—」

「什麼？你有沒有搞錯啊！你會幾句法文？」

「我有個阿姨住在那裡，先去跟她混一陣子再說。其實如果妳不去的話，我也可以另做打算……」

這好像是一種邀約，又好像是一種承諾。不論是哪一種，都不是珊珊能接受的，倆人談了半天都沒有交集，也失去了以前的默契和親蜜，就在不太愉快的氣氛下分手了。

巧的是，她竟然在情人節的同一天收到毛毛和家駒的賀卡，一張上面貼著法國郵票，一張上面貼著美國郵票。這兩個同年同月同日生的情敵，也幾乎同時去國外深造了。

7

一九八五年，二十四歲　命中註定的劫數

由於常跑Tiffany，許多常碰面的「舞林高手」都已成為點頭之交，不一定要有舞伴才能去。一個週五，心情不是挺好的珊珊，晚飯後就仔細裝扮自己，十點左右就一個人去Tiffany坐。自從和小呂、黑狗分手後，已經好一陣子沒來了，黃經理看到珊珊再度光臨，親自出馬招呼，帶她去她最愛的角落入座，並立刻招待了一大盤什錦水果。

沒一會兒，就聚集了三、四個同好的女孩來和珊珊聊天，聽到她愛的曲子就下去搖曳生姿一下，又速速回座。近十二點，終於接近整晚的高潮時段，座位已十成滿，許多客人都只能端著酒杯靠吧檯站著，盡看這群花枝招展、舞技超群的妙齡女郎在表演。直到香汗淋漓，燈光轉暗，換上慢四步的音樂，她們才悻悻然回座。

「小胖—你看舞池裡那個長頭髮，穿一身黑的妞兒怎麼樣？好像很辣喔！」

「嗯—長得是不錯。」

「何止不錯！她的腿眞是又長又性感…」

「那幾個個子好像都比我們還高咧！」

「她今天…好像是一個人來的…」

「你怎麼知道？」小胖覺得有點奇怪地望向培齊，「我當然知道。我至少見過她三次，都跟不一樣的男子出現…嗯—今天是滿奇怪的…」

「你在打什麼主意啊？」畢竟是從小一塊兒長大的，小胖已經嗅到不尋常的企圖。

「你看一要不要請她們過來坐？我叫黃經理把我的酒拿來…」

「嘿嘿！要請你自己去請，別每次都叫我去幹這種事。」

「哎呀！誰叫你長得一付老實又可愛的樣子，由你出馬有哪次不成功的？你應該很有信心啊！」

「是啊！可是每次到後來都是你吃肥肉，我連啃骨頭的份兒都沒有…」

「誰叫我們是好哥兒們咧？你吃我吃不都一樣，我這是在培養你挑馬子的品味，你就快要出師了，到時候你可別喊吃不消，又要我來幫忙分擔啦！」，「去你媽的！」

小胖雖然嘴上不願意，仍舊拉了拉襯衫，梳理一下頭髮，筆直地穿過舞池，來到黑衣女郎面前，深深一鞠躬。女郎剛放下飲料杯，立刻被這個身材略微矮胖但是笑容可掬的男孩給吸引，以爲他是來邀舞的，沒想到他卻說：「小姐，很冒昧打擾，不知道有沒有這個榮幸請妳和妳的朋友們過去我朋友那邊坐一下？」

「喔一？你朋友？爲什麼他自己不過來？」

「他一很害羞，不好意思，所以叫我來請…」

「那麼…表示你的臉皮很厚，不會害羞囉！」一群女孩們笑的花枝亂顫。女郎仗著人多勢衆，故意虧虧來釣馬子的年輕人，沒想到他竟然漲紅了臉說不出話來！對付這種隨處找女孩搭訕的傢伙，女郎自有一套「整人哲學」，從不讓他們有好下場。但是不知怎地，這個男孩看來挺順眼，又是很有禮貌的生手，才回敬他一句就羞成這樣也能被派爲「外交大使」，那麼那位「朋友」想必是更害羞囉！這立刻引起了她的高度興趣。

「妳們在這坐一會兒，我過去會會那位『朋友』，就回來一OK？」

「不會吧！妳眞的要去？」，「是啊！這乖寶寶看起來就不是妳的Type，別浪費時間了！」，「就是一待會兒快歌開始，我們就不等妳囉！」衆女孩七嘴八舌了一番，都沒能阻止成功，她還是微笑起身和小胖橫越舞池到另一區去。

自古姻緣天註定。或許現代年輕人早已不相信這句話，但女郎仍深信不疑，因爲從此所有事情都是被「安排」好的，怎樣也躲不掉了！

這是一個四人座的小位子，只見一個穿白襯衫，戴黑框眼鏡的「小男孩」伴著三張空蕩蕩的沙發椅在發呆，爲何說他是小男孩？因爲他有張可愛的 Baby Face ，配上那副世界老實的學生眼鏡……女郎估計他看起來頂多只有二十歲，搞不好還是虛報年齡才混進來的。

「嗨！妳眞的來了，請坐－」，女郎瞪著這個笑容燦爛但身高不到一六〇公分的小男孩，有點驚訝卻不好意思表現出來，挑了他正對面的位子坐了下來，想看看他葫蘆裡賣的究竟是什麼藥。

「妳好！我叫梁培齊，這是我的好朋友郝尚斌，大家都叫他小胖，妳－怎麼稱呼？」

「叫我珊珊吧！」

「珊珊小姐，要喝點什麼嗎？這是 V.S.O.P. ，可以來一點嗎？」

「喔－不…」，不等她說完，他已將滿杯的白蘭地擱在她的面前。

「哼！好個霸道的小鬼，想灌醉老娘嗎？你也太小看我了，待會兒鹿死誰手還不知道呢！」珊珊迅速地撇見一抹詭異的笑容從小胖的嘴角閃過。

「梁先生，謝謝你，我不喜歡喝酒，特別是不跟第一次碰面的人喝酒，這杯…你自己喝吧！別浪費了。」她把酒端到他面前放下，培齊和小胖迅速的交換了一個眼神，立刻換上可愛的笑容：「妳在哪高就？」

「高就談不上，我目前在室內設計公司做事，你呢？大學還沒畢業吧？」

「哈哈哈—謝謝妳的恭維！我看起來那麼小？我…在一家船務公司，做了快五年了吧！」

「哦？是看不出來！」

氣氛有點兒尷尬，突然燈光轉亮，是一首排行榜上的吉魯巴。他連問都不問就抓起珊珊的手走進舞池中央，幾小節的基本步過後，她原本還在心裡擔心他比自己矮半個頭，待會兒轉圈不知道轉不轉得過…，還來不及想清楚，他已然一招接一招排山倒海而來，若非她從小被哥哥訓練有素，早就被一推一拉之間不曉得甩到哪裡去了！

直到全場報以熱烈的掌聲，珊珊才驚覺音樂已結束，舞池裡除了自己和他竟然沒有別人！連所有的服務生全停止走動，看得目瞪口呆！這對珊珊來說是一種全新的經驗，也是會令人興奮、上癮的感覺。她直到被培齊牽回座位還在回想剛才的舞步和大家欣賞的目光，久久回不過神來。

「妳…舞跳的不錯！」培齊只淡淡的表示了一下，就自顧自的喝起酒來。

「眞的！眞的！培齊從來沒有和女孩子跳完整首歌的，更別說誇獎人家了！他每次都說中看的女生智商都不高…」小胖興沖沖的在一旁幫腔，卻吃了培齊一對白眼。

「這麼說，我還應該說聲謝謝囉！」她完全不看他，目光只是在桌上找紙巾，他立刻遞上了自己的手帕。

「不好吧！我現在可是一頭大汗，會把你手帕弄髒的…」

「那我這條手帕可就是全世界最幸福的手帕了，拿去吧！別客氣—」

她眞是感到困惑：（這個人時而熱情，時而冷漠；看似純眞，又很有心機，完全搞不清楚他倒底在打什麼算盤，好像喜歡我，又沒有要追的意思，跳舞時又像要出我洋相般地盡挑戰高難度動作…他倒底想要幹什麼？！）

「梁先生—」，「叫我培齊。」

「……謝謝你的招待。很高興認識你…還有小胖，我那邊還有朋友在等，我就不打擾了。」她起身要走，他忽然也站起來說：「小胖我送珊珊回家，你自己回去，我們明天再聯絡，OK？」

「喔，不不不…時間還早，你們繼續玩，我只是要過去陪她們…」

他握起了她的右手，湊到自己唇邊輕輕一吻：「對妳來說或許還早，但是對我來說今天才認識妳實在是相見恨晚。這裡太吵了，讓我送妳回去，我們好在車上再聊聊好嗎？」

望向那對迷樣的眼睛，誠懇的話語，珊珊無力說不。看看手錶，心裡想有人送也好，省得待會兒坐計程車，她朝那幾個舞友們揮揮手，就任他牽著出去了。

「麻煩你前面右轉，再左轉就到了。」車停下後，培齊只是笑而不語。

「你笑什麼？」

「妳住在這多久了？」

「嗯—我們搬到這棟大樓快七、八年了吧！」，他笑著搖頭說：「眞不可思議！妳看這個小公園對面那棟六層樓公寓的四樓，陽台上有亮燈，種了很多盆栽…」

「別告訴我那就是你家？」

「我在這也住了快十年，怎麼會從來沒見過妳？我眞是瞎了眼睛！」

「沒錯！不下雨的時候，每天傍晚都有個美女在這個小公園裡遛狗，經常有無聊份子來搭訕，我也沒見過你。」說罷，兩個人同時笑了起來，頓時間感覺好像熟諳多年的老友，越聊越投契。這一聊就聊到了半夜三點，互留電話才各自回家睡覺。

「董事長？」珊珊看著名片上的抬頭，訝異的說不出話來。（眞是人不可貌像啊！我還猜他是大學生呢！眞糗！）

第二天，是個陽光明媚的好天氣，珊珊照例睡到吃中飯時間才被媽媽叫起床。下午三點多，她就刻意打伴妥當，牽著 Puppy 到公園去玩。平時，她也許二十分鐘就回家了，今天，她存心想測試自己的直覺，看看有沒有什麼事情發生，於是她等了又等，快一小時過去，連Puppy都用奇怪的眼神看她，而她則完全沉浸在昨晚喧鬧的舞池中，回想著他超優異的舞技……

旺—旺—旺—— Puppy 是一隻和博美混血的小土狗，聰明調皮卻超級膽小，突然跑來一隻體型大牠三倍的大丹可把牠嚇的魂飛魄散，還拼命往主人椅子底下鑽。

「 Puppy ，妳幹什麼？別怕牠啊！出來！」珊珊正要彎腰去抓 Puppy 時，忽然發現牽著大丹狗的主人正笑咪咪的看著她：「啊—是你！你看你把我們家寶貝嚇成這樣…你快把牠拉遠一點啊！」珊珊沒好氣的說，但心裡卻有股不知跟誰打賭贏了般的勝利感湧出。

「我也沒想到會遇到妳，只是像妳那麼醒目的女孩，想看不到也很難。今天天氣眞好，我帶呆呆出來走走，順便看看會不會幸運的遇上妳，果然…」

「你…一定有很多女朋友吧！我覺得你很愛喝蜂蜜，說的話都裹了糖衣。」

「哦—？女朋友是有過幾個，不過都不持久，因爲我從來都不會說好聽的話去哄女孩子。」，「我倒覺得你挺會的。」

「珊珊，到我家去坐坐。妳知道的我家就在對面—」

「啊—？不好吧！我出來好久，該回去了。」

「沒關係的，我爸媽、姊姊都在美國，家裡沒別人，來參觀一下嘛！我想把我的臥室重新設計一下，替我出點主意。我保證絕對君子，不會對妳不規矩的。」

望著 Puppy 和呆呆互相聞來聞去，好像已經變成好朋友了，珊珊也不忍拒他於千里，就牽著 Puppy 一起走了。

接下去一個月，培齊眞的付諸行動的請珊珊替他家重新設計、裝潢、打牆、地板加高、換壁紙、買新家具…每天往他家跑成了理所當然，兩人的感情也與日俱增。他在一天內就把抽了十幾年的煙給戒了，只因爲她聞了會咳嗽，可以確定的一點是，他除了是個玩樂高手外，還是個非常有主見、帶點跋扈的千金大少爺。

這天，珊珊第一次請他到家裡來吃飯，做父親的總不忘記照例的來個身家調查。

「什麼？你爸爸是梁天祥？老梁！哈哈哈！這世界眞是太小了！我怎麼從來不曉得老梁家有五公子！我只見過你兩個姊姊。嘿嘿！我待會兒要打電話跟他好好聊聊…」

原來老梁竟是偉傑已退休的頂頭上司，兩家夫婦認識快三十年，只是小輩們沒來往。這下可好，偉傑當然清楚梁家的家世背景、人品財力，本來由於老梁夫婦移居美國而疏於聯絡的感情，又突然地熱絡了起來。老梁也早有耳聞偉傑家有個出落非常標緻的千金，竟被自己的么兒追上，自是滿心歡喜。

也在同時，珊珊收到了小三的信：

咪，轉眼已分別四年，妳爲我吃的苦，我無以爲報。再過三個月我就要畢業了，明知回台就要被招去當兵，但是至少我們每週可以見面，不論我爸多麼反對，我仍舊計劃六月回台，在我心目中妳仍是我最深愛的妻，婚禮一切從簡。相信妳不會介意，只要熬過這兩年，我一定給妳幸福的未來…

不明白爲什麼，珊珊握著這封期待已久的信，卻是一點興奮的感覺也沒有！思緒飄回到離別前的大雨午後，兩人的海誓山盟，淚如雨下…（才四年，我怎麼可以就把他忘了？不一我沒忘，我只是…好像…不那麼愛他了。）

珊珊自己也搞不清楚是什麼心態，她把這個天大的消息告訴了媽媽。

「什麼？那小子要回來？他憑什麼說結婚就結婚？就憑他現在有『土耳其』的大學文憑，我就要把女兒送給他嗎？他做夢！」

「喂—你小聲點！你要叫給女兒聽是不是啊？」美玉趕緊替偉傑踩煞車。

「我跟那小子的爸媽帳還沒算清楚呢，他一邊涼快去，有這種老子就有這種小子，他們一家都沒有把我們放在眼睛裡，還有臉來攀親事，哼—」

「好了，好了，我不過說一句，看你氣成那樣。女兒也沒有說要嫁給他呀！不過她好像有點煩，奇怪的是，她好像也並沒有很高興，你覺得她是不是喜歡上那個姓梁的？」

「嗯—對了！老梁這個小兒子既成熟又懂事，事業有成。除了個子矮了點，其他好像沒有配不上我們女兒的地方，妳覺得我是不是應該去探探老梁的意思怎麼樣？」

說著說著，老梁夫婦就從美國飛回來看準媳婦了。這時的男女主角才剛認識滿八週，仍是夜夜忙著較量舞技，根本沒有想過其他的事，而兩家的父母則開始緊鑼密鼓的籌辦婚事，從頭到尾都沒有人說個「不」字！直到—婚禮的前一夜……

「珊—我有話想跟妳說。」，「你說啊—」

「我……」，「你怎麼回事？從來沒看你這麼陰陽怪氣過。」

「我說了妳一定會生氣的。」，「哦？ Try me 。」

「我們明天可不可以把婚禮取消？我並不是眞的想娶妳…」這坐過無數次的樓梯間，這會兒靜的只聽得到自己的呼吸聲，珊珊腦海裡快速閃過幾幕電影中新郎在禮堂前落跑的鏡頭，卻也不得不佩服他們臨陣脫逃的勇氣：「OK ！其實我也還沒有準備好，只不過，你爸和我爸都是有頭有臉的人，帖子發出去將近五百張，現在已經半夜一點了，你來得及通知多少人？」

他沒再開口，她沒再接腔。早晨六點，他送她去化妝，晚上七點半，禮成。

不知道是誰在趕時間，反正一直都很趕，等一切塵埃落定，離小三返台日還有一星期。說也奇怪，這婚事並未登報，但小三卻從此失去了蹤影。

新婚夜，等所有的繁文褥節告一段落，珊珊早已累得癱在沙發上兩眼發直，一言不發。一心只等客廳裡鬧洞房的狐群狗黨們趕快解散，她好進房去梳洗就寢，沒想到新郎竟和朋友們喧鬧的難分難捨，甚至有人提議：「你們既然是在 Tiffany 認識的，今天就應該去那邊慶祝一下啊！我看培齊還沒喝爽呢！怎麼樣？大伙去熱鬧熱鬧吧！」，「好啊！好啊！現在快十二點，音樂正好，要去就快…」，培齊連問都沒問珊珊的意見，拉了她就走。

即使是自己最熱愛的活動，當你筋疲力盡時，實在是連動一根手指都嫌吃力。珊珊只是很勉強的歪在椅子上，任它四周震耳欲聾的音樂在那兒翻騰，她卻是半天也擠不出一絲絲笑容。培齊則和朋友們左一個乾杯，右一個乾杯，好像今生今世不會再見面似的。喝著喝著，他抓起小胖的煙就抽了起來，剛開始，珊珊也不以為意，今天是特別的日子，隨便他吧！但是接著第二根、第三根…珊珊又忍不住的咳了起來：「你怎麼回事？別抽這麼多好不好？」

「妳管我？娶都把妳娶回來了，我還戒什麼煙啊？」第一個晴天霹靂！當著這麼多朋友的面，她極力鎮定自己的情緒：（他說的這是什麼話？八成是喝醉了，別跟他計較了。）但她沒有想到，這一切都才剛開始哪！

卸好妝，躺上床已近四點，珊珊早已有心理準備，聽朋友說通常「第一夜」大家都會累得沒魂，應該什麼事都不會發生，再加上新郎已有八分酒意，大概也辨不了什麼事，她就關燈準備睡了。隔不到一分鐘，床頭燈又被點亮，「我們還有事沒做呢，這一天怎麼能就這樣結束？」

早已呈現半昏迷狀態的珊珊，頓時大眼圓瞪，所有精神都被嚇了回來！不是興奮，而是害怕。又期待又怕受傷害，她，完全沒經驗！

「你…要幹什麼？」，迎面而來的醺天酒氣，令人倒盡胃口。他，自顧自的忙；她，像個木頭人般動也不敢動，幻想過無數次各種羅曼蒂克的場景，卻怎樣也沒有想到會是這樣的開始。

很快地，他已趴在她身上喘息。她以爲沒事了，他卻突然非常嚴肅的瞪著她：「妳給我老實說，妳倒底跟多少男人上過床？」，「什麼？」第二個晴天霹靂！

她儘管交過男友無數，那只能歸咎於感情之路坎坷，她始終是守身如玉、觀念傳統的女孩。在新婚之夜被自己丈夫如此不堪的質詢，她的心，徹底被擊碎，整個軀體頓時被抽空，她開始無法抑制的狂笑，笑到眼淚流下來，「你眞要知道？告訴你實話，我跟全台北市的男人上過床，滿意嗎？」

啪—，一個清脆響亮的耳光。他起身離開，重重摔上房門，一夜沒再進來。她倒底做錯了什麼？爲什麼會落到這樣的下場？沒有人能告訴她，只有任著眼淚無止盡的流…

倔強的牛脾氣加上好強的個性，雖然心裡已蒙上一層陰影，珊珊仍律己甚嚴的要求自己做個一百分的媳婦，心理抱定：（不結婚則已，結到我絕不離，凡事起頭難，過一陣子，大家都會適應的。）她不停地安慰、鼓勵自己。

一早起床，將自己打扮妥當，進廚房準備一家五口的早餐，希望能留個好印象給公婆和同住已近四十歲仍單身的二姊，萬一再發生不愉快時，自己也得有個夠力的啦啦隊。沒有蜜月的珊珊，當然也不敢奢望培齊放下繁忙的業務在家陪她，稀飯煮到一半，聽見培齊在他自己的臥房裡大叫：「珊珊，快來！」

「什麼事大呼小叫的？二姊還在睡呢！」衝進來的珊珊著實被眼前景象嚇了一跳！所有掛在衣櫃裡的襯衫、西裝褲全扔在地上，「我現在馬上要去公司，沒有一件襯衫是燙好的，妳叫我怎麼出去見客戶？」

「你的衣服不是全都送乾洗店的嗎？他們沒替你燙嗎？」

「那是以前。我現在結婚了妳還要我把每天穿的衣褲送洗，那我娶妳來幹什麼的？」第三個晴天霹靂！

「我…煮好早點就來…幫你燙。」她強忍著想哭的衝動。

「不必了！我已經遲到了，今天下班回來妳要把這些通通給我燙好，知道嗎？」

飯桌上擺著荷包蛋、肉鬆、醬瓜、花生、炒青菜、豆乾絲和一鍋熱騰騰的粥，珊珊一個人坐在這兒，從七點等到八點，這才想起昨天好像一天都沒吃東西。餓，卻不敢先吃，終於，公婆從公園打完拳回來，本以為會得到一些讚美，沒想到婆婆竟然一反常態的說：「妳會弄早點？！我看看是什麼好東西。嗯—竟是些不營養的，還有蛋呢！妳不知道我們都膽固醇很高，不能吃蛋的嗎？我看妳自己吃吧！我們已經吃過豆漿燒餅了。不會弄以後就別弄，眞是糟蹋。妳如果太閒的話，以後每天早晚把地各拖一次，我可是有潔癖的，地上不可以有一根頭髮，知道嗎？」

嫁進來的第一天，她已經有二十件襯衫、十五條西裝褲要燙，八十坪的地要拖，天曉得以後還有什麼事？

（怎麼會這樣呢？婆婆以前不是很喜歡我、很寶貝我的，怎麼今天完全換了一付嘴臉？培齊也是，他們家的人倒底是怎麼回事？今天才第一天，以後的日子要怎麼過？）

想著想著，吞下去的稀飯也越來越鹹……

爲了要全心全意做個稱職的家庭主婦，婚後沒多久珊珊就辭去室內設計的工作，每天一早起床就趕著上菜市場，但是俗話說的好：一個廚房容不下兩個女人。特別是婆媳，各有各的洗切煮炒的習慣，老的認爲自己經驗豐富，小的認爲自己媽媽多年來都是這麼教的，誰也不讓誰。這個屋簷下也沒什麼新鮮事兒！婆婆經常神秘兮兮地遠遠觀察她買菜，不然就嫌她菜洗不乾淨，當她面拿起來多洗兩遍，嘴裡也少不了碎碎唸一堆，甚至還規定她要包上保鮮膜才能將剩菜放入微波爐加熱，但是當時市面上並沒有可以加熱專用的保鮮膜，珊珊爲了安全顧慮就堅持不用，怕產生毒素，最後少不了一狀告到兒子那兒，受氣挨打的仍是珊珊。珊珊逆來順受的本事雖一流，卻是口服心不服，常常氣的自己胃痛、昏倒，加上家務過度繁重，新婚第一個月就瘦了八公斤！

不僅如此，培齊的三姊和大哥都長年住在紐約。一個有工作，一個在唸書，均是離了婚各自帶一個小孩，寒暑假就會把小朋友送回台灣來陪兩老。當然，這兩個超皮的小祖宗一七歲女孩和十歲男孩的吃喝拉撒睡又全成爲珊珊的責任，還得陪洗澡、做功課、出去玩，罵不得、管不得，稍微有點伺候不周，不用說也知道是誰會倒楣。珊珊自己也還是個二十四歲的千金大小姐，她能做到多少、想到多少，又能吞下多少委屈呢？如果另一半能夠分憂解勞，所有事做起來都不再辛苦，但是可憐的珊珊，一而再，再而三的想起歷任的男友，每個都比培齊還愛她、寶貝她，爲什麼最後會選擇嫁給了根本不愛自己的人？她捫心自問沒有一點對不起他，就只因爲初夜沒落紅，就從此淪爲梁家的下人？不明白，眞的不明白。

對避孕常識一知半解的珊珊，既不敢問媽媽，也沒有姊妹淘好商量，自己在婚禮前幾天偷偷跑到西藥房去買了盒避孕藥，以爲只要遵照指示每天吃一粒就沒事了，卻沒想到才第二個月，就發現自己懷孕了！

「醫生，妳確定沒有弄錯？可是我一直有在吃避孕藥啊！」

「喔—妳可能沒有注意，這藥不是仙丹，吃一顆就有效，特別是妳從來沒吃過，至少要吃二個月以上才會改變妳的荷爾蒙，抑制排卵，所以在這期間妳應該同時使用其他的避孕措施才會眞正安全。」

「那我在吃藥的情形下懷孕的，會不會怎麼樣？」

「我們做醫生的當然不會鼓勵妳做流產手術，但是這個胎兒的畸形比率是非常高的，妳最好回去和家人好好商量一下，再做決定。」

失魂落魄的珊珊，異常無助、徬徨的走出婦產科診所，腦海中盡是培齊每晚醉醺醺地騎到她身上予取予求，再吐的她一身，那張晃動、扭曲的臉、腥臭的氣味、刺痛的雙頰、麻木的心…扶著騎樓的柱子，一陣酸水湧出來，她嘔到全身無力的跪在地上，分不清臉上是汗水還是淚水：（爲什麼？爲什麼我要承受這些？老天爺爲什麼要這樣懲罰我？這就是我自己所選擇的婚姻？別人的婚姻都像我這樣嗎？結婚一點都不快樂，爲什麼要結？）

這天晚上，她決定清醒的等培齊回來，天眞的以爲這個消息會從此改變他對她的態度。照例，客廳的落地古董鐘噹了三下後沒多久，就聽到開門、關門的聲音……

「唷—今天挺稀奇的啊！等我嗎？」

「你爲什麼一定要每天喝的那麼晚，不醉不歸？我們結婚這些日子，你從沒陪我吃過一頓飯，你倒底在逃避什麼？」

「嘿嘿！我就知道妳今天不對勁，原來是想找我碴兒，我上一天班已經累死了，還要聽妳在這囉嗦，妳不怕我修理你？」他一邊扯掉領帶，一邊用越來越大的嗓門靠近她，用佈滿血絲的雙眼瞪著她。

「我…不是要找你碴，是有事跟你商量…」

「哦？這個家從上到下，所有大小事不都是妳在做主決定的，妳根本不需要我，也會有事要跟我商量？！」

「我…懷孕了。」從來沒有賭運的珊珊，懷著放手一搏的心，擲下了這把骰子，培齊楞在那三秒鐘，沒有人知道他在想什麼，然後無情的說：「妳怎麼那麼不小心？這…是誰的？」，又是一把利箭刺在她心頭，她的確不需要和他再商量，她已經知道該怎麼做了。幸運的，他今夜沒有強要她，但是她卻是流淚到天明。

睜開眼，一排排整齊的格子，有時清楚，有時模糊，耳中傳來中廣電台的輕音樂，全身都痠痛的沒法動。環視四周，白色的天花板、白色的牆壁、白色的布簾、白色的被單，這裡什麼也沒有，只有孤伶伶的一根鐵架上吊著一瓶淡黃色的液體，順著一根白色的塑膠管，慢慢流向左手的手臂。突然，珊珊忍不住的大叫，手腳也不聽使喚的揮動起來…外面衝進來一位護士，用盡力氣按住她的四肢：「小姐！小姐！請妳冷靜一點！妳剛動完手術需要靜養，麻醉藥剛退，傷口會比較痛，要忍耐，這是營養劑，打完妳就可以回家了。別再亂動—」

這會兒，珊珊是眞的全醒了。她流著眼淚，咬緊牙關喘息著，但感覺只有四個字可以形容—痛不欲生。她第一次有了想死的念頭，每次回娘家陪爸媽吃飯，在偉傑面前，珊珊總是要表現自己堅強獨立，從不需要他們操心，所以這些委屈，她選擇不說。在美玉面前，珊珊知道不能給她任何壓力或煩憂，只能談些風馬牛不相關的話題，對於自己的婚姻狀況，她選擇和在飯菜裡一起吞下肚。現在，她感受到從未有的孤獨。

二姊是從事旅遊業，經常要帶團出國旅行，也因此知道一些賺錢的管道，她雖然鮮少在家，但是家中的大小事似乎都逃不過她的法眼。她不只一次訓誡培齊，爲人夫的道理，但他畢竟是被寵壞的老么，依然固我，也拿他沒轍。但是她卻有意無意的開始保護珊珊，明著說要請她幫忙辦事，暗地是安排她獨自出去散心，於是經常交給她一些金飾、金錶、計算機、電動遊戲機帶進韓國，託人轉售，再帶些香菇、毛毯、棉襖回來賣。她不僅機票、住宿免費，還可以分到一些酬勞，剛開始，她也非常害怕，感覺像在走私非法物品，漸漸一個月跑兩三次，也成了熟門熟路的「單幫客」，直到培齊喊停：「妳一定要做事賺錢的話，就到我公司來幫忙好了。二姊那邊我會去跟她說，叫她另外找人。」

就這樣，珊珊又成爲船務公司幫忙接電話、寄包裹的小妹，因爲，這行，她什麼也不懂，頂著「董事長夫人」的頭銜來上這種班，有幾個人能受的了別人異樣的眼光？但是韌性極強的珊珊並不介意，她視每一個改變爲一個轉戾點，她相信眞心的付出，頑石也會點頭。

聰慧加上好勝心使然，她很快的就學會如何打提單，和報關行聯絡，如何算材積、運費…大家都是明眼人，沒多久，各部門的經理就開始在總經理、董事長面前幫忙遊說。於是培齊在「應大家要求下」昇珊珊爲「空運進出口部經理」。其實，這樣大家也好過些。過沒兩個月，又適逢會計部經理辭職，讓自己老婆去管帳似乎是天經地義的事，於是珊珊又昇爲會計部經理。

這段期間，珊珊和培齊每天同進同出，中午常一起吃便當，相處的時間較多，磨擦反而相對減少了些。但是他卻始終不曾問過胎兒後來如何處置了，好像未曾發生過一般。

由於這是一個經常需要交際的行業，時常有國外的船公司、貨櫃代理商會來台，培齊總會帶著珊珊出席。她總是讓自己光鮮亮麗的替老闆做足面子，再加上她比培齊流利的英語，自是帶給客戶極佳的印象。久而久之，大家都指明要找珊珊聯絡事宜，老外碰面總免不了擁抱、親吻面頰，送小禮物、敬酒更是平常，但是這些看在妒嫉心極重的培齊眼裡，無疑是埋下了定時炸彈。終於有一天晚上，才剛進臥室，他就忍不住將她推倒在床：「妳這個狐狸精！以後再被我看到妳跟他們打情罵俏，小心我毀了妳這張漂亮臉蛋…」

「你根本就是神經病！我懶得跟你多說，你看不順眼可以不要看，我做的事情哪一件不是爲了你？結果你還不識好歹，白費我一番苦心。」

「好—從明天起，妳給我乖乖待在家裡，大門都不准出一步，我看妳忍得了多久？」

第二天夜裡，珊珊迷迷糊糊地被隔壁臥室裡的嘻笑聲吵醒。她仔細聆聽，竟聽出是培齊和一個女人的聲音，但這女人是誰，她完全沒興趣知道。

「呵呵！死相！……你不怕被你老婆聽到嗎？」

「老婆？我哪來的老婆？女人就跟衛生紙一樣，用過了就要丟，我那個衛生紙啊早就髒了，不值錢啦！」

「你怎麼這樣說？那我們這種女人怎麼辦？」

「妳是在跟我做生意，這不一樣的嘛！」

「呵呵呵！你眞會耍嘴皮……．喔—嗯—慢點兒…瞧你急的…呵呵—」

從她哼哈的聲浪聽來，該是職業的沒錯。她一方面慶幸自己不必再受凌辱，另一方面也眞正開始恨培齊用這種方式來破壞她苦心維繫的婚姻。原來自己在他心目中，只是一張用髒的衛生紙！她過去所承受的辛勞和委屈，似乎眞的一文不值。她第二次有想死的念頭：（也許等他眞正失去我了，他才會醒…）

她爬起來翻遍所有的抽屜，只找到婆婆的半瓶安眠藥，和自己吃剩的幾粒鎮定劑：（不曉得夠不夠？管他呢！如果吃不死，昏睡它幾天也不錯，至少不用再面對這個渾蛋…）

「培齊，珊珊！你們能不能小聲一點？別太過分啦！我還要睡覺呢！」二姊敲著珊珊的房門。半天沒人應，倒是培齊一絲不掛的從他的單身臥室探出上半身來：「二姊，妳去睡妳的覺，我們玩的正爽呢！」

「你一沒跟珊珊在一塊兒？」

「她睡她的，我玩我的，不衝突啊！」

「臭小子，你也太過分了，珊珊不曉得嗎？」

「哈哈！她一天到晚在我面前裝聖女貞德，在外人面前又像蕩婦，我早就受不了她了，還管她曉不曉得！喔一啊一」一雙鮮紅寇丹的玉手伸出來將培齊攬了進去。

「咚！咚！咚！一珊珊妳開門啊！二姊有話跟妳說！珊珊？」

（哦一怎麼回事？又是白色的天花板！霧濛濛的，這是天堂嗎？好睏呀！）珊珊醒了又睡，睡了又醒，好在二姊發現的早，已經清洗過腸胃，但她一直承半昏迷狀態兩天兩夜。二姊一直隨伺在側，對她感到深深的愧疚：「爸媽帶外孫、孫女回美國了，否則也許不會發生這樣的事。培齊…唉一眞是身在福中不知福。」

第三天，珊珊醒來的第一句話就是：「培齊呢？他沒有來看我？妳爲什麼不讓我死了算了？妳難道不知道我活的很痛苦？」二姊握著她的手，只是一味的搖頭，她也幫不上忙。

珊珊總是這樣，不管遭遇什麼挫折，就是能咬緊牙關忍過去，從不讓別人看笑話，這種與生俱來逆來順受的個性，爲她換來了平淡無奇、得過且過長達一年的空洞婚姻生活。

第四天，她出院回家，拖著疲憊的身心，收拾起兩只皮箱，慢慢的拖回娘家：（希望他們什麼也別問。），這天，正巧是她第一次的結婚週年日。除了她，沒人記得。

剛開始，培齊也落的眼不見爲淨，完全不聞不問，電話也沒半通。兩個星期過去了，忽然有一天他打電話來問她：「鬧夠沒？可以回來啦！」，她只是平靜的掛下電話，過了一個月，他口氣竟軟化成：「親愛的，這個家沒有妳，什麼都不對勁了。我連內衣褲、襪子都找不到，沒有一件燙好的襯衫可以穿…不管妳搬到哪裡，妳永遠是我的老婆，趕快回來好不好？」

第三個月，他終於捧著一束鮮花出現在她家大門口，偉傑仍客氣的請他到客廳坐，當然不忘教訓一番年青人常犯的通病，雖然偉傑完全搞不清楚小倆口是怎麼了，總之是勸合不勸離的。

最後，珊珊鼓足勇氣才從臥室走出來，再次面對這個曾經將她傷害的體無完膚的人。沒有悸動、沒有怨恨，只想心平氣和的好好談一談。兩人一夜談到天亮，她什麼也不想再挽回，一心只求能再要回原本屬於她的自由，他拒絕了，結論是：「我得不到的，別人也別想擁有。」，好個自私的變態！這種人也配談感情？

一天中午，珊珊意外的接到一通來自以前「再興」男孩的電話，這個男孩從來不是追求者之一，卻俱備著所有白馬王子該有的條件－－籃球校隊、品學兼優、一表人才。和珊珊一直保持著「兄弟」情誼，以前常通電話，自從得知珊珊結婚後只偶爾通封信互道近況。現在，他終於大學畢業，當完兵，又如願申請到加州「柏克萊」去修碩士學位，若畢業後能順利在當地找到理想工作，以後或許就不會回來了。臨行在即，想要再見一面，珊珊毫不考慮地就直奔了去。

一進ＩＲ就被他那英挺的身影給吸引，但是下一秒鐘，珊珊也立刻注意到他身旁還有一個長髮披肩、濃眉大眼的漂亮女孩！

「女朋友？他畢竟不是專程來看我的。」有數秒鐘的失落感，但是想想這份難能可貴的情誼，她也立即釋懷了。

「哈囉！好久不見，你怎麼曬的這麼黑呀？」

「妳真是外行！剛退伍的人有哪個是白的啊？」

「說的也是，怎麼不替我介紹一下？這位是…」

「喔一對不起！這是 Linda 。小偉妳記得嗎？我們以前一起打球的，這是他馬子，剛從 LA 回來。我也約了小偉，待會兒就到。」

說罷轉過頭去對 Linda說：「她就是小咪，我的哥兒們，也算是乾姊吧！我們非常聊得來，她又很愛管我…哈哈哈！不過她對我很好倒是眞的…」

「好了！別聽他在那胡扯了！先點東西吧！你們也還沒吃中飯吧！」

一頓飯下來，席間有歡笑，有不捨，有惺惺相惜，一拖再拖，大家都不忍心說離去。Linda只返台一星期，和小偉的眼神始終糾結；和珊珊又一見如故，兩人的興趣、嗜好、家庭背景有許多雷同，甚至兩人的母親都來自上海。互留電話地址保持聯絡，相約下次返台、赴美必定造訪。

男孩送珊珊回到家門時，握著珊珊的手沉默了好一會兒，好像有口難言。聰明的珊珊其實已猜出大概，故意用輕鬆的口吻說：「嘿—傻大個！別愁眉苦臉的，只是去美國有什麼了不得的，又不是要你搬到火星去！別擔太多心，以你的聰明才能，一定可以唸的有聲有色的。只要記得這裡還有個沒出息的老姊，偶爾寫個信來報告一下近況，別讓我太掛念你就好，OK？說不定我過兩年就會去看你呢！」

「咪—我可不可以…在我走前…我想…怕妳…我…」

「好了！時間不早了，你爸媽還在等你吃晚飯呢！我懂的，你快回去收拾行李吧！自己好好照顧自己，我明天就不去送你了。」說完就抽回手，自顧自的下車了。男孩又癡癡地望著她幾秒鐘，才發動車子緩緩前進，她閉上眼靠在騎樓柱子旁，腦中快速的播放出幾年前曾和男孩一起等公車、打球、吃冰、參加舞會、看電影、校園散步、打電話的種種片段，眼角竟不自覺地冒出水珠，「原來，他一直都是愛我的，是我辜負了他。」

*　　*　　*

分居快半年，兩人的關係依舊承緊張狀態，但是事情似乎又有些曙光。培齊的好勝心也極強，絕不能接受自己有段失敗的婚姻，小胖也在他面前說了不少好話，他決定盡一切力量來挽回，開始改變自己的態度。

於是他每天準時下班來珊珊家報到，輕聲細語極爲有耐性的陪她聊天：「妳開條件，只要妳說得出我就做得到，只求妳搬回去，我們從頭來過，好不好？」

愛情裡的痛苦，都是自己給的，辜負了愛妳的人，卻離不開不愛妳的人，這難道不是自己的選擇？縱使有悲傷無奈，又怪得了誰？珊珊這時的心情，像是某種沉重的雜物沉澱以後的透明無塵，沒有一絲的委屈和抱怨，有的只是對人類心智的更深刻體認，畢竟是年輕，誰不犯錯？儘管曾經傷透了心，也不願眞的一刀兩斷。

「我希望我們可以搬出去住…我不想再回那個地方…」

「可以，我明天就在這附近找房子，還有呢？」

「我希望你能少喝酒，多陪我…」

「妳知道我的工作，我……盡量，還有呢？」

「你是不是覺得我很醜？」

「什麼話？妳一直是我所見過最美的女人，我尤其愛死了妳這一頭長髮，沒有人能跟妳比。」

「那如果有一天我把頭髮剪短了…」，「我就不要妳了。」

「所以，你只愛我的頭髮？」，「當然不是，這只是一種比喻，如果我愛的東西不完整了，那麼我寧可選擇不要了。」

「我懂了…我會記住的，你也要記住喔！」

有段時間，兩個人，兩個人周圍的人，眞的都以爲就要雨過天青了。不再有爭執，不再有眼淚，然而就在找到理想公寓的第二天傍晚，珊珊剛洗了個香噴噴的澡，換上乾淨的家居服，等培齊下班來吃飯。

叮咚——興沖沖地去開門，「—嗨！我來了，我們待會兒去看家具好不好？」

「這麼快？我們還不一定會租那戶啊？再看看吧！……你瞪著我看幹嘛？」

「告訴妳媽先吃不用等，我們先出去兜兜風…」，珊珊正要開口，卻被培齊突然變的臉色給震懾住，「快去呀—」。沒一會兒，她也來不及換衣服就被他不說分明的拖了出門。

一路上他都不開口，只是不停地換檔、催油門，在下班時段的忠孝東路四段上能開多快？沒有走走停停就不錯了，而這個吃錯藥的傢伙居然可以橫衝直撞、東閃西鑽的開到時速九十哩！

珊珊緊張的一手抓門把，一手抵住儀表板，完全弄不清楚他在發什麼神經：「欸—你不要命啦！明知道我最討厭人家這樣開車，你為什麼要這樣？靠邊停—」，不論珊珊叫多大聲，他都充耳不聞，直到車子飆到松山機場無人的角落才緊急煞車停下來。

她氣的正要開車門，被他立刻按下中控鎖，「你倒底想要幹什麼？」，「妳給我老實說，今天下午跟誰在一起？」

「什麼『跟誰在一起』？我一下午都在家啊！不信你去問我媽—」

「少跟我裝蒜！妳騙的了別人騙不了我的，最好給我老實說吧！我太瞭解妳了，才安分沒幾個月又故態復萌…」

「我不懂你到底在說什麼東西，簡直是莫名其妙！送我回家，懶得跟你解釋。」

「哼—妳今天不說實話就別想回家了。」，說罷，一手揪起她濃密的秀髮就按著她的頭去撞擋風玻璃，「喔—」，「我這麼愛妳，妳為什麼還要和別的男人鬼混？妳說—脖子上那條紅色抓痕是哪個混帳幹的？」，她立即打開了他的手，翻下遮陽板內的鏡子檢視自己的頸部，眞的！好紅的一條印子，明明就是剛才洗澡時不小心自己刮到的，有什麼天大了不得的！她看看自己的長指甲，再瞪著眼前這頭喪失理智的猛獸，她的心再度封進了冰庫。這次，她打算給他來個永遠的痛。

「開門。」，「……」

「我叫你開門，聾了嗎？」，她這輩子沒用過這麼大的嗓門，連他也傻了！

「妳是不是默認了？」

「我再說最後一次，否則別怪我做出讓你後悔一輩子的事。開門—」，「……」

突然，匡！的一聲劇響，她不知哪來的力氣，竟用右手打破玻璃窗，培齊立刻一把抱住她，發現她手掌上插著一大片玻璃碎片，他二話不說地發動引擎直飆去醫院。事後她自己也有點後悔，看著紗布下微蔭出來的血跡，有股錐心刺骨的痛。

（經過了這麼多的事，這麼多次的原諒，這麼多的包容，頑石也該點頭了，爲什麼他還是要這樣傷害我？）

他呢？一錯再錯，一再藉各種方式伸展他的控制慾，她總是幫他以各種理由合理化，直到有一天忍無可忍，變成只要看到這個人，她就想逃；只要他在，胸口就被烏雲籠罩，他對她的傷害有多深多重，他明白，可是他不願走，他習慣虐待她，或根本以爲她會因此而快樂，他還沉浸在她的寬宏大量裡。

她冰雪聰明、年輕貌美，明明是個出類拔萃的女孩，倒底是有怨嘆，爲什麼老天爺不多眷顧她一點，要讓她在愛情路上，如此跌跌撞撞？每次談感情，都談到想逃，談到天地之大，卻無她容身之處。不知道是誰曾說過：（心太軟，或許是善良，卻忘了，是對自己的殘忍。）

好強的個性加上長期以來積壓的怨恨，沒有想太多，上次不成再來一次，只求解脫。手傷還沒拆線，她又呑下半瓶強烈的高單位鎭定劑，幸好美玉發現的早，否則眞是要讓培齊後悔一輩子。天不怕地不怕，一個人最怕對什麼事都放棄，包括對自己，如果沒有了生存鬥志，誰也救不了她。

洗過腸胃的珊珊，不明原因的發著高燒，時睡時醒，大部分時候在夢囈，沒有人聽得懂她想表達什麼，只隱約感覺到她很苦，苦到不想醒過來。又好像在極力爲自己辯駁，乞求閻羅王提早開門讓她加入，她眞的不想再回到那生不如死的地方。

兩瓶微黃色的液體勉強維繫著她的脈息，這個才二十六歲看來卻像六十二歲的小老太婆，形同槁木的蜷曲在病床上，看得整日守著她的母親以淚洗面，試圖餵些流質食物，也總是餵多少吐多少，她本能的拒絕任何東西再進入她的身體。才不過一個月的功夫，掉了快十五公斤，眼眶和兩頰凹陷到和骷髏沒兩樣，最後，連醫生都搖頭說：「實在無能爲力了，能試的藥我們都試了，實在找不出病因。我想她有很嚴重的心病，你們還是把她帶回家去修養，看看她還有沒有什麼未完成的心願吧！我看…這樣下去…唉—最多再拖一個月吧…眞是可惜啊！」

醫生放棄了，做父母的可不，兩人輪流日以繼夜的細心照顧，珊珊的病情沒有惡化，燒竟奇蹟似的漸漸退了，清醒的時間也多了，但她仍倔強的什麼話也不說。

這天，偉傑終於忍不住問寶貝女兒：「妳要不要我去把那個姓梁的叫來給妳賠罪？看看他把妳折騰的這個樣—」，她輕輕搖頭，她眞的不能也不想再見他了。她想離開，去一個不知名的地方，去一個沒有回憶的地方。她想起了藍貓，移民去美國快五年，只收過幾張生日卡…她好不好？她也想起了 Linda ，那個活潑爽朗，像極了自己的大女孩…她的笑容能帶給人陽光。

「我想去 LA…」

「什麼？ LA？美國那個 LA？妳…」偉傑不自覺地越來越大聲，美玉立刻衝進來：「怎麼樣？她說了什麼？」

「我不知道她在想什麼，她說要去美國，我看她還是不太清楚…」

「她從來沒說過想出國，既然說了表示她眞的想去。出去走走也不錯啊，總比天天躺在這兒好吧！你趕快想辦法幫她辦手續呀！」

就這樣，一星期後，珊珊坐著輪椅，由特別看護推上了直飛洛杉磯的班機。

8

一九八八年，二十七歲 雲端

離上次見面才分別不到半年的 Linda ，得知珊珊要來找她，興奮莫名！個性有些大而化之的Linda雖直覺事情不單純，卻也沒多想，正巧因爲父母出遠門，妹妹又剛出嫁，家裡空盪的可怕就大方的邀珊珊來住。

看到皮包骨的珊珊被緩緩推下空橋，Linda簡直不敢相信自己的眼睛，她衝上前去摟住珊珊，眼淚無法抑止地奔了出來。這一刻，珊珊是感動的，她驚訝於自己已死的心，又有了一份悸動，眼前這個女孩本來只是一個陌生人，友誼卻可以這麼溫暖，她突然覺得是自己害得Linda難過，有些過意不去，眼淚也不自主的掉了下來，兩個人手緊緊握在一起，沒有多餘的言語，心照不宣。

回到Linda的住處，她馬上忙進忙出的鋪床，倒果汁，把行李裡的衣物掛起來，準備毛巾讓極疲憊、虛弱的珊珊沖澡。沒一會兒，珊珊就沉沉睡去，一覺到第二天近中午才醒，眼睛才微睜開，就看到Linda正全神貫注的捧著本小說坐在她旁邊……

「嗨！幾點了？」

「妳終於醒啦！現在是星期一早上…十一點半，妳睡了快要二十個小時，害我擔心死了。妳眞是會睡啊！」

「妳，不用上班？」

「嗯，我看妳這樣…一個人在家我不放心，昨晚就打電話給老闆告訴他我辭職了，反正那也不是什麼了不得的工作。妳第一次來，我當然要好好陪陪妳，怎麼樣？有精神起來嗎？想吃點什麼我替妳去弄？牛奶好不好？還是烤吐司？我烤的吐司可是一流的喔！

妳不吃會後悔—」

Linda不僅說話時臉上表情豐富，連兩隻纖纖玉手也做足動作，不停在空中揮舞，珊珊有些費力捉住她的手，本想說什麼也不要的，卻不知怎麼竟感覺胃部有些灼熱，帶點隱隱刺痛：「Linda，謝謝妳，我眞的很感激妳讓我來住。害妳忙，又辭了工作，實在不好意思，我想…來杯溫牛奶加一片烤吐司，好嗎？」

「OK！我的好姊姊，妳躺著別動， Room Service 馬上就到！」，說完就一陣風的出了臥室，餓的感覺早已被珊珊遺忘了不知道多久，她閉上眼靜靜聽著窗外的鳥叫聲，細細體會著胃部的蠕動，腦中閃過Linda關切的表情、甜美的笑容，她忽然明白原來這樣也是一種幸福，她想快點好起來。她想出去看看所謂的「美國」長什麼樣兒。

一星期來 Linda 都細心的服侍湯藥，極有耐性的用手將蘋果、奇異果切成小丁丁一口口的餵，而嘴也沒閒著，同時將過去二十四年的快樂、苦難，所有風光事蹟一一道盡，珊珊是極佳的聽眾，從不打岔。漸漸地，她也有元氣越說越多，平宏、達同、小三、小呂、培齊…倆人一起哭一起笑，都想在最短的時間內，彌補過去的錯失彼此。

「小咪，妳來了快十天了，還沒出過門，今天外面天氣很棒，我開車帶妳出去兜兜好不好？妳如果累了告訴我，我們隨時可以停下來休息，順便彎到超市一下，買點菜。」

「好啊！我到的第一天就想出去了，只是老覺得全身無力，昏昏沉沉的，這兩天好多了，多虧妳的照顧，以後誰娶了妳一定是前世修來的。」

「對呀！我也是這麼跟小偉說的，不過他不這麼覺得就是了。」

「哎呀—男人是後知後覺的動物，他們永遠要等到失去以後才知道妳的好。」，說完這句，兩人都各自陷入了沉思。

海邊吹風，山上眺望遠景， Mall 裡品嚐小吃，超市買菜…兩人的足跡遍佈各處。有時只是在海岸邊聽著車上的CD，任風吹亂倆人的長髮，不需多餘的言語，就這樣靜坐幾小時，看著清澈美麗的藍天，浩瀚無際的大海，珊珊突然大徹大悟：（好愛這碧海藍天，太美了！這只是洛杉磯，美國多大？世界多大？我還沒看夠，也沒活夠，幹嘛為一個不值得愛的人毀了一切？我何其有幸能認識像Linda這樣的朋友，自然也能再遇到好男人，不過，這不急了。），在心底，她已清楚的做下了一個絕不反悔的決定。想著想著，她竟望著Linda笑出了聲—

「喂，我臉上長三八痣啊？笑什麼？」

「如果說每個人一生中一定會遇到個『貴人』，那麼妳就是我的『貴人』。妳將會，應該說妳已經改變了我的一生了。」

「欸！沒那麼恐怖吧！我只是害怕一個人住，在這裡生活很無聊，又沒什麼聊得來的朋友，有妳來陪我，聽我說話、陪我逛街，我就很高興啦！我才不要當那個什麼『很貴的人』呢！」，珊珊愛憐的揉揉Linda的頭：「傻瓜！以後妳就知道了，我們回去吧！」

回程，車子「順便」經過了「柏克萊大學」，「怎麼樣？去給他個 Surprise！」，兩人極有默契的相視一笑。

停好車，Linda撥了兩通電話就問出那個男孩在哪個大樓，幾點的課。於是兩人像在幹壞事一樣，賊頭賊腦的等在他的教室走廊盡頭。約莫二十分鐘後，他終於出現並朝著她們站的方向走來，就在越來越靠近時，突然從走廊另一邊衝過來一個打扮頗入時，頭髮極短的女孩，一把挽住了他，那親膩的動作竟讓珊珊起了股無名火，她已決定不要給他太好的臉色，但是沒想到的在後頭，他超強的眼力，早就看到她們站在這，直挺挺走來也只是禮貌性的「嗨！好久不見，怎麼有空來？」，聽這平淡的口氣，看他僵硬的表情，珊珊不敢相信眼前這個是相知相惜了十年的朋友。

「她們是誰啊？你認識嗎？」稚嫩的聲音出自他身旁的女孩。

「是我以前在台灣的…朋友，已經不聯絡很久了……妳一不是要趕去上韻律課？走一我送妳。」說完竟頭也不回的和小女孩下樓了。

Linda正要衝上去攔他，被珊珊一把抓住：「讓他走吧！這是他的選擇，就當我們沒來過…」

一早起床，Linda就接到以前打工的日本料理店老闆打來的電話，要她今天下午至晚上去店裡幫忙，因爲今天是二月十四日一情人節，需要加派些人手，當然酬勞加小費鐵定不低。Linda不放心珊珊一個人在家，於是也帶著她一塊兒上工去了。

Linda在外場忙著接電話、招呼客人、帶位，珊珊才站在旁邊看一下就累了，於是她自己跑到裡面一間辦公室去休息，東看看西摸摸，最後才找到一本還可以看的雜誌，正準備坐下時，忽然衝進來個穿西裝打領帶，打翻了一身古龍水的男人，操著一口怪腔怪調的英文。當他搞清楚眼前這位標緻的女人是Linda的朋友後，就開始一會兒端杯茶進來，一會兒端盤小點心進來，還遞煙遞酒的，弄得珊珊很煩又不好意思表達，兩人有一搭沒一搭的聊著，她一直不斷地說：「你去忙沒關係，我一個人在這很好。」，她就是說不出：「你實在很煩，請你出去。」，她並不曉得她待的地方是老闆辦公室，眼前這位正是這個日本店的老闆，而他竟然是個熱情又羅曼蒂克的義大利佬！

幾小時的相處，珊珊已漸漸習慣這個男人的怪口音，也得知他已近四十歲還未婚，賺了不少錢卻無人和他分享，語氣中滿是遺憾。聊著聊著，這個多情男子竟打開抽屜摸出一只深藍色的珠寶盒，掀開盒蓋遞到珊珊面前，一顆不算小的藍寶石戒指。

「如果妳願意，請妳答應嫁給我，我會帶給你快樂的。今天是個特別的日子，我希望一切都很美好，妳不用立刻回答我，我讓妳一個人在這好好考慮，我就在前面櫃檯，你隨時可以來找我。」說畢就很瀟灑的轉身出去，留下一臉錯愕的珊珊。

「天哪！他瘋了嗎？天底下有哪個男人會對第一天見面的女人求婚的啊？而且誰會買好戒指擺在抽屜隨時備用的啊？他眞是太厲害啦！」她馬上跑到廚房邊，對著Linda揮手，示意她趕緊過來。

「怎麼啦？」Linda緊張的以爲珊珊不舒服，聽完珊珊的敘述，Linda笑的前仆後仰：「哈哈哈—那顆藍寶他還沒送掉啊！眞是太遜了，我告訴妳，他有個怪癖就是對東方女人見一個愛一個，我就是被他煩的受不了才 Quit ，想想他人其實不壞，對我又很好，所以今天才來幫忙。 Sorry 我太忙了竟忘記提醒妳這件事，妳就直接告訴他 NO ，他不會爲難妳的。我要去忙了，再等我一小時左右，我們就可以回家了，OK ？」

從中午十二點一直等到晚上，珊珊早已趴在桌上不知睡了多久，這會兒被Linda搖醒已九點多，「小咪—我快累死了！好餓喔！我們回去經過 China Town買兩個便當，OK ？快走！我一分鐘都不能再忍啦！」

「不用跟老闆講一聲嗎？我戒指還沒還他呢！」

「沒關係，就擱在他桌上，留個紙條吧！我過幾天還要來領支票，到時候再跟他解釋好了。」

兩個人坐在茶几前，狼吞虎嚥的吃著便當，誰都不想講話，只是專心的看著一部〈有情人終成眷屬〉的電影，倆人都濕了眼眶。Linda忽然開口：

「唉—這麼多年來，這是我第一次過沒有愛人在身邊的情人節。小咪，今天謝謝妳陪我，至少我有妳，妳有我，我們並不lonely 希望明年的今天，我們都能找到屬於我們的 Valentine 。」，說著說著，兩個人都不可抑制的抱頭痛哭了起來……

這天中午，Linda才領了支票，就請珊珊享受了一頓豐盛的日本料理餐，回到家中沒多久珊珊就去睡午覺。Linda接獲美玉打來的電話，美玉大略詢問一下女兒的近況後告訴Linda一個秘密，希望她看時機再決定要不要告訴珊珊。掛下電話，Linda思前想後的拿不定主意，三番兩次躡手躡腳的走進臥室看珊珊醒了沒。最後，她還是決定撥出了一通電話。

傍晚時分，珊珊正穿著睡衣躺在沙發上看不知頭尾的港劇，Linda則在車庫擦她的寶貝VOLVO，突然門鈴響起，透過門眼，她只隱約看出是個穿牛仔夾克的男人，於是她拴上門鏈開了門，「請問這裡是……咪！」

碰……！她立刻摔上門，（這聲音，在夢裡出現過千百回的聲音…可是，這個人不曉得從世界哪個角落又突然出現在這裡，根本不可能啊！我一定是在沙發上又睡著了。眞是的一沒事老做怪夢！）她正想舉步離開，門鈴又再度響起，這次，她沒有猶豫，立即除去門鏈將大門九十度敞開——如她乾涸已久的心。

小三衝上前一把抱住她，彼此熟悉的味道，立即不動聲色的勾起過去無數個相擁的回憶，久久才放開，「妳…怎麼這麼瘦？頭髮好長了，什麼時候到的？他…是不是對妳不好？妳不快樂？說話呀！告訴我，妳好不好？」，他強有力的十指已快掐進她的肩，她低頭檢視自己，赫然發現略透明的睡衣，她掙脫他的手就往臥室躲。鎖上門，她迅速地換上 T 恤、牛仔褲，梳頭、擦口紅，但她心跳極快，完全沒辦法理出頭緒是怎麼一回事，總之，他會找上這兒來，Linda絕脫不了關係，全世界只有爸媽和Linda曉得她在哪兒。

深呼吸再深呼吸，不知過了多久，她再走進客廳時，已看到小三面前有半杯果汁，正和Linda有說有笑，像是老朋友的樣子，倆人一見她都同時停止了談笑。Linda立即識相的起身說要出去替大家張羅晚餐而告退，留下兩個一肚子委屈、疑問的老情人，默默相視無語。

（七年多了，這個曾經朝思暮想的人就近在咫尺，卻不曉得要跟他說些什麼，道歉嗎？畢竟是自己先背叛了他；怪他嗎？他爲什麼沒有如約唸完四年大學回來娶我？否則我也不會去跟別人結什麼婚！）

兩個人都不知道對方在想些什麼，終於小三先打破沉默：「妳爸媽還在生我的氣嗎？」，珊珊立刻瞟向他左手的無名指，（天哪！他還戴著那個訂婚戒指！）她的眼眶忽然一陣燥熱，起身走到落地窗前，面向外站著。

「咪一我知道我對不起妳，我從土耳其畢業那年，眞的是準備要回台灣跟妳結婚的，但是我爸和祖父都嚴厲禁止，因爲妳知道我回去就得當兵，後來他們給我辦好身分到美國來投靠姊姊。我姊和姊夫在 San Diego開一家速食餐館，生意很好也需要幫手，我要在美國長期居留必須保持學生身分，所以我現在白天在 San Diego States 唸書，沒課的時候就在姊姊的店裡打工。我剛到美國時就聽說妳結婚了，我當時眞的…不敢相信，我想妳一定是爲了氣我沒回去才嫁人的。Linda在電話上告訴我妳的婚姻非常不幸福，說妳瘦的不成人樣，我聽了心痛如絞，掛下電話就直殺了過來。妳…罵我也好，怪我也好，我求妳把心裡的話告訴我好嗎？說出來會好過些的，別再折磨自己了……」

已經淚流滿面的珊珊，完全沒留意他已經悄悄站在自己身後，她緊咬下唇不讓自己哽咽出聲，不自主的搖著頭，被他突然一把扳了過來，鼻尖正好蹭上他的下巴：「My God！咪一妳不可以這樣啊！」說完又一把緊緊抱住了她不堪一握的瘦小身軀。屈辱也好，傷痛也罷，這三年多來的種種不堪，又迅速在腦海中重播一遍，躲在他懷中有股說不出的安全感，彷彿這才是她漂泊尋覓已久的港口，終於可以肆無忌憚的哭個夠，哭到上氣不接下氣，哭到眼腫鼻紅，哭到全身無力的往下滑，他一把抱起她，將她輕輕放在長沙發上，遞了盒面紙過去…

直到她的情緒完全平息，兩人才開始各自敘述著分別這些年中所發生的點點滴滴。這一聊，可聊到了第二天凌晨。Linda從臥室走出來看到客廳的景象也感動莫名，一個睡在沙發上，一個倒在旁邊地上，但倆人的手卻是十指交錯緊握在一塊兒的。

這天，珊珊迅速的收拾些簡單的衣物，告別Linda，上了小三的車，決定去San Diego玩一星期。握著Linda的手時，珊珊雖然眼中充滿不捨，但是任誰都看得出來她有股說不出的快樂：「小咪，什麼都別想，好好去玩，OK？」

*　　*　　*

小三才剛踏進家門，電話鈴聲大作，「 Hello —」，「…我昨天臨時有事去了趟 LA，現在剛回來，很累……現在不方便，等過幾天再跟妳解釋好嗎？」，「…妳能不能懂事一點？我現在不想談這個。」，「蓓蓓，妳聽我說…姊告訴妳了？對！是她來了，而且我請她來我這兒住幾天，等她回台灣我們再談，OK？…什麼？現在？妳為什麼那麼不信任我？OK，妳等著，我馬上過去。」

任誰都聽得出這電話是一個不太爽的女朋友打來的，珊珊心裡雖然五味雜陳，卻也體恤地想到自己的身分和突然出現打亂別人生活的不該：

「三，你有事就去吧！我一個人待在這不會有問題的。」

小三好像完全沒聽見她的話，自顧自的拿了旅行背包，開衣櫃門抓了幾件衣服塞進去，開五斗櫃又抓了幾件塞進去，再衝進浴室，只聽到一陣玻璃瓶互相碰撞的聲響，等他再出現在她面前時，那只鼓鼓的背包已安穩的躲在他身後：

「咪—我出去一下。實在對不起，我不該把妳一個人丟下的，我…我發誓這是最後一次，絕不會有下次。真的，妳一定要等我回來，哪都別去，知道嗎？」，好熟悉的話語！她不確定他是否在暗示什麼，無奈的笑笑說：「我還能上哪去呢？」

他滿意的點點頭，在她頰上輕吻一下，走了。

她一個人坐在客廳東張西望了好一會兒，觀察細微加上直覺判斷一直是珊珊最厲害的本事之一。電視機上的幾張照片已告訴她這個家庭成員：男主人中年，身材中廣；女主人，清瘦、操勞顯疲態；十歲男孩愛打籃球，一臉鬼靈精的樣子；七八歲的女孩愛彈琴，有點恰北北的樣子；飯桌旁的搖籃表示他們還有個小Baby；滿地的報紙、玩具、雜誌，地毯上的污跡加上茶几上未收拾的杯盤…他們的生活相當忙碌並且沒有人願意維護家庭清潔，後院還有兩隻愛抬槓的獵犬，一犬一句，沒完沒了的。

一間一間臥室看過去，這間有製圖桌，東西陳列整齊的房間一定是小三的。牆上掛著幾張得獎的作品，整間都是他慣用的古龍水味，她不自覺地走到床邊坐下來，細心的撿起幾根落在枕上的頭髮，抬頭看見床頭櫃上一字排開四個木質相框內，竟全是自己的相片！這一震，又是久久不能自己，倒底是誰不夠愛誰？（他並不知道我會來，不可能臨時放置，他的女朋友看了做何感想？難道她也知道我？！這些年來，他在承受些什麼？他明曉得我結婚了爲什麼還不死心？是自己意志不夠堅定，鬼迷心竅的去嫁給別人。何其有幸經過這麼多年再回首，那個傻瓜還在燈火闌珊處癡癡地等我？這緣分自小即註定，我爲什麼不接受老天的安排呢？）想著想著，竟擁著自己的照片不知不覺沉沉睡去。

「你爲什麼要騙我？說！你昨天晚上倒底有沒有跟她怎樣？」蓓蓓已經有點歇斯底里的尖叫著，完全不顧校園裡還有一大堆同學異樣的眼光，雖然大家都聽不懂他們倆在樹蔭下吵什麼。

「蓓蓓！冷靜點！妳這樣叫我怎麼跟妳溝通？我和咪的事，打一開始就對妳開誠佈公，我什麼時候騙過妳？是妳自己堅持要跟我在一起。我也跟妳說得很明白，我喜歡妳，但是我絕不會愛上妳，妳永遠也無法取代她在我心目中的地位，也是妳自己說只要跟我在一起，其他的妳都不介意，爲什麼自己說的話現在全忘了？」小三也極力忍著一肚子火，對蓓蓓的無理取鬧早就失去了耐性。

「我…我只想跟你在一起…我以爲，只要我夠愛你，你總有一天會被我感動。可是，我怎麼知道她結婚了還不放過你？難道…我們在一起的這兩年…對你沒有任何意義，你一點都沒其他感覺嗎？」邊說邊點了支煙，想要壓抑住激動的情緒，沒想到這個令小三深惡痛絕的舉動，終於一觸即發的點燃了終極戰火：

「夠了！我眞的受夠妳了！這是妳放在我家的東西，出來得很倉促，沒檢查是否拿齊了，如果還有其他東西，我會託妳哥交給妳的，今天不管咪有沒有來找我，我們兩個都是沒有未來的，妳懂嗎？我從來沒有愛過妳，以前沒有，現在沒有，以後也不會有，妳就不要在我身上浪費時間了，大家以後還要在一起上課，我們…好聚好散吧！我趕著回去了，她現在很脆弱，她…非常需要我…Bye！ Take care of yourself！」

「三一，你回來！我們的事不能就這樣算了！我愛你啊！我眞的…三一」

接下去的這一星期，珊珊看遍美景，吃遍美食，開心的到處留影，同時被細心體貼的護花使者照顧的極周到。再多刺的玫瑰也需要陽光、空氣、水和濃濃的愛情來滋潤，才會開的嬌艷欲滴，珊珊終於說服自己不該再自暴自棄下去，是自己想要的，就該不畏艱難的去爭取，她眞的好喜歡好喜歡這片蔚藍的天色和海岸，她決定要在這裡住下來。蹉跎了這麼多年，該辦的事都沒辦，現在眞是分秒必爭，歸心似箭了。

在洛杉磯的國際機場，珊珊握住Linda的手，久久不能放開：「Linda，我不曉得該說些什麼。Anyway，我想妳懂得，謝謝妳爲我做的每一件事，我眞的很感激，我會記得一輩子的，謝謝妳…」

「別說了，妳再說我又要哭了。有妳在的這段時間，我過得很充實，眞的！妳讓我突然明白了很多事情，我也要謝謝妳…」

「嘿！妳們兩個！同性戀啊？夠了吧！」小三把珊珊拉進了自己懷裡，無限愛憐地撫摸著她一頭長髮，深情的注視著她：「記得，要勇敢，不管他怎麼爲難妳都不要屈服，有任何問題就打電話給我。事情解決就趕緊過來，我等妳，OK？記得我不在身邊要好好照顧自己喔！」，她還來不及點頭，他就給了她一個深而長的「定心吻」。

* * *

有人說，童年時光是和辮子結合在一塊兒的，不管是下課時遭男生拉扯、甩辮子功報仇；或是母親用溫柔的雙手編織不同的髮型、結上美麗的緞帶，都會令人有「辮子情結」。以至後來有將近二十多年的時間，珊珊都堅持留著一頭長髮，因爲在內心深處，其實想要延續那段被截斷的童年。

望著鏡中的人，耳盼響起了梁詠琪的「短髮」—「我已剪短我的髮，剪斷了牽掛，剪一地傷透我心的尷尬—」，甩甩頭，拍拍肩上的髮屑，起身付帳離去，未對那一地的「過去」再多看一眼。

她主動約培齊出來，並未事先告之要談什麼事。然而經過這些時日的分別，兩個人在心境上都有很大的轉變。當他看到她竟然沒經他許可的剪了個齊耳學生頭時，她第一次看到原來這個男人也會流淚！

他定定地瞪著她一世紀，終於明白了她的決心，終於認輸了。沒有費力的解釋，沒有爭執，甚至沒有問她過得好不好，他隨手抓起一把美工刀就朝自己的大拇指割下去：

「我沒帶圖章，蓋手印吧！哈哈！血印！夠特別吧！我連離婚協議書都跟別人的不一樣…哈哈哈—」

她什麼也不想再多說，卻仍慌亂的想逃。辦完這件事，和爸媽相處了一星期，就再度踏上那片讓她覺得「自由」的快要飛起來的領土，投向她期待已久的懷抱。

就這樣，她找了個沒有人認識她的地方住了下來，無所事事的過日子，沒有人知道她的傷心、她的過往，只有她自己知道，她自若的相信，自己終有一天會完全恢復，並且重新站起來，但現在還不行，因爲還有事情值得挽回……

* * *

小三的姊姊雖然只大他三歲，卻是思想觀念很保守的傳統女人。儘管她也是從小看珊珊長大的，對於家裡突然住進一個不知怎麼跟子女解釋的女人，總是有微詞。珊珊很快就在San Diego States旁邊的學生公寓租了一間一房一廳的小套房，買了些必備的二手家具，佈置的別緻溫馨，上午在姊姊的店裡打工，下午要陪公子、公主做功課、吃點心、玩樂，晚上再陪小三當班，姊姊看他們倆做事認眞負責，有時也會不定期的放他們假。看電影、Disco、海邊兜風都是兩人的最愛，日子過的愜意又充實。

不知道從何時開始，小三漸漸不太回姊姊家住了。姊姊一方面要瞞著時常從台北打電話來問東問西的爸媽，另一方面又拼命要弟弟儘快帶珊珊到 Las Vegas 去註冊結婚，以免夜長夢多，好儘早把這件事弄得名正言順。他也試圖提議過幾次，都被珊珊以：「我才剛從那個圈子逃出來，你又要逼我跳進去？」而回絕。其實她不是不想，反而一直認爲這本來就是她的宿命，特別是吃喝玩樂、生活、工作各方面，兩人都是默契絕佳的配對，可是不知怎地，她越和小三相處，越覺得倆人之間好像少了點什麼，她自己也說不出個所以然，總以「過段時間再說」而不願認眞面對。

很快的一年過去，到了小三長尾巴的日子。當初的ＹＳＡ成員，大部分也都在近幾年陸續移民到了LA，爲了熱鬧一下，給他過個不一樣的生日，珊珊決定和小三開車到洛杉磯去慶祝生日。另一方面，也好順道去看看久未見面的藍貓。

畢竟是分隔兩地，原本天天見面，無話不談的手帕交，過去這六、七年僅靠生日卡及聖誕卡在維繫著，各自在自己的生活領域裡潮起潮落，沒有什麼深情對話，大家都報喜不報憂，感情明顯的疏遠了，但是由於根基深厚，一旦見了面要彌補起來也是很快的。

藍貓已經結婚三年，育有一女，和同是大學同學的先生合夥經營一家小型的電腦公司。在Chino Hill 買了一棟有四間臥室的新房子，日子過得辛苦卻踏實，兩個女生一碰面就「妳怎樣…，我怎樣…」的說個沒完，完全忘記旁邊還杵著一個開車開了四小時，一身疲憊、猛打哈欠的司機！

「欸！樓下這間是客房，你先去沖澡，廚房桌上有我剛煮的羅宋湯和晚飯的剩菜，還是熱的你自己盛。吃飽先去睡，明天早上見。」

藍貓和小三自小就互相看不太順眼，不知是八字犯衝呢還是兩人都爲對方佔據珊珊而吃醋，總之，她從來不會給他好臉色，連這麼多年不見了，仍不改這硬繃繃的語氣。

「妳怎麼還在叫他欸啊？叫他名字那麼難嗎？」珊珊有些不捨。

「不是難，是習慣了，別一來就要叫我改習慣啊！我可不管妳現在跟他是什麼關係，欸就是欸。」這一臉雀斑的姑娘杏眼圓瞪，珊珊也只好搖頭笑笑：「好好好！隨便妳。」

「你們…會在我這兒住多久？」

「嗯—我們明天會在 China Town 的『翠亨村』請吃中飯，都是他的一班老朋友，後天早上就回 San Diego 了吧！」

「難得來爲什麼不多住幾天？這麼急著走？」

「小姐，三三還在上課，這兩天是請假才帶我過來的。」

「噫—妳可以留下來，叫他先回去上課，過兩個禮拜再來接妳不行嗎？」

「妳以爲我沒想過嗎？領人家薪水的可不像妳自己當老闆那麼自由，我得趕回去顧店呀！兩個星期不回去就被他姊姊炒魷魚囉！」兩個人邊說邊一手飲料、一手零食的上二樓書房，準備給它來個徹夜長談呢！

「謝謝！謝謝！小咪，我們自己來就好，妳不要這麼客氣嘛！」珊珊不用刻意裝，儼然一付女主人的樣子爲客人們斟酒、挾菜。這畢竟是吃圓桌飯的禮俗，卻讓這些在國外居住多年的朋友們都很不習慣，往往一頓飯吃下來，總是客人吃太飽，主人都沒吃到什麼，嘴上還得不忘說「實在是招待不周」，這就是中國人虛僞的地方。但是你不這樣做，別人又會嫌你連用餐基本禮儀都不懂。

「咪姊眞是會保養啊！這麼多年不見了，都一點也沒變，看起來還是和二十歲時一模一樣，三哥眞幸福啊！」，「是啊是啊！你們在一起也快十年了吧！什麼時候才要請我們喝喜酒啊？」

珊珊看著眼前四對全是「同居就好」的人，很快的瞟了小三一眼說：「這年頭婚姻有什麼保障？一張紙是隨時可以撕破的，兩個人在一起，幸福快樂才是最重要的，把握現在，珍惜擁有，你就是最富足的人，對不對？來來來！多吃菜！少管別人家閒事—」

大家有說有笑，時間彷彿又回到從前。然而，沒想到的是，熱熱鬧鬧的一頓聚餐，壽星眞的非常非常盡力的「吃」，吃到頭也不抬、酒也不敬、話都懶得多說，更別指望他招呼客人，甚至替珊珊挾菜了，這些看在衆好友及珊珊眼裡，大家都感覺有點怪，卻沒有人願意挑明了說。

最後，由於大伙聊的起勁，相約半小時後再轉移陣地到老K家集合，壽星大少爺竟突然站起來說：「你們慢慢聊，我有事先走一步。」沒有「謝謝大家的光臨」，沒有解釋爲什麼，沒有結帳，甚至沒有帶走和他一起來的珊珊，他就這樣大大方方的走出了餐廳，留下一桌不知所措的朋友和一肚子火的珊珊。

回San Diego的車上，她終於忍不住問小三：

「你昨天到底是哪裡不爽，現在可以把話講清楚了。」

「我？沒什麼不爽啊！吃飽了就散啊！哪裡不對了？」

「你是主人耶！既不招呼客人吃喝，又不負責結帳，也不管氣氛尷不尷尬，吃完拍拍屁股走人，你倒是很帥啊！丟我一個人在那唱獨角戲，像話嗎？」

「咦—大家都是大人了，幹嘛要招呼來招呼去？他們要吃什麼自己不會挾嗎？甘我什麼事啊？」

「少爺！我不管你在外國住了多少年，這是中國人吃飯的禮貌，虧你唸書唸那麼久，都不曉得唸到哪裡去了？」

從此，珊珊開始認眞的想倆人之間到底是缺少了什麼，爲什麼所有事都是她在做決定，他都沒意見…好像，好像答案就快要浮出檯面了。

過沒一個月，珊珊忽然接到爸爸的來電，說美玉成天不吃不喝，一個人坐在沙發上喃喃自語：「女兒咧？我的女兒咧？爲什麼女兒不見了？妳吃飯沒？怎麼不來看我咧？」珊珊二話不說地就訂了兩天後的新航，從LA直飛回台。因爲時間已接近聖誕節假期，她拼命拜託航空公司，說是返台探望生病的母親，時間緊迫，好不容易才後補上。機票很貴也硬著頭皮買了。第二天晚上，小三又開車送她到藍貓家，準備次日直接去機場路程近些。

一心記掛著媽媽的珊珊，徹夜輾轉難眠，不停地責怪自己樂不思蜀，如果早點回去，媽媽就不會發病了。只想趕緊上飛機的她，這天起了個大早，躡手躡腳下樓，深怕吵醒睡在樓下客房的小三，才走到樓梯邊就聽到廚房裡有說話聲：

「…對！今天下午四點半的班機，麻煩妳把她的訂位取消，是…確定！我…是他先生。她人不舒服，是的，好，謝謝妳！」

輕輕掛下電話的小三，回身就被迎面過來的一巴掌打飛了眼鏡：「妳—幹嘛啊？」

「這話應該是我問你吧？說！你剛才打電話給誰？誰不舒服？誰要取消訂位？」她氣得聲音顫抖卻是一句比一句大聲。這是她這輩子第一次打人，這麼用力，完全沒考慮的下重手，看他臉頰浮現的紅，她終於明白她一直在找的問題癥結在哪了。

她立刻抓起電話按 Redial 鍵，確認自己的訂位被取消後，開始很強勢的要求和主管通話，責怪訂位組怎麼可以接受不是本人擅自更改訂位，她沒有結婚哪來的先生等等。最後，她要回了她的位子，他只是撫著臉，站在一旁冷眼看著她。

「你—還有話要說？」

「我…我沒有惡意。我只是覺得……咪—這麼久了，妳每次和別人分手，都會回到我身邊來療傷。幾天，幾個禮拜，幾個月，我從來都不介意，因爲我知道妳遲早還是會再回到我身邊的。這次…是妳停留最久的一次，妳好像從來沒有想要跟我結婚，不知道是我愛妳不夠，還是妳愛我不夠，我想，妳傷好得差不多了，我有預感這次讓妳走了，妳就再也不會回來了……我眞的不要妳走，可是，我已經不知道該如何努力了。所以…咪，算我求妳，留下來好嗎？」歎了口氣，他無力地說。看似思想單純、尚未長大的他，這段日子以來，一直在苦思，要怎樣才能給她足夠的安全感？讓倆人重新適應彼此？要怎樣才能再讓她放心的將自己交給他？卻找不到任何方法。

強烈的愧疚感頓時爬上心頭，這時她才突然明白，原來自己從來沒有眞正愛過他，她愛的只是「被寵愛」、「被接納」、「被諒解」的感覺，而這些在他身上取之不盡，用之不竭，任她揮霍，然後棄之如敝屣，她也不知道該怎麼還這筆債：「三，你說的沒有錯！我…眞的很抱歉。我想…是我愛你不夠。我們…眞的不適合再走下去…」

Check in 完畢，還有一個半小時才登機，珊珊要小三帶她到 Carls's Junior 去喝她愛的草莓奶昔。

他還在停車，她已先下車，迫不及待的從 EXIT 推門進去，說時遲那時快，碰……！一聲，揮開的門無巧不巧地撞上一位端著盤子打從門邊過的先生……

「Shit ！」

「Sorry ！Sorry ！Are you all right ？」她本能地扶住手摀著額頭的先生猛道歉。幾秒鐘後，發現自己緊握著這個男人的臂膀，很不好意思的立刻鬆手，他揉揉被撞的額頭，手也放了下來……

「你—」，「妳—」

「你怎麼會在這兒？」還是她反應快。

「我？我在這…快七年了，等著被撞啊！妳怎麼也來了？」

「我一直住在 San Diego …快一年了吧！待會兒的飛機要回台灣了，先過來吃點東西。對不起！還痛嗎？」

「大小姐，妳永遠都是不按牌理出牌。妳知不知道這是『出口』啊？誰會從這兒進來啊？」眼見灑了一地的可樂、薯條，她突然明白原本瘦弱的家駒何以現在看起來又高又胖，難怪一時認不出來了，原來這些年他是靠這些東西維生！

「嘿！ Sorry again！把你的東西全打翻了，我去排隊再幫你買一份，你先去找位子坐，OK？」

「小姐，我雖然是窮學生，這點東西還請的起，讓我來吧！妳要什麼？」

「你要不要先擦點藥？好像流血了！」

「沒關係！小 case ，吃什麼？」

「 Strawberry Milk shake！謝啦！」她滿心慌亂，有做賊的心

虛，盯著他的背影，遲遲沒移動腳步。

「咦？妳怎麼不去排隊？等我啊？」小三這才停妥車走了進來。

「三，我剛闖了個禍，推門撞到人，結果竟然是以前在台灣的朋友，好險！否則就要被告了！」

「喔—？人呢？」

「他在買東西…你要吃什麼自己去買，我不好意思全叫他請。」

「我—沒胃口，妳吃就好。」

「嗨！我可以坐這嗎？」等了好半天，家駒終於端著食物過來，額上被胡亂貼了塊紗布膠帶，像技術很遜的補丁，企圖坐在珊珊對面。

「坐啊！我來給你們介紹，這位是劉家駒，以前補習班同學，這位是…」

「不用說，我知道，他以前是妳忘不了的男朋友，現在一定是妳老公了吧！真沒想到！這麼多年了你們竟然還在一塊兒…真是…」

「你怎麼會認識他？」珊珊不敢相信地問。

「他在出國前有段時間，幾乎天天下課來補習班樓下接妳，穿著你們合唱團的夾克，對不對？哼！我早就知道他了，我們『南陽街』鼎鼎大名『街花的男朋友』，誰敢不認得啊？多少人想扁他都被我擋駕，妳知道嗎？」

珊珊瞄了小三一眼，也不知道他聽了做何感想，決定不管他會打翻幾缸醋罈子都不予理會：「嗯—觀察入微，記性也不錯，不過猜錯一件事—我…還沒結婚。」

「喔？這倒希奇！這麼多年了，難不成妳在等我？」他似笑非笑的看著她。

珊珊喝了口奶昔，有些反感的皺皺眉頭：「欸！才來美國幾年，怎麼就變得油嘴滑舌的？你以前不是挺老實的？」

「嘿嘿嘿！妳又沒嚐過，怎麼知道我是『油嘴滑舌』？」

「你—」

一直沉默的小三終於再也聽不下去：「夠了！劉先生，咪馬上要回台灣了，可以給我們一些獨處的時間講話嗎？」

「唷！下逐客令了！咪—讓我再告訴妳最後一次，他—不—適—合—妳，妳還住原來的大樓嗎？我還有半年就拿到 Master，回去再找妳喔！Take care！Bye！」說完，捏捏珊珊的手，就自顧自的端起未吃完的東西走了。

氣氛異常尷尬，兩個人都不想開口。

珊珊一邊努力吸著奶昔，一邊望向家駒坐的位子，有四個差不多年紀的男孩，正交頭接耳的說話，不時望向這邊然後哄堂大笑，任誰看了都會非常不爽，她知道小三脾氣極好，或者說他是個沒個性、沒脾氣的人，絕不會跟她抱怨什麼或找碴，其實她還眞希望他可以跟她大吵一架，如此分手還理所當然些。

「我喝不下了，我們走吧！」

他送她到登機門仍緊握著她的手不放：

「咪—妳這次……多久才回來？」

「跟你說了多少次，我媽的情形你又不是不清楚，可能幾個禮拜，也可能幾個月，我也不知道。反正你好好過日子，不用擔心我，OK？」，甩開他的手，急著上空橋：

「我會再 Call 你的，快回去吧！開車小心，Bye ！」

「咪— I love you！」他不顧周遭投來異樣的眼光，大聲叫著，她就這樣頭也不回的跑出了他的視線。

（眞的一切都沒法挽回了嗎？）獨自一人時，她一遍又一遍心痛的想著。兩個人之間，再也找不到任何共同點，連心靈契合的地方也沒了。分離七年，兩人各自的成長所造成的差異，竟成爲分手的主因，連她自己也無法相信他們再也回不去往日那種熟悉、甜蜜、日夜渴望和對方相守的心情，一份維繫了快二十年的情誼，就這樣對它說再見，不自覺她的臉頰又再一次被灼熱的液體燙傷。

好不容易抵達中正機場，十幾小時都沒成眠的她拖著疲憊的身軀、不太清醒的神智呆立在行李轉盤旁邊，兩只黑色鑲紅邊，貼著笑臉貼紙的大行李箱已悄悄從她面前經過三次，身邊的人均推著他們的行李逐漸散去，她才猛然回神，追著第四度又要錯過的笑臉跑了幾步：「借過！借過！」，她非常吃力地拖下了第一個，轉盤不等人，只好眼睜睜讓另一個揚長而去。她立刻開始懊惱一定是自己太邋遢，都沒有帥哥猛男來助一臂之力，要是在外國，她只需作勢指著自己的箱子，就會同時有幾個不分老少國籍的男人搶著替她把行李搬下來，她只要優雅的報以微笑即可。台灣的教育…唉—

「來了！來了！」，她扔下身上的背包，拉起袖子，吸飽氣的用力扯，這第二個笑臉好像在嘲笑她：（誰叫妳買那麼多維他命、洗髮精？瓶瓶罐罐的，重死活該！）她氣得堅決不鬆手，上半身卻跟著轉盤往右移，釘在地上的雙腳也只好跟著跑，顧不得姿態了，嘿—嘿—，就在千鈞一髮的當口，一隻手自身後伸出，輕而易舉的將笑臉凌空拎起放上推車。

「謝謝你啊！」珊珊按照慣例的攏攏頭髮，投以一個甜美的微笑，心想：台灣的教育畢竟不是那麼糟的，眼前這個一身雪白制服像極黎明的大帥哥只是筆挺站在那，定定的望著她，笑而不答。

她撿起背包正欲推著推車轉向，他就擋在她面前：「不認識我了？」

「啊？你！」幻想過一千遍再相逢的場景，怎樣也沒想到會在此時此刻…此身蓬頭垢面、未化妝、袖子一高一低的情況下，她多想告訴他：「對不起—你認錯人了。」，但是她仍脫口喚了聲：「小隆！」

曾經有許多的夜，她躲在被窩裡望著他的相片和那個刻著「 I

love you 」的鑰匙圈想著過去，想著未來，期待的就是能在像今天這樣的一場重逢裡，不會因為印象模糊而錯失了相遇的機會。

「你怎麼會在這兒？又高又壯！我都不敢認你了…」為了掩飾慌張和尷尬，她不停的整理衣袖，用手梳理秀髮。

「妳的手？」他仍舊充滿愛意的關懷著，她這才注意到自己的左手食指因為搬行李而弄斷指甲，鮮血正不客氣的冒出…

小隆不由分說地一手推著車，一手抓著她的手腕就往辦公室裡走，這倒是免除了她的不知所措。

「沒有結婚戒指？」兩人同時看著她的手。包紮過程中，他敘述了當初報考軍校、不告而別的原委以及被調來當海關主管的經過。

目前，他是一妻二子的公務員，當他追問她的近況時，她突然站起來說：「啊—我們改天再聊吧！我爸媽還在外面等我呢！謝謝你，小隆。」

「電話號碼，小姐—」他遞了隻筆過來，她只好乖乖寫下。

*　*　*

有了女兒二十四小時的陪伴，美玉當然什麼毛病也沒有了，成天忙著燉這煮那的，拼命要把皮包骨的女兒餵成沈殿霞第二。習慣天天忙碌的珊珊，突然閒下來也整日無所世事，不是窩在房裡看書，就是K整晚的電視，好像是回台灣來度假的。

約在一個星期後的週四上午，爸媽到證券交易所去，珊珊正無聊的想打電話找人聊天，忽然接到小隆的來電：

「我今天休假，中午過去看妳好不好？」

「嗯—」她還在想妥不妥的問題，「OK！我差不多十二點到，地址呢？」，她被動地背誦了一遍。

「好，待會兒見。」，等她回過神來已聽到嗡嗡聲。

（他要來看我？只是單純的朋友拜訪嗎？他老婆知道嗎？我們

…可能發生什麼嗎？他是不是還心繫於我？十五年了！如果當初他沒有去考軍校，我們會怎樣呢？）

一連串沒有答案的問題在她的腦海中翻滾，而她只是愣愣的摸著左手食指的超短指甲，感受那微微的刺痛。

電鈴響起時，珊珊還在忙亂的整理著茶几上的報紙、雜誌。不知怎地，她竟覺得心臟快要跳不動了，難道她眞的如此在意再次的相遇？

他帶來的不是鮮花，不是巧克力，而是一個排骨便當。爲什麼只有一個？他說兩個人合吃一個，才能共享往日的甜蜜。她則認爲，他一定沒讓老婆知道，否則今天報帳買了兩個便當不是很奇怪？她矛盾的希望兩人能重回往日的親蜜，又開始瞧不起背叛妻子的不忠男人。

她被炸排骨的香味吸引的口水大量分泌，卻一口也沒吃，因爲每當他不經意流露出某種暗示的眞情，總換來她久久無言的欷歔，好像有什麼顧忌阻隔在彼此之間，誰也不願去碰觸。她得小心控制著對他的心動，免得再次遍體鱗傷。

她說得不多，他也和以前一樣寡言。她受不了這樣的氣氛，也擔心自己餓得抓狂會把他生吞活剝了，於是等他吃完就下逐客令：「謝謝你來看我，你該走了。我爸媽快回來了，有空再打電話吧！」

他穿上外套拿起公事包，不太甘願的走到門口：「咪—可以給我個擁抱嗎？」，大方的她，從不羞澀的表達對老朋友的熱情，當她剛在他寬闊厚實的胸膛上找到停泊的位置時，他驀地甩掉手上的公事包，頭一低，銳利的嘴唇攫住她的，她第一個反應是茫然佇立原地，而等她終於了解他做了什麼要開始掙扎時，他雙臂一伸抵住牆，利用自己高大的身軀將她整個人緊緊圈住。兩瓣溫熱的嘴唇仍然飢渴地、徹底地吻著她，一面吻一面在她耳畔吐著氣息：「我早該這麼做了……」

這個遲到了十五年的吻，依舊甜美、刺激，令人無限陶醉，連他的外套何時自身上滑落都沒聽到。他將她頂著牆壁，忍不住的吻了又吻，當他一隻手開始上下游走時，她大力的抓住那隻頑皮的手，同時激動的流下淚來，「小隆—太遲了。」她語氣似乎平靜，眼光卻蘊含指責，她的心裡在交戰。

「不夠，我還要！我只是在做我早就該做的事，我當初就不該放妳走，妳是我的—」他還作勢要吻，她用盡力氣推開他，她哪是他的對手？被他兩臂一環就整個人貼上去：

「你—放開我！小隆！放開我！你怎麼可以……」，她眞的生氣了，啪——，一個清脆響亮的巴掌終於換醒了他狂亂的神智，停止了這場鬧劇。

他突然鬆開她，有好一陣子不敢置信自己方才的舉動，她撿起公事包和外套，胡亂塞在他身上，打開大門低聲說：

「你走，我以後再也不想見到你。電話號碼也撕了吧！沒用的。」，他一動也不動，

「可是—，咪……？」他還企圖挽回什麼。

「你從來都不是一個好情人，現在既然爲人夫、爲人父，多盡點心力吧！別再教他們失望，就當作我們從來沒遇到過，不用『再見』了。」一面說，一面粗魯地將他推出去，「碰」地一聲甩上大門，久久才聽見他離去的腳步聲。她吁了長長一口氣，以爲會難過的，沒想到竟然慶幸自己的果決，又少了一個需要牽掛的人。

分手這麼多年後再重逢，她只是要看看他的生活、他娶的女人、他快不快樂、還想不想她…如今，這一切都沒有意義了。

* * *

這晚，是舊曆年的大年夜，珊珊無意識的亂按著搖控器，隨便轉哪一臺都是浮華喧鬧的特別節目，看著看著竟看到凌晨四點多，實在好睏，進房倒頭便睡。

好像才睡著沒一會兒，迷朦中被爸爸大力搖醒：「寶貝！寶貝！快起來！失火了！」

「啊一什麼？」

「快起來！失火啦！」

珊珊一骨碌跳下床，拖鞋也來不及穿，順手抓起睡袍，邊穿邊往大門跑。卻看到穿得西裝筆挺的爸爸還在拿護照、房地契等「家當」往旅行包裡塞；媽媽也擦粉塗口紅的站在門邊叫：「快點！快點！」

「你們…逃難需要打扮這麼整齊漂亮幹嘛呀？請問這火是燒了多久啦？」珊珊覺得她一定是還在做夢，眼前的景象太令人不可思議了。

「妳哥待會兒八點的飛機去香港，我們要開車送他去機場。我們打扮好正準備出門，發現電梯停電，樓梯間都是煙，所以才趕快叫妳起來…」美玉還在慢條斯理的解釋。

珊珊赤腳踩在玄關大理石地板上，一股透心涼自腳底竄入。她正要去開門，竟發現門把是燙的！門下的縫不斷有黑煙冒進來！這下她可眞的完全嚇醒了，立即衝進浴室拿了三條沾濕的毛巾：

「不行！不行！不能就這樣跑出去，會給濃煙嗆死的。快來！一人一條，摀住鼻子。走啦一」珊珊不管三七二十一的拖著爸媽下樓。

伸手不見五指的空間，她立刻後悔竟忘記拿手電筒！一隻手攙著媽媽，一隻手摸索著牆壁，不時還被別家的鐵門燙到，越是緊張，呼吸越急迫，卻是一口氣也吸不進去，她不停地用力眨著酸痛模糊的雙眼，想要看清楚台階，當然，什麼也看不見，手裡的毛巾已變成非常溫熱，她完全沒法控制的用嘴大力吸氣，只覺得頭暈加上胸部刺痛，無法抑制的咳嗽，腳步越來越慢，越來越難移動。

不知何時，媽媽的手臂已自她手中鬆脫，她強自陣定的想，也許才下了一層樓，還有六層要拼，一口氧氣也沒有，還能走多久？她全身無力的跌坐在樓梯上：（完了！完了！這次眞的死定了！）她想起了對小三的承諾，想起了Linda和藍貓，想起那片令人窒息的藍，想起一切令她覺得美好的人事物就要從此別離：（不！不行！我才二十八歲，還年輕，還沒開始享受人生，還沒看夠這個世界，我不能，不可以就這樣輕言放棄…我一定要逃出去，而且要帶爸媽一起逃出去。）

她不曉得哪來的力氣，往身後的悶哼聲摸過去，像是媽媽的腳，她使盡吃奶力道地拖住便往下拉動幾階，再回過頭去拉爸爸，他們倆人都由於嚴重缺氧而陷入半昏迷狀態，大約過了半世紀這麼久，就這麼拖拖拉拉、連滾帶爬的來到了一樓。

令人極端失望的是，到達一樓並不表示沒事了，呈現眼前的是熊熊大火，雖然離大門僅兩步之遙，她又有半秒鐘被眼前光景給震懾而思考放棄，但經過了這麼多辛苦和疲憊、掙扎，怎麼可以爲了最後一步而前功盡棄？她還來不及做任何準備動作，就非常生氣的衝進火燄去打開大門，再進來拉著爸媽衝了出去。

跪在騎樓外紅磚道上的珊珊，仰望著微亮的晨曦，努力吸著超級清新的空氣，滿心感謝著上蒼的眷顧。她一遍又一遍的發誓：（我以後一定要好好過日子，好好珍惜我擁有的每一樣東西，眞的！）稍稍冷靜後，她才開始檢查自己的頭髮、面頰、睡袍…奇蹟地竟一處燒傷也沒有，僅手掌上有些被燙起的水泡和膝蓋上的擦撞傷，爸媽則完全無恙。

記不清楚過了多久才有幾輛消防車來救火，好在是過年期間，所有辦公室裡均沒人，僅有兩三戶住家，也全都到南部去了，僅珊珊這家人在大樓裡，很快的火勢就控制住，只有一樓和地下室損壞嚴重，據悉應是電線走火引起。原本以爲鬧劇就此結束，沒想到回到七樓的家中，發現才大掃除過的家具上都爬上一層煤灰！米白色的沙發竟變成灰色！穿襯衫打領帶的爸爸，連內衣褲都是黑的，而接下去幾個月大家所吐的痰都呈深灰色，也就沒什麼稀奇了！由此可見濃煙的侵略性，這眞是不幸中的大幸啊！

又一度和死神差點打照面的珊珊，經過這件事後，對人生的價值觀又有了新的體認，她突然深深覺得自己過去眞的浪費了太多時間在生氣、難過、怨恨中，對自己一點好處也沒有，而且她還非常的不快樂。只要一些濃煙就可以奪走的脆弱生命，如果連自己都不善加對待，又還有誰會眞正在乎呢？

思前想後了一番，她決定寫了一封長信給小三，內容不外乎解釋自己的心境和感謝這些時日來他的照顧，請他將小窩內的家具轉賣或送人，替她拿回房子押金，她眞的不適合跟他在一起，如他所料一她就不再過去了，祝福他…沒有人知道小三的傷痛，以及他是如何面對他家人的質詢，約莫一個月左右，她收到了他的明細單及一張金額不小的美金支票！他買下了她所留下來的所有東西，並祝福她……

* * *

心如止水的珊珊，每天過著看書、吃飯、睡覺、看書的規律生活，哪兒也不去，轉眼就閉關了半年多。做父母的正在擔心這樣的日子她會過多久時，有了特別的電話來拜訪……

「媽一妳絕對猜不到是誰回來了！」

「喔一是誰啊？我認識嗎？」

「當然！妳記不記得我以前在辦合唱團的時候，有個叫毛毛的，後來到法國去了？他跟家駒很不對盤的……」

「毛毛？哪個毛毛？我認識嗎？家駒又是誰啊？」

「家駒是…ㄚ呀！反正他們以前都追過我的啦！」

「那是哪一個回來了？要來吃飯嗎？」

「No！媽咪！我都快被妳搞糊塗啦！剛剛是毛毛打來，他只回台灣一星期，參加他爸爸的葬禮，明天的飛機就走了，他約我吃晚飯。哇—我不敢相信我們快八、九年沒見了！不曉得還認不認得出來…嗯—我得去打扮了。」

懷著期待又興奮的心情，珊珊臨出門前還對著鏡子告誡自己：（只是見老朋友，妳可別存著什麼妄想人家還忘不了妳，他明天就飛走了，別再去惹那種自己都承受不了的感情啊！）

一頓飯下來，毛毛除了偶有停頓，會用深不見底的怪異眼神望著她之外，總是三句不離他的 Jacqueline，一個大他九歲和他同居三年的法國女人。

看著照片中的紅髮美女，任何女人都免不了從心底竄出一些妒意……這分明是化妝品廣告的 Model 嘛！應付這種感覺，珊珊一向掩飾的很好：

「想必她一定對你很好囉！有打算結婚嗎？」

「妳也知道，她年紀不小了，成天逼著要我娶她，我還在半工半讀，經濟來源仍得靠老媽，自己都養不起了，哪敢拖累人家……」

「嗯—說的也是，幾年不見，你的確長大了。」她微微點頭表示贊同。

「快告訴我，妳和小三哥結婚了嗎？生活好嗎？我覺得妳依舊亮麗如昔，只是…瘦了些。」他很自然地將自己的手蓋在她的上。

這些年來的起伏，叫人如何一語道盡？尤其是對一個數小時後就將走出自己生命的人，即使倆顆心曾經那麼接近過，如今也已成為過眼雲煙。她勉強笑了笑，選擇什麼也不提，慢慢抽回手說：

「你明天就回去了，下次再見不曉得何年何月了…你，好好過日子。要懂得珍惜身邊的幸福，我們，有緣自有相逢期，眞的很高興再見到你，我該回家了，你…保重囉！」說完頭也不回的走出餐廳，依稀聽到毛毛叫了幾聲，但是就算回頭又能挽回什麼呢？放過他，也放過自己，這樣劃下句點也不錯。

9

一九八九～九一年，二十八～三十歲　相親

女人的年紀只要逼近三十大關，生活週遭就會有許多「關愛」的眼神在看妳。

珊珊的嫂子－－淑君，是個大她三歲，城府極深，一心向錢看，急於要躋身上流社會的女人。也不曉得她是有特種計劃或是純粹出於好心的突然開始替小姨子物色對象。

那個時代，顯少有人在看影碟，因爲機器、音響設備和碟片都所費不低，會去租片中心的多半是「黃金單身漢」。淑君不知運用了什麼手段，向櫃檯小姐要來了一整盒條件不錯的各方候選人名片！起初，珊珊還非常排斥這種事，總覺得憑自己的條件，還需要輪落到「相親」不是太丟臉了嗎？心底深處又覺得嫂子一定不安什麼好心，待在家裡陪兩老有什麼不好，爲什麼非急著將她推銷出去？

淑君憑著三吋不爛之舌，一而再，再而三的向她鼓吹：「妳不見他們保證會後悔喔！這些人眞的很不錯，說不定…這個就是妳夢寐以求的白馬王子呢！」邊說著就從盒裡隨便挑起一張印有五個頭銜的名片：「見個面又不會少妳塊肉…」

「好啦！好啦！快被妳煩死了，去就去嘛，誰怕誰啊？反正又不是我請客。」其實，她多少還是有「玩遊戲」的心理，只是想再次證明自己仍有「男人殺手」的魅力。

Mr. A，二十九歲，某國際知名企業家的獨子。優點－聰明能幹，會繼承父業；缺點－身高一六五公分。

第一次見面的飯局設在「兄弟飯店」二樓的台菜廳。只有男女主角和媒婆出席，晚餐吃到近尾聲時，媒婆就識趣的藉故有事先走。男主角看女主角賢淑、恬靜又大方，自是滿心歡喜，和媒人交換一個眼色就知道該怎麼辦了。飯後又轉去「圓山飯店」看夜景，進一步聊著彼此的過往，女主角雖然並不怎麼喜歡這個人，但看在他彬彬有禮的份上，也禮貌性的回應著。

由於工作繁忙，接下去的日子 Mr.A 總會每晚花一兩小時和珊珊煲電話粥培養感情，但僅週末才有空相約出遊。他，想必是動了眞情。她，可有可無，打發無聊時間，就這樣淡淡如水，牽牽小手地交往了三個月，直到他帶她回家拜見父母。受日式教育的父母親雖然非常客氣的招待珊珊，卻奇怪的在午餐後讓客人獨坐客廳，和兒子關起房門開了個長達一小時的緊急會議。聰明如珊珊，自然猜到父母反對兒子和她交往，雖然她並不瞭解罪名是什麼，反正她也不在乎。就這樣，從此未再接過這位先生的來電。

看珊珊又像遊魂般整日無所事世的樣子，淑君又緊鑼密鼓的安排了另一個飯局……

Mr.B，四十四歲，某知名運動器材台灣總代理公司的總經理。優點─精明幹練，成熟多金；缺點─獨子，婚後必須和寡母同住。

想換個口味的女主角，這次選擇去「瑞華」吃瑞士菜。照例在上甜點時，淑君的手機如約響起。

「要走了嗎？我搭妳便車回家。」珊珊也希望可以早點和她一起離席，因爲她最怕人家和她談政治，偏偏這位仁兄沒什麼追女人的經驗，除了開口閉口「我媽說」之外，盡和她談經濟走向、國際情勢，眞是另人乏味到快睡著。她畢竟還沒那麼老啊！

本以爲八字沒一撇，應該沒下文的，沒想到隔了一星期，他又打電話來邀約！（唉─看在他人還算老實的份上，就再給他次機會吧！說不定上次他太緊張了…），這次少了媒人，只有倆人至 DD's 共進浪漫燭光晚餐。才剛點完餐，服務生轉身走開，爲了避免場面太尷尬，珊珊主動找話題說：「聽說…幾十年前在上海，只有非常有錢或有名望的人才能進這家餐廳。因爲它的餐點、服務、裝潢…都是當時最講究的，現在他們在台北也開一家，叫一樣的名字，廚師也是當時主廚的下一代，我們眞是 Lucky 可以來享受這裡的氣氛，希望這裡的食物也和那時候的一樣棒…」

Mr.B 似乎完全沒聽進她說的話，突然有點兒冒失地一把握住珊珊擱在桌上的手，一本正經的說：

「我已經把我們的事都跟我媽說了，她很想見妳。不過妳放心，我媽說只要我喜歡就好，原則上她不會有『太多』意見。再過兩個月剛好是我生日，我想，也不要太麻煩，就省略訂婚直接結婚好了，我下星期就會找裝潢工先把家裡重新整修一下，當然妳知道我媽會跟我們住，她的房間不動，其他…妳看看有什麼意見盡量提出來討論，我是非常能接受New idea 的。婚後，憑我們兩份收入，相信日子應該很寬裕，當然，如果妳不想上班，願意盡快生，並且在家服侍我媽，我也很高興。妳覺得怎麼樣？」

珊珊畢竟見過些世面，這樣的陣仗還難不倒她，雖然有點一頭霧水。她有些費力的抽回了玉手，幾番欲言又止，眞不知該從何說起，又得極力忍住想笑的衝動……眞難啊！先喝口水吧—

「嗯—B 先生，我想…這當中有些誤會。首先，我答應我嫂嫂出來跟你見面，只是單純的想，多認識個朋友無妨，如果談得來…再談以後，我們今天才見『第二次』面，互相都還『完全』不瞭解，你不怕這麼快…會做下錯誤的決定？你…或許還不曉得，我曾經訂過婚、結過婚、離過婚、自殺過、出過大車禍，身體很不好，醫生還勸我最好別生，我也完全不會燒菜、做家事，近兩年也沒工作、沒收入…我想，你媽媽可能得有很強的心臟才會接受像我這種媳婦進門吧！我覺得你…相當優秀，得找個名門閨秀來配。像我這樣命運坎坷又有著不太光采過去的人，承蒙您看得起，我們做做朋友就好了，你不覺得嗎？」

一口氣說到這兒，珊珊說的輕鬆而平靜，好像完全不甘她的事似的，反倒是對方的臉色，像紅綠燈般青一陣紅一陣，讓她有唬弄成功的快感。

服務生這時端上了芳香濃郁的上海式羅宋湯。美食當前，怎能浪費？完全沒心理壓力的珊珊自顧自的低頭努力享受，很快就盤底朝天了，而這位辯才無礙的總經理，仍處於冥想狀態。她又再次的證明了她的魅力，這眞是打破記錄，竟然有呆瓜才見第二面就一本正經向她求婚的！但她也再次被殘酷的事實打敗……沒有凡人願意取一個多災多難又「離過婚」的女人。

心灰意冷的珊珊，連續推拒了淑君好幾次的安排，也勸她別再白費力氣，不會有奇蹟出現的了。這時候，家駒如約回來找她！珊珊雖然想起最後一次在LA見到他時的情景及對話有些反感，但畢竟是這麼多年的朋友了，好像不該輕言放棄。於是倆人約在一家撞球店見面，這家店同時也是家駒的好朋友開的，初中時曾經也是珊珊的裙下敗將之一，不曉得他約在此地是安的什麼心！

「嘿！櫃檯那個大眼妹是你馬子嗎？很會放電喔！可惜兇了點…」家駒語帶輕蔑地笑著問，「嗯—我們…在一起快兩年了吧！」建中邊趕著手裡的設計圖，邊回應著，完全沒看到家駒輕挑的表情。

「兩年？有沒有搞錯啊？你爸媽不催你結婚？欸！別忘了我們都是『獨』字輩的，責任義務很重的啊！」

「催又怎麼樣？她又不答應。」

「什麼意思？難道她還嫌你們家條件不好？你現在又開店又經營設計公司，兩份收入應該不錯啊！」

「唉－或許就是條件太好了，她一直吵著要我出錢送她去美國參加比賽…你知道，她的球技比我好多了，在我們店裡幾乎百戰百勝，她說留她在這顧店實在是大才小用…她還年輕，還有夢想…唉呀！我們每次談到這個話題都會吵得面紅耳赤，漸漸大家都識相不提了，反正你別想用一張紙、一個圓圈綁住她…你不會懂的啦！其實，我也搞不懂……」

「你們不是女人，當然不會懂。」，兩個大男生同時回過頭，朝聲音的來源望去……黑色高根鞋，圓潤修長的雙腿被薄如蠶絲的淡黑色絲襪密實的裹住，全黑緊身露肩的連身洋裝使身材曲線畢露，粉嫩的玉頸上自然垂掛著一條七彩繽紛的超長紗巾，隨著她的走動搖曳生姿，兩人的視線最後都同時停在那張沒有被歲月留下痕跡的美麗臉龐……

「怎麼了？不認識我了？」，她從家駒身前走過，順手用食指抵住他下巴：「小心蒼蠅飛進去！」

不到四坪大的小辦公室，連張椅子也沒有，她瞟了一眼建中坐的那張，順手挪開辦公桌上的報紙，大剌剌地一屁股坐上去，甩了甩如雲的長髮……

「哇塞！張珊珊！眞是稀客啊！妳…眞不是蓋的！『歐蕾』都是用喝的嗎？快二十年沒見，妳怎麼都沒變啊？看看我們兩個頂上快反光的老頭子…老天爺眞是不公平呀！」建中完全沒心理準備會在此時此地見到初中時的夢中情人，而且散發著百分之兩百的成熟女人味兒，再夾雜著ＹＳＬ的「鴉片」味，眞是令人意亂情迷咧！

「欸—自己像老頭子可別把我算進去。我雖然頭髮稀疏了些，各方面的『能力』可仍然是一極棒的喔！咪—要不要試試？」家駒又擺出那種讓人反感的嘴臉。

「喔—原來…你們認識？那麼今天是約好的囉？害我空歡喜一場。」

「你『歡喜』什麼啊？老婆就坐在門口還想打野食？安份點吧！」家駒邊說邊拍了拍建中的肩膀。

「嘿—你們兩個一搭一唱倒是絕配，本姑娘第一次光臨，既沒椅子坐又沒水喝，請問要等到幾時才有晚餐啊？如果你們還有話要說，我可要先走一步囉！」珊珊早就聽到自己的肚子在抱怨，已經有點不耐煩了，本以爲應該少不了有頓豐盛的晚飯，沒想到這兩位富家大少竟不約而同的說：

「那我們來 order Pizza Hut，怎麼樣？就在隔壁，一定很快的。」，爲了掩飾失望，又不想表現出自己太嬌貴，她只好說：「喔一好啊！我不吃青椒、黑橄欖，其他隨便。」，於是，這頓聚餐不到一小時就結束的清潔溜溜了。

走出撞球店，家駒很自然的攬著珊珊的肩：「終於就剩我們兩個了，找個安靜的地方『好好』敘敘舊吧！」

「好啊！去哪？」直爽的珊珊當然沒聽出他的弦外之音，只一味努力思索著哪家氣氛好的 Coffee Shop 適合談話。

「嗯一我想想…」，走著走著，他突然停下來說：「就這家吧！」

珊珊東張西望了半天，一頭霧水：「哪家？這裡又沒有Coffee Shop。」，「 Who needs Coffee？」

珊珊退到人行道上抬頭一望……『 X X 賓館，休息一小時290』，看到這個招牌，她眞是徹頭徹尾的替眼前這個前途無量的男孩惋惜：

「欸一請問你這些年在美國到底是受了些什麼刺激？爲什麼整個人都變得這麼離譜？」

「哪有什麼離譜？是人都要吃飯，是男人都有慾望。都什麼時代了，妳不是一向走在時代尖端的嗎？我已經不是當年的情聖，妳也不是什麼玉女，就別再裝了吧！何況，You owe me this, remember？」他用手摸了摸眉角上一個小疤痕：「 Let's have fun tonight……」邊說邊把她往自己懷裡緊緊箍住，好讓她的臉貼上他的。越來越聽不下去的珊珊忽然被弄得很痛，眞是一股怒氣攻心，用盡力氣想要推開他，卻是完全無效！

「你到底想幹什麼？」她的尖叫聲，自然引來許多過路人的眼光，家駒不得已只好鬆開了她。她立刻連退好幾步，和他保持了很大的安全距離。

他靠在牆角緩緩點起根煙：「我們一定要在這兒說，不能上去說嗎？」

「愛說不說隨便你，如果你一定要上去，請便，我先告辭了。」

「咪—等等…」家駒伸手擋住她的去路，眼光瞟向遙遠的地方好一會兒，用只有他自己才聽的到的聲音說：「我…不能來。」

「什麼？」

「我…不能來。」

「你到底在說什麼呀？」她已經快失去耐性。

他突然將煙丟在地上，咬牙切齒的說：「我要在妳身上找回我失去的東西。」

「哦？你丟了什麼？」

「……我今天就讓妳明白個徹底，聽好—我曾經這麼用心的要讓妳愛上我，可是，妳連正眼瞧我也懶得，妳知道嗎？我在那邊的學校裡可是小有名氣、品學兼優的高材生。也許，是我憂鬱的特質或是還不錯的體格，每天在我宿舍門口排隊，急著上我床的各系美女、系花可以用『打』做單位來計算，我可以讓她們對我如癡如狂、高潮連連，但是我自己卻是完全無法享受到任何快感，妳懂嗎？…妳那一巴掌，不但打碎了我的心，也打掉了我男人的自尊，我這些年來過著生不如死的生活，妳說，該由誰負責？」他邊說邊激動地掐住她的臂膀。

珊珊這輩子什麼狀況沒遇過，這樣荒謬的故事她還是頭一回聽到，這種事要她負責？眞是沒力！

她用力揮開他的爪子，用盡量平穩的語氣說：「夠了！劉家駒，依我看，你眞是個天字第一號的大變態，眞是夠了！很抱歉我無法施捨你任何同情，念在朋友一場的份上，給你良心的建議：現在醫學那麼發達，我看你得的又不像是絕症，如果你是生理有病，去大醫院好好檢查一下，一定有救；如果你是心理有問題，去找個心理諮詢的談談也非難事。總之，找我，你是在浪費大家時間。」

她看了看錶：「我…不想再跟你多說什麼，祝你…早日康復…忘了我吧！不用再見了。」說完，就攔下計程車揚長而去，留下一臉忿恨、痛心疾首又丟了一地煙屁股才離去的自卑可憐蟲。

* * *

「小妹啊——快點準備準備，明天又有免費晚餐可吃囉！」淑君興奮的跑來告訴珊珊。

「對不起，要去妳去，我眞的沒興趣。拜託妳別再勉強我，好嗎？我眞的不想再交男朋友了…我實在覺得好累…」

「唉呀—那是因爲妳所遇非人，眞的遇上對的人，妳自然不會覺得累了。我告訴妳，這次這個可是萬中選一的『好貨色』喔！我已經幫妳做過市調了。」

「什麼啊？」她既反感又好奇。

「妳聽我說，別打岔！這位 Mr.C 是ＸＸ電腦公司的『專案企劃經理』，大妳六歲，廣東人，燒得一手好菜，他可是他們公司，四、五百名員工公認的『黃金單身漢』喔！年薪在三百萬以上，聽說他最近剛在汐止『伯爵山莊』買了一棟房子，就快交屋囉！而且他非常活躍，人緣又好，吃喝玩樂樣樣精通。怎麼樣？不錯吧！」

「人家條件既然那麼好，怎麼會到現在還單身？我看他一定脾氣很古怪，沒興趣。」

「才不是咧！他曾經結過婚，大約維繫了四年，後來不曉得什麼原因離婚了。」聽到最後幾個字，反倒是引起了珊珊一丁點好奇、希望：（同是天涯苦命人，他應該不會那麼急著再跳進下一個火坑了吧！從未認識離過婚的人，也許，他會是知音呢！）

次日晚上，在兄弟飯店二樓的港式飲茶，一切進展的尚稱順利。進尾聲時，淑君在桌下捏了珊珊一把，就突然說：「兩位對不起，我跟朋友約了還有點事，你們再多坐會兒，我要先…」，Mr.C立刻看著錶說：「唉呀—不得了！八點多了，我家的寶貝狗還沒吃晚飯呢！兩位小姐，今天很高興認識妳們，聊天都聊忘記時間了。對不起，我得先走一步。」說完就慌慌張張跑到櫃檯結帳離去，留下一肚子無名火的珊珊：「搞什麼？難道我還沒有他的狗重要？」本來還不錯的印象，一下子就被戴上了「永不錄用」的帽子。

三天後的晚上七點多，珊珊剛吃過晚飯，正拿著搖控器在漫無目地的巡視各臺，電話響起：「請問是張小姐嗎？我是C，不知道有沒有這個榮幸請妳出來聊聊天，喝個東西？」

「哦？不妥吧！這個時間…你今天不用回去餵你的寶貝嗎？」她這個仇不報難受。

「哈哈哈—張小姐該不會是在爲我那天提早離席在生氣吧？」

「生氣？跟誰生氣？我不是那麼小心眼的人吧！」聽不出來的就是白癡。

「小姐，我爲那天的表現鄭重向妳道歉。今天是有備而來，所以早上出門時已經將晚餐準備好了。聽說，妳也很喜歡跳舞，晚一點，我約了些朋友一起去『六福』，怎麼樣？算是給犯錯的人一次改過的機會？」她猶豫了幾秒鐘，看樣子他也做了些功課，而且似乎頗有誠意。

「好吧！幾點…」

恰恰、吉魯巴、慢四步…這些舞跳下來，牽手、搭肩、摟腰…似乎是再自然也不過的事了，即使和陌生人也很難再保持距離。兩個人好像很快就成了熟朋友，席間，她也明顯地感受到他的熱情及朋友們欣賞自己的目光。雖然 Mr.C 的舞跳得不算出色，但他忘情搖擺的滑稽姿態，也著實逗笑了她許多次。對他，不再那麼生氣了。

瘋至近凌晨一點，本以為他要送她回家的，沒想到他竟然說：「走一我帶妳回去看我的寶貝。」雖然很晚了，但她也是愛狗人士，怎會說不？

一進門，她就被客廳中間一張有大紅色軟墊的超大型籐製雷達椅給吸引，脫了鞋就跳了上去：「哇！我從來沒看過這麼大的籐椅！好特別喔！」本能地東張西望起來。C迅速的遞上了一杯冰涼的橘子汁，脫下上裝，盤腿坐在她面前地上。

被吵醒的寶貝原來只是一隻全身黑的發亮的小土狗，無精打采的搖晃到珊珊面前，嗅嗅她的腳、她的鞋，然後慢條斯理的找個角落趴下重回夢鄉。牠很明顯的對於屋裡多個女人沒什麼意見…或者，是習慣了？

倆人從裝潢、品味…自然的談到了女主人，C似乎也並不想隱瞞什麼。原來他和前妻是大學同學，再次相逢於這家電腦公司，由於近水樓台而締結孽緣，沒想到才結婚不到三年，老婆就送了他一頂綠帽，第三者竟是他的頂頭上司！最悲慘的是，公司許多人都心知肚明，而枕邊人永遠是最後一個得知眞象的。珊珊感受到他在敘述時的強顏歡笑，好像不太在乎，雖然女主人已經遷出一年，屋內的擺設仍像是有女人在理家的樣子。這讓珊珊有些許的感動，他應該是頗深情、念舊的人，不知不覺，她也越談越多，敘述了自己不想再提起的婚姻，每一次回顧都是將傷口再撕裂一次，她忍不住淚流滿面。他明白她傷心的過往，心疼她過度壓抑的情感，很想告訴她：「從今以後，妳不再孤寂，一切有我…」但C除了遞上「舒潔」，送上堅實的胸膛，什麼也沒說。這一夜，光陰似箭，聊著聊著，天已泛白。他決定成為她感情的出口，為她釋放憂愁，留住溫柔。

時值夏秋交接，有些悶熱又有些涼意。C的部門舉辦了三天兩夜的「澎湖之旅」年度旅遊，歡迎大家攜伴參加。他毫不考慮就在報名表上填寫了。攜伴一名：張杉杉。關係：表兄弟。避免引起同仁們不必要的揣測。珊珊沒有想太多，只覺得這是個認識彼此的好機會，不疑有他，拎著簡便的背包如期赴約。才到他們公司大門口，她就傻眼了！才一個部門就來了近百人，真是聲勢浩大，按照慣例，她雖非盛裝，但精心時髦的裝扮、色調搶眼的搭配，毫不客氣的立即成為一致公認的團花。

「哇－－經理，這位就是你的『表弟』喔？長的眞是漂亮耶！」，「好傢伙！什麼時候追上的，今天才帶出來現寶？她還有未婚的姊妹嗎？」，「經理—這眞的是你『表妹』啊？」大伙你一言、我一語，每個人都忍不住對這位新加入的成員感到十分好奇，而她只是笑咪咪的靜靜跟在C身邊，不做任何解釋。數日相處下來，她的好個性及好修養，著實贏得大伙的青睞，紛紛搶著和她留影，覺得她有電影明星的味道卻沒有明星的架子。這些事，當然全鉅細靡遺的看進C的眼裡，除了暗爽在心之外，也讓他默默的許下一個願望。

C在汐止的新房子，順利如期交屋。裝潢、買家具、佈置全不假他人之手，放心地交由珊珊全權處理。淡藍色的浴室，粉紅色的主臥，每張壁紙、地毯都有她的巧思，三層樓的透天厝被她裝飾得溫馨舒適，也打掃得一塵不染，連C極挑剔的母親都滿意的沒話說，恨不得可以搬過來同住。C雖然沒有明說，但聰明如珊珊自然將自己的喜好、習慣全設計進去，不時想像著眞的成為女主人的一天，兩個人如果一條心，走向紅地毯的另一端似乎也指日可待。

本來幾乎每晚加班的C，自從有了生活重心後，每天都趕東趕西的希望能在下班前將所有事處理完，好準時去赴約。他們除了吃飯、看電影之外，每週還有一晚在公司的訓練教室上「國際標準舞」，由裁判級的老師專門指導，算是公司福利吧！參加人數非常踴躍，旁觀者更是擠壞大門。珊珊不但舞技出眾，一套套專業的舞衣、舞鞋更是讓那些下了班直接趕來上課的小姐們自慚形愧，老師也特別喜歡叫珊珊出列單獨示範，也許是老師會帶，任何高難度動作她都可以輕鬆展現，充分享受場邊幾十雙羨慕的眼光及熱烈的掌聲。

經過「澎湖之旅」，她早已經聲名遠播，全公司上上下下職員幾乎都知道有「美麗的小表弟」這號人物，每週一次的翩翩起舞，又吸引了董事長和總經理的圍觀，珊珊自是得意非凡。但是，她也注意到人群中，始終有雙充滿敵意的目光在暗中注視她，許多時日後她才打聽出來，那是老總的秘書……C的前妻。這下，她突然明白了許多事情。

沒過多久，透過C的介紹，珊珊輕而易舉地接下將公司內部重新整修的設計案。由於經費充裕，董事長和總經理室就成爲她主力揮灑的空間。燈光、材質、色調之講究，絕對比五星級飯店的總統套房還華麗，不用說，本來就對珊珊很欣賞的老闆，現在更是錦上添花，恨不得可以把她高薪挖進來替自己公司效力。年終公司舉辦的運動大會，珊珊意外的收到一套胸前繡有「ＸＸ人」的運動服，表示老闆已將她視爲公司的一員，尾牙宴上又親自邀請她開舞，眞是羨煞一缸子人。

*　　*　　*

這天下午，珊珊正好要到C公司附近去辦事，徒步經過一家裝潢精緻、典雅的咖啡館，一眼就吸引了她的駐足。

基於本能，她朝玻璃窗內瞄了一眼，不瞄還好，這一瞄竟瞄見C和一個女人坐在離窗口很近的位置！珊珊迅速倒退幾步躲在門邊偷窺：（咦？那不是淑君麼！她來找C做什麼？關心我們的進度？還是他們兩個…不可能，嗯…一定有鬼！）盤旋一會兒，擔心自己會被發現，決定離去。

晚上，C如常下班後到珊珊家晚餐，整個晚上什麼也沒提，這令急性子的珊珊越等越火大：「你…今天很忙嗎？」

「還好，跟平常差不多啊！幹嘛？」

「沒幹嘛，只是好奇你有沒有喝下午茶的習慣？」她裝做若無其事的翻著晚報，卻是一個字也看不進去。

「下午茶？我哪來的美國時間啊？又要看客戶又要趕報告，還得開會、準備簡報…能有機會上廁所就不錯囉！」他還眞裝得一臉很可憐的樣子，讓人看了恨不得想賞他一拳。

「喔—沒想到你『這麼』忙啊！」

「小姐，妳今天怎麼陰陽怪氣的？我又沒惹妳…」

「哼！有沒有惹我，自己心裡有數。」她終於停止了翻閱的動作，雙手抱胸，定定瞪著他。

數秒鐘後，他有些尷尬的笑笑：「原來…妳知道…」

「知道什麼？我什麼也不知道，如果你認爲我沒必要知道，那就什麼也別說了。」她轉身想走開，隨即被一把拉住：「妳別這樣嘛！我本來是不想讓妳知道的，因爲這個事情…蠻難啓齒的。」

「那就算啦！」

「珊—聽我說，事情…沒有妳想像的單純，這個…唉—我該從何說起呢？」C面有難色。

她耐著性子不出聲，只想給他機會表明，等了半晌，他才開口：「妳先告訴我，妳知道了多少。」

「我今天看到你和淑君在喝下午茶。」憋了整晚的話終於可以一吐爲快了。

「就這樣？」

「這樣就已經很奇怪啦！說！她找妳幹嘛？該不會只是單純的關心我們的進展吧…」

「我說我很忙是眞的，她下午打電話找我，本來第一時間就回拒她的，可是她…珊—我們交往也快半年了，我覺得妳真的是…很好的女孩，我對妳是眞心的。」他突然抓起她的手，貼在自己臉頰上，「我很珍惜我們這份感情，絕不允許任何人來破壞。」

「你發燒啦？講什麼我聽不懂。」她當然懂，只是忽然有大軍入侵的壞預感。

「我實在不懂，妳嫂子爲什麼那麼恨妳？」

「唉—搞了半天是在背後說我壞話啊！眞是無聊，你放心好啦！我早就免疫了，她是什麼樣的人，我還不清楚嗎？別理那個神經病就好了。」她抽回手，如釋重負，順手拉過椅子坐下來。

「可是…我沒辦法不理她。我…珊—妳一定要聽我說，我其實也很痛苦…我…」C一會兒抓頭，一會兒翹腳換坐姿，坐立難安的樣子，一支手不停地在西裝褲上蹭，這些小動作全看在珊珊眼裡。

「大男人做事敢做敢當，你知道我最討厭人家講話吞吞吐吐。說吧—你闖了什麼禍？」她深呼吸一口，做好心理準備，大概有晴天霹靂要發生了。

「剛開始，我也是抱著好玩的心理，並沒有對她講的話太認眞，心想如果能認識個條件不錯的女孩，交交朋友也沒損失，可是在我們剛交往的第一個月，淑君就找我談過一次，她…要求我用最短的時間，把妳…把妳… you know，讓妳懷孕，然後帶妳到國外去生。如果我對妳沒興趣了，隨時可以 dump，她說，依妳好強的個性，一定沒有臉回來過生活，她就少了心頭大患。」

C停了幾秒鐘，觀察珊珊是否還能承受，看她面無表情，他清了清喉嚨繼續說：

「…可是我越跟妳相處就越欣賞妳，覺得妳根本不是她說的那種壞女人，我一點也不想對妳使什麼壞心，更不想玩弄妳，只求妳能眞心的對我好、對我娘好，因爲…因爲…我早已經愛妳愛的無法自拔了。」

眞是山雨欲來風滿樓，基於這麼多年談感情的經驗，珊珊總能在最短的時間內摸清一個男人的心思。她知道淑君是聰明人，一定會抓住C的弱點來進攻，她心裡已猜到八成，冷冷的說：「所以呢？」

「所以，我一拖再拖，將她交代的事盡量拋諸腦後，一轉眼就幾個月過去，這期間她打過很多次電話給我，我都沒回。今天被她找到，沒辦法，才跟她碰面，就是爲了談這件事。」

「你爲什麼避重就輕的不提你答應了她什麼？你大可直接了當告訴她，你不願意照她意思行事，請她不用再干預你該怎麼做。」

「我…不能…」他頭低下去，眼睛不再敢直視她。

「哦？原因是—」

「……我拿了她二十萬，珊—我那時候眞的手頭很緊，又要繳房貸，我…」

「二十萬應該只是頭期款，任務達成以後呢？」她自己都驚訝語氣平靜的好像事不關己。

「她說，妳爸有的是錢，等事成之後，她會給我一張空白支票，隨便我寫…」

「你—相信她的話？只怕事成之後，你也找不到這個人了吧！」原來淑君千方百計要弄走她，是爲了算計爸爸的遺產，她還天眞的幾乎要相信淑君眞是爲她的幸福著想呢！

C突然慌亂的抓住她的肩，打斷她的思緒：

「原諒我—我不該財迷心竅，我不該答應的，妳一定要相信我…我會娶妳，用一輩子的時間來證明我對妳的愛，我會讓妳過好日子的。」

「用我爸的錢？」

「珊—」

「夠了，你現在準備怎麼做？還她二十萬，交易取消；還是…

我們一刀兩斷？」她並沒有對整件事太驚訝，但心裡還是有受傷的感覺，實在不能相信C當初竟然會對這樣的遊戲說「Yes」；他倒底是一時失查，還是他根本就是財迷心竅的人呢？繼而想想自己已經投注下去的感情和時間、自己的年紀，就這麼被迫放手…心有不甘。

見他低著頭半天不接腔，像個做錯事的小孩在乞求原諒，她自然清楚他絕不願意人財兩失，那棟房子確實已壓得他喘不過氣來，這一時要上哪去找二十萬呢？沒有考慮太久，她摸摸C的頭，平和的說：

「只要你想辦法把錢還她，跟她把話說清楚，我相信她會知難而退的。這件事…就到此爲止，等你還了錢，就不准再跟那個女人有任何瓜葛，如果被我知道你們以後還有聯絡…我保證讓你失去所有東西，一切歸零，那時候，就別怪我無情了。」

C愣了幾秒鐘，已然聽出珊珊還願意和他繼續走下去的弦外之音，自是開心的不得了：

「照辦！照辦！妳說什麼我都答應妳，只要妳原諒我…」抱起她猛親。

一場原本以爲會一蹋糊塗的「陰謀」風波，就這麼落葉般無聲無息的輕輕飄落。

* * *

自從C搬進新居，小倆口出遊的機率就大幅減少了。週末假日，珊珊總是喜歡窩在C家看錄影帶，或是帶著寶貝在社區公園裡跑跑跳跳，日子過的平靜踏實。

一天下午近五點，珊珊正在專心趕一家證券公司的平面配置圖，C突然來電，口氣慌亂：

「珊—我今天下班可能沒辦法過去，我出車禍了！」

「啊—嚴重嗎？你有沒有怎麼樣？」

「我沒事，只是被嚇一大跳，從林口趕回來的高速公路上，我跟在一輛貨櫃車後面，一塊比拳頭還大的石頭好像夾在貨櫃車後輪裡，不曉得怎麼突然飛出來打破我的擋風玻璃，打在妳平常坐的位置，連椅背都凹一塊，可想那個力量有多可怕！還好妳不在車上，否則胸部一定重傷…」

「什麼─還好沒打到駕駛座，否則你不但重傷還會造成連環車禍呢！你現在人在哪？我能幫忙嗎？」雖是不幸中的大幸，珊珊仍舊很擔心。

「我在修車廠換擋風玻璃。今天大概不能拿車，我還得趕回公司開個會，晚一點再給妳電話，OK？」

晚餐時，珊珊提起C的意外，偉傑也很擔心的說：

「妳現在一天到晚的往汐止跑，幾乎天天要坐他的車，他那台小『祥瑞』…真要有點什麼事，我看也是弱不禁風的，妳找時間跟他談談，要不要趁這次機會乾脆換部好一點的車，說是張伯伯說的，如果他拒絕，就叫他以後也別再來載我女兒出去了。」

珊珊雖然不怎麼贊同爸爸的話，卻也覺得不無道理，兩個人都經常跑高速公路，安全是第一要務，她早就看他那台超級迷你二手車不順眼了，和C的身分地位都不配，如果自己遲早會跟他結婚，那麼「贊助」他買台新車也無可厚非囉。於是，第二天，她就迫不及待把這個想法告訴C，他二話不說的就帶著她四處展示廠去看車，不到一星期就決定用現金價五十五萬買下一台白色的 Honda Civic，手頭拮据的C只「盡力」地拿出了十萬，珊珊連眼睛都不眨一下的拿出私房錢補足尾款，小倆口開開心心的上陽明山、石門去兜風了。

「喂─這筆帳你準備怎麼跟我算？」小氣財神視錢如命的問。

「珊，眞的要好好謝謝妳，如果沒有妳的幫助，我大概一輩子也換不了夢寐以求的車，妳也知道我每個月要繳房貸，還得拿生活費給我娘，又要存結婚基金…剩下眞的不多。不然這樣吧，我每個月還妳一萬，妳覺得怎麼樣？」

「那得要…四年才還完耶！利息呢？」

「唉唷—哪有老婆在跟老公算利息的？不然…用這個換，怎麼樣？」說著就把她攬進懷裡，一直吻到她喘不過氣來討饒爲止。

剛開始，C還很講信用的每月定期交給珊珊一萬，才不到半年光景，他就一下說這個月有困難，一下說這個月開銷太大的想盡辦法拖延。不僅如此，他還有求必應的兩萬、三萬小金額的向珊珊借，好在金額不大，他還的也快，心軟的珊珊也不便強人所難，就這麼睜一眼閉一眼的過了兩年多。其間，C也曾三番兩次的向她提婚事，她總以四兩撥千斤、嬉笑怒罵的方式裝傻打混過去。不知是熱戀期已過，還是兩人的相處模式出了問題，一切都開始有點兒不對勁了。

「C，下星期五是我爸生日，我們會在『凱悅』一樓的『凱菲屋』請親友吃飯，你也要來喔！晚上六點別忘記了！」，「沒問題，一定到。」

是日，珊珊打扮光鮮亮麗的邊吃邊仰頸顧盼，還不時得應付親友們的好心詢問：「男朋友咧？還沒下班啊？」最痛恨人家約會遲到的珊珊，大概每隔五分鐘看一次錶，每隔十分鐘離席去打公用電話，從六點盼到九點散席，鬼影沒看到半個，菜沒吃到幾口，氣的她連送客都失去笑容。（註：那時候雖然已有大哥大上市，貴又不普遍，C是非常節省的人，當然沒有這種配備，所以無法用手機聯絡上。）

一進家門，火山已蓄勢待發，她抓起電話：「喂－－你在家！？請問你知道今天是什麼日子嗎？」

「你爸生日不是嗎？我還有寫在我的記事本上咧！」

「嗯—眞能幹！那請問你有沒有順便寫六點要到『凱悅』？」

她極力忍住怒火，但是音調仍很奇怪。

「什麼啊？我還正想問妳呢—我六點半到『麗晶』等妳等到快八點都沒見到人，我還以爲妳們取消了，也不通知我一下。往妳家打電話又沒人接，後來實在太餓就跑去桃園街吃牛肉麵…我也是現在才剛進門啊！怎樣？不是在『麗晶』嗎？我記得妳是說『麗晶』的啊！」

「你……」

這已經不是第一次，她說東，他記西；她提週六，他記週日，就算時間日期都記對，那麼地點一定出問題。總之，她被氣得無言以對，是年紀大了嗎？他也才不到四十歲，很明顯的是心不在焉，那麼他的心思到哪兒去了呢？

心裡藏不下一顆小沙子的珊珊，用極度寬容、忍耐的態度對C，一次又一次的告訴自己他不是故意的，一定是眞的太忙了等等不是理由的理由騙自己，直到心裡已積沙成塔，連她自己都察覺負荷不了了，才讓山洪爆發。

終於，在一個如常的晚餐後，她才剛洗完碗從廚房走出來，發現C已經歪在沙發上呼聲連連。她將電視音量調小聲，坐在一旁靜靜端詳著他的臉，回想著認識至今這三年多來的點滴，隨著相處時日的增多，以往的濃密已淡薄，他不再察覺她情緒的微妙變化，爲了節省開支，生活中沒有玩樂、沒有驚喜，一切只剩貧乏。他只是定時出現，又準時消失，她忽然深刻領悟到自己從未眞正愛過眼前這個人，只是習慣於他的接送、他的陪伴、他的聆聽、他的味道…至於他的喜怒哀樂，她只是強迫自己去適應，卻無心眞正去體會。更悲哀的是，她的存在，對他來說，好像只是一只打不破的撲滿，缺現金時提一些，缺家庭溫暖時預支一些，缺愛時透支一些…這樣的關係，能維持多久？對於這段淡得好似快要失去味道的感情，沒有收穫的付出，只是在浪費雙方的時間而已。她眞該好好的想想，是要辛苦的維持還是該「棄守」了？原本以爲只要不結婚，情感就能常保新鮮，現在才三年…她已有說不出的疲憊…

「啊？妳瞪著我幹嘛？幾點了？唉—我最近實在好累，又睡著了。」C自顧自的伸個懶腰，用手梳理著頭髮，完全沒發覺珊珊凝重的表情。

「C，我想…我們並不適合，跟你在一起，我越來越不……快樂，我已經在準備辦移民的事情，快的話，再幾個月就要去加拿大報到了，然後在那邊一住就得住三年坐『移民監』，我曉得你媽一直催你結婚，我也不想再拖下去，更何況…我也不準備生。所以，我想了很久，我們…還是分手吧！」

C推推眼鏡，摸摸自己的額頭笑著說：

「就因爲我在這兒睡著一會兒？我是在做夢還是在發燒？妳說什麼我怎麼聽不懂？」

珊珊不悅地抓下他的手：「你聽得懂，別跟我裝蒜。我不能給你你要的，你也不能給我我要的，那麼我們耗著、霸佔著彼此實在沒有意義，趁一切還來得及，我們各自去追求自己想要的生活，不好麼？」

珊珊原本以爲會面臨一場唇槍舌戰，沒想到C只是愣愣地望著她數秒鐘，突然說：

「如果，這是妳要的…我無所謂，我已經『仁至義盡』了。」嘆口氣後站起來：「那…我走了。」

她沒有留他，也沒有問他說的「仁至義盡」倒底是什麼意思，只有在大門要關上的最後一剎那衝過去補了一句：「放在你那兒的東西，請你有空送還給我。」

靠在門上，珊珊長長的呼了口氣，（沒想到解脫的感覺這麼好，原來提出『分手』並不如電影演的那麼難嘛！）她開始認眞在腦海勾勒出國後的獨居生活，自滿不到五分鐘，忽然想起C尚欠她的四十萬車款，（相信他不是沒有信用的人，明天再打電話去提醒他吧！）

天下不如意事十之八九，打電話找人也不是件容易事。公司裡交代秘書，家中答錄機也留言，不在就是不在，不回就是不回，能奈他何？珊珊越來越有不祥的預感—他想賴，否則爲何避之危恐不及？她開始有「痛」的感覺：（四十萬耶！存了快十年的零用錢…怎麼可以血本無歸？無論如何都得拿回來…）

電話找不到人，只好用現掛，等了一星期仍沒音訊，這下她可眞是火大了。換上便服，妝也沒化就直直殺到C的辦公大樓。爲了不想讓他在辦公室太難看，她到達一樓仍要求警衛老顧通報，確定他不在後，就耐著性子在大門口等。不到一小時，他就回來了……

「爲什麼都不回我電話？」珊珊伸手拉住他的手臂，深怕他就這麼消失了。

C竟用不太禮貌的眼神上下打量她一眼，皺起眉道：「我很忙。」並甩開她的手，「ＯＫ，我長話短說，你還欠我四十萬，準備怎麼還？」

「哈哈哈—小姐，妳是不是認錯人了？誰欠妳錢啊？有借據嗎？」，珊珊突然覺得五雷轟頂，一陣暈眩：「借據？」熱戀到昏了頭的時候誰會向對方要借據？當然相親相愛的時候，誰會想到有一天也會各奔東西？她立即明白自己在法律上是完全站不住腳的。

「沒有，對吧！那麼請妳別在這裡信口開河，我還得上樓去開會呢！妳走吧—」他轉身欲離去。

珊珊仍反應不過來，以前那個深情、敦厚的傢伙上哪去了？他怎麼可以翻臉比翻書還容易？她不願放棄最後一絲希望：

「C我們在一起三年多的點滴，難道你完全不記得了？大家都是成年人了，爲什麼不能好聚好散？今天會走到這一步也不是我願意的，請你念在相識一場的份上，把我的錢還我，那是我所有的積蓄。出國在即，你不能讓我手邊一點存款也沒有啊！還有放在你那兒的東西…」她又上前拉住他。

「老顧！我不認識這位小姐，麻煩你請她出去，別在這大呼小叫的。這年頭神經病眞是越來越多了，我得上樓開會去了。」C太瞭解珊珊絕對幹不出潑婦罵街的事來，甩開她的手就迅速閃進一台剛開門的電梯中。

「表弟小姐，別怪我老顧多嘴，妳這樣是沒有用的。我不明白你們兩個是發生了什麼事，不過人一旦變了心，怎麼求也求不回來的，妳還是回去吧！看開一點，錢沒了還可以再賺啊！回去吧—」

珊珊腦中一片空白，說不出是難過、羞辱、失望還是心痛。無視於身邊過往的異樣眼神，腳上好似綁著鉛塊，心裡有萬般不甘願離開，卻仍一吋一吋的挪步。一個人走在雨夜的台北街頭，刺骨的冷風襯得夜分外寂寥。她漫無目的地走著，一遍遍想著他絕情的嘴臉，不懂這份感情怎的就轉入了嚴冬？

如蝸牛般扛著軀殼四處遊走，慢呑呑、無意識的過了一個多月，沒有眼淚，沒有反應，每天都像在做夢，告訴自己過去的三年多也只是一場睡的不踏實的夢，這會兒突然醒來，竟不知所措！這時，接到C的火紅燙著金字的異香卡片。他急著結婚她並不驚訝，但是誰會這麼配合？她很好奇！

「戴美嬌？怎麼可能？！」珊珊跌坐在沙發上。美嬌是珊珊在『地球村美語補習班』的同學，五十五年次，和她一樣的長髮、瓜子臉，笑起來有一顆可愛的小虎牙，很多人都說她們兩個像雙胞胎。

（他們兩個？什麼時候？三個月前那次唱完卡拉ＯＫ？我先下車，叫C送她回家…從那時候起…C就不對勁了？我眞是白癡！超級大白癡！）珊珊爲了讓自己輸的心服，打了數通電話給C的女同事求證，得到的答覆均是：「唉呀！表弟，到底怎麼回事？怎麼千呼萬喚等來的喜訊，最後新娘不是妳呢？大家都被搞得一頭霧水啊！聽說，最近還有人時常見到經理帶妳出現在『長春戲院』附近。你們一還在一起嗎？怎麼都不來公司坐坐？」

很明顯，他們看到的「表弟」，並不是珊珊。C早就帶美嬌公開出雙入對了，而且坐的還是用她的錢買的車…在千瘡百孔的心上多劃上一刀，應該不會感覺到痛才對。這樣性質的喜宴，珊珊眞是沒有勇氣出席了，不是沒想過要大鬧一場，她多想狠狠報個仇、出口氣，讓大家知道這個「萬人迷」只是個爲了錢什麼手段都使得出的騙子。但是，錢是要不回來了，美嬌和自己當初被追時一樣是無辜的，她開始同情起C的前妻了。這種事，她做不出來。諷刺的是，不到六個月，C就召告全公司「弄瓦之喜」了。（難怪他每天來見我都那麼累，也不再帶我出去，原來他天天在忙『做人』哪！）唉一情何以堪？

多年後回想起來，珊珊多麼慶幸自己當時沒有委曲求全的去嫁給C。也許她收回了四十萬，也許沒有，至少永遠也不會看到他翻臉的惡毒面，但賠上的，又何只是四十萬呢？花這些錢去認清一個人的眞面目……一點也不貴。

10

一九九二年，三十一歲　契機

不知道是誰說過：「命裡有時終須有，命裡無時莫強求。」經過了這麼多事情，眞的很難再讓人打起精神去相信一世界上還有眞愛和値得去等待的人，對女人來說，沒有選擇和太多選擇，情況都一樣糟！

與其說她心碎了，不如說她心如止水了。三番兩次的告誡自己別再玩玩不起的遊戲，天底下的好男人就當做全死了吧！她心中再次響起兒時的一句話：「求人不如求己。」快樂的生活等別人帶給你，不如自己去找還來的快些。她明白一分鐘可以失去一個人，一小時可以喜歡一個人，一天可以愛上一個人，但是要花一生的時間才可以去忘記一個人的眞理。她的記憶庫早已呈飽和狀態，眞的不該再浪費生命下去。於是，她決定開始搜集所有關於移民加拿大的資訊和管道，因爲她仍深信，她的未來，在太平洋的另一邊。雖然她深知活得太清醒的人，註定永遠寂寞。

*　　　*　　　*

一個如常的秋日午後，珊珊意外地接獲來自乾哥阿修的問候電話……

「小咪啊一阿修，忙嗎？好久不見了啊！」背景聲音非常吵雜：「有沒有空出來聊一下？我在妳家巷口的『溫蒂漢堡』等妳。」

（不知道他這些年來過得好不好？今天一定有什麼事…）珊珊迫不及待懷著雀躍的心情跑了出去，既是上班時間又不是寒暑假期，漢堡店雖然有人在排隊，但是坐在裡面用餐的人卻是寥寥無幾。這個大近視不費吹灰之力就望見唯一的一桌客人一兩個男人坐在靠落地玻璃窗邊…

「哈囉！久等了！」她選擇陌生人對面的位置，自顧自的拉椅子坐下來，眼角餘光偷偷瞄了那個男人一眼：

「今天怎麼良心發現想到要找我？我當你早就把我忘到西班牙去了呢！」她難得故意用甜的膩人的聲音撒嬌，不知是有意還是無意要留個特殊印象給人家。

「怎麼這樣說？妳是我們這群拜哥的寶貝十三妹，誰忘了妳誰就遭天打雷劈…」

「唷—別說的這麼恐怖！我當然知道你們不會忘了我，可是你們那麼久都沒有一點消息，不怕我擔心啊？今天突然蹦出來一定有事，對不對？」

「哈哈哈—眞不愧是我們的心肝寶貝…這麼多年不見了，猜心事還是第一名！佩服！佩服！來—讓我言歸正傳…」

一直靜坐一旁的男人輕微挺了挺身，好似輪他上場一般：

「小咪，我給妳介紹一下，這位是我的好朋友王少俊…」

她和他交換了一個略帶笑意的眼神，立刻收回彼此接觸的目光。她知道那樣的目光代表的含意，他相當欣賞她。

「…他前天剛從洛杉磯回來。人非常好，可惜眼光太高，給他介紹了一大堆條件不錯的女孩，都看不上眼。唉—我很久以前就跟他提過妳，我覺得你們應該很合得來，可是不曉得怎麼搞的老是陰錯陽差的錯過…這次，我說什麼也要把你們兩個湊在一塊兒聊聊，看你們會不會…」

「會不會什麼啊？修哥…」，她搖搖頭嘆了口氣，有些欲言又止的又瞄了少俊一眼：「你一定不清楚我這幾年經歷過些什麼事…我現在…唉—謝謝你的好意…我並不需要…」

「她跟你形容的…不太一樣」。」少俊忽然開了金口：「我覺得她比你形容的還要漂亮很多。」

「喔？原來你也會講話啊！」她小吃了一驚，對這「外人」的恭維充耳不聞，一副「你懂什麼啊？」的表情。

「欸—你可別介意，我這個小妹就是有點調皮，我們幾個做哥哥的都拿她沒輒」。阿修趕緊打圓場，深怕氣氛一個不小心弄僵了，珊珊是何等伶俐的女子，一察覺這點，馬上變本加厲地的追問：

「請問你除了會講話以外，還會做什麼？我以為LA的漂亮美眉滿街都是，你如果只是要找『漂亮』的女孩，應該在那兒找，回來這裡做什麼？」她明顯在嫌棄他的膚淺。

「小咪—」阿修的臉色開始不太好看了，珊珊才不管那麼多呢，她只一心想要把整件事弄擰，省得大家麻煩。

沒想到這位看起來略帶嬌氣的富家公子不但沒生氣，反而氣定神閒的對著這個擁有伶牙利齒的美麗臉龐望了五秒鐘，慢條斯理的吸了口可樂：

「我是不太會講話，好像一開口就不知道哪裡得罪了張小姐？不過我還會做很多其他事，例如：我懂得經營海鮮餐廳、會講五種語言、孝順又有耐性、身強體壯、生活單純，懂得欣賞所有美好的事物，更懂得憐香惜玉，尤其是對自己心愛的女人…」不可否認的，每個女人聽到這兒都免不了幻想一下：「如果我是那個『心愛的女人』……」

珊珊立即深呼吸一口，強迫自己別再亂想下去：「修哥！不請我喝東西啊？」

「啊—抱歉！抱歉！妳想喝什麼？中杯可樂好嗎？」阿修邊道歉邊起身往櫃檯挪步。

「我不喝有咖啡因的東西。冰的不行，燙的不行，其他隨便，你看著辦吧！」這些話好像是說給別人聽的，目的在讓人明白……她是非常不好伺候的。

為了打破尷尬的沉默，珊珊略微收起了一身的刺，用較溫柔的口氣問：

「你，從小在美國長大的還是稍後才移民去的？你的國語說的很好，應該是在台灣唸的書吧！」

「沒錯！我爸媽和妹妹先移民，我直到唸完高中又拖了幾年才正式搬過去住的。其實，餐廳是我爸開的，他一直叫我過去幫忙，可是我沒什麼興趣，而且一幫好友全在此地，當初眞不願意走…」少俊也是聰明人，察覺氣氛改變就恨不得可以盡快好好自我介紹一番。

「那你這次是回來玩還是有公務在身？」

「都有吧！一方面看看朋友，一方面看看有沒有適合的對象。我爸希望我盡快結婚，其實我還年輕，根本不想結婚，我看他是想抱孫子想瘋了，成天給我介紹朋友的女兒，實在受不了，跟他說給我些時間，讓我自己找找看。」

「這麼說，回來找女朋友就是你的公事囉？」她有些同情他，但也覺得好笑：「你有多少時間辦這件事？」

「嗯一原則上是越長越好。不過，餐廳生意很忙，我兩個妹妹都還在唸書，我不在的時間是她們在幫忙，所以我也不能混太久…大概一兩個禮拜吧！」

「小咪，來一妳的果汁…不加冰。」，「謝啦！修哥，你眞體貼！」

三個人聊得尚稱愉快，珊珊對少俊的印象也沒有頭十分鐘那麼壞了，於是接受他們共進晚餐的邀約。

毫無心理準備的珊珊，怎樣也沒料到這個眼光超高的男生，就這樣沒頭沒腦的一跤跌進愛的深淵，無法自拔。接下去的每一天，他都約她喝下午茶、晚餐、MTV、卡拉OK…排的分秒必爭。不用說，兩人的感情也與日俱增。

珊珊對少俊有些忽冷忽熱的，爲什麼？她自己也說不上來。她不該答應他的，可是，一個人的日子，她過得太久了，她也想要有人陪，有人聽她說話、欣賞她的裝扮…心裡是有點喜歡他的，也夢想著如果能嫁到美國去就和算命說的不謀而合。但是她不該也不想再談感情，如果他玩的起，她樂意陪他一段；如果他玩不起，她不忍心讓他受傷。

少俊、可定和陳凱，三個人是從小一塊兒長大的患難之交。擁有虎背熊腰的身材，卻有女人般纖細個性的可定，數十年來一直是凱家的房客。非常注重穿著打扮，永遠打翻古龍水的少俊，則剛從美國返台兩星期度假，也暫時在凱的家裡打地舖。

瘦瘦黑黑有些陰沉的凱是家中老么，上有大姊、二姊和大他三歲的哥哥—陳博，兩個姊姊出嫁後，就只有凱和哥哥、嫂嫂住在尚未改建的眷村裡。

此時正值深冬，一天夜裡，少俊和珊珊、可定及女伴剛從「凱悅飯店」跳完舞出來，可定又去趕午夜場的電影，已和女伴匆忙跳上計程車。珊珊站在路邊不停地發抖，少俊決定先回凱的住處去拿件外套替珊珊加上，再帶她去吃宵夜，這樣就可以拖晚些送她回家。

珊珊一個人坐在凱家的客廳東張西望：（他們家的人大概都睡了，靜悄悄的。），突然有個不認識的男生從外面開門進來—「碰！」先是大力的摔上門，繼而一屁股跌坐在珊珊旁邊的沙發上，自顧自的拉扯開領帶，嘴裡不知在咕噥些什麼，正眼都不瞧珊珊一眼，更別說打招呼了！好像客廳裡完全沒人，根本無視於珊珊的存在！

珊珊有點不爽，長這麼大還從來沒遇過哪個男孩不正眼瞧她的……（哼！這小子真沒禮貌，沒看到本姑娘坐在這兒啊？）珊珊也老實不客氣的瞪著他打量，（嗯—滿臉通紅，兩眼無神，一身酒氣…八成是失戀了剛買醉回來，如果他沒走錯家門的話…應該就是少俊常提的才子—凱囉！）

「珊—Sorry 讓妳久等了！」，「嘿！凱，回來啦！我來給你們介紹…」少俊邊說邊將手上的大毛衣披在她肩上，「這位美女就是我前幾天才相親認識，跟你提過的珊珊…」，凱仍是面無表情的低著頭，嘴裡依舊在咒罵些怪詞兒…珊珊見狀立刻站起來向外走，少俊也尾隨出門，並不停的向她賠不是：「對不起！他平時不是這樣的，今天…好像有點喝醉了，別理他！妳不要生氣啊—」，「當然不會！他又不是我什麼人」。

* * *

從溫哥華返台的飛機上——

「各位旅客，我們還有二十分鐘就要降落在桃園中正機場，請盡速回到您的座位，豎直椅背，並繫好安全帶……」擴音器正在播放著空中小姐的叮嚀聲。

珊珊緊張的衝進洗手間，仔仔細細的梳理頭髮，補上口紅，滿意的對鏡中人笑笑……

「待會兒這口紅印一定會留在他的唇上……妳—確定嗎？眞的決定嫁給他了？」

珊珊的思緒，飄回了一年前的今天……

認識凱，好像才是幾天前的事，是命中註定，也是老天爺安排的事；更是珊珊這一生中最美好的事。

爲什麼說這是命中註定的事？其實珊珊一直是個非常相信命運的人，不知是她眞有特殊的感應還是巧合？她總會做些奇怪的夢，過一陣子夢境都會出現在眞實生活中。一次、兩次、許多次以後，珊珊不得不相信冥冥中老天爺早有安排。

算命的次數不多，珊珊總是將算命先生說過的話銘記在心，特別是在情場上身經百戰又遍體鱗傷之後。她不止一次問自己：「我還會再談戀愛嗎？我會嫁給什麼樣的人呢？他會好好愛我嗎？……」

這次算命的告訴她：「妳的未來在太平洋的另一邊。妳的健康、事業、婚姻、財富都要遠渡重洋才會好，妳到一九九三年底會有另一次好姻緣，並且在一九九四年一月底之前會辦兩次喜事，要好好把握，如果錯過這次良機，下次可得再等十年哪！至於妳的另一半……應該是屬龍的。」

「屬龍的？那麼不是大我九歲就是小我三歲的囉！」

* * *

轉眼，半年多過去了。這半年來的日子並不好過，她無時無刻不想逃離台灣到美國去重新開始過自己想過的生活，並試著和少俊的家人相處。算命的話猶在耳際，自從得知少俊是屬龍的，並且全家都已移民美國多年，她就認定少俊應該就是她的眞命天子，她願意盡一切力量去圓這個夢，但總事與願違。單身的她，一次又一次地去辦美國簽證，總是退件！而少俊的父親也不停的替寶貝獨生子介紹門當戶對的對象，少俊總是懶得應付，根本沒興趣，口口聲聲說：「除了珊珊，我誰都不要！」。

少俊的父親一直攔截珊珊寄去的所有信件，對於這個大兒子三歲又離過婚的台灣女人，只有一個觀感：（才交往一個星期，就這樣死纏爛打，把我兒子迷的暈頭轉向，一定是個很有心機、手段的女人。八成是看中了我的財產，唉—少俊實在是太老實了啊！）

當珊珊得知少俊的父親將他的護照鎖在保險箱裡，限制他所有的行動時，她立刻著手去申請加拿大移民，「哼！只要我拿到加拿大身分，還怕我進不了美國嗎！」

大部分想要移民加拿大的台灣人，都是將申請表格遞送到香港或是新加坡，面談時必須親自飛過去也比較方便些。當然在排隊的案件也是堆積如山，通常要等個一至二年才會有消息。焦急的珊珊哪能忍受這種無止盡地等待？於是她找上也是在做移民生意的朋友—東尼。

「拜託！拜託！隨便你把我的件送哪裡，只要能很快辦下來的都好…」

東尼考慮了半天說：「不然這樣吧—歐洲有留給亞洲人固定的申請名額，但是較少人會去那邊辦，不如我幫妳把申請件送到英國倫敦試試看，順利的話應該在半年左右會有回音，但到時候，妳就得飛一趟英國去面談喔！」

「……英國？……沒關係！既然那邊快就送那邊吧！不過是多花些機票錢，我就順便去觀光一下吧！」，她聽說只要再等半年，一下子精神又全都來了！

意外天天有，今年特別多！才等了四個多月，東尼就打電話給珊珊：

「告訴妳個好消息—妳可以準備收拾行李去一趟倫敦啦！加拿大目前失業率很高，妳申請的是投資移民，能替他們創造一些就業機會，他們非常歡迎，所以很快就通知妳去面談了。只要面談一通過，就會叫妳去做體檢，加上文件的往返，大約再過個五、六個月妳就可以去加拿大報到了，到時候妳要怎麼謝我呀？」

「哎喲！八字才剛有了半撇，你急什麼呀？面談能不能通過都還不知道呢！何況我又不是不付你錢？謝謝你告訴我這個好消息，這不就謝過啦—」，珊珊當然聽得出東尼的言下之意，偏就跟他裝瘋賣傻，他也拿珊珊沒脾氣。

*　　　*　　　*

經過了一番累人的長途飛行，珊珊住進了倫敦市中心一家有點兒破舊的小旅館— Julius Caesar Hotel 。

電梯門是黑色柵欄，橫拉式的斜格子鐵欄杆，從三樓降下來時發出的尖銳吱吱聲，令珊珊頭皮發麻，全身起雞皮疙瘩—（天哪！旅行社怎麼給我訂這種水準的旅館？價格還不便宜咧！到處都陰陰暗暗的…有點恐怖。我還得在這待個十來天呢！…208號房…我看還是走樓梯上去保險一點…）

訂的雖然是單人房，室內卻有兩張被床頭櫃分開的單人床。化妝檯、熱水瓶、小電視…（嗯—還算差強人意，只是活動空間嫌窄了些…將就將就吧！）

珊珊放下行李，感覺口渴的緊，立刻找了個玻璃杯到浴室去裝自來水—（哎呀—我的媽呀！這…這…這個水怎麼是咖啡色的啊？……可能是很久沒人用了，說不定水管生鏽了？再放久一點看看…），等啊等—三分鐘過去了！水龍頭留出來的液體仍然像是「凍頂烏龍」…（搞什麼飛機嘛！櫃檯經理不是說他們的水是可以生飲的嗎？難不成眞的是「自來茶」？我還「自來咖啡」咧！爲什麼不「自來牛奶」更好？眞是＠＃X％＃！出門在外可不能吃壞肚子，我還是出去買礦泉水吧！眞煩……）

「Hello—少俊，是我。對不起！是不是吵醒你了？我到了。」

「嗨！親愛的！想死妳了！擔心了一夜沒睡覺，在等妳電話……累不累？」，「當然累啊—飛機就搭了快二十一個小時。出了機場先搭地鐵至總站，再搭計程車到旅館…我那時候好害怕計程車司機會把我載去別地方，反正我也不認識路，如果眞是這樣，你就再也見不到我囉—」

珊珊有點兒半開玩笑的，只是企圖把氣氛弄得輕鬆些，沒想到少俊不但當了眞，還又急又緊張的說：「如果妳眞的在倫敦給我失蹤了，我一定會馬上報警，並且立刻飛過去找，就算把整個倫敦翻過來也要把妳找到！」

「你有毛病啊？我不過是隨便說說，你那麼緊張幹嘛？呵—喔—」說完打了個長長的呵欠。

「親愛的，妳趕快先去洗個熱水澡，然後睡一下…」

「不行！不行！現在才下午一點，我這一覺睡下去大概要到半夜才會醒，這樣時差永遠調不過來了，我得硬撐到晚上才能睡…」

「沒關係—妳先把那裡電話給我。差不多…兩個小時以後，我打電話來叫醒妳好不好？」，「可是……」

「別可是了，快點！電話幾號？」，「好吧！這裡是…44－01980－311123。房間號碼是208，OK？你沒事別亂打電話來，免得被你爸發現又要挨罵了。」

「是！遵命！我不吵妳了，妳乖！快去休息…我也好安心睡一下，眞希望妳可以躺在我懷裡，讓我看著妳甜甜的入夢…然後等會兒再把妳親醒…妳一張開眼睛就會看到我，多好啊—」

「嗯—我也希望，耐心點，就快了！」

「唉—好吧！待會兒見了！要想我喔！拜拜—」

「OK！拜拜—」

掛下電話後，珊珊並沒有乖乖的去洗澡睡覺，反到是急急忙忙抓起皮包就出門去認識環境了。

倫敦的四月天和想像的差不多，陰雨、低溫加潮濕，灰濛濛的天空，讓心情好像沾濕羽毛的小鳥一般飛不起來。珊珊手中雖然握著詳細的街道地圖，仍舊左轉右轉的走了不少冤枉路才找到搭地鐵的車站，以避免明天的面談會遲到。亂逛了一圈，走得實在又冷又餓，只好隨便買幾個麵包和兩瓶礦泉水回旅館。

頗有藝術細胞的珊珊，早就聽說有許多國際知名的百老匯音樂劇在倫敦上演，從來沒想到有一天自己竟然會跑到這兒來！既然來了，即使聽不懂內容，也不免要附庸風雅一番，親自感受一下異國文化的內涵，又怎能錯過這千載難逢的機會呢？

「對不起！請問你—如果我想要去看歌劇，像是『貓』、『歌劇魅影』、『日落大道』這種…你知道要去哪裡買票嗎？還有劇院離這兒遠嗎？」珊珊一進門就直衝到櫃檯前面去問這個看來斯斯文文，年紀絕不會超過三十歲的櫃檯經理。

「喔—？」經理仔細的打量著眼前這個眨著一雙大眼睛，笑容甜美的東方女孩—

「不錯！妳說的那幾齣歌劇一直在此地演出，非常轟動，妳可以打電話去訂票或是到劇院門口試試運氣。不過大部分視線好的座位，可能在幾個月前就已經被各地旅行社訂光了，妳還是可以去試試看。至於地點嘛—離旅館最近的一座劇院，搭地鐵轉兩班車大約一個小時可以抵達。」

「那麼…是不是每天都有？一天演幾場呢？」

「是的，每天都有節目。通常一天只表演一場，晚上七點到十點多吧！」

「OK！非常謝謝你！」

「不客氣！有任何問題，歡迎妳隨時來找我。我叫史提夫，是白天班的櫃檯經理。」

「OK！待會兒見！」

珊珊進到自己房間，邊啃著麵包邊盤算著—（每天的表演都要到晚上十點多才結束，還得搭一個多小時的地鐵回來…從車站走到旅館要二十分鐘…那我到這兒不都要十二點了嗎？不行！我一個女孩子家這麼晚搭地鐵太危險了！倫敦的治安不曉得好不好？就算好也不值得冒險…唉—還是乖乖在這兒看電視吧！），一旦有了結論，珊珊也死了心不去想這件事了。

「鈴—」，「Hello—」

「珊，是我！妳沒在睡覺啊？」

「哇—你的聲音好清晰！感覺好像在隔壁那麼近…」

「我眞要在隔壁，還打什麼電話？一定馬上跑過去把妳抱住，一直親一直親，親到妳喘不過氣來，向我求饒爲止。」

「神經啦！…我又渴又餓，剛剛跑出去買水跟麵包，現在才剛回來，你時間還算的眞準啊！」

「我有開鬧鐘啊！旅館裡的水不能喝嗎？」

「哎呀！別提了！水龍頭裡不是放『咖啡』就是放『烏龍』，嗯心死了！我這輩子沒住過這麼爛的旅館！而且這裡只有攝氏兩三度，又一直下毛毛雨…害我心情都不好了。我好擔心明天面談萬一不過怎麼辦！好緊張喔—」手上的保特瓶都被她捏得有些變形了。

「別去想那麼多，這家如果住的不舒服，就搬去別家。今天晚上一定要好好睡一覺，明天才有精神啊！」

「旅行社的人有告訴我……這家是離地鐵車站最近的了，如果去住別間，進出都得搭 Taxi 又得多花好多錢。算了！反正才住幾天，我可以將就的…」

「唉—妳這樣說聽的我好心疼，妳做的一切都是為了我，我以後一定會分分秒秒把妳捧在手心裡當心甘寶貝來疼，只要妳願意嫁給我，讓我照顧妳、保護妳一輩子，好不好？」

「你……明知道我心情不好還要鬧我？」珊珊突然沒來由的鼻子裡發酸……

「珊，妳知道我嘴笨，不會說話，我只是要讓妳明白，妳所有為了我吃的苦是不會白吃的，我會盡一切力量來彌補妳，但是請妳千萬別對我放棄…這個世界上妳絕對找不到比我更愛妳的人了…」

「……少俊…別說了…我懂…只是覺得…好累—」珊珊已泣不成聲。

「哎呀—哎呀—我最怕妳哭了！拜託！不要難過了，妳哭的我心都碎了…都是我不好，惹妳傷心…」

「………」珊珊仍止不住的窸窸窣窣，想想過去這段日子的寂寞與相思，乾脆給它哭個痛快。

「親愛的，我…我拿桌上的筆記本 **K** 我的腦袋，碰—碰—碰—小姐！妳再不喊停我可是會笨死的啊！」

珊珊想像著少俊那幅可笑的畫面，不自覺「噗嗤」一聲笑了出來，臉上的淚痕還來不及乾呢！少俊就有這種本事，一會兒弄哭她，一會兒弄笑她，而她也如犯上毒癮般的無法自拔。

少俊怕珊珊無聊找不到人講話，總會每隔幾小時打個電話來給她解悶，每次聊個數十分鐘到一、兩小時不等，老捨不得掛電話，十天下來，長途電話費應該是天文數字了吧！聽說一個多月後，少俊的父親爲電話費帳單而大發雷霆，打都打了，還能怎樣？

第二天下午兩點鐘的面談，珊珊十二點就帶著所有文件，打扮妥當的端坐在加拿大大使館隔壁的咖啡廳裡。坐也不是，站也不是，手心直冒汗，早餐的牛奶、麵包還在胃裡打架，現在根本沒味口吃東西。店裡只有兩個客人，很悠閒的坐在靠窗的角落端著咖啡看報紙，完全沒人注意到她已在一小時內進出洗手間四次了！

第五次一看著鏡中的自己，摸摸鼻頭，拉拉衣領，拍拍灰塵，攏攏頭髮一不成功便成仁，老天爺保佑啊！最後一次看錶，一點四十分。珊珊慢慢移動腳步，走向這棟門口插有兩面紅白相間國旗的灰色建築物，那兩片碩大的紅色楓葉隨風搖擺，好像在對她招手說：「快來一快來一」

面試官是一位五十幾歲的加拿大太太，正表情嚴肅的翻閱著桌上的文件…這時的珊珊已經沒有等待時的焦躁，略爲輕鬆的環顧著辦公室的四周，想要在最短的時間內對這位女士有些片面的瞭解。

兩個人的一問一答，大約進行了一個小時，珊珊抱持「多說多錯，不說不錯」的態度，總算是低空掠過，唯獨需要後補一些單據，這是東尼該準備而忽略的，再叫他趕緊補寄來就是。這位兇婆娘自始至終臉上都沒露出半絲絲微笑，連最後面試是否通過也不告之，僅遞給珊珊一份體檢表和指定醫師的名單，就站起身來送客了。（咦一？我還有一大堆問題要問呢！東尼說過，如果她讓我去體檢就表示通過了，看她這個臉色…快閃吧！免得她待會兒反悔…）

珊珊被動的走出門來，腦子裡還亂轟轟的，心跳也噗通噗通的，站在綿綿細雨中，仰望天空一（就這樣結束了？噓－－－－接下來該怎麼辦呢？我得找個醫生去體檢才行啊！），拿著手中的醫師名單，珊珊毫不考慮的走進路邊的售票亭，一位六十幾歲的老先生坐在那兒記帳—

「對不起！打攪了！我想要找個醫生去做移民體檢，麻煩你幫我看看這個名單上，哪個醫生離這兒最近？」，老先生抬起頭來扶了扶老花眼鏡，對這個小姑娘行了個十秒鐘的注目禮，接過名單—

「喔—我來看看……妳…從哪裡來的啊？」，「台灣。」

「台灣？好遠呀！妳的家人呢？和妳一起來嗎？」

「沒有，我一個人來加拿大領事館面談的，對這邊路不熟，你可以幫忙嗎？」

「嗯—我看…這個可林斯醫生的地址看來是最近的。妳等等，我替妳問問啊—」，說著就拿起電話撥了過去…

兩分鐘後，「年輕小姐！我已經替妳做了四點鐘的預約。從這裡的地鐵車站搭往東方向的車，過兩站，第三站就得下車，出了地鐵站，右轉過一個紅綠燈，再左轉就是這條街…妳按照地址找門牌應該很容易的了。」

「喔！謝謝你！非常謝謝你！祝你有個完美的一天—」

「妳也是！路上小心啊—」，這已經是幫助珊珊的第五位陌生人了，她不由得認為英國人都這麼熱心助人，她開始有一點點喜歡這裡了！

珊珊開心又準時的來到診所門口—（咦—？這哪是診所？連個招牌都沒有？明明是住家嘛！難道是密醫？領事館指定的，不會吧！還是地址看錯了？……嗯—沒錯啊！就是這裡……）

珊珊進兩步，又退兩步，再進兩步，想想不安又退了三步……左看右看，就是不敢冒然去按門鈴！突然，大門開了——

「是張小姐嗎？四點的約？請進—」，一個身穿白色護士服的小姐站在門邊。

「妳…怎麼知道我來了？」珊珊非常驚訝。

「嘻嘻—我從監視器上看到妳好一會兒了！妳就是不按鈴，我猜妳一定是不確定有沒有找對地方，我就只好自己來開門啦！我跟可林斯醫生不知道反應過多少次，不掛招牌客戶都不敢按鈴…他仍堅持不掛，我也沒辦法，誰叫這是他家呢？妳在這請坐一下，我待會兒來叫妳。」

「OK！」

珊珊獨自坐在偌大的客廳裡，邊翻閱時尚雜誌邊東張西望—（嗯—這是典型的英國式裝潢，地上還有小朋友的玩具！這實在不像個診所…連個櫃檯也沒有…）

十幾分鐘過去了，一點動靜也沒有，屋子裡好像沒人，調皮的珊珊輕手輕腳的去開了左邊第一個房門—（哇—好多書啊！簡直像個小型圖書館耶！醫生嘛，哪有不看書的？）輕輕關上。

第二個房門—（診療室？手術臺！解剖刀！分屍用的？……）手抖抖的輕輕關上，第三個房門—（喲！這間好冷啊！冷凍庫嗎？冰……）

「張小姐—請跟我來。」，「喔—」珊珊驚魂甫定，被動的跟著剛才替她開門的護士走進更衣室。

「他家房間眞多，好像在走迷宮喔！這會不會是像電影裡演的那種古堡鬼屋啊？」，珊珊越想越害怕，竟杵在那兒發呆！

「張小姐！張小姐！請妳把上衣脫掉，我要爲妳照X光片…」，接著量身高、體重、血壓。

珊珊已進來晃了快半個小時，護士是她唯一見到的「人」，又將珊珊安置在那間陰暗的大書房，大書桌前，只有桌上一盞發出綠光的桌燈—「稍等！」

（醫生咧？其他的病人咧？既然生意清淡，又爲什麼讓我等那麼久？他倒底在忙什麼呀？）

珊珊越坐越冷……

終於，背後的門「呀—」地一聲開了，牆壁上有個齜牙裂嘴，披著黑色斗篷的影子出現⋯⋯

「哇—」珊珊大叫一聲從椅子上跳起來⋯

「別怕！別怕！我是可林斯醫生，妳好嗎？」

珊珊急忙轉過身，屁股抵著書桌邊，瞪大眼睛盯著這龐然大物，完全失了魂！深怕觸怒他，珊珊立即將自己的小手放在他的大掌裡，被狠狠的握住抖了兩下！

「喔—妳的手好冰呀！對不起，我非常怕熱，所以冷氣開的比較強，我去關小一點⋯」

看他笑容可掬又很體貼，不像是會吃人的樣子，珊珊才緩緩的坐了下來，心想：（從來沒見過長得如此高大的醫生，他至少有二〇〇公分，二〇〇公斤以上吧！這麼重的英國腔！嘴巴又被長長的鬍子蓋住，還含個煙斗，說什麼實在是聽不怎麼清楚，怎麼辦？）

「OK！張小姐，妳該做的項目已經通通做完，現在妳必須幫助我完成這份表格，如果妳覺得我說的太快或不懂的地方，隨時可以告訴我，好嗎？」

「OK！」

「妳有家族性的遺傳疾病嗎？」，「NO。」

「妳得過肺病嗎？」，「NO。」

「妳有心臟方面的毛病嗎？」，「NO。」

「妳有長期服用任何藥物嗎？」，「NO。」

⋯⋯⋯一大堆的NO，後來醫生也懶得問，就通通替她把表格填好了。

「OK！非常好！謝謝妳幫我完成它，張小姐，妳是一個非常勇敢的女士。年紀這麼輕獨自旅遊，到陌生國家來面談、做身體檢查⋯非常不簡單，等X光片出來，如果沒有問題，我會盡快替妳把所有報告寄到加拿大去的，妳請放心。希望妳能在倫敦多待幾天，四處參觀一下，希望妳玩的愉快。」

「可林斯醫生，老實說，我剛才看到你有點害怕，因爲你好…大！」

「哈哈哈—」

「後來發現你很細心又很體貼，我想你一定是個非常好的醫生。」，「只可惜已經退休啦—」

「喔？這就是爲什麼你不裝招牌，因爲你已經不再營業。但你又是頗負盛名的老牌醫師，所以仍舊會在領事館的指定名單上，來找你做移民體檢的客人你又不得不接…所以你讓他們等很久，看看會不會等得不耐煩，自行離去？」她已經開始喜歡這個大怪物，越聊越起勁兒了。

「哈哈哈—妳眞是我所見過觀察力最敏銳，又最聰明的女士！完全正確，很抱歉讓妳等，但是我向妳保證，加拿大移民局只要是看到由我簽署核准的體檢報告…妳知道，沒人會在上面挑毛病的。」

「是的！可林斯醫生，非常高興認識你，我該告辭了，謝謝你的幫忙，後會有期了！」

「OK！我也很高興認識妳！台灣女孩都像妳一樣聰明、勇敢嗎？」珊珊開心的點點頭。

回到臨時的小窩已經接近晚餐時分，珊珊馬上打電話到航空公司去更改機位，希望可以盡早回台北，沒想到班班客滿，班班後補！唯一確認的機位竟然是在七天以後……

「天哪！我還得在這不滿四坪大的地方窩上七天？饒了我吧！唉—既來之則安之，看樣子這旅館費是省不下來了，就乾脆來好好玩一玩吧，至少不虛此行。」，興沖沖的打電話向爸媽報告面試及體檢的經過，好讓他們安心，隨後換上一身輕便的T恤、牛仔褲，沒有卸妝，正準備出門—

「碰碰碰—」，「哪一位？」

「是我，史提夫—」珊珊打開房門有點兒驚訝的看著他…

「嗨！史提夫，有事嗎？」

「妳好嗎？我今天一天都沒有看到妳…有些擔心。我…我有些話想跟妳說…」手從背後伸出來，握著兩張花花的紙，在珊珊面前晃了一晃……

「我知道妳想要看歌劇。但是我擔心妳一個人搭地鐵，走路，不是很安全。所以我想還是我陪妳去比較好……希望妳不介意，我已經買到兩張明天晚上的票…妳是不是願意和我一起去？」

珊珊受寵若驚！差點管不住嘴要說—Yes！繼而一想：（你是黃鼠狼嗎？你又不認識我，對我那麼好幹嘛？想追我嗎？你又不是我喜歡的那型。隨便玩玩嗎？我不是那種人。誰知道你看完秀會不會送我回來？）

越想越不妥。她很客氣的說：

「史提夫，我眞的很抱歉！非常謝謝你的好意，但是我不想去看歌劇了，對我眞的…不太方便…你能否和別的朋友去看？」

珊珊自知編不出充分的理由去回拒他，還想再說些什麼，沒想到史提夫立刻接了下聯：「喔—那眞是太糟糕了！我可是託了朋友，好不容易才買到前十排的位子。如果…妳眞的不想去…我也不能勉強妳，我很失望……沒關係！改天等妳心情好再說吧！」

「史提夫，眞對不起！我……」

「沒關係！不打攪了，拜拜！明天見。」，「拜拜！」

關上房門的珊珊雖然不斷地聽到肚子嘰哩咕嚕的噪音，仍是靠在門邊等了半晌不敢出去。（他應該下班了，但是如果沒走，再碰到面多糗啊？他會不會再來問我要不要去？那票一定很貴…眞不好意思！可是眞的不安全…）

不知等了十分還是二十分鐘，實在餓得受不了，珊珊躡手躡腳的走下樓，快速的從櫃檯前面通過，眼角餘光好像掃到史提夫正在和晚班經理說話…（搞什麼？我又沒做對不起他的事，怕他幹嘛？是他自己太冒失，怪不得我。），安撫好自己的情緒，她昂首闊步的朝夜色中走去…（唉一今天眞是辛苦的一天！正事都已經辦妥，可以好好鬆一口氣了。應該慰勞自己一番，來大吃一頓。可是…吃什麼好呢？）

這是一條非常熱鬧的大街。雖然大部分的百貨公司或商店在六點已經打烊，但這條街是通往地鐵車站的必經之路，各國口味的餐廳、小吃店或是酒吧、咖啡店、服飾店林立。各色招牌、霓虹燈閃爍，看得珊珊頭昏眼花，難以做決定到底該光顧哪一家！

走著走著，突然聞到一陣撲鼻香味一（嗯一好香！這味道眞像媽咪的火腿蛋炒飯！喔一我快要不行了！今天還沒吃中飯呢！又走了那麼多路，難怪餓的發昏……咦一？這是家中國餐廳耶！我就在這兒吃個炒飯吧！）

珊珊選了最角落卻可以環顧全餐廳的位子坐下來。翻開菜單三秒鐘，她就有逃離的衝動一（媽呀！老虎店呀？每樣菜都要五塊多英鎊，相當於二百八十台幣！我如果只叫一盤菜加一碗飯就要吃掉三百多，還不一定吃的飽呢，這可怎麼得了？我還要在此地待上一個星期，錢得省著花才行啊！），這時候的珊珊早已完全忘記剛剛才想要好好拜祭五臟廟的念頭。

看起來像大陸人的服務生已開始不耐煩的用手指頭敲著桌子。珊珊也有點兒不好意思的將菜單翻過來又翻過去，企圖要找到比五還小的數字…終於，被珊珊找到一個四．三英鎊的「揚州炒飯」！

「就一個飯？要不要來個湯或是點幾個小菜？」

「喔？謝謝！不用……一個炒飯就夠了…」，珊珊自然是免費吞下兩粒超級、特大的衛生眼珠……

沒一會兒，她就不顧形象地狼吞虎嚥起來一「嗯一這炒飯眞香！只可惜鹹了些……還是沒有媽咪炒的好吃！」

餐廳內，這時候只有珊珊一位客人。七、八個服務生，男男女女全都對著這個餓壞了的小姐行注目禮，時而竊竊私語，時而輕聲嘲笑。珊珊猛然驚覺有十幾雙眼睛在不客氣的盯著她看，立即放慢咀嚼速度，換個坐姿，心想—（看什麼看？沒看過美女嗎？我雖然錢不多，但我還是很有教養的。讓你們這些狗眼看人低的大陸人見識見識什麼叫『優雅』，哼！）

歐洲人通常的晚餐時間大約是八、九點，這會兒才七點過五分，應該是不會有老外來吃飯才對。想著想著，忽然有個西裝革履的英國紳士很「優雅」的慢慢走了進來—

這時候，相信所有服務生的目光應該是集中在這位紳士的身上，因爲他看起來就像是貴族的樣子…就是…就是有一股神聖不可侵犯的高貴氣質。他環視現場一周，選擇坐在珊珊鄰桌正對面的位子。此時，珊珊才注意到這個穿著打扮非常講究的先生，正脫下呢帽，向珊珊微微欠身，輕輕頷首，算是打了個招呼才慢慢坐下…

滿滿一湯匙飯才剛送到嘴邊，遇上這樣一個英俊的笑容及迷濛的眼神…心頭小鹿竟然四肢無力的癱軟在地上…

爲了掩飾自己的靦腆，珊珊放下差點撒了的湯匙，故做鎮定的端起茶杯，慢條斯理的喝口茶…沒想到對面這個傢伙好像認識珊珊一般，四目交接後，竟也是舉起茶杯向她「敬茶」！

珊珊快速的翻閱腦中的「尋人檔案」—（我認識他？他認得我？看他樣子實在不像是「無恥之徒」，爲什麼一直鬧我？那麼大個餐廳，哪裡不坐偏偏坐我對面，這叫我還怎麼吃得下去呀？）

四個服務生正在用著破破的英語，七嘴八舌的向他介紹「本店名菜」，他只是微笑點頭，不答應，不拒絕，最後竟冒出來一句：

「對面那位小姐吃什麼就給我來什麼！一定很美味…然後……」，聽到這句話，珊珊馬上抬起頭來狠狠的瞪著相隔兩張大圓桌的傢伙，不知該報以微笑表示贊同，還是該送上白眼珠一對，表示不接受挑釁？

僵持了幾秒鐘，珊珊仍決定維持老原則一出門在外凡事小心，多一事不如少一事，儘量別去惹人家，於是她繼續優雅閒適、慢條斯理的品嚐著她的炒飯，專心盤算明、後天的計劃，視眼前無一物，儘管此時的她早就食不知味，一心只想快快吃飽了走人，但是，女人嘛！有哪個不愛裝模做樣？特別是在愛慕者的面前？

終於，珊珊把炒飯吃了個精光，連湯匙都舔的乾乾淨淨，一粒米不剩！（嗯一總算有飽的感覺了，該走囉！），才剛走到櫃檯邊，服務生就來告訴她：「小姐！不用了！妳朋友已經替妳結帳了。」

「朋友？！」，她雖然立刻明白是怎麼一回事，卻想不透他這樣做的目的何在？「難道他眞是好心，只是認錯人了？」

「對不起！這是我的飯錢，謝謝你。」珊珊將一張五元英鎊放在肇事者面前。

「喔一小姐！妳有很好的品味，我從來不知道光是一盤炒飯也可以這麼美味！妳是…中國人還是…日本人？」

「謝謝！我並不認識你，所以這錢還給你，再見…」珊珊並不想和他攀談，雖然他近看更像史恩康那萊！

「小姐，請妳不要拒絕我的好意。我非常喜歡吃中國菜，因爲我以前曾經交過一個中國女友，但是後來分手了，她對我有很大的影響力…我一直很懷念她，每隔一段時間，我都會試試中國菜，但我始終記不住菜名…妳…讓我想起她！看妳吃東西專注的神情…眞令我著迷！如果有冒犯妳的地方，我很抱歉！今天這頓就由我來請，好嗎？」說畢又將紙幣塞回珊珊手中。

「我…我…實在不知道該說什麼！你看起來像是個好人…那麼…謝謝囉！你慢用，喔！我是從台灣來的，Bye！」

走上大街吹到冷風才發現雙頰燥熱的珊珊，晃了晃腦袋，實在不明白爲什麼會有這等怪事發生？（唉一早知道有人要請客，我就不用那麼節省只叫一個飯，多叫兩個菜，吃不完還可以打包咧！哈哈…這是不是就是算命的說我「走到哪都有貴人相助」啊？眞不是蓋的！）

有點開心，有點得意，這也算是個小奇遇吧！

吃得撐撐的，不想馬上回旅館，信步走走，音樂聲將她吸引進一家小小的唱片行…

「嘿！我來看看英國的CD比台北貴還是便宜。」

「啊！」珊珊迅速回頭…

「對不起！我是不是撞到妳了？眞抱歉！」

「喔—沒關係。」珊珊低下頭繼續看著手上的CD。

「小姐，妳是學生吧？還是觀光客？」這名無聊男子似乎找到了搭訕的對象。

「我……都不是。」不想多說。

「你在找誰的CD，我可以幫你？」一對不老實的眼珠子在混身上下打量著她，「沒關係！我只是隨便看看…」往反方向走開了些。

「妳住在這兒的，對吧！妳的英語很流利！」跟了上來。

珊珊很想說：（你倒底想怎樣？你很煩耶！），考慮再三，還是忍住了，只回以禮貌性的淺笑。

這個背著背包，看來像大學生的男孩終於開始佈下陷阱—

「…我和幾個朋友，每天晚上都會在街角一家有現場演唱的pub裡喝酒，離這兒不遠，就在對面街角…如果妳願意加入，我會感到非常榮幸。那兒的消費不高，如果妳不想讓我請，妳也可以自己付帳，如何？」，珊珊腦海中立刻浮現一群男女舉杯暢飲，在喧囂的音樂聲浪中瘋狂扭動身軀的畫面—每次只要有幾個小小的壞因子在心裡作祟，馬上會有幾個大大的好因子出面勸阻……（想清楚啊！不要做任何事後會後悔的事，凡事靠自己，一切要小心。嘿嘿！英國人眞有意思！老喜歡惹陌生人，還是他們認爲東方女孩都很好騙？這個看來青澀的傻大個兒頂多十八歲，他沒想到我會比他老十幾歲吧！否則他一定對我沒興趣囉！）想著想著就偷笑了起來…

「怎麼樣？妳沒事的話就一起去吧！我朋友都是很有意思的人，妳不會『無聊』的…」

（天哪！他是不是話裡有話？如果是，那不是太恐怖了嗎！）

「我很累了，我想回旅…家去休息了！非常謝謝你的邀請，我對喝酒沒興趣，抱歉！」說完就快步的走出唱片行。

回程，珊珊還特別繞了些路，並不時留意身後的腳步聲，深怕無聊份子會跟蹤她回旅館。

「噓一眞險！」，看著鏡中的自己，珊珊不由的想：（我是眞的長得「不安全」呢?還是英國處處有危機？今天傍晚之前，我還覺得英國都是好人；沒想到入夜以後，遇上的全是色狼！也對！狼都是天黑才出來覓食的，有什麼好大驚小怪？，如果我去了那個 Pub，有兩個可能會發生——一、大家都是好人，喝喝酒，聊聊天，拜拜回家，我可能很開心。二、只要其中有一個壞胚子，在我的飲料裡動手腳，我不是帶著傷痛回台灣，就是陳屍街頭……好恐怖喔！我一定會很傷心。回到小窩來看電視也沒什麼不好，既省錢又安全。呵一我該洗澎澎囉！）

有了這一晚的經歷，接下去的每一晚，她都在六點以前買好便當帶回小窩，稍後等餓了再吃，不讓任何虎視眈眈的「英國狼」有機會接近她，當然她必須忍受冰冷的炒飯。

第三天，珊珊一早就加入了旅館辦的『倫敦一日遊』，八個人一部小巴士。延途參觀倫敦塔橋(London Bridge)、大笨鐘(Big Ben)、St.Paul's Cathedral 教堂、市中心（ Knightsbridge & Piccadilly Cirus ）、博物館(Natural History Museum & Royal Albert Hall)，看白金漢宮（ Buckingham Palace）的衛兵交班。這是一個非常難得

的豔陽天，珊珊用掉了一整卷底片！還在遊覽車上認識了一對澳洲籍的老夫婦，等珊珊回到台灣後還魚雁往返了好些年呢！

第四、五、六、七日，又是陰雨綿綿。珊珊就自己搭地鐵，靠著手上的地圖，逐一造訪倫敦有名的建築物及博物館，還不時請路人替她留下「到此一遊」的證據。

博物館除了有火車博物館、照相機博物館，就屬全世界最大、最好的「大英博物館」，最令珊珊印像深刻。她不但看到了世界上最古老的木乃伊，也看到了引起中國大陸索回爭議─全世界最早的報紙！只可惜裡頭不能拍照…不過，英國人的藝術風采是無所不在的，館外的草坪上躺有一張超大殘缺不全的臉，配上後方博物館前巴洛克式的廊柱，充分表現出公共藝術的創意與美感，歌劇沒看成，這樣也值得了！

既然大老遠來到此地，總不能空手而返吧！再過兩天就要上飛機了，於是珊珊穿戴整齊的去逛當地最大也最有名的「哈洛斯」（Harrod's）百貨公司，想要買樣特別的禮物給爸媽。

這可不是普通的百貨公司喔！外表看來只是一棟咖啡色磚牆的老式建築物，內部卻像是十九世紀的宮廷裝潢。舉凡吊燈、專櫃、門框、壁畫…甚至電梯門都是金壁輝煌，令珊珊目不暇給，再加上琳琅滿目、超高價位的商品，眞讓人頭暈目眩、寸步難移啊！

（這兒會這麼有名眞是名不虛傳，裝潢眞不是蓋的！東西也眞是貴得離譜，難怪蘇菲雅羅蘭、芭芭拉史翠珊、雪兒那種等級的明星愛來光顧，在這兒逛就自然而然覺得自己是貴族，如果捨得買東西的話，服務絕對是超級一流的。）珊珊雖然是出了名的節省、小氣，但對於所愛的人卻向來花錢不眨眼睛，逛了兩天下來的成果便是花了約台幣五千塊替爸爸買了一條純羊毛的圍巾，八千塊替媽咪買了件開西米的背心；替自己則在購物中心（Whiteleys Shopping Center）的服飾店裡買了件打折零碼巴黎洋裝─二千元，算是紀念吧！

第十天，終於如期登上返台的班機，任務圓滿達成。

「倫敦，Bye Bye！」，當珊珊快樂、平安的踏進家門，正巧看到電視新聞在播放影片……一個很熟悉的街角，一家酒吧被遊擊隊的恐怖份子安置炸彈，整條街滿目瘡痍！事發當時爲早上，並沒有人在酒吧出入，炸彈威力和玻璃碎片仍傷及不少路人，如果炸彈在晚上引爆，後果不堪設想……

時間：珊珊離開旅館抵達倫敦機場（ Heathrow Airport ）的同時。

地點：前面所提那條「很熱鬧的大街」，距離她的旅館，一街之遙…

珊珊看得膛目結舌，全身起雞皮疙瘩：（就…就…只差幾小時！我如果還在旅館，一定嚇的不敢出門…如果發生早一天…我不就再也回不了家了嗎？！命運眞是不可測啊！）

*　　　*　　　*

除了數日子，等消息，自英國回來後的珊珊生活全沒了重心，成天無所事事。她當時還報著一絲絲希望，想要以實際的行動和相處去感動少俊的父親，但又是五個月過去，深深的思念是會令人痛的心碎，再加上聽說必須在加拿大住滿三年才能拿到身分自由進出美國…這對於已經年過三十歲的珊珊來說，有股莫名的恐慌。

和隔著太平洋的少俊交往並不順利，兩人雖是每個月二、三萬塊錢的長途電話打來打去，對對方的思念也有增無減，但是經歷過這麼多年的磨練，珊珊早已是理智重於感情的人了。

一天，少俊仍如常的打電話來—

「珊，還沒有消息嗎？我等得好著急啊！」

「我也不知道！我比你還急，每隔幾天就打電話問東尼，他已經快被我煩死了！如果有消息，他一定會立刻通知我的。」

「那妳是不是一入境加拿大就可以馬上去申請美國簽證？」

「東尼說可以去試試觀光簽證，也許不會拿到幾個月或幾年的，可以停留幾天的也好，不是嗎？」

「對！妳只要一拿到簽證，我馬上飛過去把妳接過來，我們馬上辦結婚，妳就可以合法永久居留了，多好！」

「哼！算盤打那麼美！第一，我簽證萬一請不下來呢？第二，你爸媽答應了？」

「哎呀—這邊我來想辦法…不然我們來個先斬後奏！妳知道我媽還挺喜歡妳的，多少會幫妳跟我老頭說說好話…那就只是時間上的問題了，反正以後朝夕相處…」

「什麼？你要我跟你爸媽住在一起？對不起！我絕不妥協。」

「爲什麼？妳該知道我是獨子，有責任要照顧爸媽，況且我們家房子很大，絕對住的下，不用另外再買房子啦！」

「大少爺！不管你是不是獨子，你都有責任要照顧爸媽。不管你家房子多大，你結婚後就應該經濟獨立，別一天到晚當『伸手牌』，我們買不起房子先去租也可以，總之不必跟他們住在一塊兒，你希望我每天看公婆臉色過日子？對不起！這種氣我受夠了，發誓這輩子不再受…」

她突然覺得脆弱，原來情人之間的關係，比喜餅上永遠黏不牢的芝麻還可悲。

「可是跟他們住，他們會幫我們帶孩子啊！」

「……你想要一結婚就生？不多過幾年只有兩個人的生活？不考慮經濟因素？不管我們適不適合？」

「哎呀！妳們女生就是這樣，想東想西的。珊，我很愛妳，妳也很愛我，我們就應該結婚，我是獨子，爸媽當然急著抱孫子，我們結完婚就應該立刻生…嗯—最好生…兩男兩女，萬一一個男孩夭折，至少不會絕後，這是我爸說的…」

「…………」她的心開始下雨，從絲絲細細到滂沱大雨，甚至雷電交加。那傷痛，他不懂。

「喂—妳怎麼不說話？」

「唉—你什麼時候才會長大？……你覺不覺得我們兩個的前途沒有陽光？」

「妳…什麼意思？」

爲什麼直到今天才明白守著無望的愛竟是這般磨人？也終於明白，原來她想要的，比自己以爲的還多很多，於是她分析了許多現實因素給少俊聽，發現倆人未來的夢並無交集，咄咄逼人的言詞令少俊無言以對。最後兩人只能協議分手，這是需要多大勇氣才能做出的決定啊？儘管少俊苦苦哀求、說盡好話，珊珊對於所做的決定從不反悔。最後一次說完拜拜，狠心的掛下電話時，珊珊早已心痛的淚流滿面……

（唉—不在乎天長地久，只在乎曾經擁有。這份情只能等下輩子有緣再續了，長痛不如短痛，希望我做的決定是對的。）她也只能如此安慰自己。

人生眞是處處柳暗花明，峰迴路轉，失之東隅，收之桑隅，流淚的終點也可能是快樂的起航地。

第二天晚上近十一點，珊珊正準備洗澡上床，突然電話鈴響—

「喂—珊珊，妳好，我是可定，妳睡了嗎？」

「還沒，不過快了。」

「想不想出來？今天是 Friday Night，我一個人在家好無聊喔！」

「 Sorry ！已經很晚了，我也沒心情出門，改天吧！」

「OK！那改天再 Call妳，早點睡吧！ Bye ！」

憑女人的直覺，珊珊當然清楚可定三天兩頭約她的用意，雖然他自己也有個交往了七、八年的女朋友，但是大家在未婚之前，都有絕對的權利去選擇自己認爲最好的，不是嗎？

大約十幾分鐘後，珊珊正躺在浴缸裡沉思，又被電話鈴聲驚擾—

「Hello—」，「您好！請問珊珊在嗎？」

「我就是，哪裡找？」珊珊正急速在腦海中搜尋對這個聲音的記憶…（眞好聽！卻從來沒聽過！）

「我是少俊的朋友，我叫陳凱。」

「喔—我知道你是誰，找我有事嗎？」腦海中已映出一年前那個冒失鬼的景象…

「對不起很冒昧打電話給妳，不知道妳願不願意出來喝喝東西，聊聊天？」

「已經很晚了耶！而且…剛剛可定才打過電話來叫我出去，可是我準備睡了…」

「我知道妳心情不太好，出來談談或許會好一點。可定正在洗澡，等他洗好，我們一起過去接妳，隨便穿就好。我二十分鐘後在妳家巷口等妳，妳慢慢來沒關係，待會兒見！」

珊珊被動的掛下電話，覺得有點茫然，又有點好笑：（這傢伙眞有一套！不止冒失，還很性格！根本不給我說 No的機會，該去嗎？…哎呀！管他的！見個面又不會怎麼樣。不過，他的聲音實在迷人…）

珊珊慌亂的穿戴整齊衝出大門，已看見一輛深藍色的喜美等在巷口，隨即跳進後座。

「妳還是出來啦！我們去 Dan Ryan's 喝東西，好不好？」可定興沖沖地問。

「沒意見，隨便你們。」珊珊偷偷從後視鏡裡打量著在開車的傢伙，眞恨自己是個大近視，沒戴眼鏡兒啥也看不清楚！

一路上的氣氛有點尷尬，三個人都不知道該說些什麼。好在

Pub很快就到了。凱尚未找妥停車位，可定已先行下車進Pub去佔位子了。

珊珊和凱兩個人，一個往左、一個往右的同時下了車，一陣搗蛋的風吹亂了珊珊披散的長髮，凱突然略帶挑逗地開口：「等等！…讓我好好看看妳…」

她順勢甩了甩頭，輕輕地用手剝開爬上面頰的頭髮，自信地轉過身來和他四目交接……他全身的筋肉骨血都綳緊得隨時要爆散開來，幾乎像一種蠱惑、一種迷咒…這是他二十八歲的生命裡沒有過的經驗。這個纖巧柔弱的女人，竟要在以後的歲月裡怎樣的折磨他呢？他不敢相信一再出現在夢中的天使，就活生生站在眼前，像一朵偶然映在海面上的白雲，激得他的心臟一陣不規則的律動：

（媽的！是個狠角色！漂亮女人見過多少，沒一個比這個更自信、大方的了！）凱在心底讚嘆著，四目交接的那一刹那，車聲、風聲、喧嘩聲都靜止了—她也只聽到了自己的心跳聲。

其實在過去的一年當中，凱不時的聽到過許多有關珊珊的事情，而他身邊的每個人都認識她，並且讚不絕口，礙於她一直是少俊的女朋友，所以遲遲沒有行動。現在得知他們兩個決定分手，已經分手，眞是天助我也，再不趕快把握機會的人就是白癡！

凱也從未告訴過別人，第一次見到珊珊的那晚，他並沒有喝醉。憑他銳利的眼光及敏捷的判斷力，踏進門的第一秒鐘，他已經知道這是何方神聖，故意裝酷不理人，只是要留下個特殊印象給珊珊，他做到了！他愛戀著她的時候，就知道她是一個非常沒有安全感的女孩，他對她的傾心卻是因爲她的霸道。第一次見到她，有點驚懾於她眼中的狡猾、篤定；她的眼神對他說：「你一定會愛上我的。」，不是對愛情的期盼，不是對異性的挑逗，而是命令，命令他必須要愛上她，他果然接受了她的命令，雖然他已經聽過太多關於她的戀愛事蹟。

珊珊有些疲憊卻了無倦意地熄了床頭燈，一雙大眼睛瞪著天花板，腦中一幕又一幕的重播今晚和凱的談話和幾次不須言語就你知我知的會心一笑。她的心中攪拌著酸甜苦辣，萬念鑽動—

（可定從頭到尾只會坐在那兒抽煙、講些不著邊際的話！他爲什麼不早點自動消失？），（凱眞的很特別，他看我的眼神好…不知道！爲什麼讓我有暈暈的感覺？他話雖不多，我卻好像上輩子就認識他了，如果他眞的來追我，該怎麼對少俊交待？），（嗯—他一定愛上我了，看他上回失戀、喝醉的樣子，一定是個多情又容易受傷害的人，如果他眞的愛上我，那他註定又要受傷害了。我可能隨時會去加拿大報到，什麼時候會回來也不知道，我不可以害他，可是跟他在一起時的感覺，好像我是天下第一的美女，他眼中的唯一，多麼令人沉醉啊！）

愛總是會在不知不覺時來襲，還不知道他是怎樣的人，還想不清楚爲什麼要愛他，就愛上了。她就這樣反反覆覆地亂想一通，輾轉反側至地上有一點點陽光照進屋內，才沉沉睡去。

爲了避免家中電話老是佔線，珊珊考上大學後就得到父親恩准，替自己申請了一條專線電話，放在床頭。睡夢中，好像聽見電話鈴響：「 Hello —」，「喂—我是凱，想出來嗎？」

珊珊猛然坐起身，瞪著電話機，數秒鐘後才發現剛剛只是在做夢！若有所失的又躺回去，（我的直覺一向很準，他一定會打電話來的。）

今天是週六，下午到晚上，不少電話打來約珊珊出去看電影、吃飯、跳舞，都被她無情的拒絕了。她並沒有安排其他的約會，只是衷心地期盼再聽到那個好聽的聲音。

繃緊的神經，被數次不重要的電話折磨的精疲力盡，（已經晚上十一點，他不會打來了，他忘了我的電話號碼？還是故意試探我的耐性？），（可惡的傢伙！就算你再打來我也不理你了，哼！）她氣嘟嘟地關燈睡覺。

星期天下午，美玉查覺女兒有點悶悶不樂，於是問到：

「寶貝啊！妳這兩天怎麼都沒出去玩啊？沒有人約妳嗎？」

「有啊！我懶得出門。」，「妳要不要陪我去超市買東西？」

「妳叫爹地陪妳去吧，我眞的不想出門」。」，「我看妳是在等某個人的電話吧…」

「哎呀！討厭啦！妳快點出去，不要吵我啦！」

碰！珊珊有點生氣的用力摔上房門，將自己拋在床上，氣自己爲什麼那麼不爭氣，非要在家等凱的電話不可？（讓他打來找不到我，也好殺殺他的銳氣…）想歸想，珊珊仍舊不願意離開電話半步。唉一愛情就是這麼折磨人的壞東西！

吃過晚飯，約八點半，珊珊試圖靜下心來看點書。此時，電話鈴又響起一

「Hello一」，「知道我是誰嗎？」

「………知道。」一股莫名的興奮流遍全身，終於被她等到了！

「我剛吃完朋友的喜酒，現在在妳家樓下，出來聊聊好嗎？」

「我一」珊珊緊張的在腦海中思索著拒絕的話語，不能輕易露出這是期待已久的邀約。

「我今天騎摩托車，還是在老地方等妳。」

「………OK！給我十分鐘，我馬上下樓，Bye！」珊珊也不想跟他裝模作樣，立刻爽快的答應了。

她開始用最快的速度著裝、打扮，如急驚風一般的穿梭在臥室、浴室、玄關之間。衝進衝出的，製造了不小的噪音，做母親的只是笑咪咪地站在一旁，看著這個橫看、豎看都標緻動人的寶貝：

「要出去啊？…電話終於等到了？」

「媽咪，我跟妳保証這小子愛死我了！不過妳放心，我不會跟

他怎麼樣的…」

「他比少俊帥嗎？」

「當然！不只帥，他還很有味道，他有一對很深情的眼睛，很寬闊的肩膀；笑起來會露出迷死人的酒渦，像妳一樣！妳知道我就愛有酒窩的男生。他講話聲音也好好聽，嗯——一定要說他有什麼缺點的話，就是他很瘦，皮膚很黑……哎呀！我不跟妳說了，要遲到了！……還有，我應該不會太早回家，所以不用等我，你們先睡，OK？」，珊珊就這麼香噴噴的飄出了媽媽的視線。

實在記不起兩人是怎麼到達目的地的。珊珊依稀還有一點點印象，就是在機車上不好意思緊抱著凱，而放在他大腿上的雙手可以明顯地感覺到他的顫抖，是冷，還是緊張？或許都有吧！

「躲貓貓」是一家非常小巧、可愛的酒吧。生意興隆，人聲吵雜，當然這並不影響他們兩個人的「眞情相對」。今天的「非常話題」，大家已很有默契地不提少俊，倆人都努力介紹自己的身家背景、喜怒哀樂，恨不得在這三小時內彌補前面所錯過的三十年。由於心靈相通，他們談話的層次，很快就到了成年人速戰速決的動情程度。

眞是有緣千里來相會，無緣對面不相識啊！這兩個寶貝不僅是家住的近，距離不到三分鐘車程；兩人更是經常出入同一家餐廳、7-11、麵包店、自助餐店……不認得就是不認得。不過兩人也有共識，來得早不如來得巧，他們若眞的早幾年認識，大家的心境是不同的，很可能對對方的感覺也會不同，那麼這個故事就說不下去啦！事情的開始是因爲，兩人都結束了一段不被祝福的愛情，沒有心理準備的，就這麼開始了。

他對她說話的樣子感到著迷，不是因爲清晰的聲音，而是她天生有那種說故事的本領，就像吹笛人可以讓孩子們癡癡跟著的天賦，轉眼已過午夜一

「凱，和你聊天非常愉快，我實在不願意說，不過時間眞的已經很晚了，你明天一早還要上班，我們…是不是該走了？」

「好吧！我送妳回去。」凱看看手錶才十二點多，皺皺眉，很不情願的說。

凱將車子騎到民生東路，快到珊珊家的巷口時，在第二根明亮的路燈柱下突然停車，把珊珊扶下車站在路邊。珊珊一頭霧水，以爲凱的摩托車拋錨了？還是他想散一會兒步？

凱定定的望著珊珊，四周都靜悄悄的，誰也不願意先打破沉默。面對面的，越來越近的，珊珊已感覺到凱暖暖的、帶點啤酒味的鼻息。凱性感、濕熱的唇輕輕地在珊珊唇上停留了一秒鐘，她沒有拒絕，沒有動，只是定定的望著他。而他，考慮了三秒鐘，然後突然伸出手將她強拉入懷，溫熱的唇不容分說地壓上了她的，強壯的手臂箍緊了她，使她動彈不得，逃不開也閃躲不了，他靈巧的舌滑進了她嘴裡，半試探半挑逗，倆人身子磨蹭著，他的慾望是那麼的明顯，他緊張又興奮的情緒飽漲到極點。這一吻可不得了！眞是天雷勾動地火、火光四射！珊珊也不客氣的將雙臂緊緊環著凱的頸子，多希望光陰就此駐足，讓她停留在這個懷抱裡，從最初到最終，不願再放開。

好像只是幾秒鐘，又好像有一世紀那麼久，兩個人終於回到上一動，互相定定的看著對方，唯一不同的是互相交纏的十指，珊珊笑了笑說：「你要騎車，還是走路送我回家？」

於是兩人又騎上機車，他用全世界最慢的速度，磨磨蹭蹭、晃來晃去地將車騎到珊珊家的騎樓下停好。

「好晚了，你快回去吧！」她看他沒有要走的意思。

凱不說分明的又把珊珊按在牆上吻，直到她一口氣喘不過來，才將他推開，（God！他眞是一個很棒的Kisser。）珊珊自顧自的陶醉著…

「妳…願不願意嫁給我？」

「啊———？？？」珊珊不敢相信自己的耳朵。

「我要娶妳，妳願不願意嫁給我？」他非常認眞、確定的重覆了一遍，珊珊心想：（你是沒見過美女，遇上一個就頭昏了嗎？這一定是開玩笑的，可是看你這麼認眞的表情，實在不像開玩笑，你沒結過婚，不知道婚姻要背負的責任，才會如此輕易的開口。要怎麼回答才不會傷你的自尊心呢？）

他等了半天不見她回答，又接著說：「我沒有喝醉，也不是在開玩笑，打從我見妳的第一面起，就愛上了妳，我知道妳就是我要娶的女人。我們都已經浪費了太多時間，兜了好大一個圈子。既然讓我找到了妳，就不能再放妳走。」

「你聽我說，我再過…沒多久就要去加拿大報到了，去了以後就不打算再回來。你是個很好的男孩，我也很喜歡你，但是我們不可能在一起的。而且……我也打定主意不再跳進『婚姻』這個圈子。」

眞是應驗了「愛別離苦」。十年來，她一直不願意和感情牽扯，就因爲好不容易從一個婚姻的殼中逃出來，她不想再讓自己反覆在男女愛憎中，擾亂內心一池清明。

他似乎完全聽不進去，激動的說：「妳已經認識了我，就不該再跑到加拿大去，妳不需要別的身分，妳只要當我太太就好。」

「別鬧了！你知道我爲了辦移民花了多少錢嗎？我不可能半途而廢的。」她也吃了秤鉈。

「除非妳說妳不愛我，否則我絕不放棄。我了解妳有很多痛苦的回憶，我是個窮光蛋，不能給妳什麼好的物質生活，但是我有把握讓妳快樂的想不起那些傷心事，妳要相信我。」他是認眞的。

「…可是…我……對未來的計畫裡……並沒有你……」被感動的淚水已在眼框裡打轉。

「我愛妳！」他輕柔的托起她的下巴，慢慢的吻去幾滴淚珠。

「我不逼妳，妳慢慢考慮，等妳有答案了隨時可以告訴我，現在回家去睡個好覺，等妳醒來就會看到我，OK？」

她多麼願意沉淪在愛的陷阱裡，也不要在放逐和理智間沉浮，沉浮太苦，她從來就不是遊戲人間的料，原來，她一直都太認眞，在這個深深淺淺的夜裡，她越睡越清醒。

飛機就要降落中正機場了——

咚！咚！咚！「裡面有人嗎？」珊珊突然被敲門聲驚嚇地回過神來，「喔…有！」。

「小姐，我們馬上要降落了，麻煩妳盡快回到座位上好嗎？」空中小姐在催促著「原來她已在洗手間發了半天呆。這才趕緊回到自己座位上去扣上安全帶，等待降落。

閉上眼睛，又立刻跌入回憶裡——

當情感被壓抑住，只有更添哀愁。她整日精神恍惚，心情紛亂，唯一存在她思維裡的是他的影子，她想抗拒自己去想他，可是他卻持續不斷地在她生活中每個片段騷擾著她…。

由於她全心全意在等待加拿大的報到通知，所以早已辭去工作，每天在家整理東西，哪些要裝箱帶走，哪些要丟掉，哪些留給媽媽處理……衣服、書籍、玩具、相簿…還眞不少東西。一邊是她不想回憶的過去，一邊是她總奢求不到的未來。她是眞的不想再回到這個從小生長卻又讓她一再傷心欲絕的地方。

原本就忙碌的生活，自從有了凱的介入就越發零亂了。

白天，珊珊總會睡到吃午飯時間才被媽媽叫起床，下午是唯一能做點事情的時間，大約到了四點半，她就會開始挑選晚上約會要穿的衣飾，並頻頻看鐘，因爲凱會在五點下班前給她個電話，約好五點半在樓下接她。

吃飯、看電影、遊車河、看夜景、打羽球、吃消夜……每天有不一樣的節目，兩個人總是分秒必爭的膩在一起，老嫌時間過得太快。有時也會哪兒也不去的待在車上聊天，享受兩人世界的溫存和寧靜，總拖到午夜二、三點才依依不捨的互道晚安，並不忘約好各自到家洗完澡上床後再通電話…這一說又是一、二個小時掛不掉，最高記錄曾經有從兩點講到早晨七點的呢！珊珊還好，第二天可以睡懶覺；凱可就太可憐啦！他八點還得起床上一整天班呢！眞不知道他每天這樣折騰，哪兒來的精神和體力？他們倆就這樣一天也不間斷地約會了整整兩個月。

因爲凱曾對珊珊說過：「我從小到大都是一個人，非常討厭一個人吃飯，總覺得沒味口，常常嫌麻煩就不吃了。」

「難怪你那麼瘦！你如果吃胖一點會更好看。我天不怕地不怕，就是怕餓肚子，所以我頓頓得吃，並且吃很多，你如果常跟我一塊兒吃飯一定會胖的！」她已暗下決心要天天陪他吃飯。

珊珊是個非常注重形象、儀態的小姐。她總認爲在約會的男生面前啃骨頭，或是大口吃東西是很沒氣質的，若是去吃義大利麵，再將番茄醬汁噴到衣襟上，她就會覺得沒有活下去的必要了！所以她很不喜歡和男生吃飯，會令她緊張、彆扭，可不知道爲什麼，她在凱的面前卻吃的非常放心、自在？

凱曉得她愛吃大飯店裡的西式自助餐，常常帶她去吃個爽！由於費用不便宜，她也絕不願虧本，兩大盤的生菜沙拉，一盤熱食（有時兩盤），外加水果、茶和七、八塊蛋糕…這樣的份量眞是看的凱目瞪口呆！由於珊珊吃東西總是慢條斯理，心情很好又姿態優雅、津津有味的品嚐每一口，這對於吃飯總是隨便扒兩口，不餓就走人的凱來說，眞是一個全新的體驗。看她吃東西是一種享受，凱非常沉醉欣賞她的吃相及她良好的家教－－再難吃的食物，她也能甘之如飴，吃個精光！真是不簡單，連帶他也只好陪著越吃越多……胖囉！

又期待又害怕的日子終於來了！

十一月二十九號，週六下午，凱親自送珊珊到中正機場。偌大的出境室，人聲隆隆，珊珊感覺冷氣好冷，凱緊緊地摟著她，將她帶到沒人的角落坐下。

「親愛的，這段日子來，我都沒有再問過妳，妳還欠我一個答案。」那個認眞的表情又來了。

「………」她知道這會是一個困難的訣別，發誓不掉眼淚的，但誰管得住自己的眼睛啊？

她把頭靠在他的肩上，緊緊擁著他說：

「Honey，答應我要好好照顧自己，每天記得吃維他命，不可以不吃飯，晚上早點睡。如果…有遇到比我好的女孩，要好好把握，知道嗎？」

「妳根本不曉得妳自己在做什麼！反正不管多久，我都會等，等到妳回來嫁給我…」凱非常氣她對這份感情的不確定。

「不要等……我不會回來的。」，她曾發誓戀愛可以談，婚絕不能結。但是戀愛談到這個地步，然後要怎麼辦呢？她不是一個忘恩負義、玩弄感情的人。相反的，巨蟹座的她還特別的感情脆弱又深情專一，錯過了他，還會有下一個人像凱這麼愛她嗎？心中有太多的不捨和恐懼，他不是女人，失過婚的女人，他不會懂的。

「搭乘加航002班機，飛往溫哥華的旅客請盡速辦理登機手續……」該死的擴音器又在催了。

他們輕柔的吻，纏綿的吻，熱烈的吻，激情的吻，怎麼也停不住的吻了又吻，好像怎麼樣都嫌不夠。她突然驚訝的覺悟到，那些教她摯愛的、癡狂的、恨透的分合聚散，原來都沒什麼兩樣。這麼多年來，她不過是用著不同的方式重覆著相同的愛戀…她決定要盡快出關，離開他的視線範圍，因爲憋了很久的淚水，就要決堤。

他茫然地凝視著她漸行漸遠的身影，胸膛間有一股感傷的熱流隨著她消失的身影不斷加溫，然後向身體的深處擴散…他發現自己的眼睛竟有些濕潤。

當她過了海關，最後一次回過頭去看凱時，這個傻小子不但沒走，還在玻璃隔屏上哈了一片熱氣，用手指畫了兩顆雞心被一根箭串在一起……她終於完全無法承受的開始狂奔，顧不得身邊陌生人異樣的眼光，筆直地衝進了洗手間，坐在馬桶蓋上好好的哭了一場！

抵達中正機場入境大廳的珊珊，正緩慢地在隊伍中前進，通過入境報到櫃台，茫然的走向行李台，她完全無視於身邊熙嚷的人群，獨自坐在行李推車上，呆呆的望著行李轉盤出神——

轉了一班飛機，時間已是當天晚上十點多，珊珊終於來到了這個叫「溫尼泊」 Winnipeg的城市。它是位於全加拿大最中部的Manitoba省的省會，和溫哥華、多倫多這些繁華大都市比起來，這兒就算是非常純樸、人煙稀少的鄉下小鎮了。珊珊爲什麼會選擇到這兒來報到呢？因爲替她辦移民件的朋友—東尼，他的妹妹艾莉絲和妹婿定居在此，對於人生地不熟的珊珊可以有個照應。東尼卻沒告訴她，這兒的冬天有多冷！

東尼比珊珊早一天抵達，特地開車趕來機場接她。怕她肚子餓，就先帶她到艾莉絲開的中國餐廳去吃點東西，剛巧艾莉絲的乾爸、乾媽—在加拿大住了二十幾年的范氏夫婦也在，就過來和東尼打招呼，看到在座有位漂亮、秀麗的台灣姑娘，范伯伯自是絕對不會放過攀談的機會，立刻坐下來拉開了話匣子！

珊珊除了心情不好，沿途又不知哭了多少回！完全沒睡再加上雙眼紅腫、沒有化妝，她不但沒味口，連半絲絲敷衍的笑容也擠不出來，就這樣疲勞轟炸了近兩個小時，後來還是范媽媽看珊珊不停的打哈欠，才叫當教授卻已早早退休的老公住嘴，改天再敘。

珊珊住進了一家非常潔淨、寬敞的汽車旅館。東尼殷勤地替她把二個大皮箱及手提行李拖進房間，然後熱心的爲她檢查所有電燈、暖氣、熱水、門鎖是否運作正常。

「東尼，謝謝你！不好意思害你弄到那麼晚，這些我自己來就可以了。」珊珊斜靠在房門邊，扶著門等東尼出去。她已超過二十四小時沒睡，實在已經精疲力盡了，而這個不識相的傢伙還不放過她。

「嗯—沒關係！我不累，只要看到妳精神就都來了！妳房裡沒喝的，我替妳買點回來…」

「嗳！別鬧了！我已經一天一夜沒睡，拜託你饒了我吧！你不累我累呀！有事明天再說，我要洗澡、睡覺了。」她故意打斷他的話，「那我在這邊看電視陪妳，隨便妳做什麼我都不吵妳，我在這兒才能保護妳的安全啊！」東尼嬉皮笑臉的比劃著手臂上的肌肉。

「東尼！請你出去，NOW！」珊珊實在忍無可忍，也顧不得風度了，手指著門外大聲叫到。

東尼是個非常跩的千金大少爺，這輩子可能第一次被人家吼並請他滾出去，這奇恥大辱或許一輩子也忘不了吧！他瞪著珊珊看了幾秒鐘，收斂起笑容，大跨步地走了出去，並咬牙切齒的丟下了一句「再見！」

珊珊迫不及待的摔上房門，鎖住每一道鎖並加上鍊條，想想不夠，再挪了個小茶几過來頂住門，才安心的洗澡去。

當初比了那麼多家移民公司的價錢，的確東尼的開價最便宜，而且念在認識十幾年的朋友交情分上，或許他的服務會特別好呢！有生意當然就給自己人做囉！現在想來，他可能在做賠本生意，重點是要將珊珊追到手，好炫耀給其他四個同時在追珊珊的哥兒們看，大家都努力了近十年，他才是最後的贏家。

（我說嘛！他開移民公司也有七、八年了，爲什麼早不辦，晚不辦，選了和我同時『一起辦』移民？他在打什麼如意算盤啊？）

珊珊睜開眼，伸了個舒服的懶腰，覺得口乾舌燥的緊，大概是暖氣開得太強，赤腳下床走到窗檯邊想要將暖氣關小一點，順手拉開了窗簾…

（啊！怎麼白茫茫一片，什麼也看不見？）玻璃窗上盡是凝結的水珠。（哇！外面一定很冷，下這麼大的雪還是這輩子第一次看到呢！），珊珊有點興奮又有點擔心今天不能出去辦事，打開了電視看到新聞才得知有個歷年來最大的暴風雪正在侵襲加拿大北部，已造成了許多災難，所以從今天起停止上班、上課，直到天氣恢復正常。

（唉—我的運氣眞是太好了！既然大家都不上班，我什麼証件也不能辦，出去逛街就是找死！那我該做什麼呢？），先簡單吃了點東西，就開始整理自己帶來的家當。

審視一件件吊起來的衣服，珊珊皺著眉頭想：（這些衣服好像一件也不適合在雪地裡穿，該怎麼辦呢？不曉得這種天氣會維持多久？），在窗前又發了一會兒呆，珊珊突然覺得好笑：（一天到晚聽人家說「哪兒來的美國時間」，終於懂了，美國時間和加拿大時間是一樣的，在這兒什麼都沒有，就是時間多的不知道該幹什麼好，眞是的！）

原本想打電話向爸媽報平安的，既然閒的很，就用傳眞的吧！費用也便宜得多，寫完給爸媽的傳眞，就輪到凱了。你可知道愛情的力量有多大？大到可以爲對方去冒生命危險，即使在最惡劣的環境下也不害怕！細心的珊珊算算日子，還有二十幾天就是聖誕節了，現在應該趕緊寄卡片給他才對，再晚就來不及了，但手邊一張卡片也沒有⋯⋯

珊珊穿上衛生衣、套頭毛衣、薄夾克、厚外套，下身換上厚褲襪，外加緊身牛仔褲，想想不夠，再加穿一條寬大的呢長褲，這樣總不會凍死了吧！照照鏡子，自己都覺得臃腫的可笑，雪鞋也沒有，球鞋將就了吧！臨出門前再加上呢大衣、毛線帽、圍巾、手套，放心的走下樓。

櫃檯有個值班的先生正親切的和房客打著招呼，得知這個東方女孩要在這種天氣出門，異常驚訝！

「千萬不要出去啊！外面不只會讓人結冰，還有煞不住的車子，好危險的啊！」他操著道地的加拿大口音說道。

「別擔心！我會小心的，我去對街的購物中心買聖誕卡，很快就回來，謝謝你！」珊珊禮貌的回答。

走到大門口，珊珊深呼吸一口氣，用圍巾將口鼻完全矇住，只留一雙眼睛看路，就小心翼翼、深怕滑倒地走了出去。才走出不到五步，珊珊已察覺這是一個非常艱難的任務，而倔強的她絕不允許自己走回頭路。

風雪大到伸手不見五指，寒風刺骨更不用提了，她從來不知道眼珠子也會怕冷！眼睫毛上全是霜！吸進鼻子的每一口空氣都像刀子在割一般的刺痛，路上積雪已高過膝蓋，每一腳踏下去都拔不出來，又擔心褲子、鞋子弄濕了會更冷，但是想要快步通過這條不到五公尺寬的馬路，眞是比登天還難！

眼睛看不見，鼻子嗅不到，耳朵倒還可以隱約聽到一些慢慢由遠而近的汽車引擎聲。珊珊確定自己正在馬路中央，不停的告訴自己：（加油！加油！就快到了！不過是過個馬路，有什麼難的？不要怕！）

好像過了幾個小時那麼久，珊珊終於衝進了一家雜貨店。大口大口的吸著她一向最討厭的暖氣，有幾秒鐘，她眞的以爲自己活不過今天了！

櫃檯後的老闆娘也驚訝地叫到：「我的老天爺啊！還沒到聖誕節就有個雪人來報到啦！我賭妳一定是走來的吧！妳不知道今天外面只有攝氏零下四十三度嗎？」

正忙著在抖落一身雪花的珊珊，突然雙腳一軟，差點跌坐在地上！還好被壯壯的老闆娘一把扶住，好心的請她在椅子上坐一會兒。

（零下四十三度！眞的假的？這輩子去過最冷的地方也不過零下一、兩度，就已經非常凍人了，這裡…是北極嗎？我還得在這兒住上幾年，可能嗎？）珊珊暈眩又害怕的想著。

等待氣息順暢，身體完全適應室內的溫度後，珊珊起身在店內挑了幾張卡片，至櫃檯結帳並謝過老闆娘，她從另一個出口走了出去。這是通往購物中心的入口，今天這種天氣，竟然還有不少商店在營業！

珊珊恣意逛了一圈，最後決定到超市去買點吃的，餅乾、麵包、水果、泡麵…拖了二大包東西。（眞是笨！這樣回去不是比來的時候更辛苦？）深呼吸，再深呼吸，咬緊牙關的衝鋒陷陣，目標一對街遙遠的、溫暖的旅館，同時她也發誓：（除非這裡發生戰爭必須逃難，否則打死我也不出門啦！）

可憐的珊珊就這樣哪兒也不去的在房裡窩了整整七天！好在她是一個習慣與寂寞共處的人，看書、寫信、看電視、發呆…都成了每日必修課，至於那個愛獻殷勤的東尼先生呢？不僅沒有問候的電話，根本就從此消失了！

肆虐了一星期的暴風雪終於平息，但整個小鎮如死城般的無聲無息。從窗口望出去，所有屋頂、樹木、車子、馬路…放眼所及的東西都是白色的，讓你分不出遠近！你如果想像不出來這是個什麼樣的光景，就請你去打開你家冰箱上部的冷凍庫，每樣東西不僅結霜、結冰，還硬的跟石頭一樣，難怪這裡看不見流浪貓、流浪狗。

聽人家說，下雪其實並不冷，融雪才冷。接下去的一星期，大部分是豔陽天，馬路上仍然沒人沒車！深約一層樓高的積雪，要靠這陽光慢慢融……喔—終於明白加拿大人爲什麼愛好和平，並且排隊功夫一流，因爲他們有的是時間！等來等去、讓來讓去都是被環境磨練出來的啊！

珊珊又在自己的小窩裡待了一個多星期，非常的心煩意亂，對凱的思念有增無減。畢竟出國前兩個月的甜蜜相處是不能抹煞的，但是出來快半個月了，什麼事也沒辦，一點進展也沒有，眞是急死人了！

就在珊珊焦急又不知所措時，以爲那只是裝飾品的電話倒突然響了起來！

「Hello ——」

「喂—是珊珊嗎？我是范伯伯，艾莉絲的乾爸爸，妳還記得嗎？」

「哇！當然記得！你是我這兩個星期來第一個講話的對象，我還以爲這個電話不會響呢！」

「什麼？妳的意思是東尼都沒打給妳，也沒去陪妳？」

「他從第一天晚上送我來旅館就從此沒消息啦！我又沒有他妹妹家的電話，所以一直沒聯絡。」珊珊心裡有數是東尼在生氣，但她懶得多解釋。

「這實在是太不像話了！不管是女朋友也好，是客戶也好，都不應該把一個女孩兒家大老遠叫來，再把妳一個人丟在這不管啊？太過分了！我和妳范媽媽見妳非常投緣，想要請妳來我們家便飯。外面雪也化得差不多了，我大概半小時以後開車過來接妳，妳一定悶壞了！好不好啊？」

「范伯伯，您太客氣了！不過…如果不會太麻煩的話，我是很想出去到處逛逛。」

「一點也不麻煩，我家離妳住的旅館，開車不到十分鐘，很近的，那麼就待會兒見啦！」

「OK！Bye Bye！」

珊珊突然有事可幹，又有地方可去，眞是高興的無法形容，一個人在房裡手舞足蹈了起來！

范伯伯是上海人，經由香港來到台灣唸大學，從台大畢業後就帶著客家籍的女朋友到加拿大深造並結婚。住過幾個城市，最後選擇在溫尼泊定居，並在當地唯一的一所大學當醫學系教授。他的父親是瑞士首屈一指的銀行家，身後留下不少財產給兒子。所以他四十歲就退休，帶著老婆環遊世界，生活過的非常優沃、隨性。三個年齡等差兩歲的兒子，都是英國劍橋、牛津和美國麻省理工學院的高材生，完全不用兩老操心，信用卡帳單也都由老爸負責，多好！

在珊珊的眼中，他們家幾乎要什麼有什麼，事事順心，樣樣如意，如果一定要說有什麼遺憾的話，就是范伯伯非常喜歡女孩兒，而范媽媽努力再努力，連生了三個兒子就打死也不肯再生了，難怪他們乾女兒收了好幾個！對於甜美、懂事的珊珊，他們必然一見傾心。

來到范家，一進門就看到艾莉絲坐在客廳！原來范伯伯去接珊珊之前已先打電話去乾女兒那兒數落了一頓，珊珊也不想追究東尼到底是怎麼回事，反正許多事本來就是「求人不如求己」。他既然是這種服務態度，就別想再來收尾款了。

中飯後，就由艾莉絲陪著珊珊去申請「社會卡」及「醫療保險卡」，永久地址就只好先登記她家的，以免珊珊收不到證件。重要事情辦完，珊珊心上的石頭也落了地。接下去幾天，范氏夫婦從早到晚的帶著珊珊熟悉環境，認識朋友，他們一起逛超市，一塊兒做菜、吃飯、閒聊…儼然是一家人的樣子。兩老也突然有了生活重心，凡事均以珊珊爲主，忙的不亦樂乎！

對於所發生的一切事情，珊珊都忙著吸收、學習中，她完全沒時間去計劃接下去的日子要怎麼過，事情又有了新的變化……

還有五天就是聖誕夜了！這可是從小在台灣長大的珊珊，過的第一個大雪紛飛的聖誕節了！

還來不及興奮呢，范伯伯就緊張的告訴珊珊：

「氣象台預報在三天後又有一個很大的暴風雪會來襲，爲了妳著想，妳的衣物也不夠，又沒有車，又不能立刻找地方搬家，一直住旅館也不是辦法，我看目前唯一的辦法就是先回台灣，等明年春天三、四月後再來，妳比較能適應，那時候也比較容易找房子。」

「可是馬上就要過聖誕節了，航空公司還會有機位嗎？」珊珊並不想回去，但那天過馬路的經驗又映入腦海，想想范伯伯的話也不無道理。

「沒關係！旅行社跟航空公司，我都有熟人，可以幫妳想想辦法，重點是妳願意現在立刻回去嗎？」

「好吧！那就麻煩范伯伯替我想想辦法吧！」珊珊考慮了半晌才回答。

就這樣糊里糊塗的，珊珊在離開台灣二十五天後，又在聖誕夜回到了凱最最溫暖的懷抱。當然，她寄給凱和爸媽的聖誕卡，還冰冷的躺在溫尼泊的郵筒裡呢！

珊珊不在的這段日子，凱都在做什麼呢？

原本一向準時五點下班的，現在既然不用趕去約會，就來多做點事情吧！凱每天下班後仍一個人在辦公室，給客戶回函，整理檔案，東摸摸、西摸摸的。總弄到九、十點才拖著疲憊的身軀回家，晚飯呢？沒味口！算了！或是兩包豆乾兒加一罐啤酒也算混過一頓。

他總習慣性的放上一張英文抒情歌曲的CD，將聲音弄得輕輕柔柔，小聲到剛好可以聽見，再半自虐地在書桌前坐下來，一張一張審視珊珊寫給他的小紙條、卡片、傳眞、相片…他無法克制自己對她排山倒海的思念。拿起紙筆，卻是一個字也寫不出來…（Honey ，妳好狠心！妳眞的好狠心啊！沒有妳的日子，叫我怎麼過？），深情的凱，就這樣日復一日的漸形消瘦。

*　　*　　*

溫尼泊的冬天，著實讓珊珊領教了北國的惡劣氣候環境，她並不生氣東尼要她在那時候去報到，雖然她知道東尼以爲她無依無靠的，就非巴著他不放，他眞是太小看珊珊了！珊珊的堅強與獨立，本就不是常人女子所及，再加上她屬牛的倔脾氣，根本就沒有人能左右她的想法。

這趟旅程，她確實增加了一些奇特的經驗，加上算命的也說：她無論去到哪，一生都有貴人相助，或許范伯伯就是她的貴人吧！可以使她在第二個暴風雪的邊緣，安然飛過，回到自己溫暖的家和親人過節。

「女兒啊！既然溫尼伯的冬天那麼冷，我看妳下次去報到就定居在溫哥華好了，我跟妳媽以後去看妳，也好少轉一班飛機呢！」偉傑聽了她的敘述，心疼的說。

「可是我現在對溫尼泊有一點熟啦！也認識了一些人，你又要我去個全新的地方，所有事情又得從頭來過……」珊珊雖然嘴上不願意，但她心裡也著實怕了那兒的「冰雪暴」！

「反正都是剛開始，妳選個和台灣氣候比較接近的城市住，會比較快適應。溫哥華是全世界排名第一『最適宜居住的城市』，絕非浪得虛名，妳若眞準備長住，也得考慮工作機會，像溫尼泊這種鄉下小鎮，妳能找得到工作嗎？」，「嗯—可能不太容易。」珊珊不置可否的回答。

「聽爹地的話，反正東尼和他妹妹也不會照顧妳，不如搬到溫哥華去。我有個好朋友，也是台視三十幾年的老同事—林柄昆，他目前人在新加坡上班，他太太一個人住在溫哥華已經十幾年了，妳正好可以去和她作個伴。」

「我不要！住在人家家裡最彆扭了，還得成天看人家臉色！我寧可去住汽車旅館，多自在啊！」珊珊又想起了小時候寄人籬下之苦，堅決反對。

「妳一個女孩兒家，住汽車旅館太不安全了，只先去他們家住一、二個月，等妳找好房子再搬出來，沒關係的。好了！就這麼決定了，爹地現在就去打電話給妳林伯伯講一聲…」，「可是……」珊珊還想說些什麼，見沒人理她，只好作罷。

*　　　*　　　*

和凱歡樂的度過倆人的第一個聖誕及新年，接下來就是凱的生日囉！珊珊心理想著這是一個表達愛意的好時機，得好好表現，給他來點兒不一樣的。

珊珊留意到凱平時逛街，總愛在野外求生用品店或刀具店留連忘返，而珊珊對這類東西是不折不扣的大外行，東挑西選了半天，最後決定給他買把多功能的進口瑞士刀，總不會錯吧！（這樣他出差的時候帶著它，就會想到我！說不定他不嫌麻煩，平時都會帶在身上呢！）

到了凱的生日當天，珊珊將禮物精心包裝好之後，又開始坐在那兒傷腦筋了：（要用什麼方式送給他，才能帶給他比較大的Surprise呢？），（啊！有了！嘿嘿！）珊珊越想越得意，就跑去跟媽媽說她的神秘計劃。

「嗯—這樣一定會嚇他一跳，對不對？好啊！妳快去吧！」媽媽也笑嘻嘻的覺得挺有意思的，於是她隨便換了件衣服就衝出門去。

跳上計程車，珊珊告訴司機：「麻煩你到『世貿停車場』，凱悅飯店旁邊，謝謝！」

世貿中心旁邊有三個非常大的停車場，也許可以停上千部車子都不止，如果遇上有展覽的期間，更是大排長龍，車滿爲患！在世貿中心裡面上班的人就更可憐了！不是得一早七、八點去搶車位，不然就註定要遲到，乖乖在場外排隊了！

珊珊下了計程車，愣愣地站在路邊：「唉唷！我的媽！這是誰想出來的餿主意？這麼多車，要從何找起啊？」

看看錶，還有三小時凱就要下班了，（必須在五點以前找到他的車…），憑著珊珊獨特的直覺，她不從第一個，也不從第三個停車場開始，她從中間的第二停車場的最左邊一排，開始慢慢找深藍色喜美及認凱的車牌。

「哇！怎麼可能？我眞是太厲害啦！」才走過不到十部車，珊珊就發現了那熟悉的不能再熟悉的可愛座騎，從皮包裡掏出凱從一認識她就叫她保管的備用鑰匙：

（哼！他一定忘了我也有一把。），珊珊坐在駕駛座，將寫好的小卡片浮貼在方向盤的正中間，然後下車，將禮物放在座位上，關上車門前，再朝車內噴一點香水。碰！鎖上，大功告成！（哈哈！才二點十分！我還有的是時間回家打扮呢！）

回到家，珊珊立刻打了個電話去餐廳訂位子，並用英文發了個傳眞給凱：

親愛的，請於今天晚上六點整，在健康路一七六號碰面，不見不散！

知名不具

珊珊刻意將自己打扮美美的，五點四十五分就坐在牛排館裡等，她知道凱是從來不遲到的。（不曉得他打開車門，會先看到禮物還是看到卡片？還是先聞到香水味？），（他會不會以爲我是找鎖匠開的門？），（他一定會坐在駕駛座上一直把玩那把刀，不曉得他會不會不喜歡？），（他會不會很感動？還是因爲我亂開他車門而生氣？……），珊珊望著窗外，就這麼一直胡亂猜測、想像凱看到禮物時的反應。

六點十分，凱神色匆忙的走進了餐廳……

「寶貝，對不起我遲到了！我特地趕去妳家接妳，妳媽說妳五點半就走了，我再趕過來就晚了，對不起害妳等！」

「沒關係的！你…沒看到禮物嗎？」珊珊奇怪他怎麼都不提！

「喔—我有看到卡片，禮物還來不及拆就急著走了！」

「那你現在快拆開看看喜不喜歡。」凱慢條斯理的撕開包裝紙，他大概在細細地感受拆禮物的樂趣吧！反倒是急性子的珊珊拼命催他快點！

當凱從絨布套內拿出沉澱澱的紅色小刀組時，一雙眼睛都亮了起來！

「寶貝，眞是太謝謝妳，害妳破費了！妳怎麼知道我喜歡這個？」

「這有什麼難的，只要是跟你一起逛過街的人都會知道啊！」

「但是妳並不曉得我以前有過一把很像的，有一次出國弄丟了，之後就一直很想要再買一把，老嫌太貴，看看就算了！這把比我掉的那把更好，功能更多！」

「這是很實用的東西，又是世界名牌，我相信是一分錢一分貨，貴點也是應該的，最重要的是你喜不喜歡？」

「我很喜歡，謝謝妳！晚餐就讓我來請，聊表謝意，如何？」

「嗯—誰請客待會兒再說，我們先點東西吧！今天忙了一下午，我可是餓壞囉！」珊珊捉狎的看著凱，想要引他說說看到禮物時有沒有嚇一跳。

「對了！妳這個調皮鬼，怎麼找到我車子的？」

「嘻嘻！一部一部找啊！我有的是時間，唉—只可惜花了不到一分鐘就找到了，眞沒意思！」

「眞被妳打敗了！我一開車門就聞到妳的香水味！我還在奇怪怎麼昨晚的味道會留到現在呢？」凱故做鎮定的說。

「那你一難道沒有奇怪怎麼有人跑到你車上去放東西？」珊珊已經有點不耐煩凱的口風那麼緊。

「這有什麼好奇怪的！我記得給過妳鑰匙啊！除了妳還會有誰？」

「那你發現禮物之後是什麼反應啊？」不得已只好明著問了。

「………」凱那兩個迷死人的小酒窩，漸漸地，漸漸地浮現出來……

「你笑什麼？快說啊！我回家以後還得告訴媽咪呢！她也很好奇你有沒有嚇一跳。」

「有那麼重要嗎？」凱皺起眉仍不想說。

「廢話！人家這麼精心的計劃、執行，你總不能說沒感覺吧！」珊珊覺得越來越失望了。

「好啦！我沒想到妳會那麼在意我的感覺，我眞的很感動！看到禮物的那一剎那，我只確定了一件事，就是This girl really loves me, right?」凱伸出手去握住了珊珊的。

「你討厭啦！跟人家兜那麼大個圈子！快點叫東西來吃，飯後還有餘興節目呢！」

這個話題就此打住，凱到底是怎麼想的？有沒有很驚喜？就不得而知了！倒是珊珊必須編個能讓媽媽滿意的答覆，才不會令她的期盼落空。

至於飯後是什麼「餘興節目」，親愛的讀者，就請盡情的發揮您的想像力吧！

給您一點點提示：他們小倆口到一個有絕對隱私權、絕對快樂權的地方去自在逍遙了！那時候，好像還沒有「針孔攝影機」這類玩意兒吧！不然，買我這故事書，附贈光碟一張可就銷路長紅囉！

緊張的時刻終於來臨－－

自動門打開了，珊珊停止胡思亂想緩緩推著行李車前進，她知道凱一定已經在閉錄電視上看到她了。雙手冒汗、呼吸急促的珊珊，將目光掃向人群，凱了解她是個不愛戴眼鏡的大近視，所以他必須盡快主動出現在她面前，否則她就不曉得會跑到哪兒去了！

「Honey－－－Honey－－－－」珊珊順著聲音望過去…

「啊！凱－－－」，珊珊沒猜錯，她漂亮的口紅印，這會兒正熱熱的印在凱的唇上呢！

兩個糾纏不清的人，費了好一番功夫才將行李弄上了車，又勾過去繞過來的溫存了好一陣子，凱才氣喘噓噓地說：「親愛的，我帶妳回『我們家』。」，「什麼？」

「我已經搬出來住，在世貿附近租了一間公寓，房子雖然很老，但屋內狀況還不錯，房東王媽媽知道我這是準備要做新房的，房租也算我特別便宜。因爲時間緊迫，還來不及裝潢，但是所有電器用品我都買齊了。至於家具，我想等妳回來，我們再慢慢一起去挑，目前只有一張席夢絲放在地上……請妳先委屈幾天，希望妳不要介意我擅自作主，只是希望妳一下飛機就可以跟我住在一起，我分分秒秒都要陪著妳…」

「親愛的，才兩個星期不到，你做了這麼多事，眞是辛苦你了！我當然不會介意，我相信你的眼光，走！快帶我去看！」

凱的開車技術，珊珊是完全放心的，於是她將椅背弄斜，舒服地躺好，閉目養神，左手緊緊地握住凱的右手，希望再睜開眼時，就可以看到凱精心爲她所佈置的小窩了。半睡半醒之間，往事又回到眼前－－

11

一九九三年，三十二歲　重生

四月初，珊珊又收拾行囊準備出征了。這次的目的地就是爸爸安排、指定的溫哥華林媽媽家。

有了上次的經驗，珊珊這次可乖乖備齊了雪衣、雪鞋，聽說溫哥華的冬天是不會下雪的，就鐵定凍不死了！而且又有長輩照顧，相信這次會一切順利的。

林媽媽家座落於溫哥華市的東北邊，本拿比山的山腳下，是那種前有小路彎彎，後有大山圍繞的景致，非常清幽典雅，獨棟獨院的二層樓老房子，內有四間臥室、二套衛浴設備和地下室的客房、洗衣房，非常寬敞、挑高的客廳及廚房，令珊珊羨慕得緊，很像我們天母、陽明山一帶的別墅，裝潢樸實，大都採用深咖啡色的原木，住起來應該會非常的舒適、安靜。

（上百坪的大房子，就林媽媽一個人住，她不無聊嗎？）珊珊很擔心會遇上脾氣古怪的老姑婆，答案是否定的。我的意思是說她很忙，絕不無聊，至於她是不是怪婆婆，就請各位耐著性子看下去吧！

抵達的第一天已是傍晚時分，林媽媽熱絡的歡迎著她，帶她樓上樓下的好好參觀了一番，同時也順便交代什麼東西放在哪兒，要用自己拿。

「珊珊啊！林媽媽眞是不敢認妳啊！都長這麼大了！我最後一次看到妳的時候，妳好像還不到五歲呢！圓圓胖胖的，好愛笑，我還抱過妳呢！」

「眞的啊！我可是不記得了，我只知道林伯伯跟爸爸是認識幾十年的老朋友了。」

「是啊！我還不覺得我們有認識很多年，看看孩子都這麼大了，不得不承認我們眞的是老了喔！」林媽媽邊說邊走進廚房去，珊珊也禮貌性的跟著。

「妳一定餓了吧！我得來煮晚飯啦！」，「珊珊，林媽媽不把妳當外人，也不跟妳客氣，既然妳要在我這邊住，我是不會跟妳收房錢、飯錢的，妳高興住多久都沒關係，但是要先跟妳約法三章，我是個鄉下人，不懂敷衍、客套，有話就直說。我是清心寡慾、吃齋唸佛的，平時都吃的很簡單，我弄什麼，妳就吃什麼，我不懂英文，所以不看電視也不出去交朋友，我也不會開車，妳別指望我會帶妳出去玩。我一個星期去一次超市買特價的東西，有時會去中國城買菜，初一、十五要去廟裡拜拜，平常白天我不是打掃屋子就是在後院種菜、照顧花圃，早上五點起來唸經，吃過晚飯大概八、九點就睡了，生活非常單純、規律，我這種日子過了十幾年了，不會因爲家裡多一個人而改變，我也不會照顧人的，所以妳得自己照顧自己，這樣講夠清楚了嗎？」邊說邊動作迅速地炒好了一盤香噴噴的韭菜絲。

珊珊心想：（聽起來還好，她並不像是怪婆婆嘛！自己照顧自己？求之不得！妳不來管我最好。）於是立即回答：「林媽媽，我也是直脾氣的人，相信我們兩個會相處得很好的。我本來就不太愛吃肉，也不挑食，吃素對我完全沒問題，我也不是小孩子了，會照顧自己不讓妳操心的，倒是家裡有什麼需要我幫忙的地方儘管說，千萬別客氣！」珊珊一邊幫忙將飯菜端上桌，一邊在盤算著爸爸的話：（住在這兒眞的能省不少開銷呢！吃素總比我天天吃泡麵好吧！），「珊珊，快來吃！嚐嚐林媽媽的手藝和妳媽媽比，怎麼樣啊？」

珊珊有點兒吃驚的看著桌上：（一碗青菜豆腐湯，一盤炒韭菜，一碗糙米飯，這就是我的晚飯？！）

「珊珊！發什麼愣？快吃啊！」珊珊從小就有胃病，醫生囑咐冰的、熱的，所有刺激性的、不好消化的東西都不能吃，糙米和韭菜更是嚴格禁止。（哎呀！管它的！偶爾吃一次，不會怎麼樣的。）

「妳別看這糙米顏色黑黑的，吃起來非常香的，對腸胃又好，妳要多吃一點啊！還有此地賣的青菜都很便宜，就屬韭菜最貴！偏偏我又特別愛吃，所以只好自己在後院種，我種出來的比外面賣的更大、更漂亮，而且絕對沒有農藥，妳放心的吃好啦！」林媽媽已大口大口的吃起來，看珊珊還在不好意思的樣子。

好修養的珊珊當然不好再囉嗦什麼，就裝做很欣賞的樣子，邊吃邊讚美著，她卻是怎麼樣也想不到，接下去的日子是每天的中餐和晚餐都是糙米飯配韭菜，韭菜配糙米飯…再好吃的食物天天吃也會膩，更何況是不對味口的東西！幾個星期下來，弄得好味口的珊珊只要聽到「開飯囉！」就恨不得鑽個地洞去躲起來。

（難道她只會燒這一道菜嗎？還是因爲我的讚美，她以爲我也愛吃？）珊珊於是不露痕跡的在吃正餐時越吃越少，晚上等林媽媽進臥室鎖上門後，再自己煎蛋、火腿加起司，做個營養三明治來平衡自己的情緒。但是好景不常，才快樂幾次就被林媽媽發現並責怪：「珊珊啊！我看妳的家教也不怎麼好喔！該吃飯的時候不吃，不該吃的時候又亂吃！妳把我廚房的東西亂動，我很不高興呀！妳想吃什麼告訴我，我來給妳弄，不要去吃那些『不營養』的東西，聽到沒有？」

跟著林媽媽上超市，或是轉兩班巴士去中國城，是珊珊最開心的時刻，雖然這兒的中國城也和美國的沒兩樣—又髒又亂又人擠人，但總是可以出來透透氣，認識環境。珊珊總是東看西看的磨姑時間，等接近中午用餐時分，她就會拉著林媽媽：「林媽媽啊！每天讓妳在家煮飯給我吃，實在是太辛苦妳了！既然出來了，又是吃午飯的時間，我請妳去飲茶或是吃越南河粉，還是妳想吃別的都好！我們吃過飯再回家吧！」

大部分的時候，應該說幾乎每一次，林媽媽都會扳著臉拒絕並數落珊珊一頓，什麼「年輕人不懂得賺錢的辛苦」啦，「成天愛吃速食」啦，「浪費」啦，「報應」啦…說了一堆！總之只有她家的「糙米配韭菜」是人間美味，說著說著就把珊珊又拖回了人間地獄…可憐的珊珊也懶得多辯解什麼，只好乖乖跟著回去，儘管她心裡有一百二十個不願意，但管得住她的人卻管不住她的心，她又把希望寄託在下一次的「買菜之旅」，或許會有奇蹟發生呢！

這兩個人，除了在吃的方面總是意見相左之外，這個屋簷下還有另外一個問題，那就是全屋子內唯一的一台收錄音機，是被用來一天十二小時播放經文的，別說珊珊聽的霧煞煞，大概林太太自己也有聽沒有懂，否則一天聽十幾遍，經年累月地聽下來，她卻仍舊不會唸！

聽覺是關不掉的，強行灌入耳的東西是會影響身心的。起初珊珊還自我安慰的想：反正從來沒聽過，閒著也是閒著，趁機修身養性一番應該也不錯！但日復一日、周而復始的聽，實在叫愛聽英文歌曲的珊珊快要抓狂！久而久之，她連一條歌也哼不成調，就越發擔心自己會變得跟林媽媽一樣古怪了！（唉—難怪她的六個女兒和老公都分居在世界各地，沒有一個人受得了和她住在一起！我真是中了第一特獎，搬到這兒享受這種特殊待遇……）

喔！對了！還有樣東西值得一提：Apple！

台灣蘋果、富士蘋果…不論哪裡來的蘋果，大家應該都吃過吧！雖然我們都曉得蘋果皮也非常營養，但礙於上頭都有過量的蠟及農藥，所以一般人均是削皮吃的多，珊珊也不例外，而且蘋果、梨、水蜜桃等都算是較名貴的水果，一大顆漂亮的進口品種，要賣到新台幣一兩百元也不算稀奇！

溫哥華超市裡所賣的蘋果，有紅的、黃的、綠的、雙色的…大都是美國產的「華盛頓蘋果」，成堆成山地堆積在那兒，似乎是產量過盛，卻沒什麼人愛買，所以經常會On Sale大特賣，一包二十粒才賣加幣99 Cents（大約等於台幣二十元），相當於一塊錢一顆！

這種價錢的東西，當然是逃不過林媽媽的銳眼，一口氣買個五包是常有的事，那麼珊珊也多了一項艱鉅的任務—

「珊珊啊！我買了一冰箱的蘋果，妳要盡快把它們吃完，別害我冰到爛再丟掉，那是造孽的啊！還有記得這裡的水果是不用農藥的，皮最營養了，妳要連皮吃啊！」

（奇怪了！妳沒事買那麼多，自己又不吃，有毛病啊？一天一粒，我還得吃個一百天呢！真冰到爛，大不了我來丟，難道還叫我吃了不成？）珊珊也只敢在心裡咒罵著，不便說出口。

吃，在一天之中，好像不是什麼太重要的事情，但是當你老是吃不到自己想吃的，或老是被逼著去吃一些不好吃的東西時，你就會覺得度日如年，恨不得早點投胎去算了！

接近四月底的一天晚上八點多，珊珊和林媽媽剛吃過晚飯，珊珊還在洗碗，就聽見林媽媽已走進臥室關上房門，通常這樣就表示要等到明天早上五點以後才會再看到她。

珊珊拿了一顆蘋果坐在客廳看電視，享受一天之中最安靜、自由的時刻。

看完一部影片已快要十一點鐘，她站起來伸了個懶腰：（咦？胃怎麼痛痛的？有點想吐的感覺！大概是吃飽了一直坐著不消化吧！）於是珊珊站在客廳做起了甩甩手、扭扭腰的暖身操。不動還好，這一活動就突然真的想嘔了，珊珊立即衝進浴室，彎腰湊近馬桶旁。

嘔了半天，沒吐出什麼，只嘔出些酸水，她只當是胃酸過多，吞下兩粒胃乳片就準備去睡了。

剛躺下沒一秒鐘，又是一陣絞痛！珊珊立刻坐了起來—（奇怪！倒底是胃痛還是肚子痛？是晚餐吃壞了嗎？還是蘋果沒洗乾淨？應該都不會啊！這種感覺從來都沒有過，好怪啊！）坐了一會兒，感覺好一點，珊珊又試圖躺下，好像屋子裡有頑皮鬼在跟她搗蛋，就是不要讓她睡覺，這次躺下不只是絞痛，還伴著酸水向上湧，她又衝進了浴室，把剛才吞下去的胃藥及白開水全吐了出來！

這次珊珊不敢掉以輕心，慢慢在床邊的沙發上坐下來，腰後墊了個墊子，身上裹著棉被，深怕自己會著涼。痛的感覺並未消失，時強時弱，她就這樣靜靜坐著，一雙大眼直直瞪著鬧鐘一分一秒的走，希望這些感覺快點消失，眼皮也不聽指揮的越來越重，越來越重…（天啊！我倒底是怎麼了？吃壞東西爲什麼不會拉肚子呢？難道是盲腸炎？）已經半夜三點多了，珊珊感覺痛的頻率越來越密集，她不知道該打電話給誰，也不願意在這時間去吵醒任何人，她只是忍，十隻手指掐住被子的忍，痛到全身肌肉均已僵硬，呼吸也越來越急促…她已經吐了八次，最後一次連膽汁都嘔了出來，她知道這不是小case，卻礙於時間，她完全不知道該怎麼辦？（想辦法睡著一下，也許睡著就不覺得痛了，時間也會過得快一點。）珊珊覺得非常暈眩，已無法冷靜思考了，睡吧！

突然，珊珊又被一陣急而強的腹痛驚醒！（啊！五點十五分，林媽媽該起床了，我去敲她的房門……）珊珊痛的站不起來，只好用比蝸牛還慢的速度，一吋一吋地爬去林媽媽的臥室門口。

咚咚咚！咚咚咚！「林媽媽…開開門啊！」，「哎呀！珊珊，爲什麼趴在地上啊？」林媽媽一開門也嚇了一跳。

「對不起，一大早…吵妳！我實在…肚子痛的厲害，有沒有…止痛藥可以給我吃一點？…我已經痛了一整夜沒睡了。」

「這可怎麼得了啊？止痛藥，我當然有，而且有一大堆，可是這個藥不能隨便給別人吃的，萬一吃出人命怎麼辦啊？我看保險起見，妳最好還是去給醫生看一下吧！」林媽媽邊說邊扶起珊珊回房去坐下來。

「那妳有認識的醫生，可以先替我打個電話預約一下嗎？」珊珊的講話聲音已小到只有她自己聽得見了。

「喔？醫生？有啊！可是現在還這麼早，沒有人開門啊！妳再等等吧！差不多九點以後我再幫妳打電話給醫生，妳先休息…」

珊珊已完全失去耐性，忍了許久的脾氣再也控制不住：「難道溫哥華的醫院沒有急診部嗎？爲什麼一定要等九點？我能等也不用向妳拿止痛藥了啊！」

「珊珊，我知道妳很痛，可是妳現在去醫院眞的看不到醫生的，我不騙妳。」，珊珊咬牙切齒的忍，人也不停的發抖。

「好！我就再等等看。」雖然珊珊很不服氣，但畢竟在陌生環境，她也不想太莽撞，總是會吃虧的，於是用意志力去控制自己：（不痛，不痛，深呼吸，慢慢吐氣，再深呼吸，慢慢……）珊珊完全無法坐直身子，一隻手按著肚子，另一隻手握緊拳頭，指甲已深深的掐進了手掌中…但她並沒有感覺，現在她全身除了五臟六腑在打諾曼第之役，其他地方眞的都沒什麼感覺了……

不知是昏迷還是睡著，珊珊又再度被一陣巨痛驚醒：（啊！八點了！我不能再這樣等下去！我得想辦法救救自己才行……）

「林媽媽！林媽媽啊！」珊珊扯直了嗓門大叫。

「怎麼樣啦？珊珊，又痛的厲害了嗎？」林媽媽聞聲馬上慌張的從廚房跑過來，「林媽媽，我不能再等，眞的受不了了，妳能替我叫計程車嗎？」

「哎唷！妳又不是不曉得我英文講不通，而且打電話叫車最快也要等一、兩個小時才會來啊…」

「算了！我自己…開車去醫院好了！妳可以借我…借我車鑰匙嗎？」珊珊已非常清楚，要靠林媽媽幫忙是必死無疑。

「什麼啊？車庫那是我小女兒的車，不可以借人的耶！而且已經快半年沒有發動，大概不能開了，妳…」

「林媽媽，妳不讓我去醫院，又不肯幫我叫車，妳是不是希望我死在這裡給妳看？我不知道我得了什麼病，我只知道我再不立即進醫院就會出人命，妳希望我怎麼做？」

「我…我可以給妳鑰匙，可是妳會開嗎？妳有駕照嗎？」，珊珊用盡力氣從椅子上站起來，一把搶過汽車鑰匙就往車庫跑…

「珊珊！珊珊！千萬小心啊！慢慢開，別急啊！」林媽媽非常不放心她女兒的車，追在珊珊身後喊道。

引擎大概是在發動的第十次才點燃了起來，還好這是自動排擋的車，珊珊狠狠的踩下油門就衝了出去，手邊沒有地圖、沒有地址、沒有概念，東南西北都搞不清楚，要上哪兒去呢？（這下可好！總算逃出來了！可是醫院在哪兒呢？）

珊珊遇上一個紅燈，嘰—的一聲踩了個緊急煞車，（別慌！讓我好好想一想，市中心一定有醫院，在西邊，我住在東邊，北邊有山，所以我得左轉，一直去就對了。）

綠燈已亮了好一會兒，珊珊有點抱歉的回過頭去看看後面的車子，（他竟然不按我喇叭！加拿大人是比台灣人有修養多了！）

珊珊本能的看到紅燈踩煞車，見到綠燈踩油門，漸漸地越來越睏，越來越睏，眼睛也睜不開了，方向盤也握不住了，由於呼吸太急促，換氣過度，暈眩得厲害，好幾次珊珊被旁邊經過的車主按喇叭才驚覺自己在蛇行！

（他們一定以爲我喝醉了。）又有好幾次等紅燈時，珊珊趴在方向盤上打瞌睡，其實是短暫的休克，被旁邊平行的車主叫醒，好心的勸她停到路邊休息。

（不能停…不能再耽擱……得快點到醫院，我快要不行了！老天爺保佑，我絕不可以死在這兒啊…）

於是強打起精神與死神做一場搏鬥，她連闖了數個紅燈，車子左閃右躲的高速前進……突然，眼睛一瞥，看到一棟高大的建築物頂上有HOSPITAL幾個大字！立刻給它來個緊急大迴轉，還好這時候路上的車子並不多，否則在過去的四十分鐘裡，溫哥華市一定破世界記錄的發生了二、三十起大車禍！

轟隆！如打雷一般的一聲巨響，然後接下去數秒鐘是一片死寂。

急診室裡的醫生、護士都被這聲巨響嚇了一大跳！

「Oh! My God!……」

有人走進來，有人坐輪椅進來，有人用擔架抬進來，卻從來沒有人開車衝進來……

大家七手八腳的將快要倒下的活動門搬走，打開車門看到一個昏倒在方向盤上的東方女孩……

不知道過了多久，珊珊終於睜開了眼睛：（啊—好多格子！白色的格子…是…天花板！我躺在床上？手臂…痛…啊！我在打點滴！太好了！我終於到醫院了！咦？肚子好像不痛了耶！怎麼把我一個人關在這小房間裡，都沒人理我？這是病房還是急診室啊？）

珊珊靜靜地躺在床上，望著那一小滴一小滴又圓又晶瑩的淡黃色液體，慢慢流入身體裡，好像越來越暖和，也越來越舒服了，「嗯—哈—」珊珊滿意的打了個哈欠，又沉沉睡去。

睡夢中，感覺好清晰：（有好多好多男男女女站在床邊，大家都穿全白的制服，有人金色頭髮，有人咖啡色的，都一直不停的跟我說話，都說英文，但是我怎麼都聽不懂呢？又有人來摸我額頭，又有人來翻我眼皮！做實驗啊？別吵嘛！我要睡覺啦！什麼？聽不懂啦！改天再說，OK…？）

「Miss ！ Miss ！ Wake up ！ Hello — Wake up ！」

珊珊終於被大力的搖醒，看到身邊站著一位男醫生和二位女護士。其中一個護士將點滴暫停，並說這是鎮定劑加嗎啡，可以暫時止痛，但打多並不好，由於她一直昏睡，他們必須趁她清醒的時候問一些問題。

珊珊一向自認英文底子不差，說、寫、聽都難不倒她，看電影可以不看字幕也能聽懂個百分之七、八十；二十歲時還交過個法國的十七歲小帥哥，兩人完全用英文溝通也沒什麼問題，再加上旅行經驗又很豐富，幾乎沒遇過講不通的事情．結果今天，陰溝裡翻船啦！

護士登記完珊珊的基本資料後，就開始盤問她的家族病史。本來嘛！珊珊從來沒在加拿大看過病，過去三十幾年發生過什麼大小毛病，醫生本來就有權利瞭解，也可輔助診斷啊！但是可憐的珊珊，匆忙出門時皮包沒拿、證件、信用卡沒帶、身無分文，最重要的是她從不離手的電子字典竟還在書桌上，這下慘了！什麼白血球、輸卵管、子宮、大腸的，所有醫學名詞，她一個單字也講不出來！護士問十句，她答一句；護士再問十句，她再答一句，你知道她答的是什麼嗎？「肚子痛！」

鎮定劑停止輸入以後，痛根並未消除，珊珊雖然神智清醒不少，但是痛的感覺也錐心刺骨的折磨著她。

醫生及護士們交頭接耳的討論了好一陣子，最後由其中一個護士開口問：「小姐，依妳的情況，我們認爲妳需要住院觀察，妳既然是加拿大居民，應該享有加拿大的醫療保險，所有費用都會由保險支付，請問妳有保險卡號碼嗎？」

「有的，我於去年十一月在溫尼泊申請的，但是我還沒領到就回台灣了，現在應該在我朋友那兒。妳是否可以幫我打個電話問一下？」

幾分鐘以後，這位好心的護士來報：「小姐，我查過溫尼泊的醫療保險中心，他們確實有妳的申請記錄，也確實在今年三月時有寄去妳登記的地址，但是可能因爲妳本人不在，有人收到妳的卡後又退了回去，保險中心就把妳退保了。而這次妳又落地還不到三個月，依加拿大移民法的規定也不得使用政府保險。所以，小姐，這是所有開銷自費的同意書，請妳簽字。」

珊珊二話不說，看也沒看，接過紙筆就簽，心想不管要花多少錢，救命要緊，（好在他們不像台灣醫院要收什麼保證金、押金的，否則我現在還在候診室排隊呢！），（東尼、艾莉絲，我跟你們無冤無仇，爲什麼要這樣害我？如果我能活著走出這裡，我會要你們好看的……）

不知是急診室都沒有病患，還是因爲珊珊簽的同意書？這間小小的診療室突然湧進了一堆人！腦科、胸腔科、腸胃科、婦產科、小兒科…你所有想得到想不到的科，醫生全來了！大家七嘴八舌的在會診，而珊珊因爲痛的厲害又開始注射點滴，不知嗎啡是否過量？珊珊無法抑制的想笑：（這些人爲什麼這麼吵？大家都站著，就我躺著，眞是不好意思！嘻嘻嘻！），（唉一這些醫生，不是腦袋光光，就是肚子凸凸，沒一個像樣的！看樣子想要來個豔遇也沒指望囉！嘿嘿！）

珊珊就這麼時而自言自語，時而傻笑，看得醫生護士面面相覷，還好他們沒認爲珊珊腦筋有問題是來鬧著玩的，否則就會被送到精神科去啦！

有一位看起來很老的醫生，大概是主治大夫，對珊珊說了一堆話，大意是叫她放心，他們會好好照顧她的，但是現在要先打另一種點滴，等腹腔充滿液體時才能去做超音波掃瞄，珊珊當然沒意見，一個勁兒的點頭並笑著說：「OK！Thank you！」，「OK！No Problem！」

連醫生都覺得好笑：「沒看過生病的人還這麼高興的！這個女孩眞特別！」

大約又過了三個小時後，珊珊的床被推至另一間房去做掃瞄。她也好奇的硬撐著坐起來看螢幕，「哇！這一大堆亂七八糟的就是我的腸子嗎？眞醜！啊？你還把它印出來？不要吧！眞的不好看耶……」年輕醫生完全不理她，拿著照片出去了。

珊珊大叫著請護士扶她去上廁所，已憋了幾個鐘頭，總算逮到機會去舒解一下。才剛回來躺下，又是先前那位老醫生和年輕醫生一塊兒走進來，劈頭第一句就問：「妳以前有沒有開過刀？」，「NO！」珊珊也毫不考慮的回答，「我的意思是……動手術切除任何器官？」，「NO！」

「妳再想一想，確不確定？」

「醫生，我現在很清醒。我從小到大沒開過刀、住過院，身上完全沒刀疤，不信你可以看啊！」珊珊不耐煩地將身上不知何時被換上的藍色制服掀了起來……

「喔—我不是不相信妳，經過幾位醫師會診的結果，我們認爲妳應該是急性盲腸炎，但是從這張照片上看來，妳並沒有盲腸！這也不是沒有可能，大約每一百萬人之中會有一個人是沒有盲腸的。如果妳沒有，那麼就是別的部位在發炎，因爲妳的白血球數已經多達三萬多了，不過也有可能是這張片子照的不清楚……我們必須再掃瞄一次。」

珊珊又被推回去打了近三小時的點滴。重掃，結果和上次一樣！就這樣來回了四趟，仍舊沒有發現那個調皮的盲腸上哪兒去了！而這會兒已經快午夜十一點了，打從珊珊開始不舒服，到現在已經整整二十四小時沒吃東西，血液裡又充滿了不知名的藥物和讓她暫時止痛的嗎啡，珊珊已經非常非常虛弱，但是仍然倔強的硬撐著使自己保持清醒，她捉住醫生說：「求求你，不要再拖了！不要再給我打毒藥，替我開刀…求你…」

走廊上有一排由病床排成的隊伍，珊珊也在其中。隊伍行進速度異常的緩慢，行進的終點就是太平間…喔！不！是開刀房，想起來有點恐怖，又有點好奇，因爲從來沒進去看過，倒是在電影裡經常看到。

這時的珊珊已完全停止打任何點滴，肚子也不怎麼痛了，就一直很平靜的躺著，等待被推進屠宰場。她不停地安慰自己：（要殺要剮隨你，我是已經豁出去了！折騰這麼久，只想趕快回去睡個好覺，誰都別來吵我。要來的也躲不掉，不如快點…爹地、媽咪，保佑我平安度過，我還有很長的日子要過呢！）

半夜一點鐘，終於輪到珊珊上場了。

護士小姐先替珊珊加了兩條剛從烤箱裡拿出來的熱毛毯，珊珊正想告訴她並不感覺冷，話還來不及說出口，被推進手術室就吸進一口嗆鼻冰冷的空氣！

（天哪！這裡怎麼這麼冷啊？醫生護士各個穿短袖，還一頭大汗的，他們身體眞好啊！）珊珊像劉姥姥進大觀園一般地忙著東張西望，根本忘了自己是進來做什麼的。

「護士！護士！我好冷啊……」雖然蓋了兩床燒燒的毛毯，珊珊仍是凍的直打哆嗦。大伙都跑來跑去的忙著準備工作，等了好一會兒才有個護士又替她加了一床剛出爐的熱毛毯，同時好心的告訴她：「我們爲了讓這裡保持無菌狀態，所以溫度維持在零度左右，我不能再給妳加毛毯了，妳如果還是覺得冷的話，盡量放慢呼吸。」

珊珊看到空中有一個大圓盤的照明燈，好像調色盤，（嘿！這個跟在「急診室的春天」裡看到的一模一樣耶！）轉過頭去望見手術台旁邊的不鏽鋼盤子，裡面整齊的放置長長短短、各式各樣、亮晶晶的刀子，（哇—看起來好犀利的樣子啊！），（那是氧氣瓶…那是測心跳的…那是…看不懂…）

她還在忙著認識環境，就突然被二個護士，一人顧頭一人抬腳的挪上了手術檯。（哇！好冰！好冰啊！…）珊珊裸體的躺在不鏽鋼的檯面上，那感覺應該和臥在大冰塊上是一樣的，儘管用盡力氣，也仍舊無法制止地全身打顫……

在手術檯上等待麻醉時，腦海中的影像就像是錄影帶倒帶般，前塵往事，歷歷在目。回想這前半生，老天爺眞是特別眷顧，特別愛捉弄人，而且每次的玩笑都開的很大，讓她經常毫無選擇、毫無準備的成爲悲劇女主角。當一個人眞眞切切的面對死亡時，才能體會生命的可貴。此刻，她願意傾其所有只爲換取多活一會兒也好，想起以前曾爲了失去的愛情而輕生，實在可笑。

「安靜！不要亂動，問妳幾個問題，我們馬上就要開始動手術了。」，「妳的身高、體重各是多少？有沒有長期服用任何藥物？安眠藥？喝不喝酒？有沒有心臟病？……」

醫生囉囉嗦嗦的問了一大堆，耽誤了好幾分鐘，就任著病人在那兒窮發抖，也不怕她著涼！問題問完，竟然又走了！珊珊很生氣，卻又不敢出聲…

雖然幾位醫生都離她滿遠的，耳尖的她還是隱約聽到一些對話：「病人又瘦又矮小，從不服用鎮定劑、安眠藥，也不會喝酒，我用最低的劑量對她都會太重，可能會傷及腦神經，很難醒過來…」，「這不行！劑量得再減輕。」，「有可能…提早甦醒…血液…速度…」

（什麼？什麼？千萬別讓我在手術半當中醒過來！看到自己被開腸剖肚，我一定昏死給你們看！）

珊珊越聽越擔心，閉上眼睛開始很認眞的禱告：（人家不是說人臨死之前，一生的景象都會從眼前晃過，我怎麼什麼也看不到呢？阿彌陀佛，菩薩保佑，希望一切順利，別出差錯。爹地、媽咪，我很愛你們，也希望你們要好好活下去。凱，我也非常愛你，如果辜負了你，也請你原諒我，不要生我的氣，不知道還能不能再見到你…）

「小姐！小姐！我要給妳注射麻醉藥了，請盡量放鬆，跟著我數一到十…」

「一——二——三————」

二小時五十分鐘以後…………「醒來！醒來！妳叫什麼名字？睜開眼睛，用力睜開眼睛…」

珊珊開始有一點點感覺，覺得手腳都不能動，好冷！爲什麼有人在打我的臉？「妳叫什麼名字？」

「好了好了—別打了！」她死命的睜開了雙眼，只覺得眼前一片白茫茫，好亮！好刺眼！

「妳叫什麼名字？」護士總算是停手了，「……」珊珊想要開口，卻發不出聲音……

「快醒過來！告訴我妳叫什麼名字！」眞是個大嗓門的護士。

「我……PIZZA？」珊珊費盡吃奶的力量，終於從齒間蹦出了這個字，想必她已經覺得餓了吧！

「OK！Good！Pizza Lady！恭喜妳！手術很成功，我送妳到恢復室休息，大約一個小時以後，情況穩定就送妳回病房。」

手術室裡響起了一陣笑聲，從此，大家都知道這個勇敢的東方女孩叫什麼英文名字了！

不知道過了多久，珊珊迷迷糊糊睜開雙眼，發現自己躺在一間有四張床位的病房，另三床都由米黃色的布簾圍繞著，唯獨自己這床的布簾成一束的全聚集在右側床頭，好讓她對環境一覽無遺。左手邊是一扇大窗戶，窗戶外是另一棟灰色的建築物。天正亮著，應該是白天，珊珊完全搞不清楚今天是哪一天，現在是幾點鐘，決定先來審視一下自己：右手臂上仍吊著點滴，手指頭…腳指頭…都在，很好！

掀起衣服瞧瞧…（哎呀！我的媽！怎麼把人家弄得那麼髒？全身都黑黑黃黃的！這是…喔—好像是碘酒的味道，肚臍的右下方，貼了一大塊紗布，上頭還有血跡，不知道可不可以打開來看看？口好渴啊！床頭櫃上連杯水都沒有！…我的手錶呢？車鑰匙？…啊！糟糕！林媽媽一定以爲我失蹤了！我得趕緊打個電話給她才行，她該不會去報警了吧？）

珊珊完全不瞭解此時的她，麻醉藥並沒有退，手腳不是很聽大腦的指揮，不該亂動，更不該下床的，但是這時候，病房內也沒有一個腦袋清醒的人能制止她，於是她掀開了被單，一吋一吋的挪動身體，非常吃力的使兩腳著地，兩個光腳丫子好像不歸她管，怎樣也不肯乖乖地塞進拖鞋裡！想打赤腳走，卻擔心地板既冰又不乾淨，只好緩緩蹲下去，邊望著手臂上的點滴怕針頭被拔出，費了好一番功夫才把拖鞋套在腳上，杵著四輪的點滴架，一吋一吋的向房門前進……

走到房門口，她已虛弱的想躺下，既冷又渴頭也昏的厲害，但是意志又告訴她：一定得去打電話報平安，再去要壺水來喝…不可以…不可以偷懶！

看看左邊，再有兩扇門就是走廊的盡頭了，那麼右轉一定是通護理站了！這條看似不太長的走廊，正常人也得花好幾分鐘才能走完，何況是剛開完刀、大量失血又手腳不聽使喚的人。

或許是半小時，或許是一小時，這當中不曉得停下來休息了多少次，珊珊撐著點滴架杵在那兒大喘氣，從她身邊經過的人，無不投注異樣的眼光看她，她也無所謂，只希望能盡快去找到公用電話，讓她能聽聽親人和愛人的聲音，好像只有這麼做，才能確定自己還活著……

終於，努力不懈的珊珊找到了從來不覺得有時候也長得挺可愛的公用電話。

但她又再次失望了！

沒有親眼見過的人是不會相信的，這台電話前面竟然是大排長龍！你有見過蛋塔店門口的盛況嗎？這還不足以形容，你有去看過國際超級巨星麥克傑克森來台的演唱會嗎？這會兒的珊珊是眞的非常想哭了！

（搞什麼？大風大浪走過來也沒掉過一滴眼淚，現在這樣就要崩潰？太不像話了。）每當她極度脆弱的時刻，總會有個兇巴巴的聲音在耳邊響起…，於是她強打起精神，再慢慢地走向護理站：「請問這裡除了那台電話，還有哪裡有公用電話？」

「小姐！我們醫院有五層樓，每層樓都有三百多個病人，每層樓也只有一個公用電話，就是希望大家不要沒事亂打電話，妳如果事情不緊急，就快回房間去休息吧！我看妳很虛弱……」，「喔—謝謝！」

珊珊也不等護士講完，轉身就朝隊伍的尾巴前進，（台灣不是有條老歌叫「總有一天等到你」？如果現在放棄，就永遠也不會再輪到，看這樣子，也許再等個三十分鐘就好…）

結果，她不知道等了幾個三十分鐘，連點滴瓶都由路過的護士換了一瓶！最後總算輪到！感覺像在那站了三天…

先打了個本地電話給林媽媽，根據她的敘述，珊珊失蹤已將近三天，那麼開完刀後的珊珊又昏迷了將近一天一夜！她自己也覺得非常驚訝！保險公司已將車燈修好，把車子送回到林家。她得先安撫林媽媽的情緒，再拜託她帶些衣物、證件過來，緊接著撥了對方付費的長途電話到台北的家裡。

剛聽到媽媽聲音的一剎那，珊珊差點哭了出來，又怕嚇著她，珊珊還故做鎭定，強忍激動的情緒，半開完笑的說：

「媽咪啊！我問妳，沒有盲腸的女生是不是會嫁不掉啊？」

「妳說什麼？」

「別緊張啦！我只是要告訴妳，我不住林媽媽家啦！從現在起住在溫哥華最大的一家醫院，就像我們的『台大』那麼大喔！我剛剛開完刀，好像情形還不錯！不曉得要在這住多久？現在在走廊上打電話，跟妳說一聲，不用擔心我，OK？」反倒是做媽媽的立刻哭了出來！

「哎呀！跟妳說沒事的，別擔心，我要掛了！後面還有好多人在排隊等呢！拜拜囉！」

她很不好意思的回過頭去向身後的男士笑笑，並用食指比了個1！他也無奈的聳聳肩說：「OK！」於是她立即分秒必爭的撥去了凱的辦公室，剛巧是他自己接的電話，才稍稍平復的情緒又沸騰起來。她仍是強裝一派輕鬆的口氣說沒事，凱卻擔心、緊張到了極點！說什麼也不讓她掛電話，還嚷著要馬上飛過來看她……迷糊的珊珊自己還不知道，此時的她早已默認凱是她唯一的依靠了。

回到床上的珊珊，因爲疲憊過度，倒頭就昏睡至第二天清晨。

不知道是不是昨天散那個步的關係？珊珊才剛睜開眼睛，就聽到「噗－」的一長聲！（嘿嘿！不好意思！還好沒有人聽到。）

正巧這時候，主治大夫和護士小姐拉開了布簾，進來探視珊珊。

「早安！披薩小姐！妳今天好嗎？」老醫生笑咪咪的問。

「我很好，謝謝！但是又渴又餓！好像好多天都沒吃東西了！」

「妳一直發高燒，昏迷了兩天，因爲妳感染了腹膜炎，我們打開腹腔時發現妳的盲腸已經炸開，整個腹腔都是髒東西！菜渣、蘋果皮還看的很清楚，這也就是爲什麼我們掃瞄時找不到妳的盲腸，耽誤了不少時間，我們爲此感到非常的抱歉！目前，妳的新陳代謝非常緩慢，血液裡應該還有麻醉劑，妳會覺得非常的口渴，但是不要大量飲水，會引起嘔吐，妳只能吃一點果凍，直到妳有『排氣』現象，表示腸子沒有黏結，恢復正常蠕動以後，妳就可以開始享用醫院的伙食了。」

「排氣？有有有！你進來之前我才剛排了個『大氣』……」，醫生、護士相視一笑說：「那是不可能的！妳對面那位太太，比妳早一天開的刀，到現在還在服用止痛藥，完全沒有排氣現象，妳…」

「喔一我昨天下午有醒來過，跑去走廊上打電話給家人，不曉得等了幾個小時，回來後好累就一覺睡到現在，眞的！我剛剛才…那個啦……」

「什麼？妳傷口不痛嗎？沒叫護士拿輪椅來？妳們東方女子都這麼勇敢的嗎？不可思議！」老醫生大驚小怪的樣子惹得珊珊發笑。

「所以，我是不是可以吃東西了？」，「好！沒問題！我會叫人送菜單過來，要吃什麼妳隨便選。」，「眞的？太棒了！」珊珊開心的拍手叫好！

「OK！我們來看看漂亮的傷口如何？」

珊珊也好奇又緊張的將衣服掀起，護士小姐慢慢的把紗布揭開，這會兒換成珊珊目瞪口呆了！

一條長約十公分的黑色蜈蚣，沾滿乾涸的血跡，歪歪斜斜地趴在她白皙的粉嫩肚皮上！每一隻腳都打了個結，粗粗硬硬的毛，不規則的翹起來，身體是由一個一個的黑色訂書針所組成，那樣子眞是令人慘不忍睹……

老醫生則得意的點頭微笑說：「嗯一這眞是完美的傑作！看起來傷口癒合的很好，大概再三天以後就可以拆線了。護士！替她換藥，點滴繼續打。」

珊珊垮著一張臉，很不高興的樣子，呆呆的瞪著傷口，老醫生見狀立刻安慰她說：「沒有關係的！妳還很年輕，這很快就會長好的，妳以後還是可以穿比基尼呀！」

「可是我的盲腸又不大，爲什麼傷口那麼長一條？我還沒嫁人哪！」珊珊氣嘟嘟的說。

「喔一沒錯！這是有原因的，一般正常的盲腸切除手術，傷口只需要打開約和妳自己的大拇指一樣長度就可以了，但是由於妳的盲腸已完全破裂，爲了保險起見，我請手術室裡手最小的醫師替妳做腹腔檢視，以免妳不是單純的盲腸炎，當然切口必須開長一些，替妳清理腹腔的同時也順便檢查了妳的子宮、輸卵管、肝、腎、腸等其他器官，確定都沒有長瘤或異狀才將傷口縫合，所以妳大可以放心，只要妳不再發燒，好好靜養，很快就可以回家了。」

既然切都已經切了，再囉嗦也沒用，聽起來還算讓人覺得安心，她只好點頭默認了。

過了好一會兒，老醫生眞的如約的派人送菜單進來，貪吃鬼興奮的將電動床弄成直角，專心的仔細研究菜單。

（嗯—早餐有牛奶、吐司、果汁、麥片、火腿和蛋。午餐可以選濃湯、雞腿、蕃薯泥、麵包加果汁。晚餐嘛—我要湯、蒸蛋、海鮮盅、牛排、什錦蔬菜加蛋糕，哇！每天還可以選不一樣的，太棒了！咦？1/2份，單份，雙份…那我當然全部選雙份啦！還跟你客氣啊！本姑娘可是眞的餓壞囉！）

看著如此豐盛的菜單，回想起過去一個月所吃的東西，珊珊不由得悲從中來，她實在不願意去想誰是這場災難的始作俑者，並且不停地勸自己不可以恨她，經歷一些從未經歷的事，豐富自己的人生，又有什麼不好呢？或許是命中註定吧！

就這樣，珊珊從開完刀的第三天中午開始大吃大喝，頓頓都是雙份的營養食物，吃累了就睡，睡飽起來再吃…時間突然過得好快！她多麼希望可以永遠不必出院……

有時，珊珊也會精神很好的坐在那兒發呆，她開始注意到對面那床，四十來歲的外國太太非常怕痛，每天要叫護士給她吃好幾次的止痛藥，護士小姐總是勸她吃藥好的慢，盡量下床走動才會排氣，像對面那位「比薩小姐」一顆止痛藥也沒吃，兩天前就已經開始吃正常食物了……她總會大發脾氣，非吃藥不可，當然她一定也很餓，卻只能眼睜睜的看著珊珊猛吃，而自己只能吃醫生規定的果凍。她的英語說的不太好，大概是荷蘭人吧！但是卻有個體貼她的先生和孝順的一兒一女，總是隨侍在側。

躺在珊珊右側，相隔不到一公尺遠的是位子孫滿堂已經八十幾歲的加拿大籍老太太。連續三個晚上，珊珊被大批急救人員電擊心臟、施行搶救的吵雜聲給驚醒，珊珊什麼忙也幫不上，只能隔著布簾，緊張的不吭一聲，心裡默默的喊：（「加油！加油啊！快呼吸！別放棄！」）其實珊珊也不知道這位老太太是什麼毛病，至少可以確定的是她得的絕不是盲腸炎。

就在珊珊住院的第六天早上，又是拍手聲、吹哨聲，又是笑鬧聲、歌唱聲，總之是亂七八糟的吵雜聲，她非常不耐煩的翻過身去，以爲是自己還在做夢，不料，神智越來越清醒，灌入耳朵的聲音也越來越眞實：（天哪！這裡是病房耶！他們在幹什麼啊？一大早開 Party 啊？）

珊珊慢慢的「滑」下床，將圍在四周的布簾拉開，立刻被眼前的景象給震懾住！

滿室的天花板、空中飄散著淡粉紅色的氫氣球；窗檯上擺了一長排約十幾盆的各色玫瑰花、蘭花；眼前站著一大群黑鴉鴉的陌生人，大家都聽到拉開簾子的聲音而將目光轉了過來……

珊珊立刻意識到自己的蓬頭垢面，加上有點透明的制服睡衣，著實令人尷尬！她急忙又將簾子拉了起來，爬上床去，把被子蓋好。

（反正也不是來看我的，但是這麼吵叫我怎麼睡呢？這些老外也太熱情了一點吧！）於是她側耳傾聽這些人的喧鬧，終於讓她聽到一句說明一切的解釋：「生日快樂！祖母！祝妳早日康復。」，原來今天是隔壁老太太的大壽！她的兒孫可眞是「滿堂」啊！

自從珊珊住院以來，除了醫生、護士、送餐點的小姐之外，從沒有任何親人、朋友來探望過她，就更別提陪伴了。林媽媽只有來過一次，替珊珊送了些證件及衣物，並不忘記附上蘋果一大包，珊珊則像見到毒藥似的立刻分送給其他的護士們去享用！

林媽媽帶著責怪的口氣說：「妳還說妳會照顧自己，都照顧到進醫院了啦！妳爸媽一定會怪我，妳沒有告訴他們妳住院的事吧？我耽心的幾天都睡不著，妳怎麼會跑來這家醫院的？離我家那麼遠！來看妳一趟得先搭巴士到捷運車站，下了捷運再轉一班巴士，我又下錯站，走了半個多小時才找到這裡，好辛苦妳都不曉得……」林媽媽好像在等珊珊說些什麼，見她不接腔，只好繼續說下去：「我最怕來醫院了，到處不是病人就是死人，一個不小心還會傳染些什麼怪病，好可怕的呀……」

珊珊實在是聽不下去了，反正她的言下之意就是不願再來探病，又何必強人所難呢？與其聽這些不營養的話，還不如別來惹人厭的好，於是珊珊打斷她的話道：「林媽媽，實在不好意思，害妳這麼辛苦大老遠跑來看我，又害妳爲我擔心，我在這裡很好，有醫生護士照顧，每天除了吃就是睡，哪兒也不能去。我再休養幾天就可以出院了，就不勞妳再長途奔波了，妳一定很累了，我看妳就早點回去休息吧！」

林媽媽也老實不客氣的順水推舟，點頭笑道：「珊珊眞懂事。好吧！既然妳這麼說，我就放心了，那妳好好休養，我先回去囉！」臨行前還不忘丟下一句：「醫院的伙食很糟，妳千萬別亂吃東西啊……」

珊珊只是閉上眼睛假裝睡著，對她的話充耳不聞，但心裡卻想：（唉—她的人生是黑白的。難怪她要吃齋唸佛，對她來說，生活中的每一件事都是辛苦的、不好的，這樣活著又有什麼意思呢？）

從此，她就眞的沒有再來探望，珊珊也落得耳根清靜。至於伙食，她眞是吃的開心的不得了！出院至今，已經整整超過十年又七個月，她還仍是念念不忘呢！

但是孤獨、寂寞、無助的感覺，好像是萬頭鑽動的小螞蟻，整日在她的病床上騷擾她，分分秒秒的啃蝕她，怎麼也揮不去、趕不走！人的想法是會變的，會因人、因時、因地、因事、因心境而變，特別是在人最脆弱的病榻中。

多年來，珊珊一直自認爲自己夠堅強、夠獨立，自己也可以養活自己，一個人隨便身處何地都可以過的逍遙自在。男人，只是玩伴，轟轟烈烈的戀愛不是沒談過，以爲很美好的婚姻夢也破碎過，眞的不需要男人來過日子。你愛得越深，就牽掛越多，責任越重，壓力越大，思路越窄，越不快樂……因爲你會自私，然後想法就不再客觀，所以珊珊決定抱持單身來混它一輩子，不必太負責任的談談小戀愛，讓自己一直維持美美的就好了。

而過去的這幾天，是她這輩子第一次住院！第一次覺得如此脆弱無助！親人全在地球的另一面，沒有人能在旁邊陪她說說話，說說國語更好，她必須忍住撕裂的痛楚，喘著大氣，只爲起來替自己倒杯水；她必須拖著沉重的腳步，杵著點滴架，一步一滴汗，費盡力氣的去上廁所；就更別提用打點滴而腫脹的雙手，絞著毛巾自行擦身、更衣……

人在這個世界上只是旅客，旅途艱難，在旅途上生病，也最淒苦，那麼對獨居者來說，生病不是福，而是一種考驗，獨居者最後終於接受同居或願意結婚，也許不是因爲愛，而是由於害怕死亡和孤獨老去。

望著鏡中憔悴的臉龐，好多次珊珊都忍不住熱淚盈眶：（誰說我堅強、獨立？我才三十二歲，開了個刀就跟隻小病貓一樣奄奄一息！等我老了以後怎麼辦？那時後可不會有男朋友來眞心照顧了。我不需要男朋友，我需要的是個有情有義的老伴啊……）

剛開始，這個模糊的念頭只是在珊珊的腦海中埋下了小種子。

漸漸地，一天數次的，珊珊望著對床長得並不怎麼樣的荷蘭太太，總會在先生仔細的替她梳理完頭髮後，流露出燦爛的微笑，雙手捧住先生胖胖的臉頰，遞上滿足的一吻，小種子被高單位的養分灌溉著…這天，病房裡超級熱鬧的Party，就像是春日的暖陽，小種子終於生根、發芽了！

一整天，病房裡的人數都不低於二十個，珊珊也多少感染了些快樂的氣氛，甚至幫忙吃著蛋糕、橘子…客人們也好心的分了幾盆花，放在珊珊的床頭櫃上。

她不時地注意到壽星一句話也不說，只是一個勁兒地笑，有時她還會用顫抖的手，悄悄的拭去眼角的淚水，（她是太高興了？還是她在害怕此情此景不再？）沒有人能體會，也不會有人知道答案。

鬧哄哄了一天，晚上，珊珊覺得非常累，吃過晚飯很早就睡熟了。大約十一點左右，她突然被奇怪的聲音吵醒，花了幾秒鐘的時間辨認—（啊！是老太太的呼吸聲？她有狀況了！）

珊珊立刻爬起來按床頭的緊急呼叫鈴，牆上的對講機立刻回覆：「Pizza ？不舒服嗎？」

「不是我！是隔壁太太，妳快過來看…快點啊！」珊珊對著牆壁大叫著。

不到一分鐘，又是醫生護士、機器的圍了一大圈！

珊珊先是好奇的掀開簾子探出頭觀看，希望只是一點點呼吸不順暢，也許戴上氧氣面罩就會好了，一會兒，突然又聽到其中一個護士大叫：「失去脈搏！」

珊珊很怕看電擊心跳的畫面，於是馬上放下簾子躺好，一次…兩次…三次…，（不可以！妳不可以過完生日就放棄啦！妳怎麼對今天這一屋子人交代？加油啊！）

不管珊珊心裡如何吶喊，醫護人員們全都盡力了，一陣靜默，只聽見一位醫生說了月日時分秒，然後是輪子在地上滾動的聲音，一切又回復平靜，好像什麼事也沒發生過。

珊珊的手揪著布簾，卻是怎麼樣也沒有勇氣拉開再看一眼。她知道，如果她拉開，看到旁邊是一張空的病床，她的淚水一定會決堤，白天，她還在羨慕老太太的豐富；現在她已一無所有，這就是人生，不是嗎？

第二天早上醒來，首先映入眼簾的是床頭櫃上三盆嬌艷欲滴的粉紅色玫瑰花，珊珊靜靜的審視著、端詳著、想著自己的過去，擁有的，失去的，追求的…漸漸的，她釋懷了！輕輕溜下床，深呼吸一口，掀開布簾，對著旁邊那張整齊乾淨的空床，至上深深的謝意：（老太太，我雖然從來不認識妳，但是謝謝妳這幾天的陪伴，妳帶給我的遠超過妳能想像的，也謝謝妳讓我分享了妳的快樂。謝謝妳的花，妳讓我明白原來我也是多麼富有，我會健康、快樂的勇敢活下去，哪怕只剩一天也好…您慢走！希望您在天堂不再受病痛之苦，永遠快樂……）

這天早上，老醫生沒有預約的又突然出現了！

「批薩小姐！妳好嗎？我們來看看藝術傑作如何？」

珊珊順從的把衣服掀起來，「嗯—不錯！已經消腫了！今天幫妳拆線好不好啊？」（奇怪了！你是醫生還我是醫生啊？能不能拆怎麼問我咧？）珊珊不知道該如何回答，只是聳聳肩。

「是這樣子，拆線會…『有點痛』，我們都認為只要傷口止血、消腫，表皮有初步癒合即可拆線，拖久並沒有好處，但是經常有病人要求多等幾天，有些是還沒做好心理準備；有些是自己覺得傷口還沒癒合，太早拆線沒有安全感，所以我要知道妳覺得如何。」

「喔—老實告訴你，我實在喜歡你們的伙食及服務，如果可以，我最好永遠住下去，不必出院了，所以我一點也不急著拆線…」

「哈哈哈—小姐，聽到妳這樣說，我眞的很高興！不過妳知道，我們是首屈一指的名醫院，可不是五星級觀光大飯店啊！我們每天要照顧上千名病患，病床有限，如果妳已恢復到可以回家休養，很抱歉！我必須請妳辦出院手續。依照妳的病歷記錄，妳是非常少有恢復迅速的病人，所以我認爲妳應該可以拆線了。」

珊珊知道要賴皮也沒用了，就很乾脆的說：「好吧！要拆就現在拆吧！我早就看它不順眼了！」

「小姐，會有點痛，妳要不要上麻藥？」這個看起來還像大學生的八成是實習醫生。

（哎呀！這些人倒底是怎麼了？他們也太尊重人權了吧！那他當初怎麼不問我開盲腸要開左邊還是開右邊呢？神經！）珊珊瞪了實習醫生一眼說：「不用！」

「可是，會痛喔！上點麻藥比較好」，「喂！這位小姐不怕痛，她動完手術到現在一顆止痛藥也沒吃過。」旁邊的護士幫腔的提醒這個會「怕痛的」實習醫生。

於是珊珊眼睜睜的看著這次的手術進行。

首先，「怕痛先生」先在蜈蚣身上塗了些碘酒，然後用微微顫抖的手握住一把非常尖銳的小剪刀，咁－－咁－－咁的一路把一排訂書針給攔腰截斷。

（根本一點也不痛嘛！就會大驚小怪。）珊珊的目光一直來回在傷口和持刀者之間瞟來瞟去。

小剪刀放下了，換了一把小鑷子，沒有預警的，鑷子夾住蜈蚣打結的腳就開始往外拉—珊珊忽然覺得五臟六腑都快要被抽出去一般，痛的雙手揪住床單，咬牙切齒的狠狠瞪向略帶微笑的「怕痛先生」。

（哼—算你狠！還眞痛哪！這才拔了一隻腳，我算算…啊？還有十三隻腳！我的老天啊！是我自己說不上麻藥的，就絕不後悔，長痛不如短痛，我不信我忍不住…）

幾分鐘後，拆線完成，去除一堆黑線以後，傷口比原來要乾淨、漂亮多了。

珊珊虛脫般的馬上躺下休息，汗濕的睡衣貼在身上非常不舒服，但她卻一動也不想動。隱約還聽到走出病房的醫生護士們還在談論著她：「東方女子眞是不簡單啊！」，「是啊！她其實也會痛，但是可以忍住…不哭不叫…」，「我從來沒遇過拆線不上痲藥的…」，「你都不知道，她醒過來第一天早上就自己下床去排隊打電話……」

珊珊有點得意的想：（這有什麼？本能啊！至少讓你們知道，我們台灣女孩不是好欺負的。）沒一會兒，珊珊就帶著微笑進入夢鄉了。

住院的第十天早上，珊珊正站在窗前看風景，老醫生親自來報喜訊：「批薩小姐！恭喜妳今天可以出院了！請妳到櫃檯去辦手續，記得打電話請家人來接妳，三個星期以後回來複診，記得三個月內不要搬重物，一年之內別懷孕…如果有任何問題，歡迎妳隨時打電話來找我，OK？」

珊珊被他的大手握得人都有點站不穩了！還來不及消化他講的話，他已經轉身匆匆走出去！（謝謝—謝謝你救了我一命！等我回去以後在寄張謝卡給你吧！）

她若有所失的又在窗前發了好一會兒呆，實在不想離開此地，但這兒畢竟不是久留之處，於是她慢呑呑地換好衣服，將私人用品隨便收拾一下就到櫃檯去結帳。

出人意料之外的，醫院只要求她簽一份「出院同意書」就可以走人了，竟然沒有任何帳單！別高興的太早，這麼大的醫院，作業手續是既慢又複雜的，所以帳單會在一個月之內寄上，珊珊只要開張支票寄回即可，這種被信任的感覺眞好！

珊珊一個人拖拖拉拉、磨磨蹭蹭的走在長廊上，突然被一個每天替她量體溫的護士叫住：「批薩！妳不可以這樣走出去！不合規定……」，「啊？什麼規定？」珊珊也莫名其妙。

「妳等一下，待在這兒別走開啊！」

沒一會兒，護士小姐推著輪椅過來，要求珊珊坐下來。

「謝謝妳！我可以走，不用輪椅的…，不可以！妳一定要坐，這是規定。」

「OK！OK！」珊珊也不了解這是哪兒門子的規定，坐就坐吧！

於是一路「坐」著來到大門口，打電話叫來的計程車已等候多時了。沿路上凡是認識珊珊的，照顧過她的護士小姐們全都圍在她身邊握手道別，珊珊滿心的感激與不捨，再一次濕了眼眶。這些棕髮碧眼的外國人，有些甚至只是面熟，根本叫不出名字，都在珊珊一生中最脆弱、孤單的時候陪伴過她，雖然只有短短十天的經歷，使她感覺好像脫胎換骨般的換了一個人，點滴滋味在心頭，叫人永難忘懷。

*　　*　　*

回到林媽媽家已是下午時分，珊珊仍舊在床上躺著休息，腦中不停的盤算接下來的日子該怎麼辦。

「珊珊啊！林媽媽跟妳說，依照我們家鄉的土法，凡是身上有開刀傷口的都要喝魚湯，這種魚叫貓魚，妳把湯喝了傷口會長起來；妳把魚肉吃了，妳的傷口也會長肉，很有效的喔！我給妳去燉，晚上給妳喝啊！」林媽媽說完就走進廚房去忙了。

珊珊還來不及敘述她在醫院的經過，也來不及解釋她現在的胃口有多好，深怕林媽媽又是二話不說的給她準備韭菜配糙米飯！她的單薄身子可經不起再一次的折騰啊！

好心的珊珊總是擔心說話不得體會傷了人家的自尊心，她認爲林媽媽沒有害人之心，只是過日子的方式和別人不同而已，現在又爲珊珊忙著燉魚湯。魚一說不定她平時自己都不捨得買來吃的呢！左思右想，她決定什麼也不提了。

晚餐時間，珊珊早已經是餓的頭昏眼花，苦等不聞開飯聲，只好自己摸進廚房去瞧瞧。爐子上有一個大鍋子，掀開鍋蓋一瞧一嘿！兩大條黑魚！一鍋白水！四顆死魚眼！五片薑！（天啊！這麼腥怎麼喝？我還以爲是紅燒魚或糖醋魚呢！）

蓋上蓋子正想回房去，林媽媽進來了：「哎呀！怎麼起來了？快去躺好！我會把湯端過去給妳喝，我這個湯啊，完全沒加任何調味料，就放一點點酒加上薑片，足足燉了三個小時，肉也一定爛了，很補的喔！」

「可是，林媽媽，我好餓，不能只喝湯啊！我在醫院都可以吃…」

「妳剛動完手術，千萬不可以亂吃東西，現在只能喝湯，我也不給妳煮飯煮菜了，目前妳喝這個魚湯就很營養了，妳聽我的話不會錯的。」

聽完林媽媽說的話，珊珊也無力反駁，加上實在餓的慌，就坐下來硬著頭皮乾了一碗令她非常作嘔的「腥魚薑湯」。

「珊珊眞是乖！我女兒就從來不肯喝這種東西，要不要再來一碗？順便吃點魚肉？」

「不用了，謝謝！我飽了！」珊珊逃難一樣的跑回自己房裡去躲起來。

半夜，好多次珊珊都懷疑老醫生在縫合她傷口時，故意放了隻青蛙在她肚子裡一嘰哩咕嚕的聲音吵得她完全不能入睡！

翻開行李箱，（唉一還是媽咪好！她一直逼我帶幾盒餅乾，我還嫌她囉嗦！這會兒可派上用場啦！才第一天回來就把我餓成這樣！再下去要怎麼辦啊？）

珊珊於是仔細的列了張食物清單，預備明天請林媽媽替她去超市買。身體是自己的，連自己都不顧，還有誰會顧呢？反正花的是自己的錢，不管會不會惹她生氣，我都絕對不再做讓步了。

第二天早上，當林媽媽看到那張清單時的反應是：「什麼啊？妳要買這麼多東西做什麼？麵包、排骨、雞腿…妳都不可以吃的啦！啊牛奶，我倒是可以買，但是妳也不能喝冰的啊！至於這個多種維他命一這是藥耶！我給妳買藥，萬一妳吃死翹翹，我還要打官司咧！不好！不好！通通不可以買。錢還妳，小孩子就知道浪費…」

珊珊還沒等林媽媽把話說完，就已經氣得走到書房去，抓起電話就撥到溫尼泊給范伯伯，將自己最近的遭遇，一五一十的說了一遍，范伯伯什麼話也沒問，就叫珊珊訂最早的一班飛機馬上飛過去。

傍晚時分，珊珊拖著簡單的行李來到國內線的航空櫃檯。

趕搭飛機的人，沒有不神色匆忙的，唯獨她，步履蹣跚，走走停停，早已引起航空警衛的注意，直到有個穿制服的胖警察過來詢問珊珊是否需要幫忙，珊珊才把一直按在傷口上的手放開，兩人同時注意到連外衣都已被血陰濕一片！珊珊搖搖欲墜的苦笑著，被老鷹捉小雞似的一把提了起來。

胖警察立即用無線電叫了一台電動小汽車，隨車還有位護士小姐一起趕來，大家都勸這位乘客應該回家去休養，不適宜搭飛機旅行。好似監獄逃犯的珊珊，說什麼也不肯回去，堅持一定要上飛機，她說：「相信我，你們如果是爲我著想，就請讓我去我要去的地方，留下來，我必死無疑…」

大家看她也是成年人了，又如此堅持，只好讓護士小姐替她在傷處蓋上一些乾淨的紗布，然後用車送她到機上，並關照空服員對她特別照顧。

將近三小時的飛行，珊珊並不嫌長，一路上空服員數次來查看，都只看到一個非常安靜、熟睡的乘客，絲毫沒增添大家任何麻煩。很快的，飛機要降落了，珊珊才被空服員叫醒。

當珊珊衝進范媽媽懷裡時，所有的委屈、痛楚及對家人的思念全部排山倒海的湧上來！不明白為什麼，她把范伯伯、范媽媽當成了父母親的代替品，至少他們是眞心疼愛她的。她激動的一句話也說不出來，只是一味的抓著范媽媽的手流淚！

「傻ㄚ頭！來了就好，哭什麼？別難過！我們會好好照顧妳的，妳高興住多久就住多久，先把身體養好再說，好吧？」范伯伯是最見不得女人掉眼淚的，尤其見到堅強的寶貝乾女兒都流眼淚可就眞是亂了頭緒，慌了手腳了。

范媽媽也心疼得淚汪汪說：「哎呀！天底下就有這麼巧的事全碰到一塊兒了！就在妳要到溫哥華的前幾天，我們的老大—麥克，在英國滑雪摔了一跤，當時還好好的，結果腦子裡有個血塊壓迫到視神經，過幾天，他在高速公路上開車開一半就突然什麼也看不見了！還好沒出大車禍。醫生說得立刻開刀，所以我跟妳爹地就馬上搭飛機趕到英國去，否則妳這次早點來我們家住，也不用成天去吃什麼韭菜，更不用去開刀啦！後來因為麥克在英國沒有醫療保險，開腦子可是大手術啊！所以我們就決定把他送回多倫多開刀，他剛巧和妳是同一天進醫院，也是幾天前才出院的，現在我家有兩個剛出院的病人要照顧啦！妳說巧不巧？」

麥克，是范家三個兒子中的老大，長的又高又帥又文質彬彬，今年才二十四歲已修完兩個碩士學位，有份非常理想的工作，年薪超過兩百萬台幣，學問淵博自是不在話下，他還會德、義、法、英等多國語言，其中最破的當然就是中文啦！客廳中一架黑的發亮的大鋼琴是他的寶貝，想必他的音樂造詣也匪淺。總之，珊珊並未見過這位超級優秀的乾弟弟，卻對他早已久仰大名，因為一向口無遮攔的范媽媽，當著珊珊的面不知道對多少人提過：「唉—我這個寶貝兒子啊！樣樣都好，就是眼光高的離譜！都幾歲的人了竟然連個女朋友也沒有！普通一點的小姐他也看不上眼，我看只有我這個乾女兒可以配他！是不是啊？」

珊珊足足大麥克有八、九歲，當然完全不會考慮，只當范媽媽在沒事拿她尋開心，也從來不當眞！現在，竟然完全不是刻意安排的兩個病號住在同一個屋簷下！范媽媽的稱心滿意，連瞎子都看得見！

麥克是從小受西方教育長大的孩子，愛吃的也盡是西式食物，什麼炸雞、牛排、漢堡、批薩、可樂…都是生活必需品，范媽媽也樂得輕鬆，不必天天下廚，一通電話就搞定，叫什麼送什麼來，珊珊也頗有口福的來什麼吃什麼，絕不客氣。

溫尼泊這時節的天氣已不像去年聖誕節前的大雪紛飛，而是入春的碧藍晴空配上涼涼的微風。還記得有天午餐飯後，范媽媽突然聊起她最喜歡的甜點是起司蛋糕，但一吃就無法節制，范伯伯總警告她不得多吃。而這天下午，范伯伯有事去朋友家拜訪，范媽媽在聽說珊珊也很愛吃之後，立刻二話不說的打電話訂了一個！珊珊已經好幾個月沒有吃到「好吃的」起司蛋糕，於是也引頸期盼了快一個小時才聞電鈴聲響！

「哇！好香啊！我在台灣吃的起司蛋糕都是冰的，這種現烤出爐，滾燙帶冒煙的，我還第一次見過呢！」珊珊興奮的揮動著不c鋼湯匙。

「眞的啊？范媽媽今天也是託了妳的口福才有機會吃，否則我也好久好久沒叫人送蛋糕來啦！免得麻煩，我就不切了，妳就用湯匙挖來吃吧！」范媽媽說完立刻挖了一大塊急忙塞進嘴裡。

*　　　*　　　*

「要不要叫麥克也來吃一點？」

「喔—他不吃甜食的，妳爹地見了就倒胃口，所以妳盡量吃，不用留給兩個男生了。」

接下來是一切盡在不言中的半小時，兩人妳一匙，我一匙，一口接一口，都深怕多說一句話，蛋糕就沒了！一個油亮亮、黃澄澄，九吋大的熱蛋糕就這樣在范伯伯進門前，無聲無息無殘渣的被這一胖一瘦的兩個女人給幹光了！

又是一個豔陽高照的午後，珊珊和麥克正在幫忙范媽媽收拾碗筷。

范媽媽心血來潮的提議：「老公啊！珊珊和兒子都在家休養好多天了，我怕他們兩個會悶壞。今天天氣不錯，我們帶他們出去逛逛，你覺得怎麼樣？」

「當然好啊！他們年輕人本來就該多出去走動走動，曬曬太陽也是好的，只要他們兩個體力吃得消，妳建議我們去逛哪裡啊？」

「珊珊，妳可以去散步嗎？如果覺得不舒服就不要勉強。」范媽媽有點擔心的問。

「嗯—只要別叫我爬山或走樓梯，應該沒問題吧！來這快一個禮拜了，你們每天牛奶、雞蛋、維他命的拼命餵我，我覺得我快變成無敵女超人了！開完刀掉的八公斤，這個禮拜就補回來四公斤！再不出去運動一下，恐怕以後要嫁人會有困難喔！」

「哈哈—看不出來妳還會擔心這種問題！我以為妳行情很好，是大家搶著要吧！要不然每天從台北打電話來的男生難道是妳哥哥？」范伯伯老喜歡消遣珊珊。

「是…討厭啦！爹地就愛明知故問。」

「好了！好了！麥克，你也別一天到晚窩在房裡看書，珊珊難得來，你也得像個主人樣的招待招待人家啊！珊珊如果覺得OK，那我們就先帶他們去植物園逛逛，那裡有好多奇怪品種的花，讓珊珊去開開眼界，順便替他們兩個拍些照片…」范媽媽對范伯伯擠擠眼睛說。

於是四個人高高興興的來到植物園。

珊珊一向對花花草草沒啥興趣，只是隨便走走看看，范媽媽則興致極高的一直慫恿麥克和珊珊合照，她當然知道范媽媽在搞什麼鬼，又不便表示拒絕怕傷了麥克的自尊心。

「來來來！這個景很漂亮，麥克！去站在珊珊旁邊一起拍一張。」范媽媽命令著兒子，

麥克只是笑笑，站在離珊珊約一公尺的地方，就不好意思再靠近了。

「哎呀！傻兒子，你站在那兒叫我怎麼照啊？你得和珊珊站在一起才行啊！」范媽媽口氣已有點著急了。

麥克和珊珊相視一笑，靦腆地向珊珊跨近一步。

「對對！這樣好多了！麥克，你自然一點啊！把手搭在珊珊肩上嘛！」

（天啊！這位仁兄也太害羞了一點吧！如果樣樣都得靠老媽指揮，那麼新婚之夜她可有得忙囉！）珊珊無法抑制的一直笑。

終於完成了幾張高兄搭矮妹的照片！范媽媽又有了新的主意…

「兒子啊！這兒離你的高中不遠，要不要順便帶珊珊去你學校參觀？」，「我學校有什麼好看的啊？」

「那裡很漂亮啊！校園那麼大…還有你第一名畢業的金牌還釘在教堂的牆上咧！」

這下大家都懂了。

校園真是大！這兒的土地好像不要錢的，好像只要你喜歡，拿竹籬笆愛圍到哪裡就圍到哪裡，這塊就是你的！

珊珊走得有點氣喘吁吁，范媽媽就叫兒子過去攙扶，最後乾脆叫麥克摟著珊珊拍一張，此行才算結束。

晚餐過後，麥克很反常地問爸媽說：「我想要去看電影，可不可以帶珊珊一起去？」

范伯伯、范媽媽驚訝的對看一眼，范媽媽馬上說：

「好啊！好啊！你開爹地的車去，別太晚回來，小心照顧珊珊啊！」

「我知道。」

珊珊仍愣在原地不知道麥克葫蘆裡在賣什麼藥？

一路上，麥克都非常專心的開車，完全不搭理珊珊！（他是不知道該跟我說國語還是英文呢，還是無話可說？眞是彆扭！）珊珊已經有點後悔跟他出門了。

到了電影院門口，麥克快步上前和四個大男生打招呼，原來他們都是麥克以前的大學同學，其中有澳洲人、印度人、加拿大人，大伙用極快速流利的英語交談著。

珊珊更是一頭霧水：（和同學聚會又不是什麼了不起的事，爲什麼要拿我當晃子？難道麥克是同性戀，不敢給爸媽曉得？）

站在一旁乾瞪眼，一句話也插不上的珊珊，只好開始仔細審視這四個同學，看看哪個才像是麥克的「對象」。

完全不知所云，又很想打瞌睡的珊珊，好不容易才熬到電影結束，大伙又提議去喝點東西，溫尼泊可不像台北市，到處有路邊攤或是小酒吧，這裡在晚上十一點以後只剩下冰淇淋店還開著！

於是一個大姊姊帶著五個小弟弟，一人一杯牛奶或咖啡，外加一塊蛋糕，就在這個霓虹燈閃爍的小店裡泡了兩個小時！

回家的路上，麥克終於用不太順暢的中文雜著英文對珊珊說：「妳一定累了，I'm sorry！我…一直找不到對的時間和妳說話，媽咪喜歡我們在一起，妳應該感覺有，我工作每星期飛一個國家，不好有 girl friend，Daddy好多乾女兒，我…最欣賞妳，可是不能追妳，希望妳不要難過…妳讓爹地媽咪 very happy，thank you，我會把妳當姊姊，像家人一樣。」

珊珊聽完覺得有點兒啼笑皆非，又很欣賞這個大男孩的單純和直率，於是也笑笑回答：

「Mike ，你是個好男孩，我也很喜歡你—像弟弟一樣，謝謝你對我這麼坦白，我非常感激爹地媽咪對我的幫忙及照顧，我很Lucky 能認識你們一家人！其實我在台灣有一個男朋友了，所以你不用擔心我會難過，OK？我們兩個能達成共識是再好不過的了。」

「…請問，什麼是『共死』？」

「…？？」

兩個星期後的一天早上，范伯伯問珊珊：

「女兒啊！妳是不是不準備回溫哥華啦？妳如果決定住在溫尼泊，就該去把林媽媽家的東西都帶過來；妳如果決定住溫哥華，現在五月份是找房子的好時機，妳就該盡快進行，別再拖了，我這是爲妳著想，絕對沒有趕妳走的意思，妳得好好做個決定才行。」

其實珊珊每天都在想，她覺得待的舒適、愉快的地方，總是待不了多久就必須離開，范家也是一樣，這兩個星期補下來，她的體力也確實恢復不少，傷口也完全癒合不再出血，好像是該告辭的時候了。

回到林媽媽家，珊珊立即翻閱「世界日報」，分秒必爭地開始打電話給三家房屋仲介公司預約看房子，短短三天之內看了十幾戶二十坪左右大的公寓，選定其中兩戶，當晚立刻發傳眞給父母親告知細節，請他們做個決定。偉傑由於沒有看到實品屋並不明白房子的狀況，完全無法想像，所以要珊珊全權做主，她考慮再三，最後選擇了靠近車站、購物中心的一戶，心想以後要脫手時也許可以賣個好價錢吧！第二天就以現金價立即成交，但是對方要求至少一個月以後才交屋，珊珊當然不願意多等，她是一天也沒辦法在林媽媽家再待下去的，於是商議再三，最後終於談妥爲十五日後可以讓珊珊搬進去。

這時候來了個天大的驚喜！珊珊收到凱的傳眞，他將於第二日的下午抵達溫哥華，希望珊珊能去接機。

「太棒了！接機，當然沒問題，但是住…住在這兒，凱一定也會抓狂，還是去住汽車旅館吧！」於是她馬上打電話訂房，並隨便收拾幾件換洗的衣物塞入手提包，準備搬過去陪他。

第二天一早，珊珊把自己打扮妥當，連午餐也來不及吃就背起背包向林媽媽辭行：

「林媽媽，我男朋友來看我，可能會停留一禮拜到十天左右，我不想增添妳的麻煩，所以我跟他搬到汽車旅館去住，請妳不用擔心，我現在得趕去機場接他了，拜拜！」

「珊珊啊！有空記得帶他來玩啊…」珊珊飛也似的跑出去，哪兒有閒功夫再聽她多說什麼。

她耐著性子轉了三班巴士，花了整整兩小時才抵達國際機場，還好凱的班機尚未降落。珊珊東晃西晃的將三層樓的機場都逛遍了，終於等到飛機落地，這是珊珊第一次來接人，沒經驗的她沒迷路就不錯了，結果她呆呆的推著空行李車等在二樓「國內班機入境處」，希望凱能在一步出門就能看見自己。

（奇怪咧！二點十五降落的，最慢一個鐘頭也該出來啦！現在都三點半了還不見人影，難道他沒趕上這班飛機？）

珊珊推著空車，一步一回頭的緩緩轉身準備去航空公司櫃檯查查旅客名單，迎面走上前一位非常消瘦的長髮男子，推著行李車定定的望著珊珊。

瞟第一眼，（不是吧？！）瞟第二眼，「啊一凱一你…是你？」珊珊立刻衝上前一把拉住凱的手：「你怎麼變成這樣？害我都不敢認了！你從哪裡來的？我在這兒等你幾個鐘頭了都等不到你，我還以為你改搭別的班機來呢！我正要去查…」

「小呆瓜！妳在這層樓大概是永遠也接不到人的吧！國際班機都是從一樓入境，妳忘記自己來的時候了？」

「……」珊珊做了個鬼臉！

「你怎麼這麼瘦？都不吃飯的嗎？頭髮留這麼長，看起來顯得更瘦！鬍子也不刮，好憔悴的樣子，你是故意要來讓我心疼的嗎？」

「寶貝，妳有所不知，我本來差一點就不能來了！」

「為什麼？」

「我在台北申請加拿大簽證，結果請不下來，我又必須趕到『瓜地馬拉』去談一筆生意，順便參加朋友的婚禮，因為時間緊迫，我只好先飛過去。在那停留的幾天中，在婚禮上認識了朋友的叔叔，是當地的外交武官，在當地是非常有地位名望的人，那個叔叔雖然對我朋友很感冒，可是和我卻一見如故，聊得很愉快，他得知我急著想要辦加拿大簽證，立即動用關係替我申請，好不容易才拿到，如果不是因為他幫忙，我根本就來不了加拿大，妳都不知道我費了多大的勁兒才能來看妳。」

「喔？真是了不起！謝謝你這麼辛苦的來看我，親愛的！」馬上送上一個甜甜的香吻，於是兩個人開開心心的去租了一部小型車，就住進旅館去互訴相思苦了。

現在回想起來，當初如果凱因為沒拿到簽証就算了，或是他去瓜地馬拉時沒有參加婚禮，或在婚禮上沒有認識那位叔叔，或那位叔叔並未伸出援手…總之，這其中的一環接一環，好似冥冥中的安排，躲也躲不掉。

接下來的一星期，與其說是凱來探視珊珊，倒不如說是兩人在預支蜜月。

溫哥華著名的景點如 Stanley Park ，Suspension Bridge，Burnaby Mountain Park ，Robinson Street ， Gas Town 及各中、西、港、法、義式餐廳，均留下了小倆口的甜蜜倩影。

歡樂的時光總是特別的短暫，這回輪到珊珊送凱去機場了。難分難捨的情形，就不再敘述，但有一點值得一提的是，這時的珊珊並沒有太多的不捨，好像內心深處對這個人、這份情多了許多肯定，她不再害怕失去，短暫的分離是下一次聚首的開始，她願意等，原來美好的事，也有一天會輪到自己。

十天的蜜月轉眼即過，再過幾天就要搬入新家了。珊珊每日都是早出晚歸的到處跑，凱還在時，就曾開車帶著珊珊在南島一Richmond的許多家具賣場及地毯、燈具店逛過，機伶的珊珊早已記錄下什麼東西要去哪裡買才物美價廉，同時她也透過關係，找到百貨公司的倉庫，這個倉庫是專門堆放所有展示過的全新商品，均可以用半價、甚至更低的價格以二手貨的方式購買，她在這兒找到了不少好東西！

孓然一身，就提著兩口大皮箱的珊珊，終於等到了脫離夢魘的一天，她的自在和開心是無語倫比的！雖然這間空空盪盪的小屋，除了一大排落地的紅色窗簾之外，什麼也沒有！好在還有米白色的長毛地毯。今晚，珊珊就在地上鋪了件大衣當床舖，捲起件毛衣當枕頭，自前一年十一月移民到現在，終於算是享受了眞正安靜、無夢、屬於自己的第一晚。

第二天一早，珊珊還在熟睡狀態下，隱約聽見門鈴聲……

「Hello—找哪位？」珊珊迷迷糊糊的抓起對講機問。

「請問是303室的張小姐嗎？我是 Eaton's 家具公司，送床架及床墊來，請妳下來簽收。」

「OK！我馬上下樓。請等一下！」，珊珊衣服也沒換，就急忙衝下樓去。

「請在這裡簽字…送家具的傢伙長得又高又壯，少說有二〇〇公分高，二〇〇公斤重吧！手臂看來比自己的大腿還要粗，長得眞像電影裡的通緝犯！還好不必請他上樓…

「…Ok！張小姐，謝謝妳！日安！」通緝犯說完轉身就走。

「喂—你不幫我搬到三樓嗎？」珊珊望著立在腳邊的 King size 雙人床墊，非常無力的問。

「對不起！小姐，我們送貨都只送到一樓大門口，妳如果需要我們送到樓上是必須另外加費用的，根據出貨單，妳只要求我送到這裡，沒有錯的！」

珊珊有點生氣的瞪著那傢伙跳上了貨車，揚長而去，一方面也安慰自己，從現在起，眞的是樣樣事得靠自己來，有錢不一定能使鬼推磨，更何況沒錢！

於是珊珊一步一喘氣的拖著這個超大的席夢絲，想要把它塞進電梯…這就好比叫一個成年人躱進火柴盒一般的不可能！三秒鐘後，珊珊就放棄了這個可笑的念頭，乖乖拖著床墊去走樓梯：（唉—我當初爲什麼不去買在一樓的房子呢？！）

等把床墊弄進了屋子，還有好幾箱的鐵架躺在大門口。這時的珊珊，不僅雙手因過度出力而顫抖，肚子上的傷口內部也隱隱作痛了起來。

（搞什麼？不過是個床墊就想把我打垮？還早的呢！現在離我把整個屋子佈置起來，還有十萬八千里。別急！慢慢來，我一定可以辦到的。）

珊珊就憑藉著這股倔脾氣支持著她，五斗櫃、單人床、書桌、沙發組、茶几、落地燈、壁畫、掛鐘…一點一滴的，慢慢搬，慢慢組合，慢慢釘，東擦西抹的……303室越來越像一個溫馨、舒適的家，在短短的二星期之內。

端著杯果汁站在陽台上享受著六月暖陽的珊珊，望著遠山，聽著 Sky Train呼嘯而過的聲音，終於決定讓自己好好休息一下，過去的兩個星期眞是太辛苦了！多少次累到坐在地上喘氣，汗水刺痛了眼睛，餓的虛脫，全身筋骨痠痛加上傷口撕裂的痛楚，都沒能讓這個倔強的小女人掉一滴眼淚，現在突然放鬆心情，仔細回想過去半年多來所經歷的一切，卻是悲從中來，好想痛痛快快的大哭一場！幾秒鐘過去，深呼吸了幾口，她畢竟沒有這麼做。一個人的日子其實並不壞，不必遷就任何人的時間吃三餐；做任何事也不用徵求別人的許可，高興出門就出門，高興睡覺就睡覺，甚至高興脫光衣服在屋內跑來跑去，也不怕遭人白眼或挨罵！眞的是完完全全、百分之百的自由，對於從小接受嚴厲管教約束的珊珊來說，分外珍惜這得來不易的自在。

每晚，珊珊都是抱著電話，聽著凱熟悉又好聽的聲音，一遍又一遍的訴說對自己的愛意，才能放心、安穩的進入夢鄉。早上，再被同樣的聲音喚醒，開始一天的活動，日復一日，珊珊覺得這樣的生活方式並不錯，曉得自己是被愛的，感情有寄託，內心就不空虛。然而這樣的生活方式對凱來說可是錐心刺骨的折磨，眼看著每個月的薪水全繳了電話費帳單，每晚仍是和幾個單身漢打屁鬼混，甜言蜜語完最後仍是孤枕難眠，這樣的日子還要過多久啊？

珊珊不在台灣的這段日子，凱仍會有事沒事的去她家報到，有時是吃頓晚飯，有時陪兩老聊聊天、看看電視，或許他在享受家庭的溫暖，也或許他這麼做才能感覺離珊珊近一些，他卻不知道，這樣的舉動對寂寞的兩老卻起了多大的化學變化！

「女兒啊！今天小凱又有來我們家吃晚飯，媽咪有燒他最愛吃的榨菜肉絲，還替他準備了便當留到明天帶去公司，我跟妳媽咪都很想妳，好在有他常常來陪我們。我看他雖然年紀比妳小，不過蠻懂事的，對我們也很孝順，妳覺得怎麼樣啊？…妳年紀不小了，要不要考慮啊？」

本來珊珊知道父母並不希望他和比自己年輕的對象交往，總認爲年輕的不會照顧人，而這陣子像上述的話語卻一再出現，聽爸媽的口氣，似乎不只是喜歡他，好像不知不覺也把他冠上了「女婿」的頭銜！這倒是叫珊珊有點兒不知所措了！（一則以喜－爸媽也很喜歡他，接受他。一則以憂－不是決心不結婚的嘛，怎麼又心動了呢？而且這邊的生活才剛安頓下來，眞要結婚，我勢必得放棄一切搬回台灣去住，豈不是前功盡棄？）

爸媽仍舊每天打電話來遊說女兒，珊珊著實苦惱了好一陣子，最後決定暫時不去理會這個問題，（我要好好享受現有的一切，再多給我些時間，或許時機到的時候，我就會心甘情願的回去結婚了。）

整個家才剛佈置妥當沒兩天，天生勞碌命的珊珊又拿隻紅筆在報紙上圈了幾則徵人啓示，（一天之內去應徵五個工作會不會太多了？……沒關係！時間寶貴，我得盡快找到工作，一方面能有點收入，另一方面也對我的移民身分有幫助。）一旦做下決定，珊珊就匆匆出門了。

憑她的聰明才智、語言能力、工作經歷及各方面的條件，應徵工作一向是無往不利的。自然，五個工作都有了回音，這下不是事挑人，而是人挑事了。珊珊並沒有足夠的錢買車，進出都是搭捷運或巴士，每天來回的車資也是筆開銷，於是她挑選工作地點離家最近的一家速食咖啡館報到。待遇雖不是很好，但每天只需步行十分鐘抵達，工作時數也不會太長，從下午一點至六點打烊，珊珊認爲是再理想不過的了。

本來珊珊還有點擔心這家店的老闆不是很正派，因爲去應徵時見到的韓國人叫Joe，一看到珊珊就猛獻殷勤，並說自己是攝影高手，難得遇見像珊珊這麼漂亮又上鏡頭的模特兒，一定要約珊珊出去拍照，這個難纏的姑娘當然也不是省油的燈，雖然人生地不熟，隻身闖天涯，這種小把戲還不會放在眼睛裡，丟下履歷表，調頭就走！

沒想到才一進家門就接到 Joe打電話來道歉，說是言詞上若有冒犯處請求原諒，因爲他剛離婚，心情很不好，在溫哥華又沒朋友，所以…珊珊並不想得罪小人，招惹禍害，非常客氣的婉拒他，表示不願意爲他工作。沒想到隔了不到十分鐘，又有位同樣是韓國人的洪先生打電話來！聲音聽起來卻非常年輕，大概是大學生吧。

「珊珊小姐，我父親是咖啡館的老闆，是他在找人。因爲他不會說英文，所以請朋友Joe代爲應徵，Joe告訴我爸爸妳的條件非常好，但是Joe不太會說話，好像讓妳生氣了。我爸爸希望妳能來我們店裡和他本人碰個面，談一下待遇的問題，妳放心我媽媽也會在店裡的，希望妳能盡快過來，好嗎？」

怪事年年有，外國一樣多！

（嗯—這個年輕人講話聽起來挺誠懇、老實的，既然以後不是替Joe工作，我也不能認爲他的朋友就是壞蛋，反正路不遠，先去看看再說。）

於是十分鐘後，珊珊就又出現在這家咖啡、蛋糕香味四溢的小店裡。

老闆洪先生是位戴著金邊眼鏡，有著董事長身材的中年男子，非常客氣有禮貌的請珊珊坐下來，在座還有他太太—賢慧、恬靜的微笑著替珊珊倒茶，那麼另一位小帥哥一定就是英文講的不錯的兒子囉！

閒談了約莫半小時，當中雖然大部分是由小帥哥翻譯，但看著老闆夫婦不住的微笑點頭，珊珊心裡也非常篤定，待遇也比原本訂的要調高了些，賓主盡歡，一週後上班。

事情似乎是漸入佳境。

家也安頓好了，工作也有著落了，剩下的就是慢慢熬時間了，越快住滿三年就越快拿到身分，屆時就要去哪就去哪，再也不用受美國海關的鳥氣了。珊珊越想越高興。

就在此時，珊珊的媽媽也訂到了機位要飛過來看她，順便也要看看花了四百萬台幣買的房子是什麼德性。

珊珊照例租了部轎車，帶著爸媽遊山玩水了一番。現在她可算是老鳥了，所有和凱去玩過的地方，也帶爸媽去觀光、留影一遍，兩老都是第一次來到這個城市，有日常用品一應俱全的家可住，又有女兒當司機到處載著跑，頓頓品嚐各國美食，加上入夏的陽光普照，氣候宜人，美玉可是樂不思蜀，吵著要陪女兒住下來不回去了！偉傑則由於工作的關係，於一星期後趕緊返回工作崗位了。

每天上午，珊珊爲了怕媽媽悶，總是帶她去逛超市或購物中心，不見得要買東西，就到處走走看看，媽媽就很開心了。吃完中餐把媽媽送回家，就趕到咖啡館幫忙，六點多回家，一桌子熱騰騰的飯菜已在桌上排隊，珊珊覺得她眞是最幸福的人了！但是肥了她卻苦了老爸！

從不進廚房的爸爸，被老婆體貼入微的照顧了四十幾年，眞有什麼技能怕也是全數生c了，於是每天以泡麵當晚餐。三個月下來，不知是想老婆想瘦的，還是吃泡麵吃瘦的？總之，爸爸和凱已是全世界最可憐的兩個單身漢啦！

晚飯過後，珊珊也時常帶著媽媽到地下室的健身房去做運動，踩踩腳踏車什麼的，等略出些汗後，再到一樓的游泳池去泡泡Jacuzzi。這樣健康、充實的生活實在不壞，看媽媽很快就完全適應，珊珊也感到非常欣慰，但是這樣的生活對於家人、事業均在台灣的凱來說，叫一個正値壯年的男人放棄十幾年打拼的成果，移居國外過著半退休的日子，所有事情得從頭來過，也確實是說不過去，珊珊心中的矛盾可想而知。

八月底，一個風和日麗的好天氣，珊珊一早被凱的電話吵醒。

「寶貝，妳倒底什麼時候才要回來？我想妳想得快瘋了！」

「我…」

「妳快回來跟我結婚，以後讓我好好照顧妳，我再也不要讓妳離開我了，兩個眞心相愛的人分居兩地是不對的，我這麼愛妳，妳怎麼可以視若無睹，如此折磨我？」

「可是…可是，我就算是跟你結了婚，我仍必須回來等身分，你不能叫我把這辛苦建立起來的一切都毀了啊！」

「只要妳願意嫁給我，以後的問題我們可以慢慢再商量，一起解決，我得先知道妳的意願，如果妳願意，我會去請你爸爸出來吃個晚飯，正式向他提我們的婚事，妳覺得怎麼樣？」

「凱…你不給我點時間考慮？」

「寶貝—妳已經考慮快一年啦！我愛妳！我—愛—妳—」

「哪有人家用電話求婚的啦？」珊珊忍不住想笑，但內心深處又非常想大聲的叫（「我願意！」）又礙於女人的矜持，好像立即答應有失顏面一般，故意顧左右而言他。

「妳不喜歡？等妳回來，用妳喜歡的方式叫我求幾遍都可以！親愛的，我現在只要妳一句話。」

「嗯—你準備請爹地吃什麼？」

「妳的意思是答應囉！我…我請妳爸去吃…最貴的牛排！寶貝，我今天晚上會興奮的睡不著覺！我還得安排好多事情…妳快點回來當我太太就對了！寶貝，我愛妳—」凱忍不住高興的大叫。

「你那裡深更半夜的，拜託你小聲一點啊！神經！好晚了，你快睡吧！你和爹地談的怎樣記得告訴我喔！ I love you ！祝你有個好夢！」，「I love you ！陳太太—晚安！」

珊珊一個翻身跳下床，立刻跑去告訴媽咪這個最新的消息，本來以爲媽媽也會很激動，沒想到正在看報的她，酷酷的扶了扶老花眼鏡說：「嗯！很好，待會兒妳爸打電話來，我問他要不要吃牛排…」

事情好像註定要這樣發展，大家嘴上不說，卻都有了默許的默契。

第二天早上，先是珊珊接到凱的電話，報告和未來岳父大人用餐的情形，幾分鐘後，媽媽接獲老公的電話，報告美食當前，卻沒心情吃幾口的過程，畢竟能替女兒找到好歸宿是期盼的，但繼而取代的就是不捨和失落感了。

接下來的日子就變得有點忙亂了！母女兩人上街，不再是漫無目地的散步，床單、枕頭套、雙人被、燭台、手飾……每天都會買些東西準備要帶回台灣的。

珊珊的心情，則有十五個吊桶在那兒，七上八下的。

（再過三個星期就是九月二十五號了，是我和凱第一次約會的日子，哇！我們也認識一週年了！這一年來，他沒有一天不讓我感覺到他濃烈的愛意和關懷，從沒有間斷過。）

（如果這份感情不真，我不在他身邊的這些時日，不相信他身邊會沒有誘惑，台北條件比我好的窈窕淑女滿街都是，他若要變心也早就變了，何必要費那麼大的勁兒去追隔著太平洋的我呢？）

（他從一開始就這麼肯定這份感情，我又何必再堅持什麼無聊的堅持呢？傻瓜！承認吧！一個人躺在病床上時，有多麼希望他能陪在身旁，即使是握個手、遞個眼神也好。我才三十二歲，還有很長的路要走，我再堅強、再獨立也還是孤伶伶一個人，等我老了，病了，誰來理我？）

（算命的說我一九九三年底會有另一次好姻緣，並且在一九九四年一月底前會辦兩次喜事，要好好把握，如果錯過這次機會，下次得再等十年哪！另一半…是屬龍的，是他囉！）

（…他真的很好，這樣心地善良又率真的男人不自己留著，難道要讓給別人？凱，我也許不是一個稱職的女朋友，但我向你保證我會是一個好太太的，我會珍惜、感激你所帶給我的一切，是你濃濃的愛讓我的生命又有了意義。）

心中被這一年來的點滴灌溉的小樹苗，這時候終於開花結果了，珊珊甜蜜的放棄了不婚的念頭，決定快樂的接受屬於她，遲來的幸福。

於是匆匆的訂了九月二十四日的機位返台，想要在一週年慶的紀念日再投入愛人的懷抱，媽媽則於前一日由老公陪伴，飛往美國去了。

* * *

「寶貝！ Honey 寶貝！醒醒，我們快到了！」凱以爲珊珊在補眠，一路上都不敢吵她。

「啊－－現在在哪裡呀？」珊珊豎起椅背，東張西望…

「這是信義路六段，前面過了紅綠燈左轉就到了。」

這是一棟雙拼四層樓，超過三十年的老式公寓，新家在二樓。

「等等！新娘子！我該抱妳進門才對呀！」凱是很注重小細節的人，放下了手中的皮箱，一把抱起娘子，橫跨進門。客廳轉一圈，除了電視機，啥也沒有，總不能把手中的寶貝擱在地上吧！於是大步邁進主臥室，將珊珊放在新的連包裝紙都還沒拆的席夢絲上，珊珊雙手勾著凱的脖子，順勢一拉，凱就跌在她身上喘氣：「妳媽把妳養肥了不少嘛！」

「你囉嗦…」趕忙用嘴堵住他的嘴……這是打再多長途電話也換不來的甜蜜。

* * *

十三是珊珊的幸運號碼，十月十三日，黃曆上也說「宜嫁娶」，不用考慮太多，就選這天去法院公證結婚吧！

小倆口一早起床，珊珊換上一件橘色露肩的緊身洋裝，搭配一條金色的項鍊，化個淡的有點透明的妝，凱則穿上前一晚已預先燙好的筆挺蘋果綠襯衫，配上一條粉藍色的條紋領帶及黑色的西裝褲，互相審視都非常滿意，就手牽手的出門去了！

到法院公證，對這兩個人來說可都是生平頭一遭，除了要帶身分証、圖章以外，還得帶兩個「見證人」，於是搭計程車彎去接美玉及凱的大姐，一同來共襄盛舉！

沒想到法院的公證處竟是人山人海，一大堆人在排隊！凱滿頭大汗的跑東跑西，一下要去買證書，一下要去買胸花，又怕三位女士口渴，再跑去買飲料，看他似乎是既興奮又緊張，一秒鐘也閒不下來。

等啊等！一個多小時過去了，終於等到主持婚禮的法官大人駕到，二十幾對新人排隊入場，在禮台前一對對站好。大姐和媽媽則坐在台下觀禮，並不時的閃著鎂光燈獵取鏡頭，法官拿著份稿子照著唸，麥克風似乎也不怎麼靈光，不曉得他在咕噥些什麼。

珊珊止不住地想笑，不停的用手指去勾弄凱的手掌—

「你聽得懂他在說什麼嗎？」珊珊小小聲的問。

「他說他昨天晚上喝醉了，今天早上爬不起來，所以遲到了，他正在向大家道歉呢！」她明知道凱在胡謅，仍是笑的花枝亂顫。兩人眉來眼去，手臂碰來頂去，旁若無人地傳遞訊息，恨不得台上那個無聊的傢伙能快點下台一鞠躬了事。

十幾分鐘過去了，一點進展也沒有，珊珊實在覺得站的無聊，偷偷回過頭去瞄瞄媽咪，看她有沒有在打瞌睡，不瞄還好，這一瞄正好看見媽媽拿著手絹兒在拭去眼角的淚水！突然，珊珊心裡也激起了強烈的感觸——

（這回是真的不一樣了！還記得上次結婚時，媽咪從頭到尾都沒什麼表情，她好像知道我過不了多久就會再搬回去『當她的女兒』，也沒見她有一點點的不捨。這次……她或許也感受到我是真正的『嫁掉了』吧！永遠的…不是鬧著玩兒的……）

珊珊收斂起笑容和胡鬧的心情，低頭注視著自己的鞋尖，有一絲悲傷的開始認真細想從今而後要過的日子。

儀式終於在擴音器播放的鞭炮聲中結束。

恢復了平實而規律的生活，凱一早吻別可愛的嬌妻就上班去了，珊珊稍後起床也要緊梳洗完畢，上菜市場去物色當天的晚餐。下午則忙著佈置、清掃屋子，並不時絞盡腦汁想些小花樣要讓凱回來時給他個驚喜，週末時，小倆口則忙著四處逛家具店，急切的想要把這空洞的小窩弄得像個「家」。

結了婚的凱也立刻變了個人似的，每天五點準時下班，絕不會逗留至五點零一分才離開辦公室，加班？門兒都沒有！應酬？改天再說！他總在十五分鐘之內趕回家去，因爲他知道家裡有個嬌滴滴的漂亮寶貝，會在他一進門時送上一個熱吻並張開雙臂投入他的懷抱，而且還有一桌子熱騰騰的飯菜在等著呢！珊珊會細心的將飯菜的份量算的剛剛好，可以準備妥一個便當讓凱第二天可以帶到公司去，這是從小就失去父母親照顧的凱從不曾享有過的生活，比在夢境中還要甜美。

剛開始，他們過得有些困頓，她總喜歡在晚餐後隨著他的步履，走過虎林街的每一個角落。每天，他們都必須精打細算的花每一毛錢，不能讓任何一筆帳單繳不出來。有時，他們也會在華燈初上的夜市吃路邊攤，享受一下飯來張口的樂趣，他當然也不忘經常讚美她在廚藝方面的天分，只除了她將自己的指甲剁進了炒雞丁的那次。當然，他們也曾窮到二星期吃完一整箱泡麵…這些都不重要，重要的是他們眷戀著彼此相依的感覺，一心一意的，用倆人的涼鞋與拖鞋去並踏，交織出簡單卻幸福的足音。現在想來，第二次結婚以前的她，會爲了每一段感情投注許多心力，甚至做出失去理智的事，付出太多實在不值得，那時的她，是爲愛而活。現在，才發現原來眞正想要的，只是如此平凡的生活，可以執著夢想，好好爲自己而活。

這樣的日子，對於單身、無依了三十年的凱來說，眞有說不出的快樂！她也時常在半夜醒來，看見他側躺著用手支著頭，深情款款的盯著自己瞧，她總會心裡滿滿卻嘴上不客氣的問：「不睡覺看什麼看？有什麼好看的？」

「就因爲太好看了，我永遠看不厭，妳像塊肥美的胖肉肉，又像塊最鮮嫩的奶油蛋糕…越看越想一口咬下去，把妳吃到肚子裡，那我就是天底下最幸福的男人了！」

然而這兩個隨興慣了的人，除了忙著過兩人世界的日子外，閒時也會討論：「結婚眞容易啊！一上午就搞定了，但是沒有結婚戒指好像不應該；沒有正式宴客的婚禮好像太草率；沒有蜜月旅行好像不完整……」總之就是塵埃未落定，事情還沒完呢！

左商量，右商量，研究再研究，最後決定先在即將到來的聖誕節前，參加旅行團去澳洲度個蜜月，回來後再至香港去過一九九四年的元旦，並在那兒物色結婚戒指和禮服。宴請賓客的喜酒則訂在一月三十日，至於爲什麼訂這一天呢？說巧不巧的整個一月份好日子多的是，卻偏偏每家飯店、餐廳都已在三個月前就預約客滿了！東挑西撿的最後總算在江浙菜的老字號一「敘香園」訂到了場地。珊珊驚奇的掐指一算，這不是印證了算命的說我會在一九九四年一月底前辦兩次喜事？！實在是太玄啦！

凱雖然完全不理會珊珊所謂的「算命之說」，但珊珊卻一天比一天更篤定、放心自己的抉擇是命中註定的了。計劃一擬定，兩人立刻分頭進行，訂機位、辦簽證、選喜帖、列名單、收拾行李……平靜有序的生活突然又變的忙碌而零亂，但是小倆口仍舊不忘卿卿我我、互相體貼，享受這一生一次的特殊過程。

澳洲之行在此就不詳細敘述了，總之，參加旅行團不外乎是「上車睡覺，下車拍照，每天一早 Morning Call 」的日子，對於熱戀中的人來說，只要能二十四小時膩在一起，管它到了哪兒都是一樣的，不是嗎？

喔一對了！倒是在成行之前發生了個小插曲，令珊珊終生難忘！

會選擇加入「夢之旅」，原因無他，因爲便宜又大碗，再加上兩人都有共識……一樣要賺錢，爲什麼不先讓自己的朋友賺？

「夢之旅」的老闆是位非常標緻又能幹的楊小姐，她也是凱以前不知道是第幾任的「前女友」。只要是能省錢，服務又好，珊珊倒是完全不介意認識這樣的朋友，不過楊小姐是否也是一樣豁達的心態就不得而知了！於是聯絡旅行社的事，就理所當然的由凱去負責了。

剛開始訂機位、買機票、繳團費都沒有任何問題，直到要出發的前一天下午三點多，珊珊正在邊哼著歌邊打包行李時，突然接到了楊小姐的電話……

「喂－－陳太太嗎？我是旅行社的楊妮。」

「……楊小姐，妳好！有什麼事嗎？」珊珊起先愣了一下，第一次被人叫「陳太太」還眞是彆扭呢！直覺一定有狀況，否則她都是直接和凱聯絡的啊！

「實在不好意思，要告訴妳個壞消息，我替團員們辦澳洲簽證，大家的都過了，只有妳的被退件。簽證處的人說要妳重新申請，並且要本人親自來辦，因爲他們要跟妳面談。」

「什麼？我的文件哪裡有問題？」珊珊又急又氣，一顆心沉到了谷底…

「我是請外務去辦的，所以詳細情形我也不清楚耶…沒關係，妳就自己去辦一下嘛！不過現在去也快下班了…」

聽這口氣，珊珊已開始懷疑她根本就沒有替自己送件：「那……如果我自己去重新申請，多久會拿到簽證？」

「正常應該是…三天以後吧。」

「可是我們是明天早上的飛機……小姐，我可是和老公去度蜜月的，妳的意思是讓他一個人先去，我改天自己再去囉？」她極力壓抑著快衝上腦門的怒火，沒想到楊小姐竟還用慢條斯理，一副無所謂的口氣說：「唉一這也是沒有辦法的事，我也沒想到會發生這種情況啊！如果妳眞的不能去，妳的團費我會退還給妳的，別擔心啦！」

珊珊腦筋裡已急速的轉了二十來個彎兒，把所有的可能性全想了一遍，於是悻悻然的問：「楊小姐，請問『妳』有沒有澳洲簽證啊？」

「我？當然有啊！這次我準備親自帶團去，順便辦點事情……」

「喔———？」珊珊雖然明知道自己去不成，凱也絕不會一個人去，但腦海中仍是映出楊妮挽著凱的臂膀在金色沙灘上漫步的景象……越想越覺得中了人家的圈套。

「楊小姐，謝謝妳打電話來，我得跟我老公商量一下該怎麼辦，稍後會再跟妳聯絡的，OK？ Bye Bye ！」話說完還沒聽到對方的回答，她就把電話給掛了。

不服輸的珊珊，馬上撥電話到「澳洲辦事處簽證組」去詢問，自己的簽證到底是哪裡有問題。

簽證組接電話的小姐倒是非常客氣的請珊珊稍等，她去調閱資料，幾分鐘後，電話裡傳來……

「喂———妳就是張珊珊？」語氣充滿驚訝。

「是啊！妳有找到我的資料嗎？」

「有啊！我正在看……妳…請問妳高中是不是唸『崇光女中』？」

「這…跟簽證有關嗎？」珊珊一頭霧水。

「不是啦！我是妳隔壁班的吳心惠，妳還記得我嗎？」眞是踏破鐵鞋無覓處，得來全不費功夫！

「吳心惠？這個名字好熟……對對對！我想起來了！妳常常來找我們班的ＸＸＸ，對不對？」其實她完全想不起這個同學長的什麼模樣。

「是啊！妳記性眞好！眞巧！妳要去澳洲玩啊？可是妳的申請表…有點問題耶！」

「同學！實不相瞞，我是明天早上的飛機要跟老公去度蜜月的，缺什麼證件我可以立刻補上，拜託幫幫忙，別叫我三天以後再來拿，妳總不忍心讓老同學的蜜月就這樣泡湯了吧！」她願意盡一切努力去挽救這個意外。

「嗯—妳有好幾欄的資料沒有詳細塡完整，這樣吧！我還有一個小時就要下班了，我幫妳塡一塡，送給主管蓋個章就好，妳可以打電話叫妳的旅行社派人來取件，記得要找我拿喔！」

「沒問題！吳心惠，妳的大恩大德無以爲報，眞的非常非常謝謝妳幫我這麼大的忙…」，「欸—別這麼說，舉手之勞，何樂不爲？更何況又是老同學了！妳怎麼現在才結婚啊？我的老大都上小學六年級啦……」

她眞怕同學話匣子一開就關不了了：「眞的啊？妳眞是不簡單！心惠啊，對不起，等我澳洲回來再去找妳好好聊聊，我得趕緊打電話到旅行社去。不然他們也快下班了，OK？」

「喔—好吧！那再聯絡囉！拜拜啦！」

這會兒，珊珊可是吃了定心丸，沉住氣故意不打電話給凱，要等他下班回來當面告訴他事情的始末。

「喂－－楊小姐嗎？我是『陳凱的太太』，麻煩妳請外務先生在五點以前，去澳洲辦事處簽證組找一位吳心惠小姐拿我的護照和簽證，已經辦好了。」她無法也不想掩飾住自己得意的語氣，「怎麼可能？」楊小姐的聲音突然高八度。

「妳不用管那麼多，反正已經辦好了，請妳立刻派人去拿好嗎？謝謝妳喔！」掛下電話的珊珊，有一股說不出的快意：（幸好遇上同學，否則就栽在那個小妮子手上了，哼！竟敢拿我的蜜月旅行開玩笑！死也不會瞑目的。）

第二天，珊珊雖然順利成行，卻發現領隊換了個不認識的人，感覺有點兒失望，當然，後來也變成是自己挽著凱的臂膀在金色沙灘上漫步，留下許多甜蜜的鏡頭。小插曲雖然結束，卻像根魚骨頭鯁在喉嚨般的橫在珊珊心中，怎樣也拔不出來。

一月初，兩人愉快又疲憊的從香港血拼回來，珊珊異常的開心如意，因爲另一半的經濟能力雖不是頂好，但只要是珊珊看中意的東西，不論多貴，他都是立即刷卡不多眨一下眼睛。像光芒萬丈，永不變形，代表愛情的鑽石戒指自然是不能少的，凱毫不吝嗇的買了一個兩克拉的全美鑽戒套在珊珊的纖指上，反倒是珊珊感到心疼不已—

「哇！這…這顆好漂亮啊！你看那光澤…可是，會不會太大了啊？只有結婚典禮當天戴一下，平時都是收在保險箱裡…實在不必那麼浪費…我們買小一點的作紀念就好了吧…」

「什麼話？這是結婚戒指耶！鑽石是保值的東西，同樣花幾萬塊買一顆，當然是買超過一克拉的才有保證書啊。現在我只能先買小的給妳，等我以後有能力了，再買更大的給妳…」

女人看到鑽石，沒有不頭昏眼花的，珊珊也認爲凱說的話非常有道理，就欣然接受了這輩子最最貴重的一份「愛的禮物」。

日子總不會永遠平順，有起就有落，生活的藝術就在於如何去享受意料之外的事。

珊珊做夢也沒有想到，和凱已經十幾年不來往的母親，聽說么兒要結婚，竟突然決定返台來喝喜酒！雙方家長能出席婚宴本也是無可厚非的事，歡迎都來不及，但由於之前珊珊已從凱的大姊、二姊及哥哥、嫂嫂處聽到不少婆婆的「豐功偉業」，讓珊珊有了先入爲主的印象—這是個相當難纏，精明有餘，厚道不足的婆婆。

首先，讓我們來瞭解一下陳凱的來源歷史。

他英俊瀟灑的父親，是從空軍官校第三十七期畢業的，一直幹到少校教官，才三十幾歲就退役了。民國六十年時曾是「中華航空公司」極爲出色也是最年輕的正駕駛員，當時的收入頗爲豐厚，同時擁有美豔嬌妻及兩對健康可愛的兒女，這本該是個非常令人稱羨的美滿家庭，但也許是天妒英才，當一切都太美好時，總會有些不如意的事會發生…就在凱四歲的時候，父母親感情絕裂，以離婚收場，母親則獨自移居美國加州，在數年後改嫁他人，父親則獨力撫養四個還不會照顧自己的孩子，由於工作上的需要，必須經常遨遊四海，照顧四個孩子就漸漸變成叔叔、伯伯、姑姑們的事了。

東家住住，西家待待，年年轉學的日子還來不及適應呢，就在凱十一歲的時候，父親因爲在家氣喘病發，堅持不去就醫而英年早逝，享年四十歲。原本四個孩子的生活、學業都不成問題，因爲父親身後留下一棟房子及一筆爲數可觀的存款。人家說兒女是父母親的心頭肉，天下無不是的父母，也沒有不愛孩子的父母，這幾句話…不是絕對的，凱的姑姑就曾經告訴過珊珊，凱的母親從來沒有親自替凱換過尿布，或餵過奶完全無法想像這四個孩子是吃了多少苦長大的？他們心中的氣跟不平又是如何平復的？這眞是一篇長長的辛酸史啊！

醜媳婦總是要見公婆的，就在凱的母親返台的第三天，珊珊即接獲婆婆的來電，想要到新房來參觀並吃頓晚飯，珊珊自然明白這是個「入門測試」，如果不及格，以後的日子就不好過囉！

當千金小姐時的珊珊，別說廚藝不精，除了會洗碗，就只會茶來伸手，飯來張口的被媽媽服侍了幾十年，這會兒叫她空手變出一桌子像樣的菜來，可是件高難度的任務，凱是絕對不會知道從前一晚就失眠的珊珊，心裡壓力有多大。

一早起床，珊珊就魂不守舍的不停看鐘，一下子擔心菜準備的不夠；一下子又覺得自己打扮的太隨便；一下又擔心屋子沒打掃乾淨…緋緊的神經隨時都會斷弦，這種體驗恐怕是男人一輩子也不會經歷的吧！

五點多，凱接了母親一起回家。

「媽媽妳好！我是珊珊，歡迎…您請坐…」

「妳就是珊珊啊！不錯，很漂亮，我就知道我兒子的眼光很好，他以前交的每個女朋友都很漂亮喔！不過妳一定有過人之處，我兒子才會想要娶妳，對不對？」

母親說的話，不是帶刺就是帶骨，總讓人不是太好消化，凱知道一根腸子通到底的老婆絕不是老狐狸的對手，早就關照珊珊沒事少開口，有問題他會代爲回答，以避免不必要的衝突。

桌上的四菜一湯都是非常普通的家常小菜，婆婆似乎不甚滿意，只隨便吃了幾口便說：「其實我在出門之前就已經吃過東西了，所以現在不餓。」

手心直冒汗的珊珊聽了，心裡就嘀咕：（嫌我菜燒的不好就直說嘛！不是特地來吃飯又何必前一天打電話來交待？害人家從一早忙到晚的，結果又不吃了…眞是不給面子！）

嘀咕歸嘀咕，珊珊仍是很有風度的說：「媽媽，對不起！一定是我菜燒的不合您味口，聽說媽媽的手藝非常棒，改天有機會得多跟您請教。」

做長輩的一聽到順耳的話，立刻眉開眼又笑：「還好啦！對吃，我是非常講究的，只是平常很懶得下廚…很多朋友都建議我去開餐廳，一定生意興隆呢！不過賺這種錢太辛苦了，我是沒有興趣的。」，「對了！珊珊，聽說妳也住在加拿大啊！妳住哪個城市啊？」

「我住在溫哥華。」

「哈哈…眞的啊？我也住在溫哥華耶！妳住在哪個區呢？」

「我在『本拿比』區，購物中心旁邊。」

「哇！實在是太巧了！我也住在『本拿比』區，購物中心旁邊，妳在哪條街上？」

珊珊和凱對看了一眼，不知是福是禍？該不該說眞話？

「街名叫『貝爾福特街』，是一棟咖啡色的建築物…」珊珊越講越小聲…

「不會吧？我住在『派特森街』，米色房子有綠色屋頂的…就在妳那棟的旁邊…只隔了一個網球場和花園，對不對？」

珊珊受的驚訝並不小，但仍舊面露喜色的故作興奮說：「眞的？那眞是太巧了！我在看房子的時候就有去過妳那棟大樓的十樓，好漂亮可是太貴了，所以我沒買，否則我們就眞的成爲鄰居了！」

「沒關係！我們現在這個距離還可以在陽台上招手，仍舊可以算是鄰居啊！妳在那兒住多久了？我怎麼從來沒見過妳？」

「我移民加拿大快一年了，搬進現在住的房子差不多才四個多月。」

「我才搬去三個月呢！這就叫做『不是一家人，不進一家門』，我們眞是有緣，住那麼近卻不認識，大老遠跑回台灣來才見面，眞是不簡單啊！妳…結了婚以後還會去嗎？」

珊珊又看了凱一眼說：「……應該會，但是…不會長住了吧！總不能丟下老公不管了啊？」邊說邊推了凱一把。

「那好！我也是專程回來喝你們喜酒的，辦完事就得盡快趕回去，以後妳再到溫哥華就可以天天到我家來陪我吃飯了。」

婆媳第一次的見面，氣氛還算愉快，彼此之間也留下了不錯的印象，也由於地緣關係而拉近了彼此的距離，珊珊覺得這個看起來非常年輕、時髦的婆婆，並不如想像中的厲害、恐怖，說不定假以時日，就能被她完全攻佔心房了呢！

隨著喜宴日子一天天逼近，珊珊也忙的不可開交，想要做個最出色的新娘，鉅細靡遺的事前準備自然少不了，燙頭髮，試妝，改禮服，送帖子……還好一輩子難得一次，否則有懼婚症的人一定更多。

就在喜宴的前一天，大約中午時分……

美玉特地來到她家，要女兒把明天預備要換的三套禮服試穿給她看，兩人一塊兒研究第一套要配什麼髮型、耳環、首飾，第二套要配什麼…珊珊穿穿脫脫的，感覺手上戴了快九年沒拿下來的古玉鐲子實在累贅，花了半天力氣才把它拽了下來，放在五斗櫃上。

就在此時，正在公司上班的新郎官兒卻沒來由的突然出現在家中！

「咦——？你怎麼跑回來了？」珊珊也嚇了一跳。

「喔—媽咪也在啊！媽媽好！爸爸的謝卡用完了，叫我立刻送一盒過去，所以我跑回來拿，妳們忙妳們的，我拿了東西就走！」凱邊說邊把手中拿著的牛皮紙袋往五斗櫃上一擱。

「謝卡…好像都在書房的桌上…」

「好！我自己去拿…」凱匆匆忙忙奔進書房，拿了東西就立刻出門了。

過了沒一分鐘，珊珊脫衣服正脫到一半，又聽見凱衝進客廳的聲音……

「你怎麼回事啊？！」珊珊趕緊將衣服拉高遮住胸部。

「對不起！對不起！妳有沒有看到我剛剛帶回來的一包資料？黃色牛皮紙袋？」凱慌張的一頭大汗。

「牛皮紙袋！是不是那個？」珊珊的下巴朝五斗櫃上挪挪。

「太好了！寶貝，謝謝妳！我走了！」

說時遲那時快，只聽到「匡鐺—」一聲非常清脆卻不悅耳的響聲——玉鐲子已不多不少，整整齊齊的斷成了四截，躺在地下。

幾秒鐘的靜默，六隻眼睛都愣愣的瞪著屍體看——做不出適當的反應。

凱當然認得這個總在親熱時會冰到他的東西，一直以為是丈母娘送的禮物，現在竟敢當著她的面把如此貴重的紀念品給砸了，這該如何是好？

「媽媽！對不起！我沒有看到…珊珊從來不摘下來的…我該死，眞的對不起！我…我會再買一個給珊珊的。」，「寶貝！眞的很抱歉！不要生氣…我…我……」

多麼奇怪的感覺啊！珊珊不僅沒有生氣、傷心或不捨，反而，她突然如釋重負的歎了口氣—

沒有人明白她在想什麼。

看著凱著急的表情，額頭上的汗水也留進了眼睛裡，珊珊搖搖手，用平靜的語調說：「別擔心，沒事的，你快去忙吧！」說著，蹲下去將四個四分之一圓，慢慢撿起來裝進一個小紙盒，收到抽屜裡去了。

看凱仍舊傻傻的杵在房門口，「眞的沒有關係！你快走吧！別耽誤辦正事了…」

凱還想說些什麼，看老婆大人的臉色並沒有太難看，丟下一句：「對不起…等我晚上回來再想辦法，ＯＫ？」就只好出門了。

這時，一頭霧水的美玉終於開口了：「他—爲什麼要跟我道歉？跟我有什麼關係啊？」，「喔！我猜他一定以爲這個鐲子是妳送給我的，而且他也知道我戴了很多年，從來沒拿下來過…」

「他怎麼這麼粗心？這不是個好兆頭耶！明天就是大喜的日子，今天就打破玉鐲子…怎麼得了啊？」

「媽咪，不能怪凱！是我自己不好，既然摘下來就應該馬上收好，我順手往櫃子上一放，他突然跑回來自然不會注意到。其實……我還覺得應該謝謝他呢！」

「爲什麼？」媽媽的一雙眼睛越瞪越大！

「難道妳也忘了這個鐲子是哪兒來的嗎？是以前梁家的傳家之寶，梁媽媽送給我的。結婚時他們家送我的所有珠寶首飾，我後來全部都退還了，只有這個鐲子，梁媽媽堅持要我留下，其實還有一個原因是—我那個時候怎麼也拿不下來，所以就算了。」

「哎呀！拿鐲子是要有技巧的呀！妳不早跟我說，我來幫妳弄…」

「時間久了我也習慣了，從來沒想到要去把它拿下來，妳不覺得今天被凱砸掉，別具意義嗎？我不僅該把過去的回憶深深埋葬，連這唯一有形的東西都徹底被他毀了！我不但不心疼，反而很高興！」

「對呀！對呀！反正這個鐲子妳戴太老氣，丟掉算了！我再到香港去給妳買個漂亮點的喔！」

「玉鐲風波」到此告一段落。凱至今對於闖禍的事仍舊耿耿於懷，珊珊也不想多做解釋，但是對於凱「寧爲玉碎，不爲瓦全」的高標準愛情觀，有了更深刻的體認。

喜宴當天，珊珊絞盡腦汁想要讓賓客留下些浪漫的回憶，本來計劃要和新郎在大庭廣眾之下，來段優美的華爾滋，或是熱情的探戈來揭開晚宴的序幕，但由於準備時間太倉促，新郎又完全沒有受過舞蹈訓練，選曲又非常費事，想要在極短的時間之內，有完美的演出似乎是「不可能的任務」，只好放棄了這個念頭。

然而這個不安分的新娘，又豈肯乖乖的等父親牽她入場？沒錯！所有出席的賓客，均在一進大門的收禮台旁邊就會看見鮮嫩欲滴、甜美可愛的摩登新娘，穿著「超迷你」的粉紅色紗裙，在和大家有說有笑的寒暄著！髮上插著幾朵含苞待放的粉紅色玫瑰，令靠近她的人都能聞到一股香香甜甜的味道……

親友們都在議論紛紛—「哪有新娘子站在大門口招呼客人的啊？」，「人家的白紗都拖在地上，她怎麼穿迷你裙啊？」，「誰說不可以的？這樣很別緻啊！」。不過說老實話，誰沒有豐富的吃喜酒經驗？有幾個人能有機會和新人閒話家常？恐怕大多數人都是悶著頭吃，直到送客時才在大門口握個手，拿顆喜糖就拜拜了吧！對於忙得暈頭轉向的新人來說，則恐怕要等蜜月旅行結束後幾個月，閒來無事時才會放個錄影帶來瞧瞧，到底有哪些人來喝了喜酒，對於那些個不清不楚，一晃即過的後腦勺們…你大概一輩子也猜不出來他是不是你所期盼的人了！

眞的！雙方多少都會有點遺憾，誰希望如此呢？

所以細心體貼的珊珊和凱，決定拋去繁文縟節，不去相信什麼忌諱，親自替來賓帶位入席，這邊打招呼，那邊拍照…每個人都希望多看幾眼新娘子，好像不這樣就虧本了似的！珊珊也開心的像隻粉紅花蝴蝶，在桌與桌之間飛來飛去，期待賓主盡歡。

「嗯— Honey！炒鱔糊好好吃，再多幫我夾一點嘛！那個…對！那個也要……」

「寶貝，妳吃慢一點，小心別噎到了！」

「哎呀！人家好餓嘛！不趁現在多吃一點，馬上就得去換衣服敬酒啦…果汁，我還要果汁！」

珊珊只要一高興，大口吃肉，端碗喝湯，大聲說話是常有的事情，深怕全世界的人沒有在看自信滿溢的她！坐在旁邊的爸爸、媽媽早已習以爲常，僅是滿眼笑意的望著自己掌上明珠的吃相，倒是凱的母親和代表家長的叔叔，有點兒不知所措！

「新郎、新娘，上下一道菜就要準備敬酒了喔！」服務生特地前來提醒他們。

「等等…我再吃兩口就好…餃子…我還要吃幾個餃子……別催嘛！」媽媽已經站起身來拉珊珊的手臂：「再不換衣服就來不及囉！」，「好啦！好啦！」

新娘子換一套禮服出來敬酒，好像是台灣不成文的規定，非常怕麻煩的珊珊並不想遵守，但是換件衣服、換個造型出來秀一秀成爲目光交點，又是難得的機會，就給它俗氣一下吧！沒想到才打扮好從休息室走出來的珊珊，竟然在門口遇上了也換了套晚禮服的婆婆！

（天哪！有沒有搞錯啊？妳是新娘還我是新娘啊？）半秒鐘的訝異，一閃即過。珊珊立刻笑著臉迎上去……「哇！媽媽妳也換衣服了啊！好漂亮喔！謝謝妳這麼重視我們的婚禮…」

「當然囉！這是我最寶貝的么兒結婚，也是四個小孩裡的最後一個…這件衣服花了我四、五萬塊買的，平時都沒機會穿，今天這種場合不穿要等什麼時候穿啊？待會兒妳送客的時候，我還要換一套更貴的旗袍…總不能被新娘子給比下去了吧…」，下巴一抬，昂首闊步的走了。

「對對對—」珊珊目送婆婆先行入席，雖然覺得有點啼笑皆非，同時也覺得，一個女人不論在年輕時有多麼獨領風騷，等她風華漸逝以後仍舊需要許多驚豔的眼神，才能幫助她活下去。不禁想到自己老了以後，會不會也變得跟她一樣？！

平實的家庭生活過不到兩個星期，珊珊的一顆心無時無刻不掛念著溫哥華的小窩。一會兒擔心戶頭裡的存款不夠自動扣繳帳單；一會兒擔心信箱爆滿會被人闖了空門；一會兒又擔心再入境時移民局會找她麻煩……總之是吃也無味，睡也不穩，心裡壓力好重，相信凡是坐過「移民監」的人應該都會心有戚戚焉吧！於是天天跟凱吵著要回去，凱拗不過她，只好再次幫忙收拾行囊，送老婆搭機去。

回到溫哥華的珊珊，就好像是在水族館裡待了許久的海豚，突然被放回到任我遨遊的大海中，東鑽西游，忽而竄出水面繞兩圈再翻個筋斗…那種開心和自在實在非筆墨所能形容。雖然已不是孑然一身，心裡面多了牽牽絆絆、思思念念，至少自己豐富的感情不再漂泊，下半輩子也有了依靠，意外的擁有了一份篤定和安全感。

不怎麼清楚狀況又不知道天高地厚的珊珊，爲了自己美好的將來打算，這會兒要向最艱鉅的任務挑戰—建立良好的婆媳關係，禮多人不怪嘛！

未經過凱的允許，一通電話打過去：「喂—媽媽，妳好！我是珊珊…妳猜我在哪裡？」

「哎呀！妳這個壞東西！來之前怎麼不早點告訴我？我好去機場接妳啊！妳什麼時候到的啊？」

「昨天下午，我一回到家就有一大堆信件、帳單要處理，弄到很晚才睡，所以剛剛才起床。」

「妳家裡一定沒東西吃，快點過來我這裡吃中飯，媽媽正巧燉了一鍋雞湯和滷白菜，妳要是不嫌棄就隨便吃一點，不過我先告訴妳啊！我的屋子可是亂的很，妳不可以笑我啊！」

「當然不會啦！妳那兒絕對不會有我這兒亂的，妳太客氣了…」

「快快一快過來！我住十二樓，妳按電鈴，媽媽替妳開門啊！」

「好！我大概十分鐘後到，拜拜！」

珊珊直覺的以爲這個婆婆挺喜歡自己的，想要拉好關係似乎並不如想像中的難，她完全沒想到自己這隻小肥羊正在往虎穴出發呢！

把自己打扮妥當後，就從皮箱內翻出預先從台北帶來的一盒香水，及一件鑲著金色花邊兒的名牌黑色毛衣，準備送給氣宇非凡的婆婆，（她一定會很喜歡，很高興的。）

剛開始，珊珊興致勃勃的每天抽空過去陪婆婆，一方面認爲凱也會做同樣的事，所以她做的非常心甘情願。

自認已是移民老鳥，許多事情本就應該替婆婆代爲處理。婆婆不懂英文，珊珊每天替她整理帳單、看廣告信、開支票…帶她去申請醫療保險，報名社區英語班，幫忙買菜、寄信…甚至在缺牌搭子的時候，也會被招來湊一腳。

漸漸地，婆婆也沒把她當外人，動不動就叫她過去洗碗盤，收拾屋子，吸地毯，修音響…不然就是把車開去加油，送牌友回家，修水管等等。

這些有一點奇怪的工作，當然都難不倒我們能幹的珊珊，甚至有一天半夜，外頭下著大雪，珊珊接到太后旨意—「傳眞機沒紙了，快來換！」珊珊也毫無怨言的從溫暖的被窩裡鑽出來，頂著風雪走路過去替她裝紙……然而，一聲謝謝也沒有。

她越來越不開心，越來越不想再去服侍，不是因爲自己像佣人般的被呼之即來，揮之即去，而是每次碰面，就得聽婆婆不停的數落凱的父親當初有多麼對不起她；凱交過多少女朋友，每一任的來龍去脈（珊珊並不想知道太多，因爲發現她講的和凱告知的有很大的出入！珊珊並不想去相信誰，或不相信誰）；大姊多任性；二姊多跋扈；陳博多變態…當然，各家的配偶也無法倖免，如果珊珊不盡早找理由退席，還會聽見她每個好朋友、牌搭子們的家族興衰史，這自然也是被罵的狗血淋頭，心情很難不受影響。

（爲什麼？好像全世界的人都對不起她？她爲什麼有這麼多怨恨？她好像也不怎麼喜歡我！一直說我除了有錢、漂亮以外，沒啥長處，凱應該可以找到比我更好的老婆……）珊珊不解的想著，覺得有股眞心的付出被人踐踏的懊惱—

（每天替她做那麼多事，她從不感激；每天提醒她吃維他命，老嫌我囉嗦；牌桌上故意輸錢給她，當著客人面前罵我笨蛋；半夜還得陪她上賭場，她玩的很爽，我只能站在旁邊吸二手煙，一站就是好幾小時；去哪裡都要向她報告行蹤；晚上還來門口監視我幾點熄燈……我到底算是她什麼人啊？我這樣做到底是爲什麼啊？我眞的是太天眞了嗎？）

唉—這種傷心也不是第一回了。

從小到大，珊珊一直是個認眞負責、心地善良又有正義感的女孩，她總是在別人對她開始有一點點好時，就知無不言，言無不盡的傾囊付出，爲人家兩肋插刀，不管是財力上或勞力上，結果到頭來卻總是一場空。她從不負人，卻人人負她，如果對方再回報一個難看的臉色，或是殘酷的言語，那麼心理上的傷害又豈是三、五個月能痊癒的？怪只能怪她總是太急於去博取身邊每一個人的好感而又識人不清吧！

原本抱著度假心情赴溫哥華的珊珊，犧牲掉自己所有的時間去忙別人的事，不但沒人感激她，惹得一肚子閒氣，還遍體鱗傷無人疼，於是她只待了一個月，就悄悄回台了。

細心的凱，一眼就看出略顯消瘦的老婆有些悶悶不樂，再三追問之下，珊珊才輕描淡寫的說出了些經過實情，稍微過分的話完全不敢提。然而極爲保護老婆的凱已是暴跳如雷，對於老婆所受的委屈感到既抱歉又氣憤，當下命令珊珊……

「以後不必再跟我媽聯絡感情，她那種人是隨便妳對她多好，她都永遠嫌不夠的，別再自討沒趣了。妳不必用巴結她來向她或向我證明什麼，在我心目中，妳是世界上最棒的，我知道就好，懂不懂？妳這個小傻瓜！」

也不知道是眞的太多委屈無處訴呢，還是心中的苦有人懂了，珊珊竟抽抽答答地哭了起來……自此以後，珊珊就台北兩個月，加拿大兩個月的飛來飛去輪流住。待在溫哥華的時間就總是窗簾緊畢，大燈不開，用答錄機過濾電話，雖然有些小小的不便，但是只要不和婆婆來往，倒也一直是相安無事。

太平日子總維持不了太久。有一次，凱必須去美國洛杉磯拜訪一位大客戶，便先陪珊珊到溫哥華停留了兩天，他獨自搭灰狗巴士至西雅圖機場，再搭美國境內班機至洛杉磯辦事。

就在凱離開的那天，珊珊家的答錄機出現了這樣一段訊息……「珊珊啊！我是媽媽，不知道妳人到底在不在溫哥華，我每次打來都是答錄機！我有壞消息要告訴妳，今天早上有移民局的人打電話來我這兒找妳，問了一堆奇怪的問題，妳如果聽到留話，趕緊跟媽媽聯絡啊！拜拜！」

珊珊雖然一直非常奉公守法，但是爲了親愛的老公，不得已必須經常飛來飛去，難免有點心驚膽顫，深怕移民局的人會來找碴，眞要說有問題，就是珊珊在台灣結婚並沒有讓加拿大移民局知道，她是用單身名義去申請公民的，這好像也沒有什麼不可以，花去爸爸和自己大筆的存款，費了這麼多的心血，總不希望這整件事情出任何差錯吧！

聽完這段錄音，珊珊頓時慌了手腳：（啊？怎麼可能？她是故意嚇唬我的吧！就爲了要逼我打電話給她？但如果是眞的呢？我該怎麼辦？）

珊珊這會兒眞是如坐針氈，急於想弄清楚事情的眞相。

「喂—媽媽妳好！我是珊珊，我昨天才到的。這次凱有和我一起來，但他先去洛杉磯辦事，大概五天以後會過來，妳說移民局的人找妳什麼事啊？」

「喔——珊珊！妳終於出現了！媽媽一直在找妳呀！這個打電話來的人，剛開始都講英文，我告訴他我聽不懂，後來換了一個人來，用廣東話跟很蹩腳的國語問我知不知道妳在哪裡，我是眞的不曉得啊！他有留下電話號碼，要我找到妳叫妳回電，他好像對我們家的事很清楚，還有問到凱呢！連我的電話、地址他們都有…珊珊妳說，妳是不是有把我的資料給過別人？」

「當然沒有！這樣做對我有什麼好處？」

「那爲什麼妳不住在這裡，移民局的人會來查我？他們怎麼知道我跟妳有關係？」

「媽媽，對不起！我眞的一頭霧水，完全沒頭緒，不然這樣吧！我們等凱回來再來一起商量對策，研究好再回電話給他們，不要冒然行事，說錯話就糟糕了！」

「只好先這樣吧！」

珊珊也馬上將這件事打電話告訴凱，凱明白事情非同小可，於是盡快將洛杉磯的事務草草結束提早兩天回到珊珊身邊，穩定她的情緒。

「凱，你說這件事有沒有很奇怪？沒有幾個人知道我的行蹤，而且我每次出入境也沒有超過他們的期限，為什麼會有人來查我？實在好擔心……」

「寶貝，別怕！我先替妳打電話到移民局去問問，看他們找妳到底是什麼事。」

「 Hello 一請安德森先生聽電話。」

「哪位安德森先生？哪個部門的？」

「喔？對不起我也不清楚！事情是這樣的，這位安德森先生星期一有打過電話來找張小姐，要她回答一些有關移民的問題，他只有留下這個電話號碼和這個名字…」

「先生！我想你可能弄錯了！我們這裡是移民局，如果這位張小姐是合法移民，除非她有不合規定的提出申請，我們才可能請她來面談，否則我們不會隨便打電話去做任何調查，也不會要求她在電話上回答任何正式的問題的。你是否再確認一下號碼，或是打到別的單位去查詢。抱歉不能幫忙…」

「妳確定沒有安德森先生？」

「是的，這裡沒有這個人。」

「好的，謝謝你！」

事情越發展越古怪，是某人在惡作劇嗎？目的何在？

珊珊和凱雖然決定以不變應萬變，靜觀其變，但是接下去的幾天，凱的母親仍三不五時的接到奇怪的電話，那個自稱是移民局的官員甚至恐嚇她不得說謊，因為所有對話均已全程錄音；同時也威脅她在調查期間不得擅自離境，當然也包含了珊珊和凱。

珊珊知道在這種情況下只有一個人可以幫她，就是人面廣又見識多的范伯伯。

當范伯伯全盤瞭解情形後也不敢妄下斷語，只答應珊珊會請朋友去打聽看看……

「珊珊，妳跟我講電話千萬要小心，說不定會被人錄音。除非必要，否則也別到處亂跑，他們可能會派人跟蹤…」

從此，珊珊得跑到街上或是圖書館裡打公用電話給別人，和凱上街更是疑神疑鬼、草木皆兵，甚至一班車可抵達目的地的，他們因為懷疑身後有人跟蹤而轉搭好幾班車，直到同行的人失蹤為止…這種事好像只有在007的電影裡才會出現的情節，當它出現在現實生活中，可就一點兒也不精彩好玩了。

（天哪！這是什麼樣的生活？這種日子還得過多久？）珊珊已面臨崩潰邊緣，還好這次有凱的陪伴，否則珊珊早就六神無主，神經錯亂了！

這天，珊珊和凱又到范伯伯家去共商大計。（註：范氏夫婦已於數個月前由溫尼泊搬到溫哥華定居了）

「珊珊，還記得我有個好朋友從『溫尼泊移民局』退休嗎？我前幾天有打電話拜託他去查查妳的案子，剛巧他今天早上的飛機過境溫哥華，和我約在機場碰面，我請他喝咖啡，談了不到半小時，他說他看過妳的部分資料，一切都很合乎規定，他不認為哪裡有問題，叫妳不用太緊張。依我對妳的瞭解，妳應該不會在外頭得罪什麼人，弄到人家要報復…我懷疑是妳那個婆婆無中生有，故意不讓妳過太平日子吧！」邊說邊瞄了凱一眼…

「我媽媽雖然平時待人不是很厚道，但是我相信這件事絕不是她憑空捏造出來的，她也沒那麼好的想像力…」凱的正直讓他沒有考慮太多就極力為被誤解的媽媽辯駁…

「你說這話是什麼意思？難道是我誣賴她了嗎？我聽你們每次的敘述都覺得她講的話前後不一致，根本就在胡說八道…現在是什麼時候了，你還在顧全媽媽？那麼你的老婆就活該被欺負嗎？如果你要當個不分是非的孝順兒子，就請你現在滾出我家大門！我從此不再過問你們家的任何事情，已經沒什麼好說的了，出去—」說完就走進廚房去了。

珊珊和凱相視數秒鐘，都當場愣在原地，一句話也說不出來……

「凱， Sorry ！我不知道爲什麼他會發那麼大的脾氣？你等我，我進去跟他說一聲，我們馬上走，OK ？」珊珊非常害怕自尊心極強的凱也會一觸即發，只好輕聲細語的陪笑臉。

「范伯伯…對不起！不管凱說錯了什麼，我相信他都不是故意惹你生氣的，請你原諒他，好不好？我跟你道歉！謝謝你幫了我們那麼多忙…」

「珊珊，對不起！我脾氣一來就克制不住，我胃痛的很，剛吃胃藥…現在精神不好，你們回去吧！有什麼事改天再談。珊珊，我剛剛說的是氣話，妳知道的，不管妳有任何問題，我永遠都會無條件幫妳的…」

「我懂，對不起，我不該在你不舒服的時候來煩你，不可以再生氣囉！那－我先走了。Bye Bye ！」

坐在麥當勞的店裡－－

「凱，我眞的很抱歉！范伯伯平時脾氣都很好的，今天可能是因爲身體不舒服，所以火氣比較大，他剛才在廚房已經向我承認他說的是氣話，叫我們別當眞。你不要生氣好不好？」

「我沒有生氣，只是…只是從小到大沒被人轟出去過！他說的沒錯，我都沒有好好保護妳，出了狀況又沒辦法解決，不管我媽有沒有錯，我都不應該跟他辯的，畢竟他是目前唯一能幫我們的人。是我不會說話，我才應該道歉……」

眼眶中淚水迷濛的珊珊，非常心疼凱受了委屈還得保持風度，冷靜的安撫她的情緒…唉—眞是一波未平一波又起。

平靜了兩、三天，沒人再接獲「怪電話」，驚險刺激的「悲慘假期」轉眼即過。

珊珊陪凱在加拿大航空公司的櫃檯準備 Check in —

「陳先生，對不起！你的訂位記錄已經被刪除，目前這班飛機是全滿的，您…」

「怎麼可能？我前天才打電話做過確認，我連第幾排第幾號位子都劃好啦！是誰把記錄刪除的？」珊珊又急又氣。

「小姐，根據電腦記錄顯示，昨天有人打電話來說『陳凱先生正涉及某項調查，暫時不得出境』，所以我們才取消了他的訂位。」

「對不起。你請等一下啊——」

「凱，有誰知道你是今天的哪班飛機回台灣？」珊珊雖然心焦如焚，卻必須在最短的時間內理出點頭緒來。

「我…我沒有跟任何人講過，除了我媽……只有她知道我今天走，但是她並不曉得我搭幾點的飛機和哪一家航空公司…」

「嗯—所以，不可能是她，那麼會是誰呢？誰有那麼大的膽子？如果眞是移民局的人，他們又要留下你來幹嘛呢？我才是移民，你只是觀光客，關你什麼事？除非…他們發現我們結婚了！不可能！誰去告的密？……你媽？哎呀—我頭痛死了！你說該怎麼辦？」

「這樣吧！他們既然不讓我走，我就不走了，大不了向公司再請幾天假，我也好留下來陪你，萬一他們又找妳麻煩呢！妳覺得如何？」

「我當然希望你留下來陪我，可是這如果只是人家的惡作劇，我們不就中了圈套？我看你還是想辦法去後補，或改搭別家飛機趕緊回去上班吧！」

於是凱去找加航的執行經理，費盡口舌的拜託幫忙排成第一順位的後補，進關去了。珊珊則坐立難安的瞪著飛機起降板，直到看見凱搭的飛機確實起飛，執行經理也告之他確實登機後，才鬆了一口氣，神情落寞的踏上歸途。

獨自待了幾個星期，什麼事也沒發生，珊珊又靜悄悄的搭機返台了！

這眞是一個非常奇特的際遇！從頭到尾沒見著半個壞人，卻是生活在超大的精神壓力下，好像壞人就如影隨行的跟著你，躲在暗中記錄你的一舉一動，沒事還會露一手讓你知道他的權力有多大……這到底是怎麼一回事，恐怕一百年後也沒有答案。

倒是過了一年多後，珊珊如願以償的拿到了加拿大的公民身分回台，沒有任何麻煩！

一天下午，珊珊不知是想通了什麼，還是希望將這段記憶從腦海中連根拔起，她忽然對凱說：「你覺不覺得上次在加拿大發生一連串怪事，很有可能是范伯伯自導自演的？他的英文、國語、廣東話都很棒，要唬你媽絕對不是問題，他也有可能打電話給航空公司……」

「……寶貝，我是怕妳會不高興才沒提，其實，我早就懷疑是他了，因爲妳身邊的人，只有他對我們家的事瞭若指掌，也只有他最閒，會玩這麼無聊的遊戲，妳說是不是？」

「…………？？……！！」

唉！人心隔肚皮，你身邊最親近的人往往是傷害你最深的人，你遇到的貴人有時候也可能會是帶你去地獄的人，眞相是什麼？大家自己去猜吧！

12

一九九六年，三十五歲　捕獲迷途羔羊

算算時間，還差三個月珊珊就要在加拿大「住滿」三年了。這年的九月，她帶著爸媽同往，並在當地參加旅行團去「班芙五日遊」，想在離開之前好好玩一玩。本來一向我行我素的珊珊，這會兒又因緣際會的當了別人的「貴人」！且聽我慢慢道來—

這是一個大約二十個人的「國語團」，大部分的成員都是台灣去的。行程第一天的中餐，就是在一家中華料理店吃圓桌飯。

珊珊仍是一如往常，慢條斯理的進食，全桌人都已經用餐完畢先行離席，只有珊珊左手邊坐著的三個二十歲出頭的年輕小姐在竊竊私語—

「婷婷，我想回台灣了，我眞的不想再待下去…我心情好壞好壞…花了好多錢，一事無成，還被寄宿家庭的媽媽趕出來…我現在連住的地方都沒有，怎麼去唸書？我實在太對不起我哥了！他省吃儉用存下來的一百萬，通通給我帶來當生活費，結果我來了三個月，連大門也不敢出…苦悶死了！我眞的不想活了……」

聽到這裡，珊珊不由得放下手中的碗筷，回過頭去仔細打量著這個用手半遮面，聲音已完全哽咽的女孩—

是惻隱之心還是上輩子欠的債未清？珊珊對這個叫惠玲的女孩有份似曾相識的好感。

「對不起！妳們三位是同學，還是姊妹？」

「喔！我們是『銘傳』的同學，惠玲一個人住在溫哥華，我和婷婷特地從台北來看她的。」一臉痘痘的女孩說，「妳和妳爸媽也是從台北來的吧！」

「我來溫哥華已經快五年囉！這次是陪我爸媽出來玩的。我剛才不小心聽到惠玲，喔—是惠玲嗎？我聽到妳說妳都不敢出門，我可以知道是什麼原因嗎？」

「我……嗯—……」

「如果不方便說，就不要說，沒關係的。我只是想告訴妳，剛到一個陌生環境，心中的焦慮和害怕是必然的，但妳必須自己去克服，否則沒有人能夠幫妳，妳也永遠走不進人群。我剛來的時候也吃了不少苦，自然也有打道回府的念頭，但是熬過『過度期』一切就適應了，現在反而非常喜歡溫哥華，如果不是老公在台灣，必須經常回去探望，我還眞希望永遠住在這兒不要走了呢！」

「哇！妳還這麼年輕就結婚啦？」痘痘女孩大驚小怪的說。

「嘿嘿！我不年輕囉！而且還算是晚婚的，我到三十二歲才結的婚，到今年都已經快三年多啦！」

「什麼啊！妳有三十五歲？實在不像！我猜妳頂多二十五，大概六十年次跟我們差不多的吧！眞的耶！她看起來好年輕又好漂亮，實在不像結過婚的樣子……」婷婷說。

「請問妳『結過婚』應該是什麼樣子？」珊珊覺得她們都單純的可愛。

惠玲一雙眼睛骨碌碌地轉來轉去，始終不開口。

「小姐們！吃飽了嗎？上車囉！」領隊的叫聲並沒有終止四個女孩的談話。反之，接下去的數日，白天在遊覽車上，晚上在旅館房間內，這三個生活平凡的女孩，目瞪口呆的聽珊珊敘述著一本又一本的戀愛經、移民經、開刀經、結婚經……珊珊也非常習慣沉浸於那種被崇拜、羨慕的眼神之中，永遠不會膩。

五天的行程中，她們參觀了一九九八年冬季奧運的會場、愛蒙頓的省議會，也一腳踩在B C省，一腳跨在 Alberta省的分水嶺上拍照；更搭乘巨輪怪獸巴士上達「哥倫比亞千年大冰原」去喝「天山白水」，一陣北極風吹來，只有攝氏零下十度，一群人被凍的胡說八道！有人連照相機都失靈了！

最後，還參觀了以香醇的葡萄酒和溫暖陽光著名的「歐克那根湖區」，又名爲「B C省的水果籃」，因爲此地的夏天，果園中果實纍纍，鮮豔欲滴的色澤令人不禁垂涎，葡萄尤其是此區盛產的水果之一。近幾年來，當地的葡萄酒更是屢屢在「國際品酒會」中獲得專業的肯定，絕非浪得虛名，甜度很高，限量生產的「冰酒」，更是每位小姐人手一瓶，連喝帶買，樂不思蜀！

「歐克那根湖」和一般的湖有什麼兩樣呢？聽導遊說，經過證實，曾經有不少居民親眼目睹湖面上出現不尋常的大漩渦，很可能就是傳說中的「湖怪」（Ogopogo）在興風作浪！至於這隻怪物究竟長得什麼德行，從來也沒人見過，這群好奇的女孩端著相機，癡癡等候了半個時辰，啥也沒瞧見！一致認爲是導遊在誆她們的。既來之，則照之，四個女孩不忘留下打打鬧鬧的歡樂鏡頭。

緊湊好玩的行程，彈指即過，在團體解散之前，三個女孩均和這個很會說故事的大姊姊互相留下電話及地址，約定回台北再聯絡。珊珊則很有心的特別對惠玲說：「我爸媽再過兩天就要到美國去，屆時我又只有一個人住，如果妳想留下來，可以來找我。記住，不管妳曾經歷過什麼，不管妳多沮喪，永遠不要對自己放棄，只要妳給自己機會，每一天都可以從頭開始……記得，打電話給我。」

三天過去…十天過去……珊珊無時無刻不在擔心：那個厭世的女孩，回台灣了？決定放棄自己了？她眞是像極了十幾年前的我…

兩星期後的一天上午，電話鈴響……

「Hello —」

「喂—請問珊珊在嗎？」

「我是，妳是—？」，「我是惠玲，妳還記得我嗎？我們一起去班芙玩的。」

「當然記得！怎麼可能忘？我每天都在等妳的電話，妳現在在哪裡？」

「我還在溫哥華，本來準備從班芙玩回來就要跟婷婷她們回台北的，因爲我沒有地方住。後來碰巧有另一個同學的媽媽全家臨時有事回台北兩星期，叫我替她們看房子，所以我又留下來了…珊珊姊，妳下午有空嗎？我可不可以到妳家玩？」

「下午？好啊！妳隨時都可以來，我今天都不會出去。」

「 OK ！那待會兒見， Bye Bye ！」

「叮咚—」珊珊打開房門，第一次注意到眼前這個女孩竟也有一對迷人的小酒窩！她原來也會笑！

「惠玲！請進！請進！」

「珊珊姊！我知道妳愛吃蛋糕，這是我剛才去買的，給妳當點心吃。」

「小鬼！那麼客氣幹嘛！跟我不用這樣啊！又不是來看長輩…」說歸說，珊珊仍舊雙手接下並在心裡讚許她懂得人情事故。

「來—到客廳坐嘛！」

「哇—妳們家好漂亮啊！都是妳自己佈置的嗎？眞不簡單！我可沒辦法像妳那麼能幹…」

「小姐，有話直說，妳不會大老遠跑來只是爲了來看我房子，拍我馬屁的吧！」

「我好像什麼事都瞞不過妳，我一直在想妳那天跟我說的話……關於再給自己機會，從頭來過…不瞞妳說，前陣子我眞的絕望到想自殺…天天想…只是，沒有勇氣，如果不是被婷婷她們硬拖去旅遊，我也不會認識妳。我同學的媽媽她們一家明天就要回來了，我馬上又沒地方住…」

「OK ！我懂，我這裡雖然很小，但是還算舒適，只要妳不嫌棄，隨時歡迎妳來和我作伴，唯一的條件是我什麼時候回台灣，我得斷水、鎖門，那時候妳就得另外想辦法囉！」

「沒問題！那麼…房租怎麼算？」

「小姐，妳一個月賺多少？別鬧了！我們都是花存款過日子的，能省則省，如果妳有打長途電話，費用自己出。生活上其他的花費都很少，就看著辦吧！」

珊珊是很能和寂寞共處的，也非常注重個人隱私，這次邀個幾乎完全不認識的人來家裡同住，確實讓爸媽和凱有點莫名其妙！

不知道是誰說過：給他一條魚，不如教會他釣魚，於是老鳥耐心的帶著菜鳥，一切從頭學起。

銀行存提款，郵局買郵票，超市買菜，圖書館借書……珊珊總是絮絮叨叨的提醒惠玲該注意的事項，由於惠玲的英文能力不是很好，所以非常沒有信心與人交談，珊珊就帶著她去報名語言學校，從此，惠玲的生活也變的規律正常而忙碌了。

一向省吃儉用的珊珊，本來還有一頓沒一頓的，平時也從不在外面餐廳吃大餐，自從惠玲搬進來以後，珊珊每天早上起來做早點，逼從沒習慣吃早餐的惠玲多少吃一點，再強迫吞幾粒維他命。中餐和晚餐，珊珊也會親自下廚，費盡心思的換菜色。週末，則會帶著她去上館子，試些新鮮花樣，惠玲也不難伺候，總是對珊珊的指令百依百順，珊珊弄什麼她就吃什麼，唯獨一件事情令珊珊感到有點奇怪的是，每回珊珊要炒菜或是煎蛋的時候，惠玲都會千叮嚀萬囑咐，甚至丟下正聊到一半的電話，衝進廚房：「珊珊姊！記得油少放一點喔！」珊珊本身已經是非常注重養生之道的人了，平時就對油炸的、鹹辣的、醃漬類等刺激腸胃的食品敬而遠之，口味已比一般人清淡許多，她驚訝竟然有人口味比她還淡，嫌她油放太多！眞是不可思議啊！

由於上課的班級都是香港來的「廣東仔」，大家的國語都不太靈光，反到凸顯出惠玲的口齒伶俐，再加上她平易近人，善體人意的個性，馬上就爲她贏得了許多友誼。週末，不再是兩人各抱一本小說，燈下獨坐，或是守著電視機開「零食派對」，取而代之的是十幾個年紀相仿的男男女女一起相約去學校室內球場打羽球，或是分頭買菜到誰家吃火鍋，要不就是去打保齡球，KTV或 Disco，天天晚上去「打冷」(吃宵夜)，一段時日下來，兩個人不但廣東話進步了，連人都發福不少！

十月，天氣越來越冷了。

一天早上，惠玲睡眼惺忪的走到客廳落地窗前，刷—，一聲將窗簾拉開—

「下雪了！下雪了！珊珊，快來看！下雪囉！好棒好棒！……我這輩子從來沒看過雪耶，珊珊……下雪了……」

沒錯！窗外世界一片白朦朦，什麼也看不清楚。今年又將是一個超冷的冬。

等珊珊慢吞吞的從浴室出來向窗前走過去，卻發現這個小姑娘正掩不住興奮的渾身顫抖，而臉頰上卻有著濕濕的痕跡…

珊珊輕柔的摟著她的肩問：「怎麼啦？小傻瓜！第一次看到雪需要這麼激動嗎？妳如果一直住下去，我保證妳會看到倒味口。」

「不是，我本來差一點……差一點…就看不到了。」

珊珊以爲她是指原本沒地方住的話就只有回台灣一途，那麼自然是看不到了，沒想到惠玲竟然不是這個意思！

「珊珊，這輩子…從來沒有人像妳對我那麼好，那麼細心體貼的照顧我的生活起居，妳比我的親姊姊還要親。自從搬來和妳一起住以後，我眞的從妳這兒學了好多，在這裡生活好像一點都不難，我每天都好快樂！有吃、有玩又有學，還交了些新朋友，日子過的好充實，我一點也沒有尋死的念頭了……有件事，我一直想要告訴妳，妳知道當初我哥爲什麼要把我送到加拿大來嗎？」

「因爲這裡是全世界排名第一名『最適宜居住的城市』？」

「不僅如此，一年多前，我想要考插班大學。妳知道的，我很喜歡唸書，只有『銘傳』的學歷並不能滿足我，我也很有信心可以考上。就在要考試的前一天晚上，當時的男朋友從圖書館開車送我回家，大概是十點多吧！他只送我到巷口，自己走進去，我家住在永和市文林路，巷子裡黑漆漆的，但是我家有門燈，當我掏鑰匙正要開門的時候，忽然不曉得從哪裡衝出來一個男的，騎摩托車停在我旁邊說：『小姐，請問妳竹林路怎麼走？』他頭低低的，我完全看不到他的臉，我也不知道竹林路在哪，就用手朝巷子口一比，說：『對不起，我也不清楚，你往前到商店那邊再問問看好嗎？』沒想到我話才剛說完，他就拔出一把刀…捅進我肚子，然後…然後…再把刀子一路往上拉……才抽出去。騎車走了！我不感覺痛，只覺得身上濕濕熱熱的…我叫門，還好那時候我哥在客廳看電視，立刻跑出來開門，門一開我就倒在他身上了。

後來聽我哥說，他當時也嚇壞了，不知道倒底發生了什麼事，於是他馬上抱著我搭計程車趕到就近的醫院，竟然連去三家都被趕出來！沒有人願意接這種被殺傷的case，大家都怕會惹麻煩。最後我被送進『慶生醫院』，妳知道？就是專收槍擊要犯的名醫院，經常在電視新聞裡出現的，他們黑道白道都收，醫藥費奇貴無比，還好我哥有想到，醫生說我實在失血過多，再晚一分鐘動手術就完了…

壞蛋戳破了我的肝和膽，肝還有救，膽卻完全壞了，必須切除，我現在是個『沒膽』的人！所以我的聽覺也不太好，不能吃任何油膩的東西。在醫院裡住了三個多月，剛開始，我男朋友還每天來看我，後來他自己也受不了良心上的譴責，我並沒有怪他沒送我到家門口，可是我們兩個每次面對面…就會想起那個晚上…都很痛苦…後來就分手了，兩年多的感情…就這樣……」

一口氣說到這裡，惠玲突然掀起了她的睡衣，秀出一條長約三十來公分的刀疤，從左下腹部延伸至右胸旁。

珊珊看的鼻頭發酸，兩眼燥熱，心痛不已，老天爺眞是不公平啊！這樣好的一個女孩，她做錯了什麼要遭受這樣的懲罰？那個騎機車的瘋子神經病呢？依然逍遙法外！

「所以，我出院以後一直待在家裡，哪也不敢去，我好怕再遇見那個人！完全沒心再唸書，考試也泡湯了…半年多後，我哥把他私底下存的錢，通通拿出來給我，不敢讓我媽曉得。自從我爸過逝以後，她所有時間都在牌桌上，從來不管我們的死活，回到家就是找我或我哥要賭本，這樣的家，我也早就待不下去了，所以我哥叫我到溫哥華散散心，他聽說這裡治安很好，要我看看環境，如果喜歡，可以適應就留下來唸書，不行，就回去。我沒用！來的頭三個月仍舊無法消除心中的陰影，我還是哪兒也不敢去，我想…這輩子再也不會有人喜歡我…帶著這條疤，我…還怎麼嫁人？…我的一生都已經毀了，我也不想活了……」兩個淚人兒抱成一團！

這會兒，珊珊突然全懂了—（她不光是膽子小，她根本沒膽了！膽是分解油脂，掌管聽覺的重要器官，難怪她不敢吃油炒的菜…帶她去三溫暖，從頭到尾不肯放下裹在身上的大浴巾，我還笑她怎麼那麼害羞呢！原來…天哪！要是我身上有這麼大條疤，我大概也沒勇氣活下去了吧！）

「惠玲，聽著，妳是我所認識的人裡最勇敢的女孩，從頭到尾妳都沒有錯，妳爲什麼要去承擔所有的後果？妳的一生並沒有被毀，曾經發生的傷痛，我不能要求妳去遺忘，至少練習不要常去想它。謝謝妳願意搬過來陪我，過去這個月我也過的很快樂，我不是很會照顧人，只是在盡力，我也曾經歷過人生的最低潮，我也自殺過，病入膏肓過，就在一切絕望的時候，我跑到聖地牙哥去看山看水看藍天…突然，我覺得這個世界還這麼美好，我爲什麼要爲一個完全不值得的人去犧牲自己追求幸福的權利？感謝老天，我們遇到了彼此！如果我那時候沒有想通，走了，妳現在會在哪裡？如果妳執意要自殺，後來所有的快樂都與妳絕緣，妳還想再加大妳的損失嗎？爲了一個不認識的變態？」

「我……」惠玲繼續抽著面紙。

「從現在起，我要妳把這件事完全裝進妳心底的鐵盒子裡，上把鎖，再把鑰匙丟了，反正妳也清楚盒子裡裝的是什麼，沒事不用打開來看的。時間久了，鎖也會生鏽的，我們一切重新來過，別怕！今後的人生道路上，我們都不再孤獨，妳還有五、六十年的日子要過呢！誰說妳不會再談戀愛？只要妳還有愛人的能力，我保證還有一卡車的好男人在等著妳多看他們幾眼！走路要向前看才不會跌倒，如果妳老要向後看，掉到臭水溝裡，又臭又髒連妳自己都嫌，可別指望我會來拉妳啊！」

惠玲終於破涕爲笑，不知道爲什麼，說出自己的心事後，好像連人都沒來由地輕了起來！

「怎麼樣？今天是不是沒課？有沒有興趣陪姊姊出去走走？」

「好啊！可是…在下雪耶—」

「所以才要帶妳出去呀！下雪和下雨有什麼不同？下雨天妳就不出門了嗎？穿上我給妳買的雪衣、雪鞋，撐把傘不就結了！走！快去吃早點，換衣服。」，「OK！」

一個詩情畫意的大瘋子，帶著一個凡事均爲生平頭一遭的小瘋子，共撐著一把傘，蹲在公園旁的雪堆裡已經超過半小時了！不理會路上慢速經過的車輛，無視於過路人奇異的眼光，她們倆一個人正專心挑撿著色澤鮮艷，形狀完整的「加拿大楓葉」，另一個使勁兒的搖著楓樹；一個想要拿來做書籤，另一個想要做成聖誕卡寄給同學，直到兩人口袋都裝的鼓鼓的才滿意的往車站走去。

往年，溫哥華的冬天據說是不下雪的，但自從三年前的一個北極暴風雪一路颮過加拿大，再肆虐了美國北部各大洲以後，每年一入十月份，溫哥華就開始飄雪了，有時連樹枝上火紅的楓葉都還來不及落地就被雪花兒給蓋住，形成一幅奇特少見的景象，珊珊使惠玲又多了些不一樣的感動。

來到 Downtown，珊珊和惠玲買門票進入當地最大的室內「跳蚤市場」，那樣子就像是在「中華體育館」裡逛夜市一般。上千個或大或小的攤位，賣衣服、飾品、家具、碗盤、電器到 CD、書籍、文具等應有盡有，特色是這裡的商品大概有五分之四是二手貨，所以標價奇低還可以討價還價，是個可以買到物美價廉的東西，又可以打發時間的好地方。

等到發現饑腸轆轆，姊妹倆才注意到原來已經下午二點了還沒吃中飯呢！於是兩人跑到「餐飲區」，想要找點營養的東西來暖暖胃，嘿！左看右看，上看下看，這個比自己家臥室還要小的「餐飲攤」不賣三明治，不賣漢堡，不賣熱湯，只有「巨無霸熱狗麵包」和咖啡！既然沒有選擇，只好一人點了一個麵包，配上熱開水一杯，因爲熱水是免費的，而且可以無限續杯呢！

「哇！珊珊，好過癮喔！我這輩子從來沒見過這麼大的熱狗麵包！而且…好好吃喔！裡面還有玉米、洋蔥和酸菜，跟台北賣的完全不一樣耶！」

「是啊！我也沒看過這麼大的，差不多和我小手臂一樣長，卻有我手臂的兩倍粗咧！它的料又多又實在，才兩塊多一個眞划算！可惜我們不能買它十個帶回家，冷了就不好吃了！」

「我發現，自從跟妳在一起之後，每天都有好多新發現…」

「是啊！我每天至少要聽妳說兩遍以上『我這輩子從來沒』怎樣怎樣…不是我的生活充滿刺激，是小姐妳的生活實在太無聊啦！我眞不知道如果妳沒遇上我，妳一個人的日子怎麼過？」

轉眼，已是傍晚時分。兩位小姐也早已眼花腿痠，走遍了所有攤位，終於甘心回家歇著了。兩人成績如何呢？

惠玲買了一支非常別緻、典雅的鑲鑽手錶（管它是不是眞的，至少時間很準），加幣五元，（合台幣一百元左右），珊珊買了件粉紅色牛仔布的夾克送給惠玲，不好意思！才兩塊錢！兩人還各買了三、四件「一塊錢」的 T 恤準備送人，最後，珊珊還和一位加拿大老太太討價還價，蘑菇了半天才達成協議，以十元「高價」買下一套六只珍藏了三十年的古董酒杯，要帶回台灣送給媽媽做紀念。

回到家，兩人雖然又餓又累，卻都非常得意的欣賞著自己的戰利品。面對穿衣鏡相視大笑，不用太多言語，只是一個眼神，兩人心中暖暖的友誼和感激都已悄悄滋長。

*　　*　　*

幾次大伙的聚餐中，敏感、眼尖的珊珊早就看出一個從汶萊（Brunei，東南亞一個非常有錢的獨立小國）到溫哥華唸研究所的內向大男孩— Steven ，總是靜靜的不說話，視線永遠停留在惠玲的臉上。漸漸大伙熟了，他也會開始有意無意的「剛好」坐在惠玲旁邊，仍是不說話，急性子的珊珊看在眼裡急在心裡，像這種進度，要等到民國哪一年我才能看到惠玲重拾信心呀？

於是在一次酒足飯飽的消夜聚會後，珊珊「順便」走過 Steven 身旁，將寫有家中電話的小紙條塞進他手掌中，是個可造之材的 Steven 並未露出驚訝的表情望向珊珊，只見她的下巴朝惠玲抬一下，Steven 淺笑一下並點頭答謝。

整個過程不過三秒鐘，沒心眼的惠玲啥也沒發現，還嚷著：「嘿！你們誰要送我和珊珊回家？」

第二天是週末，兩姊妹由於前夜混的太晚，已經近中午了還在做著春秋大夢！

電話鈴響……「 Hello —」，「對不起！請問惠玲在嗎？」這個人都說英文。

「你是誰？」，「哦—是珊珊嗎？妳好！我是 Steven ，我是不是吵妳睡覺了？ Sorry！我晚點再打來。」他好像不太會說國語，難怪他平時都不講話！

「慢…慢點！我起來了！你別掛啊—我去叫她！」

數分鐘後……

珊珊坐在廚房餐桌前看報紙，惠玲不聲不吭的也走進來自己倒牛奶，烤吐司，珊珊等了半天都不見惠玲開口，於是忍不住問：「怎麼樣啊？」，「什麼怎麼樣？」

「剛剛的電話啊？不是來約妳出去的？」

「喔—那是Steven，就是每次我們吃飯他都不講話的那個……」

「哎呀！我知道！我知道！他怎麼說？」

「好奇怪！他怎麼會打電話給我呢？他……就問我今天下午要不要去看電影，我說我可能要和妳去超市買菜，他就掛了！」

「什麼啊！眞是個大白癡碰上個小白癡！他怎麼不約妳買完菜以後呢？我們買東西會買到半夜嗎？妳也眞是的！買菜我自己會去，妳大可以答應他去看電影，這算是什麼理由啊？他這麼害羞，第一次打來就碰釘子，我看他大概不敢再打了吧！妳眞是……」

「珊珊，妳爲什麼這麼激動啊？我又沒有很喜歡他，也沒跟他講過話，他不打來就算了嘛！」

「小笨蛋！妳沒跟他講過話，怎麼知道他人好不好？沒相處當然沒感覺。我已經注意他很久了，我非常確定他對妳早已經一見鍾情，就妳這小笨蛋沒感覺！」

「……珊珊，我並不想再和任何人談感情，妳知道我…」

「對，我都知道，難道妳還愛著台北的男朋友？」

「沒有，我跟他…已經不可能了。」

「那爲什麼不能再另起爐灶？我沒有要逼妳一定要跟人家怎麼樣，交交朋友又何妨？妳既年輕又漂亮，有的是本錢，卻像朵快要枯萎又多刺的玫瑰，拒人於千里之外。女人要永保青春美麗，最重要的就是必須時時刻刻有愛情的滋潤，這句話妳總聽過吧！下次如果Steven再打電話來，妳可以試著和他聊聊，對他多瞭解一些，依我看人的經驗，我相信他是個非常聰明、老實的男孩。記住，練習『傾聽』自己內心深處的聲音，妳會因爲有男生打電話來約妳出去而生氣嗎？不會的，妳心裡會竊喜，當妳心裡在說『好』，『OK』，『想』的時候，爲什麼嘴巴上要找些不是理由的理由去說『不』呢？妳如果不懂得善待自己，使自己快樂，別人又怎麼能善待妳讓妳快樂呢？……」

珊珊繼續不厭其煩地灌輸一些例如「人不癡狂枉少年」、「人生苦短」、「快樂要自己去追求」等等的觀念給惠玲，而她只是一昧地點頭，也不曉得她到底聽進去了多少！總之，依照後來的情勢發展看來，她應該是聽取了百分之百，甚至……舉一反三囉！

傻小子總算沒辜負珊珊對他的期望，依等加級數，第一天一通電話，第二天兩通，第三天四通……大約在一個星期以後—

這天又是週末，兩個人都沒課，傍晚時分，掛下電話，惠玲像是做了虧心事的孩子一般，怯生生的走到珊珊身旁說：「珊珊，今天…我…嗯—妳是不是可以一個人吃晚餐？」

「 Sure！沒人規定妳非陪我吃飯不可啊！妳有事隨時可以出去，不用考慮到我。」

「不好意思—待會兒六點鐘，Steven會開車來接我去隨便吃點東西，然後到Downtown去看周華健的演唱會。我大概…十點左右回來，好不好？」

「小姐，我又不是妳媽！充其量也不過是妳姊姊。妳已經是滿二十歲的成年人了，高興做什麼就做什麼，我絕不會干涉，只要妳自己清楚自己在做什麼，別做以後會後悔的事就成了。玩多晚回來都沒關係，妳有鑰匙。」

「謝謝妳！那…我去換衣服囉！」

別說珊珊心裡在為惠玲勇敢的踏出一大步而高興，連惠玲臉上露出的期待和喜悅也逃不過珊珊的銳眼。

就這樣，「我陪他去打籃球」、「我陪他去圖書館」、「我陪他去買東西」、「我去他家打掃房間」……珊珊獨處，K小說的時間又越來越多了。

Steven也不是那種入了洞房就把媒人拋過牆的人。雖然他有一八二公分的身高，八十幾公斤，但粗獷的外表下卻有一顆細緻的心。有時候，他也會親自下廚露一手，接兩姊妹去大快朵頤一番，有時租到精彩的錄影帶，他也會體貼的開車接她們去他家看影片。當然，更多時候，他只是哪兒也不去的坐在珊珊家的客廳陪惠玲看電視，識趣的珊珊見小倆口情投意合，打的火熱，總會早早離席就寢，從不過問「他昨晚是幾點鐘離開的」。直到……

一天早上，珊珊起床後發現惠玲不在房內，她去拉開客廳的窗簾，本能的向窗外一樓大門口張望，赫然映入眼前的景象是—Steven的小藍車停在大門口的車道上，排氣管正冒著白煙，旁邊有一對正在擁吻的男女！珊珊突然明白了些「沒想到的事情」，這下又開始擔心了！

（我老教她踩油門，卻忘了教她踩煞車了！真要出什麼問題，我怎麼對她的哥哥交代啊？）

珊珊腦筋裡預想了好幾種方式來應付心中所起的衝突，應該雙手插腰站在房門口等她，讓她知道我不高興 Steven留下來過夜，還是不動聲色假裝什麼也不知道，等她自己先招？或是我根本就不該過問？……哎呀！我管也不是，不管也不是，真是傷腦筋！反正我以後絕對不要生女兒…

門外有鑰匙開鎖的聲音……

「咦—？珊珊，那麼早就起來啦？」，「嗯—」

「我…昨天很晚睡，現在好睏，再去睡一下，妳不用等我吃早餐啦！」說罷竟一溜煙閃進臥室，房門一關！

這下珊珊是眞的惱了！

咚咚咚！「惠玲，開門！我有話問妳。」

「什麼事不能等我睡起來再說？」惠玲只開了一條門縫，露出一雙佈滿血絲的眼睛，很明顯的不想讓珊珊入內。

「妳能等，我不能等！…我問妳，Steven是不是剛剛才走？」

「對呀！我剛才就是下去送他，我們昨晚沒注意時間，不小心聊的太晚，我不放心讓他開一個小時車回去，所以就讓他睡在我房裡，我們…只是躺在床上講話，沒有做其他的事情，妳不要擔心。」她有點兒心虛的越說越小聲。

「小姐，我怎麼可能不擔心？…老實說，我很樂於見到妳整天把自己打扮的漂漂亮亮，忙進忙出，心情一直很好的樣子，我眞的很高興妳的改變，但是，我不知道妳是認眞的還是玩玩打發時間的？」珊珊邊說邊將房門推開，逕自走到床邊坐下來繼續說：「妳知道我很尊重別人的隱私，我跟妳再親近也無權過問妳的私生活，但是妳的狀況和別人不大一樣，我非常擔心妳再度受到傷害，如果妳是認眞的…妳可曾想過妳會在這兒住多久？你們的未來在哪裡？如果妳只是…」

惠玲也瞭解珊珊的脾氣，有話不說個清楚大家都別想好好睡覺，於是乾脆走到珊珊腳邊，磐腿坐在地上，一手擱在珊珊大腿上說：「珊珊，我知道最近我變了，很多事都變了，我的想法也變了，我很抱歉最近都好忙，陪妳的時間越來越少，希望妳沒有在生我的氣。剛開始，就像妳所說的，交交朋友而已，我自己也很驚訝我會那麼快就…愛上他，妳不知道，Steven他…他眞的很好，對我又溫柔又體貼，即使我有時候故意出狀況對他無理取鬧，他也總是處處讓我、哄我甚至向我道歉！害得我也不忍心再鬧下去了。

其實，我沒有一天不在煩惱我跟他以後要怎麼走下去，因爲…

…因爲…他明年夏天就要拿到碩士學位回汶萊去繼承父業，並且結婚。我一直不敢告訴妳，他有一個在泰國當空姐的未婚妻，長得妖嬌美麗！是媒妁之言，已經訂婚一年多了。Steven在剛開始跟我交往的時候就告訴我了，他也有他的過去，我當時並不以爲意。可是，每當我替他整理書桌，看到那個女的寄來的照片和信的時候，我就會開始無法控制自己的找他麻煩…我心裡也很氣我自己，爲什麼要表現那麼沒風度？這也不是他的錯呀！而且他也不只一次告訴我，我才是他的『最愛』，他要回去解除婚約然後跟我結婚。珊珊，妳說我該怎麼辦才好？我現在已經不能一天看不到他！我曉得妳大約在聖誕節前一定會回台灣陪妳老公，表示我也差不多該回去了，所以我跟他相處的時間不到一個月，已經進入倒數計時了……」惠玲的聲音再度哽咽。

「………！！！」珊珊滿腦子漿糊，只是輕拍著惠玲的手，一句話也說不出來。

許久，珊珊終於理清頭緒，對惠玲說：「唉—這件事，無所謂誰對誰錯，生命中本來就充滿著許多無可奈何的事情，我們都無法預料以後會怎麼樣，至少在妳可以愛的時候，妳認眞愛過了，沒有虛度這段時光。我們都希望有情人能成眷屬，如果不能，至少你們倆都在對方的心中留下永遠的角落，等你們坐在搖椅上時，那將會是你們最美麗的回憶，眼前，…今朝有酒今朝醉吧！別想那些沒有解答的問題了，快樂時光是短暫的，好好把握，嗯？」

惠玲淚眼迷濛的望著珊珊，好像珊珊已預知他們是沒有未來的了，她的答覆只是讓惠玲更加的心痛。

「乖！別想那麼多。快睡吧！我不吵妳了！」

兩天以後，珊珊極其興奮的收到了一封望眼欲穿的通知信，是加拿大移民局寄來的，通知珊珊可於十一月二十九日去參加宣誓典禮，也就是說，她可以成爲正式的加拿大公民了！沒有面試，沒有調查，只有經過一個地理、歷史的英文筆試。用功的珊珊當然拿了個一百分，但是經過上次疑神疑鬼的驚嚇，這次她也不敢掉以輕心，所以一口氣住了快四個月都不敢出境，就是深怕移民局的人隨時會打電話找她，這下可是吃了秤砣鐵了心，穩當得不得了。

「凱！你猜我今天早上收到了什麼？」

「眞的？終於來了！眞是謝天謝地！這樣是不是表示妳馬上就要回來了？妳再不回來，我就要飛過去找妳了！妳讓我一個人的日子過的好苦啊！妳這次回來以後，我就再也不讓妳離開我了，一天也不可以…」

「好啦！我知道你很可憐，我也很想你啊！再等幾個禮拜，等我事情辦完，我一定盡快回去，希望可以趕在聖誕節前機票沒漲價之前。」

「什麼啊？還要幾個禮拜？爲什麼不是馬上？」

「還要五天以後才去宣誓，然後得去申請加拿大護照，再辦個美國簽證…這些都不是一兩天辦的好的，反正等我機位一確定就會立刻打電話告訴你，好不好？別生氣嘛！愛你喔！」

「好吧！那妳一切自己小心囉！我也愛妳，早點回來……」

二十九號這天，是個烏雲密佈的大陰天，珊珊一早起床，走進廚房吃早餐，看到Steven穿著一身運動服坐在那兒看報紙，一點兒也不驚奇—

「嗨！早啊！今天沒課嗎？」

「早！珊珊！惠玲說妳今天早上有很重要的事，叫我開車送妳去，我可以晚一點去學校。沒關係。」

「喔？那眞是不好意思！謝謝你！我還正在擔心待會兒會下大雨呢！……小懶豬還沒起床？」

「她呀？讓她再睡吧！我可以先送妳去…」，「OK！」

當珊珊準時的步入這間社區的大會堂時，非常意外會見到這麼多的新移民！人聲沸騰，應該有超過五百人吧！有的是夫妻，有的是兄弟姊妹，更有不少是三代或四代同堂的大家族，只有珊珊是一個人！趕緊像進電影院似的匆匆對號入座，以免引人側目。

坐定後，珊珊也開始左顧右盼的瀏覽衆生相，完全無視於台上的主席正在致詞。

（隨便她說什麼，只要她待會兒肯把證件發給我就好囉！）

一個多小時過去了，終於要全體起立唱國歌—珊珊只是裝樣子的動動嘴，壓根兒不知道該怎麼唱！再跟著主席唸了一堆「咒語」，好了！宣誓典禮結束。

緊張興奮的時刻終於來臨，所有的新公民開始魚貫的照號碼向台前行進領取公民證。當主席（一位非常慈眉善目的加拿大裔老太太）握住珊珊的手，笑咪咪的說：「張小姐！恭喜妳成爲加拿大的公民，這是妳的公民證。」

「………謝謝！謝謝妳！」從不輕易落淚的珊珊，不知是情緒太激動還是突然悲從中來，眼淚像是斷了線的珍珠，大顆大顆的滑落…

「妳！是太高興了吧？哈哈！恭喜妳啊—」

珊珊頭也不回的飛奔了出去，一直跑，一直跑……跑到一條沒人的小巷子才停了下來—

（爲什麼我一點都不高興？一點也不快樂？這就是我耗去五年光陰等到的一張紙？）

腦海中一幕幕景象開始倒帶—

英國，天天窩在旅館房裡吞著冰冷的便當，還差點被炸彈炸死…溫尼伯，零下四十三度的暴風雪中過馬路去買聖誕卡…溫哥華，一個人躺在冰冷的手術檯上數著過往的一生…她都堅強的「一個人」走過來，沒有哭。而現在，她站在小巷子裡放聲號啕大哭！想把所有的委屈、寂寞、痛苦…一次哭個乾淨！好像不這樣，不能算是一個完美的句點。

老天爺也很配合的同時來了場「午後雷陣雨」，將這個心中早已超載多時的小女子徹頭徹尾的沖洗了一遍……分不清是雨是淚，水珠順著髮絲流過臉頰的珊珊已漸漸平息了澎湃的情緒，恢復了冷靜和理智，顧不得渾身濕漉漉，立刻馬不停蹄的直奔去申請加拿大護照。三天以後，她又帶著新領的護照去申請美國簽證，美國大使館竟然什麼也不查不問，就在她的護照上蓋了個「終身有效」的「跨越邊境簽證」章！

看著這個Visa，珊珊用大笑代替想哭的衝動—「造化弄人」大概就是這個意思了吧！

還記得五年前有個傻瓜，一心一意想要拿個美國簽證去美國赴她的情郎嗎？如今，拿到這個永久簽證，卻情已逝，往事只待追憶。自己也嫁人了，花盡所有積蓄，吃盡所有苦頭，耗去一千八百多個日子，兜了一大圈，如今帶著這個無用的章…回台灣吧！這就是人生……

小倆口呢？珊珊一切事情辦妥，決定在十二月八號回台，所以七號也就是惠玲搬到Steven家去暫住的日子。

姊妹倆還不會生離死別，因為惠玲最遲十二月底簽證到期必須回台，以後要見面的機會多的是。可是她和Steven這一別，今生今世，恐怕就再難相見了！聽惠玲後來說，她剛回台灣的前半年，還時常接到Steven從溫哥華打來的電話，自從他回汶萊以後，就只有一個月一封信了！本來兩個人還有計劃相約飛到新加坡去碰面，卻由於Steven的婚事而取消…。從此，沒有再聽到過這個人的任何消息了，惠玲呢？也於返台一年多後，經由同事介紹認識一位在網路公司上班的青年，交往不到半年就結婚了，目前育有一女。這，又是另一個故事的開始……

13

一九九八年，三十七歲　得此失彼

這年，珊珊和凱終於搬出了兩人用愛佈置的克難小窩，歡天喜地的遷入由凱父親遺留下來，空軍眷村所改建成設施完備的國宅。

搬家，當然免不了丟棄些老舊的東西，添購些新家具什麼的，不論算盤打得再精也是會讓存款數目驟減，爲了要付銀行貸款和維持生活品質，珊珊決定要盡快開始出去工作，多一份收入才成。

於是她透過人力資源公司的介紹，一舉中的考進英國在台辦事處，擔任三人之下六十人之上的英國高級政府官員。這是她連做夢都不敢想的職位，除了必須經常出入外交部、領務局之外，許多達官顯要都得看她臉色辦事，伴隨而來的名、利、關係，不是一般人所能理解，

接下去的一年六個月裡，可以說是她這一生中最辛勞也收穫最豐碩的一段時日。超量超時的工作，堆積如山又看不懂的文件，語言文化上的差異…在在都令她心力憔悴，可惜涉及許多高度機密，在此不便詳述工作內容，但是憑她堅強的毅力、極優異的表現和積極進取、認眞負責的工作態度，不僅爲她贏得許多跨國友誼，使她破天荒地在六個月內被加薪三次；更在她離職前，英國政府代表伊利莎白女皇頒發「最高成就獎」給第一位亞裔人士。這份殊榮，眞是叫人熱淚盈眶，那感覺就好像是歷經千辛萬苦，最後終於登上聖母蜂般的淒冷，卻又被眼前的美景所震撼，忘卻所有的辛酸疲憊，只爲呼吸一口透心涼的新鮮空氣。看著手臂上爲體力不支所留下的點滴針孔，當下就決定：（夠了，爲了證明自己、肯定自己的能力，一生能有這樣一天眞的就夠了，該是下山的時候了…）

說不留戀嗎？是騙人的，這些年來，珊珊無時無刻不懷念在那重重關卡裡面的點點滴滴，只可惜所有的事情、感覺都已成過眼雲煙，甚至最照顧她的主管之一都已經離開人世。也許三十年後，她再也想不起什麼了，但是至少她會記得，她曾經站在世界的最高峰，即使只有短短的幾分鐘。

由於珊珊在台灣一直有很好的工作和收入，一年半載內也不可能再搬去溫哥華住，凱則勸告應該盡速去將那兒的公寓處理掉，免得越放越老舊也賣不了好價錢，珊珊雖然一肚子的不願意，也認爲凱分析的頗有道理，等兩人存夠錢後再買新的也無不可。於是她向公司請了兩星期休假，又隻身前往，將花了一個月才佈置妥當的家，在短短三天內，不眠不休的完全裝箱打包，一方面請貨櫃公司來將所有家具、衣物運到舊金山給爸媽，另一方面請房地產經紀來賣房子。

每次搬家，就會找出一些早已被遺忘的記憶，然後會發現，搬家之所以耗費時間、心力，主要是因爲一直不斷地想起從前……當她一盆一碗的打包時，一次又一次的累到癱在地上，腦海中盡是一遍又一遍的播放著她住在這裡時發生的瑣事，同時也清楚的記得這個檯燈在哪兒買的，那個靠墊是從哪抱回來的。數不清有多少次，她心痛的幾乎要放棄，放棄台灣的一切，留下來，守住這一個眞正完全屬於自己的小天地，這裡面有太多的感情、太多的心血、太多的回憶、太多的不捨，除了她，沒人懂，那…凱怎麼辦？好難！眞的好難。然而，現在這一切似乎都不重要了，就算這場夢會醒，她深信，醒來後，她也不再只是一個人。

* * *

珊珊住所對門的麥肯錫夫婦非常喜歡珊珊，是對她照顧有加的一對和藹老夫婦，不僅時常邀珊珊過去喝茶聊天，也三不五時的送些自製麵包、小餅乾過來與她同享，排遣寂寞。

已年近七十的麥肯錫先生除了每天早晨和太太手牽手去附近公園散步外，他還時常參加許多電影的拍攝工作，擔任配角。在電影中也許只是一秒鐘的鏡頭，他卻需要化好妝準備妥當全程配合，有時出外景也是相當辛苦的，而他卻非常熱衷這份酬勞並不高的工作，樂此不疲。

每每聽他談起片廠種種時的神采飛揚，很難不被他對生命及工作的熱情打動。會接觸這一行，應該和他有個非常出名會寫劇本的兒子有關，聽說好幾部轟動一時的大片均出自他兒子之手呢！同時，麥肯錫先生也是大樓管理委員會的主席，將整棟大樓的安全、公設都整頓的很不錯。但是老天爺未必是公平的，像這樣一位與世無爭、心地善良又疼愛妻小的老先生卻得了皮膚癌末期，醫生告知應該不會超過一到二年。他雖然看起來皮膚蒼白，頭髮稀疏，但由於他總是穿戴非常整齊，紅光滿面、笑容可掬，實在很難令人相信他得了絕症。直到有一天早晨，珊珊急著出門，在一樓大廳遇上－

「嗨！早安！麥肯錫先生・今天怎麼沒去散步？」

「喔－早安，珊珊！今天十二樓的蘿絲太太新買一些家具會請人送來，我坐在這兒等搬家公司的人來，好替他們開門。妳今天好漂亮，要去哪兒玩啊？」

「謝謝！我要趕著去上電腦課，快遲到啦！」珊珊轉身要離開，卻突然瞟見麥肯錫先生的額頭有一條紅紅的血絲流下來，她不敢相信的再回頭看一眼，「啊！麥肯錫先生，你…你受傷了？」

「什麼？我很好啊！」他也一臉茫然，只是說話有氣沒力的。

「可是…你的頭…」她用手指著自己的額角。

「我的頭…」他也不自覺地撫著自己的額角，再看著自己沾了血的手指：「喔－別擔心，這只是表皮有一些潰爛，過幾天就會長好的。這是皮膚癌，妳知道，這裡好了那裡又壞了，我通常不會太在意的。這無損我英俊的樣子，對吧？我今天有點兒累就不送妳出去了，路上還在溶雪很滑，妳走路要小心啊！」

珊珊不曉得該說什麼或如何表現才能讓對方不尷尬，她自己只是愣愣的一句話也說不出，默默走了出去。

「皮膚癌？多久了？實在一點也不像啊！還有多少時間？麥肯錫太太知道嗎？他們一天到晚笑臉迎人的，怎麼可能這麼樂觀？難道不嚴重？可是血就這樣留下來了…他還有心情開玩笑？」

這天終於來了，一早七點鐘，搬運公司準時來按門鈴，揭開了繁忙一天的序幕，珊珊也像無頭蒼蠅般的衝進衝出，深怕他們遺漏什麼或是打破什麼，無奈這是一家超級專業又有經驗的國際搬家公司，不但珊珊多慮了，連心細如她都被遺忘的小事，還由那些看起來像逃犯的大塊頭來提醒她：「全部東西都先搬上車，吸塵器留下，搬完後，我們再把地毯吸一下，妳的房子才好賣。」五個穿球鞋的彪形大漢，三、四十個大小紙箱、沙發桌椅等大件家具…這麼多東西拖來拖去的，竟然完全沒有在淺米色的地毯上留下一個污漬，眞是不可思議！

終於，她親自目送所有財產裝進貨櫃車，緩緩駛上高速公路，房子就留給仲介公司去處理。明天中午的飛機，她就要直飛舊金山，到爸媽家去等五天後會抵達的貨櫃，得一切安頓好才能趕回台北上班啊，好個休假！

望著四壁如洗的空屋，只剩下自己的一箱行李和盥洗用品還散亂的攤在地上，她忽然覺得熱淚盈眶。不知道是誰說過：「我兩手空空地走，一如我兩手空空地來。」陪伴這小窩的最後一夜，珊珊註定要失眠，她將大衣鋪在空曠的客廳中央，頭下枕著一條捲起來的大浴巾，就這麼靜靜地躺著，閉上眼，只聽到馬路上呼嘯而過的車聲、窗縫中硬要擠進來的颼颼冷風、隔壁隱隱約約傳來電視廣告的聲音、樓上偶爾抽馬桶的水聲…一如五年多前搬進來的第一晚。她下意識的摸摸腹部的疤痕…時間過的眞快啊！曾經血淋淋的一條傷口，如今已痊癒得快要看不出來了，那麼千瘡百孔的心，是不是也該好了呢？時間眞是最佳的止痛藥，最大的不同是，五年前剛來時，她對任何事都過一天算一天，不抱什麼期望。現在，她急切的想回到凱溫暖的懷抱，那兒還有一個可愛的家在等她，有一桌子的公文等她簽字，自由卻一無所有，擁有一切卻失去自由，到底得失之間該如何取捨呢？唉—

叮噹—「麥肯錫太太，早啊！」

「喔—珊珊，早啊！進來坐—我正在烤麵包呢，快來嚐一塊…」她迅速關上門就自顧地進廚房去，珊珊只好尾隨進去，屋內彌漫著濃郁的麵包香：「妳一個人嗎？麥肯錫先生呢？」「他呀—最近在拍『鐵達尼號』咧，妳知道嗎？就是有一艘很大的郵輪，撞到冰山沉掉的故事啊！很感人的，再過幾個月就要拍好了，妳一定要去看喔！他每天都早出晚歸的，很忙呢！我眞擔心…他身體吃不消啊！珊珊，坐—我去泡茶？」

「喔—不要麻煩了，我…是來向妳辭行的，待會兒十一點半的飛機就要去舊金山，在我父母親家等家具運到，一星期以後就要回台灣了。嗯—謝謝妳和麥肯錫先生…這些年來對我的照顧，很高興能認識你們，有機會來台灣，讓我帶你們四處走走。」

「啊呀！眞是捨不得妳呀！妳是個乖巧懂事的女孩，就像我們的女兒一樣，我跟我先生都好喜歡妳，眞的不考慮留下來？對對！妳看我都老糊塗了，妳還有個達令在等妳回去呢，也好，有人照顧妳我就放心啦！麥肯錫先生今天剛好不在，否則他一定不會讓妳走的，至少也要留下來吃個中飯啊…我們一直很想去台灣玩，只可惜他的病…妳知道，醫生不答應他做長途旅行，他得經常做治療…記得要常常寫信來告訴我們發生的事情，別偷懶喔—」

「我知道！妳要好好保重自己，別太累了。我會再來看你們的…」邊說邊慢慢移步往門口去。

「我會的，妳也是啊…再見了。」麥肯錫太太一把抱住珊珊，她突然覺得激動的無以附加。

爲了不要讓眼淚奪眶而出，珊珊匆匆掉頭衝向電梯。

一樓大門外的車道上，答應送她去機場的范伯伯的車已經停在旁邊等她了，她卻猶豫的放下行李回過頭去望向三樓自己的落地窗，有多少個清晨，她站在窗前看樹葉由綠轉黃、黃轉紅、紅轉枯，最後被白雪覆蓋；有多少個日子，她坐在那個窗邊發呆、看小說、寫日記、撥弄著心上的傷口；有多少個傍晚，她坐在那個窗前看夕陽、盤算自己的未來。現在，她眞的要對這一切說拜拜，竟然是這麼的不捨？眼淚終於不聽話的悄悄滑下來，麥肯錫先生，這輩子大概是無緣再見了，他走後，麥肯錫太太一個人要怎麼過日子呢？人生眞的好殘酷，多愁善感的珊珊實在忍不住，乾脆在路邊台階上坐下來，痛痛快快的哭它一場。

這是珊珊第二次來到聖荷西，卻是第一次看到爸媽在這兒的居所，他們得知女兒想將房子變賣，自然順理成章的接手所有家具，以致這裡雖然已經購置數月，仍是空空如也，反正打地鋪已經家常便飯，再多個幾夜又何妨？

和爸媽會合後，兩老忙著帶她四處拜訪朋友，嚐遍美食，逛 Shopping Mall ，五天假期轉眼就過，沒想到焦急等待的貨櫃車卻是完全沒半點音訊，無奈一位難求，珊珊訂妥的回程班機延誤不得，只好如期返台，趕著上工。世事難料，就在她上機當天夜裡十二點，那五個彪形大漢終於出現在爸媽家門前！好在所有東西均安然抵達，無一受損，美玉的比手畫腳功也不比偉傑的差。總之，珊珊不在場，眞是一點關係也沒有。

回台後不到三星期，溫哥華那個可愛的小公寓就廉價出售了。

* * *

經過那份蠟燭兩頭燒的工作，這回珊珊特地關照仲介公司替她找個「錢多事少離家近」的工作，本以爲開出這種條件，無疑是自尋死路，沒想到休息不到一星期，又有面談機會並且條件完全符合，當然，幸運的她又立即錄取了。

這是一家美商工程顧問公司在台北的辦事處，由負責亞洲區的總裁一Sam坐鎮。生意做得很大，但是公司的員工極精簡，除了老闆、秘書之外，就只有一位體重超過八十的中年會計小姐（註：雖然她已年過五十，離婚獨居，仍應尊稱爲小姐。）

一早，珊珊開了電腦，發現沒有重要郵件需要立即回覆，就翻開報紙，細細瀏覽。此時，桌上電話響起：「早安！ＸＸＸ公司，您好。」

「早啊！珊珊，我在廁所，快把 Taipei Times拿來給我。」Sam習慣一早先進廁所待它個二十分鐘，再進辦公室。

珊珊左顧右盼、躡手躡腳、非常不甘願地閃進男廁所，還得先憋住呼吸，將報紙迅速由門下遞進去。（這個豬！已經是這個月第八次了，他就不會先進來拿了報紙再去上廁所嗎？完全不替別人著想。眞是噁心、自大、狂妄的傢伙！）虧他還是香港裔的美國人，除了操著一口還算流利的蹩腳英語之外，全身上下實在看不出他有哪一點可以替亞洲人爭光的。

辦公室不大，才一房一廳，約二十坪左右，珊珊的座位就安置在老大的房門口，方便他隨時呼喚。

「珊珊一快給我沖杯咖啡來…」

這輩子沒替任何人沖過咖啡的珊珊，早被訓練成迅速確實的可以在接到命令後一分鐘將熱騰騰、香噴噴的咖啡端上桌，並且細心體貼的將馬克杯把手轉至對著老闆的方向，好讓他方便直接拿起來。

通常，數小時後，又會聽到：「珊珊一快給我沖杯咖啡，妳倒底會不會啊？咖啡要沖熱的，這冷的怎麼喝？」，珊珊端起他的杯子發現剛才沖好的，他一口也沒動，那麼幾小時後，怎麼不變涼？於是二話不說的倒掉，再沖一杯，如此週而復始的一天得來個三、五回，好脾氣的珊珊從不抱怨，只是心疼這麼昂貴的咖啡粉，因爲加過溫的咖啡如同變了調的愛情，完全失去它該有的味道，沒人要碰，這道理連不喝咖啡的人也懂啊！

「我的漂亮寶貝——一個人吃便當多無聊啊！快到我房裡來陪我吃，我們也好聊聊，增進彼此的瞭解，妳說是不是啊？」

剛開始，對於老闆這樣的要求，珊珊哪敢吭聲，雖然一肚子的不願意，也只好乖乖端著吃了一半的便當去當花瓶，聽他口沫橫飛地形容年輕時如何辛苦存錢留學美國，如何奮鬥當上修飛機的技師，又如何的被大老闆女兒看上，躍過龍門，老婆因爲身體過胖（絕對超過一五〇公斤）而無法有性生活（眞弄不懂他當初又爲什麼要去娶人家？），他則因爲一次出差大陸而搞上了一個上海小姐，生下一女，爲了讓小孩有良好的生活及教育，他把小孩帶回美國扶養，弄得夫妻失和，丈人跳腳，卻又由於複雜的財務狀況及飯碗問題，不能離婚。總之，他想要表達的不外乎是他的日子過的並不如表面上來的光鮮亮麗，其實他的內心也很空虛寂寞…缺乏愛的。

一段時日下來，眞是讓人越來越覺得他俗不可耐，不僅財大氣粗、言語乏味外，還非常的豬哥，就是那種頭頂光光、肚子凸凸、眼睛紅紅、嘴巴油油的樣子。一雙賊眼成天不是在珊珊的前胸打轉，要不就對著她的臀部猛吞口水…眞是夠了！如果不是看在工作實在輕鬆、待遇實在很好的份上，任何人都待不了一個月就會走人的，好在Sam經常香港、大陸、美國跑，忙起來有時可以兩個月才見不到一天，那麼他那些缺點…唉—

時光飛逝，轉眼珊珊已在這喝茶、看小說，荒廢才能了七個多月。本來，她還會繼續荒廢下去的，人嘛！誰沒有惰性呢？老天爺也忙了好一陣子別人的事，終於又回過頭來眷顧她了。

一天下午，剛吃過午餐，會計小姐趕著去銀行轉帳， Sam 把珊珊叫進房，「順手把門帶上。」珊珊以為要談什麼機密事件，還是調薪問題，完全沒戒心的關上門，優雅的站在 Sam 的大辦公桌側面—

「什麼事？老闆。」

「唉呀—妳怎麼還跟我這麼見外，一天到晚老闆老闆的叫？我才四十五歲，還很年輕哪！別把我叫老囉！哈哈—」他邊說邊站起身，走到她旁邊不到一呎的距離，近得都可以聞到從他鼻腔裡呼出來的煙臭味。

「叫我 Sam ，OK？」，珊珊本能的退後一步，尷尬的笑笑算是回答。

「妳也來了一段不算短的時間，這段時間，妳的表現很好，乖巧聽話，我很滿意。」邊說邊輕輕舉起他的豬油年糕手，將她掉落在肩上的一根頭髮拾起，丟在地上，雖然此舉並沒有碰到她，還是讓她緊張瑟縮的又後退了半步，「另一方面…嗯—妳知道的…我也一直很欣賞妳。其實呀—只要妳開口，我都辦得到，不管多少…我會好好照顧妳的，只要妳乖乖的…」他的一隻手突然不說分明大力的一把攬住了她的腰，她還來不及反抗就被那湊上來的油豬嘴給嚇得不知所措！

「欸—你…幹嘛？拜託你放尊重一點。」她奮力的推開 Sam，企圖和他保持一大步之遙。

「大家都是過來人了，何必那麼緊張呢？嘿嘿嘿—妳放心，不會有人知道的，來嘛—」他還想往前跨一步：「甜心，我可以送妳一棟房子，這個地點嘛…隨妳選，嗯—至於妳的薪水，是由美國總公司決定的，我不能擅自做主，不過，我可以再幫妳每個月…加五千，另外再給妳每月十萬塊生活費。怎麼樣？考慮一下吧！跟著我，絕不會讓妳吃苦頭的。」他得意的用手撫著自己的大肚子…

珊珊完全不敢相信自己的耳朵：「你瘋了嗎？我是有老公的人耶！開什麼玩笑？你知不知道你這樣做，會吃官司的？」，她搖著頭繼續說：「你太不瞭解我了，房子、鈔票如果對我眞的這麼重要，早八百年前我就去當別人的小老婆了，今天還輪得到你？哼！謝謝你的賞識！只要你控制好你自己的言談舉止，我可以把你今天所說的話當做飯後娛樂，一笑置之，否則，我會讓你在台灣混不下去的。」她拉拉自己的襯衫，「我看你才應該好好想想清楚吧！辛苦得來的成就，別輕易被一個沒名堂的小女子給毀了，那多不值得啊！」

她打開房門，回到自己座位上還一直聽到自己不規律的心跳聲，整個下午，辦公室都靜的出奇，沒有人願意多說一句話，連會計小姐也察覺氣氛有點兒不對勁，而不敢作聲。

這回，珊珊沒有考慮再三，也沒有和凱多說什麼，就遞出了簡短的辭呈，由於那天下午的事情， Sam 自知理虧，所以也不敢刁難，可惜還得登報找接班人，她眞恨不得第二天就可以不用再去面對那頭豬，度日如年的熬了兩星期， Sam 才挑選出令他「滿意」的小姐。想當然爾，這位可是漂亮、標緻、未婚哪！珊珊仍非常負責任的將工作仔細交接了一禮拜，才如釋重負的逃離了色魔的掌控，沒想到，新上任的秘書才工作了五天，就打電話給珊珊，哭哭啼啼的說有多受不了這個怪老闆。珊珊感到滿心的歉疚，當初爲了讓自己順利脫困，她沒敢多說半句，這下也害到人家了。

接下去三個月，聽會計小姐說，前後共換了四位秘書，均不歡而散，沒有人受得了 Sam的怪脾氣，最後竟然還有臉打電話來要求珊珊再回去替他工作！條件隨她開，因爲她是唯一一個可以忍受他八個月而不出狀況的，眞是…這是什麼世界啊？

*　　　*　　　*

賦閒在家一個月，珊珊有些悶的慌，決定和凱參加旅行團，帶爸媽去「日本五日遊」，到底玩了些什麼地方，現在也想不起來了，只記得吃的不錯，住的不錯。回程的飛機上有一半空位，大家可以一人睡一排的那種，很爽！

也許是眞的太累了，也許是機艙內實在是細菌密佈，返家後，珊珊就直喊頭疼！第二天就突然莫名其妙的高燒至三十九度，看來不像是一般的小感冒，凱趕忙送她去就近的「松山醫院」掛急診，醫生立即叫他辦住院手續。

「寶貝—怎麼樣？頭還痛不痛？要不要喝水？」凱好不容易發現珊珊睜開眼，趕緊問，她只是微微點頭，又閉上眼沉沉睡去。

「寶貝—不要怕，我在這裡陪妳。」他憂心的緊握住她纖細的手，寸步也不離，他只想讓她知道，不管她病的多重，生多少白髮、長多少皺紋，她都是那個讓他永遠說「我愛妳」的女人。

就這樣醒醒睡睡了不知道多久，珊珊只覺得做了一個好長好長的夢，夢裡出現一大堆小時候的同學、朋友，甚至都忘了他們的名字…好像也看到一些不認識的人在凝望她，跟她說話…記不起是怎麼回事，反正現在只感覺到全身痠痛、手臂發麻。她努力的眨眨眼睛，想要看清楚身在何處，發現右手臂吊著點滴，手被凱握住，他枕著自己手臂趴在床邊睡著，左邊是扇窗，窗簾拉著，看不到外面是白天還是晚上，右側還有一張空床，床單看來整齊乾淨，應該是沒有人和她分享病房。

望著凱沉靜的睡容，她不忍抽出自己的手，深怕一動就吵醒了他，就這麼任他握著。她知道她終究是幸運的，能在人來人往的世界和他相遇。而她，曾經如同一壺冷水沖淡一匙沙糖的長篇小說般，冗長又無聊地蘑菇掉人生裡許多的美好時光，直到遇見了他。

就這麼靜靜望了他一會兒，她還是決定要叫他去隔壁床上躺著睡。搖兩下，沒反應，

「Honey—Honey—醒醒呀！」奇怪！怎麼還是叫不醒？她用左

手去摸他的頭，「天啊！怎麼這麼燙？！」再摸摸自己的額頭，她立即按下緊急呼叫鈕，幾秒鐘後牆上的對講機出聲：「十二床，有什麼事嗎？」，「對不起，能不能請妳盡快過來看一下？」

「護士小姐，這是我先生，能不能幫我看一下他怎麼了？我完全叫不醒他！好像燒的比我還要厲害…」珊珊非常焦急的說。

「我先看看妳燒退了沒？」護士拔出體溫計就要往珊珊嘴裡塞。

「妳別管我。」她推開護士的手，「快看看他怎麼了—」

「嗯—妳看起來好多了啊！」

「先生！先生！」護士也大力的搖著他，仍是不爲所動，她測量一下凱的脈搏，就立即奔了出去，珊珊用盡全身的力氣坐起來，知道事態不妙，卻完全無能爲力，她急的想哭，不懂爲什麼會變成這樣。

「Honey—Honey—你快醒醒呀！你是不是不舒服？快跟我說話啊？」

護士小姐再次出現，這會兒帶著一位看來像是醫生的一起，將他抱上旁邊的床，替他診斷一下，「立刻用輪椅送他到急診處去打點滴。」

珊珊無言的看著他們一陣忙進忙出，最後，護士才來給她量體溫，換上一瓶新的藥水。

「他—爲什麼不能在這兒打？」珊珊不希望他離開自己視線。

「喔—他得先去掛急診，再辦住院手續才能來住病房，現在這個情況，還是讓他先在急診處打幾瓶點滴，等燒退一些再說吧！」

「他現在幾度？」

「小姐，還好妳發現得早，他已經燒到四十度，呈現休克狀態，可能是這兩天照顧妳太累了吧，我看他都沒離開過耶！…眞是好好先生啊！」護士小姐露出羨慕的笑容，邊說邊走出去，正要帶上門時，珊珊又叫住她：「請問，我躺在這兒多久啦？」

「妳啊—昨天燒到四十一度半，昏迷了一天一夜，妳先生都快急瘋囉！」護士誇張的揮著手。

「請問—現在是幾點啊？」，「凌晨一點半。」

病房又回復成原本的死寂。

珊珊全身無力的躺下來，腦海中開始出現一大堆想像的畫面—凱被輪椅推到急診室—被搬上用布簾隔離的床——個人在那兒打點滴—口渴也沒水喝—穿著厚厚的夾克還蓋著毛毯，極不舒服的翻動著—醒來看不到她…想著想著眼淚就不自覺流下來：（我得的是什麼病？爲什麼這樣厲害？還會傳染？ Honey好可憐，我昏迷，他都在照顧我。他昏迷，我連看都看不到他…）

越想越擔心，越想越心慌，她抓起床頭櫃上的電話就撥到急診部去查問狀況，每隔十分鐘打一通，得到的答案千篇一律：「他在打點滴，不能接電話，不知道還要多久…」

等人的時候總是特別難熬的，珊珊就這麼直挺挺的躺在那兒瞪著天花板，數著一分一秒，她怎麼樣都無法讓自己入眠，眞恨不得可以長翅膀飛過去一探究竟。

終於，在護士小姐替她換上第三瓶點滴之後沒多久，也就是差不多過了四、五個世紀以後，房門被輕輕的推開，一身黑的凱，臉色慘白的緩步進來：「寶貝—對不起，害妳擔心，我回來了。」

「你怎麼樣？好點了嗎？快點去床上躺著—」珊珊像吃了興奮劑似的突然從床上彈了起來，差點把手上的管子給扯掉。

凱走到她床邊，兩人互相摸著對方的額頭，凱微微牽動著嘴角，珊珊則著急的要他馬上躺好，「我已經辦了住院手續，這層樓是女生病房，我應該要住到樓下去的，我跟他們說我們是夫妻，我一定得照顧妳，所以他們才讓我跟妳睡一間。這樣感覺好像在住旅館，好好玩喔！」，「神經病！都病成這付德行了還有精神開玩笑？」

於是，接下去十天的日子，就是不停地接受各種的X光、超音波掃瞄、抽血、驗尿檢驗。沒有結果，再來一次，連照顧他們的護士小姐都被感染病倒，連換了四位（眞是不好意思！護士眞偉大。）最後連醫生都快放棄了，說這實在是病史上最怪的病毒（據說是來自日本），他們完全束手無策，只能靠大量的消炎藥來壓制，別無他法。因爲這個病會傳染，他們也嚴禁所有的親戚朋友來探訪，正好圖個清靜。小倆口像是在度蜜月般的成天除了吃吃睡睡，就是聊天看報，說笑話解悶，哪也去不了，正好趁這機會專心培養感情，也算是因禍得福吧！

最後，醫生終於宣佈他們倆是得了「急性肺炎」（因細菌感染而引起肺功能衰竭，就姑且聽之吧！現在回想起來，覺得那應該是最早期的SARS吧！）。

珊珊回家還繼續修養了兩個月才開始找工作，而凱由於積欠太多事情未處理，返家第二天就急忙回工作崗位報到了。也因此，他閒閒沒事就會咳不停，一感冒就不可收拾，這就是元氣大傷後沒有好好休養的結果，男人眞是命苦！

*　　　*　　　*

故事說到這兒，該暫時歇一歇了。

日子過得好快，快得讓我來不及扳手指頭細數，這段年少輕狂的甘苦歲月就從我指縫中悄然流逝。

走過歲月的人都知道，眞正的愛，不會像電影中那麼淒美，或是像流行歌曲的味道那麼濃。愛的感覺，會在人生的某些時候突然降臨，但卻只有在極其難得的關鍵時刻，才會用生命體驗到，和眞愛迎面相遇，遇上的感覺如此清晰，往往令人無法言語，那份感動，始終如一。只有愛，才是生命絕無僅有的力量，陪伴我們度過所有人生的關鍵時刻。

望著凱恬靜的睡容，我的思緒又進入了時光隧道。

那些曾有的傷心，在今夜的幸福面前，竟是如此的模糊，那些曾有的憤怒、悲傷、怨懟在今夜全部化爲感謝，曾經…覺得幸福離我好遙遠，如果不是過去這些挫折，我懷疑自己是否眞正懂得我擁有的是什麼。

在每個人的心中，自己的每一段幸或不幸的遭遇都很不平凡，或許在你看完這個故事之後，覺得它只是一個再平凡不過的故事，一個人如果沒吃過苦、失過戀，怎知握在手裡的平凡即是最大的幸福？妳曾經那樣地深愛著一個人，可以爲他哭得聲嘶力竭，可以笑如燦爛的午後陽光，愛上他愛抽的煙、愛上她慣用的香水味…那樣轟轟烈烈的感覺，只屬於你自己，沒有人能夠代替你去感受你的愛，這就是平凡人生中不平凡的體驗。

就像這個故事一樣，只屬於我。

親愛的讀者，祝各位身體健康、幸福快樂！敬請耐心期待屬於我的故事…還沒完哪！

廣 告 回 信
臺灣北區郵政管理局登記證
北 台 字 第 8719 號
免 貼 郵 票

106-□□
台北市新生南路三段88號5樓之6

揚智文化事業股份有限公司 收

□□□-□□
地址：　市縣　鄉鎮市區　路街　段　巷　弄　號　樓
姓名：

 D7108　 幸福.TXT

生智文化事業有限公司

讀·者·回·函

感謝您購買本公司出版的書籍。
爲了更接近讀者的想法，出版您想閱讀的書籍，在此需要勞駕您詳細爲我們塡寫回函，您的一份心力，將使我們更加努力！！

1.姓名：

2.性別：□男 □女

3.生日／年齡：西元______ 年______月 ______日______歲

4.教育程度：□高中職以下 □專科及大學 □碩士 □博士以上

5.職業別：□學生□服務業□軍警□公教□資訊□傳播□金融□貿易
□製造生產□家管□其他

6.購書方式／地點名稱：□書店_____□量販店_____□網路_____□郵購_____
□書展_______□其他____

7.如何得知此出版訊息：□媒體_______□書訊_____□書店_____□其他_____

8.購買原因：□喜歡讀者□對書籍內容感興趣□生活或工作需要□其他

9.書籍編排：□專業水準□賞心悅目□設計普通□有待加強

10.書籍封面：□非常出色□平凡普通□毫不起眼

11.E—mail：______________________________

12.喜歡哪一類型的書籍：______________________________

13.月收入：□兩萬到三萬□三到四萬□四到五萬□五萬以上□十萬以上

14.您認為本書定價：□過高□適當□便宜

15.希望本公司出版哪方面的書籍：______________________________

16.您的寶貴意見：

____

☆塡寫完畢後，可直接寄回（免貼郵票）。
我們將不定期寄發新書資訊，並優先通知您
其他優惠活動，再次感謝您！！